MIRA®

Umwelthinweis:
Dieses Buch wurde auf chlor- und säurefreiem Papier gedruckt.

Sally Wentworth lebt mit Mann und Sohn immer noch in ihrer Geburtsstadt Herfordshire in England, wo sie besonders ihre regelmäßigen Theaterbesuche und Bridgeabende genießt.

Als Frau eines Armee-Pfarrers ist **Sandra Field** viel in der Welt herumgekommen. Neben dem Schreiben liebt sie Kanufahren, Wandern, Musikhören – und natürlich ihre Familie.

Margaret Mayo hat erst spät angefangen, zu schreiben, aber ist nun umso erfolgreicher. Sie lebt in einem kleinen Ort in Staffordshire, England, und ist auf ihren Recherchen niemals ohne ihre Kamera unterwegs.

Liebesreise auf die Kanarischen Inseln

MIRA®

MIRA® TASCHENBUCH
Band 15019
1. Auflage: Dezember 2007

MIRA® TASCHENBÜCHER
erscheinen in der Cora Verlag GmbH & Co. KG,
Axel-Springer-Platz 1, 20350 Hamburg
Deutsche Taschenbucherstausgabe

Titel der nordamerikanischen Originalausgaben:
Fire Island

erschienen bei: Mills & Boon Ltd., London
Surrender to Marriage

erschienen bei: Mills & Boon Ltd., London
Savage Affair

erschienen bei: Mills & Boon Ltd., London
Published by arrangement with
HARLEQUIN ENTERPRISES II B.V./S.àr.l.

Konzeption/Reihengestaltung: fredebold&partner gmbh, Köln
Umschlaggestaltung: pecher und soiron, Köln
Redaktion: Ivonne Senn
Titelabbildung: Getty Images, München
Satz: Buch-Werkstatt GmbH, Bad Aibling
Druck und Bindearbeiten: Ebner & Spiegel, Ulm
Printed in Germany
ISBN 978-3-89941-509-4

www.mira-taschenbuch.de

Sally Wentworth

Stürmisches Spiel auf Lanzarote

Roman

Aus dem Amerikanischen von
Alexa Krist

MIRA®

1. KAPITEL

„Großartige Neuigkeiten! Ich glaube, wir haben Vulcan Enterprises an der Angel!“, kam Steve mit einem breiten Grinsen in Caseys Büro gestürzt.

„Wirklich? Das ist ja fantastisch.“ Casey Grant lächelte ihren Partner an. „Haben sie dir geschrieben?“

„Nein, sie haben eben angerufen und um einen Termin gebeten, um alles Weitere zu besprechen. Es sieht so aus, als hätten sich die ganzen Recherchen, die wir über die Firma angestellt haben, ausgezahlt.“

„Wer hat dich angerufen – ihr PR-Manager?“

Steve blickte auf ein Blatt Papier, das er in der Hand hielt. „Nein, es war einer ihrer Direktoren – ein weiteres gutes Zeichen. Sein Name ist Ivo Maine. Soweit ich verstanden habe, ist er in erster Linie für das Marketing und den Verkauf zuständig. Wenn wir ihn dazu bringen, einen Vertrag mit uns abzuschließen ...“

„Dann haben wir einen Fuß in der Tür, und bei einem so großen Unternehmen können sich interessante Nachfolgeaufträge ergeben“, beendete Casey den Satz für ihn. „Steve, das ist wirklich fantastisch. Du musst sie richtig überzeugt haben. Hast du diesen Ivo Maine schon einmal getroffen?“

„Kurz, glaube ich. Aber als ich das Treffen mit dem PR-Manager hatte, wurden mir mehrere Personen vorgestellt. Wenn ich mich recht entsinne, war dieser Maine reichlich jung für einen Mann in seiner Position.“

Casey hob eine Augenbraue. „Vitamin B meinst du?“

„Schwer zu sagen. Vielleicht ist er mit einem der Firmeninhaber verwandt, aber wenn nicht, dann muss er ziemlich gut sein. Ich versuche, ein wenig mehr über ihn herauszufinden, ehe du ihn triffst.“

„Hast du schon einen Termin ausgemacht?“

„Ja, das habe ich, und zwar am Donnerstag um zehn Uhr dreißig. Ich hoffe, das passt dir?“

„Natürlich. Das könnte uns einen lukrativen Auftrag verschaffen. Steve, du hast hervorragende Arbeit geleistet.“

Er lächelte und freute sich ganz offensichtlich über ihr Lob. „Tja, nun liegt es an dir, ihn davon zu überzeugen, dass wir Vulcan Enterprises das Design liefern können, das sie sich vorstellen.“

Sie redeten noch eine Weile über die vielversprechenden Neuigkeiten, und Steve versicherte erneut, weitere Informationen über Ivo Maine zu beschaffen, bevor er in sein Büro zurückging. Casey wandte sich wieder der Arbeit zu, die sie zuvor beschäftigt hatte – das neue Verpackungsdesign einer Reihe von Tiefkühlprodukten eines ihrer besten Kunden.

Ihre Gedanken wanderten jedoch zu dem bevorstehenden Treffen bei Vulcan Enterprises. Sie freute sich darüber, dass es Steve gelungen war, einen Kontakt herzustellen, und sie freute sich noch mehr, dass er ihr zutraute, den Deal perfekt zu machen. Es hatte eine Zeit gegeben – die ersten Monate ihrer Teilhaberschaft nach Mikes Tod –, als Steve darauf bestand, sie bei wichtigen Besprechungen zu begleiten, damit er gewährleisten konnte, dass sie dem Ruf der Firma, die er und Mike so gewissenhaft aufgebaut hatten, nicht schadete. Aber im Laufe der vergangenen zweieinhalb Jahre hatte Steve sich immer mehr auf Casey verlassen, sodass sie sich nun als wahre Teilhaberin von Decart, ihrer Werbe- und Designagentur, betrachten konnte.

Am Donnerstag machte sich Casey frühzeitig auf den Weg zu ihrem Termin bei Vulcan Enterprises. Als Mitinhaberin einer Agentur, die mit Farbe und Design arbeitete, sah sie keinen Grund darin, dem üblichen Klischee einer Karrierefrau zu entsprechen. Sie kleidete sich grundsätzlich nicht in langweilige, dunkle Kostüme. Heute trug sie einen schicken limonenfarbenen Mantel über einem schmal geschnittenen Kleid in demselben Farbton und dazu passende hochhackige Schuhe.

Steve hatte einige seiner Kontakte bemüht, um so viel wie möglich über Ivo Maine in Erfahrung zu bringen. Das Urteil lautete überraschend einhellig, dass der Mann, was seine Arbeit betraf, brillant war, aber keine Geduld mit Menschen hatte, die sich als ineffizient oder gar dümmlich herausstellten. Eine klare Aussage, dachte Casey, während das Taxi sie durch die belebten Straßen von London fuhr. Aber sie war bereits zuvor Männern begegnet, die versucht hatten, sie einzuschüchtern, vermutlich weil sie glaubten, es wäre einfach, eine Frau nach ihrer Pfeife tanzen zu lassen. Allesamt waren sie von Casey schnell eines Besseren belehrt worden.

Das Taxi bog in die Threadneedle Street ein und fuhr an der Bank von England vorbei. Jetzt war es nicht mehr weit. Casey warf einen Blick auf ihre Uhr; es war erst Viertel nach zehn. Sie lag gut in der Zeit. Selbst wenn es noch einen Stau geben sollte, konnte sie aussteigen und von hier aus zu Fuß gehen. Entspannt lehnte sie sich für den kurzen Rest der Fahrt zurück und lächelte. Sie erinnerte sich daran, dass sie nicht immer so pünktlich gewesen war – aber sie war schließlich auch nicht immer kühl und geschäftsmäßig gewesen. Das hatte sie lernen müssen, als sie Steves Partnerin geworden war. Davor hatte sie sich immer auf Mike verlassen; er war der Pünktliche, der erfolgreiche Karrieremann mit der glanzvollen Zukunft. Doch sein Tod hatte alles verändert, und aus einer schieren Notwendigkeit heraus musste Casey sich bestimmte Dinge aneignen.

Das Taxi hielt vor einem imposanten Gebäude in einer ruhigen Seitenstraße von Cornhill. Mit einer großen Aktenmappe unter dem Arm ging Casey auf den Eingang zu und erkannte, dass Vulcan Enterprises beinahe das komplette Gebäude einnahm. Sie durchquerte das Foyer, bis sie zum Empfang kam und sich dort anmeldete.

„Wenn Sie bitte zum dritten Stock hinauffahren würden, Madam. Mr. Maines Büro liegt direkt gegenüber dem Lift."

Casey bedankte sich bei dem Pförtner und schaute sich neugierig um, während sie auf den Fahrstuhl zuging. Auch das Innere des Gebäudes war äußerst beeindruckend. Gläserne Doppeltüren und eine riesige Marmortreppe beherrschten das Foyer, und als sie im dritten Stock ankam, betrat sie einen überaus dicken Teppich. Vermutlich wird der Teppich immer dicker, je näher man den Büros der wirklich wichtigen Leute kommt, dachte sie ein wenig zynisch. Sie überquerte den Korridor und klopfte an die Tür zu Ivo Maines Büro, das von einer streng aussehenden Sekretärin mittleren Alters mit perfekter Frisur und maßgeschneidertem Kostüm bewacht wurde. Casey nannte ihren Namen und wurde daraufhin gebeten, Platz zu nehmen. Sie musste zwanzig Minuten warten, was ihr nicht besonders gefiel, aber es gab ihr die Gelegenheit, sich ein wenig umzusehen und sich weitere Gedanken darüber zu machen, welche Designvorschläge sie einer solch konservativen Firma unterbreiten konnte.

Als ein Summen aus der Telefonanlage erklang, stand die Sekretärin auf. „Mr. Maine wird Sie jetzt empfangen." Sie öffnete die Tür zu dem angrenzenden Büro und verkündete: „Casey Grant für Sie, Mr. Maine."

Das Büro war so, wie Casey es erwartet hatte: groß, luxuriös und sehr gediegen eingerichtet. Auf den ersten Blick schien auch Ivo Maine, der mit dem Rücken zu ihr am Fenster stand und einige Papiere las, genau der Vorstellung zu entsprechen, die sie sich von ihm gemacht hatte, denn er trug die Art von dunklem, gut geschnittenem Anzug, den die meisten Männer, die in der City arbeiteten, wählten. Aber dann drehte er sich zu ihr um, und ihr vorgefasstes Bild zerbröckelte.

Die Begriffe Stärke und Macht schossen ihr unwillkürlich durch den Kopf. Er war sehr groß, an die eins neunzig, schätzte sie, und er wirkte kraftvoll und athletisch, gar nicht wie ein Mann, der den Großteil des Tages am Schreibtisch saß. Doch der Eindruck von Stärke war nicht nur körperlicher Natur, sondern schien von innen heraus zu kommen. Sie sah die Intelligenz in seinen grauen Augen, die sie musterten, die energische Linie seines Kinns und das männliche Selbstvertrauen auf seinen Lippen, die sich zu einem kleinen Lächeln verzogen.

„Guten Morgen. Ihr Kollege hat versäumt, mir mitzuteilen, dass Sie eine Frau sind; wie angenehm, einen Vornamen zu haben, der sowohl männlich als auch weiblich sein kann."

Ein Superchauvi, dachte Casey. Aber zumindest machte er keinen Hehl daraus. Sie hatte auf die harte Art gelernt, sich in jeder Situation zu behaupten, und so sagte sie betont ruhig: „Hätte es einen Unterschied gemacht?"

Er warf ihr einen scharfen Blick zu. „Nicht, wenn Sie Ihre Arbeit verstehen."

„Dann spielt mein Geschlecht wohl kaum eine Rolle, nicht wahr?", antwortete sie kurz. „Sollen wir zum Geschäftlichen kommen, Mr. Maine? Ich bin sicher, Sie sind ein *sehr* beschäftigter Mann." Sie betonte das „sehr", weil er sie immerhin eine ganze Weile hatte warten lassen und offenbar keinen Grund sah, sich dafür zu entschuldigen.

Aber er hatte die Botschaft verstanden und hob eine Augenbraue. „Ja, in der Tat, ich fürchte, ich habe bereits einen Teil Ihrer kostbaren Zeit verschwendet, indem ich Sie warten ließ. Unglücklicherweise hatte ich ein sehr wichtiges Fax erhalten, das sofort beantwortet werden musste. Zu dumm, dass unser New Yorker Büro nicht wusste, dass ich einen Termin mit Ihnen habe", fuhr er spöttisch fort.

Nun war es an ihr, das Gespräch wieder in sachlichere Bahnen zu lenken. „Ich habe einige Musterarbeiten mitgebracht, die für Ihren Kalender interessant sein konnten; wenn Sie sich die ansehen möchten. Aber vielleicht haben Sie ja auch schon eigene Ideen."

Sie wollte ihre Aktenmappe auf seiner Schreibtischkante ablegen, doch Maine deutete auf eine Ledergarnitur am anderen Ende des Büros. „Wollen wir uns dorthin setzen?"

Casey wählte bewusst einen einzelnen Sessel und nicht die kleine Couch. Dann nahm sie aus ihrer Mappe einige ältere Kalender, die Decart bereits produziert hatte, und breitete sie vor sich auf dem kleinen Beistelltisch aus. Maine warf einen flüchtigen Blick darauf, machte aber keinerlei Anstalten, einen von ihnen auch nur in die Hand zu nehmen.

Stattdessen lehnte er sich zurück, legte seinen Arm über die

Lehne der Couch und sagte: „Ich dachte, ich hätte Ihrem Kollegen deutlich gemacht, dass wir etwas vollkommen Einmaliges wollen."

Casey sah ihn nun direkt an. „Ja, das hat mir mein *Partner* gesagt. Aber Einmaligkeit kostet Geld", erklärte sie offen. „Ich muss mir die Produkte sehr genau anschauen, die Sie bewerben wollen, und wahrscheinlich werde ich eine ganze Menge Recherchen anstellen müssen, um eine Idee zu entwickeln, die es so noch nie gab. Und das braucht seine Zeit. Wenn Sie wollen, dass der Kalender rechtzeitig zum diesjährigen Weihnachtsgeschäft herauskommt, dann müssen wir sofort anfangen", warnte sie ihn.

„Aber es ist möglich?"

„Alles ist möglich, wenn die entsprechenden Mittel zur Verfügung gestellt werden", antwortete sie.

„Nun, ich bin bereit, die entsprechenden Mittel zur Verfügung zu stellen, wenn ich davon überzeugt bin, dass Sie mir das geben können, was ich will: einen aufsehenerregenden Kalender, der nicht nur unsere Produkte bewirbt, sondern zum Gesprächsstoff wird. Wenn Sie so wollen, eine neue Art Pirelli-Kalender, ein Kultobjekt."

Wow! Du willst ja gar nicht viel, dachte Casey, aber ihre Augen funkelten vor Freude über die Herausforderung, die darin lag. Es war die Art Chance, von der sie und Steve geträumt hatten. Wenn sie dieses Projekt umsetzen konnten, dann wären sie gemachte Leute, und die Aufträge würden nur so hereinströmen.

Sie schaute auf und sah, dass Ivo Maines Blick unverwandt auf sie gerichtet war. „Schaffen Sie das?", fragte er.

„Natürlich. Vielleicht können Sie mir eine Auflistung der Produkte geben, die Sie bewerben wollen. Und ich hätte gern so viel Literatur darüber wie möglich, damit ich mich wirklich damit auseinandersetzen kann. Wenn es außerdem Marktanalysen über diese Produkte gibt, wäre das auch von Vorteil. Genau genommen nehme ich alles, was Sie haben", schloss sie mit wachsender Begeisterung.

Maine zeigte ein kleines Lächeln. „Meine Sekretärin hat bereits eine Mappe für Sie zusammengestellt. Sie wird sie Ihnen geben, wenn

Sie gehen. Aber im Grunde genommen verwenden wir verschiedene Hitzetechnologien, um diverse Produkte herzustellen. Zum Beispiel hitzebeständige Farbe."

„Oh, ich verstehe. Deshalb heißen Sie Vulcan Enterprises – Vulkanus war der Gott des Feuers."

„Exakt", äußerte Maine trocken.

Er führte seine Erklärungen zu den verschiedenen Produkten, die von Vulcan Enterprises und den diversen Tochtergesellschaften hergestellt wurden, weiter aus, und Casey hörte aufmerksam zu. Aber sie beobachtete ihn auch und bemerkte, dass er die Hände zu Hilfe nahm, wenn er einen Punkt besonders betonte – er hatte lange, schlanke Finger mit gepflegten Nägeln. Es sah nicht so aus, als hätten sie jemals harte Arbeit leisten müssen. Er trug einen Ring an seiner rechten Hand und goldene Manschettenknöpfe in seinem unglaublich weißen Hemd. Auch sein Anzug war von ausgesuchter Qualität.

Ivo Maine musste einer sehr privilegierten Schicht entstammen. Sie tippte auf ein Elternhaus der oberen Klasse, eine Schulausbildung in Eton oder Harrow, gefolgt von einem Studium an einer der Traditionsuniversitäten, vermutlich Oxford. Danach wahrscheinlich ein paar Jahre als Offizier in der Armee, damit er Führungsqualitäten entwickelte, und dann diese Position, bei der ein naher Verwandter ein paar Beziehungen hatte spielen lassen. Eine Bilderbuchkarriere.

Casey hob den Blick, als er seine Rede beendete und sie erneut mit diesem hintergründigen Lächeln betrachtete. Sie hatte das ungute Gefühl, dass er wusste, was sie dachte, und dieser Eindruck bestätigte sich, als er meinte: „Zynismus steht einer Frau nicht."

Für einen Moment stockte ihr der Atem, aber sie war nicht bereit, sich von ihm einschüchtern zu lassen. „Genauso wenig wie Sarkasmus einem Mann", parierte sie.

Zu ihrer Überraschung wirkte er amüsiert. „Na, na, na, ist das eine Art, mit einem potenziellen Kunden zu sprechen?"

„Ist das eine Art, mit einem Menschen zu sprechen, der Ihnen die Fähigkeiten bieten kann, die Sie brauchen, um Ihre Produkte erfolgreich zu vermarkten?", konterte Casey erneut.

Diesmal lachte er laut auf, und sie erkannte, dass er ihre offene, unverblümte Art offensichtlich schätzte, was ein Glück für sie war, denn irgendwie war er ein Mann, dem sie nichts vormachen konnte – noch nicht einmal, um einen solchen Auftrag an Land zu ziehen. Nicht, dass ihr das schon gelungen wäre.

Maine schaute auf seine Uhr und stand dann unvermittelt auf. „Warum beenden wir unser Gespräch nicht beim Lunch? Dann können Sie mir auch erzählen, über welche Referenzen Sie verfügen."

Er war bereits auf halbem Weg zur Tür, doch Casey ließ sich Zeit dabei, ihre Materialien einzupacken und die Mappe zu schließen. Dann stand sie auf und sagte: „Vielen Dank, zufälligerweise habe ich *tatsächlich* Zeit für den Lunch."

Sie ging zur Tür, die er ihr aufhielt, und sah, dass schon wieder leiser Spott in seinen grauen Augen lag. „Dessen war ich mir sicher", entgegnete er, was ihm einen wütenden Blick aus ihren grünen Augen eintrug, der seine Belustigung noch verstärkte. „Ach, übrigens, muss es Miss oder Mrs. Grant heißen?"

„Miss", brachte sie zwischen zusammengebissenen Zähnen hervor.

Sie gingen in Maines Vorzimmer, wo die Sekretärin Casey eine dicke Mappe reichte, dann traten sie in den Lift. „Wir haben eine sehr gute Kantine hier im Gebäude", erklärte er, „daher hoffe ich, es macht Ihnen nichts aus, wenn wir dort essen. Es ist so viel angenehmer, als sich um einen Tisch in einem Restaurant zu bemühen."

Und auch so viel billiger. Als Casey sich ihres Gedankens bewusst wurde, runzelte sie die Stirn. Vielleicht hatte Maine recht, und sie wurde tatsächlich zynisch. Die Vorstellung gefiel ihr gar nicht, denn sie hatte sich wirklich bemüht, nicht bitter zu werden, auch wenn sie dafür allen Grund gehabt hätte. Ich muss einfach noch stärker daran arbeiten, entschied sie.

Die Kantine befand sich im Erdgeschoss und war sehr geräumig.

In der Mitte stand ein großer ovaler Tisch, an dem verschiedene Männer saßen – vermutlich der Direktorentisch, aber an den Seiten gab es kleinere Tische für zwei bis vier Personen. Maine führte sie zu einem mit zwei Plätzen, half ihr aus dem Mantel und rückte dann den Stuhl für sie zurecht.

„Was möchten Sie trinken?", fragte er.

„Nur ein Mineralwasser, bitte."

Er schmunzelte. „Ah, ich verstehe. Sie trinken nicht im Dienst!"

„Ich trinke bei gesellschaftlichen Anlässen", verteidigte sich Casey.

„Dann halten Sie dies offensichtlich nicht für einen gesellschaftlichen Anlass."

„Sollte man das Geschäftliche mit dem Vergnügen mischen?", erwiderte sie lächelnd.

„Warum nicht, wenn es sich anbietet? Ich sehe darin kein Problem, solange man weiß, wo die Prioritäten liegen."

Was davon abhängt, was einem wichtiger ist, dachte Casey. Es kam ihr in den Sinn, dass er mit einem Mann nicht so umgegangen wäre, und sie hob trotzig das Kinn. „Ich persönlich ziehe es vor, die beiden Dinge strikt zu trennen."

„Wirklich? Dann sind Sie offensichtlich eine überzeugte Karrierefrau. Eine der neuen Generation, die die City und die Industrie übernehmen", meinte er spöttisch.

Casey bedachte ihn mit einem kühlen Blick. „Eine Spezies, die Sie offensichtlich nicht mögen."

„Habe ich diesen Eindruck vermittelt?" Er gab vor, überrascht zu sein. „Im Gegenteil, ich bewundere Karrierefrauen – solange es nicht zur Besessenheit wird." Er begutachtete ausführlich ihr Kleid und sagte: „Zumindest tragen Sie keine düsteren Farben wie die meisten von ihnen."

Eine Kellnerin erschien mit der Speisekarte, und Maine fragte: „Was wollen Sie essen, Mi…" Er runzelte die Stirn. „Ich kann Sie nicht weiterhin Miss nennen. Das klingt einfach albern. Stört es Sie, wenn ich Sie Casey nenne?"

„Überhaupt nicht“, entgegnete sie höflich.

„Und Sie müssen natürlich Ivo zu mir sagen.“

Sie nickte und senkte dann den Kopf, um die Karte zu studieren. Die Damen und Herren von Vulcan Enterprises gönnten sich etwas, denn die Gerichte auf der Karte klangen so gut wie in jedem Restaurant, wenn auch die Auswahl nicht ganz so groß war. Sie überflog die angebotenen Menüs, entschied sich dann aber für einen einfachen Salat, was ihr einen weiteren Blick auf ihre schlanke Figur eintrug.

„Sie sind offensichtlich nicht besonders hungrig“, bemerkte er.

„Nein. Mr. Maine, Sie sagten ...“

„Ivo“, korrigierte er sie.

„Also, Sie wollten doch wissen, über welche Referenzen ich verfüge. Nun, ich habe einen Abschluss in Kunst und Design und habe einige Jahre für eine bekannte Werbeagentur gearbeitet, bevor ich zu Decart kam.“

Casey wollte fortfahren, doch Ivo unterbrach sie. „Sind Sie gleich als Teilhaberin eingestiegen? Waren Sie von Anfang an dabei?“

Sie schüttelte den Kopf. „Als sie anfingen, habe ich nur projektbezogen für sie gearbeitet, aber dann – dann ist einer der Teilhaber gestorben, und ich bin Vollzeit eingestiegen. Nach einer Weile übernahm ich dann die Teilhaberschaft.“

„Ich verstehe. Nun, Decart hat einen sehr guten Ruf erworben. Ich schätze, Sie haben sich die Teilhaberschaft verdient.“

„Vielen Dank.“ Sie beschloss, die Gelegenheit zu nutzen. „Bedeutet das, dass Sie uns den Auftrag für den Kalender geben werden, Mr. ... Ivo?“

Er lächelte. „Nein, das tue ich nicht.“

Caseys Gesichtsausdruck gefror, während sie ihre Enttäuschung zu kaschieren versuchte. Steve würde ihr das niemals verzeihen, nachdem er so viel Arbeit in diese Sache gesteckt hatte. Und dieser Maine lächelte sie immer noch an, verdammt! Er musste gleich zu Beginn entschieden haben, dass er nicht mit ihr zusammenarbeiten würde, aber er hatte sie trotzdem weiter hoffen lassen. „Würden Sie mir verraten, warum nicht?“, fragte sie steif und bemühte sich, das Bedauern nicht durchklingen zu lassen.

Ihr Essen wurde gebracht, und Ivo antwortete nicht, bevor die Kellnerin wieder verschwunden war. Dann schaute er Casey direkt ins Gesicht und erkannte die wütende Enttäuschung in ihren Augen.

„Ich schätze, ich kläre Sie besser auf, ehe Sie furchtbare Magenkrämpfe bekommen, weil Sie versuchen, zu essen und gleichzeitig Ihre Wut zu unterdrücken.“ Dennoch schien er es mit seiner Erklärung nicht eilig zu haben. Er legte den Kopf schräg, betrachtete sie aufmerksam und sagte schließlich: „Ich frage mich, warum alle Rotschöpfe so ein aufbrausendes Temperament haben?“

„Mein Haar ist nicht rot. Warum geben Sie uns den Auftrag nicht?“

„Dann rotgold. Ich gebe Ihnen *noch* nicht den Auftrag für den Kalender, aber ich gebe Ihnen das Okay dafür, Recherchen anzustellen und mir eine Idee zu präsentieren. Wenn ich das Ergebnis gesehen habe, werde ich entscheiden, ob der Vertrag zustande kommt.“

Casey starrte ihn einen Moment wortlos an, dann erholte sie sich so weit, dass sie fragen konnte: „Und die Auslagen?“

„Wie hoch, schätzen Sie, werden sie sein?“

„Ihre Firma arbeitet mit Hitzetechnologie, daher könnte es sein, dass die Fotos für den Kalender in einer warmen, exotischen Umgebung gemacht werden müssen. Ich muss vielleicht verreisen, um den geeigneten Ort zu finden.“

Ivo nickte. „Das habe ich nicht anders erwartet. Wir werden alle Ausgaben übernehmen, solange sie sich in einem vernünftigen Rahmen bewegen – und das werden Sie natürlich schriftlich bekommen“, fügte er hinzu, als er sah, wie sie den Mund öffnete. „Meine Sekretärin wird eine Vereinbarung aufsetzen und Ihnen zuschicken. Aber ich erwarte, dass Sie diesem Projekt absolute Priorität einräumen, damit wir so schnell wie möglich beginnen können“, betonte er.

„Natürlich. Vielen Dank“, erwiderte Casey ein wenig steif.

Sie begann zu essen und überlegte dabei, dass sie ihren ersten Eindruck von Ivo Maine revidieren musste. Als er gesagt hatte, dass er ihr den Auftrag nicht geben würde, war sie zwar enttäuscht, aber nicht wirklich überrascht gewesen. Schon die ganze Zeit hatte sie das Gefühl gehabt, dass er sie nicht ernst nahm – ganz einfach, weil sie eine Frau war. Doch dann hatte er sie zu ihrem Erstaunen aufgefordert, mit den Recherchen fortzufahren. Was sollte sie nun von ihm halten?

Als Ivo Mineralwasser nachschenkte, blickte sie ihn an. Er lächelte ihr zu, und sie konnte gar nicht anders – sie erwiderte sein Lächeln. Jetzt, wo das Geschäftliche geklärt war, konnte sie sich endlich entspannen. „Sind Sie schon lange bei Vulcan?", fragte sie.

„Ungefähr fünf Jahre."

Er führte das nicht weiter aus, und sie drängte ihn nicht, aber allmählich wurde sie neugierig. Sie schätzte, dass er höchstens zwei- oder dreiunddreißig war, sehr jung für einen Mann in seiner Position, wie Steve richtig bemerkt hatte. Sie waren davon ausgegangen, dass Ivo die Stellung persönlichen Beziehungen verdankte, aber jetzt fragte Casey sich, ob er es nicht ganz allein geschafft hatte. Sie musterte ihn verstohlen und überlegte, ob er wohl verheiratet war.

„Gehen Sie häufig zu Kunstausstellungen?", wollte er wissen, und Casey riss sich von ihren überflüssigen Gedanken los.

„Wenn ich die Zeit habe. Nicht so oft, wie ich es gern täte, aber das ist auch ein gutes Zeichen, denn es heißt, dass es bei Decart viel zu tun gibt."

„Das klingt so, als würden Sie oft Überstunden machen", bemerkte er.

„Wenn es nötig ist", gab sie zurück.

„Und das beißt sich nicht mit Ihren familiären Verpflichtungen?"

„Nein", entgegnete Casey nachdrücklich. „Das Essen ist ausgezeichnet. Sie müssen einen hervorragenden Koch haben."

Ivos Blick verweilte einen Moment auf ihrem verschlossenen Gesichtsausdruck, dann akzeptierte er kommentarlos ihren Themenwechsel. „Ja, den haben wir. Eine Köchin, um genau zu sein. Wir hatten großes Glück, denn sie wollte eigentlich ihr eigenes Restaurant eröffnen, aber dann konnten wir sie überreden, für uns zu arbeiten. Sie bestand nur darauf, die Menüs selbst zusammenzustellen."

Sie unterhielten sich noch eine Weile über andere Dinge, und die Zeit verging rasch. Manchmal streiften sie die Arbeit, aber im Großen und Ganzen redeten sie über Allgemeines, sodass Casey sich immer mehr entspannte und häufig lachte. Sie war genauso unterhaltsam und schlagfertig wie mit ihren Freunden oder Kollegen. Ivo schien ihre Natürlichkeit sichtlich zu gefallen, und sie stellte zu ihrem Erstaunen fest, dass sie begann, ihn zu mögen. Unwillkürlich fragte sie sich, wie er mit ihr umgegangen wäre, wenn sie einander in gesellschaftlichem Rahmen kennengelernt hätten. Hätte er mit ihr geflirtet? Wäre sie interessiert gewesen?

Die Frage ließ sie abrupt innehalten. Sie hatte seit Jahren nicht mehr in dieser Art an einen Mann gedacht, und das machte ihr Angst. Sie fühlte sich verwirrt und wütend. Rasch trank sie ihren Kaffee aus und erklärte dann: „Es war sehr nett von Ihnen, mich zum Lunch einzuladen, aber wenn es sonst nichts mehr zu besprechen gibt, mache ich mich jetzt besser auf den Weg ins Büro. Ich möchte so schnell wie möglich mit den Recherchen für Ihr Projekt anfangen."

Ivo lächelte und stand auf. „Natürlich. Warten Sie, ich helfe Ihnen in den Mantel." Nachdem sie hineingeschlüpft war, nahm sie ihre Tasche und die Aktenmappe. Er streckte ihr die Hand entgegen. „Auf Wiedersehen, Casey. Ich habe unser gemeinsames Essen sehr genossen und freue mich darauf, mit Ihnen zusammenzuarbeiten."

Er schüttelte ihre Hand und begleitete sie dann zum Haupteingang, wo er wartete, bis der Portier ihr die Tür geöffnet hatte. Auf dem Bürgersteig drehte Casey sich noch einmal zu ihm um und sah, dass er ihr immer noch hinterherblickte. Er hob die Hand und winkte ihr zu, und sie schenkte ihm eins ihrer spontanen Lächeln, das man nicht anders als zauberhaft nennen konnte. Dann wandte sie sich ab und rief nach einem Taxi.

Der erste Gedanke, sobald sie im Wagen saß, war der, dass Steve stolz auf sie sein würde – wenn sie auch noch keinen unterzeichneten Vertrag in der Tasche hatte, so war es ihr doch gelungen, das Nächstbessere herauszuschlagen. Und sie war sich sicher, dass sie Ivo einige Ideen präsentieren konnte, die ihn überzeugen würden. Sie lächelte ein wenig, als ihre Gedanken zu diesem attraktiven Mann zurückeilten. Ihr erster Eindruck von ihm war nicht besonders gut gewesen, doch das hatte sich schnell geändert. Sie freute sich darauf, ihn wiederzusehen, und erneut erstaunte sie diese Reaktion. Vielleicht überwand sie allmählich Mikes Tod, so wie alle es ihr prophezeit hatten. „Die Zeit heilt alle Wunden." Sie hörte die tröstenden Stimmen noch immer. Damals hatte sie die Worte gehasst und sich gewünscht, dass diese Leute denselben Schmerz erfuhren, den sie erlitt, damit sie nicht länger nichtssagende Klischees bemühten.

Ihre Augen verdunkelten sich, als sie sich an die Trauer erinnerte – und so betrat sie Steves Büro. Er warf einen Blick auf ihr Gesicht und stöhnte: „Es ist schiefgelaufen."

Einen Moment lang war sie versucht ihn zu necken, doch dann entschied sie sich dagegen und lächelte. „Oh Ihr, der Ihr so wenig Vertrauen besitzt! Natürlich habe ich ihn – oder zumindest fast. Maine schickt uns eine schriftliche Vereinbarung, mit den Recherchen zu beginnen, und wenn ihm unsere Ideen gefallen, gehört der Vertrag uns."

„Hurra!" Steve hob sie vom Boden und wirbelte sie im Kreis. „Schäm dich! Ich dachte schon, du hättest den Vertrag nicht bekommen und Angst, es mir zu sagen. Du warst so lange weg."

„Nein, Ivo hat mich noch zum Lunch eingeladen. Wie findest du das? *Und* er hat versprochen, dass er alle Kosten übernimmt, für den Fall, dass ich ins Ausland reisen muss. Wenn der Kalender allerdings zu Weihnachten fertig sein soll, muss ich mich schleunigst an die Arbeit machen“, erklärte Casey und war schon auf halbem Weg zur Tür.

Während des Nachmittags beendete sie die bereits angefangenen Projekte und kam erst am frühen Abend dazu, sich auf den neuen Auftrag zu konzentrieren. Als Steve sich von ihr verabschiedete, versuchte er nicht, sie dazu zu bringen, ebenfalls Feierabend zu machen. Er wusste, dass das wenig Sinn hatte. Sie blieb lieber länger in der Agentur, als in ein leeres Haus zurückzukehren. Es war schon nach halb neun, als Casey schließlich ihr Büro verließ. Und selbst dann nahm sie noch einige Bücher und die Infomappe mit, die Ivo ihr überlassen hatte. Nachdem sie ein Mikrowellengericht gegessen hatte, machte sie es sich mit Block und Stift in einem Sessel gemütlich und suchte nach ersten Ideen für den Vulcan-Kalender. Während sie das Infomaterial las, machte sie Notizen und verlor sich bis tief in die Nacht in dem neuen Projekt.

Am nächsten Morgen saß sie bereits am Schreibtisch, als Steve ihr Büro betrat. Es war ihre Angewohnheit, den ersten Kaffee zusammen zu trinken, bevor der Rest der Mitarbeiter erschien und sie für alle den Tagesablauf festlegten.

„Du wirkst sehr zufrieden“, meinte Steve.

Casey lächelte. „Ich bin gestern Abend zu Hause noch das Material durchgegangen, das Ivo Maine mir gegeben hat, und ich glaube, ich habe den Ansatz einer Idee.“

„Wie oft soll ich dir noch sagen, dass du nicht auch noch Arbeit mit nach Hause nehmen musst?“, sagte Steve automatisch, obwohl ihm klar war, dass sie es ignorieren würde. „Du solltest ausgehen und dich amüsieren. Was hast du für eine Idee?“

Sie warf ihm einen liebevollen Blick zu. „Ich verrate es dir, wenn ich etwas Definitives habe. Sag mir Bescheid, wenn die Vereinbarung von Vulcan kommt, ja? Ich will genau sehen, was Ivo Maine uns anbietet.“

Nachdem Steve in sein eigenes Büro gegangen war, griff Casey zu dem Weltatlas im Regal hinter ihr. Sie blätterte darin, bis die Sekretärin mit der Post hereinkam – der Brief von Ivo Maine lag zuoberst.

„Steve hat den Brief von Vulcan Enterprises bereits gelesen und sagt, er sei in Ordnung", erklärte Heather.

„Gut. Danke." Casey griff nach dem Schreiben und las es selbst. Sie bemerkte Ivos energische, beinahe arrogante Unterschrift am Ende. Das Budget, das er ihnen zur Verfügung stellte, war mehr als großzügig, und so nahm sie ihren Mantel und fuhr zur nächsten Bibliothek, wo sie die geografische Abteilung ansteuerte. Sie verbrachte dort einige Zeit, indem sie sich in diversen Reiseführern über Orte informierte, die sie für den Kalender interessierten. Nach ein paar Stunden lehnte sie sich mit zufriedenem Lächeln zurück, dann eilte sie ins Büro, wo sie Steve gerade noch erwischte, bevor er zum Lunch ging.

Er blickte in ihr strahlendes Gesicht und sagte: „Du siehst so aus, als wärst du jetzt bereit, mir von deiner Idee zu erzählen. Komm mit, das kannst du bei einem Pint im Pub machen."

Sie gingen zum King's Head hinüber und setzten sich an den Tisch am Fenster, an dem Steve immer mit Mike gegessen hatte. Casey hatte sie damals gelegentlich begleitet, aber nach Mikes Tod hatte sie eine ganze Weile gebraucht, um den Mut zu finden, wieder mitzugehen.

„Also, wie lautet deine Idee?"

„Nun, ich dachte an Vulkanus, den Gott des Feuers, richtig? Warum machen wir die Fotos nicht an einem Ort, der von vulkanischen Eruptionen geprägt ist oder an dem es sogar immer noch einen aktiven Vulkan gibt? Hitze in ihrer aggressivsten Form. Einige der Gesteinsformationen, die dabei entstehen, sind einfach fantastisch. Sie würden genau den richtigen Hintergrund für die Models abgeben. Und wir könnten den Feuergott auch noch hineinbringen", erklärte sie enthusiastisch, und Steve nickte begeistert.

„Du hast recht – das ist eine großartige Idee. Woran hast du gedacht – Italien, der Ätna?"

„Vielleicht, aber das ist mir ein wenig zu naheliegend. Ich dachte, ich fliege zuerst auf die Kanarischen Inseln. Ich habe mir Fotos von ihnen in der Bibliothek angeschaut, und ich glaube, dass es dort Möglichkeiten gibt.“

„Und außerdem ein wunderbares Klima“, meinte Steve trocken. „Toll, mitten im Winter einen solchen Auftrag zu bekommen. Das Glück ist dir hold.“

Casey blickte zur Seite. „Ja, das ist es wirklich, nicht wahr?“, erwiderte sie bitter.

Steve bemerkte sofort den sarkastischen Tonfall in ihrer Stimme und stöhnte leise auf. „Gott, Casey, es tut mir leid. Ich habe nicht nachgedacht.“

„Warum solltest du auch, um Himmels willen?“ Der Versuch, halbwegs gelassen zu klingen, misslang, und so wechselte sie rasch das Thema. „Wann kann ich auf die Inseln fliegen und mir einen Eindruck verschaffen? Es sollte wirklich so rasch wie möglich passieren.“

Sie sprachen noch eine Weile darüber, mit dem Ergebnis, dass Casey nur wenige Tage später im Flugzeug saß. Zuerst flog sie nach Teneriffa, mietete ein Auto und fuhr über die ganze Insel. Sie machte unzählige Fotos und bewegte sich häufig abseits der markierten Wege, wenn sie eine Umgebung für geeignet hielt. Von Teneriffa aus nahm sie eine Fähre zu den benachbarten Inseln Gran Canaria, Fuerteventura und Lanzarote. Hier blieb sie am längsten, schoss detaillierte Fotos und machte auch einige Zeichnungen. Danach war sie überzeugt, den richtigen Ort gefunden zu haben, und flog nach England zurück.

Nachdem sie einige Tage damit verbracht hatte, ihre Idee auszufeilen und weitere Skizzen anzufertigen, rief sie Ivo Maine an und vereinbarte einen Termin mit ihm.

Sie einigten sich auf den nächsten Tag, und Casey machte sich voller Optimismus auf den Weg, denn sie war sich sicher, dass ihre Ideen gut waren und Ivo interessieren würden. Außerdem freute sie sich darauf, ihn wiederzusehen.

Ivo kam ihr mit einem Lächeln entgegen und half ihr aus dem roten Wintermantel. „Ich sehe Ihrem Gesicht an, dass Sie glauben, ein paar gute Ideen zu haben", bemerkte er. „Kommen Sie, setzen Sie sich, und erzählen Sie mir alles."

Er führte sie wieder zu der Ledergarnitur in der Ecke, und diesmal setzte sie sich neben ihn auf das Sofa. „Ich bin auf die Kanarischen Inseln geflogen", teilte sie ihm mit. „Hauptsächlich nach Lanzarote. Ich weiß nicht, ob Sie jemals dort waren?" Sie schaute ihn fragend an, aber Ivo schüttelte den Kopf. „Es ist einfach fantastisch dort. Die Insel ist komplett vulkanisch, sodass sogar die Erde schwarz oder rot ist. Und es gibt die spektakulärsten Gesteinsformationen, die man sich vorstellen kann. Ich bin über die ganze Insel gefahren und habe folgende Ideen entwickelt."

Enthusiastisch öffnete sie die Mappe, die sie mitgebracht hatte, und nahm einige Bildcollagen heraus, bei denen sie die von ihr gemachten Fotos als Hintergrund benutzt und am PC angefertigte Zeichnungen integriert hatte. Sie wollte ihre Ideen erklären, doch Ivo hob eine Hand und hielt sie auf. „Nein, lassen Sie die Bilder für sich sprechen."

Er studierte sie aufmerksam, aber kommentarlos, während Caseys Anspannung ständig wuchs. Sie beobachtete sein Gesicht, um seine Reaktion einzuschätzen, doch er gab nichts preis und warf ihr nur hin und wieder ein kleines Lächeln zu, was überhaupt keine Hilfe war. Endlich schob er die Bilder zusammen, wandte sich ihr zu – und lachte breit!

„Die Sachen sind brillant", urteilte er. „Damit werden wir garantiert einen Riesenhit landen. Ich werde den Vertrag sofort aufsetzen lassen, sodass Sie gleich anfangen können. Was nun die Models anbelangt – was glauben Sie, wie viele Sie brauchen werden?"

„Nicht mehr als drei Frauen und einen Mann. Wir können ihr Aussehen durch Make-up und Perücken verändern, wenn nötig."

„Ich bin sicher, dass Sie aus einer ganzen Reihe Models auswählen können", erwiderte Ivo, „aber ich möchte, dass Sie ein bestimmtes verwenden. Ihr Name ist Lucy Grainger."

Casey runzelte die Stirn, weil sie bereits ahnte, was gleich kommen würde. „Ich glaube nicht, dass ich schon einmal von ihr gehört habe; arbeitete sie in England?"

„Ich bin sicher, dass Sie noch nicht von ihr gehört haben, aber ich möchte trotzdem, dass Sie sie engagieren."

Casey entschied sich, offen zu sein. „Bitten Sie mich, ein unbekanntes Mädchen für dieses Projekt zu engagieren?"

„Ich *bitte* Sie nicht, nein." Er betonte das Wort, sodass Caseys Gesichtsausdruck unwillkürlich erstarrte.

„Wie viel Erfahrung hat dieses Mädchen?", wollte sie wissen.

„Im Modeln – keine."

Casey blickte ihn sprachlos an und zeigte ihm offen ihre Entrüstung. „Ist Ihnen eigentlich klar, was Sie da sagen? Ich dachte, Sie wollen, dass dieser Kalender ein Riesenhit wird; eine Amateurin könnte das ganze Projekt gefährden …"

„Ich habe volles Vertrauen, dass das unter Ihrer Anleitung nicht passieren wird", unterbrach Ivo sie. „Lucy ist mit von der Partie, Casey."

„Oder es wird keinen Kalender geben; ist es das, was Sie sagen wollen?", entgegnete sie bitter.

Ivo war vollkommen ruhig, als er nickte und erklärte: „Ja, das ist genau das, was ich sage."

Sie starrte ihn einen Moment an, während ihre Gedanken nur so durcheinanderwirbelten, dann stand sie auf und packte ihre Sachen zusammen. „In diesem Fall habe ich wohl kaum eine Wahl, richtig? Also gut, wir engagieren Ihr – Model."

Auch Ivo erhob sich, aber in seiner Stimme lag ein drohender Unterton, als er sie warnte: „Gut. Nur kommen Sie bitte nicht plötzlich auf Lanzarote auf die Idee, sie nicht einzusetzen – denn ich werde selbst mitreisen, um sicherzugehen, dass das nicht passiert."

2. KAPITEL

Als Casey eine Stunde später in Steves Büro stürzte, war ihr Gesicht noch immer wutverzerrt. Er sah sie an, stand hastig auf und griff nach ihrem Arm. „Was ist los? Was ist passiert? Hat Maine deine Ideen abgelehnt?"

„Ob er sie abgelehnt hat? Ganz im Gegenteil, er fand sie großartig", stieß Casey atemlos hervor. „Er hielt sie sogar für so gut, dass er sofort einen Vertrag aufsetzen ließ."

„Warum bist du dann so wütend?"

„Weil es eine Bedingung gibt, deshalb!" Sie warf ihre Mappe zornig auf den Boden.

„Eine Bedingung?" Steve starrte sie an. „Oh nein, er ist dir doch nicht zu nahe getreten, oder?"

„Mir?" Casey lachte laut. „Nein, er ist nicht an mir interessiert, aber du bist schon auf dem richtigen Weg." Sie hielt inne und versuchte, ihren Ärger unter Kontrolle zu bekommen. „Wir kriegen den Vertrag nur unter der Bedingung, dass wir seine – seine Freundin, Geliebte, was weiß ich, was sie ist, als Model akzeptieren!"

„Na toll." Steve ließ ihren Arm los. „Was hast du dazu gesagt?"

„Was konnte ich schon sagen? Wenn wir den Vertrag haben wollen, müssen wir mitspielen."

„Wer ist das Model? Kann sie was?"

„Schwer zu sagen", meinte Casey voller Sarkasmus, „wenn man bedenkt, dass das Mädchen noch nie zuvor gemodelt hat."

„Verdammter Mist!" Steve ballte die Hand zur Faust und ließ sie auf die Schreibtischplatte knallen. „Wofür hält er uns – für eine Modelschule?"

„Ich frage mich nur, ob seine Chefs eine Ahnung haben, was er da durchzieht. Er gibt eine ganze Menge Firmenkapital aus, um die Karriere seiner Freundin zu fördern."

„Komm bloß nicht auf die Idee, es ihnen zu sagen – dann sind wir den Vertrag gleich los", meinte Steve pragmatisch. „Vielleicht wird es gar nicht so schlimm. Du könntest das Mädchen einfach nur bei ein paar Fotos im Hintergrund einsetzen, so müsste es gehen. Außerdem können wir ..." Er unterbrach sich, als er sah, wie Casey den Kopf schüttelte. „Nein?"

„Daran hatte ich auch schon gedacht, aber Maine war offensichtlich schneller. Er hat mir mitgeteilt, dass er mit uns nach Lanzarote fliegen wird. Um zu überwachen, wie wir das Geld seiner Firma ausgeben, und natürlich, um sicherzugehen, dass wir seine teure Freundin auch einbeziehen."

„Mist! Maine dabeizuhaben wird wahrscheinlich unerträglich. Meinst du, du kannst damit umgehen? Wenn es dir lieber ist, dann kündige ich den Vertrag", bot er großzügig an.

Casey seufzte, schüttelte aber sofort den Kopf. Ihr dickes rotgoldenes Haar fiel dabei über ihre Schultern. „Führe mich nicht in Versuchung. Den Vertrag zu kündigen, nur weil mir ein paar anstrengende Wochen bevorstehen, wäre ziemlich unprofessionell, oder? Ich werde wohl einfach versuchen, das Beste aus diesem Mädchen zu machen, obwohl ich zugeben muss, dass ich ihr gegenüber ziemlich voreingenommen bin."

„Was nur natürlich ist. Aber wie du bereits sagtest, musst du das Ganze so professionell wie möglich angehen. Denk dran, du bist die Expertin. Und ich bin mir sicher, dass beide, sowohl das Mädchen als auch Ivo Maine, genauso daran interessiert sind, einen spektakulären Kalender zu produzieren, wie wir."

„Ja, ich schätze, du hast recht." Casey drehte sich seufzend zur Tür. „Ich fang besser mal an, einen Fotografen und ein paar Models zu buchen, und erkläre ihnen, dass wir eine Amateurin dabeihaben, die genauso behandelt werden will wie die Profis, die Jahre damit verbracht haben, ihr Handwerk zu lernen." Sie hielt inne, dann fragte sie: „Weißt du, ob Ivo verheiratet ist?"

Steve zuckte die Achseln. „Keine Ahnung. Mir gegenüber hat er keine Ehefrau erwähnt."

„Wahrscheinlich weil er viel mehr an diesem Mädchen interessiert ist", meinte Casey böse. „Ich frage mich, ob seine Frau von Lucy Grainger weiß oder ob das alles ein großes Geheimnis ist. Wie auch immer, sie tut mir sehr leid. Es muss die Hölle sein, mit jemandem verheiratet zu sein, der verrückt nach einer anderen ist."

Es dauerte fast zwei Monate und forderte extremen Arbeitseinsatz, bis das Team feststand und nach Lanzarote fliegen konnte. Während dieser Zeit hatte Casey häufig mit Ivo telefoniert, ihn aber nicht persönlich getroffen. Ihr erstes Telefonat verlief sehr kühl; sie hatte ihm vorgeschlagen, dass Lucy Grainger ein paar Stunden an einer Modelschule nehmen sollte. „Es wäre hilfreich, wenn Ihr – ähm – Schützling zumindest eine Ahnung davon hätte, wie man posiert", betonte Casey.

Ivos Antwort war äußerst kurz angebunden ausgefallen. „Das läuft alles bereits." Dann nannte er ihr eine berühmte Modelschule, an der Lucy einen Kurs besuchte.

„Ich verstehe. Ich muss außerdem wissen, ob sie blond oder brünett ist, und ich brauche ihre Maße für die Kostümanfertigungen. Vielleicht könnten Sie das in Erfahrung bringen oder mir ihre Setcard zuschicken."

„Setcard?", fragte Ivo.

„Oh, es tut mir leid, dass ich das vergessen habe", meinte Casey spöttisch. „Alle professionellen Models verfügen über eine Setcard mit Fotos und Maßangaben für potenzielle Kunden. Normalerweise wird sie von der Agentur produziert, die das Model vertritt, aber da Sie ja für Miss Grainger als Agent fungieren ..."

„Sie werden morgen Nachmittag das Gewünschte auf Ihrem Schreibtisch liegen haben", unterbrach Ivo sie barsch. „Und in der Zwischenzeit kann ich Ihnen verraten, dass Lucy brünett ist, einen Meter sechsundsiebzig groß, und ihre Maße lauten neunzig-sechzig-neunzig. Gibt es sonst noch etwas, das Sie brauchen, Casey?"

Sie konnte gerade noch verhindern, dass sie laut nach Atem schnappte, und antwortete nur: „Im Moment nicht, danke." Dann legte sie auf und fühlte sich wie ein Kind, das man zurechtgewiesen hatte. Enttäuschung machte sich in ihr breit, aber sie konnte nicht sagen, warum. Es war doch ganz natürlich, dass Ivo den Körper seiner Geliebten so gut kannte, dass er spontan ihre Maße nennen konnte. Zumindest schien das Mädchen die Figur eines Models zu haben. Ob sie auch das Gesicht hatte, das würde Casey erst am nächsten Tag erfahren. Gegen drei brachte ein Bote die Setcard, ganz wie Ivo es versprochen hatte.

Sie *hatte* das entsprechende Gesicht, vielleicht war sie sogar *zu* hübsch. Casey nahm die ersten Fotos hervor und betrachtete sie. Lucy hatte kurze dunkle Locken und ein lebhaftes, herzförmiges Gesicht. Sie war außerdem noch sehr jung, nicht älter als achtzehn – höchstens, schätzte Casey. Lag darin der Reiz? War Ivo tatsächlich ein Mann, der eine Schwäche für junge Mädchen hatte? Übelkeit stieg in ihr auf und dann Wut auf sich selbst, denn endlich gestand sie sich ein, dass sie so reagierte, weil sie sich anfänglich zu Ivo hingezogen gefühlt hatte. Nun, das sollte ihr eine Lehre sein. Entschlossen schob sie ihre Gedanken beiseite und widmete sich stattdessen wieder ihrer Arbeit.

Sie verbrachte Stunden mit der Kostümbildnerin und dem Fotografen in ihren jeweiligen Ateliers und erledigte so viele Dinge im Vorfeld wie möglich. Sie rief außerdem immer wieder auf Lanzarote an, um Unterkunft, Fahrzeuge und Übersetzer zu buchen und sich um all die Kleinigkeiten zu kümmern, die organisiert werden mussten, bevor das Team auf die Insel flog und die Hunderte von Fotos machte, aus denen sie schließlich zwölf für den Kalender aussuchen würden.

Ende April waren sie endlich so weit, dass sie fliegen konnten. Casey hatte Ivo die Flugtickets für ihn und Lucy Grainger geschickt, aber die zwei tauchten erst auf, als alle anderen bereits eingecheckt hatten und in der Wartelounge saßen. Casey hatte schon angefangen zu hoffen, dass sie vielleicht gar nicht mehr erscheinen würden, aber dann sah sie Ivo im Türrahmen stehen und sich umschauen. Sie ließ ihren Blick einen Moment auf ihm verweilen. Wie gut er in seinem dunkelgrauen Anzug aussieht, dachte sie, doch dann schaute sie auf das Mädchen neben ihm. Lucy hatte sich offensichtlich für den Anlass besonders herausgeputzt. Sie trug hochhackige Schuhe, ein schickes Leinenkostüm mit langem Rock und funkelnden Modeschmuck. Ein breitkrempiger Hut über einer extravaganten Frisur komplettierte ihren Aufzug.

Mittlerweile hatte Ivo Casey entdeckt und marschierte auf sie zu. Das Mädchen ging mit strahlendem Gesichtsausdruck neben ihm her. Das änderte sich jedoch rasch, als Lucy sah, wie die anderen gekleidet waren. Das ganze Team, Models inklusive, waren alte Hasen in ihrem Geschäft, und sie trugen immer bequeme Kleidung während eines Flugs – hauptsächlich Jeans, Turnschuhe und Sweatshirts. Von ihnen allen war Casey vermutlich sogar noch am elegantesten gekleidet, und selbst sie trug einen Hosenanzug. Die anderen drehten sich um, als Ivo und Lucy bei ihnen ankamen, und viele grinsten breit, als sie die beiden sahen. Casey hatte sich entschieden, nichts zu sagen, aber es war bald herausgekommen, dass sie mit einer absoluten Amateurin zusammenarbeiten würden, und das gefiel ihnen genauso wenig wie Casey.

Lucys Wangen wurden flammend rot, als sie das hämische Grinsen sah.

Auch Ivos Gesichtsausdruck veränderte sich. Er presste den Mund zu einer dünnen Linie zusammen, dann griff er nach Lucys Hand und drückte sie ermutigend. Die Geste löste bei Casey einen absurden Stich der Eifersucht aus, und so fiel ihr „Guten Morgen" brüsker aus, als beabsichtigt.

„Guten Morgen. Darf ich Ihnen Lucy Grainger vorstellen", antwortete Ivo genauso kurz angebunden.

Casey nickte dem Mädchen zu, dann stellte sie ihrerseits den Rest des Teams vor. Chas, der Fotograf, der auf seinem Gebiet sehr bekannt war, seine zwei Assistenten, vier Models – drei weiblich und eins männlich –, die Visagistin, die Kostümbildnerin und eine Haarstylistin. Zusammen mit Ivo und Lucy waren es zwölf Personen, um die sich Casey kümmern musste.

Ivo begann sogleich ein Gespräch mit dem Fotografen, und Casey, die sich an die Visagistin gewandt hatte, hörte mit halbem Ohr zu. Ivo kam sehr schnell auf Lucy zu sprechen, und das Mädchen antwortete jedes Mal mit einem nervösen Kichern in der Stimme. Als ihr Flug aufgerufen wurde, konnte Casey nicht anders – sie warf Lucy einen nachdenklichen Blick zu. Irgendwie wirkte sie nicht wie der Typ, der die Geliebte eines Mannes wurde, um dadurch die eigene Karriere zu fördern. Ivo muss sie ernsthaft lieben, dachte Casey urplötzlich. Die Art, wie er sie anlächelte und zuvor ihre Hand gedrückt hatte, sagte einiges aus.

Da die beiden deutlich später als der Rest des Teams angekommen waren, saßen sie in einem anderen Teil des Flugzeugs, aber nach der Landung stiegen sie alle in den Bus, den Casey für ihren gesamten Aufenthalt auf der Insel gemietet hatte. Das Wetter in London war bei ihrer Abreise kühl gewesen, doch auf Lanzarote war es bestimmt fünfzehn Grad wärmer, und nur die frische Seebrise sorgte für etwas Abkühlung.

Sobald das komplette Gepäck verstaut war, machten sie sich auf den Weg gen Süden zu dem kleinen Fischerdorf Playa Blanca, wo Casey sechs Bungalows in einer neuen Ferienanlage gebucht hatte. Keines der anderen Teammitglieder war schon einmal auf Lanzarote gewesen, und so kam es zu verwunderten Ausrufen, als sie sahen, wie seltsam die vulkanische Landschaft wirkte.

Als das Meer in Sicht kam, bog der Bus von der Hauptstraße ab und fuhr die Auffahrt zu der Ferienanlage hinauf. Casey überließ dem Fotografen die Aufsicht über das Ausladen des Gepäcks und ging zur Rezeption, um die Schlüssel zu holen. Es war ihr gelungen, sechs Bungalows zu mieten, zwei mit drei Betten, drei mit zwei Betten und einen mit einem einzelnen Schlafzimmer, den sie für sich selbst behalten wollte. Sie ging nach draußen, wo die anderen bereits auf sie warteten, und gab den drei weiblichen Models den Schlüssel zu einem der beiden Drei-Bett-Bungalows. In dem anderen brachte sie die Visagistin, die Kostümbildnerin und die Haarstylistin unter. Zwei der Zwei-Bett-Bungalows gab sie an den Fotografen, seine beiden Assistenten und das männliche Model. Nachdem sie ihr Gepäck genommen und sich auf den Weg gemacht hatten, reichte Casey Ivo den Schlüssel zu dem letzten Zwei-Bett-Bungalow. „Es ist die Nummer sechs“, teilte sie ihm mit. „Laut Plan auf der linken Seite noch hinter dem Swimmingpool.“

Er nahm den Schlüssel und blickte darauf hinunter. „Und in welcher Nummer ist Lucy? Teilt sie sich einen Bungalow mit Ihnen?“

In der Nähe des Pools befand sich ein Vogelhaus, in dem verschiedene Kanarienarten herumflogen, und Lucy war hinübergeschlendert, um es sich anzusehen, sodass sie außer Hörweite war. Casey lachte kurz auf. „Ich glaube nicht, dass es so gedacht war, oder? Nein, sie teilt sich den Bungalow natürlich mit Ihnen.“

Ein wütender Ausdruck trat in Ivos Augen. „Und wie kommen Sie auf die Idee, dass ich den Bungalow mit Lucy teilen will?“

„Ich bitte Sie! Das war doch wohl einer der Hauptgründe, weshalb wir diese ganze Geschichte hier durchziehen – damit Sie die Möglichkeit haben, mit ihr hierherzukommen. Warum geben Sie jetzt vor, es wäre anders? Ich tue Ihnen doch bestimmt einen Gefallen, indem ich …“

„Niemand muss mir einen Gefallen tun“, fauchte Ivo sie an. „Mit wem teilen Sie Ihren Bungalow?“

Casey warf ihm einen langen Blick zu und schloss die Finger fester um den letzten Schlüssel. „Ich brauche viel Platz, um meine Zeichnungen und Entwürfe auszubreiten.“

„Mit anderen Worten – Sie haben einen Bungalow für sich allein. Wie viele Schlafzimmer hat er?“

„Eins, und das werde ich weder teilen noch tauschen“, sagte sie nachdrücklich.

„Darf ich Sie daran erinnern, dass *ich* derjenige bin, der für dieses

Projekt bezahlt", stieß Ivo zwischen zusammengebissenen Zähnen hervor.

Casey hob trotzig das Kinn. „Das interessiert mich kein bisschen. Ich werde meinen Bungalow mit *niemandem* teilen – und schon gar nicht mit Ihrer Geliebten!", erwiderte sie heftig.

„Ruhe!"

Sie drehte sich um und sah, dass Lucy inzwischen zu ihnen zurückgekommen war und ihre letzte Bemerkung gehört haben musste. Das Mädchen war ganz blass geworden – ob vor Wut, konnte Casey nicht sagen. Sie hätte sich beinahe entschuldigt, doch dann dachte sie, nein, verdammt noch mal, warum sollte ich? Stattdessen hob sie ihre Koffer auf und schlug den Weg zu ihrem Bungalow ein.

Casey brauchte eine ganze Weile zum Auspacken, denn sie hatte nicht nur Kleidung dabei, sondern auch einen Laptop, unzählige Mappen, Zeichnungen und Malutensilien. Als sie fertig war, sah das Wohnzimmer ihres Bungalows wie ein Künstleratelier aus. Sie duschte rasch und zog ein leichtes Sommerkleid an, dann legte sie etwas Make-up auf und bürstete ihr Haar, bis es glänzte.

Es war immer noch hell, als sie durch den Ferienkomplex schlenderte, um die anderen zu treffen, aber die Sonne ging allmählich unter und tauchte den Himmel in ein spektakuläres Pink, das einen weiteren schönen Tag versprach. Um zur Bar zu gelangen, musste sie an dem Bungalow vorbei, den sie Ivo und Lucy zugewiesen hatte. Gerade als sie sich ihm näherte, kamen die beiden aus der Tür, durchquerten den kleinen blühenden Garten und traten auf den Weg. Sie hatten sie gesehen, sodass es unmöglich war, schnell vorbeizueilen, daher verlangsamte Casey ihren Schritt. Außerdem waren sie schließlich ein Teil des Teams, und wenn sie auch nicht guthieß, was Ivo tat, so war es doch das Beste, wenn so wenig Spannungen wie möglich entstanden.

Sie wartete, bis die beiden sie erreicht hatten, dann nickte sie und sagte: „Guten Abend. Ich hoffe, Ihnen gefällt der Bungalow?"

Lucy zögerte mit der Antwort und sah Ivo an, der beharrlich schwieg, dann erwiderte sie steif: „Ja, er ist sehr gemütlich, danke."

Zu dritt gingen sie zur Bar hinüber, wo die anderen bereits an mehreren Tischen auf der Terrasse saßen. Casey warf einen Gruß in die Runde; da alle Plätze schon belegt waren, blieb ihr nichts anderes übrig, als sich auf einen Stuhl zu setzen, den Ivo ihr neben Lucy zurechtrückte. Dann fragte er jeden, was er trinken wolle, und ging mit einem der anderen Männer an die Bar, um die Drinks zu besorgen. Es entstand ein kurzes, unangenehmes Schweigen, bis die Frauen wieder ihre Unterhaltung aufnahmen. Sie sprachen hauptsächlich über Geschäftliches – wie man an Aufträge herankam, welches die besten Agenturen waren oder wer bei welcher Modenschau laufen würde – das Übliche. Casey war daran gewöhnt und hätte sich ohne Probleme an der Unterhaltung beteiligen können, aber Lucy saß stumm daneben, eine Außenseiterin in einer für sie fremden Welt, und sie machte einen ganz und gar unglücklichen Eindruck.

Dass die anderen Frauen Lucy bewusst ausschlossen, war für Casey sonnenklar, und es überraschte sie nicht, dass Ivo ebenfalls bemerkte, was sich da abspielte. Er hatte die Drinks besorgt und setzte sich an Lucys andere Seite. Dankbar und mit erleichtertem Blick wandte sie sich ihm zu, woraufhin er sich kurz in der Runde umschaute und die Situation sofort erfasste. Sein Mund wurde zu einer dünnen Linie, dann drehte er sich zu Casey und sagte lauter als nötig: „Haben Sie einen Tisch fürs Dinner reserviert?"

Sie schaute ihn überrascht an. „Nein, warum sollte ..."

Doch bevor sie den Satz zu Ende sprechen konnte, warf er der Gruppe einen herausfordernden Blick zu und verkündete dann: „Ich schlage vor, dass wir uns wie das *Team verhalten, das wir sind,* und gemeinsam in ein Restaurant gehen."

Die anderen waren abrupt verstummt, denn keiner wagte es, ihm zu widersprechen. Sein Tonfall hatte ihnen deutlich gemacht, dass er schließlich ihre Gage zahlte und über die Macht verfügte, ihre Verträge aufzulösen, wenn ihm danach war.

Ivo stand auf. „Entschuldigen Sie mich einen Moment."

Er ging wieder zur Bar, blieb eine Weile fort und kam dann zurück. Er schaute so lange in die Runde, bis er die ungeteilte Aufmerksamkeit jedes Einzelnen hatte. „Es ist alles geregelt", meinte er mit einem grimmigen Lächeln. „Ich habe ein gutes Restaurant ganz in der Nähe gefunden, das uns für heute Abend eine große Tafel reserviert …", er hielt einen Moment inne, blickte sie nacheinander an und endete schließlich bei Casey, „und auch für jeden weiteren Abend."

„*Jeden* Abend?" Es war Chas, der Fotograf, der den Protest äußerte, der allen auf der Zunge lag. „Sie scheinen zu vergessen, Ivo, dass wir vermutlich für einige Wochen täglich zusammenarbeiten werden. Ganz ehrlich – ich glaube, wir werden hin und wieder ein bisschen Abstand voneinander brauchen."

Zustimmendes Gemurmel machte sich breit, dem Ivo jedoch keinerlei Beachtung schenkte. Er wandte sich an Chas und entgegnete: „Es steht Ihnen natürlich absolut frei zu essen, wo auch immer Sie wollen – aber ich darf Sie vielleicht daran erinnern, dass meine Firma nur für die Essen zahlt, die in dem Restaurant eingenommen werden, das ich gebucht habe." Damit war die Diskussion beendet.

Das Restaurant nannte sich Casa Pedro und war tatsächlich nur ein kurzes Stück von der Ferienanlage entfernt. Es lag direkt an der Küste, und bei Tag musste man hier einen traumhaften Blick genießen können. Jetzt sah man, wie die Lichter der Häuser, die auf der anderen Seite der Bucht lagen, vom Wasser reflektiert wurden. Casey machte den Fehler, einen Moment hinauszublicken, sodass sie als Letzte Platz nahm, und der einzige freie Stuhl war der am Ende der Tafel neben Ivo. Mit einem wenig freundlichen Lächeln rückte er ihr den Stuhl zurecht, und sie setzte sich, rutschte jedoch von Ivo ab, um ihm nicht so nahe sein zu müssen. Er hatte Lucy an seiner anderen Seite platziert, und ihnen gegenüber saßen die beiden Assistenten des Fotografen, die in ein leises Gespräch vertieft waren. Somit blieb Casey nur die Wahl zwischen einem Gespräch mit Ivo oder einem schweigsamen Dinner. Sie war sich nicht sicher, was sie schlimmer fand.

Der Kellner reichte ihr die Speisekarte, und sie studierte sie wesentlich länger, als nötig gewesen wäre, um ihre Wahl zu treffen. Sie senkte die Karte erst, als Ivo einen beißenden Kommentar abgab: „Ich hätte nicht gedacht, dass Sie eine derart unschlüssige Person sind."

„Fremde Speisekarten sind immer faszinierend", entgegnete Casey ruhig, weil sie sich nicht provozieren lassen wollte. Sie schenkte dem Kellner ein strahlendes Lächeln und gab ihre Bestellung auf.

„Sagten Sie fremde Speisekarten oder fremde Männer?", fragte Ivo verächtlich, als er sah, wie der Kellner ihr Lächeln erwiderte, ehe er verschwand.

Casey wurde rot. „Das war extrem unhöflich und unnötig."

„War es das? Nun, *wenn* das so ist, dann entschuldige ich mich." Sein Tonfall klang allerdings ganz anders. „Sie können mir jedoch keinen Vorwurf machen, wenn ich die Dinge aus Ihrem Blickwinkel betrachte, oder?"

Casey drehte sich zu ihm um. Sie war jetzt verdammt wütend. „Was soll diese Bemerkung, bitte schön, bedeuten?"

Er warf ihr einen langen Blick zu. „Wenn Sie automatisch das Schlechteste von den Menschen denken, dann dürfen Sie sich wohl kaum beschweren, wenn die anderen es bei Ihnen genauso tun."

Sie betrachtete einen Moment sein Gesicht und erkannte erneut Ivos Stärke. Sie fragte sich, warum er das tat, wo doch auf der Hand lag, dass Lucy seine Geliebte war. Plötzlich erfasste sie Mitleid für seine Frau, und sie wandte sich von ihm ab, weil sie ihn nicht mehr anschauen wollte.

„Und *das* hätte ich auch nicht von Ihnen gedacht", meinte er wütend.

„Was hätten Sie nicht gedacht?"

„Dass Sie ein Feigling sind!"

Daraufhin lachte sie, ein hoher, schriller Klang, der die Aufmerksamkeit der anderen weckte, einschließlich Lucys. „Nun, zumindest darin haben Sie recht. Ich gebe es offen zu: Ich bin ein großer Feigling. Alles ängstigt mich. Sogar ..." Sie hielt abrupt inne. „Sogar auf einer Insel zu sein, die über dreihundert Vulkane hat. Wussten Sie das? Der letzte Ausbruch fand zwar 1824 statt, aber wenn Sie zu den Feuerbergen fahren, dann werden Sie feststellen, dass Sie Ihren Finger nicht in die Erde stecken können, ohne sich zu verbrennen."

Sie sprach zu viel und zu schnell, und Ivo wusste es, aber ihre Äußerungen hatten ihren Zweck erfüllt; einige aus der Runde hatten ihr zugehört und stellten Fragen zur Insel. Sie wollten wissen, wann sie zu den Feuerbergen fuhren.

„Schneller, als ihr glaubt", antwortete Casey. „Wir wollen die meisten Aufnahmen dort machen."

Ganz bewusst stellte sie Chas eine Frage nach den Schwierigkeiten des richtigen Lichts bei Aufnahmen in Höhlen, und er ergriff bereitwillig die Gelegenheit, um sich in einem kurzen technischen Vortrag zu ergehen, den kein Mensch verstand, dem aber alle höflich lauschten. Ihr war klar, dass Ivo ihre Taktik durchschaut hatte, denn er hob spöttisch eine Augenbraue, aber vielleicht war auch er froh, denn es erleichterte die Dinge für Lucy.

Den Rest des Dinners bezog er Lucy in jedes Gespräch mit den anderen ein; dadurch zwang er das restliche Team, sich mit ihr zu unterhalten. Es funktionierte. Sie neideten ihr zwar die Art und Weise, wie sie den Job bekommen hatte, aber es gab nichts, was sie dagegen machen konnten, und es war ganz offensichtlich, dass sie sich kooperativ verhalten mussten, wenn sie sich Ivos Gunst erhalten wollten. Außerdem war Lucy jung und versuchte nicht, sich in den Vordergrund zu spielen, was ebenfalls half. Aber Casey wollte sich nicht derart manipulieren lassen. Ihre Antworten fielen so kurz aus, dass es an Unhöflichkeit grenzte. Sie sah, wie Ivo immer wütender wurde, und erkannte, dass sie sich auf gefährlichem Terrain bewegte, aber es war ihr egal.

Nach dem Essen löste sich die Gruppe auf. Casey blieb zurück, um die Rechnung zu begleichen, und als Dankeschön erhielt sie eine Flasche Wein, was ihr eher lästig war, denn sie wollte noch einen Spaziergang machen und hatte keine Lust, die Flasche mit sich herumzutragen. So entschied sie, rasch auf ihr Zimmer zu gehen und den Wein dort zu lassen. Sie schlug gerade den Weg in Richtung Ferienanlage ein, als sie Ivo und Lucy vor sich sah. Es bestand keine Gefahr, sie einzuholen, denn sie gingen sehr schnell. Casey verzog den Mund zu einem bitteren Lächeln. Trotz seiner Entrüstung eilte Ivo also so rasch wie möglich zu seinem Bungalow zurück, um eine lange Nacht mit Lucy zu verbringen.

Als sie selbst die Bungalows erreichte, waren die beiden aus ihrem Blickfeld verschwunden. Casey stellte die Weinflasche ab, zog eine Strickjacke über und ging zur Promenade zurück. Sie wandte sich nach links, weg von den Lichtern, wo weitere Urlaubsanlagen mit Souvenirläden und Nachtclubs standen. Am Ende der Promenade versperrten Felsen den weiteren Weg, einige Treppenstufen führten zum Dorf hinauf, und zwischen ihnen waren Blumenbeete und kleine Terrassen mit Palmen angelegt. Casey stieg zu einer dieser Terrassen hinauf und setzte sich in eine Ecke, in die sanftes Mondlicht fiel. Es war so friedlich. Sie schloss die Augen, lauschte dem Rauschen des Meeres und dachte an glückliche Zeiten zurück.

„Warten Sie auf jemand Bestimmtes, oder nehmen Sie mit jedem vorlieb?"

Beim Klang von Ivos beißender Stimme öffnete sie rasch die Augen. „Nun, auf wen auch immer ich warte, Sie sind es ganz bestimmt nicht", entgegnete sie genauso unfreundlich.

„*Das* glaube ich Ihnen sofort." Er setzte sich neben sie und ignorierte ihren entrüsteten Blick. „Also, auf wen warten Sie?"

„Warum sind Sie nicht bei Ihrer Geliebten?", konterte sie. „Sie wird sich einsam fühlen ohne Sie."

„Warum sind Sie sich Ihrer Sache so sicher?"

Casey hob eine Augenbraue. „Hätten Sie sich die Mühe gemacht, hierherzukommen, wenn Lucy nicht dabei wäre?"

Er lachte kurz. „Wahrscheinlich nicht, nein."

„Und hätten Sie ihr diesen Job besorgt, wenn Sie sie nicht zumindest sehr … mögen würden?" Sie sah, wie er schmunzelte und den Kopf schüttelte. „Das dachte ich mir. Es gibt nicht viele Männer, die ihre Stellung aufs Spiel setzen, nur weil sie nach einer Frau verrückt sind."

„Ich habe nicht gesagt, dass ich nach ihr verrückt bin."

„Um Himmels willen, jeder kann sehen, wie groß Ihr Beschützerinstinkt ihr gegenüber ist. Warum versuchen Sie, es zu leugnen?", fragte Casey, weil sie plötzlich die Geduld verlor. „Ihre Frau ist weit weg, und auch die Teammitglieder werden Sie wohl kaum verraten, wenn es das ist, was Ihnen Angst macht. Sie sind alle sehr tolerant; es gibt keine Moralisten unter ihnen."

„Außer Ihnen, wie es scheint", bemerkte Ivo trocken.

Seine Äußerung überraschte sie. „Warum sind Sie mir gefolgt?"

Er runzelte die Stirn. „Warum? In erster Linie, um herauszufinden, warum Sie es für nötig hielten, den anderen von Lucy zu erzählen. Sie hätten sie nicht gegen sie aufbringen müssen. Es wird für das Kind schon schwer genug …"

„Kind?", unterbrach Casey ihn wütend. „Meine Güte, was sind Sie nur für ein Mann? Wie alt ist *sie*? Sechzehn, siebzehn?" Sie wurde immer zorniger. „Halb so alt wie Sie? Glauben Sie wirklich, dass Sie ihr einen Gefallen tun, indem Sie sie hierherbringen? Wenn sie ein Model werden will, warum lassen Sie dann nicht zu, dass sie sich den Weg hinauf erarbeiten muss wie jedes andere Mädchen? Haben Sie so wenig Selbstvertrauen, dass Sie sie auf diese Art beeindrucken müssen?"

Sie hielt inne, als Ivo wütend aufstand und sie ebenfalls auf die Füße zog. „Jetzt sind Sie verdammt noch mal zu weit gegangen!", fuhr er sie an.

Sein Griff um ihren Arm wurde fester, während er sie an sich zog, doch Casey legte die Hände auf seine Brust und wehrte ihn ab. „Lassen Sie mich los, oder ich schreie das ganze Dorf zusammen", warnte sie.

Er betrachtete sie einen Moment und schien zu überlegen, ob sie bluffte, doch dann sah er die Entschlossenheit in ihren grünen Augen, und er ließ langsam die Hände sinken und trat einen Schritt zurück. „Ich glaube, dass Sie das tatsächlich tun würden."

„Da haben Sie verdammt recht“, stimmte sie vehement zu. „Und ich rate Ihnen, mich nicht noch einmal anzufassen, denn ich weiß, wie ich mich verteidigen kann.“

„Perfekt“, gab Ivo grimmig zurück. „Ich schätze, es macht Ihnen einen Heidenspaß, andere Menschen derart zu beleidigen, wie Sie es mit mir getan haben. Aber ich möchte Sie gerne daran erinnern, dass es in meiner Macht liegt, Ihrer Agentur viele Nachfolgeaufträge zu verschaffen – nicht nur von Vulcan Enterprises, sondern auch von anderen Firmen, denen ich Sie empfehlen könnte. Es gibt allerdings kaum einen Grund, warum ich das tun sollte, wenn Sie sich weiterhin so verhalten, richtig?“

Casey schnappte nach Luft und lachte dann. „Drohen Sie mir etwa – oder versuchen Sie, mich zu bestechen?“

„Weder noch. Ich betone lediglich, dass ich Ihnen in der Zukunft von Nutzen sein könnte – wenn Sie mir hier entgegenkommen.“

„Also drohen Sie mir. Und glauben Sie wirklich, dass das für mich einen Unterschied macht? Wenn es nach mir geht, können Sie zur Hölle fahren!“, fauchte sie.

„Wirklich? Ich frage mich, ob Ihr Partner das genauso sieht.“ Casey war schlagartig still, denn sie wusste, dass Steve diplomatischer gewesen wäre. Ivo höhnte zufrieden: „Wenn Sie also nicht wollen, dass ich Ihrem Partner mitteile, dass Decart keine weiteren Aufträge von uns bekommen wird und aus welchem Grund, dann schlage ich vor, dass Sie Lucy unter Ihre Fittiche nehmen und dafür sorgen, dass die anderen freundlich zu ihr sind.“

Casey warf ihm einen Blick zu, in dem all ihre Verachtung lag, dann sagte sie: „Mein erster Eindruck war doch richtig. Als ich Sie das erste Mal sah, dachte ich, dass Sie ein Superchauvi sind.“

Ivos Gesichtsausdruck verhärtete sich, aber er wusste, dass er gewonnen hatte und deshalb erwiderte er nur: „Wie schmeichelhaft. Tun Sie einfach nur, was ich verlange.“ Sie antwortete nicht, woraufhin er kurz und triumphierend lachte. Dann wandte er sich ab und ging zurück.

3. KAPITEL

Dass sie Ivos Drohungen hatte nachgeben müssen, sorgte bei Casey am nächsten Morgen nicht gerade für gute Laune. Sie war zu wütend gewesen, um gut zu schlafen, deshalb stand sie sehr früh auf und ging zu dem Supermarkt im Dorf hinunter, wo sie sich ein großes frisches Brötchen, Butter und Marmelade zum Frühstück kaufte.

Es war ein wunderschöner, noch etwas kühler Morgen, doch ein paar Leute schwammen tatsächlich schon im Meer, obwohl das Wasser noch sehr frisch sein musste. Casey hob die Hand, um die Augen gegen das strahlende Sonnenlicht abzuschirmen und die Schwimmer zu betrachten. Sie fragte sich, ob sie sich zu ihnen gesellen oder lieber in den Pool in der Ferienanlage springen sollte. Doch urplötzlich versteifte sie sich, als sie einen Mann sah, der aus dem Wasser an den Strand watete. Es war schwierig, seine Züge zu erkennen, denn sein Gesicht lag im Schatten, aber er war zu groß und seine Haut zu hell für einen Spanier. Er hatte breite Schultern, und sein ganzer Körper drückte eine solche Kraft aus, dass Casey trotz der Entfernung wusste, dass es Ivo sein musste. Instinktiv trat sie in den Laden zurück, wo sie vor ihm verborgen war, ihn aber weiter durch das Fenster beobachten konnte.

Ivo lief den Strand hinauf zu der Stelle, an der er seine Kleidung abgelegt hatte. Sein Haar klebte nass am Kopf, und das Wasser rann in kleinen Bächen an seinem athletischen Körper hinab. Während sie ihren Blick über seine harten Muskeln wandern ließ, spürte sie ein plötzliches Verlangen tief in ihrem Innern aufkeimen. Es war ein Gefühl, das sie schon so lange nicht mehr erfasst hatte, dass sie sich sofort schuldig fühlte und glühende Wangen bekam. Sie verließ das Geschäft und eilte hastig zu ihrem Bungalow zurück.

Um neun hatten sich alle am Bus versammelt. Das ganze Team war in Shorts und T-Shirt gekleidet und freute sich darauf, einen Tag in der Sonne zu verbringen. Casey hielt ein Clipboard in der Hand und kontrollierte, dass das komplette Equipment eingeladen wurde, das sie für die Fotoaufnahmen brauchten, und so sah sie nicht, wie Ivo und Lucy auf sie zukamen.

„Guten Morgen, Casey."

„Morgen." Sie drehte sich flüchtig um, erkannte dann aber Ivos erwartungsvollen Gesichtsausdruck und erinnerte sich an ihr Gespräch vom Vorabend. Sie warf ihm einen Blick zu, der ihn zur Salzsäule hätte erstarren lassen müssen, doch dann wandte sie sich an Lucy und brachte ein etwas hölzernes Lächeln zustande. „Hallo, Lucy. Warum setzt du dich heute nicht neben mich, sodass wir den Zeitplan gemeinsam durchgehen können."

Lucy schien sofort auf der Hut zu sein, aber schließlich antwortete sie zögernd: „Oh, danke, das wäre nett."

Danach stiegen Ivo und Lucy in den Bus ein, und Casey überprüfte noch einmal ihre Liste. Als sie sich schließlich neben Lucy setzte, war diese zuerst sehr reserviert, doch das war vermutlich verständlich, wenn man bedachte, dass sie gehört hatte, wie Casey sie Ivos Geliebte nannte. Nach und nach wich jedoch die Spannung zwischen ihnen, und das junge Mädchen zeigte ein lebhaftes Interesse am Zeitplan.

„Werde ich – werde ich heute eingesetzt?", fragte sie schließlich schüchtern.

„Das weiß ich ehrlich gesagt nicht. Es liegt an Chas, welche Aufnahmen wir heute machen. Es kann auch sein, dass er heute noch gar nicht fotografiert, wenn ihm der Hintergrund nicht gefällt, den ich ausgesucht habe. Es dauert ziemlich lange, ein Shooting vorzubereiten, weißt du."

„Ja, das haben sie mir in der Modelschule erklärt. Man verbringt sehr viel Zeit mit Warten."

Casey betrachtete sie neugierig. „Ist es dein Wunsch, Model zu werden?"

„Oh ja!", antwortete Lucy begeistert. „Das wollte ich schon immer, aber mein Vater hielt nichts von der Idee, und so hatte ich keine

Gelegenheit, bis …", ein Schatten legte sich auf ihr Gesicht, „bis Ivo – ich meine, bis vor Kurzem."

Casey verspürte ein plötzliches Mitgefühl für das Mädchen und hätte gern noch mehr Fragen gestellt, aber Lucy hatte sich abgewandt und schaute aus dem Fenster.

Sie brauchten nur etwa eine halbe Stunde, bis sie eine Straße mit dem Schild „Montanas del Fuego", erreichten. Es war der Eingang zum Timanfaya Nationalpark, in dem die Feuerberge lagen. Die Landschaft hier war absolut karg, ohne jegliche Bäume oder Blumen, so als hätte Gott das Land zwar geschaffen, dann aber vergessen, es zu bepflanzen. Als Ausgleich waren die Schichten flüssiger Lava, die die Erde verbrannt hatten, jedoch zu bizarren Gesteinsformationen erkaltet, die in der Sonne derart intensiv in Schwarz und Rot leuchteten, dass es tatsächlich so aussah, als würden die Berge immer noch brennen.

Leider gab es wenige Naturwunder – oder auch Katastrophen –, die nicht kommerziell vermarktet wurden, und so fuhr ihr Bus schon bald auf einen großen Parkplatz mit Restaurant, Aussichtsplattform und dem üblichen Souvenirladen. Casey hatte sich bereits im Vorfeld um eine Erlaubnis gekümmert, hier Fotoaufnahmen zu machen, dennoch ging sie mit Antonio, ihrem Fahrer und Übersetzer, in das Büro des diensthabenden Aufsehers, um ihre Ankunft zu melden.

Das Ganze dauerte eine kleine Weile, und als Casey wieder aus dem Büro herauskam, stellte sie fest, dass der Großteil des Teams zu einer Vorführung geschlendert war, bei der einer der Parkwächter eine Kanne kaltes Wasser in ein kleines Loch im Fels schüttete. Nur wenige Sekunden danach schoss ein zischender Dampfstrahl aus dem Loch hervor. Als Casey sich dazugesellte, hörte sie Lucy vor Freude lachen, weil der Wächter beim nächsten Mal sie das Wasser hineinkippen ließ. Als der Dampf emporstieg, sprang sie schnell zur Seite und griff nach Ivos Arm. „Warte nur, bis ich Mummy erzählt habe, dass ich mit Feuer gespielt habe!", rief sie aus.

Casey konnte einfach nicht anders – sie musste unwillkürlich lachen, woraufhin sowohl Lucy als auch Ivo sich zu ihr umdrehten. Lucy ging jetzt erst auf, was sie gesagt hatte. Sie wurde feuerrot, wandte sich ab und rannte zum Bus zurück. Ivo lief mit einigen schnellen Schritten auf Casey zu und stieß mit tiefer, grimmiger Stimme aus: „Ist das die Art und Weise, wie Sie Ihren Teil des Handels einhalten?“

Casey bereute ihr Lachen sofort, aber sie hatte nicht die Absicht, das Ivo auf die Nase zu binden. Also zuckte sie nur die Achseln und antwortete: „Was kann ich dafür, wenn sie so empfindlich ist? Und ich kann mich an keinen Handel erinnern, nur an eine ganze Menge Drohungen.“

„Die immer noch gültig sind“, versetzte er scharf.

Mit einem Seufzen drehte sie sich um und rief dem Team zu: „Kommt jetzt bitte alle zusammen, wir haben eine Aufgabe zu erledigen.“ Dann ging sie eilig zum Bus zurück.

Lucy saß auf einem anderen Platz mit dem Rücken demonstrativ zum Gang, doch Casey setzte sich trotzdem neben sie. „Lucy, wie alt bist du?“, fragte sie abrupt.

Das Mädchen antwortete zunächst nicht, aber dann murmelte sie undeutlich: „Fast achtzehn.“

„Das habe ich mir gedacht. Himmel, neben dir fühle ich mich wie meine eigene Großmutter. Welchen Job hattest du bis jetzt?“

„Ich – ich hatte gar keinen. Ich habe erst an Weihnachten die Schule beendet.“

„Großer Gott! Was haben sich deine Eltern nur gedacht ...“ Casey hielt ganz plötzlich inne. „Es tut mir leid. Das geht mich wirklich nichts an. Schau ...“, sie berührte Lucy am Arm, „ich weiß nicht, wie du an Ivo geraten bist, aber ein Mädchen in deiner Situation muss lernen, sich ein dickeres Fell zuzulegen. Ganz besonders, wenn du als Model arbeiten willst. Es wird dir nicht immer so leicht gemacht werden wie hier, weißt du. Irgendwann wirst du es allein schaffen müssen.“

Sie brach ab, als der Bus sich in Bewegung setzte, und warf Lucy stattdessen einen prüfenden Blick zu. Sie konnte nur hoffen, dass sie sich ihren Rat zu Herzen nehmen würde.

Sie fuhren so nah wie möglich an die erste Stelle heran, die Casey ausgesucht hatte – eine wilde Mondlandschaft, in der man beinahe meinte zu sehen, wie die Hitze von den schwarzen Felsen reflektiert wurde. Casey trug ihre Mappe mit Zeichnungen und Fotos bei sich, während sie mit Chas das Gelände beging, sodass er entscheiden konnte, wo er seine Kamera aufbaute. Allerdings war der Boden so uneben, dass es schwierig war, darauf zu laufen. Chas stimmte mit Casey überein, dass die Szenerie für die Aufnahmen geeignet war, aber er fand keine Stelle, die eben genug gewesen wäre, um seine Kamera dort zu positionieren. Daher wies er seine Assistenten an, ihm ein kleines Podest zu bauen.

Den anderen blieb damit nichts anderes übrig, als zu warten. Nur Ivo nutzte die Zeit, indem er einen Laptop auspackte und an einem Bericht tippte. Casey kletterte in den Bus, um Sonnenmilch aus ihrer Tasche zu holen, bemerkte, was er tat, und lächelte verächtlich.

Ivo schaute auf, sah ihren Gesichtsausdruck und starrte sie daraufhin grimmig an. „Und was finden Sie jetzt wieder so amüsant?"

„Wahrscheinlich nur die Tatsache, dass Sie hier einen Laptop mit sich herumtragen. Schätzen Sie sich selbst als so unentbehrlich ein, dass Sie nicht einmal Urlaub machen können mit Ihrer Gel… ohne zu arbeiten?", korrigierte sie rasch, als sie sah, wie sich sein Blick weiter verfinsterte.

„Niemand ist unentbehrlich", versetzte Ivo kurz. „Es gibt niemanden, dessen Platz nicht durch eine andere Person eingenommen werden könnte."

Für einen kurzen Moment legte sich ein Schatten auf Caseys Gesicht. „In einem großen Konzern wie Vulcan vielleicht, aber in einer kleinen Firma – oder im Leben –, da gibt es Menschen, die niemals ersetzt werden können."

Ivo betrachtete ihr abgewandtes Gesicht, doch sie senkte den Kopf, sodass ihr dichtes Haar nach vorne fiel und ihre Züge verschleierte. „Das hört sich an, als sprächen Sie aus persönlicher Erfahrung.“ Seine Stimme war jetzt sanfter, aber es lag auch eine Spur Neugier darin. „Denken Sie daran, Decart zu verlassen? Oder ist es Ihr Partner, der gehen will?“

„Weder noch. Wie kommen Sie darauf?“

„Ihr Ton, als Sie von kleinen Firmen sprachen. Kommen Sie gut mit Ihrem Partner aus?“

„Sehr gut.“ Er warf ihr einen raschen Blick zu, hob eine Augenbraue, und Casey verspannte sich. „Nicht, wie Sie glauben! Wir sind lediglich Geschäftspartner, das ist alles.“

Diesmal schaute er sie verächtlich an. „Meine liebe Casey, ich habe nie etwas anderes gedacht. Wissen Sie, Sie sollten wirklich über Ihre schmutzige Fantasie nachdenken. Sie könnte Sie eines Tages in Schwierigkeiten bringen – wenn sie das nicht bereits getan hat.“

Sie entschied, dass sie es nicht nötig hatte, darauf zu antworten, und so ging sie einfach nur nach draußen, um sich Arme und Beine einzucremen. Sie trug lediglich Shorts und ein Top. Sie hatte zwar noch etwas Bräune von ihrer Reise im Februar, aber sie spürte bereits ein leichtes Kribbeln auf der Haut, und sie würde sich verbrennen, wenn sie nicht aufpasste. Während sie ihre Beine einrieb, spürte sie einen Blick auf sich und schaute auf. Ray Brent, ihr männliches Model, beobachtete sie mit einem halb bewundernden, halb nachdenklichen Ausdruck in den Augen. Das überraschte sie, und da sie ihn in keiner Weise ermutigen wollte, drehte sie ihm den Rücken zu, um mit jemandem ein Gespräch anzufangen, während sie sich zu Ende eincremte.

Der Morgen zog sich langsam dahin. Diejenigen, die nicht arbeiten mussten, gingen zum Restaurant zurück und kamen mit etlichen kalten Getränken für die anderen wieder. Casey hatte zwar eine Kühlbox dabei, doch deren Inhalt war schnell leer geworden.

„Vielleicht können wir einen Kühlschrank besorgen, den wir über die Batterie des Busses laufen lassen“, schlug Ivo vor. „Soll ich mit dem Fahrer darüber sprechen?“

„Wenn Sie Ihre Arbeit so lange im Stich lassen können", entgegnete Casey spöttisch.

Sie sah das kalte Funkeln, das in seinen Augen aufblitzte. „Offensichtlich wollen Sie immer einen Streit anfangen, wenn wir miteinander reden. Finden Sie das nicht ein wenig pubertär?"

Casey blickte ihn trotzig an. „Vielleicht – aber Sie sind den Umgang mit pubertierenden Mädchen offensichtlich viel mehr gewöhnt als ich." Ihr Blick wanderte ganz bewusst zu Lucy hinüber und verweilte dort.

Zu ihrer Überraschung lächelte Ivo nur. „Sie haben einen wirklich scharfen Verstand – wie schade, dass Sie ihn für solch billige Provokationen nutzen."

„Ich könnte etwas sehr Ähnliches über Sie sagen", gab sie ohne nachzudenken zurück.

„Könnten Sie das?" Ivo hob amüsiert eine Augenbraue.

Casey wandte sich erleichtert ab, als einer von Chas' Assistenten auf sie zukam, um ihr mitzuteilen, dass sie fertig waren.

Die nächsten Stunden waren mit Arbeit gefüllt. Das Licht musste häufig verändert werden, das Model neu posieren, und schließlich mussten sie einen Windschutz anbringen – all die tausend kleinen Details, die ein gutes Foto ausmachten. Es dauerte den ganzen Tag, und am Ende waren alle froh, in den Ferienkomplex zurückzukehren, denn viele hatten das Warten in der heißen Sonne als anstrengender empfunden, als wenn sie körperlich gearbeitet hätten.

Casey duschte und schlüpfte dann in ein blaues Sommerkleid. Sie breitete die Polaroids aus, die Chas vor den eigentlichen Aufnahmen gemacht hatte, und stellte erleichtert fest, wie gut ihre Ideen von einem Profi wie Chas umgesetzt wurden. Während sie die Bilder betrachtete, ging sie im Geist noch einmal die Schwierigkeiten durch, auf die sie heute gestoßen waren, und entschied, dass es besser war, wenn sie am folgenden Tag mit Chas und seinen Assistenten die nächsten Aufnahmeorte erst auf ihre Bedingungen hin überprüfte.

Sie war derart in ihre Überlegungen vertieft, dass sie die Zeit vergaß und überrascht war, als sie ein Klopfen an der Glasscheibe ihrer Tür hörte. Sie blickte auf und sah Ivo draußen stehen, woraufhin sie aufstand und öffnete.

„Alles in Ordnung? Die anderen warten darauf, zum Dinner zu gehen, und wir haben uns gefragt …"

„Oh mein Gott, ich habe völlig die Zeit vergessen. Ich muss nur noch meine Tasche holen." Sie lief in ihr Schlafzimmer, als sie aber zurückkam, sah sie, dass Ivo vor dem Tisch stand und die Polaroids betrachtete. „Und, was denken Sie?"

Er nickte. „Ich freue mich darauf, das Endprodukt zu sehen."

„Aber bis dahin halten Sie sich mit Ihrem Urteil zurück", bemerkte sie trocken.

Er lächelte leicht. „Es ist noch früh, Casey. Lassen Sie uns abwarten, wie die eigentlichen Fotos werden."

„Nur für den Fall, dass Chas vergessen hat, einen Film einzulegen, nehme ich an."

„Das war nicht ganz das, was ich meinte."

„Nicht?" Casey drehte sich zu ihm um und stellte zu spät fest, dass er sehr nahe bei ihr stand. Wieder spürte sie das Aufkeimen von Verlangen. Sie roch den herben Duft seines Aftershaves und war sich seiner breiten Schultern und männlichen Kraft nur allzu deutlich bewusst.

„Nein, ich meinte einfach nur, dass …" Seine Stimme verebbte, als er die Botschaft in ihren Augen erkannte, die sie nicht schnell genug hatte verschleiern können.

Sie wandte sich hastig ab. „Ich dachte, Sie sagten, die anderen würden warten. Ich habe auch großen Hunger." Sie ging aus der Tür und wartete darauf, dass er ihr folgte, sodass sie absperren konnte. Sie war froh über die einsetzende Dunkelheit, die ihre Verwirrung ein wenig verbarg.

Nachdem sie sich bei den anderen entschuldigt hatte, ging sie als Erste zum Restaurant voran, sodass sie ihren Platz diesmal frei wählen konnte. Sie lächelte Chas an und sagte: „Vielleicht könnten wir beim Essen über den morgigen Zeitplan sprechen? Ich möchte ein bisschen was verändern, nachdem wir heute gesehen haben, wo die Schwierigkeiten liegen."

Ob er Lust hatte oder nicht, danach blieb Chas keine Wahl mehr, und so setzte er sich neben Casey, an deren anderer Seite Ray Brent Platz nahm. Sie schaute die Tafel hinab und sah, dass Ivo und Lucy diesmal in der Mitte saßen. Auch Ivo schaute auf und begegnete Caseys Blick, doch statt des spöttischen Ausdrucks, den sie erwartet hatte, sah er sie fragend an.

Sobald sie ihr Gespräch mit Chas beendet hatte, wurde Casey von Ray Brent mit Beschlag belegt, und er wartete auch auf sie, als sie zurückblieb, um die Rechnung zu begleichen. „Gestern Abend haben wir eine ganz gute Bar gefunden, ein Stückchen hinter dem Pool", erzählte er ihr. „Sie haben ein paar englische Entertainer dort und bis zwei Uhr morgens geöffnet. Was halten Sie davon, wenn wir noch auf einen Drink dort hingehen?"

„Vielen Dank, Ray, aber darauf habe ich jetzt keine Lust. Vielleicht am Wochenende, wenn die anderen auch gehen."

„Ich verstehe", antwortete er steif.

Casey lächelte ihn an, als sie den enttäuschten Unterton heraushörte. Sie wollte ihn möglichst sanft abweisen. „Warum fragen Sie nicht eine der anderen Frauen? Die haben mehr Zeit als ich, und vielleicht sind sie ungebunden."

„Aber Sie sind das nicht?"

„Es tut mir leid, nein."

„Nun, das ist deutlich genug. Aber jammerschade. Die meisten Frauen, die ich kennenlerne, sind Models, und man kann sich nicht gerade besonders gut mit ihnen unterhalten. Sie sprechen in der Regel die ganze Zeit nur über sich selbst. Und die Fotografen sind fast noch schlimmer, da geht es nur um Licht und Kameraeinstellungen."

Casey lachte. „Armer Ray. Warum unterhalten Sie sich nicht mit Lucy? Sie ist noch kein Model, aber sie will es unbedingt lernen. Sie könnten ihr eine Menge Tipps geben."

„Oh ja, und was ist mit Ivo? Er ist ihr Freund, oder nicht?"

„Er behauptet nein", entgegnete Casey neutral.

„Wirklich? Nun ja, kann sein. Ich habe bemerkt, dass die beiden separate Bungalows haben."

„Tatsächlich? Ich habe ihnen einen gemeinsamen zugewiesen."

„Ja, aber ich musste am ersten Tag zur Rezeption, und Ivo stand gerade da und verlangte nach einem eigenen Bungalow. Er ist jetzt in einem auf der anderen Seite des Pools untergebracht, in der Nähe von Ihrem."

„Wirklich?" Sie waren in ihrer Ferienanlage angelangt, und Casey reichte Ray die Flasche Wein, die sie auch heute von dem Restaurant erhalten hatte. „Schauen Sie, ich sehe einige der anderen dort drüben beim Pool. Warum nehmen Sie nicht diese Flasche Wein und teilen Sie mit ihnen? Und ich habe auch noch eine weitere in meinem Zimmer, die Pedro mir gestern gab."

„Also gut, dann komme ich kurz mit und hole sie. Vielen Dank", antwortete Ray.

Gemeinsam gingen sie durch die Gärten zu Caseys Bungalow. Der Weg war von sanften Laternen erhellt. Casey öffnete die Tür und knipste das helle Verandalicht an, ehe sie hineinging, um die Flasche zu holen, die sie auf dem Wohnzimmertisch abgestellt hatte. „Hier ist sie. Ich …" Sie verstummte, als sie sah, dass Ray ihr gefolgt war und die Tür hinter sich schloss.

„Casey", flüsterte er heiser, „bist du sicher, dass du nicht willst?"

„Ganz sicher", antwortete sie fest.

„Aber du hast mir noch gar keine Chance gegeben. Man weiß nie, vielleicht wärst du angenehm überrascht." Ray zog sie an sich und legte die Arme um sie. „Warum probieren wir es nicht aus?"

„Ray, würdest du bitte …?" Weiter kam sie nicht, denn Ray erstickte ihren Protest mit seinen Lippen und küsste sie.

Er war groß und hielt sie dicht an sich gepresst, aber Casey wusste, wie sie sich wehren konnte. Sie gab ihm einen harten Stoß in die Seite, so wie Mike es ihr gezeigt hatte.

„Hey, das hat wehgetan!"

„Das sollte es auch. Ich habe dir gesagt, dass ich kein Interesse habe, Ray. Würdest du jetzt also bitte den Wein nehmen und gehen? Und schmolle nicht. Ich kann Männer nicht ausstehen, die schmollen. Du kannst nicht immer gewinnen, weißt du?"

„Nein, aber ein Mann muss es versuchen." Er schenkte ihr ein verschmitztes Lächeln. „Sind wir noch Freunde?"

„Natürlich. Ich fühle mich sogar sehr geschmeichelt."

Ray lächelte noch einmal. „Nein, das tust du nicht, aber trotzdem vielen Dank. Du bist eine sehr nette Frau, Casey, ich beneide deinen Mann", sagte er in einer etwas rührseligen Stimmung. „Gute Nacht."

„Gute Nacht."

Casey öffnete dankbar die Tür und stieß ihn halb auf die Veranda hinaus. Sie spürte keinen Groll gegen ihn, aber sie hätte gut auf den Abschiedskuss verzichten können, den er ihr auf der Veranda noch gab. Sie zog sich hastig zurück und beobachtete, wie Ray seufzte, die Achseln zuckte und sich dann abwandte, um zu gehen. Erst in diesem Moment bemerkte Casey, dass sich jemand auf dem Weg zwischen den Bungalows befand. Sie reckte ein wenig den Kopf und sah, dass es Ivo war, der da mit grimmigem Gesichtsausdruck stand. Als er ihren Blick jedoch registrierte, warf er ihr ein anzügliches Lächeln zu.

„Ich wollte Ihnen Gute Nacht wünschen", meinte er voller Ironie, „aber es sieht so aus, als hätte das schon jemand anders übernommen."

Ray dachte offensichtlich, dass Ivo mit ihm redete, und antwortete völlig arglos: „Oh ja, es war ein großartiger Abend, danke." Damit ging er zurück zur Bar.

Doch Ivo blieb stehen, und als Ray außer Hörweite war, fügte er verächtlich hinzu: „Es scheint, als würden Sie selbst nicht beherzigen, was Sie so unermüdlich predigen."

Casey sagte nichts, denn sie sah nicht ein, warum sie lange Erklärungen abgeben sollte, die er doch nicht glauben würde.

„Sie verteidigen sich ja gar nicht“, fuhr er im selben Tonfall fort.

„Nein.“

Er schaute sie erstaunt an. „Ist Ray Ihr Freund, oder welchen Euphemismus benutzt man heutzutage für Liebhaber?“

„Nein, ich habe ihn vor diesem Projekt noch nie gesehen.“

„Nun, Sie haben allerdings nicht lange gebraucht, um ihn kennenzulernen – und das sehr gut, wie es den Anschein hat“, fauchte Ivo sie wütend an. „Aber Moralisten erweisen sich ja immer als die größten Sünder.“

„Vielleicht sollten Sie nicht nach dem Augenschein urteilen“, schoss sie, allmählich ebenso wütend, zurück.

„Warum nicht? Sie tun doch genau dasselbe mit mir und Lucy.“

Casey bekam große Augen. „Die Situation ist wohl nicht ganz vergleichbar.“

„Woher wollen Sie das wissen?“, fragte Ivo heftig. „Ist Ihnen jemals in den Sinn gekommen, dass Sie falsch liegen oder dass zumindest Zweifel angebracht wären, bevor Sie Gerüchte streuen und uns verleumden? Das hier sollte ein Highlight in Lucys Leben werden, aber Sie haben es ihr schon verdorben, bevor sie auch nur hier ankam. Und das alles nur, weil es Sie geärgert hat, sie einzusetzen!“, meinte er angewidert.

„Nun, falls ich und die anderen Models uns geärgert haben sollten, dann ist das Ihre Schuld“, versetzte Casey scharf. „Sie alle haben lange und hart gearbeitet, um ihr Handwerk zu erlernen und so weit zu kommen, solch einen lukrativen Auftrag zu erhalten. Was glauben Sie denn, wie sie sich fühlen, wenn sie mit einer kompletten Amateurin zusammenarbeiten müssen, weil es andernfalls keinen Kalender gibt?“ Sie hielt inne, um Atem zu schöpfen. „Es ist kein Wunder, dass sie nicht bereit sind, Lucy zu akzeptieren.“

Ivo ließ sie zu Ende reden, doch dann erwiderte er beißend: „Sie hätten es ihnen nicht sagen müssen.“

„Sie haben recht, ich musste es ihnen nicht sagen – weil sie es bereits wussten. Eins der Models hat eine Freundin, deren Schwester an der Modelschule arbeitet, an der Lucy ihren Kurs belegt hat. Anscheinend konnte Lucy es sich nicht verkneifen zu erzählen, dass sie hierherkommen würde, und das hat schnell die Runde gemacht. Die Modelwelt ist nämlich sehr klein, wissen Sie."

„Ich lerne", entgegnete Ivo kurz. Einen Moment schaute er sie finster an. „Also gut, ich entschuldige mich für meinen Verdacht, aber es ändert nichts an der Tatsache, dass Sie und alle anderen zu der Schlussfolgerung gelangt sind, dass Lucy und ich eine Affäre miteinander haben."

„Was sollen wir denn sonst denken?", fragte Casey entnervt. „Wenn die Umstände anders sind, warum erklären Sie sie dann nicht?"

„Waren Sie gerade eben mit Ray Brent im Bett, Casey?", versetzte Ivo abrupt.

Casey schaute ihn ein paar Sekunden sprachlos an, weil der Themenwechsel sie überraschte. „Nein, war ich nicht – nicht, dass es Sie etwas anginge!"

„Warum erklären Sie dann nicht einfach, was Sie mit ihm gemacht haben?"

„Warum in aller Welt sollte ich?"

„Sehen Sie, genauso denke ich", meinte Ivo zufrieden. „Warum sollte *ich* erklären, weshalb ich Lucy helfe? Nur weil einige engstirnige Menschen sich entschlossen haben, das Schlimmste über mich anzunehmen?"

Sein Einwand ließ sie verstummen, sodass sie ihn erneut nur anstarren konnte, bis sie schließlich entgegnete: „Wenn – wenn wir uns täuschen, dann wäre es für Lucy viel besser, wenn Sie die Situation klären würden."

„Oh ja, Sie täuschen sich", antwortete er kalt. „Und eines Tages werde ich Ihnen vielleicht sagen, wer Lucy ist – aber nicht, bevor Sie sich nicht für Ihre Unterstellungen entschuldigt haben. Und Sie werden sich nicht nur bei mir, sondern auch bei Lucy entschuldigen und jedes Wort so meinen. Habe ich mich verständlich ausgedrückt?"

Sie schaute ihn kühl an. „Nun, vielleicht werde ich mich entschuldigen – wenn der Tag kommt, an dem ich überzeugt bin, dass Sie nicht lügen, sobald Sie den Mund aufmachen, weil Sie Angst davor haben, dass Ihre Frau alles herausfindet!"

„Meine Frau?" Ivo lächelte derart spöttisch, dass es Casey kalt den Rücken hinunterlief. „Ich fürchte, das ist eine weitere voreilige Schlussfolgerung, die Sie da gezogen haben."

„Ich verstehe nicht. Was meinen Sie?"

„Nun, ganz einfach, dass ich keine Frau habe. Ich bin nicht verheiratet und war es auch nie. Tut mir leid, wenn ich Sie enttäuschen muss." Damit machte er auf dem Absatz kehrt und ging rasch davon.

4. KAPITEL

Erst am nächsten Abend sah Casey Lucy und Ivo wieder. Sie hatte ein Auto gemietet und war mit Chas und seinen Assistenten zu den anderen Stellen gefahren, an denen sie Aufnahmen machen wollten, um die Bedingungen zu prüfen. Der Tag war heiß und anstrengend gewesen, sodass Casey gleich nach ihrer Rückkehr ihren Badeanzug überstreifte und in den Pool sprang. Sie begann zu schwimmen, stieß aber fast augenblicklich mit jemandem zusammen.

„Entschuldigung, ich habe gar nicht geschaut, wohin ich – oh, Sie sind es."

„Hallo, Casey. Hatten Sie einen schönen Tag?", antwortete Ivo, während es um seinen Mund belustigt zuckte, weil sich ihr Tonfall so verändert hatte.

„Ja, vielen Dank. Und was haben Sie heute unternommen? Hat Antonio eine Inseltour mit Ihnen gemacht, wie ich es vorgeschlagen hatte?"

„Nein, wir haben nicht alle Ihre Energie, und so haben die meisten entschieden, einen faulen Tag am Pool zu verbringen."

„Aber Sie nicht", meinte Casey mit plötzlicher Sicherheit. „Ich schätze, Sie haben wieder gearbeitet."

„Bei Ihnen klingt es, als wäre das ein Verbrechen." Ivo trat einen Schritt zur Seite, um einen Schwimmer vorbeizulassen, und dabei streifte sein Bein das ihre. Er schaute sie an, doch sie blickte hastig zur Seite. „Sie selbst arbeiten ebenfalls hart", bemerkte er. „Ich kann mich daran erinnern, dass Ihr Partner sagte, dass Sie sich ganz Ihrer Arbeit widmen."

„Ich liebe meinen Beruf", entgegnete Casey steif. „Und ich versuche, ihn so professionell wie möglich zu betreiben."

„Warum ist es dann bei Ihnen in Ordnung, wenn Sie hart arbeiten, und bei mir nicht?", fragte Ivo durchaus logisch.

Sie schüttelte den Kopf, doch dann flüsterte sie heiser: „Manchmal stürzen sich Menschen aus anderen Gründen in die Arbeit als …" Sie unterbrach sich. „Oh, schauen Sie nur, Chas will gerade ins Wasser springen. Ich wünschte, ich hätte eine Kamera."

Ivo folgte ihrem Blick und lachte. „Ja, ich verstehe, was Sie meinen. Er sieht so aus, als wenn eine mehrwöchige Kur ihm nicht schaden könnte." Er schaute allerdings nur so lange zu, bis Chas eingetaucht war, dann wandte er sich wieder an Casey, um zu fragen: „Was meinten Sie mit den anderen Gründen für harte Arbeit?" Doch es war schon zu spät, denn Casey hatte zu kraulen begonnen und verschwand rasch aus seinem Blickfeld. Ivo sah ihr mit einem Stirnrunzeln hinterher, versuchte jedoch nicht, ihr zu folgen. Stattdessen schwamm er an den Beckenrand und kletterte aus dem Pool.

Sie trafen sich wieder, als sie alle zum Dinner gingen, doch Casey achtete darauf, dass sie sich von Ivo fernhielt. Als sie merkte, dass Lucy allein ging, weil Ivo von der Visagistin belagert wurde, gesellte sie sich zu dem jungen Mädchen und lächelte es an. „Hallo, Lucy. Ivo hat mir erzählt, dass du einen faulen Tag verbracht hast."

„Ja, ich habe hauptsächlich in der Sonne gelegen." Ihre Stimme klang reserviert, aber ihre guten Manieren hielten sie davon ab, Ablehnung offen zu zeigen.

„Du musst aufpassen, dass du dich nicht verbrennst", warnte Casey. „Wir können keine Flecken auf deinem Körper gebrauchen, wenn wir dich fotografieren."

„*Werde* ich denn fotografiert?", fragte Lucy in einem zweifelnden Ton.

„Oh ja. Ich denke, in ein paar Tagen. Chas hat gesagt, dass er dich wahrscheinlich bei den Aufnahmen in der Grotte einsetzen will."

Lucy strahlte wie ein Honigkuchenpferd, und Casey verspürte fast ein wenig Neid, als sie sich daran erinnerte, wie schön es war, jung und glücklich zu sein. „Das ist wunderbar", rief Lucy aus. „Darf ich es Ivo erzählen?"

„Ja, natürlich."

Sie blickte ihr hinterher, wie sie zu Ivo rannte und ihn am Ärmel zog, doch dann schloss Casey rasch zu der vor ihr laufenden Gruppe auf und ging den Rest des Weges zum Restaurant mit ihnen.

Während des Dinners entschieden Ray und noch andere aus dem Team, zu der Bar zu gehen, die sie entdeckt hatten, und diesmal gesellte sich Casey dazu. Sie setzte sich auf einen Barhocker zwischen Ray und Chas. Sie fühlte sich entspannt und genoss es, Chas' Anekdoten über einige seiner superreichen Kunden zuzuhören. Wie Ray versprochen hatte, trat ein englisches Duo auf, das Gitarre spielte und dazu sang. Mehrere Paare tanzten zu ihrer Musik.

Etwa zwanzig Minuten später kamen Ivo und Lucy zur Tür herein. Sie rückten alle zusammen, um ihnen Platz zu machen, und Ivo fand einen Stuhl für Lucy, musste selbst aber stehen.

Casey versuchte, sich wieder auf Chas zu konzentrieren, doch es fiel ihr jetzt sehr schwer, besonders wenn sie Ivos Augen auf sich spürte. Das Musikduo machte eine Pause, und prompt stieg der Geräuschpegel deutlich an. Chas musste fast schreien und wurde sehr rot im Gesicht. Casey betrachtete ihn besorgt, denn es war offensichtlich, dass er nicht besonders gesund lebte. Sein Bauch war eindeutig zu dick, und er trank zu viel. Sie konnte nur hoffen, dass er in der Hitze nicht zusammenklappen würde.

Ihre Gedanken mussten offensichtlich gewesen sein, denn plötzlich stand Ivo neben ihr und flüsterte: „Haben Sie Angst, dass Ihr Fotograf kollabiert?"

Sie warf ihm einen kurzen Blick zu. „Können Sie Gedanken lesen?"

„Es war nicht schwer zu erraten, was Sie dachten." Er sah sie lange an, dann meinte er: „Ich wollte Ihnen danken."

„Wofür?", fragte sie misstrauisch.

„Dafür, dass Sie Lucy ein wenig ermuntert haben."

„Warum sollten Sie mir dafür danken? Ich habe nur Ihre Befehle ausgeführt."

„Ja, das haben Sie“, pflichtete Ivo ihr bei, aber in seiner Stimme lag keine Kälte.

Die Musiker begannen wieder zu spielen, und einige Paare betraten die kleine Tanzfläche. Da die Bar zum Strand hin offen war, bewegten sich manche von ihnen sogar nach draußen.

„Möchten Sie tanzen?“, fragte Ivo.

Sie starrte ihn mit großen Augen an und konnte ihre Überraschung nicht verbergen. „Mit Ihnen?“

„Was für eine Reaktion! Natürlich mit mir!“

„Aber – aber was ist mit Lucy?“

Ivo schaute zu Lucy hinüber, die sich in einer angeregten Unterhaltung mit Ray und einem der weiblichen Models befand. „Sie scheint mir ganz zufrieden. Also?“

Casey schüttelte den Kopf. „Nein – nein, danke. Ich …“

„Feigling“, flüsterte Ivo sanft, während er sich zu ihr vorbeugte und ihr in die Augen sah.

Sie schaute ihn an, fühlte sich plötzlich sehr verletzbar und äußerte doch keinen Protest, als er sie bei der Hand nahm und auf die Tanzfläche führte.

Ivo legte seinen Arm um ihre Taille und zog sie an sich, dann schloss er seine Hand um ihre und begann, sich zum Rhythmus der Musik zu bewegen. Sein Körper und seine Hand fühlten sich heiß an, und dennoch erschauerte Casey, was er sofort spürte.

„Entspann dich“, sagte Ivo, der sie plötzlich duzte.

Er wollte sie noch ein wenig dichter an sich ziehen, doch sie sperrte sich. Ihre Gefühle waren in Aufruhr. Sie wusste nicht, was sie in seinen Armen verloren hatte. Sie mochte ihn ja nicht einmal, selbst wenn er eine gewisse Anziehungskraft auf sie ausübte. Es waren immer mehr Paare auf die Tanzfläche gekommen, sodass nur noch sehr wenig Platz blieb. Ivo hob ihre Hand und legte sie auf seine Schulter, dann schlang er die Arme um ihre Taille. Sie blickte ihm einen Moment in die Augen, dann ließ sie es schließlich zu, dass er sie enger an sich zog, und lehnte sich an ihn. Ihr Herz pochte wie verrückt, und sie konnte seine Nähe nicht ignorieren.

Ivo streifte mit seinen Lippen ihr Haar, als er den Kopf bewegte, um sie anzusehen, und fragte: „Warum so verkrampft?"

„Ich – ich bin nicht verkrampft. Überhaupt nicht."

Sie versuchte zu lächeln und trat erleichtert einen Schritt zurück, als die Musik endete, doch das Duo begann sofort einen neuen Song, und Ivo zog sie wieder in seine Arme. Sie spürte, wie sich sein Körper an ihre Brust und ihre Hüften schmiegte, fühlte seine Hände fest auf ihrer Taille, und plötzlich durchströmte sie eine Woge der Begierde. Casey versuchte verzweifelt, sie zu unterdrücken; sie sagte sich, dass es nur an der Hitze lag, der Müdigkeit, irgendetwas. Doch ein weiterer Schauer durchlief ihren Körper, und Ivo senkte den Kopf und berührte ihre Schläfe sanft mit seinen Lippen.

Sofort löste sie sich von ihm und brach den Tanz ab. „Ich habe Durst. Es ist wirklich viel zu heiß, um zu tanzen." Damit wandte sie sich ab und ging zur Bar zurück.

Ivo folgte ihr langsam, doch Casey wich seinem Blick bewusst aus, als sie sich an die Bar setzte. Lucy kam ihr ungewollt zu Hilfe, indem sie Ivo in ein Gespräch verwickelte. Casey trank rasch ihren mittlerweile warmen Drink aus, wünschte denjenigen, die ihr am nächsten waren, hastig Gute Nacht und verließ die Bar dann so unauffällig wie möglich. Als sie allerdings die Tür erreichte, schaute sie noch einmal zurück und sah, dass Ivo sie beobachtete. Für einen langen Moment blickten sie sich in die Augen, doch dann riss Casey sich los und rannte beinahe in die mehr als willkommene Dunkelheit hinaus.

Sie eilte die Promenade entlang, bis sie zu den Steinstufen kam, auf denen sie am ersten Abend gesessen hatte. Sie blieb eine ganze Weile dort und versuchte, ihre Gefühle zu analysieren, womit sie jedoch kläglich scheiterte. Es ist einfach nur Lust auf Sex, sagte sie sich, die Reaktion ihres frustrierten Körpers auf Ivos Nähe. Sie hätte niemals mit ihm tanzen sollen. Aber sie hatte auch mit anderen Männern getanzt seit Mikes Tod, einige von ihnen genauso gut aussehend wie Ivo, und dennoch hatte sie niemals auch nur den Hauch von Verlangen verspürt.

Also musste es an Ivo liegen – und nur an ihm. Ganz plötzlich hatte sie große Angst – Angst davor, wohin diese Gefühle führen könnten. Aber das war albern; sie würden nirgendwohin führen, wenn sie stark war. Wenn sie sie ignorierte, würden sie irgendwann verschwinden, und sie könnte zu dem brüchigen Frieden zurückkehren, den sie sich so hart erkämpft hatte.

Als sie zu zittern begann, merkte Casey, dass es kalt geworden war und schon sehr spät sein musste. Sie machte sich rasch auf den Rückweg zur Ferienanlage und wünschte, nicht so lange draußen geblieben zu sein. In den Häusern brannten kaum noch Lichter, und die wenigen Straßenlaternen mussten schon vor einer ganzen Zeit erloschen sein. Sie glaubte, Schritte hinter sich zu hören, und drehte sich hastig um, sah jedoch niemanden. Die Dunkelheit machte ihr Angst, und so lief sie schnell zu ihrem Bungalow zurück, doch ihr Herzschlag beruhigte sich erst, als sie in Sicherheit war.

Etwa neun Kilometer von Playa Blanca entfernt lag ein Ort namens El Golfo. Es handelte sich dabei um eine atemberaubende Bucht mit einer Klippe in der Form einer gigantischen versteinerten Welle, die nichts anderes war als der innere Rand eines Vulkankegels. Am Fuß der Klippe lag eine blau-grüne Lagune, deren Wasser so ruhig war wie das eines Binnensees. Hierhin fuhr das Team am nächsten Morgen, und zwar in aller Herrgottsfrühe, bevor der Ort von Touristen wimmelte.

Den Bus mussten sie auf dem Parkplatz kurz vor der Bucht stehen lassen und das Equipment zur Lagune hinuntertragen, was kein Problem war – mal abgesehen vom Wind. Sobald sie den Schutz der Klippe hinter sich ließen, wurden sie von einer heftigen Meeresbrise erfasst, gegen die sie ankämpfen mussten, bis sie die geschützte Lagune erreichten.

Diesmal setzten sie Ray und zwei weibliche Models ein. Sie wurden im Bus geschminkt, doch auf dem Weg zur Lagune mussten sie in Decken eingewickelt werden, um sie vor dem Wind zu schützen. Casey ging den Pfad im Laufe des Tages bestimmt ein Dutzend Mal hoch und runter – sie trug Equipment, schaute, ob die Models fertig waren, bat Touristen, aus dem Bildhintergrund zu gehen, oder kaufte Essen und Getränke. Sie war froh, als Chas seine Arbeit schließlich für abgeschlossen erklärte und sie die Ausrüstung wieder in den Bus luden.

Es ergab sich, dass sie und Ivo die Letzten waren, die die Lagune verließen. Sie trugen gemeinsam einen großen aufgerollten Windschutz und hatten bereits die Hälfte der Strecke hinter sich gebracht, als eine besonders starke Böe aufkam und eine Menge Sand aufwirbelte. Casey blieb abrupt stehen und hob ihre Hand ans Gesicht. „Oh, dieser Wind!"

„Alles in Ordnung?"

Sie schüttelte heftig den Kopf, denn ihr Haar war voller Sand. „Nein, verdammt noch mal, ich habe Sand ins Auge bekommen."

„Warte, lass mich nachsehen." Ivo legte den Windschutz ab und stellte sich mit dem Rücken zum Wind und zum Meer, sodass er Casey abschirmte, die ihm gehorsam ihr Gesicht zuwandte. „Hast du ein Taschentuch?"

Sie fischte eins aus ihrer Hosentasche, und Ivo legte ihr eine Hand auf den Kopf, um sie festzuhalten, während er vorsichtig den Sand aus ihrem Auge entfernte. „Das müsste es gewesen sein. Wie fühlt es sich an?"

Casey blinzelte ein paarmal, dann antwortete sie: „Gut. Vielen Dank."

Sie wollte sich von ihm lösen, doch Ivo hielt sie immer noch mit der Hand fest und betrachtete sie. „Warum bist du gestern Abend davongerannt?"

„Davongerannt?" Sie lachte unsicher. „Ich bin nicht davongerannt. Ich war müde, das ist alles. Ich bin zur Ferienanlage zurückgegangen und habe mich ins Bett gelegt."

„Ich frage mich wirklich, warum du es für nötig hältst, mich anzulügen." Er hob seine freie Hand und strich ihr langsam über die Wange, was einen Schauer bei ihr auslöste. „Ich habe dich zurückkommen sehen, Casey – es war beinahe zwei Uhr morgens, aber du hast schon um Mitternacht die Bar verlassen."

„Du bist wirklich neugierig", fuhr sie ihn an. „Was hast du gemacht – mir aufgelauert?"

„Frauen versuchen immer, das Thema zu wechseln, wenn sie etwas zu verbergen haben", entgegnete er.

„Du scheinst ja eine ganze Menge über Frauen zu wissen."

Er lächelte leicht. „Zumindest genug, um zu erkennen, wann sie – sagen wir mal, Interesse an mir haben."

„Nun, ich habe keins, falls du darauf hinauswolltest", erwiderte Casey rasch.

„Nicht? Vielleicht habe ich das falsche Wort benutzt. Vielleicht hätte ich sagen sollen, dass ich weiß, wann eine Frau von mir nicht unberührt ist, und das bist du nicht, richtig, Casey?"

Sie fuhr sich mit der Zunge über die Lippen, die plötzlich trocken waren, und senkte den Blick, doch er hatte seine Hand immer noch an ihrem Kinn und hob es an, sodass sie ihn ansehen musste. Ihre Augen funkelten wütend, fast widerwillig. Ein weiterer starker Windstoß wirbelte den Sand um sie herum auf, und beide duckten automatisch den Kopf. Ivo legte seinen Arm schützend um sie und drückte sie an sich, bis der Spuk vorbei war, dann flüsterte er ihr ins Ohr: „Du kannst dich nicht vor deinen eigenen Gefühlen verstecken, Casey, niemand kann das."

Doch sie löste sich von ihm und hob den Windschutz auf. „Hilfst du mir jetzt damit oder nicht? Ich möchte aus diesem Wind herauskommen."

Er beließ es dabei, und Casey achtete sorgfältig darauf, ihm für den Rest des Tages aus dem Weg zu gehen. Am nächsten Morgen betonte sie, dass sie Lucy nicht brauchen würde, warum nutzte sie also nicht die Gelegenheit, einen Kamelritt zu machen? Als sich Lucy daraufhin mit strahlendem Gesicht an Ivo wandte, blieb dem keine andere Wahl, als sie zu begleiten, aber er warf Casey einen düsteren Blick zu, der ihr deutlich machte, was er davon hielt.

An diesem Abend schützte Casey Kopfschmerzen vor und begleitete die anderen nicht zum Dinner. Sobald sich das Team auf den Weg gemacht hatte, ging sie allerdings zur Rezeption und rief Steve an. Er sagte ihr, dass ihre Cousine Tina wieder mal wegen ihrer Eheprobleme angerufen und dringend darum gebeten hatte, dass Casey sich bei ihr melde, doch abgesehen davon lief alles bestens. Casey seufzte. Sie hatte keine Lust, in die Problematik ihrer Cousine hineingezogen zu werden, und entschied, dass sie den Anruf am nächsten Tag erledigen würde. Sie kehrte zu ihrem Bungalow zurück, bereitete sich eine Kleinigkeit zu essen zu und ging dann die Polaroids des Tages durch. Nach einer Weile klopfte es.

Casey zog den Vorhang zurück und erblickte Ivo vor der Tür. Sie zögerte sichtlich, während sie ihm in die Augen sah. Schließlich drehte sie den Schlüssel, öffnete die Tür, blieb jedoch im Rahmen stehen. „Was gibt es?“

„Was machen deine Kopfschmerzen?“

Ihre Miene wurde verschlossen, weil sie vermutete, dass es nur eine ironische Frage war. „Sie sind fürchterlich. Warum?“

„Weil es mir in diesem Fall sehr leidtut, dich zu stören, aber Lucy fühlt sich nicht wohl, und soweit ich weiß, hast du Medikamente.“

Casey hatte sofort ein schlechtes Gewissen. Sie ging in den Bungalow zurück und griff nach dem Erste-Hilfe-Kasten, den sie bei solchen Projekten immer dabeihatte, und trat dann zu Ivo auf die Veranda. „Was ist los mit ihr?“

„Ich fürchte, sie hat einen Sonnenstich.“

Womit er recht behalten sollte, wie Casey erkannte, sobald sie Lucy sah. Das Mädchen lag im Bett, war aber vollständig angezogen und stöhnte leicht. Ihre Haut war brennend heiß.

„Hallo, Lucy, was hast du nur angestellt?“ Casey legte ihr eine Hand auf die Stirn und bemerkte, dass sie schweißnass war.

„Mir ist so übel", stöhnte Lucy. „Ich glaube, ich sterbe."

„Du kannst nicht sterben", erklärte Casey pragmatisch. „Du stehst unter Vertrag. Und außerdem hast du morgen deinen ersten Auftritt als Model, erinnerst du dich?"

Das löste einen kichernden Schluckauf bei Lucy aus, doch dann presste sie sich die Hand auf den Mund, und in ihre Augen trat Panik. Casey packte sie unter den Armen und schleifte sie ins Badezimmer, wo Lucy sich übergeben musste und danach in Tränen ausbrach.

„Kann ich irgendetwas tun?", fragte Ivo, der den Kopf zur Tür hereinsteckte.

„Ja, geh und mach ihr einen Beutel mit den Eiswürfeln im Kühlschrank." Casey wusch Lucy sanft das Gesicht ab und führte sie dann ins Schlafzimmer zurück. „Komm schon", redete sie ihr zu, „zieh dein Nachthemd an, und leg dich ins Bett. Dann wirst du dich bald besser fühlen."

„Ich weiß nicht."

Aber Lucy tat wie geheißen, und als Ivo anklopfte, lag sie im Bett, die Decke bis zum Kinn hochgezogen, und wirkte arg mitleiderregend. Er hatte das Eis in ein weiches Handtuch geschlagen, und Casey nahm es ihm ab, um es Lucy auf die Stirn zu legen. Das Mädchen stöhnte diesmal vor Erleichterung und schloss die Augen. Casey betrachtete sie einen Moment, dann wandte sie sich an Ivo. „Was in aller Welt ist mit ihr passiert?"

Ivo hob unschuldig die Hände. „Ihr ging es gut, bis wir vom Restaurant zurückkamen. Sie hatte während des Essens neben der Kostümbildnerin und der Visagistin gesessen und ging mit den beiden, als sie plötzlich zusammenzubrechen schien. Ich habe sie aufgefangen und hierhergetragen."

„Habt ihr heute Morgen den Kamelritt unternommen?"

„Ja, aber da fühlte sie sich wohl."

„Hat sie einen Hut getragen?"

„Nein, ich hatte es ihr vorgeschlagen, aber sie wollte ihr Gesicht bräunen."

„Und das hast du ihr natürlich durchgehen lassen", bemerkte Casey trocken. „Was war heute Nachmittag – was habt ihr da gemacht?"

„Wir sind über die Insel gefahren und kamen dann hierher zurück, um zu schwimmen und in der Sonne zu liegen." Er hob eine Hand, als Casey ihn unterbrechen wollte. „Ich habe darauf geachtet, dass sie sich nicht zu lange in der Sonne aufhielt, um zu verbrennen."

Casey runzelte die Stirn. Sie sah, dass Lucy zu zittern begann, und entfernte den Eisbeutel, dann nahm sie das Mädchen in die Arme und wiegte sie sanft hin und her. Plötzlich kam ihr ein Gedanke, und sie fragte: „Was hat sie zum Dinner getrunken? Weißt du das?"

Ivo schüttelte den Kopf. „Ich habe am gegenüberliegenden Ende des Tisches gesessen mit Ray und den anderen Models, und sie verwickelten mich in ein Gespräch, sodass ich ..." Er hielt abrupt inne und blickte Casey an. „Ich verstehe. Du glaubst, dass sie es absichtlich getan haben", fuhr er fort und senkte seine Stimme, damit Lucy ihn nicht hörte.

Casey seufzte frustriert und nickte. „Wahrscheinlich haben sie gedacht, dass es ein toller Spaß wäre, sie betrunken zu machen, vor allem da sie morgen ihren ersten Einsatz als Model haben sollte."

„Verflucht sollen sie sein!", stieß Ivo wütend hervor. „Ist ihnen denn völlig egal, was mit dem armen Ding passiert? Sie hatte sich so auf morgen gefreut!"

„Ich denke, sie wird ihren Rausch jetzt ausschlafen", meinte Casey, die sah, dass Lucy die Augen geschlossen hatte und gleichmäßig atmete. „Ich bleibe aber wohl besser über Nacht hier." Sie zögerte und fügte dann betont sachlich hinzu: „Es sei denn, natürlich, dass du lieber selbst hierbleibst."

„Auf keinen Fall. Du machst das hervorragend", antwortete Ivo rasch.

Casey warf ihm einen wissenden Blick zu. „Und du möchtest

dich lieber nicht um sie kümmern, falls sie sich noch mal übergeben muss. Männer!“

Ivo lächelte verschmitzt. „Sie hat bestimmt viel lieber dich um sich als mich. Und schau nur, wie großartig du sie umsorgt hast“, schmeichelte er ihr. „Man könnte meinen, du hättest Erfahrung in der Pflege Kranker.“ Es war eine leicht dahingesagte Bemerkung, und daher war er überrascht, als Caseys Gesichtszüge zu einer Maske erstarrten.

Sie wandte sich ab und erklärte steif: „Ich gehe zum Bungalow hinüber und hole meine Sachen.“

Doch in diesem Moment erwachte Lucy und klammerte sich an ihre Hand. „Lass mich nicht allein, bitte, lass mich nicht allein.“

Casey blickte hilflos auf sie hinunter, doch da schaltete sich Ivo ein: „Ich kann hinübergehen und deine Sachen holen, wenn du willst.“

„Also gut“, stimmte sie widerwillig zu. „Hier ist mein Schlüssel. Die Zahnbürste genügt.“

Ivo machte sich auf den Weg und kam nach etwa zehn Minuten zurück, aber er hatte nicht nur ihre Zahnbürste, sondern auch ein Handtuch, ihr Nachthemd, ihren Kulturbeutel und den Roman, den sie gerade las, mitgebracht. Caseys Blick flog über die Sachen, und ihre Gedanken mussten ihr ins Gesicht geschrieben stehen, denn Ivo äußerte sanft: „Es war nur gesunder Menschenverstand. Du hättest für mich sicherlich dasselbe getan, oder?“

Sie lächelte leicht und entgegnete: „Ja, ich schätze, das hätte ich. Danke.“

„Wie geht es ihr?“

„Sie schläft wie eine Tote. Ich glaube nicht, dass sie sich noch einmal übergeben muss, aber morgen früh wird sie sich fürchterlich fühlen.“ Casey strich Lucy sanft das feuchte Haar aus der Stirn.

„Und sie wird furchtbar unglücklich darüber sein, ihre Chance aufs Modeln verpasst zu haben.“

Caseys Gesichtsausdruck verhärtete sich. „Keine Sorge, sie wird ihre Chance nicht verpassen. Wir werden die Aufnahmen in der Grotte zu einem späteren Zeitpunkt machen. *Und* ich werde ein ernstes Wörtchen mit den anderen wechseln. Es war vollkommen unverantwortlich und grausam, wie sie sich verhalten haben, und ich werde dafür sorgen, dass sie ganz genau wissen, was ich von solchen Aktionen halte." Sie hielt inne, ihre grünen Augen versprühten regelrecht Feuer, und sie sah, dass Ivo sie vollkommen gebannt anschaute. „Nun?", meinte sie herausfordernd. „Ich schätze, du glaubst mir nicht?"

„Ganz im Gegenteil, wenn ich sie wäre, würde ich schon vor Angst zittern."

Der Gedanke, dass Ivo vor etwas Angst haben könnte, amüsierte sie, und sie lächelte.

„Glaubst du mir nicht?"

„Nein." Sie schüttelte den Kopf, den sie dann ein wenig schief legte, um ihn besser betrachten zu können. „Ich glaube nicht, dass es viel gibt, wovor du dich fürchtest. Du wirkst sehr stark und selbstbewusst." Sie hielt inne und wurde rot, als ihr klar wurde, wie persönlich ihre Äußerung war.

„Vielen Dank. Aber du bist auch in vielerlei Hinsicht sehr stark. Genau genommen scheinst du nur eine Schwäche zu haben."

Sie wusste nur zu gut, auf welche er anspielte, und erwiderte daher hastig: „Ich denke, ich werde jetzt schlafen gehen; falls du dich daran erinnerst – wir wollten morgen sehr früh starten." Damit ging sie durch das Wohnzimmer auf die Tür zu, die sie für ihn öffnete.

Ohne Eile folgte er ihr, die Hände in den Taschen, und blieb neben ihr stehen. „Weißt du", sagte er und lehnte sich gegen den Türrahmen, „es gibt die Theorie, dass man eine Schwäche am besten bekämpft, indem man sich ihr stellt. So verliert man die Angst."

„Aber vielleicht möchte ich vor dieser bestimmten Schwäche gar nicht die Angst verlieren", entgegnete sie kühl.

Um seine Mundwinkel zuckte es belustigt, doch dann verdunkelten sich seine grauen Augen, und er beugte sich zu ihr, so als wollte er sie küssen. Casey trat instinktiv einen Schritt zurück, aber Ivo folgte ihr, und erst im letzten Moment drehte er den Kopf, sodass er nur ihre Wange streifte. „Vielen Dank, dass du dich um Lucy kümmerst", flüsterte er mit einem spöttischen Funkeln im Blick. „Ich weiß es sehr zu schätzen." Damit wandte er sich ab und ging.

Lucy wachte in dieser Nacht nicht mehr auf, und als der Morgen heraufzog, schlief sie immer noch so tief und fest, dass Casey es nicht wagte, sie zu wecken. Es war noch sehr früh, erst halb acht, als sie sich anzog und zu dem Bungalow hinüberging, den Ivo für sich gemietet hatte. Sie klopfte, musste allerdings ein zweites Mal klopfen, ehe Ivo an die Tür kam – er hatte ein Handtuch um die Hüften geschlungen.

„Tut mir leid, ich stand unter der Dusche. Alles klar mit Lucy?"

„Ich denke, aber sie schläft noch. Würdest du jetzt für mich übernehmen und den Rest des Tages bei ihr bleiben?"

„Natürlich. Ich bin in fünf Minuten da."

Er kam sogar noch schneller und trug nur ein Paar Shorts und ein T-Shirt. Sein Haar war noch feucht. Casey machte keinen Versuch, eine Unterhaltung anzufangen, sondern sammelte einfach nur ihre Sachen zusammen und ließ ihn dann mit Lucy allein.

Sie ging zu ihrem eigenen Bungalow hinüber, wechselte die Kleider und machte sich Frühstück, um danach zum Bus zu gehen, wo der Rest des Teams bereits wartete. Casey erkannte schnell, dass alle sie erwartungsvoll ansahen, einige sogar mit offenem Grinsen. Kalte Wut erfüllte sie, und sie machte in den nächsten fünf Minuten deutlich, was sie dachte. Zuerst nahmen die anderen es auf die leichte Schulter und beteuerten, dass es nur ein Spaß gewesen sei, doch allmählich drang Caseys Zorn zu ihnen durch, und einige zeigten lange Gesichter.

„Und ihr braucht euch gar nicht erst einzubilden, dass wir die Fotos in der Grotte ohne Lucy machen", fügte sie hinzu. „Wir werden warten müssen, bis es ihr wieder besser geht. Stattdessen ziehen wir heute die Aufnahmen an dem Loch in den Klippen vor, durch das die Seewasserfontäne schießt. Das heißt, dass ihr heute nicht in der Sonne seid, sondern ziemlich nass werdet und dass Haar und Make-up der Models ständig erneuert werden müssen." Sie lächelte sie freudlos an. „Wahrscheinlich werdet ihr Lucy irgendwann um ihren Tag im Bett beneiden. Lasst uns aufbrechen."

Sie verlangte dem Team einiges ab, und so waren alle ziemlich still und erschöpft, als sie am frühen Abend nach Playa Blanca zurückkehrten. Anstatt beim Ausladen zu helfen, wie sie es normalerweise tat, ging Casey direkt zu Lucys Bungalow hinüber. Die Tür stand weit offen, um die untergehende Sonne hereinzulassen, und so klopfte Casey einfach nur an das Glas, woraufhin Lucy selbst zur Tür kam. Sie sah blass aus, schien aber sonst okay zu sein. „Hallo. Wie geht es dir?"

„Viel besser, danke." Lucy trat zurück, um Casey hereinzulassen. „Ivo hat mir erzählt, dass du dich um mich gekümmert hast und die ganze Nacht geblieben bist."

„Erinnerst du dich nicht?"

„Nicht wirklich", gestand Lucy. „Es tut mir leid, dass ich so viele Probleme bereitet habe. Ivo meinte, es sei die Kombination aus zu viel Sonne und dem Wein gewesen, den ich beim Dinner getrunken habe."

Also hatte Ivo ihr nicht erzählt, dass das Ganze mit Absicht geschehen war. Casey gratulierte ihm innerlich zu dieser Entscheidung – es wäre für Lucy noch schlimmer, wenn sie wüsste, dass man ihr bewusst übel mitgespielt hatte.

„Wie – wie sind die Aufnahmen gelaufen?", fragte Lucy unglücklich. „Bestimmt war es ganz gut so, weil du mich sowieso nicht dabeihaben wolltest."

„Hat Ivo dir nichts gesagt? Ich habe die Grotte nach hinten verschoben, und wir haben heute woanders Fotos gemacht. Du hast überhaupt nichts verpasst – die anderen haben es gehasst."

„Wirklich?“ Lucy blickte sie unsicher an. „Casey, ich – ich wollte mich bei dir dafür bedanken, dass du dich um mich gekümmert hast.“

Casey lächelte sie an. „Ich dachte, du kannst dich nicht erinnern. Wahrscheinlich hat Ivo dir gesagt, dass du dich bedanken sollst, aber das ist nicht nötig. Du bist jetzt genauso ein Teil des Teams wie die anderen, und ich bin für alle verantwortlich.“

„Aber du magst mich nicht. Du glaubst, dass Ivo und ich …“ Sie wurde feuerrot.

Plötzlich traf Casey eine Entscheidung, was Lucy anbelangte. „Und ich habe mich offensichtlich sehr getäuscht, wofür ich mich entschuldigen muss. Aber es sah am Anfang so aus …“ Sie winkte mit der Hand ab. „Lucy, ich möchte dir etwas sagen. Ivo tut dir keinen Gefallen, indem er dich hierherbringt. Es wird deiner Karriere schaden, wenn die Leute erfahren, wie du an diesen Job gekommen bist. Sie werden sich gegen dich wenden, und es wird jedem Agenten doppelt schwerfallen, dich zu vermitteln.“

Sie hatte sich auf das Sofa gesetzt, und Lucy nahm nun neben ihr Platz. „Ich erinnere mich allmählich an letzte Nacht. Du hast mich gewaschen und in die Arme genommen, richtig?“ Casey nickte, und nach einer Weile meinte Lucy unglücklich: „Wenn ich auf diesen Fotos gut aussehe, dann verstehe ich nicht, warum mir nicht auch andere Magazine Arbeit geben sollten. Ivo sagte, dass ich einfach nur einen Einstieg brauche.“

„Oh Lucy, er hat keine Ahnung von dieser Branche. Wie sollte er auch? Und außerdem hat er es vermutlich nur gesagt, um dir zu gefallen. Er wusste, wie sehr du dir wünschst, Model zu werden, und vermutlich dachte er, dass du dankbar …“ Sie brach unvermittelt ab und entschied, Lucy noch ein paar Illusionen zu lassen. „Ich habe dich schon einmal gewarnt, dich nicht auf Männer zu verlassen.“

„Aber ich weiß, dass Ivo mich nicht im Stich lässt. Er hat versprochen, sich um mich zu kümmern.“

„Oh Lucy, du bist so naiv. Du kannst Männern nicht derart vertrauen."

„Warum nicht? Hast du niemals einem Mann vertraut?"

Casey verstummte, denn Lucys einfache Frage hatte sie vollkommen überrumpelt, und in dieser Stille kam Ivo ins Zimmer. „Nun?", hakte er nach und hob eine Augenbraue. „Gibt es keinen Mann, dem du vertraust? Vielleicht dem, dessen Foto du neben dem Bett stehen hast?"

5. KAPITEL

Casey starrte Ivo völlig perplex an, dann schoss sie wütend hoch. „Woher zum Teufel weißt du, dass ...“, begann sie hitzig, um dann abrupt abzubrechen. „Oh, als du gestern Abend meine Sachen geholt hast.“

„Genau. Aber du hast Lucys Frage nicht beantwortet.“

„Was?“ Casey hob den Kopf und begegnete Ivos Blick. Sie wusste, dass er nicht eher Ruhe geben würde, bevor sie ihm nicht geantwortet hatte. Sie fühlte sich gehetzt und in die Enge getrieben, und sie hasste ihn dafür, dass er sie in dieser Weise über ihr Privatleben ausfragte.

„Nun?“, ließ er nicht locker.

Casey schaute auf ihre Hände herab, die sie nervös ineinander verschlungen hatte. Langsam erklärte sie: „Doch, ich habe einmal einem Mann vertraut.“

„Hat er dich im Stich gelassen?“ Es war Lucy, die gesprochen hatte, aber Casey schaute durch sie hindurch, so als hätte sie vergessen, dass noch andere Personen im Raum waren.

Sie biss sich auf die Lippe, dann lachte sie laut und unnatürlich auf. „Ja, ich schätze, man könnte sagen, dass er mich im Stich gelassen hat.“ Für einen Moment schien sie am Rand der Hysterie zu stehen. „Das – das geht euch nichts an“, stammelte sie und versuchte, an Ivo vorbei aus der Tür zu kommen, doch er griff nach ihr und umfasste ihre Handgelenke, dann drehte er Casey um, sodass sie ihn ansehen musste.

„Ich denke schon. Du willst Erklärungen von mir, Casey, aber wie wäre es, wenn du selbst welche abgäbst? Was für ein Mann ist das, der dich derart verbittert hat – und dennoch steht sein Foto neben deinem Bett?“

„Was für einen Mann meinst du?“ Sie wurde plötzlich wahnsinnig wütend und starrte Ivo hasserfüllt an. „Er war auf jeden Fall zehnmal so viel wert wie du!“

„War?“

„Ja, war, verdammt noch mal!“ Und damit riss sie sich los und stürmte aus dem Bungalow.

Casey besuchte Lucy am nächsten Morgen, entschied aber, dass sie immer noch zu blass aussah, um zu arbeiten. Daher brachte sie das Team an einen anderen Ort, ohne Lucy oder Ivo. Doch hier stießen sie auf eins der großen Probleme, das häufig bei Fotoshootings in der freien Natur auftrat – Schaulustige. Offensichtlich hatte es auf der Insel die Runde gemacht, dass sie hier waren, und die Leute standen so häufig im Bildhintergrund, dass Chas schließlich die Nerven verlor. „Du musst eine andere Stelle finden“, schnauzte er Casey an. „Ich kann so nicht arbeiten!“

Casey seufzte und sagte den anderen, dass sie zusammenpacken sollten. Als sie in die Ferienanlage zurückkamen, begegneten sie Ivo und Lucy, die es sich auf zwei Liegen am Pool bequem gemacht hatten. Ivo stand auf und ging auf Casey zu. Er hob eine Augenbraue. „Ihr seid früh zurück. Wie lief es?“

„Frag nicht“, entgegnete sie erschöpft.

„Du siehst so aus, als könntest du einen Drink gebrauchen. Komm schon.“ Er führte sie zur Bar und rückte ihr einen Stuhl zurecht, der an einem Tisch im Schatten stand. Dann ging er zur Theke und bestellte zwei große Gin Tonic. „Geh ich recht in der Annahme, dass du keinen besonders guten Tag hattest?“, fragte er, als er mit den Drinks zurückkam und sich zu ihr setzte.

„Das kannst du laut sagen.“ Sie nahm ihr Glas, prostete ihm zu und trank dann einen großen Schluck. „Oh, das habe ich gebraucht“, murmelte sie. Dann blickte sie Ivo an. „Es lief nicht besonders gut. Es waren zu viele Schaulustige um uns herum.“

„Willst du die Stelle ganz aufgeben?“

„Nein, sie ist einfach perfekt für unsere Zwecke, aber es ist so schwierig, die Leute dazu zu bewegen, dass sie nicht irgendwo im Bild stehen.“ Sie hob die Hand und strich sich das Haar aus der

Stirn. „Ich werde mir irgendwas überlegen", fügte sie entschlossen hinzu.

Ivo lächelte. „Da bin ich mir sicher."

Sein Lächeln war ansteckend, und Casey erwiderte es, ehe sie sich daran erinnerte, dass sie eigentlich sauer auf ihn war. „Wie geht es Lucy?", fragte sie und schaute zu dem jungen Mädchen hinüber.

„Wieder gut. Morgen wird sie arbeiten können."

Casey schüttelte den Kopf. „Nein, morgen ist Sonntag, was sehr gut ist, denn das wird allen die Möglichkeit geben, sich auszuruhen und über den heutigen Tag hinwegzukommen. Dann können wir am Montag mit neuer Frische beginnen und die Aufnahmen in der Grotte machen."

„Wie willst du dann den morgigen Tag verbringen?"

Casey zuckte die Achseln. „Darüber habe ich noch nicht nachgedacht. Wahrscheinlich werde ich am Pool ausspannen."

„Ich dachte daran, ein Boot zu mieten und segeln zu gehen. Hast du Lust, mit mir zu kommen?"

Sie warf ihm einen schnellen Blick zu und bemerkte, dass er sie aufmerksam ansah. „Was meinst du – wir alle?"

„Sei nicht albern."

Sie wurde rot. „Dann meinst du, wir drei? Du, Lucy und ich?", fragte sie vorsichtig.

Ivo schmunzelte amüsiert. „Lucy ist ja ein charmantes Mädchen, aber zwei Tage in ihrer Gesellschaft reichen völlig. Ich möchte mit jemandem zusammen sein, mit dem ich mich intelligent unterhalten kann, den ich gerne anschaue und mit dem ich mich gerne sehen lasse."

„Dann solltest du eins der Models fragen", entgegnete sie rasch und beobachtete ihn aus den Augenwinkeln.

„Ich sagte intelligent. In dem unwahrscheinlichen Fall, dass ich mit einem Kleiderständer ausgehen will, frage ich eine von ihnen. Aber ich finde nichts an Schönheit ohne Verstand. Ich bin gierig; ich will beides – weshalb ich den Tag mit dir verbringen möchte."

Casey leerte langsam ihr Glas, dann stand sie auf und sagte lässig: „Vielen Dank für den Drink – und die Einladung, aber ich denke nicht."

„Du enttäuschst mich", entgegnete Ivo, während er sich in seinem Stuhl zurücklehnte. „Ich dachte, du wärst mutiger."

Sie drehte sich zu ihm um, sodass sie mit dem Rücken zur Sonne stand, die ihr Haar prachtvoll aufleuchten ließ. „Tu mir einen Gefallen, ja? Denk einfach gar nicht an mich, okay?"

Ivo schüttelte entschieden den Kopf. „Tut mir leid. Das ist unmöglich." Sie starrte ihn einen Moment an, dann wollte sie gehen, doch Ivo rief „Casey!", woraufhin sie sich noch einmal zu ihm umdrehte.

„Ja?"

„Lucy hat mir erzählt, dass du dich bei ihr entschuldigt hast. Vielen Dank." Sie nickte, aber er fügte hinzu: „Gehst du heute Abend mit mir essen?"

„Mit dir – und allen anderen, ja."

„Stell dich nicht absichtlich dumm, Casey. Du weißt, was ich meine."

„Vielleicht. Aber ich scheine irgendwie nicht zu dir durchzudringen. Ich bin nicht interessiert, Ivo. Ich will nicht mit dir essen gehen oder den morgigen Tag mit dir verbringen. Soweit es mich betrifft, bist du einfach nur ein Geschäftspartner, und das ist alles."

Sie wandte sich ab, blieb dann aber wie angewurzelt stehen, als Ivo plötzlich aufstand und sich ihr in den Weg stellte. Sie trat einen Schritt zurück, stieß dabei jedoch gegen ein Holzspalier, an dem eine Bougainvillea rankte, die sie vor den neugierigen Blicken der Leute am Pool verbarg.

„Ich bin also nicht mehr als ein Geschäftspartner, ja?" Er legte seinen Arm um ihre Taille und zog sie an sich. „Und zitterst du immer so, wenn andere Geschäftspartner dich berühren? Oder reagierst – wenn sie dich küssen – so wie jetzt?"

Er senkte den Kopf zu ihren Lippen, aber Casey drückte ihre

Hände auf seine Brust und versuchte, ihn wegzustoßen. „Nicht."

„Siehst du?" Er berührte ihren Nacken und erkannte, dass sie immer noch bebte. „Du hast dich von Ray Brent küssen lassen, weil es dir rein gar nichts bedeutet hat, richtig? Aber mit mir ist es anders. Wir wissen beide, dass es so ist, also kannst du es genauso gut zugeben, Casey."

Sein Arm lag immer noch um ihre Taille, und es fiel ihr schwer, klar zu denken. „Nein. Ich – ich … das stimmt nicht."

„Lügnerin", flüsterte er und liebkoste ihren Nacken.

„Nicht." Wieder versuchte sie, ihn wegzustoßen, musste jedoch erkennen, dass er viel stärker war als sie.

„Nun, wenn du darauf bestehst, dass ich dich vollkommen kaltlasse, dann kannst du es immer noch beweisen", forderte er sie heraus.

„Was meinst du? Wie?"

„Indem du heute Abend mit mir essen gehst."

Sie hörten Stimmen, und kurz darauf kamen einige Urlauber in Sicht, die die Stufen zur Terrasse hinaufstiegen, sodass Ivo Casey rasch losließ, aber er blickte sie weiter unverwandt an. „Warum gibst du dir nicht selbst eine Chance, Casey?"

Sich eine Chance geben? Mikes Tod lag jetzt lange zurück, vielleicht war es tatsächlich an der Zeit zu prüfen, ob sie auch noch etwas anderes als Trauer empfinden konnte. Aber mit Ivo Maine?

Sie betrachtete ihn noch eine Weile und dachte dabei, dass es ihr tatsächlich gefallen würde, wenn sie beweisen könnte, dass er sie völlig kaltließ. „Also gut, ich gehe mit dir essen", meinte sie schließlich.

„Und morgen zum Segeln?"

„Das weiß ich noch nicht."

Er lachte leise. „Falls ich jemals eitel gewesen sein sollte, hast du es mir mit Sicherheit ausgetrieben. Ist sieben Uhr okay?"

„Natürlich." Und damit entfernte sie sich, während Ivo stehen blieb und ihr mit nachdenklichem Gesichtsausdruck hinterhersah.

Casey bereute ihre Entscheidung schon, als sie in ihrem Bungalow ankam, und sie hätte einiges dafür gegeben, das Ganze rückgängig zu machen. Dennoch gab sie sich viel Mühe mit ihrem Aussehen – sie wusch sich die Haare, legte ein dezentes Make-up auf, das zu dem blassgrünen Kleid passte, das sie anzog, und zum Schluss benutzte sie ein leichtes Parfum, das sie immer wieder an den englischen Frühling erinnerte. Um zehn vor sieben war sie fertig und warf einen letzten Blick in den Spiegel, der an ihrem Kleiderschrank angebracht war. Sie wusste gar nicht, wie oft sie sich in den letzten Jahren nur wie eine leere Hülle vorgekommen war, deren Inneres jedes Gefühl verloren hatte. Sie lachte ihrem Spiegelbild zynisch zu – glaubte Ivo tatsächlich, dass er aus diesem Roboter wieder ein echtes menschliches Wesen machen konnte? Nein, die Gefahren waren einfach viel zu groß.

Pünktlich um sieben klopfte Ivo an die Tür, und Casey öffnete. Er trug eine schwarze Hose und ein weißes Dinnerjackett. Sie schloss rasch ab und ging mit ihm durch die Anlage zum Parkplatz, ohne ihn zu grüßen oder anzublicken. Er hatte eine normale Mittelklasselimousine gemietet, aber da das Wetter noch sehr warm war, fuhren sie mit geöffneten Fenstern, sodass der Wind Caseys Haar erfasste und im Nacken anhob. Ivo lenkte den Wagen aus Playa Blanca heraus und Richtung Norden ins Inselinnere. Er schaute mehrmals zu ihr hinüber, erkannte allerdings ihren versteinerten Gesichtsausdruck und versuchte nicht, eine belanglose Unterhaltung anzufangen.

Er fuhr nach Yaiza, einer kleinen Stadt mit Kopfsteinpflaster, Palmen auf dem Marktplatz und weiß getünchten Häusern. Sie parkten in einer Nebenstraße und schlenderten dann zum Marktplatz hinüber, vorbei an dem Brunnen mit dem Delfin, der unablässig eine Wasserfontäne ausstieß, zu einem kleinen Café mit Tischen unter den Palmen.

Nachdem sie Platz genommen hatten, sagte Ivo: „Ich dachte, wir könnten hier einen Aperitif trinken, ehe wir zum Restaurant gehen.“

Casey nickte stumm und wünschte fieberhaft, sie wäre gar nicht erst mit ihm ausgegangen. Sie fragte sich, wie bald sie Kopfschmerzen vorschützen und den Abend beenden könnte.

Als ihre Drinks kamen, nippte Casey an ihrem, lehnte sich dann zurück und ließ ihren Blick über den Platz schweifen. Nach einer Weile begann sie zögerlich: „Ivo, ich glaube wirklich nicht, dass dies eine gute Idee ist. Ich möchte gern zurückfahren, wenn wir ausgetrunken haben. Ich bin wirklich keine anregende Gesellschaft, und wenn es dir nichts ausmacht ..."

„Aber es macht mir etwas aus", unterbrach Ivo.

„Wir sind aus den vollkommen falschen Gründen hier", wandte sie unglücklich ein. „Zumindest ich bin es." Sie zögerte einen Moment und sah ihm in die Augen. „Doch deine Gründe kenne ich eigentlich gar nicht, nicht wahr?"

Er beugte sich vor, griff nach ihrer Hand und hielt sie fest, als Casey sie zurückziehen wollte. „Meine Gründe", begann er und blickte auf ihre Hand hinunter, die er mit einem Finger streichelte, „sind ganz einfach. Ich finde dich attraktiv, sehr intelligent und unglaublich mysteriös." Er bekam kleine Lachfältchen um die Mundwinkel, als er hinzufügte: „Was nicht heißt, dass du nicht auch stur, streitlustig und chauvinistisch wärst – trotzdem möchte ich dich besser kennenlernen."

„Ich bin erstaunt, dass es noch irgendetwas gibt, was du besser kennenlernen könntest", entgegnete sie, die von seinen Worten überrascht war.

„Willst du mir jetzt nicht von deinen Gründen erzählen, mit mir auszugehen?" Doch Casey schüttelte den Kopf, sodass er fortfuhr: „Dann werde *ich* sie dir nennen. Zunächst einmal hast du von Männern genug, wahrscheinlich wegen dieses einen, der dich im Stich gelassen hat. Was hat er getan – hat er dich verlassen?" Casey blickte ihn wütend an. Erneut wollte sie ihre Hand wegziehen, hatte aber wieder keinen Erfolg. „Oh nein, das wirst du nicht tun", warnte Ivo. „Du wirst mir zuhören. Ich glaube, dass du bei unserer ersten Begegnung die Anziehung auch spürtest, aber du hast sofort angefangen, dagegen anzukämpfen. Und ich glaube, dass du heute mit mir ausgegangen bist, um dir selbst zu beweisen, dass du mir widerstehen kannst."

Casey holte tief Luft. „Kann ich meine Hand jetzt zurückhaben?" Er ließ sie los, woraufhin sie nach ihrem Glas griff und einen großen Schluck trank. Mehrere Minuten saß sie einfach nur da und blickte auf das Glas hinunter, doch dann gestand sie ehrlich: „Einiges von dem, was du gesagt hast, stimmt. Ich – ich mochte dich, als wir uns das erste Mal begegneten. Doch dann kam natürlich Lucy ins Spiel. Um ehrlich zu sein, war ich froh, denn es machte mir deutlich, dass – dass meine Prioritäten richtig waren. Aber Lucy tat mir leid."

Ivo hob eine Braue. „*Tat* – Vergangenheit?"

Die Frage ließ sie innehalten, und dann antwortete sie zu ihrer eigenen Überraschung: „Nein, ich glaube nicht, dass du eine Affäre mit ihr hast oder haben willst." Sie schaute ihm in die Augen und fügte hinzu: „Es tut mir leid."

„Na also", meinte er sanft, „endlich eine Entschuldigung. *Und* noch dazu ohne Erklärung. Aber was bedeutet das für deine Prioritäten, frage ich mich. Vielleicht sind sie doch nicht richtig, Casey. Nur weil du einmal verletzt wurdest, heißt das nicht ..."

„Nicht", unterbrach sie ihn scharf. „Ich habe mich entschuldigt. Reicht das nicht?"

„Nein. Ich komme zu der Auffassung, dass das nicht reicht." Er zögerte, dann erinnerte er sie: „Du wolltest mir sagen, warum du heute mit mir ausgegangen bist."

„Wollte ich das? Ja, du hast recht. Ich habe es nur getan, um mir selbst zu beweisen, dass ... dass ..."

„Dass du mir widerstehen kannst", half er nach. Sie schaute ihn an, und er lächelte plötzlich. „Arme Casey, es war so viel einfacher, mich zu hassen, nicht wahr? Ich sag dir etwas – warum vereinbaren wir keinen Waffenstillstand? Wir könnten auch zu dem Punkt zurückgehen, an dem du mich noch mochtest." Er schmunzelte. „Wäre das so schwer?"

Sein Blick machte sie wehrlos. Sie holte tief Luft und erkannte, dass der Test hier und jetzt begann und sie auf der Hut sein musste. „Man kann niemals zurückgehen", erklärte sie überzeugt. „Aber gut – ich will es versuchen."

„Braves Mädchen." Er lächelte sie an und stand dann auf. „Komm, lass uns essen gehen." Er nahm ihre Hand und führte sie aus dem Café.

Das Restaurant, das er ausgesucht hatte, lag nur ein kurzes Stück entfernt. Sie kamen zu einem schönen, schmiedeeisernen Tor, auf dem „La Hacienda", stand. Und genau das war es auch: eine umgebaute Hazienda im spanischen Stil mit zentralem Innenhof, Holzbalken, großem Kamin, freundlichem Service und einem der besten Essen, das Casey je gegessen hatte. Auch die Atmosphäre war warm und lebhaft. Ein Gitarrist saß in der Ecke und sang spanische Volkslieder. Sie tranken Sherry und Wein, der aus den Trauben gewonnen wurde, die auf der schwarzen Asche von Lanzarote gediehen. Allmählich entspannte Casey sich, und sie lachte und unterhielt sich mit Ivo wie an ihrem ersten Tag.

Im Laufe des Abends wurden die Lieder des Gitarristen lauter, und viele der Gäste, die meisten Einheimische, begannen, im Rhythmus zu klatschen und mitzusingen. Erst als es schon nach Mitternacht war, hob der Gitarrist die Hände und weigerte sich, nur noch eine einzige Note zu spielen – keine Zugaben mehr, egal, wie sehr die Leute ihn darum baten und ihm schmeichelten.

Allmählich akzeptierten alle, dass der Abend vorbei war, und so begannen die Gäste nach und nach, zu zahlen und zu gehen. Ivo und Casey schlossen sich ihnen an. Langsam schlenderten sie durch die kleine Stadt, deren Straßen von sanftem Mondlicht erhellt waren. Ivo legte einen Arm um Caseys Taille und zog sie an seine Seite. Sie wurden unwillkürlich langsamer. „Bist du müde?", fragte er.

„Hm, ein bisschen, aber auf angenehme Weise. Es war ein wunderschöner Abend, Ivo. Vielen Dank“, sagte sie aufrichtig.

„Es war mir ein Vergnügen. Ein großes Vergnügen.“ Er blieb stehen und drehte sie zu sich um. Sie hatten den Marktplatz erreicht und standen unter einer Palme, deren Blätter seltsame Schatten auf sie warf. Ivo lehnte sich gegen den Stamm und zog Casey an sich. Seine Absicht war klar erkennbar. Sofort versteifte sie sich, denn sie war fest entschlossen, Ivo und ihre eigenen Gefühle zu bekämpfen. „Entspann dich“, flüsterte er leise. „Wann immer ich dich berühre, erstarrst du. Dabei gibt es nichts, wovor du Angst haben müsstest.“

„Aber du berührst mich immer nur, wenn du wütend auf mich bist“, betonte Casey und versuchte damit, seine Stimmung zu ändern.

„Trotzdem will ich dich berühren. Das war immer so.“ Sanft strich er ihr über die Arme.

Casey wollte sich von ihm lösen. „Wir sollten jetzt zurückfahren.“

„Warum? Wir können morgen ausschlafen.“ Er ließ seine Hände von ihren Schultern den Rücken hinunter zu ihren Hüften gleiten.

Seine Finger schienen sie durch den Stoff ihres Kleids hindurch zu verbrennen. Nie gekanntes Verlangen erfasste sie. Verlangen? War es das, was sie fühlte, diese tiefe Sinnlichkeit, die sie ruhelos und nervös machte? Dieses Bedürfnis, gehalten und geliebt zu werden?

„Casey.“ Ivo hauchte ihren Namen. Er küsste ihren Nacken federleicht, ließ seine Lippen über ihre Haut streichen, und mit den Händen, die immer noch auf ihren Hüften lagen, zog er sie näher an sich.

Sie verkrampfte sich noch mehr, bis sein Mund ihre Lippen fand und er sie zum ersten Mal richtig küsste. Es ist nur ein Kuss, sagte Casey sich. Kein bisschen anders als bei Ray. Es würde ein paar Minuten dauern und dann vorbei sein, und danach würde sie wissen, dass sie Männern gegenüber noch genauso unempfänglich war wie seit Mikes Tod. Sie würde beruhigt sein, denn … Sie hielt den Atem an, als ihre Sinne sich in einem Wirbelwind verloren. Sie wurde von

Hitze erfüllt und stöhnte auf, öffnete ihren Mund. Sofort wurde sein Kuss leidenschaftlicher, und Ivo umfasste sie mit seinen Armen und presste sie eng an sich. Casey verfiel in Panik, sie wollte die Lippen schließen und Ivo von sich stoßen, aber er legte ihr eine Hand auf den Hinterkopf, küsste sie weiter und zwang sie so, sich seinem stärkeren Willen zu unterwerfen.

Sie kämpfte gegen ihn an, doch er ließ sie einfach nicht los, stattdessen verführte er sie mit seinem Mund, und Casey verlor sich erneut in einem sinnlichen Strudel. So muss es sein, wenn man untergeht, dachte sie. Sie spürte nur noch seine Lippen, seine Arme, seine harten Muskeln und dieses alles verzehrende Verlangen. Ein Beben erfasste sie, dann erwiderte sie seinen Kuss, hieß Ivo willkommen, begegnete seiner Zunge und genoss sein triumphierendes Stöhnen, weil er die Schlacht gewonnen hatte.

Als er endlich den Kopf hob, lag der Triumph immer noch in seinen Augen, aber auch Zärtlichkeit. „Also hast du endlich aufgehört, gegen mich anzukämpfen“, flüsterte er rau.

„Ja, ich – ich denke schon.“

Er liebkoste ihren Nacken, woraufhin Casey den Kopf zurücklegte und die Gefühle auskostete, die Ivo in ihr wachrief. „Siehst du, es gab nichts, wovor du Angst haben musstest. Denn du *hattest* Angst, nicht wahr?“

Casey hob die Hände, legte sie auf seine Schultern und schob ihn ein Stückchen fort, sodass sie in sein attraktives Gesicht schauen konnte. „Nein“, antwortete sie nach einer ganzen Weile. „Ich glaube nicht, dass ich jemals Angst vor *dir* hatte. Aber ich hatte furchtbare Angst vor den Gefühlen, die du in mir ausgelöst hast.“

Er hob eine Braue. „Und jetzt?“

Sie lachte kurz, beinahe bitter. „Jetzt glaube ich, dass ich mich noch viel mehr fürchten muss“, gab sie schutzlos zu.

Er sah ihr lange in die Augen, doch dann sagte er lediglich: „Dann muss ich dich lehren, dich nicht zu fürchten, richtig?“ Und damit küsste er sie erneut.

Kurz darauf verließen sie den Platz und fuhren zurück. Als sie in der Ferienanlage ankamen, nahm Ivo Caseys Hand und begleitete sie zu ihrem Bungalow. Ihr Herz begann wild zu hämmern – sie war sich sicher, dass Ivo vorhatte, die Nacht mit ihr zu verbringen, und sie wollte sich ihm bereits zuwenden und ihn zur Hölle wünschen. Sie hätte niemals zulassen dürfen, dass er sie küsste. Zorn erfasste sie, und sie löste ihre Hand aus seinem Griff, um ihren Standpunkt deutlich zu machen.

In dieser Stimmung wandte sie sich, an ihrer Tür angelangt, zu ihm und war mehr als überrascht, als er lediglich sagte: „Gute Nacht, Casey. Vielen Dank, dass du mitgekommen bist. Ich kann mich nicht erinnern, wann ich einen Abend mehr genossen habe."

Sie starrte ihn an, doch dann verpuffte ihr Ärger so schnell, wie er gekommen war, und sie erwiderte ehrlich: „Ich hatte auch schon lange keinen so schönen Abend mehr."

Er hob ihre Hand an seine Lippen, küsste sie und sagte dann: „Wirst du morgen mit mir zum Segeln gehen, falls ich ein Boot mieten kann?"

„Was ist mit Lucy?"

„Zur Hölle mit Lucy. Du bist diejenige, mit der ich zusammen sein will."

Sie bekam große Augen, doch innerlich freute sie sich über seine heftige Reaktion. „Ich weiß nicht, ich …" Sie blickte in seine Augen, und plötzlich schmolz ihr ganzer Widerstand in sich zusammen. „Also gut, ich komme mit dir."

„Schön." Er legte seine Arme um sie, zog sie an sich und küsste sie. Dann lächelte er und flüsterte: „Gute Nacht, Casey. Sei um acht Uhr fertig."

„Acht? Aber es ist jetzt fast zwei, und du weißt noch gar nicht, ob du ein Boot mieten kannst."

Sein Lächeln bekam etwas Teuflisches. „Ich habe es gestern bereits gemietet – nur für den Fall." Damit wandte er sich ab, winkte ihr noch einmal zu und ging.

Am nächsten Morgen war Casey aufgeregt wie ein Teenager. Sie machten sich früh auf den Weg, noch kaum jemand war auf den Beinen, und Casey hatte das Gefühl, als schüttele sie alle Verpflichtungen ab und tue etwas Verbotenes. Sie fuhren die Küste entlang zum Hafen, wo Ivo ihr an Bord des Bootes half.

Casey lehnte sich an die Reling und genoss den Wind in ihren Haaren und die Sonne auf ihrem Gesicht. Sie schloss die Augen und lauschte dem Brausen des Meeres und den Segeln, die sich mit Wind füllten. Ich kann das alles ertragen, dachte sie zufrieden. Ein Schatten fiel auf sie, woraufhin sie die Augen öffnete und Ivo anblickte, der sie anlächelte. Sie erwiderte sein Lächeln ohne Zurückhaltung und wunderte sich einen Moment darüber, dass sie so glücklich war.

Sie hatte ihre Shorts und das Top ausgezogen und lag ausgestreckt in ihrem Bikini an Deck. Die Sonne wärmte ihre nackte Haut. Ivo legte sich neben sie, stützte einen Ellbogen auf und streichelte mit einem Finger ihre Wange. Als er zu ihrem Mund kam, wollte sie ihn beißen, aber er war schneller. „Hexe!", flüsterte er. Er schob seine Hand unter ihr Kinn und senkte den Kopf, um sie zu küssen – ein langer, genüsslicher Kuss, zärtlich und sanft, ohne die Leidenschaft zu vertiefen.

Casey ließ ihn gewähren, hob aber weder die Arme, um sie um seinen Nacken zu legen, noch berührte sie ihn sonst. Er war nur in Shorts gekleidet, und seine Nähe überwältigte sie – er wirkte so groß, stark, so überaus männlich. Als er den Kopf hob, öffnete sie die Augen, und sie sah, dass er sie intensiv betrachtete.

„Du hast wunderschönes Haar", flüsterte er. „In der Sonne scheint es regelrecht zu glühen." Er legte seine Hand auf ihre Taille und erkundete Casey mit seinen Lippen, die Augen, die Nase, den Hals.

Caseys Herz raste, als er mit der Hand liebevoll über ihren Bauch strich und ihre ohnehin schon heiße Haut sich noch mehr erhitzte. Als er diesmal ihren Mund fand, war sein Kuss fordernd, doch sie wusste weder, ob sie dieser Forderung widerstehen konnte, noch ob sie sich ihr hingeben wollte. Ivo griff nach oben, zog an den Bändern ihres Bikinioberteils, löste sie und begann, ihre Brüste zu streicheln. Er stöhnte auf, und sein Kuss wurde immer verlangender, ebenso wie seine Berührungen, und Casey spürte die Hitze, die sich immer stärker in seinem Körper ausbreitete. Sie begann zu beben, woraufhin Ivo den Kopf hob und sie anblickte. Sie erkannte die leidenschaftliche Begierde in seinen Augen. Er starrte sie einen Moment an, doch dann ließ er seinen offen bewundernden Blick über ihren Körper wandern. Sie wurde von einem Schauer erfasst, und er senkte den Kopf, um ihre Brust zu liebkosen. Er schloss die Lippen um die zarte, sinnliche Spitze, doch da schrie Casey auf und stieß ihn von sich, denn die Gefühle, die er in ihr weckte, ließen sie in Panik verfallen. Ohne nachzudenken, sprang sie über Bord, tauchte auf und begann dann, in Richtung Ufer zu schwimmen.

Sie hörte ein Platschen hinter sich und merkte, dass Ivo neben ihr schwamm, doch sie schaute nicht zu ihm hinüber, auch nicht als sie ins seichte Wasser kam und an den Strand watete. Dort befestigte sie mit zitternden Händen das Bikinioberteil und drehte sich dann langsam zu ihm um.

Er beobachtete sie, wartete darauf, dass sie zu sprechen anfing. Sie biss sich auf die Lippe, dann presste sie hervor: „Es – es tut mir leid. Ich bin kein leichter Flirt, wenn es das ist, was du denkst. Es ist nur so, dass …“ Sie brach ab, denn sie wusste nicht, was sie sagen sollte.

„Es ist in Ordnung. Das habe ich nicht gedacht.“ Ivo berührte beruhigend ihren Arm. „Komm schon, lass uns einen Spaziergang am Strand machen.“

Allerdings gingen sie nicht besonders weit, denn sie kamen zu einer Gruppe von Leuten, die sich sonnten, und plötzlich bemerkten sie, dass alle vollkommen nackt waren, Männer wie Frauen. Casey keuchte erschrocken auf und boxte Ivo in die Rippen, als er lachte und sagte, dass er jetzt wisse, warum sie so schnell hatte an Land gehen wollen.

Ihre Stimmung blieb für den Rest des Tages locker – Ivo erzählte ihr Anekdoten und kleine Geschichten, mit denen er sich häufig über sich selbst lustig machte, und Casey lauschte hingerissen. Auf diese Weise bekam sie weitere Einblicke in seinen Charakter. Sie fand Ivo witzig, interessant und schlagfertig, und die Zeit flog nur so dahin.

Während dieser Stunden küsste er sie häufig, aber er ließ die Dinge nicht zu weit kommen, sodass Casey nach einer Weile feststellte, dass sie seine Umarmung, seine Nähe und seine Küsse förmlich suchte.

Es war früher Abend, als sie schließlich zurücksegelten. Sie schlenderten die Seepromenade entlang und setzten sich in ein Café, wo sie Meeresfrüchte aßen und Weißwein tranken. Als sie endlich auf den Parkplatz der Ferienanlage einbogen, war es schon sehr spät.

Ivo legte den Arm um Caseys Schultern und zog sie näher an sich. „Ich wünschte, wir müssten morgen nicht arbeiten", meinte er bedauernd. „Wir hätten das alles noch einmal tun können."

„Mhm." Casey kuschelte sich an seine Schulter und fühlte sich schläfrig von so viel Sonne, Wind und Meer.

Ivo streifte ihre Nase mit den Lippen und schenkte ihr dann einen Kuss, der sie schwindlig machte. „Glaubst du mir jetzt, dass ich nie an Lucy interessiert war?", murmelte er, als er nach einer Ewigkeit den Kopf hob.

Nach einem derart atemberaubenden Kuss hatte Casey keine Zweifel mehr. Sie holte tief Luft und versuchte, ihr wild pochendes Herz zu beruhigen. „Nun ja, ich …" Plötzlich brach sie ab und blickte ihm in die Augen, dann setzte sie sich aufrecht hin. „Ivo", meinte sie in vollkommen verändertem Tonfall, „warum in aller Welt *hast* du Lucy diesen Job gegeben?"

6. KAPITEL

Ivo gab ein triumphierendes Lachen von sich. „Ich habe mich schon gefragt, wann du endlich neugierig wirst." Er setzte sich ein wenig bequemer hin, ließ seinen Arm aber weiterhin um Caseys Schulter liegen, dann begann er seine Erklärung: „Ich kenne Lucy und ihre Familie bereits seit einigen Jahren. Ihr Vater war bis zu seinem Tod vor einem Jahr der Management-Direktor von Vulcan Enterprises, aber wir waren auch enge Freunde. Er hat mich zu einem seiner Testamentsvollstrecker gemacht, und so habe ich als eine Art Vormund für Lucy fungiert."

„Ist ihre Mutter denn auch tot?", wollte Casey wissen.

„Nein, aber sie gehört zu dieser Sorte Frau, die sich immer auf einen Mann verlässt, um die praktischen Dinge des Lebens zu regeln." In Ivos Stimme lag ein derart verächtlicher Tonfall, der Casey sofort klar machte, dass er von Lucys Mutter nichts hielt. „Alle Direktoren von Vulcan mochten Jack Grainger ausgesprochen gern – er war ein toller Mensch, und so wollten auch alle helfen. Als sie erfuhren, dass Lucy Model werden will, hatte irgendjemand diese Kalenderidee, und mir wurde der Auftrag erteilt, das Ganze in die Tat umzusetzen."

Casey riss die Augen auf, hob ihren Kopf von seiner Schulter und starrte ihn an. „Großer Gott! Das nenne ich wirklich unbedachtes Handeln. Ich bin zwar sicher, dass ihr alle es nur gut gemeint habt, aber ihr auf diese Weise zu einem absoluten Topjob zu verhelfen, war das Verkehrteste, was ihr tun konntet."

„Das weiß ich jetzt auch", gab Ivo kleinlaut zu. „Aber wir wollten unser Möglichstes tun, um Lucy zu unterstützen. Und da ich einer von Jacks Testamentsvollstreckern war, fiel mir die Aufgabe zu, sie hierher zu begleiten." Er lachte ironisch. „Ich war zuerst alles andere als glücklich darüber. Ich hatte keine Lust, Kindermädchen zu spielen, aber dann – änderten sich die Dinge."

„Tatsächlich? Inwiefern?"

Er schenkte ihr ein langsames Lächeln, und sein Blick liebkoste sie. „Du bist in mein Büro spaziert."

„Oh."

„Genau." Er küsste erst ihre Schläfe und fuhr dann die sanfte Linie ihrer Wange nach. „Du warst wie ein Strahl helles Sonnenlicht an einem grauen Wintertag", murmelte er. „Du hast mir den Atem geraubt."

„Auf die Idee wäre ich niemals gekommen", antwortete Casey, die selbst ein wenig atemlos war. „Wenn ich mich recht entsinne, dann warst du am Anfang ganz schön unfreundlich."

„Panikreaktion", entgegnete er. „Ich hatte Angst, dich gleich über alle Berge zu jagen, wenn ich dich wissen ließ, was für eine Wirkung du auf mich hattest, also bin ich ins andere Extrem verfallen. Aber ich war absolut fasziniert von dieser Frau mit dem rotgoldenen Haar, den sanften grünen Augen, die so traurig blicken, wenn sie sich unbeobachtet glaubt, und grünes Feuer versprühen, wenn sie wütend ist, aber unvergleichliche Schönheit gewinnen, wenn sie eins dieser seltenen Lächeln zeigt, die sie ernst meint. Eins ihrer speziellen Lächeln." Zärtlich küsste er sie auf den Mundwinkel, ehe er den Kopf hob und weitersprach: „Und ich mag eine Frau, die mit hoch erhobenem Kopf durch die Welt geht, so als wollte sie es allen zeigen, deren Stimme zart wie Musik ist und die einen so wunderschönen Körper hat, dass ich mich danach verzehre, sie zu halten und zu berühren. Eine Frau, die im Grunde ihres Wesens weich und liebevoll ist, aber Angst hat, es zu zeigen, weil sie verletzt wurde und sich davor fürchtet, noch einmal zu lieben."

Als er mit seiner Beschreibung am Ende war, wusste Casey nicht, was sie sagen sollte. Sie senkte den Kopf, sodass ihre Haare nach vorne fielen und ihr Gesicht verdeckten.

„Du versteckst dich schon wieder", rügte er sie und schob seine Hand unter ihr Kinn, sodass sie ihn ansehen musste. „Schließ mich nicht aus, Casey. Kannst du denn nicht verstehen, dass ich alles über dich wissen will? Ich möchte alles mit dir teilen, deine Vergangenheit genauso wie deine Zukunft. Ich …"

„Du willst zu viel“, unterbrach sie ihn brüsk, dann biss sie sich auf die Lippe und fügte sanfter hinzu: „Es tut mir leid, ich kann nicht – ich kann nicht darüber sprechen.“

Er betrachtete einen Moment ihr versteinertes Gesicht, dann entgegnete er steif: „Ich dränge dich zu sehr. Verzeih mir.“

„Ja, das tust du.“ Doch plötzlich lächelte sie und wandte sich ihm zu. „Schau, heute war ein wunderschöner Tag. Wir wollen ihn nicht verderben. Und morgen wird es anstrengend, deshalb denke ich wirklich, dass wir jetzt hineingehen sollten, meinst du nicht auch?“

„Nein, aber ich habe das dumpfe Gefühl, dass du darauf bestehen wirst.“

Widerwillig nahm er seinen Arm von ihrer Schulter und ging um den Wagen, um die Tür für sie zu öffnen. Auf dem Rückweg drang eine frische Meeresbrise zu ihnen herüber.

„Was hältst du davon, wenn wir morgen früh eine Runde im Meer schwimmen?“, schlug Ivo vor.

„Ja, das wäre schön. Es muss allerdings sehr früh sein.“

„Gut. Vielleicht haben wir den Strand für uns.“

Als sie an Caseys Bungalow ankamen, drehte sie sich zu ihm um. „Vielen Dank für diesen wundervollen Tag.“

Sie wollte ihm schon halb die Hand hinhalten, doch Ivo zog Casey in seine Arme und küsste sie voller Verlangen, wobei er ihren Körper dicht an seinen presste. Sein Griff wurde immer fester, je leidenschaftlicher der Kuss wurde. „Ich will jetzt nicht gehen“, flüsterte er ihr rau ins Ohr.

Casey antwortete nicht und sah ihn auch nicht an. Doch Ivo musste ihre Anspannung bemerkt haben, denn er seufzte tief und trat zurück. „Gute Nacht, Casey. Ich hole dich morgen früh um sieben ab.“ Danach wandte er sich ab und ging.

Casey blieb noch eine ganze Weile auf. Sie dachte immer wieder über das Wochenende nach und wie sehr sie es genossen hatte. Das hätte sie nie für möglich gehalten. Und sie hatte auch Ivos Küsse genossen. Viel zu sehr. Plötzlich wurde sie von einem übermächtigen Schuldgefühl erfasst, das sie einfach nicht abschütteln konnte.

Daher dauerte es noch sehr lange, bis sie endlich einschlief, und sie stöhnte laut, als Ivo am nächsten Morgen an ihre Tür klopfte. „Geh weg", rief sie.

„Aufwachen, Schlafmütze, du wolltest schwimmen gehen."

Sie verfluchte ihre eigene Dummheit, ging zur Tür, öffnete sie und lief dann ins Schlafzimmer zurück, um sich zu waschen und anzuziehen. Als sie sich zehn Minuten später zu Ivo ins Wohnzimmer gesellte, hatte er einen Becher Kaffee in der Hand, den er ihr reichte. Sie nahm ein paar tiefe Schlucke, dann stellte sie den Becher ab und sagte zu ihm: „Komm schon, wer zuerst am Strand ist!"

Casey rannte aus dem Bungalow, Ivo dicht auf ihren Fersen, und so war es kein Wunder, dass einer von Chas' Assistenten, der gerade aus seinem Bungalow auf der anderen Seite des Pools kam, ihnen einen überraschten Blick zuwarf. Aber die Überraschung verwandelte sich schnell in ein wissendes Lächeln, und er verlor keine Zeit, dem Rest des Teams zu erzählen, was er gesehen hatte, sodass bei ihrer Abfahrt alle glaubten, Casey und Ivo hätten die Nacht miteinander verbracht.

Casey behagte die Situation überhaupt nicht, sie wollte aber kein Öl ins Feuer gießen, indem sie lautstark bestritt, was alle dachten. Außerdem erwartete sie von Ivo, dass er sich von ihr fernhalten würde, und war umso erboster, als er sich ihr stattdessen immer wieder näherte und jedes Mal einen Arm um ihre Schulter oder Taille legte, wenn er mit ihr sprach. Ivos Berührungen lenkten sie von der Arbeit ab, und außerdem bestärkte es die anderen in ihrer Überzeugung, dass die Gerüchte wahr waren.

An diesem Tag fanden endlich die Aufnahmen in der Grotte im Norden der Insel statt. Zum ersten Mal setzten sie alle Models ein, sodass Lucy natürlich sehr aufgeregt war. Da sie nur wenig Zeit hatten, bevor die Grotte für Besucher geöffnet wurde, gab es keine

Möglichkeit, zuerst zu proben. Man erklärte Lucy brüsk, wo sie sich hinstellen und was sie tun sollte, und da Casey einfach davon ausging, dass sie alles richtig machen würde, tat das junge Mädchen wie geheißen und posierte wunderbar. Alles lief wie am Schnürchen, und sie waren tatsächlich fertig, ehe die ersten neugierigen Touristen in die Höhle kamen.

Da es noch recht früh war, beschlossen sie, die Aufnahmen noch einmal zu wiederholen, die sie am vergangenen Freitag hatten abbrechen müssen, und tatsächlich hatten sie auch hier diesmal mehr Glück. Casey gelang es, die Besucher aus dem Bild zu halten, sodass sie Fotos mit einem fantastischen Sonnenuntergang machen konnten, der die Feuerberge tatsächlich zum Glühen zu bringen schien. Zufrieden mit der Arbeit, die sie an diesem Tag geleistet hatten, aber auch müde und hungrig kehrten sie in die Anlage zurück und waren nur allzu bereit, zum Dinner zu gehen.

Im Restaurant achtete Casey darauf, sich neben Chas zu setzen, mit dem sie sich schon auf dem Weg unterhalten hatte, doch die anderen schienen wie selbstverständlich den Platz zu ihrer Linken für Ivo freizulassen. Als er sich neben sie setzte, wandte sie ihm jedoch demonstrativ den Rücken zu und konzentrierte sich darauf, die Aufnahmen für den nächsten Tag mit Chas zu besprechen. Ivo war wenig begeistert, aber er sagte nichts, bis sie das Restaurant verließen. Erst dann fasste er Caseys Ellbogen, bevor sie sich wieder an jemand anders hängen konnte, und sagte: „Lass uns einen Spaziergang machen."

Sie weigerte sich einen Moment, doch er führte sie einfach zum Strand und weg von den anderen, die noch zur Bar gingen. Als sie weit genug entfernt waren, setzte sich Ivo auf die Küstenmauer und zog Casey neben sich. „Also, warum zeigst du mir die kalte Schulter?", fragte er.

„Du weißt, warum. Sie denken – sie haben den Eindruck, dass ..."

„Dass wir ein Liebespaar sind", beendete Ivo den Satz für sie.

„Ist es so schwer, das auszusprechen? Und was in aller Welt kümmert es dich, was sie denken?“

„Ich – ich möchte nicht, dass über mich getuschelt wird. Als du erkannt hast, dass sie falsche Schlussfolgerungen gezogen haben, hättest du dich von mir fernhalten sollen, stattdessen bist du ständig zu mir gekommen und hast mich berührt, so als hättest du ein Recht dazu … als wenn wir tatsächlich – zusammen wären.“

„Soweit es mich betrifft, *sind* wir zusammen“, machte er deutlich.

„Nein, das sind wir nicht“, berichtigte sie ihn scharf. „Nicht so, wie die anderen denken.“

„Nein.“ Er zögerte, doch dann fügte er hinzu: „Noch nicht.“

Casey wurde flammend rot und stand rasch auf, aber Ivo griff nach ihrem Arm, bevor sie auch nur einen Schritt gemacht hatte. „Und wir werden es auch nicht sein, bis du bereit dazu bist.“ Sie drehte sich zu ihm um und starrte ihn an, während er weitersprach: „Aber ich werde nicht so tun, als würde ich nichts für dich empfinden. Ich möchte dir nah sein, dich berühren, und mir ist vollkommen egal, wer das mitbekommt. Ich stehe zu meinen Gefühlen für dich. Du nicht?“

„Ich …“ Sie zögerte. Seine Offenheit beschämte sie, aber sie fühlte sich auch furchtbar schuldig, so als würde sie Mikes Andenken beschmutzen. „Ich weiß nicht genau, was ich für dich empfinde“, gab sie zu.

„Nein?“ Ivo zog sie an sich und legte eine Hand auf ihre Wange. „Bist du gerne mit mir ausgegangen?“

„Ja.“

„Und du hast es genossen, wenn ich dich geküsst habe?“, fragte er heiser.

Casey wand sich, und ihr Ja kam nur sehr widerwillig heraus.

Er legte den Arm um sie, presste sie eng an sich und küsste sie so stürmisch, dass er die leidenschaftliche Antwort erhielt, die er sich erhofft hatte. „Ich weiß, dass du verletzt wurdest, Casey, und ich werde dich nicht drängen. Aber ich werde auch nicht zulassen, dass du leugnest, was zwischen uns ist. Ich will dich. Ich will mit dir schlafen, doch nicht nur für ein oder zwei Nächte. Wenn ich dich liebe, will ich, dass es uns beiden sehr viel bedeutet. Ich will, dass es ein Anfang ist und kein Ende. Verstehst du das?", fragte er eindringlich.

„Ja." Sie schaute in sein entschlossenes Gesicht. Innerlich hatte sie bereits gewusst, dass er kein Mann war, der ein Nein akzeptierte, aber er würde ihr Zeit lassen, und für den Moment stützte sie sich darauf und schob jeden Gedanken an die Zukunft beiseite.

Sein Versprechen half ihr, sich zu entspannen, und so verkrampfte sie sich nicht mehr, wenn er sie in der Öffentlichkeit leicht küsste oder seinen Arm um sie legte. Auch ihre Bedenken, Lucy könnte vielleicht unterbewusst für Ivo schwärmen, stellten sich als unbegründet heraus. Das junge Mädchen versicherte ihr, dass sie noch nie zuvor erlebt hatte, dass Ivo verrückt nach einer Frau war, und sie freue sich, dass es nun endlich so weit war.

Auch die Aufnahmen verliefen sehr gut, und Caseys einziges Problem bestand darin, dass ihre Cousine Tina, die gerade in einer Ehekrise steckte, sie jeden Abend anrief. Casey hörte ihr so geduldig wie möglich zu, aber sie ärgerte sich maßlos, als Tina ihr erklärte, sie habe ihren Mann verlassen und sei in Caseys Wohnung gezogen. Auf die Entfernung hin gab es wenig, was Casey dagegen tun konnte, aber sie wollte diese Geschichte sofort regeln, wenn sie wieder in England war.

Während der folgenden Woche festigte sich ihre Beziehung zu Ivo. Sie redeten viel miteinander und entdeckten die Vorlieben und Abneigungen des anderen. Ivo machte keinen Versuch, mit ihr zu schlafen, aber seine Küsse und Liebkosungen wurden immer intimer und drängender, und sie spürte seinen rasenden Herzschlag, ehe er sich mit geballten Fäusten von ihr losriss.

Sie waren schon seit fast drei Wochen auf Lanzarote, als sie an einem frühen Morgen von einem Sprung ins Meer zurück in die Anlage kamen und Ivo ans Telefon gerufen wurde. Casey wartete außerhalb der Rezeption auf ihn und wusste sofort, dass er schlechte Nachrichten erhalten haben musste, als sie seinen grimmigen Gesichtsausdruck sah.

„Bei Vulcan ist eine Krise eingetreten. Es scheint einen feindlichen Übernahmeversuch bei einer unserer Tochterfirmen zu geben, und ich soll die Sache bereinigen. Ich fürchte, ich muss heute zurückfliegen."

„Heute?" Casey schaute ihn an und war überrascht, wie sehr sie diese Entwicklung entsetzte.

Ivo griff nach ihrer Hand. „Komm und hilf mir beim Packen."

Sie begleitete ihn in seinen Bungalow, wo er sie sofort in seine Arme zog und leidenschaftlich küsste. „Himmel, Casey, ich möchte dich nicht verlassen. Nicht jetzt, wo wir uns endlich näherkommen und du offener wirst."

„Wird es lange dauern?", fragte Casey verzweifelt. „Wirst du zurückkommen können, bevor wir die Aufnahmen beenden?"

„Möchtest du das?"

Sie blickte ihm in die Augen, erkannte die Intensität und wusste, was seine Frage implizierte. „Ja. Ja, ich möchte, dass du zurückkommst."

„Liebling." Ivo küsste sie erneut, doch dann stöhnte er frustriert. „Ich muss packen. Meine Sekretärin hat mir einen Flug für heute früh gebucht; ich muss mich beeilen."

„Ich packe, während du dich umziehst", bot Casey an.

„Danke." Er suchte ein paar Sachen heraus und verschwand dann im Badezimmer, um zu duschen.

Casey nahm seinen Koffer aus der Ecke und begann mit dem Packen seiner Kleidung. Sorgfältig legte sie die Hemden zusammen, so wie Mike es ihr gezeigt hatte. Plötzlich hielt sie mitten in der Bewegung inne und starrte auf den Koffer hinunter. Vor ihrem inneren Auge sah sie Mikes Gesicht. Sie ließ das Hemd in ihrer Hand genau in dem Moment fallen, als Ivo ihr etwas aus dem Bad zurief.

„Was – was hast du gesagt?“, brachte sie mühsam heraus.

„Ich sagte, dass es vermutlich das Beste ist, wenn du alles einpackst, nur für den Fall, dass ich doch nicht zurückkommen kann.“ Ivo kam aus dem Bad und lächelte sie an. „Aber ich werde natürlich Himmel und Hölle in Bewegung setzen, um es zu schaffen.“

„Nein, bitte, du darfst – du darfst deine Arbeit nicht vernachlässigen. Ich bin sicher, sie hätten dich nicht angerufen, wenn es nicht wichtig wäre“, antwortete Casey in plötzlicher Panik.

Aber Ivo war zu sehr in Eile, um es zu bemerken. Er erledigte den Rest des Packens selbst und zog sie dann in seine Arme. „Gott, ich werde dich vermissen, Casey. Aber ich rufe jeden Tag an. Erklär es Lucy für mich, ja? Und sag den anderen von mir Auf Wiedersehen. Verdammt, ich *muss* wirklich gehen, mein Taxi ist bestimmt schon da. Auf Wiedersehen, Liebling, denk an mich, wenn ich fort bin.“ Er drückte ihr einen harten Kuss auf die Lippen, ehe er sich von ihr losriss, seinen Koffer nahm und ging.

Casey sah ihm von der Tür aus nach. Sie spürte eine verrückte Mischung aus Verzweiflung und Erleichterung – und Angst, dass sie sich auf etwas eingelassen hatte, dem sie noch nicht gewachsen war, sodass sie unterbewusst hoffte, Ivo würde nicht mehr zurückkommen, damit sie sich dem nicht stellen musste.

Die Aufnahmen liefen gut, aber zwei Tage später verdunkelte sich der Himmel, und ein dreitägiger Dauerregen setzte ein, der jede Arbeit unmöglich machte. Das Team beschäftigte sich, so gut es ging, doch Casey verbrachte viele lange Stunden, in denen ihr rasch bewusst wurde, dass sie Ivo unheimlich vermisste. Sie sehnte sich danach, mit ihm zu reden, zu streiten, zu lachen, und sie sehnte sich auch nach seiner körperlichen Nähe. Seine Hand auf ihrer Schulter, der Arm um ihre Taille und seine Küsse, vor denen sie sich zum Teil gefürchtet hatte – jetzt verlangte sie nach ihnen.

Ivo hielt sein Versprechen und rief jeden Abend an. Obwohl er nicht viel von der Übernahme sprach, vermutete Casey, dass er extrem hart arbeiten musste. Er sagte ihr, wie sehr er sie vermisste, wie sehr er sich wünschte, sie wiederzusehen, und jedes seiner Worte war wie eine Liebkosung und genauso aufregend wie ein Kuss.

Wegen des schlechten Wetters zogen sich die Aufnahmen noch bis zu einem weiteren Wochenende hin, doch die letzten Fotos machten sie am Samstagnachmittag, und am Abend gingen sie alle in die Bar im Dorf, um zu feiern. Mittlerweile war es sehr heiß geworden, und so saßen sie an Tischen draußen auf der Terrasse. Sie tranken Champagner, lachten und tanzten unter den Sternen. Casey tanzte mit jedem männlichen Teammitglied, hatte aber gerade ein langsames Stück mit Chas angefangen, weil der behauptete, das sei alles, was er könne, als jemand aus der Dunkelheit auftauchte, ihm von hinten auf die Schulter tippte und sagte: „Entschuldige, Chas, aber ich habe für diesen Tanz einen langen Weg zurückgelegt."

„Ivo!" Casey starrte ihn vollkommen konsterniert an, während Chas grinste und Platz machte. „Aber – aber du bist doch in England!"

„Nein", versicherte er ihr, „ich bin ganz sicher hier." Und dann nahm er sie in seine Arme und küsste sie leidenschaftlich vor allen anderen.

Casey war so überrascht und freute sich so sehr, dass sie seinen Kuss erwiderte, ohne an das Publikum zu denken, das sie hatten. Dann erinnerte sie sich plötzlich und schob Ivo lachend von sich. Doch in ihrem Lachen lag auch eine Spur Nervosität, denn der Kuss war der eines Mannes gewesen, der nicht mehr länger warten wollte. Als sie ihm ins Gesicht schaute, erkannte sie das Verlangen in seinem Blick. Sie errötete, drehte sich rasch um und rief: „Hey, Lucy, schau mal, wer da ist."

„Ich habe ihn schon gesehen." Lucy lächelte, kam zu ihnen herüber und drückte Ivo. „Du hast den ganzen weiten Weg gemacht? Wusstest du nicht, dass wir fertig sind? Wir fliegen alle am Montag nach Hause."

„Doch", antwortete Ivo. Er drehte sich zu Casey um und sah sie an. „Aber ich konnte mir keinen anderen Ort vorstellen, an dem ich das Wochenende verbringen wollte."

Als Casey seinen Blick erwiderte, wusste sie, dass der Moment der Entscheidung gekommen, dass Ivo hier war, um sie endgültig für sich zu beanspruchen. Sie senkte den Kopf, ihr Herz pochte wild, doch sie spürte, wie er sie weiterhin ansah, und ihr war klar, dass er auf ihre Antwort wartete. Langsam hob sie den Kopf und versuchte ein Lächeln, aber in ihrer Stimme lag ein Zittern, als sie heiser flüsterte: „Ich bin – ich bin froh, dass du zurück bist."

7. KAPITEL

Ivo lächelte, zog sie in seine Arme und begann zu tanzen. Er schwieg, wofür Casey dankbar war, denn schließlich waren Worte überflüssig – indem sie ihn willkommen hieß, hatte sie alles gesagt, was er hören wollte. Dennoch wurde Casey von Zweifeln geplagt. Er wollte sie, ja, aber für wie lange? Er hatte sie mit Komplimenten überschüttet und ihr gestanden, dass sie ihn von Anfang an regelrecht umgehauen hatte, doch Ivo hatte ihr kein einziges Mal gesagt, dass er sie liebte. Unsicherheit erfasste Casey, denn sie wusste – wenn sie mit ihm schlief, war die Bindung für sie unauflöslich. Wenn er ihrer dann irgendwann überdrüssig werden sollte, würde sie sich billig und verletzt fühlen. Besonders nach Mike.

Die Feier dauerte bis in die frühen Morgenstunden, doch nicht lange nachdem er angekommen war, führte Ivo Casey erneut auf die Tanzfläche. Als er sie zärtlich aufs Ohrläppchen küsste, durchfuhr sie ein Schauer. Sanft flüsterte er: „Lass uns einen Strandspaziergang machen."

Sie schaute ihn mit pochendem Herzen an, zögerte, sagte dann jedoch: „Also – also gut."

Es war überraschend, wie schnell sie den Lärm und die Lichter der Bar hinter sich ließen. Sie zogen die Schuhe aus und schlenderten nahe am Wasser durch den Sand. Dunkelheit und nur ein mildes Mondlicht umhüllten sie, als Ivo sie an sich drückte und mit wachsender Leidenschaft küsste. „Oh Casey, mein Liebling. Wenn du wüsstest, wie sehr ich dich vermisst habe. Wie sehr ich mich danach gesehnt habe, dich in meinen Armen zu halten. Dich zu halten, dich zu küssen, dich zu lieben." Er spürte, wie sie zitterte, und fragte: „Hast du mich vermisst, Casey?"

„Ja. Das – das habe ich dir doch gesagt."

Er blickte ihr lange in die Augen, in seinem Gesicht brannte das Verlangen, und dann presste er sie fast brutal an sich. Seine Hand lag tief auf ihrer Taille, während er sie küsste und ihr zeigte, wie sehr er sie begehrte. Casey legte ihre Arme um seinen Nacken, sie verlor sich in seinen Küssen, konzentrierte sich allein auf die Hitze, die er in ihr auslöste und schaltete jeden anderen Gedanken aus.

Nach unendlich langer Zeit löste er sich von ihr, und seine Stimme war heiser vor Erregung, als er sagte: „Lass uns zurückgehen."

Sie nickte, unfähig, auch nur einen Ton herauszubringen, und ließ sich von Ivo durch das Dorf führen. Als sie an Caseys Bungalow ankamen, zog Ivo sie an sich. Sein Arm lag um ihre Taille, sie spürte seinen Körper dicht an ihrem. „Der Schlüssel", murmelte er, während er sanft ihre Mundwinkel küsste.

Casey fischte in ihrer Rocktasche herum, bis sie den Schlüssel gefunden hatte, aber ihre Finger zitterten zu stark. Ivo nahm ihr den Schlüssel ab, öffnete und führte sie hinein, dann schloss er die Tür und schaltete das Verandalicht aus.

„Casey." Atemlos hauchte er ihren Namen, nahm ihr Gesicht in seine Hände und küsste sie mit einer Leidenschaft, die er nicht mehr im Zaum halten musste. Als er sie auf seine Arme hob und ins Schlafzimmer trug, fiel durch das Fenster sanftes Mondlicht auf das Bett. „Ich will dich so sehr", flüsterte er. „Die Tage, die ich von dir getrennt war, haben mich verrückt gemacht. Ich habe die ganze Zeit an dich gedacht und mich nach dir gesehnt. Ich bekam dich einfach nicht aus meinem Kopf."

Casey glitt aus seinen Armen, stand vor ihm und umschlang seinen Nacken. Sie ließ es zu, dass er sie küsste und liebkoste, und hielt den Atem an, als er ihre Knöpfe löste und ihr die Bluse und den schwarzen Spitzen-BH abstreifte.

Bewundernd wanderte Ivos Blick über sie, und dann umfasste er ihre vollen Brüste. Casey stöhnte auf, als er sie streichelte und ihre Brustspitzen vor Verlangen hart wurden. Ivo küsste sie stürmisch, doch nach einer Weile senkte er seine Lippen auf ihre Brüste. Casey durchliefen Schauer der Erregung, und sie vergrub ihre Hände in seinem Haar. Als sie die sinnliche Qual nicht länger ertragen konnte, löste sie sich von ihm. Bebend und mit pochendem Herzen stand sie vor ihm, protestierte jedoch nicht, als Ivo ihren Rock öffnete und zu Boden fallen ließ. Sie trat heraus, schlüpfte aus ihren Sandalen und erstarrte, als Ivo sich auf die Knie sinken ließ, um das letzte Stück Stoff von ihrem Körper zu ziehen. Er erhob sich ganz langsam, fuhr dabei zärtlich über ihre nackte Haut und presste Casey schließlich gegen seine harte Männlichkeit, wobei er sie mit wilder Leidenschaft küsste.

Er ergriff ihre Hände und legte sie auf seine Brust. Casey zog ihn ganz langsam aus. Dabei erforschte sie ihn, ließ ihre Fingerspitzen über die stählernen Muskeln seiner Arme wandern, hin zu seinen breiten Schultern und den Brustspitzen, die genauso empfindlich waren wie ihre. Sie spürte Ivos rasenden Herzschlag, noch bevor sie seine Taille erreicht hatte. Stöhnend riss er sie plötzlich an sich und stürzte seinen Mund unkontrolliert auf ihren.

Er trug sie zum Bett hinüber und legte sie zärtlich in die Laken. Während er auf sie herabschaute, war sie in Mondlicht gebadet. „Wenn du wüsstest, wie sehr ich mich nach diesem Augenblick gesehnt habe", gestand er rau. „Wie sehr ich mich verzehrt habe, dich so zu sehen, dich zu berühren und zu lieben."

Sie blickte ihn an. Ihr Körper zitterte, sie war unfähig, sich zu bewegen oder etwas zu sagen – ihre grünen Augen drückten ihre ganze Verletzlichkeit aus.

„Mein Liebling." Ivo glitt neben sie. Langsam begann er, ihre nackte Haut mit seinen Händen und seinem Mund zu erkunden. Er murmelte Worte der Liebe, die sich zu einer einzigen langen Zärtlichkeit verbanden.

Casey hörte die Worte nicht, sondern nur den sanften, intimen Klang seiner Stimme. Seine Berührung, seine Lippen und seine Zunge brachten sie an den Rand der Ekstase. Ivos Haut war so heiß, dass sie selbst zu verbrennen glaubte, als er sich über sie hob und rau vor Verlangen flüsterte: „Casey, oh Gott, Casey, ich bin verrückt nach dir."

Er legte sich auf sie und eroberte ihren Mund in wilder Inbesitznahme, denn er wollte ihr so nah wie irgend möglich sein. Casey stöhnte auf und hob ihren Arm, um ihn um seinen Nacken zu schlingen, doch sie waren näher an den Bettrand gerückt, und mit der Hand stieß sie gegen etwas, das krachend zu Boden stürzte. Sie hörte den Klang von zersplitterndem Glas, der augenblicklich Leidenschaft und Begierde brach und sie erstarren ließ, als ihr bewusst wurde, was geschehen war.

„Mike! Oh nein!"

Casey stieß Ivo abrupt von sich und krabbelte auf den Boden, wo sie sich Hände und Knie an den Scherben aufschnitt. Doch sie spürte keinen Schmerz. Sie suchte fiebrig nach dem Foto, fand es, rappelte sich hoch und schlüpfte hektisch in ihre Kleider.

„Was ist los? Casey, habe ich dir wehgetan? Was ist los, Liebling?" Ivo versuchte den Dunst der Leidenschaft abzuschütteln, er tastete nach dem Schalter der Nachttischlampe, doch als er ihn endlich gefunden hatte, war Casey bereits angezogen. Mit tränennassem Gesicht, das Foto in den Händen, rannte sie zur Tür.

„Warte! Casey, warte!" Er sprang aus dem Bett, aber Casey entwischte ihm und stürzte aus dem Bungalow. Die Tür ließ sie weit offen stehen.

Sie rannte ohne Ziel durch die dunkle Nacht, bis ihr Instinkt sie den Weg zum Strand einschlagen ließ. Sie presste Mikes Foto an die Brust. Tränen liefen ihr über die Wangen, ihr Körper wurde von heftigem Schluchzen geschüttelt, das sie nicht unterdrücken konnte. Sie fühlte sich so beschämt, so schmutzig und voller Schuld.

Sie hörte Schritte, die sich über die Promenade näherten, und kurz darauf stand Ivo mit wutverzerrtem Gesicht vor ihr. „Ich wusste, dass ich dich hier finden würde", stieß er zornig hervor. „Das ist dein Versteck, in das du kriechst, wenn du zu feige bist, dich der Realität zu stellen, richtig?"

Casey hob den Kopf, um ihn anzusehen, doch dann erzitterte sie und flüsterte: „Geh weg. Lass mich in Ruhe."

„Dich in Ruhe lassen? Ich sollte dir den Hals umdrehen für das, was du getan hast." Plötzlich packte Ivo sie an den Armen und zog sie näher.

Sie hatte keine Angst vor ihm, genau genommen dachte sie gar nicht an Ivo, sondern nur an Mike und wie sie seine Erinnerung verraten hatte. „Lass mich los. Ich will dich nicht. Ich ..."

Ihre Worte verebbten, als Ivo sie vor Wut zu schütteln begann. „Verdammt, hast du eine Vorstellung, was du mir gerade angetan hast? Du egoistisches kleines Luder! Du hast mich heiß gemacht und mir dann die kalte Schulter gezeigt!" Er stieß sie angewidert von sich, sodass Casey stolperte und beinahe das Foto hätte fallen lassen. Sie konnte es gerade noch im letzten Moment auffangen, und Ivo bemerkte es zum ersten Mal. Er riss es ihr aus der Hand.

„Nein, gib mir das zurück! Es gehört mir!"

Casey versuchte, es zurückzubekommen, aber Ivo wehrte sie ab und hielt es unter eine Laterne, um zu sehen, was es war. Als er das Foto erkannte, drehte er sich mit neuer Wut zu ihr um. „Dein Exfreund! Geht es darum? Bist du deshalb plötzlich weggerannt?" Er sah in ihrem Gesicht, dass er recht hatte, und zerriss das Foto in tausend Stücke.

„Nein! Nicht!" Sie warf sich auf ihn, versuchte erneut, ihm das Foto zu entreißen, kratzte, schlug und weinte hemmungslos, als er die Überreste ins Wasser warf. „Du Mistkerl!"

Ivo schnaubte verächtlich. „Du lässt es zu, dass ein nichtsnutziger Exfreund, der dich verlassen hat, dein Leben ruiniert?"

„Er war nicht mein Exfreund", versetzte sie bitter. „Er war mein Mann!"

Ivo erstarrte, während er sie sprachlos ansah. „Was sagst du da?", fragte er schließlich.

„Mike war mein Mann. Ich habe ihn über alles geliebt. Und ich kann nicht aufhören, ihn zu lieben. Deshalb ... ich habe sein Foto umgeworfen, als wir zusammen waren, und da musste ich an ihn denken, und ich ..." Sie schluchzte verzweifelt. „Ich hatte das Gefühl, dass ich ihn betrüge, dass ich untreu bin."

Ivo trat einen Schritt zurück. „Willst du mir etwa sagen, dass du noch mit ihm verheiratet bist?", fragte er ungläubig.

Sie schüttelte langsam den Kopf. „Nein."

„Dann bist du geschieden?"

Noch einmal schüttelte sie den Kopf und ging zur Mauer hinüber, um auf das Meer hinabzublicken. „Nein, er …" Sie versuchte, es zu sagen, brachte es aber zunächst nicht über sich. „Er hatte Krebs. Unheilbar."

Ivo starrte sie an. Das Schweigen zwischen ihnen wurde von ihrer Trauer erfüllt. Er hob eine Hand, um sie tröstend auf ihre Schulter zu legen, doch dann ließ er sie wieder sinken. „Warum hast du mir das nicht gesagt?", flüsterte er hilflos.

Casey ballte die Hände zu Fäusten und schüttelte den Kopf. „Ich kann nicht darüber reden, auch jetzt noch nicht. Es ist beinahe drei Jahre her, aber es fühlt sich noch wie gestern an. Die Worte sind so hart, so endgültig."

Ivo blickte auf ihren gesenkten Kopf und setzte sich auf die Mauer. Nach einer Weile fragte er: „War deine Ehe glücklich, Casey?"

Sie hob den Kopf und nickte. „Ja, sehr glücklich."

„Und hat dein Mann dich geliebt?"

Casey sah ihn an. „Natürlich hat er mich geliebt." Sie runzelte die Stirn. „Warum fragst du mich das?"

„Weil ich glaube, dass dein Mann in diesem Fall nicht wollen würde, dass du ewig um ihn trauerst", antwortete Ivo eindringlich. „Er würde dich glücklich sehen wollen. Er würde wollen, dass du eine neue Liebe findest."

Casey schaute einen langen Moment zum Mond hinauf, ehe sie heiser flüsterte: „Ja, das würde Mike wollen."

Ivo stand rasch auf und trat auf sie zu. „Nun, dann …"

Doch sie zuckte zurück. „Nein! Ich kann nicht. Du suchst nur nach einem Mittel, um mich ins Bett zu bekommen."

Sein Kiefer verkrampfte sich, und er entgegnete harsch: „Und was ist daran so furchtbar? Ich liebe dich, und ich sehne mich schrecklich nach dir. Und ich …“

„Tust du das – liebst du mich? Das hast du nie zuvor gesagt.“

„Oh Casey.“ Er schüttelte verzweifelt den Kopf. „Das musst du doch gemerkt haben! Du musst doch erkannt haben, was ich für dich empfinde, wann immer ich dich ansah. Ich bin sicher, dass das ganze Team es weiß. Bist du die Einzige, die so blind ist?“ Er lachte bitter. „Offensichtlich. Aber heute Nacht – ich habe es dir heute Nacht so oft gesagt, bevor …“ Er hielt inne und biss die Zähne zusammen.

„Es tut mir leid. Ich – ich habe es nicht gehört. Ich wollte alles andere ausschalten und einfach nur – nur mit dir zusammen sein.“

„Aber du hast nichts für mich gefühlt“, erklärte Ivo in plötzlichem Schmerz. „Obwohl du bereit warst, mit mir ins Bett zu gehen. Wie könntest du auch etwas empfinden, wo du doch immer noch einen anderen liebst.“

„Das ist nicht wahr“, protestierte Casey. „Ich empfinde sehr viel für dich. Und ich wollte – ich wollte, dass du mich liebst. Ich dachte, ich könnte es, und wenn Mikes Foto nicht zu Boden gefallen wäre, hätte ich wahrscheinlich …“

„Willst du mir wirklich weismachen, es wäre ein Unfall gewesen?“, unterbrach er sie. „Natürlich war es das nicht.“

„Aber ich habe es nicht absichtlich getan. Warum sollte ich? Ich habe dir gesagt, dass ich dich auch wollte.“

„Wenn du wirklich in mich verliebt wärst, dann hättest du das Foto weggetan, es zu einem Teil deiner Vergangenheit gemacht und nicht neben deinem Bett stehen lassen, wo du nur den Kopf drehen musstest, um es zu sehen, während wir uns liebten.“ Er trat näher an sie heran, schaute ihr in die Augen und sagte dann rau: „Du sagtest, du hättest gedacht, du könntest es, mit mir schlafen, so als wäre es eine Art Opfer. Also musst du Zweifel gehabt haben.“

Sie nickte langsam. „Ich war nie mit einem anderen Mann zusammen als mit Mike. Alles war so wundervoll mit ihm. Dann, nachher, konnte ich eine ganze Zeit lang nicht vor die Tür gehen, bis Steve sagte, dass ich ihn unterstützen müsste, da die Agentur den Bach runtergehe. Die Arbeit hat sehr geholfen."

„Aber du bist nicht mit anderen Männern ausgegangen?", hakte Ivo nach.

„Nein." Sie schüttelte energisch den Kopf.

„Ich habe gesehen, wie Ray dich geküsst hat", erinnerte er sie.

Sie zuckte die Achseln. „Das hat nichts bedeutet. Er hat es versucht und dann akzeptiert, als ich ihm deutlich machte, dass ich nicht interessiert bin."

„Und was ist mit mir?", fragte Ivo. „Haben meine Küsse auch nichts bedeutet?"

Sie senkte den Kopf, dann schaute sie Ivo nach einer Weile schüchtern an. „Doch, das haben sie. Sie haben – sehr viel bedeutet. Deshalb hatte ich eine solche Angst."

„Angst?"

Sie zögerte, weil sie nicht genau wusste, wie sie ihre Gefühle ausdrücken sollte. „Ich fühle mich zu dir hingezogen. Du machst mich schwach, wenn du mich küsst, und ein Teil von mir – der körperliche vermutlich – sehnt sich einfach nur danach, dass du mich in die Arme nimmst und – liebst."

Sie war rot geworden und hielt inne. Ivo hakte daraufhin weniger scharf nach: „Und der andere Teil von dir?"

„Das ist der feige Part. Der Teil, der bereits einmal so schlimm verletzt wurde, dass er Angst davor hat, es könnte noch einmal passieren. Es ist auch der Teil, der Mike immer noch liebt und sich schuldig fühlt, wenn ich mit dir zusammen bin, so als würde ich Mike betrügen." Sie drehte sich ganz zu ihm um, sah ihn an und sagte: „Es tut mir leid, Ivo."

„Tut es das?", fragte er bitter. „Du hast vergessen zu erwähnen, dass du auch vollkommen selbstsüchtig bist." Sie warf ihm einen schockierten Blick zu, doch er fuhr fort: „Hast du dir jemals Gedanken um mich gemacht, als dir das alles durch den Kopf ging? Ist dir jemals in den Sinn gekommen, dass ich mich rettungslos in dich verlieben könnte? Dass ich mein ganzes Leben gewartet habe, und als ich mich endlich verliebte, da war es in eine Frau, die immer noch einen toten Mann liebt!“

Casey zuckte bei seinen letzten Worten zusammen, doch in seiner Stimme lag eine solch tiefe Verzweiflung, dass sie ihn nur sprachlos anstarren konnte. „Du hast nie gesagt, dass du mich liebst“, meinte sie schließlich bekümmert. „Ich dachte – ich dachte, dass du nur eine Affäre wolltest. Das war einer der Gründe dafür, dass ich meine Gefühle für dich unterdrückt habe.“

Ivo schaute sie grimmig an, doch dann erwiderte er: „Willst du mir damit sagen, dass du dich davor geschützt hast, dich in mich zu verlieben?“

Sie schüttelte den Kopf. „Ich habe es versucht, aber es hat nicht funktioniert.“

„Was soll das heißen?“, fragte er scharf.

„Ich wollte mich nicht in dich verlieben – aber ich hatte keinen Erfolg. Als du fortmusstest, habe ich dich furchtbar vermisst, und als du heute Abend zurückkamst – als ich dich sah, wusste ich, dass ich dich liebe. Ich glaube, es war die ganze Zeit da, aber ich wollte es mir nicht eingestehen. Meinst du, dass ich sonst bereit gewesen wäre, mit dir ins Bett zu gehen?“

Ivo starrte sie an. „Wenn du mich liebst …“

„Aber die Schuldgefühle sind noch da! Und auch meine Liebe für Mike. Ich kann ihn nicht ausschließen, Ivo. Ich habe es versucht, aber es geht nicht.“

Langsam, fast vorsichtig zog Ivo sie in seine Arme. Sie zitterte, doch er streichelte ihren Rücken und flüsterte: „Vielleicht solltest du es gar nicht versuchen. Er wird immer ein wichtiger Teil deines Lebens sein. Und wir haben die Zukunft.“

Casey schüttelte den Kopf und löste sich von ihm. „Welche Zukunft sollten wir nach heute Nacht noch haben?“

„Wenn wir uns genug lieben, werden wir eine Zukunft für uns

möglich machen“, antwortete er fest.

Sie blickte ihn an. Seine Züge zeigten seine Zuversicht, und beinahe hätte sie ihm geglaubt. Doch sie seufzte und entgegnete: „Ich könnte es nicht ertragen, dich zu verlieren, Ivo, und kannst du mir garantieren, dass dir nichts passieren wird?“

Er hob eine zitternde Hand und strich sich die Haare aus der Stirn. „Verdammt, Casey, du bist ein Feigling. Verstehst du nicht, dass du immer nur wegläufst? Oh, also gut, ich weiß, dass du glaubst, mehr als genug Gründe dafür zu haben, aber kannst du nicht den Mut aufbringen, deinem Herzen zu folgen? Ist die Chance auf Liebe nicht dieses Wagnis wert?“ Sie blieb stumm, und plötzlich zog er sie fest in seine Arme. „Dann werde ich einfach mutig genug für uns beide sein müssen. Denn ich werde dich nicht gehen lassen, Casey. Ich habe verdammt lange gebraucht, um dich zu finden, ich liebe dich und werde dich heiraten. Und wir werden so lange und glücklich leben, wie wir können, verstehst du?“ Er schüttelte sie. „Verstehst du?“

„Ja. Ja, aber …“

„Kein Aber“, widersprach er. „Du kannst dich als verlobt betrachten. Und keine Geheimnisse mehr, Casey. Du kannst mir alles über Mike erzählen, und vielleicht erzähle ich dir auch von ein oder zwei meiner Freundinnen, okay?“

Casey lächelte schwach, schüttelte dann jedoch den Kopf. „Das wäre dir gegenüber nicht fair. Ich glaube nicht, dass ich Mike jemals so vergessen kann, um …“

„Versuch es gar nicht“, unterbrach er sie. „Wenn du das tust, wird er nur noch präsenter.“ Er legte seine Hände um ihr Gesicht und sagte ernst: „Aber du musst mir versprechen, dass du an mich und deine Gefühle für mich denkst. Tust du das?“

Sie schaute in seine Augen und lächelte. „Es wäre extrem schwierig, nicht an dich zu denken“, gab sie zu.

„Gut. Dann muss ich nur dafür sorgen, dass du an nichts anderes mehr denkst“, murmelte er sanft und küsste sie. Als sie zitterte, legte er seinen Arm um sie. „Dir ist kalt. Lass uns zurückgehen."

Sie gingen so leise wie möglich durch die immer noch schlafende Anlage und fanden die Tür von Caseys Bungalow weit offen. Sie traten ein, doch das Schlafzimmer war voller zerbrochenem Glas.

„Du kannst nicht hier bleiben", sagte Ivo bestimmt. „Such ein paar Kleider zusammen und komm für den Rest der Nacht mit zu mir."

Casey wollte schon protestieren, sah aber die Entschlossenheit in seiner Miene und stimmte schließlich zu. „Also gut."

Es war schon hell, als sie Ivos Bungalow erreichten, sodass sie kein Licht anmachen mussten. Ivo ging direkt ins Schlafzimmer und erklärte: „Ich habe in dem linken Bett geschlafen, also kannst du das andere haben."

„Danke."

Er verschwand im Badezimmer und kam ein paar Minuten später nur in einer Pyjamahose wieder heraus. „Das Bad gehört dir." Damit ging er ins Bett.

Casey brauchte eine Weile, um das getrocknete Blut von Händen und Knien zu waschen. Als sie zurückkam, schien Ivo schon zu schlafen, und sie schlüpfte auf Zehenspitzen in ihr Bett. Sie fühlte sich todmüde, aber der Schlaf wollte nicht kommen, stattdessen starrte sie unglücklich an die Decke und dachte über die vergangenen Stunden nach. Sie fragte sich, wie die Zukunft aussehen würde. Wenn es nach Ivo ging, könnte alles ganz einfach sein. Doch wann war das Leben jemals einfach?

Nach einer Weile stieg sie aus dem Bett und stellte sich ans Fenster. Eine einsame Gestalt, die zu den fernen Bergen schaute. Ivo hatte die Augen geöffnet, sobald sie aufgestanden war, doch er rührte sich nicht. Ein mittlerweile vertrauter Schmerz brannte in seinem Herzen, während er sie betrachtete. Auch er fragte sich, was die Zukunft bringen würde, doch dann spürte er neue Kraft in sich, denn er würde alles in seiner Macht Stehende tun, um sie für sich zu gewinnen – ob Casey das nun gefiel oder nicht.

8. KAPITEL

Sie flogen sehr früh am Montagmorgen nach England zurück. Casey saß neben Ivo, doch es herrschte eine Spannung zwischen ihnen, die sie lediglich vor den anderen verbergen konnten, nicht aber vor sich selbst.

Nach ihrer schlaflosen Nacht hatte Ivo am Sonntag verkündet, dass sie den Tag in der Sonne faulenzen würden, und so schnappten sie sich nach dem Frühstück zwei Liegestühle und legten sich an den Pool. Einige der anderen gesellten sich nach und nach zu ihnen – die meisten litten unter einem Kater. Einzig Lucy schien an diesem Morgen voller Energie, und sie bettelte so lange, bis Ivo sich bereiterklärte, eine Runde Tennis mit ihr zu spielen, bevor es zu heiß wurde.

Casey blickte ihnen nach – Lucy nur in einem Bikini und Tennisschuhen und Ivo in einem Paar Shorts. Seine Haut war mittlerweile braun gebrannt. Er hat einen wunderschönen Körper, dachte sie. Sie musste ihn nur ansehen, und schon wurde sie innerlich ganz schwach. Unwillkürlich verglich sie ihn mit Mike. Ihr Mann hatte den Sex mit ihr sehr genossen, und er hatte mit seinem Enthusiasmus auch ihr Freude bereitet, aber er war ein eigensüchtiger Liebhaber, indem er ihr Vergnügen als selbstverständlich vorausgesetzt und wenig dafür getan hatte, dass sie es auch wirklich empfand.

Ganz anders Ivo. Er war viel erfahrener und wusste ganz genau, wie er sie an den Rand der Ekstase treiben konnte – das hatte Casey in der vergangenen Nacht erkannt. Sie fragte sich, wie viele Frauen er gehabt hatte, um den weiblichen Körper derart gut kennenzulernen. Es kam ihr in den Sinn, dass sie auf diese Frauen eifersüchtig sein müsste, aber dem war nicht so. Bedeutete das, dass sie Ivo doch nicht liebte, dass sie sich nur etwas vorgemacht hatte? War es ihr deshalb nicht gelungen, die Sache bis zum Ende durchzuziehen? Diese Fragen quälten sie und raubten ihr den Seelenfrieden. Nirgendwo schien sich eine Lösung aufzutun.

Irgendwie stand sie den Rest des Tages durch, doch die einzige Erleichterung stellte sich ein, als sie in ihren Bungalow ging, um sich fürs Dinner umzuziehen. In der vergangenen Nacht hatten sie den informellen Abschied gefeiert, doch heute war ihr letzter Abend, und sie hatten entschieden, eine stilvolle Sache daraus zu machen. Also zog Casey ein elegantes schwarzes Abendkleid an und steckte ihr Haar zu einer raffinierten Frisur hoch. Sie wirkte zerbrechlich und schön.

Als Ivo sie abholte, war sie gerade fertig. Da sie die Tür nicht abgeschlossen hatte, schlenderte er einfach ins Wohnzimmer und drehte sich mit einer Begrüßung auf den Lippen um, als sie aus dem Schlafzimmer kam. Doch die Worte erstarben, als er sie erblickte – stattdessen trat ein Ausdruck voller Liebe und Sehnsucht in seine Augen. Langsam stieß er den Atem aus, den er unwillkürlich angehalten hatte. „Du siehst umwerfend aus, einfach wunderschön. Jedes Mal, wenn ich dich sehe, verliebe ich mich mehr in dich." Er ging auf sie zu und beugte sich hinunter, um sie zu küssen, aber sie drehte ihren Kopf im letzten Moment, sodass er nur ihre Wange streifte. Er verzog leicht den Mund. „Aber du scheinst nicht in der Stimmung dafür zu sein, richtig?"

Er täuschte sich. Seine Worte und sein Blick hatten sie zutiefst ergriffen, sodass sie sich erneut gespalten fühlte, und genau das konnte sie nicht ertragen. Sie hob den Kopf, um es ihm zu erklären, doch sie sah den Ärger in seinen Augen und flüsterte stattdessen heiser: „Lass uns zum Dinner gehen."

Zu ihrer Überraschung genoss Casey das Essen – das letzte mit allen zusammen. Im Großen und Ganzen war ihre Arbeit sehr gut verlaufen. Es hatte wenig Unstimmigkeiten gegeben, die einzig unschöne Episode war die gewesen, als die anderen Lucy betrunken gemacht hatten. Doch jetzt waren sie ein eingeschworenes Team und Lucy ein voll akzeptiertes Mitglied. Zudem war Casey mit den Aufnahmen, die Chas gemacht hatte, hochzufrieden.

Sie waren die Letzten, die das Restaurant verließen, und es war dementsprechend spät. Casey wurde immer nervöser, je näher sie der Ferienanlage kamen, und sie verkrampfte sich, als Ivo ihr einen Arm um die Taille legte.

„Hast du vor dem Dinner schon gepackt?“, fragte er.

„Nein. Du?“

„Du vergisst – ich habe nicht viel zu packen.“ Eine sanfte Ironie lag in seiner Stimme, während er sie daran erinnerte, dass er nur zurückgeflogen war, um sie zu sehen. Oder vielmehr, um mit ihr ins Bett zu gehen. Caseys Herz gefror, bis sie sich daran erinnerte, dass sie ihn gebeten hatte, sein Bestes zu geben und zurückzukommen – wenn das keine Einladung gewesen war, was dann?

Sie wünschten den anderen Gute Nacht und schlenderten zu Caseys Bungalow hinüber, doch bevor sie dort ankamen, blieb Casey stehen und sah Ivo in die Augen. Sein Gesichtsausdruck verhärtete sich, während er sich auf ihre Zurückweisung vorbereitete. Umso erstaunter war er, als sie sagte: „Ich war dir gegenüber sehr ungerecht, nicht wahr? Du hattest jedes Recht anzunehmen, dass ich in deine Arme sinken würde, nachdem ich dich derart ermutigt hatte. Zumal du extra zurückkamst, damit wir – damit wir zusammen sein konnten. Du musst sehr enttäuscht gewesen sein, und es – es tut mir wirklich leid.“

„Enttäuscht ist eine Untertreibung.“ Doch Ivos Stimme klang mild. Er legte eine Hand auf ihren Arm, zog sie an sich und küsste sie sanft auf den Mund. „Aber vielen Dank für die Entschuldigung.“ Sein Griff verfestigte sich, während er sie noch einmal küsste, dann spürte er allerdings ihre wachsende Anspannung und löste sich von ihr. Er sah sie lange an und meinte dann mit eindringlicher Stimme: „Casey, ich wünsche mir so sehr, mit dir ins Bett zu gehen – nicht, um dich zu lieben, sondern nur, um dich zu halten, während wir schlafen, und bei dir zu sein, wenn wir aufwachen. Ich glaube, dass wir auf diese Art deine Schuldgefühle besiegen können.“

„Nein, Ivo“, widersprach sie rasch. „Wenn ich dir nahe bin, wird alles nur noch schlimmer. Ich fühle mich von dir unter Druck gesetzt. Verstehst du das?“

„Ja, ich denke schon", antwortete er zögernd. „Aber ich werde nicht einfach verschwinden, Casey, denk das nicht."

„Also gut, aber ich brauche Zeit – Zeit und Raum." Sie hielt inne, doch als er nichts sagte, schaute sie ihn bittend an. „Wirst du mir das geben?"

Er machte eine ungeduldige, wütende Geste. „Du siehst das alles falsch. Was du brauchst, sind Liebe und Nähe. Du musst lernen, mir zu vertrauen – in jeder Hinsicht. Und du musst deinen eigenen Gefühlen und Bedürfnissen vertrauen."

Casey schüttelte unglücklich den Kopf. „Es tut mir leid, ich kann das nicht, was du von mir verlangst. Nicht jetzt. Noch nicht."

Mit einem frustrierten Seufzer legte Ivo ihr eine Hand auf die Schulter. „Also gut, ich werde dich nicht zwingen – obwohl ich das Gefühl habe, dass alles gut wäre, wenn ich es tun würde", murmelte er. „Dann Gute Nacht, mein Liebling. Ich sehe dich morgen." Er küsste sie noch einmal voller Leidenschaft, dann wandte er sich ab und ging schnell davon.

Als sie in London landeten, stellte Casey zu ihrer Überraschung fest, dass Steve auf sie wartete, um sie abzuholen. Insofern war es sowohl unangenehm als auch erleichternd, sich von Ivo am Flughafen verabschieden zu müssen. Er bestand darauf, sie zum Abschied zu küssen, und sagte ihr, dass er sie am Abend anrufen werde, dann ging er mit Lucy zu seinem Wagen.

Nach dieser Szene brannte Steve natürlich vor Neugier, aber Casey wich seinen Fragen aus und bestand so lange darauf, über die Arbeit zu sprechen, bis er den Wink verstanden hatte. Sie fuhren direkt ins Büro, und Casey arbeitete bis in den Abend hinein, um sich auf den neuesten Stand der Dinge zu bringen. Es war bereits halb acht, als Ivo anrief.

„Ich dachte, du hättest längst Schluss gemacht", bemerkte er. „Ich habe zuerst bei dir zu Hause angerufen."

„Ich muss eine Menge aufarbeiten."

„Ich komme vorbei und hole dich ab, dann gehen wir zum Dinner."

„Oh, aber ...", begann Casey zu protestieren, „ich hatte keine Gelegenheit, mich umzuziehen."

„Also gut. Ich fahre dich zuerst nach Hause, und dann starten wir von dort. Ich bin in zwanzig Minuten da."

Er legte auf und gab Casey damit keine Chance, weitere Einwände vorzubringen. Sie beendete ihre Arbeit, trug dann ihre Taschen ins Foyer hinunter und trat nach draußen, wo sie auf ihn wartete. Es regnete – nicht besonders heftig, aber stark genug, dass die meisten Passanten ihre Regenschirme aufgespannt hatten. Ein Wagen löste sich aus dem Verkehr und fuhr an den Bürgersteig heran. Ivo stieg aus. Er betrachtete sie belustigt. „Magst du den Regen?"

Sie nickte und lächelte. „Ich wusste gar nicht, wie sehr ich ihn vermisst habe. Lanzarote war so heiß."

Er nahm sie in seine Arme und küsste sie, mitten im Regen, dann lächelte er sie an. „Ich liebe dich", murmelte er sanft. Er küsste sie erneut, presste sie an sich, und sie spürte, wie sein Körper hart wurde, ehe Ivo sich rasch von ihr löste. Völlig ohne Scham lächelte er sie an. „Eines Tages werde ich dich im Regen lieben", versprach er, dann bückte er sich und nahm ihre Taschen. „Komm schon, wir werden noch klatschnass."

Es dauerte nicht lange, bis sie Caseys Apartment erreichten, aber ihre Cousine Tina wohnte immer noch dort und musste vorgestellt werden. Casey überließ Tina und Ivo ihrer Unterhaltung, während sie sich umzog, dann versuchte sie, Tinas wissenden Blick zu ignorieren, als sie sich mit Ivo auf den Weg machte.

Doch Casey hätte klar sein müssen, dass ihre Cousine es nicht auf sich beruhen lassen würde. Als sie gegen Mitternacht nach Hause kam, wartete Tina auf sie und bombardierte sie sogleich mit ihrer Neugier. „Na, ich habe doch schon immer gesagt, dass stille Wasser tief sind. Wo hast du ihn die ganze Zeit versteckt? Er ist wirklich umwerfend."

„Falls du Ivo Maine meinst, ich habe ihn erst vor Kurzem kennengelernt. Er ist ein Geschäftspartner, das ist alles", winkte Casey ab.

„Nun, das ist er vielleicht im Moment noch, aber sicher nicht mehr lange", entgegnete Tina. „Ein Blinder sieht, dass er verrückt nach dir ist." Sie seufzte. „Ich wünschte, ich würde auch jemanden wie ihn treffen."

„Warum in aller Welt? Du hast doch bereits einen Mann, der dich liebt."

Wie Casey gehofft hatte, führte ihre Frage dazu, dass Tina sich in einem langen Monolog über ihre Eheprobleme erging. Casey lauschte nur mit halbem Ohr, wurde allerdings hellhörig, als Tina sagte: „Und jetzt hat Brian herausgefunden, dass ich hier bin, und er ruft ständig an und kommt vorbei." Vordergründig klang sie genervt, doch es war auch ein eindeutig zufriedener Tonfall herauszuhören.

Sie lässt ihn absichtlich zappeln, dachte Casey und nahm sich vor, keine Nachsicht mehr mit ihrer Cousine zu haben. „Ich hoffe, du hast eine Unterkunft gefunden, wo du wohnen kannst", erklärte sie fest.

Tina schaute sie überrascht an. „Ich dachte, ich würde hier bei dir wohnen."

„Nun, dann hast du falsch gedacht. Ich habe nicht vor, die Wohnung zu teilen." Casey war fest entschlossen, Tina klarzumachen, dass sie ihre Gastfreundschaft nicht als selbstverständlich betrachten sollte.

Als Antwort bekam sie einen empörten Blick zugeworfen. „Ich hatte auf deine Hilfe und Unterstützung gezählt!"

„Und die bekommst du auch", versetzte Casey. „Du warst dein ganzes Leben von jemandem abhängig. Erst von deinen Eltern, dann von Brian und nun von mir. Du hast keine Kinder, die dir Verantwortung abverlangen, also klammerst du dich immer an andere. Nun gut, vielleicht liebst du Brian nicht mehr, aber erwarte nicht von mir, dass ich seine Rolle übernehme. Du hast die Wahl, Tina, entweder du gehst zurück zu Brian, oder du versuchst, dir selbst ein Leben aufzubauen. Eins von beidem, und zwar schnell." Erschöpft legte sie eine Hand auf die Stirn. „Ich bin müde. Ich gehe jetzt ins Bett. Gute Nacht."

Die nächsten Wochen waren sehr schwierig für Casey. Sie versuchte, Ivo aus dem Weg zu gehen, doch er ließ das nicht zu. Er traf sie, sooft er konnte, und an den Tagen, an denen sie sich nicht persönlich sehen konnten, rief er jedes Mal an. Er war so geduldig mit ihr wie möglich, aber seine Sehnsucht nach ihr wuchs immer mehr, und da er keinen Grund sah, das zu verbergen, fühlte sie sich permanent unter Druck gesetzt. Das einzig Gute war, dass Tina auszog und nun bei Freunden wohnte, doch offensichtlich hatte sie vergessen, das ihrem Mann mitzuteilen, denn Brian kam ein paar Abende später in Caseys Wohnung. Er hatte sich Mut angetrunken und war äußerst wütend, als er Tina nicht vorfand. Er bestand darauf, zu bleiben und Casey seine Sicht der Dinge anzuvertrauen. Als es ihr endlich gelang, ihn zu überreden, nach Hause zu gehen, war sie froh, dass sie nichts mehr mit der Geschichte zu tun hatte. Daher war sie alles andere als erfreut, als sie von der Arbeit kam und Tina in ihrer Wohnung fand.

„Was machst du hier?", wollte sie wissen.

„Nun reg dich nicht gleich auf", beschwichtigte Tina. „Die Freunde, bei denen ich wohne, haben Gäste, und es ist nicht genug Platz für mich. Ich bleibe also nur ein paar Nächte."

Casey schluckte ihren Ärger hinunter und sagte: „Weißt du, dass Brian hier war und nach dir gesucht hat?"

„Ja, er fleht mich ständig an, ich solle zurückkommen", antwortete Tina selbstzufrieden.

„Und warum tust du es nicht?"

„Nein, das wäre ein zu großer Triumph für ihn. Zuerst muss er aus seiner Apathie wachgerüttelt werden. Ich werde es ihm nicht leicht machen."

Casey schaute ihre Cousine vollkommen konsterniert an. „Was treibst du da? Stellst du seine Liebe zu dir auf die Probe? Ich glaube nicht, dass du überhaupt vorhast, ihn zu verlassen", meinte sie angewidert und fügte dann hinzu: „Du bist eine Närrin, Tina. Es ist nicht fair, mit Brians Liebe derart zu spielen!"

„Ach wirklich?", konterte Tina. „Und was ist mit dir und Ivo? Ich bin nicht blind, weißt du. Es ist ganz offensichtlich, dass er in dich verliebt ist, und trotzdem lässt du *ihn* in der Luft hängen!"

Casey wurde rot. „Du weißt nichts darüber." Sie drehte sich um und ging in ihr Zimmer, um sich fürs Dinner mit Ivo umzuziehen. Sie war wütend, dass Tina ihre eigene Situation mit der von ihr und Ivo verglich. So ist es nicht, dachte Casey. Ich lasse ihn nicht absichtlich in der Luft hängen.

Dennoch war sie an diesem Abend ziemlich still und nachdenklich. Sie gingen ins Theater, aber sie konnte sich nicht auf das Stück konzentrieren, weil ihr Tinas Bemerkung einfach nicht aus dem Sinn gehen wollte. Lag doch ein Körnchen Wahrheit darin?

„Möchtest du gern noch irgendwo etwas essen?", fragte Ivo, als sie das Theater verließen. „Oder wir könnten in eine Bar gehen und etwas trinken?"

„Ich hätte gern einen Drink", entgegnete Casey und fügte dann zögernd hinzu: „Könnten wir nicht irgendwo hingehen, wo es – wo es ruhiger ist?"

„In deine Wohnung, meinst du?" Ivo versuchte, seine Stimme ganz neutral klingen zu lassen.

Sie schüttelte den Kopf. „Tina wohnt wieder bei mir."

„Ich verstehe. Wie wäre es dann mit meiner Wohnung?"

Sie holte tief Luft. „Ja, ich – ja, okay."

Casey war noch nie zuvor in Ivos Wohnung gewesen. Das Apartment war nicht riesig, aber sicherlich luxuriös – und zwar in sehr maskuliner Weise. Als Ivo ihr den Mantel abnahm, schaute Casey sich um und konnte einfach nicht anders – sie fragte sich, wie viele Frauen er schon hierhergebracht hatte. Plötzlich fühlte sie sich schüchtern und versuchte, es zu überspielen. „Nette Hütte hast du hier“, meinte sie betont cool. „Ich schätze, du hast alles einbauen lassen. Bar, Stereoanlage, Garderobe, Fernseher. Gibt es irgendetwas, was du nicht hast, Ivo?“, fragte sie mit einem provozierenden Unterton.

Er drehte sich von der Bar zu ihr um und schaute sie an. „Ich habe die eine Sache nicht, die mir die wichtigste auf der Welt ist“, antwortete er langsam. „Ich habe keine Frau. Ich habe dich nicht.“

Sofort schämte sie sich. Sie nahm den Drink aus seiner Hand und senkte den Kopf, aber ihr Haar war hochgesteckt, sodass sie sich nicht dahinter verbergen konnte.

„Wie hat dir das Stück gefallen?“, fragte Ivo und setzte sich auf einen Ledersessel.

Casey starrte einen langen Moment auf ihren Drink, dann antwortete sie: „Ich fürchte, ich konnte mich sehr schlecht konzentrieren. Ich dachte an etwas anderes, etwas, das Tina zu mir gesagt hat.“

„Oh, und was war das?“

„Ich sagte ihr, dass sie ihren Mann entweder verlassen oder zu ihm zurückgehen soll, anstatt ihn in der Luft hängen zu lassen, und sie erwiderte, dass ich genau das mit dir mache.“

„Ich verstehe.“ Ivo hob sein Glas an die Lippen, nur die weiß hervortretenden Fingerknöchel verrieten seine Anspannung.

„Und ich erkenne nun, dass sie recht hat. Das war sehr unfair von mir, nicht wahr?“ Casey zögerte. „Ich – ich muss mich entscheiden, was ich tue.“

Ivo stellte sein Glas ab und stand auf. „Ich werde nur eine Entscheidung zulassen“, sagte er voller Gewissheit. „Millionen anderer Menschen sind verwitwet und haben trotzdem ein neues Glück gefunden. Du bist nicht die Einzige, Casey.“ Dann fügte er brutal hinzu: „Ich werde nicht zulassen, dass ein toter Mann zwischen uns steht.“

Casey zuckte zusammen, mit großen, verwundbaren Augen blickte sie ihn an. „Ja, ich weiß. Das – das ist der Grund, weshalb ich dich bat, mich hierherzubringen. Weil mir klar wurde, dass es nur eine Möglichkeit gibt herauszufinden, ob es meine Psyche war oder …"

Ivo schnitt ihr das Wort ab, indem er sie in seine Arme zog und mit einer Leidenschaft küsste, die er zu lange hatte im Zaum halten müssen. Von der ersten Sekunde an ließ er sich von seinem Verlangen treiben und gab ihr keine Gelegenheit, ihre Meinung zu ändern. Er bedeckte ihr Gesicht mit Küssen und nestelte gleichzeitig an ihren Kleidern. Er war zu ungeduldig, um zu warten, sodass er sie auf die Arme hob und zum Schlafzimmer trug. Er stieß die Tür mit der Schulter auf und legte sie auf das große Doppelbett.

Mit einem Wutschrei, der in seiner Frustration und Verzweiflung furchtbar anzuhören war, rollte sich Ivo auf den Rücken und starrte die Decke an. Seine Hände waren zu Fäusten geballt, während er um Beherrschung rang. Seine Lippen hatten sich in Bitterkeit und Schmerz verzogen.

„Es tut mir leid, es tut mir so leid." Casey schob sich vom Bett und schlüpfte so schnell wie möglich in ihre Kleider. Sie schluchzte und warf Ivo rasche Blicke zu, die voller Furcht und Schuld waren. Aber er sagte nichts und rührte sich auch nicht, sondern lag einfach wie erstarrt da.

Casey hätte es leichter ertragen, wenn er sie angeschrien hätte, wozu er jedes Recht hatte. Aber sein Schweigen ängstigte sie mehr als alles andere. Sie zog die Schuhe an und lief zur Tür, doch als sie zurückblickte, erkannte sie, dass Ivo ihr hinterhersah, und seine grauen Augen funkelten vor Wut.

„Schau mich nicht so an", schrie sie ihn an. „Es ist dein eigener Fehler. Du hast mich nicht in Ruhe gelassen. Du hast mich so sehr unter Druck gesetzt, dass ich eine solche Angst vorm Versagen hatte, dass – dass es unausweichlich wurde." Ivo antwortete nicht, sondern starrte sie nur weiter an, bis Casey aufschluchzte, aus der Wohnung rannte und die Tür hinter sich zuschlug.

Nach diesem Fiasko unternahm Ivo keinen Versuch mehr, sie

zu kontaktieren, und sie sah ihn ganze zwei Wochen nicht, bis sie ihn anrufen musste, um seine endgültige Zustimmung zum fertigen Kalender zu bekommen. Sie machte einen Termin mit seiner Sekretärin aus und stand an einem sonnigen Tag in seinem Büro. Doch ihr Treffen war alles andere als sonnig. Ivo war höflich, distanziert, sehr geschäftsmäßig und so kalt, dass Casey fror.

Als sie nach Hause fuhr, fühlte sie sich immer noch wie betäubt und schrecklich einsam. Zum ersten Mal hätte sie Tinas Gesellschaft begrüßt, aber die war wieder bei Freunden, sodass Casey mit ihren Gedanken und diesem Gefühl der Leere allein war. Sie hatte Ivo verloren, das wusste sie jetzt. Jeder noch so kleine Hoffnungsschimmer war durch sein Verhalten an diesem Tag ausgelöscht worden. Und es war alles ihre eigene Schuld. In der Einsamkeit der Nacht erkannte Casey, dass sie diesen zweiten Verlust nach Mikes Tod fast noch weniger ertrug.

Es war schon beinahe elf, als es ein paar Nächte später an Caseys Tür klingelte. Sie wollte gerade ins Bett gehen, doch da sie die wilde Hoffnung hegte, es könnte Ivo sein, zog sie sich einen Morgenmantel über das Nachthemd und öffnete. Natürlich war er es nicht, sondern Brian, der nach Tina fragte.

„Sie ist nicht hier", erklärte Casey. „Sie ist vor ein paar Tagen ausgezogen."

„Ich glaube dir nicht. Du lügst." Brian stieß die Tür auf und marschierte in Caseys Wohnung. „Tina!" Er brüllte den Namen seiner Frau und ging in jedes Zimmer, er schaute sogar in die Schränke.

Casey wartete ungeduldig an der Tür, aber Brian hatte getrunken und packte sie am Arm. „Wo ist sie?", wollte er wissen. „Sie ist bei irgendeinem Mann, richtig? Ich hab die Nase voll, hörst du? Dieses verdammte Biest!"

„Nun, hier ist sie jedenfalls nicht", antwortete Casey kurz angebunden. „Das hast du ja selbst gesehen. Warum wartest du nicht bis morgen und rufst dann ihre Freunde an? Ich weiß wirklich nicht, wo sie wohnt."

„Doch, das tust du. Du musst es wissen." Brian begann, sie zu schütteln. Schweißtropfen standen auf seiner Stirn. „Sag mir, wo sie ist, verdammt noch mal! Ich will sie, hörst du? Ich will meine Frau!"

„Lass mich los. Wenn ich wüsste, wo sie ist, würde ich es dir sagen. Mir reicht das Ganze nämlich auch. Ich will – oh!"

Caseys Worte endeten in Entsetzen, als Brian plötzlich ihren Morgenmantel öffnete, seine Hände über ihren Körper wandern ließ und sie zu küssen versuchte. Sein Atem war ekelhaft. Casey riss den Kopf zur Seite und schrie, woraufhin er fluchte und sie schlug. Sie taumelte zurück, griff nach einer Vase und warf sie ihm an die Schulter. Brian brüllte wütend auf und rannte mit ausgestreckten Armen auf Casey zu. Sie flüchtete sich gerade noch rechtzeitig ins Bad, das sie hektisch versperrte.

Brian trommelte mit den Fäusten gegen die Tür, schrie und brüllte, dann wurde etwas Schweres gegen die Tür gestoßen. Es folgten weitere krachende Geräusche, sodass Casey das Fenster öffnete und um Hilfe schrie.

Die ließ nicht lange auf sich warten. Ihr Nachbar hatte die Polizei alarmiert und folgte den Beamten, mit einem Golfschläger bewaffnet, in die Wohnung. Als der Trupp durch die Tür stürmte und Brian sie sah, brach er in Tränen aus und blickte wie betäubt um sich, so als wisse er gar nicht, wo er war. Schließlich kam Casey vor Furcht zitternd aus dem Bad und erkannte, dass er ihre ganze Wohnung zertrümmert hatte.

„Werden Sie Anzeige erstatten, Ms.?", fragte der Polizist, der Brian abgeführt hatte, damit er seinen Rausch ausschlafen konnte.

„Nein. Seine Frau – seine Frau hat ihn verlassen. Er konnte nichts dafür, er ist es nicht gewohnt zu trinken."

„Na, dann sorgen Sie besser dafür, dass *sie* für den ganzen Schaden hier aufkommt", meinte der Mann und ließ Casey in dem Chaos allein.

Sie sank in der Mitte des Raums auf den Boden, zwischen zerstörten Möbeln und zerbrochenen Gegenständen. All die wertvollen Dinge, die Mike ihr geschenkt hatte, waren in Brians Gewaltorgie vernichtet worden. Sogar Mikes Gemälde hatte Brian zerschnitten. Casey brach in sich zusammen und weinte hemmungslos. Endlich gab sie sich der Trauer hin, die sie so lange in sich hineingefressen hatte.

Sie saß lange in den Ruinen, die sie umgaben, sie schluchzte und glaubte, dass ihr nun nichts mehr von Mike geblieben war, doch ganz allmählich erkannte sie, dass Mikes Andenken sicher in ihrem Herzen lag und dort auch immer bleiben würde. Und während sie so dasaß, heilte der Schmerz ihres Verlustes, und sie spürte neuen Frieden. Ihre Tränen trockneten, und ganz plötzlich wusste sie, was sie tun musste. Sie wusch ihr Gesicht, zog sich an, suchte ein paar Kleider zusammen, die sie in eine Tasche packte, dann rief sie ein Taxi und ließ sich zu Ivos Apartment fahren.

Die Kirchturmuhr schlug drei Uhr nachts, als sie den Korridor zu seiner Wohnung entlanglief. Sie klingelte und ging davon aus, eine ganze Weile warten zu müssen, doch die Tür wurde fast sofort geöffnet. Ivo trug einen Morgenmantel, seine Füße und Beine waren nackt, aber sein Haar zu ordentlich und seine Züge zu angespannt, um gerade aufgewacht zu sein. Als er sie erkannte, wurde Ivo blass, doch dann erstarrte sein Gesicht zu einer Maske, und er stand einfach nur stumm da.

„Du hast einmal gesagt, dass du mit mir schlafen willst. Mich halten willst", flüsterte sie unsicher. Sie blickte in sein Gesicht. „Ich möchte das auch, sehr. Also bin ich – gekommen. Lässt du mich herein?" Ihre Stimme brach. „Ich brauche dich heute Nacht, Ivo."

Er starrte sie einen langen Moment an, doch dann trat er zurück und ließ sie hinein.

„D-danke."

Sie wartete, bis er die Tür geschlossen hatte, und folgte ihm ins Wohnzimmer. Sie hatte recht gehabt, er war noch nicht im Bett gewesen. Der Fernseher lief, und neben dem Sofa stand auf einem kleinen Tisch ein halb leeres Glas Wein. Er schaute sie an und öffnete dann die Tür zu seinem Schlafzimmer. „Du kannst hier schlafen."

Sie hob ihr Kinn, und ihre Augen wirkten sehr groß in ihrem blassen Gesicht. „Ich möchte bei dir schlafen."

Ein Schauer durchfuhr ihn, und Ivo zögerte, ehe er den Fernseher und die Lichter ausschaltete. Er schloss die Schlafzimmertür hinter ihnen, lehnte sich dann dagegen und fragte: „Was hast du mit deinem Gesicht angestellt?"

„Ich erzähle es dir morgen." Casey setzte ihre Tasche ab und begann, sich mit zitternden Fingern auszuziehen.

Ivo beobachtete sie angespannt, dann ging er auf die andere Seite des Betts, zog den Morgenmantel aus und schlüpfte zwischen die Laken. Als sie nackt war, setzte sich Casey mit dem Rücken zu ihm auf den Bettrand. Nach einer ganzen Weile sagte sie: „Es ist schwer, mit der Trauer fertig zu werden, und es dauert lange. Du kannst dich auf die großen Dinge vorbereiten – wie darauf, immer allein zu sein. Aber es sind die kleinen Dinge, die dich aus der Bahn werfen, wie ein kaputtes Rohr, das du nicht reparieren kannst, oder ein schönes Erlebnis, das du mit niemandem teilen kannst."

Sie verstummte, doch dann spürte sie Ivos Hand auf ihrer Schulter, warm und tröstend. Mit einem erleichterten Aufschluchzen drehte Casey sich um, schlüpfte zu ihm unter die Decke und ließ es zu, dass er sie in die Arme nahm und festhielt. Er sagte nichts, er stellte keine Fragen, er streichelte einfach nur ihr Haar, denn er war vollkommen überwältigt, sie bei sich zu haben, und er hatte furchtbare Angst, sie erneut zu verlieren. Casey lag friedvoll in seiner Umarmung, sie vertraute ihm völlig, wusste, dass er seine Gefühle kontrollieren würde. Doch nach einer Weile lächelte sie und stützte sich auf einem Ellbogen auf – dann beugte sie sich hinunter und küsste ihn, ein Kuss voller Leidenschaft, Verlangen und Liebe.

Ivo öffnete langsam die Augen, als sie den Kopf hob und ihn anblickte. „Weißt du, was du da tust?", stieß er rau aus.

Sie nickte. „Ja."

Er starrte sie an. „Etwas ist anders. Du hast keine Angst mehr."

„Nein." Und dann küsste sie ihn erneut.

„Wenn du das noch einmal tust, werde ich arge Schwierigkeiten haben, mein Versprechen zu halten", warnte er sie atemlos.

„Dann werde ich dir ganz einfach helfen müssen", meinte Casey liebevoll verschmitzt. „Schau, alles was du tun musst, ist, dich zurückzulegen ..."

Sie streichelte seine Haut, erkundete seinen Körper und begann wieder, ihn zu küssen. Doch nach wenigen, heißen Minuten stöhnte er laut auf, griff nach ihr und rollte sich über sie.

„Casey", flüsterte er heiser und nahm sich den Preis, nach dem er sich so verzweifelt gesehnt hatte.

– ENDE –

Sandra Field

Komm mit mir nach Teneriffa

Roman

Aus dem Amerikanischen von
Sabine Reinemuth

MIRA®

1. KAPITEL

Jake Reilly parkte sein Auto am Straßenrand und stieg aus, um das letzte Stück zur Kuppe von Heartbreak Hill zu Fuß zu gehen. Loses Geröll knirschte unter seinen Schritten, und der Seewind spielte mit seinem dichten dunklen Haar.

Der Ozean lag zu seinen Füßen, und Ghost Island, die kleine Insel am Eingang der Bucht, war von weißer Gischt umsäumt. Auf dieser Insel hatten Shaine und er sich geliebt – doch das war lange her.

Jake biss sich auf die Lippe und ließ den Blick vom Wasser zum Land schweifen, zu der kleinen Hafenstadt, die sich die Küste entlangzog und von Kiefern und Fichten umgeben war. Dreizehn Jahre war er nicht mehr hier gewesen, dennoch wusste er genau, wem jedes dieser sauber gestrichenen, typisch neufundländischen Häuser mit ihren weißen Holzzäunen gehörte.

Dort, in dem Haus ganz nah bei den Klippen, hatte Shaine mit ihren Eltern und Devlin, Padric und Connor, ihren Brüdern, gelebt. Alle Geschwister besaßen das für die O'Sullivans typische leuchtend rote Haar, doch bei Shaine wirkte die Farbe durch einen leichten Goldton am lebendigsten. Schon immer hatte ihn ihr Haar an die tanzenden Flammen eines lodernden Feuers aus trockenem Treibholz erinnert …

Er schob die Hände noch tiefer in die Jackentaschen und suchte nach dem kleinen Haus, in dem er aufgewachsen war. Seine Mutter hatte es verkauft, nachdem sie wieder geheiratet hatte und nach Australien gezogen war.

Was wollte er eigentlich an diesem herrlichen Septembertag hier in Cranberry Cove? Warum war er nicht am Strand seiner Luxusvilla auf Long Island und surfte? Warum war er nicht in New York, ging ins Theater oder verbrachte den Abend in seiner eleganten Eigentumswohnung mit Blick auf den Central Park? Warum bummelte er nicht durch die Straßen von Paris, wo er ein Apartment in der Nähe des Louvre besaß? Oder, praktischer gedacht, warum saß er nicht in einer Besprechung mit einem seiner zahlreichen Geschäftspartner zwischen Buenos Aires und Oslo?

Shaine hatte Cranberry Cove bestimmt schon vor Jahren verlassen. Ebenso wie ihm war ihr das Leben in der kleinen, abgelegenen Hafenstadt nicht genug gewesen. Ich bin nicht Shaines wegen gekommen, beruhigte er sein Gewissen.

Er wollte sie ebenso wenig wiedersehen wie sie ihn. Schließlich hatte sie sich vor dreizehn Jahren geweigert, mit ihm die Stadt zu verlassen. Er hatte ihr eine leidenschaftliche Liebeserklärung gemacht, und dennoch war sie nicht mit ihm gegangen, sondern hatte es vorgezogen, allein zurückzubleiben.

Würde er je den Schmerz und die Enttäuschung vergessen können, die sie ihm damit zugefügt hatte?

Vielleicht bin ich deshalb hierhergekommen, überlegte Jake. Ich wollte noch einmal den Ort sehen, an dem die einzige Frau, die ich je geliebt habe, sich von mir abgewendet hat. Als wäre es gerade gestern passiert, sah er Shaine vor sich, wie sich der Rock ihres blauen Kleides im Wind bauschte und die roten Locken ihr offen über die Schultern fielen.

Ärgerlich über sich selbst machte Jake auf dem Absatz kehrt, ging zurück zum Auto und ließ den Motor an. Er wollte kurz durch die Stadt fahren, vielleicht mit einigen alten Bekannten sprechen und unbedingt so zeitig am Flugplatz sein, dass er noch heute nach Hause fliegen konnte. Es war eine verrückte Idee gewesen, nach den Spuren der Vergangenheit zu suchen, denn sie war unwiederbringlich vorbei.

Wäre es nicht klüger, sofort zum Flugplatz zurückzufahren?, fragte er sich, als er das Auto am Stadtrand einparkte. Dann würde niemand von diesem spontanen Besuch erfahren.

Feigling, schimpfte er sich jedoch dann, hast du etwa Angst vor einigen unbedeutenden, armseligen Erinnerungen? Fürchtest du dich vor der Tatsache, dass Shaine längst glücklich verheiratet und Mutter ist? Was für ein Mann bist du eigentlich?

Jake war unbegreiflich, weshalb er so aufgeregt war. Sein Herz klopfte unregelmäßig, und er hielt das Steuer unnötig fest. So hatte er sich auch damals gefühlt, als er im Auto seiner Mutter Shaine abholte, um mit ihr einzukaufen oder einen Ausflug zu unternehmen. Hatte es je eine schönere Frau gegeben als Shaine O'Sullivan mit achtzehn? Kein Mädchen mehr, aber auch noch keine Frau und von einer natürlichen Sinnlichkeit, die sein Begehren ins Unerträgliche gesteigert hatte.

Er war auch ans Ziel seiner Wünsche gekommen – ein einziges Mal.

Jake stieg aus und schlug die Tür unnötig heftig hinter sich zu. Das Auto war ein unauffälliger Mittelklassewagen, wie man ihn am Flugplatz mieten konnte, und hielt keinem Vergleich mit seinem silberfarbenen Ferrari stand, den er zu Hause fuhr. Auch mit seiner Kleidung fiel er in Cranberry Cove nicht weiter auf: Jeans, sportliches Oberhemd ohne Krawatte und eine Fliegerjacke, die er schon seit mindestens fünf Jahren trug.

Er hatte nicht damit angeben wollen, wie reich er geworden war, wie sehr sich sein jetziger Lebensstil von dem der Bürger in der kleinen Hafenstadt im äußersten Winkel von Neufundland unterschied. Dabei hatte er jedoch vergessen, dass ihn die unsichtbare Aura eines erfolgreichen und befehlsgewohnten Menschen umgab, dass ihn die hohen Wangenknochen, das energische Kinn und sein dunkelbraunes Haar zu einem Mann machten, der allein durch seine Persönlichkeit auffiel und der die Herzen der Frauen höherschlagen ließ.

Tief atmete er die klare, würzige Luft mit dem vertrauten Geruch nach Tang, Holzfeuer und frisch gebackenem Brot ein. Die Zeit schien stehen geblieben zu sein. Jake fühlte sich wieder wie als siebzehnjähriger Junge, der nur einen Wunsch kannte: der Enge der Bucht zu entfliehen und an einer berühmten Universität zu studieren. Shaine war damals dreizehn gewesen, und er hatte sich mit ihr angefreundet, weil auch sie eine Einzelgängerin war und in Cranberry Cove als Außenseiterin galt.

Er hatte den großen Sprung nach vorn geschafft und wirklich studiert. Als er, mit dem Diplom in der Tasche, nach fünf Jahren zurück nach Hause gekommen war, hatte er sich in die mittlerweile achtzehnjährige Shaine verliebt.

Am dritten Haus an der Hauptstraße saß ein alter Mann im Schaukelstuhl auf der Veranda und rauchte eine Pfeife, die nach billigem Tabak roch.

Jake räusperte sich. „Hallo Abe, erinnerst du dich noch an mich? Ich habe sechs Häuser weiter gewohnt."

Abe spuckte zielgenau in das Dahlienbeet. „Jake Reilly! Du hast den Puck zu dem Tor geschossen, das uns den Sieg über St. John und den Pokal gebracht hat." Er lachte krächzend. „Die anschließende Feier werde ich nie vergessen!"

Jake lächelte. „Ich auch nicht, denn ich war damals das erste Mal richtig betrunken. Der Kater am nächsten Morgen war der schlimmste meines Lebens, trotzdem ist es die Sache wert gewesen."

„Es war wirklich ein Traumtor, das Stadion hat getobt." Abe nickte gedankenverloren. „Und was bringt dich plötzlich zurück zu uns?"

„Nichts Bestimmtes, ich wollte einfach meine Kindheitserinnerungen auffrischen. Was gibt es Neues in Cranberry Cove, Abe?"

Abe stopfte seine Pfeife neu und erzählte, wer geheiratet oder ein Kind bekommen hatte, wer gestorben war und was für Skandale es gegeben hatte. Dabei ging er Haus für Haus vor, und als er endlich bei dem letzten, dem Haus der O'Sullivans, angekommen war, konnte Jake die Spannung kaum noch ertragen.

„Die drei Jungen haben sich prächtig entwickelt. Devlin ist Hummerfischer, Padric Tischler, und Connor ist gerade aus der Schule gekommen und will was mit Computern machen. Du weißt, dass die Eltern nicht mehr leben? Es muss passiert sein, kurz nachdem du die Stadt verlassen hattest."

„Shaines Eltern sind tot?“ Jake war fassungslos.

„Richtig. Ihr Wagen kam am Heartbreak Hill ins Schleudern – Blitzeis. Das hat dem Mädchen das Herz gebrochen. Sie hat ihr Studium aufgegeben und ist nach Hause gekommen, um ihre Brüder großzuziehen.“

Unter seinen buschigen weißen Brauen blickte Abe Jake prüfend an. „Wusstest du das nicht?“

„Nein.“

„So, so. Wenn man sich um nichts mehr kümmert, sondern einfach geht, gibt es später immer einige Überraschungen.“

Jake musterte Abe scharf, doch dieser kratzte in aller Seelenruhe mit seinem Taschenmesser die Pfeife aus.

„Du meinst also, ich hätte früher zurückkommen sollen.“

„Das habe ich nicht gesagt, Jake. Willst du Shaine besuchen?“

Entgeistert blickte Jake den Alten an. „Shaine? Sie lebt *hier?*“

„Ja, und immer noch in ihrem Elternhaus. Am anderen Ende der Straße hat sie ein Geschäft eröffnet – Kunstgewerbe. Soll gut laufen, obwohl ich nicht verstehe, was die Leute an solchem Kram finden.“

Für Jake war es immer noch unbegreiflich. „Ich hätte schwören können, dass sie längst fort ist.“

„Es gibt Dinge, die eine Frau an ihr Heim binden.“ Wieder sah Abe Jake bedeutungsvoll an. „Dich dagegen hat hier nichts halten können. Hast du draußen wirklich gefunden, was du hier vermisst hast?“

Jake war irritiert. „Ja, wahrscheinlich ... natürlich“, fügte er hastig hinzu.

„Und reich bist du bestimmt auch geworden?“ Abe stand auf, als Jake nickte. „Dann kauf dir eins ihrer Kunstwerke, es ist für einen guten Zweck, und du wirst es dir leisten können. Und jetzt muss ich rein.“ Er humpelte zur Tür. „Bis später, Jake.“

Wie ein Schlafwandler ging Jake zu Shaines Geschäft. Er hatte nicht geahnt, dass sie immer noch in Cranberry Cove lebte und ihre Eltern gestorben waren – er hatte sich auch nie danach erkundigt.

Eine innere Stimme warnte ihn vor einem Treffen mit Shaine. Noch hatte er die Wahl, er konnte auf der Stelle umkehren und zurück zum Flugplatz fahren. Doch dann stand er schon vor den Auslagen ihres Geschäfts, und es war zu spät.

Fasziniert betrachtete er ein Buntglasfenster, das auf einer Staffelei stand und von hinten beleuchtet wurde. Es zeigte einen Wal, der gerade Wasser ausblies, und war aus den herrlichsten Blau- und Grüntönen komponiert, die in lebendigem Kontrast zu dem Grau des Tieres und dem Weiß der Fontäne standen.

Das Fenster konnte nur von Shaine stammen, denn sie war schon immer künstlerisch überdurchschnittlich begabt gewesen. Jake legte die Hand auf die Klinke und betrat den Laden.

Er registrierte kurz die geschmackvolle Einrichtung und die ausgesuchten Kunstobjekte, doch dann wurde sein Blick wie magisch von der Frau hinter dem Ladentisch angezogen. Sie hatte ihm den Rücken zugewandt und war damit beschäftigt, ein Regal aufzuräumen. Beim Klang der Türklingel blickte sie über die Schulter. „Einen Moment bitte, ich …"

Die Worte erstarben ihr auf den Lippen, ihr Gesicht verlor alle Farbe, und die Schachtel, die sie gerade in der Hand gehalten hatte, fiel zu Boden. Ihre Augen, ihre wunderbaren grünen Augen, die er nie würde vergessen können, weiteten sich in Panik, sie schwankte und musste sich auf den Ladentisch stützen.

Jake sah, wie sie vornüber sank, doch noch ehe ihr Kopf auf die Tischplatte schlug, war er bei ihr und zog sie an sich. „Halt dich an mir fest", befahl er.

Doch sie schien ihn nicht mehr zu hören, ihre Knie gaben nach, und ihre Stirn fiel gegen seine Brust. Obwohl sie ihm schlanker schien als damals, musste er die Füße fest auf den Boden stemmen, um nicht das Gleichgewicht zu verlieren. Vorsichtig hob er sie hoch und trug sie zu einem Stuhl, wo er sie absetzte und sich neben sie hockte. Sanft drückte er ihr den Kopf auf die Knie.

Sie trug ein leuchtend grünes Kleid, das mit Fischen in allen Regenbogenfarben bedruckt war – für gedeckte Muster hatte sie noch nie etwas übrig gehabt. Ihre Haut unter seinen Fingern zu spüren, berührte ihn eigenartig, und sie schien ihm noch weicher und zarter als früher.

Shaines Parfum duftete blumig, leicht und doch geheimnisvoll, und der Anblick ihres entblößten Nackens erweckte Gefühle in ihm, die ihn erschreckten. Wenn er vernünftig wäre, würde er auf dem Absatz kehrtmachen und gehen, doch er blieb.

Shaine war ohnmächtig geworden, weil sein Anblick sie in Angst und Schrecken versetzt hatte. Warum, fragte er sich verwundert. Wut hätte er verstehen können, auch Verachtung oder Gleichgültigkeit, aber nicht Furcht.

Jetzt seufzte sie leise, stützte die Hände auf die Knie und richtete sich langsam auf. Sie trug keinen Ring, auch keinen Ehering.

„Du hast dein Haar abgeschnitten", stellte er fest.

Mit achtzehn war es ihr in ungebärdigen Locken über die Schultern gefallen, jetzt umrahmte es wie eine feurige Aureole ihr zartes Gesicht.

Shaine hob den Kopf und blickte Jake das erste Mal in die Augen. „Du bist es also wirklich, Jake Reilly."

„Ich wollte dich nicht erschrecken."

Sie lehnte sich zurück und schob Jakes Hand von ihrem Schenkel. „Was willst du hier?"

„Ich hatte geschäftlich in Montreal zu tun und wollte einen kleinen Abstecher nach Neufundland machen. Es interessierte mich einfach, was hier so passiert ist."

„Nach dreizehn Jahren!"

„Ich hatte nicht damit gerechnet, dich hier zu treffen." Er erhob sich und entfernte sich einige Schritte von ihr. „Ich war überzeugt, du wärst schon längst gegangen."

„Wir haben uns nichts mehr zu sagen, Jake."

„Abe hat mir von deinen verunglückten Eltern erzählt, Shaine. Es tut mir so leid für dich."

„Du hast mit Abe gesprochen? Was hat er dir sonst noch erzählt?“

„Dass du dein Studium abgebrochen hast, um für deine Brüder zu sorgen.“ Er rechnete schnell nach. „Connor müsste jetzt schon achtzehn sein und die Schule abgeschlossen haben, du hast also keine Pflichten mehr. Warum bist du trotzdem noch hier?“

„So einfach, wie du dir das vorstellst, ist das nicht. Mein ganzes Geld steckt in diesem Geschäft, und ich kann nicht einfach meine Koffer packen und gehen, so wie du es getan hast.“

„Damals hättest du es auch gekonnt, dennoch hast du dich geweigert, mit mir zu kommen.“

„Meine Entscheidung war die einzig richtige.“ Ihr Kinn wirkte in diesem Moment ebenso energisch wie seins. Sie stand auf, lehnte sich gegen den Ladentisch und musterte Jake hochmütig von oben bis unten. „Du bist hier fehl am Platz, du gehörst hier ebenso wenig her wie all die Touristen aus den Großstädten, die Cranberry Cove jeden Sommer überschwemmen. Ich liebe dieses Fleckchen Erde, doch du hast hier nichts zu suchen.“

„Und wieso?“

„Du bist fort und hast dich nie wieder gemeldet, kein einziges Mal.“ Sie lächelte bitter. „Dein Recht, Rechenschaft von mir zu verlangen, ist damit verwirkt.“

Wie gern er sie in die Arme genommen und geküsst hätte! Ob Jake es wahrhaben wollte oder nicht, er begehrte diese Frau immer noch.

„Dein Gesicht hat sich verändert, Shaine“, bemerkte er langsam. „Es wirkt reifer und entschlossener. Dein Leben ist bestimmt nicht einfach gewesen.“

„Das geht dich nichts an. Am besten du gehst und lässt dich hier nie wieder blicken.“

Doch Jake ließ sich nicht abschrecken. „Ich wollte damit sagen, dass du schöner bist denn je.“

Sie ließ sich nicht anmerken, ob sie sich über das Kompliment freute. „Spar dir deine Schmeicheleien für eine andere, an mir sind sie verschwendet." Ihre grünen Augen blitzten vor Wut.

„Es gibt keine Frau in meinem Leben, Shaine. Ich habe bisher nie den geringsten Wunsch verspürt, zu heiraten. Und du?"

Ihre sonst so vollen, sinnlichen Lippen wirkten plötzlich schmal. „Hast du mich immer noch nicht verstanden? Verlass meinen Laden, Jake, verschwinde aus meinem Leben, denn ich will dich nie wieder sehen!"

„Darf ich dich daran erinnern", antwortete er gefährlich leise, „dass ich mich nicht herumkommandieren lasse?"

„Du bist ein ausgemachter Egoist, Jake, du siehst nur deine eigenen Bedürfnisse, jedes Einfühlungsvermögen ist dir fremd. Wenn du nicht freiwillig gehst, rufe ich meine Brüder, die werden dir nachhelfen."

„Shaine, warum hast du Angst vor mir?"

„Ich habe mich erschrocken, weil du so unverhofft hier aufgetaucht bist, das ist alles. Und jetzt geh endlich!"

„Ja, aber nicht, weil du es befiehlst, sondern weil ich es will."

„Deine Motive interessieren mich nicht."

Jake überkam ein Gefühl der Ohnmacht. Shaine und er waren sich einmal so nah gewesen, warum stritten sie sich plötzlich wie zwei Todfeinde? Er machte einen letzten Versuch, das Gespräch in freundschaftliche Bahnen zu lenken.

„Ich wünsche dir für die Zukunft alles Gute", meinte er rau. „Du hast wunderschöne Dinge in deinem Laden. Das Glasfenster, das du ausgestellt hast, gefällt mir ganz besonders. Es ist eine Arbeit von dir, oder?"

„Ja", antwortete sie widerwillig.

„Wenn du keinen Käufer findest, melde dich bei mir." Er griff zur Brieftasche und legte eine Visitenkarte auf den Ladentisch. „Ich kenne Leute, die eine Menge Geld dafür bezahlen würden."

„Ich habe schon einen Agenten!", herrschte sie ihn an, ohne die Karte auch nur eines Blickes zu würdigen. „Was bildest du dir eigentlich ein, nach all den Jahren hier aufzukreuzen und mein Leben auf den Kopf stellen zu wollen?“

„Eines hat sich jedenfalls nicht geändert, Shaine. Dein Temperament entspricht deiner Haarfarbe.“

Der weite Rock wehte ihr um die Beine, als sie zur Ladentür lief und sie öffnete. „Goodbye, Jake. Viel Spaß im Leben.“

In wenigen Schritten war er bei ihr. „Goodbye, Shaine.“ Bevor sie auch nur erraten konnte, was er plante, hatte er sie bei den Schultern gefasst und küsste sie leidenschaftlich auf den Mund.

Erst war sie starr vor Schreck, doch dann bebte sie am ganzen Leib. Jake schloss die Augen und zog sie näher zu sich heran, er spürte nur noch ihre weichen Lippen, die Wärme ihres feingliedrigen Körpers, und längst vergessene Gefühle lebten wieder in ihm auf.

Er sehnte sich nach Shaine und ihrer Liebe.

So fest, als wolle er sie nie wieder loslassen, hielt er sie in den Armen und küsste sie mit brennender Leidenschaft. Nur langsam drang in sein Bewusstsein, dass Shaine sich wehrte. Sie stemmte die Hände gegen seine Brust und versuchte sich seinem Kuss zu entziehen.

Benommen hob er den Kopf. „Du hast dich nicht verändert.“

„Alles hat sich geändert, nichts ist mehr so wie früher“, widersprach sie ihm, und ihre Wangen röteten sich zornig. „Glaubst du wirklich, du könntest wieder da anfangen, wo wir damals aufgehört haben, obwohl du mich vor dreizehn Jahren verlassen und dich nie wieder gemeldet hast?“

Das war ein Argument, doch Jake ging nicht darauf ein, denn er war immer noch mit sich selbst beschäftigt, so hatte die Heftigkeit seiner Gefühle ihn erschreckt. „Ich hatte wirklich nicht die Absicht, dich zu küssen“, entschuldigte er sich.

„Dazu wirst du auch nie wieder Gelegenheit bekommen, verlass dich drauf.“

„Schon auf Ghost Island war ich dir zuwider“, antwortete er bitter und bereute seine Offenheit sofort.

Entgeistert sah sie ihn an. „Wovon redest du eigentlich?"

„Das war doch der Grund, weshalb du nicht mit mir gegangen bist, weil ich als Liebhaber eine Enttäuschung für dich war."

„Wie bist du nur auf eine solche Idee gekommen? Ich habe deine Umarmung genossen."

„Stimmt das wirklich?" Für ihn hing viel von ihrer Antwort ab. Er war damals zweiundzwanzig gewesen und empfand es auch nach dreizehn Jahren noch als Schmach, versagt und die geliebte Frau enttäuscht zu haben.

„Es ist die reine Wahrheit. Doch es ist lange her und spielt heute keine Rolle mehr."

„Für mich schon."

„Das soll ich dir glauben?" Mit der Hüfte stieß sie die Tür weit auf. „Verschwinde aus meinem Leben, Jake Reilly, und lass dich nie wieder blicken."

Sie meinte, was sie sagte. Shaine hatte noch nie kokettiert, daher kam er ihrer Aufforderung nach, drehte sich um und ließ sie ohne ein weiteres Wort stehen.

Wie betäubt ging er die Straße entlang. Er hatte nur noch einen Wunsch: Cranberry Cove möglichst schnell zu verlassen. Wenn Shaine ihn vielleicht auch damals nicht verabscheut hatte, jetzt tat sie es bestimmt.

Sein Verlangen war erloschen und tiefer Verzweiflung gewichen. So hatte er sich auch damals gefühlt, nachdem Shaine und er sich ebenso unerfahren wie stürmisch auf Ghost Island geliebt hatten. Er hatte ihr seine geheimsten Gefühle offenbart, doch Shaine war eiskalt geblieben. „Ich kann nicht mit dir gehen, Jake", hatte sie erklärt. „Ich muss in Cranberry Cove bleiben."

Und das hatte sie getan.

Er dagegen war noch am selben Tag abgereist und hatte alles getan, um Shaine zu vergessen. Der spontane Einfall, von Montreal aus einen Abstecher nach Neufundland zu machen, war eine schlechte Idee gewesen – er hatte alte Wunden wieder aufgerissen.

Shaine bebte am ganzen Körper, als sie Jake durch die Schaufensterscheibe nachblickte.

Es war ihr zwar gelungen, ihn fürs Erste in die Flucht zu schlagen, doch würde er trotzdem ihrem Geheimnis auf die Spur zu kommen? Würde er dann zurückkehren?

Erneut wurde sie von Panik ergriffen. Sie schloss die Ladentür ab, drehte das Schild in der Scheibe von „Offen“ auf „Geschlossen“, um und lief in das Hinterzimmer. Dort ließ sie sich auf einen Stuhl sinken und schlug die Hände vors Gesicht.

2. *KAPITEL*

Unbewusst hatte Jake einen Weg eingeschlagen, der ihn an seiner alten Schule vorbeiführte. Hier war er Kapitän der Eishockeymannschaft gewesen, hier hatte man ihn als Helden gefeiert. Er verlangsamte seinen Schritt.

Es schien eine Ewigkeit her zu sein: das Kratzen der Schlittschuhe auf dem Eis, das Sirren, wenn der Puck ins Netz sauste, die Begeisterungsrufe der Fans und – natürlich – die bewundernden Blicke der Mädchen.

Doch was hatte das heute noch zu bedeuten? Er war jahrelang nicht mehr auf dem Eis gewesen. Die Karriere und der Aufbau seiner Firma hatten ihm keine Zeit für Mannschaftssport gelassen.

Auf dem Schulhof spielten einige Jungen Basketball, immer noch an der gleichen Stelle, an der auch er schon trainiert hatte, um sich während des Sommers in Form zu halten. Gedankenverloren sah er ihnen zu.

Ein Junge fiel ihm sofort auf. Seine Bewegungen waren geschmeidiger als die der anderen, und die Geschicklichkeit und Genauigkeit, mit der er den Ball ins Netz warf, waren beeindruckend. Jakes Aufmerksamkeit war geweckt. Der Junge, hoch aufgeschossen und schmal, tanzte regelrecht mit dem Ball, der mit seinen Fingerspitzen wie magisch verbunden zu sein schien. Die Mitspieler umkreisten ihn, versuchten ihm den Ball abzujagen, doch immer wieder warf der Junge ihn im perfekten Bogen gegen die Wand, sodass er durch den Ring fiel.

Das Spiel war nicht aggressiv, es ging den Schülern allein um den Spaß. Der Junge, der seinen Kameraden so weit überlegen war, überließ ihnen öfter den Ball und begnügte sich mit der Rolle des Verteidigers, die er ebenso meisterhaft beherrschte wie die des Stürmers.

Sein dichtes dunkles Haar und das offene Lächeln gefielen Jake auf Anhieb. Netter Junge, dachte er, was aus ihm wohl einmal werden wird? Würde es ihm genügen, in die Fußstapfen seines Vaters zu treten und sein Leben auf See zu riskieren, um Krabben und Hummer zu fangen? Oder erwartete er mehr von der Welt und würde die Enge und Einsamkeit der abgelegenen Bucht einmal verlassen?

Jake zuckte die Schultern und machte sich wieder auf den Weg. Solch tiefe Anteilnahme am Leben anderer war nicht typisch für ihn. Wieso also machte er sich Gedanken über die Zukunft eines Jungen, den er überhaupt nicht kannte?

Er selbst hatte sich schon vor Jahren gegen Cranberry Cove entschieden. Die Würfel waren gefallen, und die Entscheidung ließ sich nicht rückgängig machen. Es war eine schlechte Idee gewesen, noch einmal hierherzukommen. Das, was sich in Shaines Laden abgespielt hatte, bedrückte ihn. Warum war er überhaupt dorthin gegangen? Auch Shaine hatte schon vor Jahren ihre Wahl getroffen.

Mit gesenktem Kopf eilte er weiter. Er konnte gar nicht schnell genug zu seinem Auto kommen, um sofort nach Deer Lake zu fahren, wo sein Privatjet stand. Wenn das Wetter so blieb, würde er noch am Abend starten können.

„Na, wenn das nicht Jake Reilly ist!“

Jake blickte auf. Im ersten Moment konnte er den Sprecher nicht einordnen, doch dann erkannte er ihn. Es war Padric. Aus dem achtjährigen Jungen, den er in Erinnerung hatte, war ein großer junger Mann mit einem auffallenden kastanienfarbenen Lockenkopf geworden.

„Ich habe schon gehört, dass du hier bist.“ Feindselig sah Padric ihn an. „Hast du deine romantische Ader entdeckt? Der berühmt gewordene Sohn armer Leute kommt zurück in sein geliebtes Heimatdorf oder wie?“

„Du bist von unserem Wiedersehen anscheinend ebenso wenig begeistert wie Shaine.“

„Du hast sie schon gesehen? Wo?“, fragte Padric ungehalten.

„In ihrem Geschäft. Wie unser Treffen beweist, ist Cranberry Cove viel zu klein, um sich aus dem Weg zu gehen.“

„Du bist hier nicht willkommen, das hat Shaine dir bestimmt

auch schon gesagt. Deine Kondolenzkarte zum Tod unserer Eltern war uns wirklich ein großer Trost", fügte er sarkastisch hinzu.

Jake wich seinem Blick nicht aus. „Ich habe erst heute davon erfahren, Abe hat es mir erzählt."

„Du konntest ja damals auch gar nicht schnell genug von hier wegkommen, weil du mit uns einfachen Fischern nichts mehr zu tun haben wolltest. Geh zurück in deine Stadt, wo du hingehörst!"

„Du stellst mich als einen Verräter hin, weil ich mit siebzehn Cranberry Cove verlassen habe, um zu studieren. Mit zweiundzwanzig bin ich zurückgekommen, weil mein Vater gestorben war. Als meine Mutter dann nach Australien auswanderte, bin auch ich gegangen. Was ist daran so schlimm?"

„Wir haben dich für Shaines Freund gehalten, aber das war wohl ein Irrtum."

„Spekulier nicht über Dinge, von denen du keine Ahnung hast."

„Mach dich vom Acker", erwiderte Padric gefährlich leise.

Sich auf einen offenen Streit mit einem von Shaines Brüdern einzulassen, lag nicht in Jakes Absicht. „Ich kann dich beruhigen, ich war gerade auf dem Weg zu meinem Auto, also lass mich durch."

Padric schien erleichtert. „Fahr, und lass dich hier nicht mehr blicken, wenn du dich nicht im nächsten Graben wiederfinden möchtest."

Jake war einem Kampf durchaus nicht abgeneigt, so hätte er seiner Frustration über Shaines Zurückweisung wenigstens Luft verschaffen können. Dennoch bewahrte er einen kühlen Kopf. In unzähligen Verhandlungen hatte er gelernt, wann es sinnvoll war, sich auf eine Auseinandersetzung einzulassen, und wann nicht. Sich mit Padric zu streiten brachte ihn nicht weiter.

„Frag deine Schwester, warum und unter welchen Umständen ich die Bucht endgültig verlassen habe. Die Antwort könnte dich überraschen", erwiderte er deshalb ruhig. „Pass gut auf Shaine auf, Padric!", bat er eindringlich und wusste auch nicht, weshalb er plötzlich so emotional wurde.

„Das tun Devlin, Connor und ich schon lange. Auf deine guten Ratschläge können wir verzichten, Jake Reilly."

Jake biss sich auf die Lippe, machte auf dem Absatz kehrt, ging zu seinem Auto, das am gegenüberliegenden Straßenrand stand, und fuhr in Richtung Heartbreak Hill davon.

Dort waren Shaines Eltern tödlich verunglückt.

Aber er wollte jetzt nicht an Shaine denken.

Sein Leihwagen jedoch, der keinem Vergleich mit seinem Ferrari standhielt, quälte sich derart langsam den Berg hinauf, dass Jake wieder ins Grübeln verfiel. Warum hatten Shaine und Padric unabhängig voneinander so nachdrücklich darauf beharrt, dass er Cranberry Cove auf der Stelle verlassen sollte? Warum war Shaine so erschrocken gewesen und Padric so feindselig?

Jake runzelte die Stirn. Wollte er der Sache wirklich auf den Grund gehen oder lieber so schnell wie möglich von hier verschwinden?

Nach sieben Meilen kam er an dem kleinen Motel vorbei, das schon immer für seine gute Küche bekannt gewesen war. Er fuhr auf den Parklatz und dachte nach. Ich habe zwei Möglichkeiten, überlegte er, während er mit den Fingern nervös auf das Lenkrad trommelte: zurück nach Manhattan oder zurück nach Cranberry Cove.

Da er seit dem Frühstück nichts gegessen hatte, entschied sein Magen für ihn. Jake blieb, aß hervorragend und nahm sich für die Nacht ein Zimmer.

Am nächsten Tag, wenn Shaine und Padric ihn schon weit weg wähnten, würde er noch einmal zu Shaine gehen und sie zur Rede stellen.

Wollte er sie noch einmal küssen, um herauszufinden, ob sie wirklich nichts mehr für ihn empfand? War das der eigentliche Grund, warum er jetzt nicht in seinem Jet saß und nach New York flog?

Am Morgen kamen Jake wieder Zweifel. Lag es wirklich in seinem Interesse, nach Cranberry Cove zurückzukehren, wenn er dort nicht erwünscht war? Warum riskierte er eine zweite Zurückweisung? So dick war sein Fell auch nicht – was Shaine betraf, war es sogar erschreckend dünn.

Vielleicht wollte sie nichts mit ihm zu tun haben, weil sie mit einem Partner zusammen war, der nichts von ihrer Vergangenheit wissen sollte. Wie viele Liebhaber sie wohl in den vergangenen Jahren gehabt hatte? Über mangelnde Verehrer hatte sie sich bei ihrer sinnlichen Schönheit, ihrem Charme und ihrer Intelligenz bestimmt nicht beklagen müssen.

Jake blickte zur Uhr. Shaine hatte früher immer vor dem Frühstück gejoggt, und zwar an dem See am Ortsrand. Wenn er sich beeilte, konnte er in einer Viertelstunde dort sein. Und wenn sie nicht auftauchte, hätte niemand etwas davon bemerkt.

Genau vierzehn Minuten später stellte Jake sein Auto auf dem Parkplatz vor den Umkleidekabinen ab. Dass kein anderer Wagen zu sehen war, sagte nichts, denn Shaine lief von der Haustür aus los. An dem stabilen Holzzaun, der das flache Gebäude mit den Duschen und Kabinen umgab, machte er sein Stretching. Dann versteckte er sich in dem angrenzenden Birkenwäldchen, von dem aus er das Seeufer mit der Joggingstrecke gut im Blick hatte, und wartete.

Bald darauf sah er Shaine. Ihr rotes Haar leuchtete in der Sonne, als sie leichtfüßig um eine Biegung kam. Durch Bäume und Unterholz vor ihren Blicken geschützt, lief Jake los und fragte sich, wie sie wohl reagieren würde. Die erste Runde hatte sie gewonnen, doch die zweite sollte an ihn gehen, dafür würde er schon sorgen.

Die Birken, deren Blätter sich schon golden verfärbten, zogen sich bis zum Weg hin, und der weiche Boden dämpfte seine Schritte, sodass Shaine ihn weder hören noch sehen konnte. Erschrocken blieb sie stehen, als er in einer Kurve beinahe frontal mit ihr zusammenstieß.

Shaine schien etwas außer Atem, denn ihre Brüste hoben und senkten sich deutlich. Auch diesmal reagierte sie auf ihn mit Angst, hatte sich jedoch schnell wieder gefasst. Ihre Augen blitzten wütend, und sie straffte sich selbstbewusst. „Du wolltest doch wieder fahren! Das jedenfalls hast du zu Padric gesagt."

„Ich habe es mir anders überlegt."

„Und dass wir uns hier treffen ist der reine Zufall oder wie?"

„Diese Strecke bist du morgens schon immer gelaufen."

„Oh, daran erinnerst du dich?" Sie lächelte spöttisch. „Wie komme ich denn zu dieser Ehre?"

„Ich bezweifle, dass ich überhaupt etwas vergessen habe, was dich betrifft", antwortete er rau.

„Spar dir deine Worte. Mit solchen Schmeicheleien landest du vielleicht bei den Frauen in New York, aber bestimmt nicht bei mir."

„Ich habe dir noch nie geschmeichelt und werde es auch in Zukunft nicht tun."

„Das glaube ich dir aufs Wort!"

„Müssen wir uns denn streiten, Shaine? Wir waren einmal so vertraut miteinander."

„Ja. Doch dann haben wir uns geliebt und damit unsere Freundschaft zerstört."

„Du hattest mir immer versprochen, mit mir zu gehen. Aber als es dann so weit war, hast du mich im Stich gelassen."

„Weil ich es mir anders überlegt hatte. Oder nimmst du das Recht, die Meinung zu ändern, nur für dich in Anspruch?"

„Du hast mich nicht richtig geliebt – das jedenfalls hast du damals behauptet."

„Nicht nur behauptet, ich habe es auch gemeint."

Ihre Worte schmerzten ihn heute ebenso tief wie vor dreizehn Jahren. „Dann hattest du mich also vorher belogen." Er horchte auf. „Was ist das?"

In den Erlenbüschen, vor denen Shaine stand, raschelte es, und die Zweige bewegten sich. Als Shaine sich umdrehte, betrat gerade ein mächtiger Elchbulle die Lichtung. Witternd blieb er stehen und zeigte die dicke Wamme unter seinem Kinn. Dann senkte er den

Kopf mit dem weit ausladenden Geweih, scharrte mit den Vorderläufen, und Grasbüschel und Erdklumpen flogen durch die Luft.

Es war September, Brunftzeit.

„Keine hastige Bewegung, Shaine. Komm zu mir."

Lautlos kam sie seiner Aufforderung nach. „Sollten wir nicht lieber auf einen Baum klettern?", fragte sie kaum hörbar.

„Birken sind zwar wunderschöne Bäume, sie würden jedoch nicht einmal dein Gewicht halten, geschweige denn meins."

Mit sachten, gleichmäßigen Schritten zogen sie sich zurück. „Gleich haben wir Sichtschutz, dann rennen wir, so schnell wir können, zu den Umkleidekabinen und retten uns hinter den Zaun", übernahm Jake das Kommando.

„Ich weiß nicht, ob ich das schaffe. Meine Knie sind weich wie Butter."

Der Elchbulle machte einige Schritte in ihre Richtung und schüttelte sein Geweih, doch Jake und Shaine hatten endlich das Birkenwäldchen erreicht. Shaine schoss davon, und Jake folgte ihr dicht auf den Fersen. Zu seinem Schrecken hörte er hinter sich ein dumpfes Geräusch – der Bulle folgte ihnen.

„Schneller, schneller", feuerte Jake Shaine an. „Auf dem kürzesten Weg zum Zaun und irgendwie hinüber. Erst auf der anderen Seite sind wir in Sicherheit."

Als Shaine das Gatter endlich erreichte, hob er sie hoch und half ihr, über die Latten zu steigen. Ein Blick zurück zeigte ihm, dass der Elch in vollem Galopp auf ihn zugestürmt kam und nur noch wenige Meter von ihm entfernt war. Angst gab ihm die Kraft, in einem Satz auf den Zaun zu springen – dann spürte er einen Stoß im Rücken und fiel kopfüber ins Gras innerhalb der Einfriedung. Die Härte des Aufpralls verschlug ihm den Atem.

Der Elch rannte in vollem Galopp gegen den Zaun, sodass dieser gefährlich knarrte, blieb dann jedoch reglos stehen und spitzte die Ohren: Aus dem Sumpfgebiet hinter den Erlen erklang der Brunftschrei einer Elchkuh. Durch die Zaunlatten beobachtete Jake, wie der Bulle witternd den Kopf hob und sich so gemächlich, als wäre nichts geschehen, in Richtung Moor davonmachte.

Jake setzte sich auf und lachte.

„Ich weiß nicht, was es da zu lachen gibt!“ Shaine war empört. „Das hätte unser Ende sein können.“

„Dein Gesichtsausdruck, als der Elch plötzlich vor dir stand, war sehenswert!“

Sie musste lächeln. „Und wie du erst ausgesehen hast, als du über den Zaun gepurzelt bist.“

„Ich habe seinen Atem im Nacken gespürt, an elegante Haltung habe ich da nicht mehr gedacht.“

Sie stimmte in sein Lachen ein. „Dein Sprung war wirklich medaillenverdächtig. Du solltest dich zur nächsten Olympiade melden.“ Doch plötzlich verstummte sie. „Oh Jake, er hat dir das Hemd zerrissen – dein Rücken blutet!“

„Keine Angst, das ist nur eine Schürfwunde.“ Jake ließ sich die gute Laune nicht verderben. „Es hätte schlimmer ausgehen können. Wir haben noch nicht einmal Splitter in unseren Hintern.“

Doch schon kniete Shaine sich neben ihn und betrachtete ihn mit einem Mitgefühl, das sein Herz schneller schlagen ließ. „Du solltest sofort zum Arzt gehen. Die Wunde muss gereinigt und desinfiziert werden. Bist du gegen Tetanus geimpft?“

Am Tag zuvor hatte Shaine getan, als würde sie außer Abscheu nichts für ihn empfinden. Jetzt geriet sie wegen eines kleinen Kratzers an seinem Rücken in Panik. Ihre Finger, die sanft und kühl auf seine Haut glitten, weckten sein Verlangen. Stürmisch drehte er sich zu ihr um und küsste sie.

Aus dem Gleichgewicht gebracht, sank sie in seine Arme, und durch die dünne Sportkleidung fühlte er deutlich ihre kleinen Brüste, die er nie hatte vergessen können. Sein Kuss wurde leidenschaftlicher, und er drückte Shaine mit dem Rücken ins Gras. Sie schmeckte nach Salz und duftete verführerisch.

Zu seiner großen Überraschung wehrte Shaine sich nicht, ganz im Gegenteil. Sie schmiegte sich an ihn und erwiderte hingebungsvoll seinen Kuss. Das Blut rauschte ihm in den Ohren, sein Verlangen steigerte sich, und er zog sie so dicht zu sich heran, dass sie es spüren konnte. Behutsam legte er sie ins Gras und begann sie zu streicheln.

Zärtlich ließ er die Hände über ihren Körper gleiten und liebkoste die Knospen ihrer Brüste.

Shaine rief seinen Namen, fasste in sein Haar und zog seinen Kopf zu sich herunter. Er küsste das kleine Grübchen an ihrem Hals, in dem ihr Puls klopfte – hätte er noch einen Beweis gebraucht, dass sie sich nach ihm sehnte, hier hätte er ihn gefunden. Aber den benötigte er nicht, denn Shaine küsste seine Stirn, seine Wangen und seinen Mund mit einem Verlangen, als wäre er der einzige Mann der Welt.

Ihre Leidenschaft stand seiner in nichts nach, das war schon vor dreizehn Jahren so gewesen, und das war es, was ihn nach Cranberry Cove gezogen hatte.

Er schob die Hand in ihren BH, um ihre Brüste ohne den trennenden Stoff zu spüren. Sie erbebte und kreiste die Hüften, was ihn fast um den Verstand brachte.

„Shaine“, stieß er rau hervor. „Oh Shaine, ich konnte dich einfach nicht vergessen, ich musste immer an dich denken.“

„Ich auch an dich, ich …“ Sie verstummte abrupt, denn ihre eigenen Worte klangen ihr fremd in den Ohren. Mit aller Kraft stieß sie Jake von sich und setzte sich auf. „Was ist nur über mich gekommen?“, rief sie verzweifelt und zog hastig ihr T-Shirt zurecht.

Auch Jake richtete sich jetzt auf und legte ihr die Hände auf die Schultern. „Du hast nur das getan, was du in Wirklichkeit wolltest! Weißt du nicht mehr, wie es damals war auf der Insel? Wir sind uns in die Arme gefallen und haben uns geliebt, als wären wir füreinander geschaffen. Das kannst du doch nicht vergessen haben!“

Sie schüttelte seine Hände ab und stand auf. Als er ihrem Beispiel folgte, sah sie ihn wütend an. „Ich weiß nicht, wen ich mehr verachte, dich oder mich. Wahrscheinlich mich, denn ein Blick von dir, und ich habe mich vergessen. Ich habe mich wie ein liebestoller Teenager benommen, gestöhnt und mich an dich geklammert, als ob ich übergeschnappt wäre. Ich hätte es auch mitten auf dem Rasen eines öffentlichen Parks mit dir getrieben."

Jake schwieg. Er kannte Shaines Temperament und wusste, dass sie jetzt nicht zu bremsen war.

„Ich bin nicht besser als die Elchkuh, die vorhin nach dem Bullen geblökt hat: Komm her und nimm mich!", redete sie weiter, ohne Atem zu schöpfen. „Warum musstest du hier nur wieder auftauchen, Jake Reilly? Mir ging es so gut ohne dich. Ich habe gelebt wie eine Nonne und war zufrieden damit. Ich brauche keine Männer und dich schon lange nicht! Gestern hast du versprochen abzureisen – wieder eine deiner Lügen, die ich so hasse. Warum sagst du eigentlich nichts?"

„Weil du mir bisher keine Gelegenheit dazu gegeben hast." Er bemühte sich, ihr ins Gesicht zu blicken und nicht auf die Brüste, die sich aufgeregt hoben und senkten.

Shaine kniff die Augen zusammen. „Ich habe keine Verwendung mehr für dich, in meinem Leben nicht und in meinem Bett schon gar nicht!"

Jake lächelte amüsiert. „Das habe ich aber anders verstanden. Und weißt du was, Shaine? Ich habe seit Jahren schon nicht mehr so herzlich gelacht. Du bist einfach bezaubernd, wenn dein Temperament mit dir durchgeht."

„Spar dir deine Komplimente für andere."

„Nein, denn du bist die wunderbarste Frau, die ich kenne – und ich kenne etliche."

„Darauf möchte ich wetten! Und alle fallen bestimmt so hemmungslos über dich her wie ich."

„Nicht wie du, du bist einmalig."

Shaine ließ sich nicht besänftigen. „Jeder Mensch ist einmalig", hielt sie ihm entgegen. „Oder warst du so mit Geldscheffeln beschäftigt, dass dir das noch nie aufgefallen ist?"

„Doch, aber du bist einmaliger als jede andere, und was ist schon Schlimmes dabei, Geld zu verdienen?“

„Nichts, wenn man dabei nicht sein Herz verkauft.“

„Das willst du mir vorwerfen?“ Sein Lächeln war wie weggewischt. „Du weißt nicht, was du redest!“

„Da bin ich anderer Meinung.“ Sie legte den Kopf zurück und wich seinem Blick nicht aus. „Geh zurück in die Stadt, wo du hingehörst, Jake, noch heute – jetzt! Ich habe mir hier eine Existenz aufgebaut, die mir sehr viel bedeutet. Ich lasse mir das nicht kaputt machen, nur weil meine Hormone von Zeit zu Zeit verrückt spielen.“

„Und wie lange bist du schon nicht mehr mit einem Mann zusammen gewesen?“, fragte er gespannt und ärgerte sich über seine Neugier.

„Das geht dich gar nichts an!“

„Und Männer taugen generell nichts?“

„Du sagst es.“

„Warum hast du dann deine Brüder so aufopferungsvoll großgezogen? Das passt doch nicht zusammen.“

„Devlin, Padric und Connor sind die Ausnahmen, die die Regel bestätigen.“ Shaines Wut schien verebbt, sie biss sich auf die Lippe. „Verspotte mich bitte nicht, Jake. Du hast mich früher immer ernst genommen, bitte lass es dabei.“

Ihr trauriges Lächeln ging ihm zu Herzen. Es war Shaines gutes Recht, ihn in die Schranken zu weisen. Vor dreizehn Jahren hatte er sie und Cranberry Cove verlassen und sich nie wieder gemeldet, eine Entscheidung, deren Konsequenzen er zu tragen hatte.

Er hatte Shaine erst mit wehenden Haaren im hellen Morgenlicht treffen müssen, um die Wahrheit zu erkennen: Was seine Gefühle anging, hatte er die Jahre vertan. Er fühlte sich innerlich leer.

Shaine blickte auf die Uhr. „Wenn ich den Laden pünktlich öffnen möchte, muss ich mich beeilen. Pass gut auf dich auf, Jake. Du hast richtig daran getan, von hier fortzugehen. Die Bucht war einfach zu eng für dich.“

Sie öffnete die Zauntür und lief die Strecke, die sie gekommen war, zurück.

Benommen, als hätte er einen vernichtenden Schlag erhalten, sah Jake ihr hinterher. Warum bloß hatte er nicht schon viel eher den Versuch unternommen, mit Shaine in Kontakt zu treten?

Verletzter Stolz, dachte er. Es hatte ihn bis ins Innerste getroffen, dass die geliebte Frau ihm nicht vertraut und keine Chance für eine gemeinsame Zukunft gesehen hatte. Dazu war die Angst gekommen, sexuell versagt zu haben. Das war der Stachel gewesen, der tief gesessen und ihn zu immer ehrgeizigeren Projekten angetrieben hatte. Er, Jake Reilly, hatte sich vor den Augen der Welt beweisen und von seinem Geburtsort distanzieren wollen.

Und der Erfolg war nicht ausgeblieben. Intelligenz, Durchhaltevermögen und ein Vierzehnstundentag hatten aus dem Fischerjungen aus einem kleinen neufundländischen Hafen einen Unternehmer von internationalem Rang gemacht.

Doch zu welchem Preis? Shaines Freundschaft hatte er verspielt, und was war ihm geblieben? Wollust?

Der Gedanke an die leidenschaftlichen Küsse erweckte sein Begehren erneut, und er fluchte leise. Auch Shaine hatte die Kontrolle über ihre Gefühle verloren, als sie plötzlich nebeneinander im Gras gelegen hatten. Wenn sie wirklich schon seit Jahren wie eine Nonne gelebt hatte, war das auch nur verständlich.

Jake war seine Wirkung auf Frauen natürlich bekannt, dennoch blieb er realistisch. Er hielt es für ausgeschlossen, dass Shaine am vergangenen Tag allein durch seinen Anblick ohnmächtig geworden war. Sie war mit ihrem Leben zufrieden und hatte panische Angst, dass er es zerstörte. Das musste der Grund für ihren Zusammenbruch gewesen sein.

Würde er ihren Wunsch respektieren und sich von ihr fernhalten? Würde er zurück zum Motel fahren, seine Sachen packen und Cranberry Cove auf Nimmerwiedersehen verlassen? Würde er endgültig einen Schlussstrich unter die Vergangenheit ziehen?

Er begehrte Shaine wie keine andere Frau auf der Welt, das hatten ihn die letzten beiden Tage gelehrt. Bisher hatte er seine Affären genossen, sie jedoch auch ohne Bedauern wieder beenden können. Nie hatte er hinterher das Gefühl gehabt, etwas zu vermissen, und der Gedanke an Heirat war ihm noch nie gekommen.

Bei Shaine war das etwas anderes. Wollte er sie jedoch auch heiraten? Nein, dachte er entschieden.

Aber er brauchte sie, er sehnte sich nach ihrer Wärme, ihrem Lachen, dem feurigen Temperament ...

Wie ein Schlafwandler ging er zu seinem Auto und fuhr zurück zum Motel. Er duschte, versorgte die Schürfwunde am Rücken und frühstückte kräftig. Bei der dritten Tasse Kaffee fasste er dann den spontanen Entschluss, ein weiteres Mal sein Glück in Cranberry Cove zu versuchen.

Er hatte noch keine genauen Vorstellungen, doch eins war gewiss: Er würde nicht wie ein geprügelter Hund sein Heil in der Flucht suchen. Das hatte er einmal getan, und das reichte.

3. KAPITEL

Zwei Stunden später parkte Jake seinen Wagen vor dem Eisstadion in Cranberry Cove. Er konnte mit seiner „Kampagne", wie er sein Vorhaben getauft hatte, ebenso gut auch hier beginnen. Außer in Shaines Kunstgewerbegeschäft zu gehen und das Fensterbild mit dem Wal zu kaufen, war ihm nämlich noch nichts eingefallen, was man als durchdachten Plan hätte bezeichnen können.

Vielleicht würde er hier, an der Stätte seiner jugendlichen Erfolge, auf eine zündende Idee kommen. Es war Samstag, bestimmt würde trainiert werden, wenn nicht sogar ein Turnier stattfand.

In der Halle roch es immer noch so wie früher, und auch an dem Ton, in dem der Trainer seine Kommandos gab, hatte sich nichts geändert. Die Jungen spielten in kleinen Gruppen gegeneinander, und das Kratzen der Stahlkufen und das Scharren der Schläger auf dem Eis weckten alte Erinnerungen in Jake.

Pampers-Liga, dachte er und lächelte wehmütig, denn die Spieler waren höchstens zwölf, ihre Leistungen jedoch waren trotz aller Schnitzer beachtlich. Er kniff die Augen zusammen. War der hoch aufgeschossene Junge, der seinem Gegenspieler eben mit einem einzigen, gekonnten Schlag den Puck abgejagt hatte, nicht derselbe, den er gestern beim Basketball beobachtet hatte?

Die scheinbar schwerelosen Bewegungen und die blitzschnelle Reaktion waren unverkennbar. Er lief also wirklich Schlittschuh, wie er gestern schon vermutet hatte – und äußerst geschickt dazu.

Von der äußersten Ecke der Tribüne aus verfolgte Jake das Geschehen. Ich fange wieder an mit Spielen und suche mir in Manhattan eine Amateurmannschaft, schwor er sich. Wie gern hätte er auf der Stelle die Stiefel geschnürt und wäre aufs Eis gestürmt!

Der Junge war wirklich gut, doch er, Jake, hätte ihm noch den ein oder anderen Trick zeigen können.

Der Trainer pfiff, die Jungen liefen zu den Bänken und streiften sich Wettkampftrikots über, ohne die Helme dabei abzusetzen. Dann nahmen die beiden Fünferteams Aufstellung an der Mittellinie, und die Keeper machten vor ihren Toren die letzten Dehnungsübungen. Die eine Mannschaft war in Blau gekleidet, die andere in Schwarzweiß.

Jake ging näher an die Bande. Der Junge, der ihn so interessierte, hatte Anschlag und wartete gespannt auf den Anpfiff. Er spielte wie ein Profi, täuschte seine Gegner und jagte ihnen mühelos den Puck ab. Mit einer Souveränität, die Jake nur bewundern konnte, gab er ihn dann an seine Mitspieler ab oder zielte selbst aufs Tor. Dieser Junge ging völlig im Spiel auf, so wie er, Jake, es damals auch getan hatte.

Der Trainer pfiff die Jungen zu sich, um die Mannschaften zu wechseln, und Jake fand zum ersten Mal Muße, den Namen auf dem Trikot zu lesen. O'Sullivan stand dort in weißen Lettern.

Er runzelte die Stirn. Shaine hatte keine weiteren Verwandten in Cranberry Cove, Devlins Sohn konnte der Junge nicht sein, dazu war er zu alt, und für Connor war er viel zu jung. Er musste sich das Trikot geliehen haben.

Jetzt nahm der Junge den Helm ab und brachte seinen Trainer mit einer Bemerkung zum Lachen. Das Haar, das ihm verschwitzt am Kopf klebte, war dunkel, und seine Augen waren blau. Die O'Sullivans hatten entweder graue oder grüne Augen.

Jake hatte das Gefühl, einen vernichtenden Schlag erhalten zu haben, und seine Hände wurden plötzlich eiskalt. Vor dreizehn Jahren, gleich nachdem Shaine und er sich geliebt hatten, war er gegangen, und der Junge musste ungefähr zwölf sein.

Nein, dachte er entsetzt, das kann nicht wahr sein! Und doch, hatte Abe nicht entsprechende Andeutungen gemacht? Er hatte von Überraschungen gesprochen, die einen erwarteten, wenn man zu lange von zu Hause fortgeblieben war, davon, dass es Umstände gab, die eine Frau an ihr Heim fesselten. War Shaine deshalb in Cranberry Cove geblieben, weil sie ein Kind von ihm zur Welt gebracht hatte?

Das würde auch ihre Ohmacht erklären, als er im Laden so unverhofft vor ihr gestanden hatte. Deshalb also hatte sie darauf bestanden, dass er noch am selben Tag den Ort verließ: Sie hatte ihm keine Möglichkeit geben wollen, ihr Geheimnis zu entdecken.

Shaine hatte ihm verschwiegen, dass er einen Sohn hatte. Zu keiner Zeit hatte sie etwas unternommen, um ihn davon in Kenntnis zu setzen.

Jake stützte sich mit den Armen auf die Bande und zwang sich, tief und ruhig durchzuatmen. Bewahre einen kühlen Kopf, und zieh keine voreiligen Schlüsse, ermahnte er sich, es gibt unzählige Zwölfjährige mit dunklen Haaren und blauen Augen auf dieser Welt, die gut Eishockey spielen können.

Doch sollte der Junge tatsächlich sein Sohn sein, würde das sowohl Padrics Feindseligkeit als auch Shaines klösterlichen Lebensstil erklären. Wie hätte eine junge, alleinerziehende Mutter in einem Ort wie Cranberry Cove eine Affäre verheimlichen sollen?

Alles passte und ließ nur einen Schluss zu: Er, Jake Reilly, war Vater eines zwölfjährigen Sohnes.

Erschöpft ließ er sich auf der nächsten Bank nieder und betrachtete gedankenverloren seine vor Stress blutleeren Hände. Er war nicht mehr der, der vor einer halben Stunde das Eisstadion betreten hatte.

Warum hatte Shaine ihm nie etwas von seinem Sohn erzählt? Seit Jahren schon war er eine bekannte Persönlichkeit des öffentlichen Lebens, und sie hätte keine fünf Minuten gebraucht, um im Internet seine Geschäftsadresse ausfindig zu machen.

Dafür gab es nur eine Erklärung: Sie hatte es ihm nicht sagen wollen.

Die Kehle war ihm wie ausgetrocknet, und sein Herz klopfte, als wäre er es gewesen, der sich auf dem Eis verausgabt hatte. Er beobachtete die Spieler auf der gegenüberliegenden Seite und erschrak. Der Junge hatte sich umgedreht und sah ihm direkt in die Augen. Ob er wollte oder nicht, Jake musste seinen Blick erwidern. Das Lächeln des Jungen gefror. Er blinzelte und zog unbehaglich die dick gepolsterten Schultern hoch wie ein vom Lichtstrahl eines Wilderers erfasstes Reh. Er schien nicht zu merken, dass der Trainer zu ihm sprach und ihm die Hand auf den Arm gelegt hatte. Erst als dieser die Stimme hob und nachdrücklich wurde, erwachte der Junge aus seiner Trance. Er wandte den Kopf und setzte seinen Helm auf. Es dauerte jedoch sehr lange, bis er den Kinnriemen endlich geschlossen hatte.

Den Schläger fest in der Hand, stürmte er aufs Eis, und Jake fand endlich die Kraft, sich von der Bank zu erheben und das Stadion zu verlassen. Er musste an die frische Luft, um wieder frei atmen zu können.

Er kannte noch nicht einmal den Namen des Jungen – den Namen seines Sohnes.

Jake ging zurück zum Auto und fuhr sofort zu Shaines Geschäft, wo er jedoch nur eine Verkäuferin antraf.

„Guten Morgen“, begrüßte sie ihn.

Es war immer noch Vormittag? Jake konnte es kaum glauben, denn so viel war inzwischen passiert. Er war von einem Elch angegriffen worden, hatte so ausgelassen gelacht wie schon lange nicht mehr und Shaine geküsst, bis er sich vor Verlangen kaum noch hatte beherrschen können.

Und Shaine hatte ein Kind von ihm!

Als die Verkäuferin ihm erklärte, Shaine habe heute schon etwas früher Mittag gemacht und sei erst ab halb drei wieder im Laden, nickte er nur und ging.

Keine fünf Minuten später klopfte er an ihre Tür, erhielt jedoch keine Antwort. Er drückte die Klinke nach unten und betrat das Haus. Im Flur standen Schuhe, die Shaine, und größere, die eindeutig einem Jungen gehörten. Eine Windjacke war achtlos über einen Stuhl geworfen, und in der Ecke lagen Schienbeinschoner und ein zerbrochener Schläger.

Hätte Jake noch Beweise gebraucht, hier waren sie. Er rief nach

Shaine und ging, als sie sich nicht meldete, in die Küche. Der Kessel auf dem Herd war noch warm, und auf einem Teller lagen frisch belegte Brötchen, doch Shaine war nirgends zu entdecken.

Am Kühlschrank hing, von einem Magneten gehalten, das Foto eines Jungen. Jake trat näher, um es genauer zu betrachten. Die Haare und die Augen seines Sohnes waren seine eigenen, doch die Form des Gesichts, vor allem das Kinn, stammte eindeutig von Shaine.

Jake lehnte sich gegen die Kante des Küchentischs. Sein Sohn war ein gut aussehender Junge, aus seinen Augen sprach Humor, und sein Mund verriet Sensibilität. Jake verspürte plötzlich den überwältigenden Wunsch, dieses Kind zu beschützen. Niemand wusste besser als er, wie tief empfindsame Menschen oft vom Leben verletzt wurden, und davor wollte er seinen Sohn bewahren.

Seinen Sohn, von dem er noch nicht einmal den Namen wusste. Er hätte jetzt nach oben gehen, das Kinderzimmer suchen und in den Schulbüchern nachsehen können, doch zuerst musste er mit Shaine sprechen.

Die Klippen, dachte er, dort werde ich sie bestimmt finden. Die Sonne schien, der Weg war nicht weit, und er wusste von früher, wie sehr Shaine die Stelle liebte, wie der herrliche Ausblick auf den Pazifik sie beruhigte und sie ihre Sorgen vergessen ließ.

Und Sorgen hatte sie die letzten beiden Tage wirklich genug gehabt.

Durch den Hintereingang verließ er das Haus. Auf der Wäscheleine im Garten hingen weiße Laken, die sich wie Segel im Wind blähten. Urplötzlich fühlte Jake sich um Jahre zurückversetzt. Er war wieder zweiundzwanzig und gekommen, um Shaine zu fragen, ob sie mit ihm abends nach Corner Brook ins Kino fahren wolle …

Shaine hängte Wäsche auf. Der Wind wehte ihr das blaue Kleid um die Beine, als sie sich bemühte, die widerspenstigen Laken über die Leine zu werfen und anzuklammern. Sie war so in ihre Arbeit vertieft, dass sie Jakes Kommen nicht bemerkt hatte.

Bewegungslos blieb er stehen und betrachtete fasziniert das junge Mädchen neben dem Wäschekorb. Ich liebe sie, dachte er benommen, ich liebe Shaine O'Sullivan mit jeder Faser meines Körpers.

Da drehte sie sich um und entdeckte ihn. Er stellte sich neben sie und half ihr, die großen Wäschestücke auf die Leine zu bekommen. Als sie schließlich alle im Wind flatterten, umfasste er Shaines Gesicht und sagte spontan: „Ich liebe dich, Shaine."

Einen Moment lang blickte sie ihn überrascht an, dann jubelte sie vor Freude. Sie warf den Beutel mit den Klammern auf die Erde und umarmte Jake stürmisch.

„Und ich liebe dich, Jake, schon seit Jahren. Oh Jake, ich bin so glücklich ..."

Es war jedoch nur ein Lippenbekenntnis gewesen, denn in Wahrheit hatte Shaine ihn nicht geliebt. Jedenfalls nicht so allumfassend und bedingungslos, wie er sich das an jenem sonnigen Frühlingsmorgen erträumt hatte.

Das lange, saftig grüne Gras bog sich im Wind, und vor Ghost Island dümpelte ein Fischerboot auf den sanften Wellen des tiefblauen Ozeans. Jake blieb einen Moment stehen. Konnte sein Anwesen in Manhattan mit dieser überwältigenden Szenerie konkurrieren? So schön die Bucht auch sein mochte, es hatte nicht gereicht, um ihn für immer an Cranberry Cove zu fesseln.

Er ließ die letzten Häuser hinter sich, fühlte die Wiese weich unter seinen Füßen und hörte über sich die Möwen schreien. Ihr Gefieder glänzte im Sonnenlicht ebenso strahlend weiß wie die Gischt. Sein Vater, den er über alles geliebt hatte, war in einem ungewöhnlich schweren Sturm dicht bei Ghost Island ertrunken. In ihrer Verzweiflung und Trauer hatte seine Mutter den Anblick der Bucht nicht mehr ertragen können und Zuflucht bei ihren Verwandten in Australien gesucht.

Nach zwei Jahren hatte sie dort Henry Sarton getroffen und schließlich geheiratet. Jake mochte seinen Stiefvater, der seine Mutter wieder glücklich gemacht hatte. Dennoch war sie kein einziges Mal nach Cranberry Cove zurückgekehrt.

Jake beschleunigte seinen Schritt. Die Zweige der vom Wind gebeugten Kiefern hingen bis auf den Boden, Glockenblumen, Astern und Goldruten blühten, Grillen zirpten, und eine dicke Hummel summte über den letzten Blüten der Wildrose. Da erblickte er Shaine.

Sie stand am Rand der Klippen neben einem großen Felsen, und das Rot ihrer Locken wirkte im Sonnenlicht noch intensiver. Jake war plötzlich so wütend, dass er stehen blieb, um sich zu fassen. Er hatte keine klare Vorstellung, was er ihr sagen wollte oder wie sie reagieren würde, er wollte nur eines: endlich die Wahrheit ans Tageslicht bringen. Entschlossen ging er weiter.

Shaine hörte Schritte und drehte sich um. Jake! In den ausgeblichenen Jeans und seinem Poloshirt mit dem offenen Kragen schien er ihr fremd und vertraut zugleich. Mit der Geschmeidigkeit eines schönen und gefährlichen Raubtieres kam er auf sie zu.

Er war also nicht abgereist. Hatte sie das nicht geahnt? Wenn sie ihm vorhin nur nicht mit ihrem Kuss all ihre unerfüllte Sehnsucht verraten hätte! Wie dumm das von ihr gewesen war!

Jake war jetzt so nah, dass sie seinen Gesichtsausdruck erkennen konnte, und ihr Herz setzte einen Schlag aus. Er ist dahintergekommen, dachte sie entsetzt, er weiß von Daniel.

Was geschehen war, ließ sich nicht wieder rückgängig machen. Sie musste sich jetzt zusammennehmen und Jake beherzt entgegentreten. Sie atmete tief durch, um Kraft zu sammeln.

Jake brauchte sie nur anzublicken, um zu wissen, was in ihr vor sich ging. Du tust gut daran, auf eine Auseinandersetzung vorbereitet zu sein, dachte er grimmig, denn nichts in der Welt wird mich davon abhalten, dir jetzt gründlich die Meinung zu sagen.

Knapp einen Meter vor ihr blieb er stehen. Sie trug das auffällig bunte Kleid, das sie auch am Vortag angehabt hatte, und der Rock flatterte im Wind.

„In Erinnerung an alte Zeiten habe ich dem Eisstadion einen Besuch abgestattet“, stellte er ausdruckslos fest.

„Dann weißt du es also“, antwortete sie leise und schloss kurz die Augen.

„Ja. Ich habe einen zwölfjährigen Sohn.“

Sie blickte ihn an. „Richtig.“

„Darum also bist du gestern bei meinem Anblick ohnmächtig geworden! Anschließend hast du alles getan, um mich aus der Stadt zu vertreiben – damit ich die Wahrheit nicht herausfinde!“ Er packte sie bei den Schultern. „Du warst zu feige, es mir zu sagen! Oder willst du etwa behaupten, es ginge mich nichts an?“

„Du hast mich geliebt, ohne auch nur einen Gedanken an Verhütung zu verschwenden, anschließend hast du nie wieder etwas von dir hören lassen“, hielt sie ihm entgegen. „Konnte ich ahnen, dass es dich interessiert?“

„Damals hast du behauptet, dich in den sicheren Tagen deiner Periode zu befinden. Willst du das jetzt abstreiten?“

„Tausende von Kindern werden auf diese Art gezeugt!“ Wütend sah sie ihn an. „Du hast deinen Spaß gehabt und mich dann wie eine heiße Kartoffel fallen lassen!“

„Weil du meine Liebe nicht erwidert hast – du hattest es behauptet, aber es war eine Lüge.“

„Falls *du* mich je geliebt haben solltest, Jake, hattest du eine sonderbare Art, es mir zu zeigen“, entgegnete sie leise.

Er packte sie noch fester. „Ich weiß nicht einmal, wie unser Sohn heißt!“

„Daniel. Wir nennen ihn immer bei seinem vollen Namen, nur seine Klassenkameraden rufen ihn Dan.“

„Daniel O’Sullivan.“ Der Klang gefiel Jake ausnehmend gut. „Warum in aller Welt hast du dich nicht bei mir gemeldet, Shaine?“, fragte er, plötzlich verzweifelt.

Die Gründe dafür waren kompliziert. Außerdem hatte er kein Recht darauf, sie zu erfahren. „Es ist so lange her, das spielt doch keine Rolle mehr", wich sie einer Antwort daher aus.

„Wie kannst du das behaupten? Für mich spielt es eine ungeheure Rolle", erwiderte er zornig. „Bei Daniels Anblick hatte ich das Gefühl, mich selbst in seinem Alter auf dem Eis zu sehen! Er bewegt sich wie ich und ist ein Naturtalent, genau wie ich eins war."

Shaine blieb unversöhnlich. „Du bist gegangen und hast nie wieder etwas von dir hören lassen, noch nicht einmal eine Weihnachtskarte hast du mir geschickt. Nichts hat dich interessiert, deshalb hast du auch nichts vom Tod meiner Eltern erfahren."

„Ich war zu verletzt, um mich noch einmal bei dir zu melden", gestand er.

Shaine schien einen Moment lang unsicher, doch dann hob sie stolz den Kopf. „Ich habe Daniel allein großgezogen, nur meine Brüder haben mich dabei unterstützt. Er hat sich prima gemacht."

„Mit anderen Worten, er braucht mich nicht?"

„Genau das wollte ich damit sagen."

„Eins muss man dir lassen: Du weißt, wie du einen Mann treffen kannst! Ich bin sein *Vater,* Shaine. Hat er nie nach mir gefragt?"

„Natürlich. Ich habe ihm erzählt, du wüsstest nichts von ihm, weil ich die Schwangerschaft erst bemerkte hätte, nachdem du schon gegangen warst."

„Und damit hat er sich abfertigen lassen? Hat er noch nicht einmal meinen Namen wissen wollen?"

„Hör auf damit!", rief sie verzweifelt. „Und lass mich endlich los, du tust mir weh."

„Ich gebe dich erst frei, wenn du mir alles erzählt hast. Daniel weiß also nicht, wer ich bin?"

„Du gehörst nicht mehr zu uns. Was für einen Sinn hätte es da, ihm deine Identität zu offenbaren? Ich habe dein Leben in den Illustrierten verfolgt, du bist eine bekannte Persönlichkeit, ein reicher Unternehmer mit Häusern in Paris und New York. Du fährst die teuersten Autos und hast die schönsten Geliebten. Zwischen deinem und unserem Leben besteht ein Unterschied wie Tag und Nacht."

„Oberflächlich betrachtet gebe ich dir recht.“

„Es sind mehr als nur Äußerlichkeiten. Du willst hier nicht mehr leben, du fühlst dich in Großstädten und Luxushotels zu Hause, und internationale Konferenzen und Wirtschaftsgipfel sind deine Welt. Im Stadion von Cranberry Cove deinem Sohn beim Eishockey zuzusehen passt einfach nicht zu dir.“

„Auch ich bin hier aufgewachsen.“

„Vor dreizehn Jahren hast du mit deiner Vergangenheit gebrochen, das lässt sich nicht wieder rückgängig machen.“

„Doch, heute Morgen, als ich dich in den Armen hielt, habe ich die Uhr zurückgedreht.“

„Bitte lass mich aus dem Spiel“, erwiderte sie unwirsch.

„Das ist unmöglich.“ Sein Griff lockerte sich. „Du bist schmal geworden, du arbeitest zu viel“, sagte er sanft.

„Auf dein Mitleid kann ich wirklich verzichten!“, fauchte sie ihn an.

Jake ging nicht darauf ein. „Deine Eltern müssen schon kurz nach Daniels Geburt verunglückt sein, das wird mir jetzt erst bewusst. Es muss schrecklich für dich gewesen sein, plötzlich ganz allein dazustehen. Warum hast du mich nicht angerufen? Es wäre ein Leichtes für dich gewesen, mich ausfindig zu machen.“

Das stimmte, doch sie hatte ihre Gründe gehabt, es damals nicht zu tun. Und später, als Monate und Jahre ohne ein Lebenszeichen von ihm vergangen waren, hatte sie alle Hoffnungen begraben und die Situation als gegeben akzeptiert.

„Weshalb hätte ich dich suchen sollen?“, fragte sie herausfordernd.

„Hör auf damit, Shaine, und bleib vernünftig! Weil du die Mutter meines Kindes bist, natürlich.“

„Daniel gehört mir!“ Trotzig legte sie den Kopf zurück, und ihre Locken ähnelten im Sonnenlicht züngelnden Flammen.

Jake beherrschte sich, nur ein kleiner Muskel zuckte verräterisch an seinem Kinn. „Willst du es ihm sagen, oder soll ich es tun?“

„Was?“

Nur mit Mühe konnte er sein Temperament jetzt noch zügeln. „Dass ich sein Vater bin, was sonst?“

Diesmal gelang es Shaine, sich zu befreien. Panikartig wich sie vor Jake zurück. Sie hatte solche Angst, dass sie nicht mehr vernünftig denken konnte. „Keiner von uns wird ihm etwas sagen!“, stammelte sie verzweifelt.

„Ist es dir lieber, wenn Daniel es bei nächster Gelegenheit im Ort erfährt? Von jemandem, der auf seine Gefühle keine Rücksicht nimmt?“

„Für Daniel soll alles so bleiben, wie es ist! Du wusstest seinen Namen nicht, also hast du ihn nicht angesprochen, und wir brauchen ihm nichts zu sagen. Er weiß nicht, wer sein Vater ist, und damit hat es sich.“

Jake atmete schwer, und seine Wangen röteten sich vor Zorn. „Da irrst du dich gewaltig, Shaine! Was bildest du dir eigentlich ein? Du kannst doch nicht so tun, als hätte sich nichts geändert, als wäre ich nicht zurückgekommen! Wach auf aus deinen Wunschträumen. Du kannst das Leben nicht nach deinem Willen bestimmen. Daniel ist mein Sohn, und nichts und niemand kann mich davon abhalten, ihn als solchen zu behandeln.“

„Und wie stellst du dir das vor? Willst du einen Staranwalt beauftragen und mir das Sorgerecht entziehen lassen?“

„Es gibt anscheinend keine Gemeinheit, die du mir nicht zutraust.“

„Versetz dich bitte einmal in meine Lage. Ich lebe in der tiefsten Provinz, und mir fehlen deine finanziellen Mittel. Wer sollte meine Interessen vor Gericht vertreten? Der alte Rechtsanwalt aus Corner Brooks?“

„Für wie rücksichtslos hältst du mich eigentlich?“

„Du hast den Weg nach oben garantiert nur mit Ellbogen geschafft.“

„Lass uns bitte sachlich bleiben“, bat er ruhig. „Ich denke nicht im Traum daran, dir Daniel wegzunehmen – das würde er sich wohl auch kaum gefallen lassen. Doch ich möchte eine Beziehung zu ihm aufbauen, Shaine, ich möchte versuchen, die verlorene Zeit wieder gutzumachen."

„Wie stellst du dir das vor, Jake? Was verstehst du von Kindern? Daniel ist nicht mehr zwei, sondern zwölf, was sowieso ein schwieriges Alter ist. Wie, glaubst du wohl, wird er reagieren, wenn er plötzlich mit seinem Vater konfrontiert wird?"

Jake musste daran denken, wie sehr ihn allein schon der Blickkontakt mit seinem Sohn verstört hatte, und musste Shaine insgeheim recht geben. Kindern gegenüber war er unsicher, weil es ihm an Erfahrung fehlte.

„Ich bin lernfähig", antwortete er lahm.

„Daniel braucht dich nicht. In meinen drei Brüdern hat er die männlichen Vorbilder, die er für eine gesunde Entwicklung braucht. Er ist gut in der Schule, spielt mit Begeisterung Hockey und hat viele Freunde. Für einen Vater, der plötzlich aus dem Nichts erscheint, hat er keine Verwendung."

Sie strich sich eine Locke aus der Stirn und versuchte die ehrliche Betroffenheit, die sich in Jakes Miene ausdrückte, zu ignorieren. „Außerdem ist Cranberry Cove Daniels Heimat, er fühlt sich wohl hier. Du wirst ihn nur in Konflikte bringen, wenn du ihn an den Wochenenden oder in den Ferien zu dir nach New York holst. Er wird dann nicht mehr wissen, wo er eigentlich hingehört."

„Menschliche Bindungen sind stärker als Orte."

„Daniel hat seine menschlichen Bindungen und alles, was er braucht, hier in Cranberry Cove." Shaine blieb unerbittlich. „Geh, und vergiss uns, Jake. Die Vergangenheit hat gezeigt, dass es dir nicht schwerfällt."

Jakes Humor siegte, und er musste lachen. „Du kämpfst für Daniel wie eine Löwin für ihr Junges. Wir sind uns sehr ähnlich, Shaine. Wenn wir von etwas überzeugt sind, setzen wir uns mit aller Kraft dafür ein."

„Es geht um Daniel, nicht um uns."

„Endlich haben wir eine gemeinsame Basis gefunden!", entgegnete Jake erleichtert.

Er gibt nicht nach, dachte Shaine verzweifelt, er lässt sich nicht vertreiben. Jetzt musste sie alles auf eine Karte setzen. „Ich möchte dich um etwas bitten", begann sie leise.

„Und das wäre?"

„Gib dich Daniel noch nicht zu erkennen, und reise ab. Denke in New York gründlich darüber nach, ob du überhaupt Vater sein möchtest. Wenn ich in den vergangenen Jahren etwas gelernt habe, dann eins: Ein Kind großzuziehen ist eine der größten Verpflichtungen überhaupt. Überleg es dir also gut, denn wie ich dich einschätze, bist du nicht bereit, Bindungen einzugehen."

„Was die Vergangenheit betrifft, gebe ich dir recht, und schuld daran bist hauptsächlich du", antwortete er hart. „Doch auf meinem Weg nach oben habe ich nicht nur die Ellbogen eingesetzt, ich musste auch flexibel sein, bereit, mich auf etwas Neues einzulassen."

„Es geht um Daniel, nicht um einen geschäftlichen Deal!"

„Beleidige mich bitte nicht mehr, als du es sowieso schon getan hast!"

Beschämt senkte sie den Kopf. „Die Bemerkung tut mir leid", sagte sie leise, „ich bin jedoch noch nicht ganz fertig. Ich möchte dich nämlich bitten, eine Woche über die Sache nachzudenken und mich dann im Laden anzurufen, um mir deine Entscheidung mitzuteilen."

Ihre Stimme schwankte, und beschwörend streckte sie die Hände aus. „Versteh mich doch bitte, Jake! Es handelt sich um einen Schritt, der das Leben dreier Menschen von Grund auf ändern wird – noch dazu das eines zwölfjährigen Kindes. Denke über die Konsequenzen nach, und triff keine übereilten Entscheidungen, nur weil du wütend bist."

Ob er wollte oder nicht, Jake musste Shaine bewundern. Sie hatte ihren Stolz überwunden, eine Bitte geäußert und damit der Vernunft zum Sieg verholfen. Denn es entsprach den Tatsachen, er war im Moment wirklich viel zu aufgewühlt und handelte rein emotional.

„Wenn ich nachgedacht habe und immer noch an Daniels Leben teilhaben möchte, wirst du es dann zulassen?“

„Ja“, entgegnete sie ruhig. „Ich verspreche es dir.“

Jake war die Kehle wie zugeschnürt, und er schluckte mühsam. „Du hast hier in Cranberry Cove während der vergangenen zwölf Jahre viel gelernt, Shaine.“

„Danke, ich hätte nicht gedacht, dass es dir auffällt.“

Sie wirkte erschöpft, und er ging auf sie zu und schloss sie in die Arme. Es fühlte sich genauso gut und richtig an wie damals. Mit einer Geste, die ihm zu Herzen ging, legte sie die Stirn gegen seine Schulter. „Du erfüllst mir also meinen Wunsch?“, fragte sie leise.

„Ja.“

Er spürte, wie die Anspannung von ihr wich und sie sich an ihn schmiegte. Es war nicht so sehr Begehren, was er in diesem Moment für sie empfand, sondern zärtliche Fürsorge. Weshalb das so war, fragte er sich lieber nicht.

„Ich werde dich Montag in einer Woche im Laden anrufen, so gegen zehn, dann dürfte Daniel mit Sicherheit nicht da sein.“

„Schön.“

Etwas in ihrer Stimme ließ ihn aufhorchen. Er legte ihr die Hand unter das Kinn und zwang sie, ihn anzusehen. Tränen glänzten in ihren Wimpern.

„Shaine, bitte nicht. Ich wusste noch nie, was ich tun soll, wenn du weinst.“

Sie lächelte. „Weißt du noch, als ich die Mathearbeit verhauen hatte?“

„Und ich mein Taschentuch hervorzog, mit dem ich ansonsten die Kufen meiner Schlittschuhe polierte? Natürlich erinnere ich mich.“

„Dann hast du mir ein halbes Jahr lang Nachhilfe gegeben – du warst der strengste Lehrer, den ich je hatte.“

„Aber du hast die Schule mit einer Zwei in Mathe abgeschlossen! Shaine, sag mir doch bitte, was dich so bedrückt."

„Nichts." Sie wich seinem Blick aus.

„Du bist einsam, ist es das?", vermutete er, einer plötzlichen Eingebung folgend.

„Ach, hör auf. Es geht um Daniel, nicht um mich."

„Das lässt sich wohl kaum trennen. Wenn du es zulässt, kann ich euch helfen, finanziell natürlich auch, das versteht sich von selbst, doch besonders …"

„Du kannst ihn nicht kaufen!" Jakes Reichtum war Shaines größte Sorge. Welcher Junge in Daniels Alter würde sich davon nicht blenden lassen?

„Gerade habe ich geglaubt, dass wir uns endlich vernünftig unterhalten können, und schon fängst du wieder an!" Jake war deprimiert. „Willst du mir nicht vielleicht lieber gleich die Polizei auf den Hals hetzen?"

„Jake, ich muss gehen, Daniel kommt gleich vom Training zurück. Würde es dir etwas ausmachen, den Weg durch den Wald zu nehmen – damit ihr euch nicht begegnet?"

„Das lässt sich machen, ich habe mein Auto vor deinem Laden geparkt."

Sie trat ein Stück näher an die Klippen und blickte zum Horizont, als hätte sie dort etwas Interessantes entdeckt. „Goodbye, Jake."

Die Endgültigkeit, mit der sie sich verabschiedete, gefiel ihm ebenso wenig, wie sie ihm vor dreizehn Jahren gefallen hatte. Doch er war nicht nur älter, er war auch erfahrener geworden.

„Goodbye, Shaine", erwiderte er daher gleichmütig. „Falls ich mich entscheiden sollte, Daniel doch nicht treffen zu wollen, werde ich auf der Bank in Corner Brook ein Sparbuch für ihn einrichten. Jeden Monat überweise ich dann einen bestimmten Betrag – die genauen Einzelheiten teile ich dir dann mit. Daniel kann dann freier über seine Zukunft entscheiden."

„Ausgeschlossen! Ich werde das Geld nicht anrühren!"

„Gut so, denn ich werde es auf seinen Namen anlegen."

Ohne auf ihren Blick zu reagieren, drehte er sich um und ging. Er hatte es ihr an den Augen abgelesen: Sie war enttäuscht, weil er sie zum Abschied nicht geküsst hatte. Wie gern er es getan hätte, würde sie nie erfahren.

Bewegungslos blieb Shaine stehen und blickte Jake nach. Eigentlich hätte sie jetzt beruhigt sein sollen, doch das Gegenteil war der Fall.

Was wäre, wenn Jake sich wirklich entscheiden würde, Verantwortung für seinen Sohn zu übernehmen? Würde sie Daniel dann vielleicht verlieren? Niemand wusste besser als sie, was für eine charismatische Persönlichkeit Jake besaß, und unvorstellbar reich war er obendrein. Wenn er Daniel für sich beanspruchte, was konnte sie dem entgegensetzen?

Ich werde dir Daniel niemals wegnehmen, hatte er versprochen, doch durfte sie ihm glauben? Vor dreizehn Jahren hatte Jake ihr Vertrauen missbraucht und ihre Freundschaft, die sie für unzerstörbar gehalten hatte, verraten. Er war aus ihrem Leben verschwunden, ohne auch nur ein einziges Mal etwas von sich hören zu lassen.

Sie hoffte inständig, Jake nie wieder begegnen zu müssen.

4. KAPITEL

Shaine würde es hier gefallen – und Daniel auch, das waren seine ersten Gedanken, als Jake den Steg betrat, um von Bord zu gehen. Die waldreiche, von türkisblauem Wasser umgebene Insel, an der das kleine Fährschiff festgemacht hatte, lag zwischen Australien und dem Great-Barrier-Riff und war von Cranberry Cove so weit entfernt, wie es weiter kaum ging.

„Hallo, Mum", begrüßte er seine zierliche dunkelhaarige Mutter und umarmte sie liebevoll.

„Wie schön, dass du dir die Zeit genommen hast, um einige Tage hier mit uns zu verbringen", empfing ihn Anna Sarton. „Dieser Urlaub ist das schönste Geburtstagsgeschenk, das ich je bekommen habe." Zärtlich lächelte sie ihrem zweiten Mann zu. „Mit Ausnahme von Henry natürlich, wir sind uns nämlich an meinem Geburtstag das erste Mal begegnet. Habe ich dir das eigentlich schon mal erzählt?"

Jake lachte. „Mehr als nur einmal, Mum! Du siehst übrigens blendend aus." Dann klopfte er seinem Stiefvater freundschaftlich auf die Schulter. „Schön, dich zu sehen, Henry."

„Du musst gleich schwimmen gehen, Jake. Das Wasser ist hier einfach herrlich, und selbst am Strand wird man mit Getränken und Erfrischungen verwöhnt."

Im Grunde ihres Herzens war seine Mutter die anspruchslose Frau aus dem kleinen Fischerdorf an der oft unwirtlichen Küste Neufundlands geblieben. Dass sie immer noch wie ein Kind über die vielen schönen Dinge, die die Welt zu bieten hatte, staunen konnte, war eine ihrer vielen liebenswerten Eigenschaften.

Da Henry und sie sich strikt weigerten, sich von Jake finanziell unterstützen zu lassen, schenkte er ihnen mindestens drei Luxusreisen im Jahr.

„Schwimmen wäre schön, das vertreibt die Reisemüdigkeit", stimmte er seiner Mutter zu.

Die nächsten Tage stürzte sich Jake mit Feuereifer in das Urlaubsleben, um alle Gedanken an Shaine und Daniel zu vertreiben. Grübeln würde ihn nicht weiterbringen, er musste warten, bis die Entscheidung in ihm gereift war. Deshalb schnorchelte er, tauchte, fuhr Kajak und ging segeln. Nachts besuchte er Bars, tanzte und flirtete.

Es hatte alles keinen Zweck. Die verführerischen und spärlich bekleideten Strandschönheiten ließen ihn kalt. Die Jungen, die mit ihren Eltern hier die Ferien verbrachten, erinnerten ihn an Daniel. Sechs der neun Tage Bedenkzeit waren bereits vergangen.

An wen hatte er eigentlich mehr gedacht, an Daniel oder an Shaine? Eine wohlproportionierte Blondine in einem atemberaubenden Bikini aus Metallkettchen, die mit smaragdgrünen Steinen besetzt waren, ging an ihm vorbei und lächelte ihn einladend an. Wäre es Shaine gewesen, er hätte sie gepackt, über die Schulter geworfen und in sein Hotelzimmer getragen – und hätte sie bis zur Erschöpfung geliebt.

Die Blondine jedoch reizte ihn nicht, auch wenn sie noch so gut aussah. Er wollte seine aufsässige Shaine mit den roten Locken, ohne üppige Rundungen, jedoch stolz, mutig, temperamentvoll und – gefährlich.

Wenn er wirklich den Kontakt zu Daniel aufnehmen wollte, würde er es, zumindest die nächsten sechs Jahre, standig mit ihr zu tun haben.

Wenn – doch gab es überhaupt noch etwas zu überlegen? Hatte er die Entscheidung nicht schon längst gefällt, als sich im Eisstadion Daniels und seine Blicke getroffen hatten? Das Band war geknüpft, er konnte es nicht mehr durchschneiden, ohne sich den Rest seines Lebens dafür zu verachten.

Blut ist tatsächlich dicker als Wasser, sinnierte er, ganz in Betrachtung der Wassertropfen versunken, die ihm über die nackten Beine liefen. Wie gern würde er Daniel das Tauchen beibringen! Dabei wusste er noch nicht einmal, ob er überhaupt schwimmen konnte …

„Was ist los mit dir, Darling?“ Seine Mutter, die neben ihm unter dem Sonnenschirm saß, legte ihm die Hand auf den Arm. „Dich bedrückt doch etwas, das spüre ich ganz genau.“

Durfte er ihr ihren Enkelsohn länger verheimlichen?

„Letzte Woche war ich in Cranberry Cove – das erste Mal, seit du nach Australien gegangen bist“, eröffnete er ihr.

Anna fröstelte, und ihr Gesicht verriet ihre innere Anspannung. „Ich bin nach dem schrecklichen Tod deines Vaters niemals wieder dort gewesen. Ich habe noch nicht einmal den Kontakt zu meinen alten Bekannten gehalten. Bertha, meine beste Freundin, war ja schon einige Monate vor mir weggezogen. Mein Verhalten war vielleicht nicht richtig, aber ich konnte einfach nicht anders.“

„Ich habe Shaine getroffen.“

„Sie ist noch da? Das verwundert mich. Ich mochte sie immer sehr gern und war froh darüber, dass du mit ihr ... befreundet warst.“

„Es war mehr als das, Mum. Gleich nachdem Dad ertrunken war, erkannte ich, dass ich mich in sie verliebt hatte.“

„Ich dachte mir damals so etwas ... Während der letzten Wochen in Cranberry Cove war ich dir keine gute Mutter, Jake.“

„Sag das bitte nicht, es war alles schlimm genug für dich.“ Er trank einen Schluck Bier. „Shaine wollte damals eigentlich mit mir gehen, ließ mich jedoch im letzten Moment im Stich. Es war sehr schwer für mich.“

„Davon hast du mir nie etwas erzählt.“

„Ich habe auch mit niemandem darüber gesprochen.“ Er beobachtete, wie die Kohlensäure in seinem Glas nach oben stieg, und konzentrierte sich auf das, was er zu sagen hatte. „Die Geschichte ist jedoch noch nicht zu Ende. Shaine und ich haben zusammen geschlafen, ein einziges Mal, und das an dem Tag, als ich Cranberry Cove verließ. Seit sechs Tagen weiß ich nun, dass ich einen Sohn habe. Er heißt Daniel und ist zwölf.“

Anna richtete sich auf. „Ich habe ein Enkelkind?“

„Ja. Ich kann deinen Ärger verstehen, ich hätte mich schon vor Jahren bei Shaine melden sollen, ich hätte ..."

„Ich und ärgerlich?", unterbrach sie ihn. „Wie kommst du denn auf die Idee?"

Er sah auf. Seine Mutter lächelte glücklich, und ihre Augen, die genauso blau waren wie seine, glänzten vor Freude.

„Aber er ist doch schon zwölf, Mum, du hast so viel versäumt."

„Dann werde ich das eben nachholen", antwortete sie energisch. „Ich habe mir so sehnlich Enkelkinder gewünscht, Jake, doch du hast nicht die geringsten Anstalten in dieser Richtung gemacht. Und jetzt habe ich plötzlich einen fix und fertigen Enkelsohn! Wann kann ich ihn sehen?"

„Ich habe noch nicht mit ihm gesprochen. Deshalb habe ich euch auch so spontan besucht. Ich wollte hier in Ruhe über meine Zukunft nachdenken."

„Aber wirst du Shaine denn nicht heiraten?", fragte sie entsetzt.

Er schluckte. „Ich bin mir noch nicht sicher."

„Was gibt es da noch zu überlegen? Er ist dein Sohn, und du liebst Shaine – sonst hättest du ganz anders auf die Signale der Blondine in diesem unglaublichen Bikini reagiert!"

„Du hast es also bemerkt?"

„Ich konnte gar nicht anders." Anna lächelte. „Du liebst Shaine doch, oder?"

„Nein ... ich weiß nicht ... eigentlich nicht."

Anna zeigte ihm nicht, wie sehr diese Antwort sie amüsierte. „Wann fliegst du zurück nach Cranberry Cove?"

„Ich habe noch eine Besprechung in Thailand, anschließend fliege ich sofort nach Vancouver und von dort aus weiter."

„Hast du ein Foto von Daniel?"

„Leider nicht." Doch mit einer Begeisterung, die ihr sehr viel verriet, schilderte er alles, was er über den Jungen wusste. „Und Shaine verbringt anscheinend genauso viel Zeit neben der Spielfläche, wie du es damals getan hast, Mum."

„Sie ist eben eine gute Mutter. Heirate sie, du könntest es schlechter treffen, Jake, glaub es mir."

„Erzähl *ihr* das", antwortete er leichthin.

„Das ist deine Aufgabe." Sie lachte. „Darf ich Henry von Daniel erzählen?"

„Natürlich! Und vielen Dank fürs Zuhören."

„Vielen Dank für dein Vertrauen." Sie streichelte seinen Arm und stand auf, um sich Henry anzuschließen, der ihr vom Wasser aus zuwinkte. „Du wirst schon das Richtige tun, Jake."

Was jedoch war das Richtige? Shaine heiraten? Das glaubte er nicht – außerdem wollte er sich keinen Korb einhandeln. Er stand auf und ging ins Hotel.

Cranberry Cove lag im dichten Nebel, als Jake langsam die Serpentinen von Heartbreak Hill hinunterfuhr.

Vergangenen Montag hatte er Shaine von Thailand aus angerufen und ihr seine Entscheidung mitgeteilt. Einen genauen Termin für seinen Besuch hatte er nicht genannt, er hatte sie lediglich darum gebeten, Daniel noch nichts davon zu sagen.

Shaine wusste also nicht, dass er bereits auf dem Weg zu ihr war. Und das war auch besser so, denn Daniel sollte ihm unvoreingenommen begegnen und nicht von seiner Mutter vorher beeinflusst worden sein.

Jake hielt es für *seine* Aufgabe, seinem Sohn zu erklären, warum sein Vater damals verschwunden und jetzt wieder da war. Er, Jake, war es gewesen, der unverantwortlich gehandelt und sich um nichts mehr gekümmert hatte, daher war es jetzt auch seine Sache, dafür um Verständnis und Verzeihung zu bitten.

Das war ihm alles sehr einfach und plausibel erschienen, als er auf dem Flug von Vancouver nach Deer Lake bequem in seinem Privatjet gesessen hatte. Doch jetzt, als die ersten Häuser von Cranberry Cove aus dem Nebel auftauchten, fand er es plötzlich kompliziert und schwierig.

Er fuhr an den Straßenrand, hielt an und verschränkte die Arme über dem Lenkrad. Er hatte Angst! So unsicher wie im Moment hatte er sich sein ganzes Leben noch nicht gefühlt.

Und dann dieser aufregende Traum von Shaine die letzte Nacht – sie hatte wieder ihr blaues Kleid angehabt und war mit ihm auf Ghost Island gewesen.

Oder war es gar kein Traum gewesen, sondern Erinnerungen, die während des Aufwachens aus dem Unterbewusstsein aufgestiegen waren …?

Jake sah sich und Shaine, wie sie das Boot an dem alten Holzsteg festmachten und zum Gipfel aufstiegen. Sie kletterten über die Felsen auf die zum Ozean gewandte Seite der Insel, wo das automatische Blinkfeuer stand. Dort gab es eine kleine Wiese mit den schönsten Wildblumen, von der aus sie schon oft Buckelwale gesehen hatten.

Shaine packte das Picknick aus.

Ihr blaues Kleid mit dem weiten, wadenlangen Rock wirkte eher brav, doch Jake fand es sexy, wie alles, das sie trug. Tag und Nacht kreisten seine Gedanken um Shaine, aus diesem Grund hatte er sie auch noch nie berührt. Sie war letzten Monat erst achtzehn geworden und noch nie aus Cranberry Cove herausgekommen. Er dagegen war zweiundzwanzig und hatte über vier Jahre an einer großen Universität studiert. Er sah es als seine Aufgabe, Shaine zu behüten.

„Ein Sandwich mit Hähnchenfilet?", fragte sie. „Die magst du doch so gerne, oder?"

Shaine war heute irgendwie anders, sie schien aus einem ihm unerfindlichen Grund schlechte Laune zu haben. Er rutschte an den äußersten Rand der Decke und biss in sein Brot.

„Ich habe keine ansteckende Krankheit", bemerkte sie.

Er zog die Brauen hoch. „Von hier aus kann ich dich besser betrachten."

„Das ist auch das Einzige, was du tust."

„Wie meinst du das?"

Sie legte ihr Sandwich, von dem sie keinen Bissen gegessen hatte, beiseite und löste das Band, mit dem sie das Haar im Nacken zusammengefasst hatte. Ihre roten Locken wehten jetzt frei im Wind. „Ich möchte dich lieben."

„*Wie bitte?*"

„Ja, hier und jetzt."

Eher trotzig als verliebt sah sie ihn an. Ihre sinnlichen Lippen weckten sein Verlangen, und er senkte den Blick.

„Übermorgen sind wir schon nicht mehr in Cranberry Cove. Meinst du nicht, wir sollten noch so lange warten? Wir …"

„Nein, ich meine es nicht!", unterbrach sie ihn ungeduldig und lehnte sich vor.

Jake hatte nur noch Augen für ihre Brüste, die sich verführerisch unter dem duftigen Stoff ihres Kleides abzeichneten.

„Ich habe kein Verhütungsmittel dabei."

„Das macht nichts, mein Zyklus ist so, dass nichts passieren kann." Sie legte den Kopf zurück. „Oder willst du mich nicht?"

„Ich sehne mich so sehr nach dir, Shaine, dass ich nachts nicht schlafen kann. Ich denke nur an dich. Ich liebe dich jetzt und bis in alle Ewigkeit."

Sie lächelte wie eine Frau, die genau wusste, was sie wollte. „Komm", forderte sie ihn leise auf.

Jake nahm sich fest vor, ihr Zeit zu geben und so rücksichtsvoll zu sein, wie er nur vermochte. Es war das erste Mal für sie, und es sollte perfekt sein. Doch als sich ihre Lippen fanden und Shaine ihn mit ungestümer Leidenschaft küsste, gerieten seine edlen Absichten ins Wanken.

„Umarme mich!", bat sie. Als sie sich an seinen Schultern festhielt und eng an ihn schmiegte, war es um Jake geschehen. Er hörte sein Blut in den Ohren rauschen und vergaß jegliche Vernunft.

Shaine machte nie halbe Sachen, auch in der Liebe nicht. Ihre Hingabe und ihre noch unerfahrenen Berührungen steigerten sein Begehren. Er küsste sie lang und fordernd, und die Sinnlichkeit, mit der sie sich in seinen Armen bewegte, raubte ihm den Atem.

Um sie noch näher zu spüren, knöpfte er ihr das Kleid auf. Der BH, den sie darunter trug, war vom gleichen Blau wie das Kleid.

„Ich habe ihn in einem Katalog entdeckt und extra für dich bestellt“, gestand sie mit einer für sie ungewöhnlichen Schüchternheit, die ihn bezauberte.

„Was jetzt passiert, Shaine, wollte ich unbedingt verhindern, deshalb bin ich dir schon seit Wochen aus dem Weg gegangen. Wie oft habe ich mich erst im allerletzten Moment beherrschen können, dich nicht auf der Stelle an mich zu ziehen und zu küssen.“

Shaine lachte glücklich, schob die Hände unter sein T-Shirt und ließ sie über sein Brusthaar gleiten, das zum Nabel hin spitz auslief.

„Du brauchst keine Angst zu haben“, versprach er zärtlich und liebkoste ihre Brüste.

Ihr Blick bekam etwas Abwesendes, und sie atmete mühsam. „Ich möchte nackt sein“, gestand sie leise. „Ich möchte dich überall fühlen.“

Jake setzte sich auf, zog das Shirt über den Kopf und warf es beiseite. Dann streifte er Shaine Kleid, BH und Slip ab. Die Zeit schien stillzustehen, als er sie das erste Mal nackt erblickte, und Bewunderung, Liebe und Begehren sprachen aus seinen Augen.

„Bitte sieh mich nicht so an, Jake“, bat sie mit belegter Stimme. „Ich habe das Gefühl, zerfließen zu müssen.“

So langsam, als wolle er sich diese Linien für alle Ewigkeiten einprägen, ließ er die Hände von ihren Schultern über ihre Hüften bis zu ihren Schenkeln gleiten. „Du bist so schön! Deine Haut ist hell und zart wie der Schaum der Wellen, und deine Augen sind so tief wie das Meer.“

In fieberhafter Eile entledigte er sich seiner Kleidung und zog Shaine wieder in die Arme. Mit den Lippen liebkoste er sie, bis sie vor Verlangen seufzte, was ihn noch mehr erregte.

Shaine duftete nicht nur, sie schmeckte sogar nach Blumen, und ihre Haut war zarter als jedes Blütenblatt. Er liebte diese Frau, er wollte nur sie – und sie schenkte sich ihm ohne Vorbehalte. Sie war bereit für ihn, und er liebkoste ihre empfindsamste Stelle, bis sie erbebte, laut seinen Namen rief und ihren ersten Höhepunkt erreichte.

Bewegungslos blieb sie liegen. „Ich konnte nicht warten“, sagte sie schließlich, noch ganz außer Atem. „Ich muss dir etwas erklären, Jake …“

„Psst.“ Seine Erregung zügelnd, ließ er den Mund über ihre Brüste, ihren flachen Bauch und tiefer gleiten, bis sie den Kopf zurücklegte und zum zweiten Mal seinen Namen rief, der in seinen Ohren noch nie so schön geklungen hatte.

Er drehte sich auf den Rücken und setzte sie auf sich. „Streichele mich, Shaine“, bat er.

So sinnlich hatte er ihre wunderbaren grünen Augen noch nie blicken sehen, und als Shaine sich aufrichtete, tauchte die Sonne ihre Brüste in goldenes Licht. Jake schluckte, es fiel ihm schwer, sich zu beherrschen. Doch Shaine zu beobachten, wie sie die Liebe für sich entdeckte, entschädigte ihn für die Kraft, die es ihn kostete.

„Jetzt bin ich an der Reihe.“ Sie sah ihn an und lächelte.

„Ich liebe dich, Shaine“, gestand er.

Sie beugte sich vor, ihre seidigen Locken streiften sein Gesicht, bedeckten seine Schultern, und ihre Brüste berührten ihn. Jake glaubte, vor Wonne sterben zu müssen. Zärtlich streichelte Shaine seine Schultern und spielte mit seinem Haar, bis sie sich langsam auf ihm niederließ. Jake stockte der Atem, als er ihre Wärme spürte.

Nicht die kleinste Gefühlsregung, die sich in ihrer Miene spiegelte, entging ihm. Obwohl sie bereit für ihn war, sah er den Schmerz, der über ihr Gesicht huschte, als er die letzte Barriere überwand, die sie noch voneinander trennte.

Vorsichtig bewegte er sich weiter, bis sie mit ihrem ganzen Gewicht auf seinen Schenkeln ruhte. Verwundert, als könne sie das Geschehen nicht recht begreifen, sah sie ihn an. Wie in Trance beugte sie sich vor und küsste ihn.

Jakes Bewegungen wurden schneller und rhythmischer, und als er sah, wie sich Shaines Pupillen weiteten, ließ er seiner Leidenschaft endlich die Zügel schießen. Gleichzeitig erreichten sie den Höhepunkt und blieben erschöpft und mit wild pochenden Herzen still nebeneinander liegen.

Auf der anderen Straßenseite tauchte ein Transporter aus dem Nebel auf und riss Jake aus seinen Erinnerungen. Weshalb bin ich eigentlich zurückgekommen, fragte er sich bitter. Wegen Daniel oder wegen Shaine, die mich verraten hat?

Kaum hatten sie sich so hingebungsvoll und leidenschaftlich geliebt, als sie es ihm eröffnete: Sie habe es sich anders überlegt, sie wolle in Cranberry Cove bleiben und nicht, wie sie es versprochen hatte, am übernächsten Tag die Bucht mit ihm verlassen.

Den Grund für ihre Meinungsänderung wollte sie ihm erst nicht nennen, gab jedoch schließlich zu, sie würde ihn nicht tief genug lieben, um mit ihm zu gehen.

Vernichtend getroffen, verließ er den Ort noch am selben Tag – allein.

Bis heute hatte er die Enttäuschung von damals nicht überwunden. Seine Beziehungen zu Frauen, so amüsant sie auch gewesen sein mochten, waren immer nur kurz und oberflächlich gewesen. Kein einziges Mal war er in Versuchung geraten, sich längerfristig zu binden. Und alles wegen einer kleinen rothaarigen Hexe, die ihn verzaubert und ihm sein Herz gestohlen hatte.

Und die Mutter seines Sohnes war.

Es geht mir um Daniel, nicht um Shaine, redete er sich ein.

Unschlüssig fuhr er durch die engen Straßen. Es war später Nachmittag, und die Sonne, die zeitweise durch den Nebel drang, schuf eine unwirkliche Stimmung. Er blieb auf der Hauptsraße und bog nicht ab, um zu Shaine zu gelangen, denn er hatte immer noch keinen Plan, wie er ihr begegnen sollte.

Plötzlich setzte sein Herz einen Schlag aus. Ein Junge, die Sporttasche mit dem Hockeyschläger über der Schulter, ging den Fußweg entlang. Jake hätte ihn überall erkannt.

Ohne zu zögern, bremste er ab und öffnete das Fenster. „Möchtest du zum Eisstadion? Soll ich dich mitnehmen?"

Daniel drehte sich um und sah ihn erstaunt an, zögerte jedoch nicht lange. „Gerne, vielen Dank", antwortete er, und seine Stimme klang tiefer, als Jake erwartet hatte.

Daniel warf seine Ausrüstung auf die Rückbank und setzte sich auf den Beifahrersitz. „Ich habe Sie vor zehn Tagen im Stadion gesehen", bemerkte er.

Mit einer solchen Direktheit hatte Jake nicht gerechnet. „Richtig. Ich heiße Jake Reilly und bin hier groß geworden."

„Ich weiß."

„Wirklich?"

„In der Schule hängt ein Bild von der Mannschaft, die damals den Pokal gewonnen hat. Ich habe Sie sofort erkannt."

„Oh", war alles, was Jake dazu einfiel.

„Warum sind Sie zurückgekommen?"

Jake fuhr auf den Parkplatz vor dem Stadion und hielt in gewissem Abstand zum Eingang an. „Ich war seit dreizehn Jahren nicht mehr hier. Ich hatte einfach Sehnsucht nach Cranberry Cove."

„Ich wollte eigentlich wissen, weshalb Sie jetzt ein zweites Mal gekommen sind."

„Ich ... ich habe hier noch etwas zu erledigen."

„Nachdem ich das Bild in der Schule entdeckt hatte, habe ich im Internet nach Ihnen gesucht."

Wie angriffslustig das klang! Jake biss sich auf die Lippe. „Und warum hast du das getan?"

„Keine Ahnung, einfach so." Daniel zuckte die Schultern. „Außerdem stand in einer von Mums Illustrierten ein Bericht über Sie. Sie haben Cranberry Cove verlassen und studiert, nur zur Beerdigung Ihres Vaters sind Sie noch mal einige Wochen hier gewesen."

„Ich wollte etwas von der Welt kennenlernen."

„Ich finde Cranberry Cove ganz in Ordnung", erwiderte Daniel streitbar.

„Ich eigentlich auch", stimmte Jake ihm zu. „Nur habe ich hier nie richtig hergepasst."

„Letztes Jahr hatten wir ein Hockeyturnier in Maine. Ich war richtig froh, als ich wieder zu Hause war. In welcher Mannschaft spielen Sie eigentlich jetzt?"

„In keiner, ich spiele überhaupt nicht mehr."

Wären Jake plötzlich Hörner gewachsen, Daniel hätte ihn nicht entsetzter ansehen können.

„Ich hatte einfach zu viel zu tun", rechtfertigte sich Jake. „Doch seitdem ich dich habe spielen sehen, möchte ich auch wieder anfangen."

„Stimmt es, dass Sie und Mum früher befreundet waren?", fragte Daniel unvermittelt.

„Ja. Du hast eine prima Mutter, Daniel, das kann ich dir versichern. Ich möchte etwas mit dir besprechen, können wir uns nach dem Training treffen?"

Daniel machte sich steif. „Und warum nicht jetzt? Ich bin früh dran und habe noch Zeit."

Jetzt oder nie, dachte Jake und sah seinem Sohn direkt in die Augen, die ihn so an seine eigenen erinnerten und die im Moment äußerst skeptisch blickten.

„Ich bin ein zweites Mal gekommen, weil ich dir etwas sagen muss. Vor dreizehn Jahren waren deine Mutter und ich für kurze Zeit sehr verliebt ineinander. Doch erst seit ich vor zehn Tagen hier war, weiß ich, dass sie einige Monate nach meiner Abreise ein Kind bekam." Jake schwieg einen Moment, um sich zu fassen. „Du bist mein Sohn, Daniel."

Daniel atmete hörbar aus. „Seitdem ich das Bild gesehen habe, habe ich so etwas vermutet. Keiner der O'Sullivans hat schließlich dunkle Haare oder blaue Augen."

„Und wann hast du das Bild entdeckt?"

„Vor drei oder vier Jahren."

„Und dann bist du neugierig geworden und hast im Internet nachgeforscht?"

„So ungefähr." Daniel blickte starr geradeaus durch die Windschutzscheibe. Seine Jacke war ihm zu klein geworden, und die Ärmel reichten nicht mehr ganz bis zu den Handgelenken. Der Anblick rührte Jake. Am liebsten hätte er seinen Sohn in die Arme genommen und gedrückt. Doch er blieb still sitzen und wartete.

„Warum hast du dreizehn Jahre gebraucht, um mich sehen zu wollen?" Daniel klang heiser.

„Ich habe erst vor zehn Tagen von dir erfahren, das sagte ich doch."

„Wenn du wirklich in Mum verliebt gewesen bist, warum hast du sie später noch nicht einmal angerufen?"

Das war die schwierigste Frage, die Daniel hatte stellen können, dennoch verdiente er eine ehrliche Antwort. „Ich habe deine Mutter geliebt und wollte mit ihr zusammen Cranberry Cove verlassen. Als es dann so weit war, ließ sie mich im Stich – sie kam nicht mit. Deshalb brach ich alle Brücken hinter mir ab, und nichts zog mich mehr nach Cranberry Cove. Mein Vater war tot und meine Mutter nach Australien gegangen."

„Du warst nur damit beschäftigt, Geld zu verdienen und dich mit anderen Frauen zu treffen! Ich habe die Bilder in den Illustrierten gesehen!", warf Daniel ihm vor.

„Die erste Behauptung stimmt, die zweite nicht. Ich habe mich eigentlich nie für eine andere Frau interessiert. Das siehst du schon daran, dass ich nicht geheiratet habe."

„Mum hat keinen Cent von deinem vielen Geld bekommen, du hast ihr kein bisschen geholfen, alles musste sie allein machen!"

„Damit hast du recht. Ich bereue zutiefst, keinen Kontakt mit ihr aufgenommen und all die Jahre mit dir versäumt zu haben."

„*Ich* habe dich nicht vermisst! Ich bin auch ohne dich sehr gut zurechtgekommen."

Diese Worte hätten auch von Shaine stammen können. „Ja, das sehe ich.“ Jake lächelte leicht. „Ich muss zu meiner Schande zugeben, dass du in einigen Jahren ein besserer Hockeyspieler sein wirst, als ich je einer war.“

Daniel senkte den Blick.

„Daniel, ich möchte eine Zeit lang hierbleiben, um dich kennenzulernen.“

„Eine Zeit lang hierbleiben!“, wiederholte Daniel in einer Art, die Jake sehr an Shaine erinnerte. „Das sagt doch alles. Wenn du genug von uns hast, gehst du wieder!“

„Ich möchte, dass du ein Teil meines Lebens wirst, Daniel.“

„Und was ist mit Mum? Wirst du sie heiraten?“

„Sie will mich bestimmt nicht.“

„Macht es dir gar nichts aus, wenn ich in der Schule gehänselt werde?“, fragte Daniel aufgebracht.

„Passiert das oft?“

„Nicht mehr, seit Padric mir gezeigt hat, wie man sich dagegen wehren kann.“

Padric, nicht ich, dachte Jake bitter und schluckte. „Daniel, ich kann dir gar nicht sagen, wie leid es mir tut, nie den Kontakt zu deiner Mutter gesucht zu haben.“

Daniel zuckte nur die Schultern. „Du hast Wichtigeres zu tun, als deine Zeit bei uns zu verbringen. Mum und ich brauchen dich nicht!“

Jake legte ihm die Hand auf den Arm. „Diesmal kehre ich niemandem so einfach den Rücken, wie ich es vor dreizehn Jahren getan habe. Du gewöhnst dich also besser daran, mich hier zu sehen.“

Daniel schüttelte seine Hand ab, stieg aus und holte seine Tasche von der Rückbank. „Ich muss mich beeilen“, verabschiedete er sich und schlug beide Autotüren so heftig zu, dass es knallte. Dann lief er zum Eingang.

Jake war klug genug, ihm nicht zu folgen. Desillusioniert blickte er ihm nach. Seine Träume, sein Sohn würde ihn freudig in die Arme schließen, konnte er begraben. Daniel lehnte ihn ab.

Shaines feindselige Haltung konnte er sich erklären, Daniels jedoch nicht.

Mit Reue war viel schwieriger umzugehen als mit Trauer, das musste Jake jetzt entdecken. Als sein Vater mit seinem Boot ertrunken war, hatte Jake tiefe Trauer empfunden, die jedoch mit der Zeit von lieben Erinnerungen überlagert wurde, denn von seinem Vater hatte er nur Gutes erfahren.

Reue dagegen wandelte sich nicht. Was einmal geschehen war, ließ sich nicht wieder rückgängig machen. Shaine und Daniel hatten leiden müssen, weil er, Jake, aus Ehrgeiz und verletztem Stolz von Cranberry Cove und seinen Einwohnern nichts mehr hatte wissen wollen.

Im Gegensatz zu ihm hatte Daniel ohne die Liebe und den Schutz eines Vaters auskommen müssen. Es war ihm etwas genommen worden, worauf jedes Kind Anrecht hatte.

Jake runzelte die Stirn. War das wirklich alles nur sein Fehler? Oder hatte Shaine nicht auch einen Anteil der Schuld zu tragen?

Damals schon hatte er keine Erklärung dafür gefunden, warum Shaine ihn nicht genug geliebt hatte, um mit ihm zu gehen. Jetzt stand er vor demselben Problem. Wie konnte Shaine so feindselig sein, ihn aber gleichzeitig leidenschaftlich küssen? Sie war nicht flatterhaft. Was sie tat, tat sie mit Leib und Seele und stand dazu. War damals etwas passiert, weshalb sie ihre Pläne so plötzlich und so grundlegend geändert hatte?

Er musste es herausfinden, er musste sie zur Rede stellen. Und gab es eine bessere Gelegenheit dazu als genau jetzt, da Daniel die nächsten anderthalb Stunden beim Training im Stadion war?

5. KAPITEL

Jake parkte vor Shaines Laden. Das Fensterbild mit den Walen beeindruckte ihn noch mehr als beim ersten Mal. Ich werde es kaufen, nahm er sich vor und betrat das Geschäft, Shaine wird es nicht verhindern können. Glücklicherweise waren keine Kunden da, und Shaine fiel auch nicht in Ohnmacht, als sie ihn erblickte. Sie trug ein orangefarbenes Leinenkostüm mit kurzem Rock und sah einfach bezaubernd aus.

„Hallo." Sie lächelte spöttisch. „Hatten wir nicht abgemacht, dass du dich vorher anmeldest?"

Jake war nicht nach Wortgefechten zumute. „Ich habe Daniel gerade zum Training gebracht", eröffnete er ihr undiplomatisch.

„Wie bitte?"

„Ich habe ihn auf dem Fußweg getroffen und zum Stadion gefahren."

Außer sich vor Wut ballte sie die Hände zu Fäusten. „Das ist gegen unsere Vereinbarung! Wir wollten uns vorher absprechen!"

„Es wäre sowieso sinnlos gewesen. Daniel vermutet schon seit einigen Jahren, dass ich sein Vater bin. Er hat nämlich in der Schule ein Bild von meiner alten Hockeymannschaft entdeckt. Er ist nicht auf den Kopf gefallen, Shaine! Unsere Augen und Haarfarbe sind so ähnlich, wie es ähnlicher kaum geht, und rechnen kann Daniel auch. Er weiß, wann mein Vater ums Leben gekommen ist und somit auch, wann ich das letzte Mal hier war."

Shaine war blass geworden. „Er hat mir von seinen Vermutungen nie etwas erzählt!"

„Er hat sich im Internet informiert und einen Artikel über mich in einer deiner Illustrierten gelesen. Wenn es dich beruhigt: Daniel war nicht gerade begeistert, mich zu treffen."

„Ich fasse es einfach nicht!" Benommen schüttelte Shaine den Kopf. „Seit Jahren weiß er, wer sein Vater ist, und hat nie mit mir darüber gesprochen! Warum? Vertraut er mir nicht?"

„Er ist noch sehr jung, und es ist ein schwieriges Thema." Beruhigend legte er ihr die Hand auf den Arm.

Shaine schüttelte sie ab. „Er ist also ärgerlich auf dich?"

„Das kann man wohl behaupten." Unruhig schritt Jake auf und ab. „Und verstehen kann ich ihn auch. Er wirft mir vor, dir die ganze Erziehungsarbeit allein überlassen und dich noch nicht einmal finanziell unterstützt zu haben. Ich dagegen hätte seiner Meinung nach die ganze Zeit Geld in Massen verdient, gelebt wie Gott in Frankreich und mit jeder hübschen Frau in meiner Nähe ein Verhältnis angefangen."

„Und, stimmt das etwa nicht?"

„Bleib bitte realistisch, Shaine! Du kennst mich doch, traust du mir das wirklich zu?"

Die Glocke über der Ladentür klingelte, und ein Paar, der Kleidung nach offensichtlich Touristen, und eine Frau kamen herein. Maggie Stearns, dachte Jake entsetzt.

„Wenn das nicht Jake Reilly ist!" Maggies blassblaue Augen traten vor Sensationslust noch weiter hervor. „Ich habe schon von deinem Besuch gehört. Was treibt dich zurück zu uns?" Sie nahm ihn in die Arme und drückte ihm einen Kuss auf die Wange.

„Ich bin schon viel zu lange fort gewesen", antwortete Jake ehrlicher, als es Maggies falsche Freundlichkeit verdiente.

„Dreizehn Jahre! Komm doch heute Abend auf eine Tasse Tee vorbei, Marty wird sich bestimmt freuen."

Ihr Ehemann Marty bastelte, wenn er sich nicht sehr geändert haben sollte, ein Buddelschiff nach dem anderen und redete so gut wie nie. Aus den Augenwinkeln beobachtete Jake, wie Shaine schadenfroh lächelte.

„Ein andermal gern, Maggie", antwortete er glatt. „Heute bin ich allerdings schon verabredet, Shaine hat mich zum Abendessen eingeladen. Ich wollte sie gerade fragen, ob ich roten oder weißen Wein besorgen soll."

Shaines Wangen röteten sich hektisch. „Ich weiß gar nicht …“

Die beiden Touristen amüsierten sich offensichtlich großartig.

„Ich verstehe etwas von Wein“, behauptete Maggie. „Was gibt es denn zum Essen, Shaine?“

„Fisch“, war alles, was sie über die Lippen brachte.

„Dann empfehle ich einen trockenen Bordeaux“, redete Maggie unbeirrt weiter. „Sammie im Weingeschäft kann dir bestimmt weiterhelfen. Vielleicht schaue ich später auch noch vorbei, um mit euch ein Glas auf die glückliche Heimkehr zu trinken. Wie lange willst du denn diesmal bleiben, Jake?“

Er zählte leise bis zehn, um Ruhe zu bewahren. Was bildete Maggie sich eigentlich ein, ausgerechnet ihn bei der Wahl des Weins beraten zu wollen und sich einfach einzuladen?

„Wir sehen uns vielleicht ein andermal, Maggie, ich bleibe länger“, antwortete er, setzte sein charmantestes Lächeln auf und blickte auf ihre große Tasche. „Ich möchte dich wirklich nicht länger vom Einkaufen abhalten! Grüß Marty bitte von mir.“

Seine Taktik hatte Erfolg. Maggie nickte hoheitsvoll und rauschte durch die Tür.

„Schade, dass mir unsere Verabredung entfallen war, sonst hätte ich glatt einen Moltebeerenkuchen gebacken“, bemerkte Shaine und sah Jake gespielt unschuldsvoll an.

Drei Sommer hintereinander hatten Shaine und er die seltenen Beeren gepflückt und sie dann im Ort verkauft. Die Früchte, die wie orangefarbene Brombeeren aussahen und nur an kargen Stellen dicht am Boden wuchsen, galten als Delikatesse und standen hoch im Kurs. Eins zu null für Shaine, dachte er. Gekonnt hatte sie ihn an eine Zeit erinnert, in der er immer für sie da gewesen war.

Doch auch Jake wusste einen Vorteil aus der Anwesenheit der beiden Kunden zu ziehen. Er legte seine Kreditkarte auf den Tisch.

„Ich hätte gern das Glasbild mit den Walen, bitte setz die Versandkosten gleich mit auf die Rechnung.“

Notgedrungen nickte Shaine, lächelte jedoch dabei mit gequälter Freundlichkeit. „Wenn du den Wein besorgst, denk bitte auch an meine drei Brüder, die kommen nämlich auch."

„Mit dir die Klingen zu kreuzen ist mir wirklich ein Vergnügen, Shaine." Gut gelaunt nickte er ihr zu und verließ den Laden.

Wie lange hatte er schon nicht mehr eine solch spontane Lebensfreude gespürt? Er hörte das durch den Nebel gedämpfte Rauschen des Ozeans und atmete tief und bewusst die nach Salz und Tang schmeckende Luft ein.

Er war auf dem Weg, Wein für ein Essen zu kaufen, das voraussichtlich in einer familiären Katastrophe enden würde. Sein Sohn lehnte ihn ab, und für Shaines drei Brüder war er, Jake, garantiert der größte Schuft unter der Sonne. Am besten, er kaufte gleich eine ganze Kiste Wein.

Das tat er dann schließlich doch nicht, sondern beschränkte sich auf zwei Flaschen. Er hatte nämlich eine bessere Idee und klingelte bei Emily Bennett. Die alte Witwe, deren strenge Ansichten oft in Konflikt mit ihrem guten Herz gerieten, öffnete ihm auch tatsächlich die Tür.

„Jake! Ich habe schon gehört, dass du wieder hier bist, komm doch herein."

Er folgte ihr in den Flur und umarmte sie. „Ich besuche dich noch einmal in Ruhe, Emily. Im Moment bin ich leider ziemlich in Eile – und um einen Moltebeerenkuchen verlegen. Hast du zufällig einen im Gefrierschrank?"

„Nicht nur einen, ein halbes Dutzend."

„Ich bin bei Shaine zum Essen eingeladen und würde ihr gern einen mitbringen."

„Bei *Shaine?*"

Jake las in ihrem Gesicht wie in einem offenen Buch. „Du weißt also, dass Daniel mein Sohn ist?"

„Seit Jahren, doch ich habe meinen Mund gehalten und mit niemandem darüber gesprochen."

„Ich habe es erst vor knapp zwei Wochen erfahren."

„Weil du ohne Abschied und auf Nimmerwiedersehen verschwunden bist."

Was sollte er darauf antworten? „Daniel will nichts mit mir zu tun haben", erklärte er.

„Er braucht einfach nur Zeit. Und Shaine?"

„Dasselbe."

„Na ja, ich gehe schnell in den Keller – ein Moltebeerenkuchen wirkt manchmal Wunder."

Einige Minuten später kam sie, leicht außer Atem, wieder hoch. „Willst du Shaine zu einer ehrenhaften Frau machen?"

„Shaine ist eine ehrenhafte Frau, genau wie du auch, Emily, das hat mit Heirat nichts zu tun."

„Der Junge braucht einen Vater – den können selbst drei Brüder nicht ersetzen."

„Shaine würde mich nicht heiraten, und wenn sie Fünflinge hätte", bemerkte er bitter.

„Dann sorg dafür, dass sie ihre Meinung ändert. Für einen so gut aussehenden Mann wie dich sollte es doch kein Problem sein, ihr einen Ring an den Finger zu stecken." Emily schob den Kuchen in eine Tragetasche und gab sie ihm. „Und vergiss nicht, mich zu besuchen."

„Versprochen."

Weiß eigentlich ganz Cranberry Cove, dass ich Daniels Vater bin?, fragte sich Jake, als er wieder auf der Straße war. Wurde Daniel deswegen gehänselt? Wurde Shaine geschnitten, nur weil sie keinen Ehering vorzuweisen hatte?

Jake hatte noch etwas Zeit, und er machte einen Umweg über die Klippen, wo er trotz des Nebels fand, was er suchte. Er setzte Weinflaschen und Kuchen ab und machte sich an die Arbeit.

Als er sich durch den Garten Shaines Haus näherte, waren die Zimmer hell erleuchtet und die Gardinen noch nicht zugezogen.

Shaine hantierte an der Spüle und trug eng sitzende Jeans und einen Pullover, dessen Rot sich mit dem ihrer Haare biss. Wenn er doch einfach hineingehen, sie hochheben und ins Schlafzimmer tragen könnte, wenn doch alles so einfach wäre!

Er hatte noch nie mit ihr in einem richtigen Bett gelegen – doch war Sex wirklich die richtige Methode, Shaine zu erobern? Sollte er es nicht lieber mit jener platonischen Freundschaft versuchen, die sie und ihn so lange verbunden hatte?

Ganz in der Nähe, am Rand der Klippen, war er Shaine das erste Mal begegnet. Er hatte gejoggt, den CD-Spieler am Gürtel, die Lautstärke voll aufgedreht …

Selbstvergessen lief Jake an den Felsen vorbei, die Musik dröhnte in seinen Ohren, und seine Füße liefen wie von selbst. Beinahe wäre er über sie gestolpert, das Mädchen mit dem roten Lockenkopf, das im Schatten der Klippen saß und weinte.

Mit dreizehn war er nun wirklich nicht an weinenden kleinen Mädchen interessiert, dennoch hielt er an, bemüht, seinen Atem unter Kontrolle zu bekommen. Widerstrebend setzte er den Kopfhörer ab. „Alles in Ordnung?“, fragte er.

„Ja.“ Trotzig schob sie die Unterlippe vor und versuchte, den Skizzenblock, der neben ihr im Gras lag, vor seinen Blicken zu schützen – doch zu spät.

„Zeig mal“, bat er interessiert. Als sie sich weigerte, nahm er ihr die Zeichnung einfach aus den Händen.

Er blickte auf ein abstraktes Muster, einen wahren Wirbel kräftiger Farben – ganz offensichtlich hatte die Wiese mit den vielen bunten Wildblumen das Mädchen dazu angeregt.

„Toll!“

„Das sagst du nur, damit ich nicht mehr weine!“

Er lächelte entwaffnend. „Stimmt, Tränen machen mich hilflos. Trotzdem habe ich dir ehrlich meine Meinung gesagt. Du bist in Kunst bestimmt die Beste in der Klasse, ich dagegen hatte letztes

Jahr eine Fünf, und da gehört schon was dazu."

„Mein Lehrer hält mich für übergeschnappt und predigt mir immer wieder, ich solle lieber meine Hausaufgaben machen, anstatt diese verrückten Muster zu zeichnen."

„Typisch Pauker! Mach doch einfach deine Hausaufgaben, und zeichne deine Muster zusätzlich – du brauchst sie ihm ja nicht zu zeigen."

„Dann gefällt dir die Zeichnung also wirklich? Warum?"

Jake runzelte die Stirn und überlegte. „Schwer zu beschreiben. Die Farben ziehen mich unwiderstehlich in ihren Bann. Es ist irgendwie, als ob man auf Schlittschuhen über das Eis fegt – es surrt und zischt, und der Wind pfeift einem um die Ohren."

Sie errötete vor Freude. „Die Mädchen aus meiner Klasse finden mich unmöglich und wollen nichts mit mir zu tun haben. Sally Hatchet hat heute Geburtstag, und ich bin nicht eingeladen worden."

„Deshalb hast du also geweint?"

„So ungefähr. Aber ich bin nun einmal so, wie ich bin, und kann mich nicht ändern."

Einer plötzlichen Eingebung folgend, reichte er ihr den Kopfhörer. „Hör mal."

Angestrengt lauschte sie einige Minuten. „Solche Musik habe ich noch nie gehört."

„Barock, Albinonis Konzert für Oboe. Ich werde dauernd ausgelacht und geärgert, weil ich keinen Rap mag und Klassenbester bin, ohne mich dafür anstrengen zu müssen. Doch da ich der beste Hockeyspieler der Schule bin, traut sich keiner so richtig an mich ran."

„Dann bist du also auch ein Außenseiter", bemerkte sie nachdenklich.

„Richtig, und ich finde das mittlerweile gar nicht mehr so schlimm – falls dir das hilft."

„Mädchen tragen ihre Konflikte nicht mit Fäusten aus, sie schneiden dich einfach, nirgends darfst du mitmachen."

„Weißt du was? Wir könnten uns öfter treffen und etwas zusammen unternehmen. Mein Dad hat ein Boot, wir könnten rudern oder Beeren pflücken. Ich höre dann meine Musik, du zeichnest deine Muster, und niemand quält uns mit Punkrock oder gegenständlichem Zeichnen."

Sie lachte begeistert. „Super! Ich heiße Shaine O'Sullivan und wohne in dem letzten Haus vor den Klippen."

„Und ich bin Jake Reilly, wir wohnen in der Main Street." Feierlich schüttelten sie sich die Hände. „Wenn mein Vater am Wochenende nach Ghost Island segelt, nehmen wir dich mit. Die ersten Walderdbeeren sind dort schon reif, und wir können welche pflücken."

So hat es angefangen, dachte Jake. Shaine und er waren eng befreundet gewesen, bis er mit siebzehn zur Universität ging. Dann hatten sie sich auf Briefe beschränken müssen, denn nahezu fünf Jahre lang war er nicht nach Hause gekommen.

Von brennendem Ehrgeiz besessen, fand er keine Zeit dazu. Er wollte sein Studium möglichst schnell schaffen, spielte in der Hockeymannschaft der Universität und nahm in den Semesterferien Jobs an, um sein Studium zu finanzieren. Als ihn der Tod seines Vaters dann unausweichlich nach Cranberry Cove zurückgeführt hatte, war aus dem Mädchen eine wunderschöne junge Frau geworden. Shaine war ihm fremd und doch vertraut, was sie noch geheimnisvoller und verführerischer machte. Auf den ersten Blick hatte er sich in sie verliebt.

Jake gab sich einen Ruck und klopfte an der Terrassentür. Als Shaine öffnete, hielt er seine Mitbringsel hoch.

„Wein, ein Moltebeerenkuchen und Rosen", erklärte er. „Da es hier ja leider kein Blumengeschäft gibt, sind es nur die letzten Wildrosen von den Klippen."

Shaine schluckte. Hätte er ihr den Mond und die Sterne geschenkt, es hätte sie nicht tiefer rühren können. Es dauerte etwas, bis sie ihrer Stimme wieder traute. „Wie bist du nur an den Kuchen gekommen?“, fragte sie, statt sich zu bedanken.

„Ich habe eben meine Beziehungen.“

„Wenn dein trockener Humor mich doch nur nicht immer zum Lachen bringen würde!“, erwiderte Shaine temperamentvoll. „Wenn ich dich doch bloß nicht so sympathisch finden würde, obwohl ich dich nicht ausstehen kann!“

Dieser unverhoffte Gefühlsausbruch entlockte Jake ein zufriedenes Lächeln. „Beim Rosenpflücken habe ich mir blutige Finger geholt. Pass auf, wenn du die Blumen anfasst, die Dornen sind tückisch.“

„Soll das eine Anspielung sein?“

„Auf dich?“, erkundigte er sich ganz direkt.

„Nein, auf das Leben im Allgemeinen. Wenn du dir sowieso schon die Hände zerkratzt hast, kannst du die Blumen auch noch ins Wasser stellen. Eine Vase findest du oben links im Küchenschrank.“

Er legte den Strauß neben die Spüle und ging auf Shaine zu. „Der Anstand verlangt, dass du dich jetzt bedankst.“

Als wolle sie ihn damit abwehren, hob sie den Kochlöffel. „Haben wir uns je um den sogenannten Anstand gekümmert?“

Mit der einen Hand hielt er sich den Kochlöffel vom Leibe, mit der anderen zog er Shaine zu sich heran. Da sie jedoch ahnte, was er vorhatte, und im letzten Moment den Kopf zur Seite drehte, verfehlte sein Kuss ihren Mund und traf lediglich ihre Wange. Davon unbeeindruckt, ließ Jake die Lippen spielerisch über ihre zarte Kehle gleiten. „Du duftest so gut und fühlst dich so verführerisch an. Schade, dass du einen Sohn und drei Brüder hast, sonst wüsste ich, wohin ich dich jetzt tragen würde.“

„In diesem Nest? Maggie wüsste schon Bescheid, bevor wir im Schlafzimmer wären.“

Shaines Augen hatten mehr Feuer als der schönste Smaragd, und ihr Körper war schlank und biegsam wie ein Schilf im Wind. Jake vergaß die Zurückhaltung, die er sich auferlegt hatte.

„Was du auch in den Medien gelesen oder gesehen haben magst, Shaine, in Wirklichkeit hatte ich nur wenige Affären. Anscheinend bin ich zu anspruchsvoll, denn in den dreizehn Jahren habe ich nicht eine einzige Frau getroffen, die dir das Wasser reichen könnte. Ich brauche dich nur anzusehen ..."

Jemand ließ die Eingangstür laut ins Schloss fallen. Shaine befreite sich aus der Umarmung und rührte hektisch die Soße um. „Würdest du bitte die Rosen ins Wasser stellen, Jake?", bat sie übertrieben laut und deutlich.

Als sein Sohn in die Küche kam, stand Jake an der Spüle und ließ Wasser in die Vase laufen. „Hi, Daniel", begrüßte er ihn.

„Was macht *der* denn hier?" Empört sah Daniel seine Mutter an.

„Ich habe Jake eingeladen", antwortete Shaine ruhig. „In zwanzig Minuten ist das Essen fertig, du hast also noch genug Zeit zum Duschen."

„Er ist mein Vater!"

„Ja." Shaine blieb gefasst. „Daniel, so schwierig das auch für uns beide ist, doch Jake ist nun einmal hier und möchte dich kennenlernen."

„Ich esse in meinem Zimmer, ich muss noch Hausaufgaben machen." Daniel ließ sich nicht erweichen.

„Padric, Connor und Devlin kommen auch, und wir essen alle zusammen an einem Tisch. Also geh jetzt bitte duschen."

Daniel, der schon ebenso groß war wie seine Mutter, sah sie trotzig an, senkte jedoch schnell den Blick. Schlurfend verließ er die Küche und stampfte so heftig auf die Stufen, dass die ganze Treppe wackelte.

„Du hast getan, als hättest du mich aus eigenem Antrieb eingeladen. Vielen Dank dafür, Shaine."

„Ich habe das seinetwegen getan, es ist besser so für ihn. Ich weiß nicht, wer von euch beiden mir mehr auf die Nerven geht. Daniel kritisiert mich, und du stellst mir nach. Wie soll ich dabei das Essen pünktlich auf den Tisch bekommen?“

Wütend, nachgiebig, leidenschaftlich und eigensinnig – gab es eine faszinierendere Frau als Shaine?

„Kann ich dir vielleicht helfen?“, bot er ihr an.

„Leg die Bestecke hin, und stell die Rosen auf die Anrichte.“

Jake tat alles, was sie ihm auftrug, und stampfte gerade Kartoffeln, als Shaines drei Brüder zusammen durch die Terrassentür kamen. Devlin mit dem rotblonden Haar, Padric mit den kastanienfarbenen Locken und Connor, das lange kupferrote Haar im Nacken mit einem Stück Angelschnur zusammengebunden.

Einer blickte feindseliger als der andere, so als hätten sie ihn am liebsten auf der Stelle hinausgeworfen.

Sollten sie es doch versuchen!

Jake begrüßte sie so beiläufig, als wäre er nie aus Cranberry Cove fortgewesen.

„Was hält Daniel eigentlich von der Geschichte?“, erkundigte sich Connor und gab seiner Schwester einen Kuss auf die Wange.

„Nichts. Jakes Anwesenheit passt ihm nicht“, gab sie ehrlich zu.

„So? Dann sind wir ja schon zu viert.“ Padric lächelte vieldeutig.

„Macht doch bitte nicht alles noch komplizierter!“ Shaine drehte sich um. „Connor, würdest du mir bitte ein Glas Wein einschenken? Die Flasche steht im Kühlschrank.“

Er kam ihrem Wunsch nach und pfiff leise durch die Zähne, als er das Etikett betrachtete. „Edel, edel! Wer den wohl mitgebracht hat?“

„Wenn ihr unbedingt darauf besteht, können wir vier nach dem Essen hinausgehen und die Sache unter uns ausmachen. Doch jetzt lasst uns wie zivilisierte Menschen benehmen, sonst machen wir es Daniel nur noch schwerer“, sagte Jake.

„Er hat recht", entschied Devlin. „Setzt euch bitte, Padric und Connor."

Diese Mahlzeit würde Jake sein Leben lang nicht vergessen. Daniel machte nur den Mund auf, wenn er direkt angesprochen wurde, und bekam auch dann nur ein undeutliches Ja oder Nein über die Lippen. Shaine blickte entweder geistesabwesend vor sich hin oder redete wie aufgezogen, was Jake noch nie bei ihr erlebt hatte. Die drei Brüder behandelten ihn übertrieben höflich, und er selbst fühlte sich in die Rolle des neureichen Großstädters gedrängt und konnte nichts dagegen unternehmen. Wie war er nur auf die wahnwitzige Idee gekommen, ein solches Essen vorzuschlagen?

Während Shaine den Tisch abräumte, herrschte peinliches Schweigen. „Der Fisch war einfach köstlich", bemerkte Jake, nur um etwas zu sagen. „Besser als alles, was man in New York zu kaufen bekommt."

„Hat lange genug gedauert, bis dir das aufgefallen ist und du zurückgekommen bist", bemerkte Connor anzüglich.

Jake wich seinem Blick nicht aus. „Ich weiß. Aber noch einmal werde ich diesen Fehler nicht begehen."

„Als ob uns das interessieren würde", murmelte Daniel vor sich hin, Shaine hatte es jedoch trotzdem gehört.

„Das reicht, Daniel!"

Geräuschvoll schob er seinen Stuhl zurück und stand auf. „Ich möchte keinen Nachtisch. Ich mache jetzt meine Hausaufgaben und gehe dann noch kurz zu Art. Ich habe versprochen, ihm bei Algebra zu helfen."

„Lass ihn, hol ihn bitte nicht zurück", bat Shaine Devlin, nachdem Daniel aus dem Zimmer gestürmt war. Sie sah müde und abgespannt aus. „Wir brauchen nicht so zu tun, als ob dies ein trautes Familientreffen wäre – das ist es nämlich nicht."

„Ich hätte nicht kommen sollen", stellte Jake fest, dem Shaines Kummer zu Herzen ging.

„Mag sein, aber nun sind wir einmal hier und werden auch den

Kuchen essen. Könntest du ihn bitte aus dem Ofen holen, Padric? Und du, Connor, mach bitte Tee."

„Daniel wird sich schon daran gewöhnen, einen Vater zu haben, es wird nur eine Weile dauern", bemerkte Devlin ausgleichend.

Das war das erste Mal an diesem Abend, dass Jake so etwas wie Unterstützung erfuhr, und es machte ihm Mut. „Den Rest meines Lebens werde ich alles tun, um die Fehler der Vergangenheit wieder gutzumachen, das verspreche ich", erklärte er. Eisiges Schweigen der vier Geschwister war jedoch sein einziger Lohn.

So lecker der Kuchen auch schmeckte, Jake versagte es sich, den einmaligen Geschmack der Moltebeeren zu loben, um nicht wieder einen bissigen Kommentar zu erhalten. Er trank gerade den letzten Schluck Tee, als das Telefon klingelte.

Shaine lief in die Küche, doch sie ließ die Türen offen und war deutlich zu verstehen.

„Cameron!", rief sie freudig überrascht aus. „Wie geht es dir?"

Jake runzelte die Stirn. Wer war Cameron, und womit hatte er diesen liebevollen Tonfall verdient? War er Shaines Freund? Hatte sie überhaupt einen? Auf diese Idee war er bisher noch gar nicht gekommen. Hatte er die Situation falsch eingeschätzt, war er sich Shaines zu sicher gewesen?

„Du bist wo?", fragte sie jetzt aufgeregt. „Toronto? Aber weshalb … Wirklich? Schon so schnell? Oh Cameron, ich kann es kaum fassen! Bitte ruf mich sofort an, wenn du es weißt, und grüß deine Mutter schön von mir … Jaja, wir reden später darüber. Bis dann."

Im Laufschritt kam Shaine zurück ins Esszimmer. Sie war wie ausgewechselt und strahlte über das ganze Gesicht. „Es geht um einen Wettbewerb in Toronto! Cameron hat eins meiner Fensterbilder eingereicht. Die Jury war begeistert, und wahrscheinlich darf ich teilnehmen. Cameron erfährt es in den nächsten Tagen. Toronto – einmal quer durch ganz Kanada!" Sie war ganz außer sich.

Jake gratulierte, war jedoch mit seinen Gedanken woanders.

Wenn Cameron ausschließlich Shaines Agent war, weshalb kannte sie dann seine Mutter? Als Shaine nach oben stürmte, um Daniel von ihrem Glück zu erzählen, brachte er das Geschirr in die Küche und spülte die Gläser.

Eins war klar, er, Jake, würde heute Abend länger bleiben als Padric, Connor und Devlin. Es wurde Zeit, Shaine einige Fragen zu stellen.

6. KAPITEL

Shaine kam wieder nach unten und brachte Daniel mit. „Ich bringe dich zu Art", bot Devlin ihm an. „Und euch beide fahre ich auch nach Hause", wandte er sich an seine Brüder. „Bis dann, Jake."

Shaine und Jake standen plötzlich allein in der Küche.

„So gut wie heute habe ich schon lange nicht mehr gegessen, doch ansonsten war der Abend eine Katastrophe. Hätte Devlin sich nicht um Ausgleich bemüht, wäre es noch viel schlimmer gekommen", sagte Jake.

Sie griff zum Geschirrtuch und trocknete ein Glas ab. „Devlin ist der Älteste und nicht so ein Hitzkopf wie Padric und Connor. Vielleicht, weil ihn der Verlust von Mum und Dad am schwersten getroffen hat."

„Es muss für euch alle eine schlimme Zeit gewesen sein."

„Ja." Obwohl das Glas längst glänzte, polierte sie es immer noch. „Mum und Dad waren aus Corner Brook gekommen und schon in Sichtweite des Hauses ... es war so ein dummer Unfall!"

„Und wo warst du zu dem Zeitpunkt?"

„Noch an der Uni. Mum und Dad hatten darauf bestanden, sich um Daniel zu kümmern, damit ich trotz des Babys studieren konnte. Am Tag vor dem Unfall hatte ich sie angerufen und ihnen gesagt, dass die Situation für mich unerträglich sei. Ich wollte mein Studium abbrechen, nach Cranberry Cove zurückkehren und mich selbst um meinen Sohn kümmern."

Sie hielt das Glas gegen das Licht und betrachtete es. „Manchmal frage ich mich, ob das der Grund für den Unfall war. Dad hat sich nicht so aufs Fahren konzentriert, wie er es normalerweise tat."

Mitfühlend nahm Jake sie in die Arme und drückte sie. „Gegen Blitzeis ist selbst der beste Fahrer machtlos. Du brauchst dir wirklich keine Vorwürfe zu machen."

„Ich habe noch mit niemandem darüber gesprochen, doch dir

konnte ich schon immer alles erzählen, Jake." Sie legte die Stirn an seine Schulter. „Ich mache mir solche Sorgen um Daniel."

Zärtlich streichelte er ihre Wange. „Er wird sich bestimmt an mich gewöhnen, da wird Devlin schon recht haben." Er schloss sie fester in die Arme und küsste ihr Haar. „Es ist schön, dich so zu halten, hier gehörst du hin."

Sie stemmte die Hände gegen seine Brust. „Weißt du eigentlich, welch grausames Spiel du mit mir treibst?", fragte sie verzweifelt. „Ich kann nicht mit dir ins Bett gehen! Ich wohne hier und muss auf meine Familie und die Nachbarn Rücksicht nehmen, die nichts Besseres zu tun haben, als sich über mich den Mund zu zerreißen. Du kannst jederzeit gehen, ich nicht."

Er legte ihr die Hand unters Kinn und zwang sie, ihn anzusehen. „Bitte weine nicht", bat er rau. „Ich halte das nicht aus."

Sie machte sich frei. „Meinst du etwa, ich weine absichtlich? Ausgerechnet ich, die Heulsusen nicht ausstehen kann?"

Mit dem Zipfel des Geschirrtuchs trocknete er ihr die Augen. „So ist es schon besser", meinte er und ihr lächelte aufmunternd zu.

Selbstvergessen sah Shaine ihn an, hob die Hand und berührte zärtlich die feinen Fältchen in seinen Augenwinkeln. „Du hast mir gesagt, ich sei reifer geworden, doch auch du bist nicht mehr so unbeschwert wie damals. Du hast eine steile Karriere gemacht und bist ein reicher, mächtiger Mann geworden. Das war bestimmt nicht immer einfach."

Jake warf seine letzten Vorbehalte über Bord und stellte die Frage, die ihn all die Jahre so gequält und belastet hatte. „Warum bist du damals nicht mit mir gegangen, Shaine? Hast du mich wirklich nicht genug geliebt, wie du mir weismachen wolltest?"

Shaine hielt den Atem an. Genau in diesem Punkt konnte und wollte sie ihm die Wahrheit nicht sagen. „Es ist so lange her, Jake. Lass uns doch die alten Geschichten nicht wieder aufwärmen. Wir haben andere Probleme. Es geht um Daniel, nicht um unsere eigenen Gefühle."

„Wie willst du das voneinander trennen? Wir sind Daniels Eltern, Shaine!“

„Dass du ein richtiger Vater bist, musst du erst noch unter Beweis stellen.“

„Ich habe es dir versprochen.“

„Worte zählen nichts, es kommt auf Taten an.“ Sie legte den Kopf zurück und blickte ihn herausfordernd an.

„Ich liebe dein Temperament, Shaine! Kommst du mit Vernunft nicht durch, versuchst du es mit den Methoden einer Wildkatze.“

„Ich bin durch eine harte Schule gegangen, weil ich es im Leben fast ausschließlich mit Männern zu tun hatte: mit dir, drei Brüdern und einem Sohn.“

„Und Cameron“, ergänzte er.

„Cameron würde zu Tode erschrecken, wenn ich ihm gegenüber meinem Temperament die Zügel schießen lassen würde. Glücklicherweise ist er jedoch lieb und nett und würde mich niemals herausfordern.“

„Er ist also lieb und nett.“ Jake seufzte erleichtert. „Damit scheidet er als Konkurrent aus, denn er würde dich zu Tode langweilen. Wahrscheinlich schon in den Flitterwochen.“

„Für jemanden, der mich dreizehn Jahre nicht gesehen hat, weißt du erstaunlich viel über mich.“

„Ich bin eben ein guter Zuhörer.“ Er wickelte sich eine Locke, die ihr in die Stirn gefallen war, um den Finger. „Normalerweise reagieren die Frauen verstört, wenn ich aus der Rolle des Gentlemans falle, du dagegen lebst dann erst richtig auf.“

„Weil du mir nichts anhaben kannst, Jake Reilly.“

„Das hättest du lieber nicht sagen sollen, Shaine.“ Er nahm das Glas, das sie immer noch in der Hand hielt, und stellte es auf den Tisch. Besitzergreifend legte er ihr die Hände auf die Hüften, zog sie dicht zu sich heran und senkte langsam den Kopf. Er küsste sie zärtlich und spielerisch. Erst als er fühlte, wie ihr Widerstand schwand, verstärkte er den Druck und wurde fordernd. Shaine reagierte, wie er erwartet hatte. Hingebungsvoll schmiegte sie sich an ihn und erwiderte seinen Kuss mit aller Leidenschaft.

Jake spürte, wie ihm die Kontrolle zu entgleiten drohte. Shaine war so schön, so sinnlich und verführerisch, und er sehnte sich so sehr nach ihr, dass es schmerzte. Unter Aufbietung seiner ganzen Willenskraft gelang es ihm schließlich, seine Lippen von ihren zu lösen und den Kopf zu heben. Was für faszinierende Augen sie hatte! Er fühlte, wie sie bebte, und hatte Mühe, seine Leidenschaft zu beherrschen.

„Daniel kann jeden Moment zurückkommen, und ich kann die Finger nicht von dir lassen", meinte er verzweifelt.

„Und ich? Ich habe gar nicht mehr an ihn gedacht." Sie sah ihn an. „Was bin ich bloß für eine Mutter!"

„Eine Mutter, die auch eigene Bedürfnisse hat."

„Genau das kann ich mir nicht erlauben! Jake, bitte geh! Geh in dein Motel, nach New York, Singapur oder sonst wohin, aber bitte geh!"

„In meinem Zustand komme ich noch nicht einmal bis zur Tür."

Errötend drehte sie sich um und ging zur Spüle. „Warum musstest du nur zurückkommen? Mein Leben war so schön in Ordnung, der Laden läuft gut, ich habe meine künstlerische Bestimmung gefunden, und Daniel war ein glücklicher Junge. Das hast du mir alles zerstört!"

„Ordnung? Ist das alles, was du vom Leben erwartest?" Er beobachtete, wie sie einen Teller mit unnötig viel Kraft abschrubbte und unsanft auf das Abtropfgitter stellte. „Träumst du davon, mir das Geschirr an den Kopf zu werfen?", fragte er sanft.

„Es sind die anderen Träume, die mir das Leben schwer machen", erwiderte sie brüsk.

Er stellte sich so dicht hinter sie, dass sie ihn spüren musste, und ließ langsam die Hüften kreisen.

„Hör auf damit, oder ich kippe dir das Spülwasser ins Gesicht!"

Jake hielt es für geraten, sich zurückzuziehen und Shaine ihre überschüssigen Energien am Abwasch abreagieren zu lassen. Es war eine günstige Gelegenheit, sich den neuen Anbau am Haus anzusehen, der schon beim ersten Besuch sein Interesse geweckt hatte.

Kurz darauf fand er seine Vermutung bestätigt: Shaines Studio war hier untergebracht. Als er das Licht anknipste, stand er in einem wahren Feuerwerk von Farben. An einer Wand hingen die Fensterbilder, mit denen Shaine ganz offensichtlich ihr Brot verdiente: Möwen, Leuchttürme, Wale und Seeanemonen, Motive, die bei Touristen bestimmt reißenden Absatz fanden.

Die Glasmosaike, die auf Staffeleien vor dem großen Fenster standen, waren es jedoch, die ihm den Atem verschlugen. Ob es sich um rein geometrische Muster oder um gegenständliche Darstellungen handelte, alle trugen sie die Handschrift einer begnadeten Künstlerin.

„Habe ich dir erlaubt, im Haus herumzuschnüffeln?“, vernahm er Shaines gereizte Stimme hinter sich.

„Diese Glasfenster sind zauberhaft schön, Shaine“, überging Jake die Bemerkung. „Du hast unglaublich viel erreicht: deine drei Brüder versorgt, Daniel großgezogen, dir eine Existenz mit dem Laden aufgebaut und diese Kunstwerke geschaffen. Nicht nur ich habe also bis zum Umfallen gearbeitet, um Lebenstraume wahr zu machen.“

„Sind wir nicht aus diesem Grund Freunde geworden, weil wir uns schon als Kinder so ähnlich waren?“

„Ja, und so anders als die anderen.“ Jake war ganz in die Betrachtung eines Bildes versunken. Es zeigte einen Sonnenuntergang und faszinierte ihn besonders, weil die Farben unbeschreiblich intensiv leuchteten. Unwiderstehlich fühlte er sich zu Shaine, der neuen, erwachsenen Shaine, der Frau, Künstlerin und Mutter, hingezogen. Er war machtlos dagegen. Wie leicht er es im Vergleich zu ihr gehabt hatte! Er war frei gewesen, sein eigener Herr, keine Verantwortung oder Pflichten hatten seinen Spielraum eingeengt.

Doch sollte Daniel ihn weiterhin ablehnen, würde er, Jake,

Shaine nicht zurückerobern können, denn sie würde zu ihrem Sohn halten.

Über diese Möglichkeit genauer nachzudenken verbot er sich. Er musste seinen Sohn unbedingt für sich gewinnen, obwohl er im Moment keine Ahnung hatte, wie er das anstellen sollte.

„Ich habe Daniels Turnierplan am Kühlschrank hängen sehen und werde morgen Nachmittag nach Corner Brook fahren, um mir das Spiel anzuschauen", meinte er, einer plötzlichen Eingebung folgend. „Vielleicht kann ich ihn auf diese Weise überzeugen, dass ich an seinem Leben teilhaben möchte, ohne mich einzumischen. Ich kann diesmal nur gut eine Woche bleiben, denn ich habe dringende Termine in Hongkong und New York. Mal sehen, wie sich die Dinge bis dahin entwickeln."

„Und wenn sie sich nicht entwickeln? Wenn er seine Haltung nicht ändert? Wirst du auch dann zurückkommen, Jake?"

„Ja." Müde fuhr er sich mit beiden Händen durchs Haar. „Ich habe etliches wiedergutzumachen. Und jetzt gehe ich – nein, ich gebe dir keinen Abschiedskuss, sonst haben wir gleich wieder ein Problem."

Shaine fühlte sich plötzlich einsam und elend. „Wir hätten uns damals auf der Insel nicht lieben sollen. Wie haben wir nur so verantwortungslos sein können?"

Jake hätte sie am liebsten sofort wieder in die Arme genommen, so verzweifelt klang sie, doch er beschränkte sich darauf, mit Worten zu trösten.

„Wir waren verliebt und zu jung, um an Konsequenzen zu denken. Trotzdem bereue ich nichts. Oder wäre es dir lieber, Daniel würde nicht existieren?"

Schockiert sah sie ihn an. „Wie kannst du das nur fragen!"

„Na also. Dann bis morgen."

Er trat hinaus in die feuchtkalte Nacht und hörte das Nebelhorn. Es klang wie eine Warnung, die speziell an ihn gerichtet war. Sieh dich bloß vor, alter Junge, ermahnte er sich.

Im Eisstadion von Corner Brook mischte sich Jake unauffällig unter die Zuschauer. Daniel hatte ihn zwar sofort entdeckt, ignorierte ihn jedoch. Unglaublich schnell jagte er über das Eis und zeigte eine derartige Einsatzbereitschaft, dass Jake mehr als einmal der Atem stockte.

Daniels Mannschaft gewann dann auch verdientermaßen. Nach Spielende aß Jake eine Kleinigkeit am Imbissstand, sah sich noch etwas in Corner Brook um und fuhr dann zurück nach Cranberry Cove und besuchte Maggie und Marty. Er wusste genau, warum er diese Verzweiflungstat begangen hatte: um das Treffen mit Shaine möglichst lange aufzuschieben.

Der Grund für seine Verzögerungstaktik war ihm klar: Er fürchtete sich vor einer Konfrontation mit seinem Sohn.

Als er das Auto dann endlich vor Shaines Haus parkte, war es schon längst dunkel. Der Nebel hatte sich inzwischen aufgelöst, es war sternenklar, und die hell erleuchteten Fenster schienen ihn willkommen zu heißen. Jake hatte kaum geklopft, als die Tür auch schon aufgerissen wurde. Shaine, blass wie eine Wand, wirkte verstört. „Du? Ich dachte, es wäre Padric!"

„Warum Padric?"

„Hast du es nicht gehört? Bist du nicht deshalb gekommen?"

Sie sprach abgehackt und schien einem Nervenzusammenbruch nah. Jake legte ihr den Arm um die Schultern und führte sie ins Haus. „Ich habe keine Ahnung, wovon du sprichst, Shaine. Was ist passiert?"

„Padric ist heute Morgen zur Jagd gegangen und wollte am frühen Nachmittag zurück sein. Heute Abend sollte er an einem wichtigen Billardturnier teilnehmen, das er bestimmt freiwillig niemals versäumen würde. Trotzdem ist er noch nicht zurück, seine Freunde suchen schon nach ihm."

„Hast du eine Taschenlampe? Wo wollte er denn hin?"

„Das wissen wir eben nicht genau! Wahrscheinlich ist er irgendwo in dem Gebiet hinter Mulligans Farm, wo das Wild zum Black Lake wechselt. Dort jagt er am liebsten."

In diesem Moment hielt ein Kleinbus vorm Haus. Daniel stieg aus, den Segeltuchsack mit der Hockeyausrüstung auf dem Rücken. Als er Jake mit Shaine an der offenen Tür stehen sah, zögerte er.

Shaine ging auf ihn zu und gab ihm einen Kuss auf die Wange. „Padric ist heute Morgen jagen gegangen und wird vermisst. Eine Suchmannschaft ist schon auf dem Weg."

„Nein!" Er wurde plötzlich ebenso blass wie seine Mutter.

„Weißt du, wo unsere Taschenlampe ist, Daniel?"

Er ging zur Garderobe und holte sie. „Ich habe den Akku gerade erst aufgeladen. Wo ist Devlin? Ich helfe ihm beim Suchen."

„Nein! Du bist noch viel zu jung, außerdem hast du morgen Schule."

„Das ist ungerecht, Mum! Ich …"

„Warum kommt er nicht mit mir?", schlug Jake vor. „Vier Augen sehen mehr als zwei."

Wütend sah Shaine ihn an. „Das ist gegen die Abmachungen! Wir …"

„Ich möchte gehen, Mum."

„Also gut." Shaine gab sich geschlagen. „Jake, versprich mir bitte, dass du Daniel nicht aus den Augen lässt. Ich habe mich bereit erklärt, am Telefon zu bleiben, bis Padric gefunden ist, um wichtige Nachrichten weiterzuleiten."

„Du hast gehört, was deine Mutter gesagt hat, Daniel. Was auch passiert, du bleibst auf jeden Fall an meiner Seite. Gib mir dein Ehrenwort darauf."

Daniel blickte verschlossen. „Ich hole mir nur noch schnell die Stiefel und einen anderen Pullover."

„Daniel", sagte Jake ruhig, „wenn du mir nicht dein Ehrenwort gibst, setzt du keinen Fuß vor die Tür!"

Aufsässig sah Daniel seinem Vater in die Augen, senkte dann jedoch den Blick. „Okay, ich laufe dir nicht weg", versprach er.

„Dann zieh dich um. Ich warte hier, meine Jacke und Stiefel liegen im Auto. Mach dir keine unnötigen Sorgen", wandte er sich dann an Shaine und schloss sie kurz in die Arme. „Spätestens um Mitternacht liegt Padric wohlbehalten in seinem Bett, glaub es mir."

Kurze Zeit später erreichten Jake und Daniel Mulligans Farm. Schon von Weitem sahen sie die vielen Wagen, die auf einer Weide geparkt waren. Ein Polizist mit einem Funkgerät in der Hand empfing sie.

„Wir haben noch keine Spur von ihm. Nachdem wir das Seeufer und Corkum Hill abgesucht haben, geht jetzt eine Gruppe in nördliche, eine andere in westliche Richtung. Kennen Sie sich hier aus?"

„Ich bin hier groß geworden und kenne die Gegend wie meine Westentasche." Jake überlegte einen Moment. „Ich kann mich an eine Stelle erinnern, an der ich immer Wild angetroffen habe. Hier." Er zeigte mit dem Finger auf die Karte, die der Polizist auf der Motorhaube seines Jeeps ausgebreitet hatte. „Dort werden Daniel und ich suchen. Zwei Stunden werden wir dafür schon brauchen."

„Wenn wir Padric gefunden haben, geht die Feuerwehrsirene, die werden Sie bis dort hören können."

„Fertig, Daniel?", fragte Jake. „Es ist gut möglich, dass ich mich irre und wir nur unsere Zeit verschwenden. Ist dir das klar?"

Daniel nickte und passte sich den Schritten seines Vaters an, der zielstrebig voranging. Mit den Jahren hatte sich die Vegetation verändert, die Bäume waren höher und das Unterholz dichter geworden, doch Jake kannte jede Senke und jeden Felsen.

„Ich kenne eine Höhle, in der ich in deinem Alter heimlich geraucht habe. Dieses Versteck habe ich natürlich niemandem verraten, und meine Theorie, dass Padric dort Unterschlupf gesucht haben könnte, ist ziemlich gewagt, doch etwas anderes fällt mir nicht ein."

Daniel gab ein Geräusch von sich, das sich durchaus als Zustimmung werten ließ, und Jake fiel ein Stein vom Herzen. „Nur noch knapp einen Kilometer", meinte er und konzentrierte sich wieder auf den Weg.

Dies sind meine Wurzeln, im wahrsten Sinne des Wortes, dachte er, als der Pfad über das Wurzelwerk einer mächtigen Fichte führte. Er hätte nicht so radikal mit seiner Vergangenheit brechen und eher wieder zurückkommen sollen.

Dann hätte er schon früher von Daniel erfahren, hätte ihn vielleicht mit fünf, sieben oder neun kennengelernt und wäre als Vater akzeptiert worden. Doch sein verdammter Stolz hatte ihn daran gehindert.

Endlich tauchte das Flussbett im Schein der Taschenlampe auf. „Gleich haben wir es geschafft", bemerkte er. „Für jemanden, der heute Nachmittag wie ein Besessener Hockey gespielt hat, bist du erstaunlich gut in Form."

Ohne darauf zu antworten, kletterte Daniel das Ufer hoch. Jake erklomm das letzte Stück des Hügels und blieb an der höchsten Stelle stehen. „Padric!", rief er immer wieder, während er sich einmal um sich selbst drehte und die Hände wie einen Schalltrichter benutzte.

Laub raschelte, als ein Vogel aufgeschreckt aus einer Baumkrone davonflog. Doch noch ein anderes Geräusch, ein leises Stöhnen, war zu vernehmen.

„Genau vor uns", rief Daniel aufgeregt.

„Da ist auch die Höhle, komm!" Mit frischer Kraft bahnte sich Jake einen Weg durch das Dickicht, das im Laufe der Jahre den Eingang zu der Höhle überwuchert hatte.

„Ich liege oberhalb des Eingangs", meldete Padric sich schwach.

Jake drehte sich um und reichte Daniel die Hand, um ihn zu sich auf den steilen Felsen zu ziehen. Dann entdeckte er Padric, der gekrümmt zwischen den Gesteinsbrocken lag. Sofort kniete er sich neben ihn. „Was ist passiert?"

„Reine Dummheit", erwiderte Padric mit schmerzverzerrtem Gesicht. „Ich habe nicht aufgepasst, bin gestolpert und so unglücklich auf eine Felskante gefallen, dass ich mir das Schienbein gebrochen habe."

„Gib deinem Onkel bitte etwas zu trinken", forderte Jake Daniel auf. „Ich habe deiner Mutter zwar versprochen, dich nicht aus den Augen zu lassen, aber würdest du bei Padric bleiben, während ich Hilfe hole?“

„Natürlich.“ Daniel kramte in seinem Rucksack. „Mum hat mir auch Müsliriegel eingepackt. Möchtest du einen, Padric?“

„Hat sie dir nicht zufällig auch eine Dose Bier mitgegeben?“ Padric zwinkerte ihm zu.

„Wo denkst du hin? In meinem Alter darf ich so etwas noch nicht einmal anfassen.“ Er lächelte seinem Onkel verschwörerisch zu, und Jake wurde regelrecht eifersüchtig. Wenn Daniel doch nur mit ihm so vertraut umgehen würde!

„Ich beeile mich, so gut ich kann, doch bis sich die Sanitäter mit einer Trage bis hierher durchgeschlagen haben, werden einige Stunden vergehen.“

„Woher wusstest du eigentlich, wo ich bin?“, erkundigte sich Padric.

„Das war reine Eingebung. Als Kind war ich oft hier, und jedes Mal habe ich Wild gesehen. Ich habe niemandem davon erzählt, dachte mir jedoch, wenn jemand die schönsten Stellen im Wald kennt, dann du.“

„Danke, Kumpel. Die Nacht hier verbringen zu müssen hätte ich nicht so toll gefunden.“

„Ich hab es gern getan“, antwortete Jake ehrlich. „Also, dann bis später.“

Schon knapp zwei Stunden später stand Jake wieder neben Padric, während sich die beiden Rettungskräfte noch damit abmühten, einen Weg für die Trage durch das Gestrüpp zu bahnen.

Daniel war eingeschlafen, den Kopf an Padrics Brust. Jake blieb unvermittelt stehen, so sehr rührte ihn die Szene. Wie sehr er seinen Sohn liebte!

Padric lächelte unter Schmerzen. „Ich hätte schwören können, du würdest nie ein richtiger Vater werden, Jake, doch anscheinend war das eine Täuschung.“

„Danke, Padric."

„Ich habe übrigens deinen Rat befolgt und Shaine gefragt, weshalb du sie damals zurückgelassen hast. Sie hat mich angefaucht, das gehe mich nichts an und ich solle mich um meine eigenen Angelegenheiten kümmern."

Jake lachte. „Shaine, wie sie leibt und lebt."

Die nächsten Stunden waren sehr anstrengend, besonders für Padric, der trotz Schmerzmittel Qualen zu leiden schien. Wann immer der Weg es zuließ, ging Daniel neben der Trage und hielt die Hand seines Onkels.

Shaine wartete schon neben der Ambulanz, die auf der Weide bereitstand. Sofort lief sie zu Padric und kniete sich neben die Trage. „Wie geht es dir, Padric? Ich habe mir solche Sorgen um dich gemacht! Mir ist ein Stein vom Herzen gefallen, als sie dich endlich gefunden hatten."

„Ich bin dummerweise auf einem bemoosten Felsen ausgerutscht und habe mir das Schienbein gebrochen."

„Du bist und bleibst ein großer Junge! Einfach im Wald zu verschwinden und niemandem zu sagen, wo du jagen willst! Wenn Jake nicht gewesen wäre, würdest du jetzt immer noch da draußen liegen. Oh Padric, ich bin so froh, dass dir nichts Ernsthaftes passiert ist. Mach so etwas bloß nicht noch einmal!"

Den Kopf an seine Schulter gelehnt, ließ sie ihren Tränen freien Lauf. Padric klopfte ihr beruhigend auf den Rücken und blinzelte Jake zu. „Lass mich los, altes Mädchen, ich brauche jetzt einen Arzt und einen ordentlichen Schluck Rum."

Shaine sprang auf und umarmte Jake. „Wie kann ich dir nur danken?" Sie schluchzte immer noch. „Ich war schon fast verrückt vor Angst, als ich endlich den Anruf erhielt, dass du und Daniel ihn gefunden hattet."

Am liebsten hätte er sie enger an sich gezogen, unterließ es jedoch, weil Shaine und er im Mittelpunkt des Interesses standen. Alle Helfer sahen zu ihnen herüber, nur Daniel nicht. Der blickte betont gelangweilt in die entgegengesetzte Richtung. „Ich habe gern geholfen“, bemerkte Jake deshalb nur ausdruckslos.

Shaine hatte sich inzwischen gefasst und war wieder ganz die Alte. Energisch nahm sie die Sache in die Hand und erteilte Anweisungen. „Daniel, du bleibst bitte bei Jake, ich fahre mit Padric, der zum Röntgen ins Krankenhaus nach Corner Brook muss. Hier kommt auch schon Dr. McGillivray!“

Der Mann, der in den Lichtkegel der Scheinwerfer trat, hatte sich nicht viel verändert. Seine Figur war vielleicht etwas fülliger geworden, und sein Haar wies graue Strähnen auf. Doch er trug noch dieselbe Windstoßfrisur wie damals, und seine Augenbrauen waren noch ebenso schwarz und buschig. „Hallo, Doc“, begrüßte Jake ihn.

Dr. McGillivray, der sich ganz auf seinen Patienten konzentriert hatte, sah auf. „Jake Reilly!“ Sehr begeistert klang das nicht. „Ich wusste gar nicht, dass Sie hier sind.“

„Dann sind Sie die berühmte Ausnahme, die die Regel bestätigt“, antwortete Jake leichthin, obwohl er irritiert war. Täuschte er sich, oder blickte McGillivray wirklich eher schuldbewusst als freudig überrascht? Doch weshalb sollte der alte Hausarzt aus Cranberry Cove ausgerechnet ihm gegenüber Schuldgefühle haben? „Ich werde Sie in den nächsten Tagen einmal besuchen“, fügte er spontan hinzu.

„Bitte tun Sie das“, antwortete der Arzt übertrieben begeistert und wandte sich dann wieder an Padric, um ihm vor dem Transport noch ein Schmerzmittel zu spritzen.

„Wirklich vielen, vielen Dank für deine Hilfe, Jake.“ Bevor Shaine in die Ambulanz stieg, umarmte sie ihn noch einmal.

Jake nickte, denn mehr blieb ihm bei all den Zuschauern gar nicht übrig. Doch er erwartete mehr als nur Dankbarkeit von Shaine.

Aber was genau war es, was er von ihr wollte?

Shaine kam gegen drei Uhr morgens nach Hause, und Devlin und Connor begleiteten sie. Padric hatte das Schienbein gebrochen und musste die Nacht über im Krankenhaus bleiben.

Daniel, so berichtete Jake, sei sofort ins Bett gegangen. Die Tatsache, dass sein Sohn kein einziges Wort mit ihm gewechselt hatte, verschwieg er lieber. Nachdem er Devlins und Connors eher unterkühlte Dankesbezeugungen entgegengenommen hatte, verabschiedete er sich sofort.

Am folgenden Morgen schlief Jake aus, hörte sich den Wetterbericht an, legte sich einen Plan zurecht und erledigte noch einige Telefonate.

Am übernächsten Tag betrat er pünktlich um halb zehn Shaines Laden. Jenny, die Verkäuferin, lächelte ihm verschwörerisch zu. „Shaine ist hinten und packt Bestellungen ein“, verriet sie ihm.

„Danke.“ Jake betrat das Büro und schloss die Tür hinter sich.

Im ersten Moment sah es so aus, als würde Shaine sich freuen, doch dann verschloss sie sich. „Wie du siehst, habe ich zu tun“, meinte sie unfreundlich.

„Das kann warten, du kommst jetzt mit“, gab er im gleichen Tonfall zurück. „Wenn du nicht möchtest, dass der ganze Laden hört, wie wir uns streiten, begleite mich lieber freiwillig. Mein Auto steht vor der Tür, ich habe alles arrangiert.“

„Du bist nicht mein Boss, und hier herrschen keine New Yorker Sitten.“

„Wie recht du hast! Kommst du nun, oder muss ich dich holen?“

„Hör bitte auf mit dem Unsinn!“

Mit zwei Schritten war Jake bei ihr, nahm sie auf den Arm und öffnete die Tür mit dem Ellenbogen. Unter den staunenden Blicken der Kunden – Maggie war glücklicherweise nicht darunter – trug er Shaine durch den Laden und blieb sogar noch einen Moment stehen, um sich von Jenny zu verabschieden.

„Ich kann doch die arme Jenny nicht den ganzen Tag allein lassen!“, protestierte Shaine, als er sie neben dem Auto abgesetzt hatte, sie jedoch in weiser Voraussicht noch an der Hüfte festhielt.

„Das ist überhaupt kein Problem. Sie hat sich etwas zu essen mitgebracht und wird den Laden pünktlich um sechs schließen. Das habe ich mit ihr gestern alles besprochen. Und Daniel kommt auch erst abends nach Hause, weil seine Mannschaft heute Nachmittag ein Spiel in St. Anthony hat. Also steig ein." Er öffnete ihr die Beifahrertür.

„Willst du mich etwa entführen? Wenn du dir einbildest, ich würde mit dir ins Bett steigen, hast du dich gewaltig getäuscht, das sage ich dir!"

„An ein Bett habe ich nun wirklich nicht gedacht. Wenn die Zeit dafür gekommen ist, werde ich dich nicht zu entführen brauchen, verlass dich drauf."

Gezwungenermaßen stieg sie ein. „Bin ich denn dein Schoßhündchen, das auf Kommando Männchen macht?", meuterte sie. „Ist dir eigentlich bewusst, dass ganz Cranberry Cove heute beim Mittagessen über uns tratschen wird?"

„Und wenn schon, wir werden weit weg sein und es nicht hören." Er setzte sich hinters Steuerrad und fuhr auf direktem Weg zum Hafen, wo er den Wagen parkte. „Im Kofferraum liegt etwas zum Umziehen, und einen Picknickkorb habe ich natürlich auch dabei."

Jake stellte zufrieden fest, wie ihre Augen aufleuchteten und sie leise lächelte. „Es ist wirklich ein herrlicher Tag", bemerkte sie versöhnlich.

„Auch das Wetter habe ich extra für dich bestellt!"

Shaine lachte. „Du bist wirklich größenwahnsinnig! Trotzdem muss ich dir einen Dämpfer aufsetzen. Um drei muss ich bei Padric sein, um ihn zu versorgen."

„Devlin wird für dich gehen."

„Anscheinend hast du ganz Cranberry Cove für deine Intrige gewonnen." Shaine seufzte und fügte sich endgültig.

Tom Banks, der ehemalige Partner von Jakes Vater, kam ihnen schon entgegen. „Das Boot ist startklar, ihr könnt gleich loslegen. Muss ich dir noch etwas erklären?"

„Nein, Tom. Es gibt Dinge im Leben, die man nie verlernt."

Die Sonne glitzerte auf dem Wasser, die Wellen schwappten gegen den hölzernen Bootssteg, und Jake atmete tief ein. „Gibt es etwas Schöneres als den Geruch von Diesel, Tang und Salzwasser?"

„Ich bin auch schon zwei oder drei Jahre nicht mehr draußen auf dem Meer gewesen", gestand Shaine.

„Dann sollten wir uns beeilen." Jake half ihr über die Leiter an Bord und reichte ihr das Gepäck, bevor auch er ins Boot sprang. Tom löste die Leinen. Jake drehte den Zündschlüssel um und lächelte zufrieden, als der Motor sofort ansprang und rund und gleichmäßig tuckerte.

„Prima in Schuss, deine *Gertrude*", rief er Tom zu. „Noch einmal vielen Dank, und spätestens um vier hast du sie wieder."

Shaine verschwand in der Kabine und kam kurz darauf in legerer Garderobe zurück: Shorts, Hemdbluse und Treckingsandalen statt Leinenkleid und eleganter Sandaletten. Sie machte es sich auf der Bank an der Reling bequem, lächelte Jake glücklich an und hielt das Gesicht in den Fahrtwind.

7. KAPITEL

Eine halbe Stunde später legte Jake vor Ghost Island an. Shaine sprang auf den Steg und vertäute die *Gertrude.*

„Hier hat sich ja wirklich etwas getan“, meinte Jake und reichte Shaine den Picknickkorb.

„Ja, dieser Anleger ist erst vor zwei oder drei Jahren entstanden. Ich bin heute das erste Mal wieder hier, Jake.“

„Dann freue ich mich doppelt, dass du mitgekommen bist.“ Er bückte sich nach den beiden Körben, die er mitgebracht hatte. „Wenn wir Glück haben, finden wir vielleicht noch Moltebeeren oder sogar Krähenbeeren.“

Ihr erleichtertes Aufatmen entging ihm nicht. „Shaine, ich habe dich wirklich nicht hierhergebracht, um dich zu verführen“, erklärte er nachdrücklich. „Ich dachte nur, einige Stunden ganz allein für uns würden uns guttun.“

„Zwei gute Freunde, die zusammen Beeren pflücken.“

So einfach ist es nun auch wieder nicht, dachte Jake, nickte jedoch zustimmend.

Nachdem sie zwei Stunden einträchtig nebeneinander die kleinen orangefarbenen Beeren gesammelt hatten, reckte sich Shaine. „Ich habe Hunger“, erklärte sie.

„Dann lass uns essen.“ Jake packte das Picknick aus, das ihm der Koch des Motels zusammengestellt hatte.

„Natürlich, Sandwich mit Hähnchenfilet!“ Shaine nahm sich eins und biss mit herzhaftem Appetit hinein. „Das war schon immer dein Lieblingsessen, und mir schmeckt alles, was ich nicht selbst zubereiten muss.“

Er schenkte ihr ein Glas gut gekühlten Weißwein ein und reichte ihr das Schälchen mit Tomatenvierteln und Oliven. Eine bescheidene Mahlzeit, doch hier, an der frischen, klaren Luft, schmeckte es Jake besser als in einem der noblen New Yorker Feinschmeckerrestaurants, die er gewohnt war.

„Dein Dad ist vor dieser Insel ertrunken", bemerkte Shaine unvermittelt.

„Ja, kurz vor der Klippe mit dem Leuchtturm."

„Wie ich gehört habe, hat deine Mutter wieder geheiratet."

„Ja. Nach Dads Tod konnte sie den Anblick des Ozeans, der ihr den Mann geraubt hatte, nicht mehr ertragen. Kurz nach der Beerdigung ist sie nach Australien gegangen, wo sie ein zweites Glück gefunden hat. Das ist auch einer der Gründe, weshalb ich nie etwas von Daniel erfahren habe."

„Auf die Idee, einen Brief zu schreiben, bist du wohl nie gekommen. Selbst das war dir anscheinend zu viel." Shaine ließ ihn ihre Verbitterung deutlich spüren.

Jake vermied eine direkte Antwort, denn er war noch nicht bereit, diesen wunden Punkt zu berühren. „Ich hätte wirklich eher zurückkommen sollen, das wird mir immer deutlicher, je länger ich mich in Cranberry Cove aufhalte. Hier sind meine Wurzeln, die ich nicht verleugnen kann, obwohl ich es dreizehn Jahre lang versucht habe. In der ersten Zeit habe ich mich bis zur Leistungsgrenze gefordert und wie ein Besessener gearbeitet, ich habe auf Frachtern und Bergungsschiffen angeheuert, durch die Gefahrenzulagen gut verdient und mir nichts gegönnt. Stattdessen habe ich mit dem Geld spekuliert und es in waghalsige Projekte gesteckt. Mit Erfolg, in kürzester Zeit hatte ich ein beträchtliches Vermögen beisammen. Mein Vorgehen erregte Aufsehen, und andere Investoren ließen sich von mir beraten. So habe ich meine ersten Kunden gewonnen. Ich war schon immer ein kleines mathematisches Genie, das hat sich bezahlt gemacht."

„Bist du *sehr* reich?", fragte sie naiv.

„Ja. Ich besitze zwei Villen in New York, ein Chalet in der Schweiz und eine Eigentumswohnung in Paris, nur einige Schritte vom Louvre entfernt. Die würde dir bestimmt ganz besonders gefallen", setzte er hinzu, als er sah, wie ihre Augen aufleuchteten. „Trotzdem war ich nicht richtig glücklich. Das hatte ich schon erkannt, lange bevor ich Cranberry Cove einen spontanen Besuch abstattete", redete er nachdenklich weiter. „Etwas in mir war verkümmert. Meine Seele vielleicht? Wie sentimental und abgegriffen das klingt!"

Ohne ihn aus den Augen zu lassen, reichte Shaine ihm das nächste Hähnchensandwich.

„Entschuldigung, Shaine, ich hatte ganz vergessen, was für eine geduldige Zuhörerin du bist. Ich wollte dich bestimmt nicht langweilen."

„Das tust du auch nicht."

„Ich habe gespürt, wie leer mein Leben im Grunde genommen war, trotz aller materiellen Güter." Er betrachtete das Sandwich in seiner Hand, als hätte er noch nie zuvor ein belegtes Weißbrot gesehen. „Und dann treffen wir uns wieder, und ich erfahre von Daniel."

„Auch ich bin nicht mehr dieselbe wie vor dreizehn Jahren, Jake."

„Ich frage es dich jetzt zum zweiten Mal: Hast du mir damals zum Abschied die Wahrheit gesagt? Hast du mich wirklich nicht aufrichtig geliebt? Ich kann das einfach nicht glauben, denn wenn es stimmt, hättest du mich vorher belogen."

Shaine blickte zum Horizont und lächelte verträumt. „Wir wollten uns in Manhattan zusammen eine kleine Wohnung nehmen, und ich brannte darauf, mich an einer Kunsthochschule einzuschreiben und mir ein eigenes Atelier einzurichten. Meine Eltern hätten sich ein konventionelleres Studium für mich gewünscht, doch sie stimmten meinen Plänen zu, weil sie dir vertrauten."

„Und dann hast du dich plötzlich geweigert, mit mir zu kommen."

„Ja, und ich war nicht in der Lage, dir den Grund zu nennen, weil ich mich zum Schweigen verpflichtet hatte. Erinnerst du dich noch an unseren letzten Tag?"

„Nicht die kleinste Einzelheit habe ich vergessen. Doch was war der Grund?"

„Doc McGillivray", antwortete sie. „Wie du weißt, betrinkt er sich regelmäßig am Todestag seiner Frau und hat die nächsten beiden Tage unter den Folgen zu leiden. 362 Tage ist er der beste Arzt in der ganzen Umgebung, doch wenn an den restlichen drei Tagen etwas passiert, fahren die Leute zu seinem Kollegen nach Corner Brook. Das ist schon immer so gewesen, und jeder respektiert das."

„Er schien ein schlechtes Gewissen zu haben, als wir uns an Padrics Trage unverhofft gegenüberstanden", bemerkte Jake.

„Dir entgeht aber auch wirklich nichts." Shaine seufzte. „Doc McGillivray tut mir so leid. Er hatte eine wunderbare Frau, kein Wunder, dass er sie immer noch vermisst. Deshalb besuche ich ihn auch jedes Jahr an ihrem Todestag. In jenem Jahr war das der Tag vor unserem Ausflug nach Ghost Island, und Doc sagte mir etwas, worüber er normalerweise mit mir nie geredet hätte und womit er gegen seine Schweigepflicht verstieß. Er sprach mit mir über die Befunde meiner Mutter, die er gerade aus dem Krankenhaus in Corner Brook bekommen hatte. Sie selbst wusste noch gar nichts davon."

Shaine blickte auf ihre Hände. „Die Diagnose lautete Krebs, eine Operation war auf alle Fälle erforderlich, ob Chemo oder Bestrahlung folgen würden, war noch nicht abzusehen. Doc hielt ihre Prognose für gut, doch es würde Monate dauern, meinte er, bis sich eine genauere Aussage machen ließ. Als ihm bewusst wurde, dass er gegen seinen Berufseid verstoßen hatte, musste ich schwören, so lange mit niemandem darüber zu reden, bis er es meiner Mutter selbst gesagt hatte. Weil ich wusste, was meiner Mutter bevorstand, konnte ich Cranberry Cove unmöglich verlassen. Mit dir darüber reden konnte ich jedoch nicht, weil ich mich zum Schweigen verpflichtet hatte."

Reglos saß Jake da und sah sie an. In all den Jahren hatte er sich tausend Gründe ausgedacht, weshalb Shaine nicht mit ihm gekommen war, doch darauf wäre er nie gekommen.

„Theoretisch hätte ich es dir erzählen können, nachdem meine Mutter zwei Tage später offiziell von ihrem Schicksal erfahren hatte", redete sie weiter. „Doch geändert hätte das auch nichts."

„Wegen zwei Tagen haben wir also dreizehn Jahre verloren?" Jake schüttelte fassungslos den Kopf.

„Es war nicht nur eine Frage von zwei Tagen, Jake! Sei ehrlich, wenn du von der Krankheit meiner Mutter gewusst hättest, wärst du mit mir in Cranberry Cove geblieben, was nicht lange gut gegangen wäre. Diese verschlafene kleine Hafenstadt ist nicht deine Welt. Schon in kürzester Zeit hättest du mich für deine Unzufriedenheit verantwortlich gemacht."

„Das tue ich auch so."

Shaine schluckte. „Ich habe dir die Krankheit meiner Mutter verschwiegen und dir vorgegaukelt, ich würde dich in Wahrheit gar nicht lieben. Dies schien mir die sicherste Methode, dich zu bewegen, ohne mich nach New York zu gehen. Der Erfolg hat mir recht gegeben."

Befreit, als fiele ihm eine Last vom Herzen, atmete Jake auf. „Du hast mich also doch geliebt! Du hast nur einen Trick angewendet!" Er lächelte glücklich.

„Nein, Jake, wir haben uns nicht geliebt! Wir waren jung und unerfahren und verliebt in die Liebe, mehr nicht. Wir litten unter der Enge dieses abgeschiedenen Fischerdorfs. Wir hielten zusammen, weil wir beide Außenseiter waren. Vom wirklichen Leben und der wahren Liebe jedoch hatten wir keinen Schimmer."

„Das mag vielleicht für dich zutreffen, für mich nicht", antwortete Jake scharf. „Ich habe dich geliebt, wie ein Mann eine Frau liebt. Natürlich war ich jung und auch längst nicht so erfahren, wie du immer geglaubt hast. Dass du jedoch die Richtige für mich bist, wusste ich ganz genau."

„Natürlich!", erwiderte sie sarkastisch. „Deshalb hast du auch nicht lockergelassen, sondern mich mit Briefen und Anrufen überhäuft!"

„Verstehst du mich denn überhaupt nicht, Shaine? Genau dazu war ich nicht in der Lage. Du hattest mich zurückgewiesen und damit vernichtend getroffen. Ich wollte mich nur noch verkriechen und meine Wunden lecken. Jetzt weiß ich natürlich, wie falsch das war, doch damals war ich zweiundzwanzig, und meine Welt war zusammengebrochen."

„Du hast dich noch nicht einmal von mir verabschiedet."

„Ich brachte es nicht über mich. Ich ging nach Hause, packte meine Sachen ins Auto und verließ Cranberry Cove."

Mit gesenktem Kopf saß sie neben ihm im Gras und verschränkte nervös die Finger. Jake hatte nicht die geringste Ahnung, was in ihr vorging. „Das soll keine Entschuldigung sein", redete er weiter. „Ich möchte dir nur erklären, was ich damals empfunden habe."

„Ich wollte nicht mit dir gehen, das stimmt, doch warum hast du unsere Freundschaft daran zerbrechen lassen? Hat sie dir denn gar nichts bedeutet?"

„Liebe und Freundschaft waren für mich eins. Du hattest mich als Mann zurückgewiesen, hätte ich dir da Briefe über das Wetter schreiben sollen?"

Trotzig hob sie das Kinn. „Es spielt ja heute auch keine Rolle mehr. Meine Mutter jedenfalls überstand die Operation bestens, auch die Bestrahlungen schlugen an. Und dann kamen Dad und sie bei einem dummen Autounfall ums Leben. Wäre ich dir wirklich nach New York gefolgt, hätte ich spätestens dann zurückkehren müssen, um mich um meine Brüder zu kümmern." Sie sah ihm in die Augen. „Hättest du mich allein gehen lassen?"

„Nein." Shaine zu belügen war ihm unmöglich. „Das hätte ich nicht übers Herz gebracht."

„Das beweist, wie richtig meine Entscheidung damals war."

„Du hast selbstherrlich und allein über unser beider Zukunft bestimmt. Findest du das in Ordnung?"

„Ja, denn es gab keine Alternative."

„Für dich vielleicht nicht, aber hast du auch an Daniel und mich gedacht? Ich komme nach dreizehn Jahren zurück und muss entdecken, dass ich einen Sohn habe, der mich nicht ausstehen kann."

„Das wird sich legen, doch Geduld war noch nie deine Stärke."

„Deine auch nicht, Shaine, und jetzt widersprich mir bitte nicht."

„Bitte lass uns nicht streiten", bat sie eindringlich, „vor allem nicht um Daniel. Früher waren wir einander so vertraut, bitte lass uns wieder Freunde sein."

„Freunde, die miteinander ins Bett gehen wollen? Wollen wir denselben Irrtum noch einmal begehen?"

„Der Fehler lag allein bei dir. Du hast dich in mich verliebt." Feindselig sah sie ihn an.

Plötzlich kam ihm ein schrecklicher Gedanke. „Hast du dich mir vielleicht nur aus Verzweiflung wegen deiner Mutter hingegeben?"

„Ich habe es getan, weil ich dich wollte. Ich hatte schon lange davon geträumt."

„Du hast mich also nicht geliebt, sondern mich nur sexuell attraktiv gefunden", sagte er langsam und hörte, wie oben auf den Klippen eine Möwe schrie.

„Musst du denn immer alles analysieren?"

Shaine, den Rücken dem Meer zugewandt, sah im Gegenlicht überirdisch schön aus. „Ich bin eben Mathematiker", erwiderte er, „mir geht es allein um die Sache selbst, Emotionen kenne ich nicht."

„Dann würdest du also auch dein Geld und deine Macht einsetzen, um Daniel für dich zu gewinnen?"

„Niemals. Das habe ich dir bereits erklärt."

„Dann hast du also doch Gefühle", folgerte sie und legte den Kopf zurück. „Auch wenn du mich küsst, bist du alles andere als kaltblütig!"

„Shaine, die Stunden, die ich damals mit dir hier auf der Insel verbracht habe, waren die schönsten meines Lebens. Danach gab es nichts, was mich auch nur annähernd so tief berührt hätte."

Skeptisch blickte sie ihn an. Sie hatte die Fotos in den Illustrierten gesehen, die selbstsicheren und nach der letzten Mode gekleideten Frauen an seiner Seite. Und ausgerechnet sie, Shaine O'Sullivan aus Cranberry Cove, sollte ihm am meisten bedeutet haben?

„Du glaubst mir nicht." Jake fühlte sich grenzenlos enttäuscht.

„Ich weiß nicht mehr, was ich glauben soll."

Da war er wieder, der alte, wohlbekannte Schmerz. Doch die Geschichte würde sich nicht wiederholen. So dumm, sich das Herz zweimal von derselben Frau brechen zu lassen, war er nun doch nicht. „Lass uns weiter nach unten klettern", beendete er abrupt das Gespräch. „*Hier* werden wir bestimmt keine Krähenbeeren finden."

Als beide gleichzeitig nach demselben Eimer griffen, berührten sich ihre Hände, und um Jakes Beherrschung war es geschehen. Er stöhnte leise, zog Shaine an den Schultern ins Gras, wo er sie mit dem Oberkörper zu Boden drückte. Wie weich ihre Lippen waren, wie verführerisch ihre Brüste, die er so deutlich spürte. Das Blut rauschte ihm in den Ohren, und es wäre so einfach gewesen, alles zu vergessen und der Versuchung nachzugeben.

Doch er kämpfte dagegen an, denn er wollte von Shaine etwas anderes als Sex. Er rollte sich zur Seite, stützte sich auf den Ellbogen und betrachtete zärtlich ihr erhitztes Gesicht. Selbstvergessen zeichnete er mit dem Finger die Konturen ihrer Wangenknochen und ihrer sinnlichen Lippen nach. „Du bist so schön! Jedes Mal wenn ich dich sehe, setzt mein Herz einen Schlag aus." Ihre Augen, in denen Tränen schimmerten, erinnerten ihn mehr denn je an Smaragde.

„Wenn du mich so anschaust, kann ich kaum atmen", sagte Shaine hilflos. Sie umfasste sein Gesicht und zog seinen Kopf so weit zu sich herunter, bis sich ihre Lippen leicht berührten. Dann küsste sie ihn, tastend und vorsichtig wie ein junges, unerfahrenes Mädchen.

Jake streichelte ihr Haar, ihren Hals und das Grübchen am Schlüsselbein. Ihre sonnenwarme Haut war zart wie Seide und duftete nach Gras und Meer. Hingebungsvoll schmiegte Shaine sich an ihn, und ihre Bewegungen zeigten ihm, wie sehr sie sich nach ihm sehnte.

Aufreizend langsam öffnete er den obersten Knopf ihrer Bluse. Voller Verlangen schob sie die Hände unter sein T-Shirt und ließ sie sanft über seine Brust bis hinab zur Taille gleiten. Jake hielt den Atem an und zügelte sein Begehren. Beherrscht und systematisch knöpfte er ihre Bluse so weit auf, bis der Vorderverschluss ihres BHs zu sehen war. Geschickt öffnete er ihn und beugte sich vor, um die Spitzen ihrer Brüste zärtlich zwischen die Lippen zu nehmen.

Shaines Augen wurden dunkel vor Verlangen, und sie seufzte lustvoll. Als er sich zwischen ihre Schenkel legte, zupfte sie ungeduldig an seinem T-Shirt. Jake richtete sich kurz auf, streifte es sich über den Kopf und warf es beiseite. Dann öffnete er die letzten Knöpfe ihrer Bluse und bedeckte ihren flachen Bauch mit Küssen. Nicht mehr ganz so überlegt und geschickt zog er am Reißverschluss ihrer Shorts, schob die Hand unter ihren Slip und legte die Hand über ihre empfindsamste Stelle.

Wie unbeschreiblich verführerisch sie sich anfühlte, und wie sinnlich sie sich bewegte! Ihr tief in die Augen blickend, ließ er die Finger spielen, bis sie einen Höhepunkt erreicht hatte. Sie gehört mir, dachte er triumphierend, nachdem sich ihr Atem wieder etwas beruhigt hatte, nur mir!

Sie griff zum Gürtel seiner Shorts. „Ich möchte dich ganz spüren, Jake, jetzt …"

Mit eisernem Willen riss er sich zusammen und rollte sich zur Seite. „Das geht nicht … ich habe kein Verhütungsmittel dabei. Und das würde ich doch brauchen, oder?"

Widerstreitende Gefühle drückten sich in ihrem Gesicht aus. „Ja", gestand sie schließlich leise.

„Wir dürfen denselben Fehler nicht noch einmal machen, Shaine! Alles, nur das nicht!"

Sie schloss die Augen. „An Verhütung habe ich überhaupt nicht gedacht – ich muss verrückt sein. Was machst du nur mit mir? Normalerweise bin ich in diesen Dingen so vernünftig."

Diese Worte trafen Jake wie ein Schlag ins Gesicht, der ihn sofort ernüchterte. „Normalerweise? Wie viele Liebhaber hast du?"

Ihr Lachen klang gekünstelt. „Ich habe das Zählen aufgegeben. Hast du nicht gesehen, wie sie vor meiner Tür Schlange standen?"

Er packte ihr Handgelenk, ohne zu merken, wie weh er ihr damit tat. „Shaine, lebst du wirklich wie eine Nonne?"

„Ja."

„Und warum? Und jetzt erzähl mir bitte nicht, alle Männer seien sowieso nur Schufte."

„Ich erzähle dir gar nichts. Mein Sexleben geht dich nichts an."

Sie hatte also immer noch Geheimnisse vor ihm! Er atmete tief ein und aus, um sich zu beruhigen. „Shaine, glaub es mir bitte, ich habe absichtlich kein Verhütungsmittel mitgebracht. Es ist zu früh für uns. Ein Kuss von dir, und es ist um uns geschehen, doch was bringt uns das?"

„Wirklich ein nettes Kompliment, das du mir da machst." Sie lächelte spöttisch.

„Red keinen Unsinn! Ich versuche lediglich, das zu tun, was in dieser vertrackten Situation das Beste für uns ist."

Mit bebenden Fingern hakte sie den Verschluss ihres BHs ein und knöpfte die Bluse wieder zu. Dann griff sie nach seinem T-Shirt und warf es ihm in den Schoß. „Bitte zieh es an! Verrückt, wie ich bin, habe ich immer noch Sehnsucht nach dir. Und jetzt komm, damit wir auch noch Krähenbeeren suchen können."

In den kleinen Nischen am Fuße des Felsens fanden sie auch wirklich eine reiche Ernte der kleinen, glänzend schwarzen Beeren in ihren Polstern aus zarten Blättern, die fast so spitz wie Nadeln waren. Doch die Stimmung war für Jake zerstört. Ohne bei der Sache zu sein, pflückte er die Früchte und war froh, als der Eimer voll war und sie endlich zur *Gertrude* zurückkehren konnten.

Ich bin unzurechnungsfähig wie ein brünstiger Elch, stellte er sarkastisch fest, als er Shaine das Gepäck an Bord reichte. Aus diesem Grund begleitete er Shaine auch nur bis zur Tür und lehnte es ab, noch einen Tee mit ihr zu trinken. An diesem Tag, der aus einem einzigen Gefühlschaos bestanden hatte, auch noch Daniel zu begegnen, würde ihn eindeutig überfordern.

Er fuhr zurück ins Motel, legte sich aufs Bett und zappte wahllos durchs Fernsehprogramm. Shaine hatte ihn nie richtig geliebt, und sein Sohn konnte ihn nicht ausstehen. Für einen erfolgsgewohnten Mann wie ihn war das eine niederschmetternde Erkenntnis.

Als Jake um zwei Uhr am Montagnachmittag vor Doc McGillivrays Haus hielt, kam Shaine gerade durch die Tür. Ohne dass sie ihn gesehen hatte, stieg sie in ihr Auto und fuhr davon. Er konnte sich denken, warum sie hier gewesen war, denn 362 Tage im Jahr hatte Doc McGillivray kein Problem damit, die Verschwiegenheit in Person zu sein.

Fünf Minuten später betrat Jake das Sprechzimmer. Dr. McGillivray stand auf und reichte ihm die Hand. „Kommen Sie als Patient?“, fragte er.

Jake schüttelte den Kopf und setzte sich. „Shaine hat mir erzählt, was vor dreizehn Jahren vorgefallen ist. Sie wusste von der Erkrankung ihrer Mutter, durfte jedoch mit niemandem darüber reden.“

Dr. McGillivray spielte nervös mit seinem Stethoskop. „Mein Verhalten war unverantwortlich, weil ich dadurch die Zukunft zweier Menschen beeinflusst habe. Aber wissen Sie, Jake, vielleicht war es auch gut so. Nach dem Tod ihrer Eltern wäre Shaine auf alle Fälle nach Cranberry Cove zurückgekehrt, um sich um ihre Brüder zu kümmern. Wie ich Sie kenne, wären Sie mit ihr gekommen und hätten darunter gelitten. Sie haben sich nie mit dem Leben in unserer kleinen Bucht abfinden können. Sie hätten Aggressionen gegen Shaine, ihre Brüder und vielleicht sogar gegen Ihren Sohn entwickelt.“

„Daniel will auch so nichts von mir wissen.“

„Daniel hat sein ganzes Leben auf Sie gewartet. Aber wie sein Vater ist er ein Dickschädel und will bestimmte Gefühle nicht zugeben. Er braucht seine Zeit.“

„Und das soll ich Ihnen abnehmen?“ Jake lachte ungläubig.

„Wenn Sie es tun, kommen Sie schneller zum Ziel.“ Dr. McGillivray zog die buschigen Brauen zusammen. „Noch einen Satz, Jake, dann halte ich meinen Mund. Shaine leidet unter der Enge in Cranberry Cove, bildet sich jedoch ein, Daniel zuliebe das Leben hier ertragen zu müssen. Ist das kein Tipp? Sie sind intelligent, und Geld spielt für Sie keine Rolle – fällt Ihnen da wirklich nichts ein, wie man Mutter und Sohn zum entscheidenden Schritt in die richtige Richtung bewegen könnte? Doch jetzt habe ich genug geredet. Bis bald und gutes Gelingen.“

In sich gekehrt, verließ Jake die Praxis. Dr. McGillivray riet ihm also, in die Offensive zu gehen, anstatt einfach abzuwarten. Auf der Fahrt zu Shaine dachte er gründlich darüber nach.

Er parkte sein Auto vor dem Haus und klopfte an der Tür. Als ihm niemand öffnete, ging er unaufgefordert hinein. In der Küche stapelte sich der Abwasch, doch von Shaine war nichts zu sehen. Wie vermutet, fand er sie in ihrem Studio.

Sie trug eine bodenlange Schürze aus dickem Segeltuch und beugte sich gerade über ihre Werkbank. In der einen Hand hielt sie einen Hammer, in der anderen einen kantigen Nagel. Bunte Glasstücke und Metallstreifen in unterschiedlichen Längen lagen neben ihr. Jake zog sich einen Hocker heran. „Arbeite ruhig weiter“, forderte er sie auf. „Wozu sind die Nägel?“

„Das sind Hufnägel.“ Sie blickte nicht auf von ihrer Arbeit. „Ich brauche sie, um das Glas zu fixieren.“ Sie suchte nach einem passenden Stück Blei und schnitt es mit ihrem gebogenen Messer in Form. „Daniel hat um fünf Uhr Hockeytraining.“

„Wir können zusammen hingehen. Was macht Padric?“

„Er treibt uns alle an den Rand des Wahnsinns, weil er sich nicht damit abfinden kann, den ganzen Tag untätig zu sein.“ Sie legte das Blei um ein gebogenes Stückchen Glas. „Das ganze Dorf redet über uns, Jake. Ich bin heute schon dreimal von verschiedenen Leuten gefragt worden, wann wir heiraten.“

Erwartungsvoll sah er sie an. „Und was hast du geantwortet?"

„Die Wahrheit. Dass du mich nicht gefragt hättest."

„Shaine, willst du meine Frau werden?"

Das Glas entglitt ihren Händen und hinterließ eine feine Blutspur. Sofort lief Shaine zum Ausguss, ließ kaltes Wasser über die Wunde laufen und besprühte sie mit einem Desinfektionsmittel. „Auf eine Bleivergiftung kann ich gut verzichten", erklärte sie.

„Bleivergiftung?" Jake war entsetzt.

„Ein Berufsrisiko, aber es gibt Mittel und Wege, sich dagegen zu schützen." Sie kehrte an ihren Arbeitstisch zurück, nahm wieder ein Stück Glas, legte es auf den Entwurf und bearbeitete es mit der Zange, bis die Umrisse übereinstimmten. Dabei fielen winzige Splitter herunter.

„Jetzt weiß ich endlich, woher die vielen kleinen Narben an deinen Händen kommen", bemerkte er. „Warum willst du mich nicht heiraten, Shaine?"

Ihre grünen Augen blitzten vor Zorn. „Ich habe einen Sohn, falls du das vergessen haben solltest, der in Cranberry Cove geboren ist, der hier lebt und zur Schule geht. *Hier*, nicht in Paris oder New York."

„Würdest *du* denn gern in New York leben?"

Unsanft warf sie den Hammer auf die Werkbank. „Was ich jetzt sage, wirst du nur einmal von mir hören, dann werde ich nie wieder darüber reden. Du glaubst gar nicht, was ich dafür geben würde, um von hier fortzukommen! Doch solange Daniel nicht achtzehn ist, verbiete ich mir, auch nur einen einzigen Gedanken daran zu verschwenden."

„Welche Möglichkeiten bietet dir New York? Was könntest du dort tun, was dir hier nicht möglich ist?"

„Willst du das wirklich wissen?" Sie hob die Hand, um es an den Fingern abzuzählen. „Zugang zu einem Brennofen zu haben. Lernen, wie man auf Glas malt und Effekte durch Sand und Säure erzielt. Mich mit Künstlern, die all diese Techniken beherrschen, austauschen. Museen und Galerien besuchen. Studieren. Mich weiterentwickeln. Experimentieren. Künstlerisch reifen."

„Und warum tust du das nicht? Auch in New York gibt es Kinder in Daniels Alter."

„Daniels Zuhause ist hier und nicht in New York. Hier hat er seine Freunde, seine Onkel und seine Hockeymannschaft. Ihm das zu nehmen wäre von mir unverantwortlich und egoistisch." Geistesabwesend hob sie die Zange auf und legte sie unbenutzt wieder hin. „Wenn ich ehrlich bin, fällt mir das Warten unerträglich schwer … Wenn du von diesem Gespräch Daniel auch nur ein Wort erzählst, gehe ich mit dem Glasschneider auf dich los."

Dr. McGillivray hatte also richtig vermutet: Shaine hätte Cranberry Cove lieber heute als morgen verlassen, blieb jedoch, weil sie der Überzeugung war, Daniel könne nirgendwo anders glücklich sein.

War er, Jake, in der Lage, dieses Problem zu lösen? Er hatte da eine Idee.

8. KAPITEL

Durch die offene Tür des Studios war ein melodischer Gong zu vernehmen. Shaine blickte überrascht auf. „Wer klingelt denn an der Vordertür? Das ist ja ganz ungewöhnlich. Ich bin gleich wieder da."

Statt zu warten, wie es sich gehört hätte, folgte Jake ihr leise. Auf der Eingangsstufe stand ein Mann in einem hellgrauen Flanellanzug mit Bügelfalten, die aussahen, als wären sie mit dem Lineal gezogen. Der Fremde wirkte ausgesprochen adrett, schien frisch vom Friseur zu kommen, und sein strahlendes Lächeln machte seinem Zahnarzt alle Ehre.

„Cameron!", rief Shaine aus und bestätigte damit Jakes Vermutung. „Was für eine Überraschung! Komm doch rein."

Er folgte der Aufforderung und gab Shaine einen flüchtigen Kuss auf die Wange. „Ich musste geschäftlich nach St. John und habe einen kleinen Umweg gemacht, weil ich dir die erfreuliche Nachricht persönlich überbringen wollte."

Cameron folgte Shaine ins Wohnzimmer, und Jake verzog sich hinter die Garderobe. St. John lag über fünfhundert Meilen von Cranberry Cove entfernt. Dieser Cameron schien eigenartige Vorstellungen von einem kleinen Umweg zu haben.

„Dein Glasbild ist für den Wettbewerb akzeptiert worden", redete er weiter.

„Oh Cameron!" Shaine führte einen regelrechten Freudentanz auf. „Ich bin so glücklich! Für mich ist das Bild meine beste Arbeit der letzten beiden Jahre. Doch was wird die Jury davon halten? Zwei Monate muss ich noch auf die Entscheidung warten, das ist für mich eine halbe Ewigkeit!"

„Ich glaube, du hast hervorragende Chancen. Nicht umsonst habe ich auch genau dieses Werk für genau diesen Wettbewerb ausgewählt." Cameron lächelte Shaine an.

Er ist bis über beide Ohren verliebt in sie, dachte Jake, räusperte sich vernehmlich und ging dann ebenfalls ins Wohnzimmer. „Bitte stell uns doch einander vor“, bat er.

Shaine tat es ohne jede Verlegenheit. „Und jetzt verrate ich dir ein Geheimnis“, wandte sie sich an Cameron, „das in ganz Neufundland anscheinend die Spatzen von den Dächern pfeifen: Jake ist Daniels Vater.“

Jake schüttelte Cameron kräftig die Hand. „Schön, Sie persönlich kennenzulernen. Es freut mich, wie Sie Shaine fördern. Ein Talent wie sie zu Ihren Schützlingen zu zählen ist bestimmt gut für das Image Ihrer Agentur.“

„Shaine und ich kennen einander schon seit drei Jahren und sind eng befreundet, Mr. Reilly“, antwortete Cameron steif.

Doch nicht eng genug, um Shaine zu bewegen, ihre Enthaltsamkeit aufzugeben, dachte Jake zufrieden. „Das ist auch gut so“, sagte er laut. „Shaine braucht unbedingt Kontakte, die über Cranberry Cove hinausgehen.“

Empört blickte Shaine ihn an, verbiss sich jedoch einen Kommentar und drehte ihm den Rücken zu. „Wie lange kannst du bleiben, Cameron?“, fragte sie.

„Leider nur bis morgen. Mein Flug nach Toronto geht schon am Nachmittag.“

„Ich mache dir sofort das Gästezimmer zurecht.“ Sie lächelte herzlich. „Ein kleines Problem gibt es jedoch: Daniel hat nachher ein Hockeyspiel. Da es das Halbfinale ist, möchte ich natürlich dabei sein.“ Sie runzelte die Stirn. „Ich weiß, wie sehr Eishockey dich langweilt.“

„Dich begleiten zu dürfen ist mir das größte Vergnügen“, antwortete Cameron galant und ging dann nach draußen, um seine Reisetasche aus dem Auto zu holen.

Kaum waren sie allein, machte Shaine ihrer Wut Luft. „Wie kannst du es nur wagen, ihn derart zu beleidigen?“, fuhr sie Jake an.

„Er ist kein Mann für dich, Shaine, glaub es mir.“

„Das kann ich wohl besser entscheiden als ausgerechnet du!

Cameron ist zuverlässig und treu – mehr, als man von dir behaupten kann."

Zielsicher hatte sie seinen wunden Punkt getroffen, doch Jake stand ihr in nichts nach. „Mag sein, er bringt jedoch deine Hormone nicht in Wallung!"

„Es gibt wichtigere Dinge im Leben als immer nur Sex!"

„Nicht so laut, das ist nichts für Camerons zarte Ohren!" Er küsste sie mitten auf den Mund. „Wir sehen uns nachher beim Spiel", sagte er und ging.

Jake war schon im Stadion, als das Eis noch präpariert wurde. Von Daniel war noch nichts zu entdecken. Jake bewegte sich unruhig auf seinem Sitz, denn er war nicht so gelassen, wie er es gern gewesen wäre. Die nächsten zwei Stunden Shaine in Camerons Begleitung beobachten zu müssen war nicht so einfach.

Ob Daniel Cameron wohl mochte?

Als Daniel und Shaine die Halle betraten, setzte Jakes Herz einen Schlag aus. Daniel verschwand sofort in den Kabinen, während Shaine nach kurzem Zögern auf ihn zukam. Sie trug Cordhose, einen Mohairpullover in Rost- und Olivtönen und hohe Lederstiefel. Jake hätte sie mitten auf dem Eis lieben können.

„Wo ist Cameron?", fragte er.

„Er kommt gleich, er telefoniert noch mit seiner Mutter."

„Wirst du ihn in dein Bett lassen?"

„Aber sicher, wir werden eine rauschende Orgie feiern – mit Daniel als Anstandswauwau." Sie lächelte spöttisch.

„Ich muss verrückt sein!" Jake schüttelte über sich selbst den Kopf. „Zwischen Cameron und dir spielt sich nichts ab, das sieht jeder. Trotzdem macht es mich rasend, dass er bei dir im Haus schläft."

„Du bist ja eifersüchtig!" Überrascht sah sie ihn an.

„Das kann ich wohl nicht abstreiten."

Sie lachte unbeschwert. „So eifersüchtig, wie ich damals auf

Kimberly-Anne war, kannst du gar nicht sein. Sie ging in die zwölfte Klasse, hatte blondes glattes Haar und verführerische Rundungen. Ich war dreizehn und flach wie ein Brett, mit einem roten Wuschelkopf."

„Ich habe sie kein einziges Mal geküsst. Sie hatte es lediglich auf mich abgesehen, weil ich der Star der Hockeymannschaft war. Warst du auch eifersüchtig auf die Frauen, mit denen du mich auf den Bildern in den Illustrierten gesehen hast?"

„Natürlich nicht!" Empört wies Shaine den Verdacht weit von sich.

„Gut so, denn sie habe ich nämlich auch nicht geküsst. Ihnen ging es mehr um mein Geld als um mich."

„Oh." Sie biss sich auf die Lippe. „Jake, tu mir bitte den Gefallen, und stoß Cameron nicht vor den Kopf! Er hat mir die Museen und Galerien in Toronto gezeigt, mir Kunstbücher geliehen, die ich mir nie hätte leisten können, und meine Arbeiten zu guten Preisen in ganz Kanada verkauft."

„Und er ist verliebt in dich."

„Dafür kann ich nichts."

„Nein." Entschlossen ergriff Jake die Initiative. „Ich habe mir Daniels Schlittschuhe angesehen, er braucht bessere."

„Die kann ich mir nicht leisten."

„Aber ich. Am besten, ich lade ihn nach New York ein, und wir kaufen sie gemeinsam."

„Er wird nicht kommen."

„Wenn ich dich auch einlade, bestimmt." Jake setzte alles auf eine Karte. „Cameron hat dich mit nach Toronto genommen und dir Bücher geliehen. Ich kann dir Barcelona, Prag und Bangkok zeigen, den Regenwald, Atolle im Pazifik, das Great-Barrier-Riff, blühende Kakteen in der Wüste, Schmetterlinge in Mexiko … Alle Farben, welche die Natur zu bieten hat, würdest du mit eigenen Augen sehen."

„Bitte, Jake, quäl mich doch nicht so", bat sie leise. „Du weißt genau, wie unmöglich das ist. Oh, da drüben kommt Cameron!"

„Darüber reden wir noch, Shaine", meinte er gepresst und setzte sich wieder auf seinen Platz. Selbstkritisch musste er zugeben, dass er Dr. McGillivrays Rat zu überstürzt in die Praxis umgesetzt hatte. Doch irgendwie musste er schließlich beginnen, Daniel und Shaine aus Cranberry Cove wegzulocken.

Aber selbst wenn ihm das gelingen würde, wusste er nicht, wie es danach weitergehen sollte.

Das Eis war mittlerweile spiegelblank, und das Spiel begann. Aus den Augenwinkeln beobachtete Jake, wie Shaine Daniels Mannschaft begeistert anfeuerte, Cameron jedoch nur mit Mühe ein Gähnen zu unterdrücken schien.

Daniel spielte mit vollem Einsatz, ohne jedoch als Einzelkämpfer glänzen zu wollen. Stets hatte er die ganze Mannschaft im Auge. Vielleicht stimmte es wirklich, was Shaine meinte, und Cranberry Cove war für ihn die ideale Umgebung. Vielleicht war es tatsächlich unverantwortlich, ihm die große Welt zu zeigen und damit seine Unzufriedenheit zu wecken.

An der Börse hohe Risiken einzugehen war für Jake nie ein Problem gewesen, doch jetzt, da es um das Glück seines Sohns ging, fehlte es ihm an Zuversicht. Er konnte sich nicht erinnern, in den letzten Jahren je unter derartigen Selbstzweifeln gelitten zu haben.

Das erste Spieldrittel endete unentschieden. In der Pause unterhielt sich Jake angeregt mit ehemaligen Nachbarn und wich Fragen, die er nicht beantworten wollte, geschickt aus. Im zweiten Spieldrittel wurde deutlich offensiver gespielt, und bei einer heftigen Auseinandersetzung um den Puck hinter dem Netz wurde Daniel so hart gegen die Bande gestoßen, dass er stürzte und reglos liegen blieb.

Jake gefror das Blut in den Adern. In panischem Schrecken sprang er auf, lief nach vorn und hechtete über die Bande. „Daniel – alles in Ordnung?", fragte er, als er neben seinem Sohn kniete.

„Er kommt gleich wieder zu sich", beruhigte ihn der Schiedsrichter. „Durch den Stoß vor die Brust ist ihm die Luft weggeblieben, das ist nichts Schlimmes.“

„Wirklich nicht?“ Jakes Stimme schwankte.

„Jake! Das hast du doch früher selbst durchgemacht!“

Das stimmte zwar, aber da war es lediglich um ihn gegangen, nicht um seinen Sohn. Endlich tat Daniel einen langen und mühevollen Atemzug und schlug die Augen auf. Jakes Aufmerksamkeit galt allein Daniel. Shaine, die mittlerweile neben ihm kniete, nahm er kaum wahr.

„Geh weg, ich brauche dich nicht“, waren Daniels erste, kaum hörbare Worte, als er langsam wieder zu Bewusstsein kam.

Wie betäubt erhob sich Jake und ging mit steifen, unsicheren Schritten über das Eis zurück auf seinen Platz. Etwas in mir ist zerbrochen, dachte er benommen, wovon ich mich nie wieder erholen werde. Verschwommen nahm er wahr, wie Daniel langsam zur Reservebank lief, sich setzte und ein anderer Spieler eingewechselt wurde. Ein Pfiff ertönte, und das Spiel ging weiter.

Shaine setzte sich neben Jake. Sie ahnte, was er durchmachte, und legte ihm beruhigend die Hand auf den Arm. Sollten die Leute doch denken, was sie wollten. „Daniel wird dich akzeptieren, Jake, glaub es mir. Du musst nur Geduld haben und ihm noch etwas Zeit geben.“ Eindringlich sah sie ihn an.

Sie speist mich mit Allgemeinplätzen ab, dachte er und wäre am liebsten gegangen. Er wollte im Moment nur eins: zurück nach New York, sich in seinem Haus verkriechen und seine Wunden lecken.

Doch wiederholte er damit nicht seinen fatalen Fehler von vor dreizehn Jahren? Hatte er denn überhaupt nichts dazugelernt? „Es ist aussichtslos“, antwortete er geistesabwesend. „Trotzdem vielen Dank für deine Unterstützung, Shaine. Am besten, du gehst jetzt zu Cameron zurück.“

„Cameron ist keine Konkurrenz für dich, Jake! Daniel toleriert ihn zwar, aber er hat nichts mit ihm gemeinsam – mit dir dagegen sehr viel.“

Jake hob den Kopf, und ihre Blicke trafen sich. „Warum lädst du

Daniel nicht zu dir nach New York ein?“, fragte sie. „Früher oder später wird er wissen wollen, wie und wo du lebst.“

Shaines großzügiges Angebot traf ihn unvorbereitet. „Das hast du doch bisher immer abgelehnt, weil ihn mein Geld und der Luxus, in dem ich lebe, negativ beeinflussen könnten.“

„Ich vertraue ihm. Er ist zwar erst zwölf, doch ich habe ihm die entsprechenden Werte vermittelt und verlasse mich auf seinen festen Charakter.“ Sie machte eine Pause. „Und dir vertraue ich auch.“

Er hatte sie wohl noch nie so geliebt wie in diesem Moment. „Deinen Mut und deine Aufrichtigkeit habe ich schon immer bewundert, Shaine“, sagte er rau.

„Mut? Ich habe panische Angst, und ehrlich bin ich auch nicht immer“, gestand sie. „Da du jedoch erfahren hast, dass Daniel dein Sohn ist, muss ich damit fertig werden. Ich kann das Schicksal nicht aufhalten.“

Auch er hatte Angst. Er befürchtete, Daniel würde seine Einladung nach New York schlichtweg ablehnen. Und was steckte hinter Shaines Anspielung auf ihre Ehrlichkeit? „Es wird mir nichts anderes übrig bleiben, als mich mit Daniel auszusprechen“, meinte er bedrückt.

Shaine gab sich alle Mühe, ihn aufzuheitern. „Seit Cameron hier ist, hat mich wenigstens noch niemand gefragt, ob du und ich endlich heiraten“, bemerkte sie und lachte.

„In Zukunft wirst du dir eine andere Antwort ausdenken müssen“, erwiderte er bitter. „Denn inzwischen habe ich dich gebeten, meine Frau zu werden, aber du hast es ja abgelehnt.“

Shaine lachte und stand auf. „Wenn ich eingewilligt hätte, wärst du schon längst über alle Berge.“

„Wenn du dir da so sicher bist, dann sag doch einfach Ja.“

Aus halb geschlossenen Augen sah sie ihn an. „Der Übergang von Mut zum Wahnsinn ist fließend. Fordere dein Glück lieber nicht heraus, denn je länger ich mir die Sache überlege, desto begehrenswerter finde ich Cameron."

„Jetzt erschreckst du mich aber!" Jake lächelte und fühlte sich ein wenig besser. Sein inneres Gleichgewicht war so weit wiederhergestellt, dass er sich das Spiel bis zu Ende ansah, anschließend noch Tom und *Gertrude* besuchte und dann erst zurück ins Motel fuhr.

Auch diese Nacht träumte er wieder von Shaine.

Am folgenden Tag fuhr Jake erst abends zu Shaine, denn keinesfalls wollte er Cameron noch einmal begegnen.

Als er durch den Garten zum Haus ging, hörte er durch das offene Küchenfenster, wie Shaine und Daniel sich unterhielten.

„Eins möchte ich klarstellen, Daniel", sagte sie gerade. „Jake wird nicht abreisen, nur weil du es willst."

Jake blieb wie angewurzelt stehen.

„Na und? Er bleibt doch nur für eine Woche, und die ist bald um", erklärte Daniel.

„Er wird wiederkommen, dessen bin ich mir ziemlich sicher."

Ziemlich sicher! Sie traut mir also doch nicht ganz, dachte Jake und verhielt sich weiterhin ruhig.

„Jake ist dein Vater, Daniel, damit wirst du dich abfinden müssen", redete Shaine weiter. „Du hast erst sehr spät von ihm erfahren, doch das ist auch meine Schuld."

„Er hat dich im Stich gelassen!"

„Ja, doch von meiner Schwangerschaft hat er nichts ahnen können. Auch später, als ich ihn ohne Weiteres hätte ausfindig machen können, habe ich ihm nichts von dir erzählt. Er hatte nie die Möglichkeit, sich für oder gegen dich zu entscheiden." Sie seufzte. „Durch meine Dickköpfigkeit habe ich euch beiden geschadet."

Jakes Anspannung ließ nach, und Shaines selbstkritische Haltung beeindruckte ihn tief.

Da Daniel nichts antwortete, bekräftigte Shaine ihren Standpunkt ein weiteres Mal. „Es ist ja nicht so, als ob er von dir gewusst, sich jedoch nicht um dich gekümmert hätte – das wäre wirklich unverzeihlich gewesen."

„Ja, Mum, ich verstehe, was du meinst."

Jake hörte, wie ein Stuhl zurückgeschoben und der Wasserhahn aufgedreht wurde.

„Wirst du Cameron heiraten?", fragte Daniel zögernd.

„Auf keinen Fall!"

„Er kann die Mittellinie nicht von der blauen Linie unterscheiden!"

„Dafür weiß er viele andere wichtige Dinge", nahm Shaine Cameron in Schutz.

„Dann willst du also Jake heiraten."

„Das ist seit gestern das sechste Mal, dass ich danach gefragt werde."

„In der Schule werden schon Wetten darauf abgeschlossen."

„Oh Daniel, wie schrecklich! In diesem verdammten Kaff bleibt einem wirklich nichts erspart!"

„Mir sagst du immer, man soll nicht fluchen, Mum", hielt Daniel ihr entgegen.

„Ich kann doch Jake nicht heiraten, nur weil er plötzlich wieder da ist! Dreizehn Jahre sind eine lange Zeit. Ich habe mich verändert. Als er ging, war ich achtzehn, jetzt bin ich einunddreißig."

„Eigentlich viel zu alt zum Heiraten."

„Daniel! Auf alle Fälle ist und bleibt dein Zuhause hier bei mir in Cranberry Cove, denn Jake ist stets auf Reisen. Er und ich lieben uns doch auch gar nicht! Und jetzt geh bitte nach oben, und mach endlich deine Hausaufgaben."

Daniel seufzte schicksalsergeben.

„Ich habe dich von Herzen lieb, Daniel", meinte Shaine weich. „Das war schon immer so und wird immer so bleiben.

„Das ist bei mir nicht anders", brummelte Daniel und stapfte aus dem Zimmer.

Er und ich lieben uns doch auch gar nicht! Um nichts in der Welt wollte Jake Shaine jetzt unter die Augen treten. Lautlos zog er sich zurück und fuhr wieder in sein Motel.

Am folgenden Morgen wachte Jake sehr früh auf. Nach dem Frühstück setzte er sich an seinen Laptop, erledigte geschäftliche Dinge und holte sich anschließend einige Informationen aus dem Internet. Erst dann fuhr er nach Cranberry Cove. Sein Plan ging auf, denn Daniel kam gerade aus der Schule. Er trug ein T-Shirt mit dem Werbeaufdruck einer Brauerei aus der Nachbarschaft, und seine weiten Jeans rutschten ihm beinah von den Hüften.

Jake ließ das Fenster runter. „Steig ein, ich bringe dich nach Hause."

„Okay." Ohne eine Miene zu verziehen, stieg Daniel ein.

Sie schwiegen, bis Jake das Auto geparkt und den Motor abgestellt hatte. „Ich möchte mit dir noch etwas bereden", eröffnete Jake das Gespräch. „Das Halbjahr ist bald um, du hast einige Tage Ferien, und dann kommt ein langes Wochenende. Wenn wir dich zwei Tage vom Unterricht befreien lassen, ergibt das fast zwei Wochen. Diese Zeit würde ich gern mit deiner Mutter und dir verbringen. Ich dachte an die Kanarischen Inseln. Dort gibt es einige Glasfenster, die deine Mutter bestimmt gern sehen würde, und du könntest schwimmen und surfen. Auf dem Rückweg möchte ich euch mein Zuhause in New York zeigen. Ich besitze eine Saisonkarte für die Eishockeyliga und könnte dir ein Probetraining bei einem bekannten Amateurverein vermitteln. Außerdem würde ich dir gern neue Schlittschuhe kaufen."

Hatte ihn Daniel zunächst lediglich ungläubig angesehen, blitzten seine Augen bei der Erwähnung der Schlittschuhe wütend auf. „Meine Schlittschuhstiefel sind völlig in Ordnung. Mum hat dafür auf einen neuen Mantel verzichtet."

Verzweifelt schlug Jake mit der flachen Hand aufs Steuer. „Warum wollt ihr mich eigentlich nicht verstehen? Daniel, ich will dich weder bestechen noch mit meinem Reichtum protzen! Trotzdem müsst ihr akzeptieren, dass niemand in Cranberry Cove so viel Geld besitzt wie ich." Er schluckte. „Ich möchte dir einfach zeigen, wie ich lebe. Vielleicht gefällt es dir ja, und du besuchst mich gern einmal wieder."

„Wenn Mum mitkommt, würden wir also zu einem Ligaspiel gehen?" Daniel lächelte wehmütig. „Zu surfen habe ich mir immer schon gewünscht."

„Die Grundbegriffe kann ich dir beibringen. Du hast Kraft und durch das Schlittschuhlaufen ein ausgezeichnetes Gleichgewichtsgefühl – es wird ein Kinderspiel für dich sein."

„Will Mum denn mitkommen?"

„Ich habe sie noch nicht gefragt, ich wollte erst mit dir sprechen."

„Die Kanarischen Inseln liegen kurz vor Afrika. Ist die Reise nicht sehr umständlich, nur um sich Glasfenster anzusehen?"

Jake verkniff es sich, seinen Privatjet zu erwähnen. „Ich wollte ihr eben etwas ganz Besonderes zeigen", erklärte er daher lediglich.

„Wenn sie Ja sagt, würde ich mitkommen." Zaghaft blickte Daniel seinen Vater von der Seite an.

Jake atmete befreit auf. „Dann besprich es mit ihr. Nach dem Abendessen werde ich bei euch vorbeikommen und mich erkundigen, was ihr beschlossen habt." Er wollte Shaine Zeit geben, sich die Sache gut zu überlegen, und sie nicht unter Druck setzen. „Also dann, bis nachher."

Er ließ Daniel aussteigen und fuhr zu Emily Bennett, die ihn zum Essen eingeladen hatte.

„Ich treffe mich gleich mit Shaine", vertraute er Emily an, als er ihr half, den Tisch abzuräumen. „Ich möchte sie und Daniel zu einem kleinen Urlaub überreden."

„Spiel nicht mit ihr, Jake", bat sie ihn eindringlich.

„Erstens will ich das nicht, und zweitens würde Shaine nicht darauf eingehen."

„Dann wünsche ich dir alles Gute für deinen Plan."

An diese Worte musste Jake denken, als er bei Shaine klopfte. Als hätte sie schon auf ihn gewartet, riss sie sofort die Tür auf und musterte ihn angriffslustig. „Komm rein“, forderte sie ihn auf. „Sonst hört die ganze Straße, wie wir uns streiten.“

Siegessicher folgte Jake ihr. „Wo ist Daniel?“, erkundigte er sich.

„Bei seinem Freund, und wir haben genau eine halbe Stunde Zeit, bis er zurückkommt. Die Antwort ist ein klares Nein. Daniel und du sollt euch näherkommen, ich habe damit nichts zu tun, es ist allein eure Angelegenheit.“

„Und was meint Daniel dazu?“

Wütend sah sie ihn an. „Das hast du wirklich geschickt eingefädelt! Er möchte mich natürlich dabeihaben. Bildest du dir wirklich ein, du könntest mich mit einem Bleiglasfenster locken?“

„Es ist nicht ein Fenster, es ist ein ganzes Dach – von Pere Valldepérez aus Barcelona.“

„Ich habe von ihm gehört.“ Sie bemühte sich vergeblich, gelangweilt zu klingen.

„Und jetzt hast du die Gelegenheit, etwas von ihm zu *sehen,* und sogar eins seiner spektakulärsten Werke. Und anschließend könntest du im warmen Meer schwimmen und dich am Strand in der Sonne ausruhen.“

„Ich muss im Laden sein.“

„Jenny wird es für die kurze Zeit auch ohne dich schaffen.“

„Daniels Ferien reichen nicht, ich müsste ihn einige Tage zusätzlich beurlauben lassen.“

„Dafür wird er aus erster Hand etwas über das Land und die Geschichte der Kanarischen Inseln erfahren. Das kann ihm kein Schulunterricht bieten.“

„Ich gehe nicht mit dir ins Bett, das sage ich dir gleich.“

„Okay.“ Gleichgültig zuckte er die Schultern.

„Jetzt behaupte bloß, daran seiest du nicht interessiert!“

Wenn sie wüsste, wie bezaubernd er sie in ihrer Empörung fand! „Interessiert bin ich schon.“ Er lächelte charmant. „Doch wir sollten uns, wie du gerade ganz richtig gesagt hast, auf Daniel konzentrieren. Um es vorauszuschicken: Er will keine neuen Schlittschuhe, weil du dafür auf einen neuen Mantel verzichtet hast. Wie du siehst, kann ich mir die Liebe meines Sohnes also nicht erkaufen.“ Zärtlich sah er sie an und ging auf sie zu. „Du kannst wirklich stolz auf ihn und deine Erziehung sein.“

Fluchtartig wich sie zurück. „Danke für das Kompliment“, antwortete sie etwas atemlos. „Die Küche ist wirklich groß genug, Jake, du brauchst mich nicht gegen die Kommode zu drücken.“

„Hast du etwa Angst vor mir?“ Behutsam zeichnete er mit dem Finger die Konturen ihrer Lippen nach.

„Meine Vergleichsmöglichkeiten sind zwar relativ gering, aber für mich bist du der verführerischste Mann der Welt. Meinst du, das könnte ich Daniel verheimlichen, wenn wir fast zwei Wochen lang ständig zusammen sind?“

„Clever, wie du bist, wird dir schon etwas einfallen.“

„Versprich mir, fair zu bleiben.“

„Dann kommst du also mit?“

„Nur wenn du schwörst, dich so zu benehmen, als würde Maggie Stearns danebenstehen.“

Er lachte. „Deine Hormone gehorchen dir anscheinend überhaupt nicht.“

„Und deine befinden sich offensichtlich im Winterschlaf.“

Mit einem Schritt war er bei ihr, legte ihr die Hände auf die Hüften und zog sie eng an sich. Er küsste sie leidenschaftlich, und als er sich sicher war, dass sie sein Begehren gespürt hatte, ließ er sie schnell wieder los und trat einen Schritt zurück. „Das nennst du Winterschlaf?“, fragte er und lächelte selbstsicher.

„Du findest die Situation anscheinend nur komisch“, warf sie ihm vor.

Sofort wurde er wieder ernst. „Shaine, ich gebe dir mein Wort, dich während der Reise niemals in Verlegenheit zu bringen. Ich möchte dir einfach etwas Gutes tun. Wann hast du das letzte Mal Urlaub gemacht?“

„Devlin, Connor, Padric und Daniel satt zu kriegen ist nicht billig. Dazu kommen das Honorar für den Kieferorthopäden, die Kosten für die Hockeyausrüstung und für Schulausflüge – von den Zinsen für den Laden gar nicht zu sprechen. Mein letzter Urlaub ist also schon lange her."

Mit dem Kaufpreis seines Ferrari hätte man all das und noch mehr locker bezahlen können. Jake bemühte sich, kein allzu schlechtes Gewissen zu haben. „Wir werden nicht in Luxushotels übernachten, und mein Anwesen auf Long Island werde ich Daniel nicht zeigen. Ich möchte ihm nicht meinen Reichtum vor Augen führen."

„Du wirst nicht nur für Daniel, sondern auch für mich bezahlen müssen. Eine solche Reise kann ich mir nicht leisten."

„Ich tu das gern für dich, glaub es mir doch." Bittend sah er sie an.

Shaines Widerstand schmolz. „Du hast mich gerade zu etwas überredet, was ich eigentlich ablehnen wollte", sagte sie langsam.

„Schön. Dann erzähl Daniel von unseren gemeinsamen Ferien. Morgen früh muss ich zurück nach New York, von dort aus werde ich die Reise vorbereiten. In zwei, drei Tagen rufe ich dich an und gebe dir die Einzelheiten durch. Wir sehen uns dann auf dem Flugplatz von Deer Lake wieder, abgemacht?"

Ich klinge schrecklich geschäftsmäßig, dachte er unzufrieden. Dabei fühlte er sich so glücklich wie schon lange nicht mehr: Daniel hatte zugestimmt, mit ihm zu verreisen, und knapp zwei Wochen lang würde er Shaine an seiner Seite haben.

Endlich hatte er die Möglichkeit, ihr, die so viel für Daniel geopfert hatte, etwas zu schenken – das war ein wunderbares Gefühl. Geld ist manchmal wirklich eine schöne Sache, dachte Jake und küsste Shaine zärtlich auf die Wange.

Nachdem Jake sich verabschiedet hatte, ging Shaine zum Fenster und blickte ihm nach. Sie freute sich auf den Urlaub, hatte jedoch gleichzeitig Angst davor. Die letzten dreizehn Jahre hatte sie nur überstanden, weil sie sich eisern an zwei Regeln gehalten hatte:

nicht weiter als bis Cranberry Cove zu sehen und niemals von ihrer Alltagsroutine abzuweichen.

Das alles brachte Jake jetzt in Gefahr. Wie sollte es für sie weitergehen, wenn die neuen Eindrücke sie mit ihrer engen Welt unzufrieden machten?

Sie setzte sich an den Küchentisch und stützte den Kopf auf die Hände. Jake etwas entgegenzuhalten war ihr einfach nicht möglich, deshalb hatte sie ihm auch nicht verraten, wie sehr sie ihn damals geliebt hatte, nämlich mehr als sich selbst.

Hätte sie ihm das gestanden, hätte er es nur für seine Zwecke ausgenutzt. Jake war gefährlich für sie, denn obwohl sie ihn nicht mehr liebte, faszinierte er sie: Seine athletische Figur, sein wacher Verstand und die Aura von Macht, die ihn umgab, zogen sie magisch an.

Nur dieser eine Urlaub, schwor sie sich, dann soll er Daniel allein einladen, nach New York, in die Schweiz oder zu all den anderen Orten, die auch ich so gern sehen würde. Ich bin dann wieder die Außenseiterin in Cranberry Cove, dachte sie traurig, ungeliebt und allein.

Der Kontakt zu Jake war nicht gut für sie, doch um Daniels willen durfte sie ihn nicht abbrechen.

Ihre Lage war aussichtslos. Nur für knappe zwei Wochen war es ihr vergönnt, etwas von der Welt kennenzulernen, und Jake, der sie dabei begleiten würde, durfte sie lediglich ansehen – ihn zu berühren war tabu.

9. KAPITEL

Shaine hatte alles um sich her vergessen. Den Kopf in den Nacken gelegt, war sie ganz in den Anblick der Glaskuppel versunken. Eigentlich war es gar keine Kuppel, sondern eine Pyramide aus Glas und Stahl, deren rote, gelbe und orangefarbene Scheiben das helle Außenlicht zu einem warmen, geheimnisvollen, fast goldenen Leuchten dämpften.

„Lass uns weitergehen, wir holen Shaine nachher wieder ab", sagte Jake zu Daniel.

Am Morgen waren sie von Teneriffa nach Gran Canaria geflogen und mit dem Auto weiter nach Las Palmas gefahren. Das Oberlicht befand sich in einem kleineren Raum eines weitläufigen Konzertgebäudes, in dem häufig berühmte Werke der Barockzeit gespielt wurden. Jake war hier schon mehrmals Gast gewesen.

Aus einem Übungsraum drangen gedämpft die Töne eines Cellos, und Jake lauschte andächtig. „Du wirst mich für verrückt erklären", wandte er sich an seinen Sohn, „aber dies ist meine Lieblingsmusik."

„Echt?" Klavier und Violine setzten ein, und Daniel lauschte angestrengt. „Das findest du schön?" Er schüttelte den Kopf.

Am vergangenen Tag waren die beiden gemeinsam surfen gewesen. Nie würde Jake den triumphierenden Blick seines Sohnes vergessen, als das Segel das erste Mal Wind gefasst hatte und es Daniel gelungen war, sich eine volle Minute lang auf dem Brett zu halten. Seit diesem Erlebnis war er ihm gegenüber merklich aufgeschlossener.

Einträchtig gingen Vater und Sohn nach draußen, aßen im Schatten einer Palme ein Eis und kehrten in den Saal zurück, als Shaine gerade ihren Skizzenblock zuklappte. „Vielen Dank, dass du mir dieses Erlebnis ermöglicht hast, Jake", sagte sie und blickte zum letzten Mal zur Decke.

„Keine Ursache. Ich schlage vor, wir gehen jetzt einkaufen, essen irgendwo schön zu Mittag und erholen uns vor dem Rückflug nach Teneriffa noch etwas am Strand."

„Das klingt gut." Shaine seufzte zufrieden. Sie wirkte entspannt und glücklich und sah in ihrem geblümten, tief ausgeschnittenen Sommerkleid mit dem kurzen Rock hinreißend und über alle Maßen begehrenswert aus. Aus Angst, seine Augen würden seine Gefühle verraten, blickte Jake zur Seite.

Seit Beginn der Reise bemühte er sich, Shaine und Daniel freundschaftlich neutral zu behandeln und ihnen nichts aufzudrängen. So schwer es ihm auch fiel, sich immer wieder zurückzunehmen, er hielt es für klüger. Daniels Gesicht, als er an Bord des Jets gegangen war, hatte Bände gesprochen ...

Nachdem sie durch die Fußgängerzone gebummelt waren und Shaine sich eine Sonnenbrille gekauft hatte, aßen sie in einem kleinen Restaurant in aller Ruhe zu Mittag. Über die Mengen, die sein Sohn vertilgte, konnte Jake auch diesmal nur staunen.

Am Strand von Playa del Inglés wimmelte es nur so vor Menschen, und es war laut. Jake lieh Daniel ein Surfbrett und ging dann mit Shaine schwimmen.

Gleich nach der Ankunft auf Teneriffa hatte sie sich einen schicken türkisfarbenen Bikini gekauft, weil sie mit ihrem biederen Badeanzug aus Cranberry Cove nur aufgefallen wäre. Sie fühlte sich jedoch in dem knappen Zweiteiler nicht so richtig wohl, und Jake schien das neue Stück überhaupt nicht zur Kenntnis genommen zu haben. Überhaupt störte sie sein zwar höfliches, aber dennoch betont distanziertes Benehmen sehr, obwohl eine rein platonische Beziehung genau das war, was sie verlangt hatte.

Sie streckte sich auf ihrem Badetuch aus und sah Daniel zu, wie er sich abmühte, das Segel aus dem Wasser zu bekommen. Jake nutzte die Gelegenheit, um sie verstohlen zu beobachten. Nach dem Schwimmen hatte sie sich vom Wind trocknen lassen, und die Sonne brachte die feinen Salzkristalle auf ihrer Haut zum Glitzern. Jake bewunderte die anmutige Linie ihres Nackens, und das, was das Bikinioberteil seinen Blicken preisgab, reichte, um ihn unruhig werden zu lassen.

„Ich werde mir auch ein Brett leihen und Daniel etwas Gesellschaft leisten“, meinte er und lächelte übertrieben strahlend. „Oder hast du etwas dagegen?“

„Natürlich nicht!“ Auch ihr Lächeln war lediglich gespielt. Sehnsüchtig blickte sie ihm nach, wie er zum Wasser ging. Was für breite Schultern und schmale Hüften er hatte, wie herrlich braun er war, und wie durchtrainiert er aussah!

Verzweifelt schloss sie die Augen und presste die Stirn auf das Badetuch. Sie wollte sich diesen schönen Urlaub nicht durch ihre sexuellen Fantasien verderben lassen!

Als sie den Kopf wieder hob, stand Jake bereits neben Daniel im Wasser und schien ihm etwas zu erklären. Einträchtig und Seite an Seite schoben sie anschließend ihre Bretter ins Tiefe. Der Anblick schmerzte unvorstellbar. Warum? Eigentlich hätte sie sich doch über diese Harmonie zwischen Vater und Sohn freuen sollen …

Während Jake, Shaine und Daniel auf Gran Canaria gewesen waren, waren in den Bungalow nebenan andere Gäste eingezogen. Auf dem Weg zum Frühstück in das Restaurant am Strand begegneten sie einander und kamen ins Gespräch.

Die Neuankömmlinge hießen Ben und Andrea Latimer, und ihr Sohn Jasper war mit Daniel im gleichen Alter. Die beiden Jungen waren sich sofort sympathisch und verabredeten sich gleich zum Surfen.

„Dann lasst uns doch alle am Wasser treffen“, schlug Jake vor, „wir Erwachsenen können euch dann bewundern.“

Ben und Andrea hielten ihn und Shaine offensichtlich für ein Ehepaar, und er ließ sie in diesem Glauben, weil er sich vor den Erklärungen fürchtete. Es war ein eigenartiges Gefühl, für Shaines Mann gehalten zu werden. Wie es wohl wäre, nicht nur die Tage, sondern auch die Nächte mit Shaine verbringen zu dürfen?

Jasper und Daniel verstanden sich so gut, dass Jake die Latimers einlud, am nächsten Tag mit auf den Pico del Teide zu kommen. Es war ein Ausflug, den er speziell für Shaine geplant hatte. Seine Erwartungen erfüllten sich, und die riesigen roten, gelben und grauen Krater in der Wüste aus schwarzem Lavagestein beeindruckten sie tief. Sie verknipste mehrere Filme und fertigte zahlreiche Skizzen an.

„Ich kann es gar nicht erwarten, meine Entwürfe in die Tat umzusetzen! Es ist alles so aufregend, Jake! Vielen Dank für dieses unvergessliche Erlebnis."

Für ihn war ihre Begeisterung eine neue Erfahrung, denn die Frauen aus seinen Kreisen gaben sich eher blasiert und gelangweilt. Shaine dagegen konnte sich aufrichtig freuen und hatte auch das Staunen noch nicht verlernt.

„Du bist so süß", sagte er spontan und streichelte ihre Wange. „Ich mag dich." Dass Ben, Andrea, Daniel und Jasper diese kleine Szene aus einiger Entfernung beobachteten, störte ihn nicht im Geringsten.

Shaine errötete, und ihre Augen glänzten. „Diese Ferien sind das schönste Geschenk, das ich mir vorstellen kann."

Würde sie seinen Reichtum je für selbstverständlich halten, wie es die Frauen an seiner Seite bisher getan hatten? Er glaubte nicht, dazu hatte Cranberry Cove sie zu stark geprägt.

„Dich so glücklich zu sehen macht auch mich sehr glücklich", gestand er.

„Das ist schön." Sie lächelte. „Jetzt gehen wir jedoch besser wieder zu den anderen."

„Seit die Latimers hier sind, hat sich die Situation merklich entspannt", meinte er nachdenklich. „Daniel ist nicht mehr so auf mich fixiert, und ich werde gezwungen, die Finger von dir zu lassen."

„Und du meinst, das würde mir gefallen? Ich habe bereits drei Brüder, einen vierten brauche ich wirklich nicht", entgegnete sie entschieden und schaute ihn herausfordernd an.

„Und was brauchst du?“

Sie zog sich den Strohhut tiefer in die Stirn und wandte sich zum Gehen. „Das ist mein Geheimnis.“

Jake war zufrieden – die Dinge entwickelten sich gut.

Die nächsten Tage faulenzten sie am Strand oder unternahmen kleine Ausflüge in die nähere Umgebung. Am Abend vor der Abreise luden sie die Latimers zu einer kleinen Abschiedsfeier ein. Shaine trank reichlich Wein, und als nach dem Essen getanzt wurde, schmiegte sie sich aufreizend eng an Jake.

Er blickte sich um und stellte erleichtert fest, dass Daniel mit Jasper zum Billardtisch verschwunden war und sie nicht sehen konnte. Jake nahm sich fest vor, diese Nacht noch nicht mit Shaine ins Bett zu gehen, es war noch zu früh.

Dieser Entschluss wurde auf eine harte Probe gestellt, als sie ihm im Wohnzimmer Gute Nacht sagte. Sie standen vor der offenen Terrassentür, die laue Nachtluft wehte herein, und das Meer rauschte leise. Shaine legte Jake die Arme um den Nacken. „Diese Tage mit dir waren unbeschreiblich schön“, sagte sie. Daniel, der danebenstand, sah seine Mutter fassungslos an.

Jake löste sich aus der Umarmung und trat einen Schritt zurück. „Das freut mich“, antwortete er aufrichtig, beugte sich vor und hauchte ihr einen Kuss auf die Wange.

Am folgenden Morgen reisten sie schon in aller Frühe ab und schliefen fast während des gesamten Fluges auf die andere Seite des Atlantiks. Am Kennedy Airport wartete schon Jakes Chauffeur mit einer großen Limousine auf sie, um sie zu der Wohnung am Central Park zu fahren.

Jake hatte behauptet, es sei eine eher bescheidene Wohnung. Als Shaine durch die hohen, hellen Räume ging und die echten Teppiche und modernen Skulpturen betrachtete, kam sie zu einem anderen Ergebnis, das sie jedoch für sich behielt.

Abends gingen sie ins Kino und Pizza essen, und am Tag darauf zeigte Jake Shaine und Daniel einige der bekanntesten Sehenswürdigkeiten New Yorks. Dann brach der letzte Urlaubstag an, und gleich nach dem Frühstück brachte Jake Daniel zu dem Probetraining, das er für ihn arrangiert hatte.

Shaine nutzte die Zeit zum Einkaufen. Den ersten Punkt auf ihrer Liste hatte sie schnell abgehakt, denn sie brauchte das, was sie am Vortag bestellt hatte, nur abzuholen. Ihr zweites Vorhaben dagegen erwies sich als äußerst schwierig.

Die Preise in den ersten drei Geschäften, die sie aufsuchte, sprengten ihre Möglichkeiten bei Weitem. Erst beim vierten Versuch in einer kleineren Boutique fühlte sie sich am richtigen Ort.

„Darf ich Ihnen helfen, Madam?", fragte die ältere, elegant gekleidete und perfekt geschminkte Verkäuferin.

Shaine nahm all ihren Mut zusammen. Diese Frau werde ich nie im Leben wiedersehen, sagte sie sich. „Ich brauche ein Negligé", erklärte sie mit fester Stimme, „das einen Mann dazu bewegt, mich nicht länger wie seine Schwester zu behandeln."

Die Verkäuferin neigte den Kopf zur Seite und begutachtete Shaine von Kopf bis Fuß. „Dieser Mann scheint ein Tölpel zu sein." Sie lächelte. „Lassen Sie mich sehen, was ich für Sie tun kann."

Shaine schluckte und nannte die Obergrenze dessen, was sie ausgeben konnte – selbst dann würde sie im nächsten Monat sogar am Essen sparen müssen. „Und der Mann ist kein Tölpel ... die Situation ist nur sehr kompliziert."

„Das ist sie immer", entgegnete die Frau trocken, nahm vier hauchzarte Gewänder vom Bügel und reichte sie Shaine. „Probieren Sie diese an, ich suche in der Zeit noch andere heraus."

Kreationen, die entblößten, zur Schau stellten, die betonten oder fast durchsichtig waren, Shaine probierte sie alle an. Schließlich entschied sie sich für ein Modell aus champagnerfarbenem Seidensatin, das ihre Figur sanft umspielte und nicht mehr als den Ansatz ihrer Brüste sehen ließ. Ihrer Meinung nach wirkte eine fantasievolle Verhüllung erregender als pure Nacktheit. Und wenn selbst diese raffinierte Schöpfung Jake nicht auf die Sprünge half, dann konnte sie alle Hoffnungen begraben.

Nur ein einziges Mal wollte sie ihre selbst auferlegte Enthaltsamkeit aufgeben. Schon vor einiger Zeit war sie bei Doc gewesen und hatte sich vor einer Schwangerschaft schützen lassen. Der Grund, weshalb sie sich Jake hingeben wollte, war ein ganz konkreter: Sie hoffte, durch diese Maßnahme die Macht, die Jake seit dreizehn Jahren über sie besaß, brechen zu können. Das Risiko, das sie bei diesem Versuch einging, nahm sie in Kauf.

Die Angestellte wickelte das Nachthemd in Seidenpapier und steckte es in eine exklusive Tragetasche. Shaine bedankte sich und eilte zurück in die Wohnung. Die Tragetasche versteckte sie unter ihren Sachen, das andere Päckchen legte sie im Wohnzimmer ins Bücherregal.

Als Daniel vom Training zurückkehrte, war er hellauf begeistert. „Den Trainer hättest du sehen sollen, Mum, er ist einsame Spitze! Er hat mir einen Supertrick gezeigt, wie ich kurz vor dem Netz noch täuschen kann! Und die Mannschaft ist einfach super. Wenn ich noch einmal hier bin, darf ich wieder hinkommen. Ich bin ein guter Spieler, hat der Trainer gesagt! Aber jetzt muss ich erst mal duschen. Steht noch Cola im Kühlschrank?“ Achtlos ließ er Tasche und Schläger auf das sorgsam polierte Parkett fallen.

„Ja, aber trink bitte nur eine Flasche, in einer halben Stunde wollen wir zu Mittag essen“, antwortete Jake.

„Okay.“ Daniel blickte seinem Vater direkt in die Augen. „Danke“, sagte er aufrichtig. „Das war ein großartiges Geschenk.“

„Gern geschehen.“ Jake räusperte sich. Wenn Daniel ihn auch noch Dad genannt hätte, wäre sein Glück perfekt gewesen, aber dazu war es vielleicht noch zu früh.

Daniel stürzte in der Küche die Cola hinunter und rannte dann zum Badezimmer, wobei er einen imaginären Puck mit einem ebenso imaginären Schläger vor sich hertrieb. Die Tür ließ er mit ohrenbetäubendem Knall hinter sich ins Schloss fallen.

Shaine zuckte zusammen. „Wieso müssen Jungen eigentlich immer einen solchen Lärm machen?“, fragte sie.

„Das solltest du eigentlich am besten wissen. Du hast doch vier von der Sorte großgezogen.“

„Es war eine rein rhetorische Frage.“ Sie stand auf und holte das Päckchen aus dem Regal. „Für dich“, meinte sie und lächelte unsicher.

Jake wog es nachdenklich in der Hand. Konnte er sich überhaupt daran erinnern, wann er einmal von einer Frau etwas geschenkt bekommen hatte? Bisher war immer erwartet worden, dass die Präsente von ihm kamen. „Du glaubst gar nicht, wie oft ich in den vergangenen Tagen in Versuchung war, dir etwas zu kaufen. Doch ich habe mich stets beherrscht, weil ich dir nicht das Gefühl geben wollte, mir verpflichtet zu sein.“

„Du hast Daniel und mir sowieso schon mehr gegeben, als wir je wieder gutmachen können.“

Jake, der normalerweise auch bei schwierigsten Verhandlungen seine Schlagfertigkeit nie verlor, suchte nach Worten. „Ich habe die vergangenen Tage Spaß gehabt und mein Leben unbeschwert genießen können. Diese Fähigkeit, die es nirgends zu kaufen gibt, war mir in den letzten Jahren verloren gegangen. Daniel und du habt sie mir wiedergeschenkt, und deshalb braucht ihr euch für nichts zu bedanken.“

Sie beobachtete, wie er den flachen Karton öffnete. Ein Foto in einem schlichten Alurahmen kam zum Vorschein: Daniel und Jake lachend und einträchtig nebeneinander im Wasser, ihre Surfbretter hinter sich herziehend. Wortlos starrte Jake das Bild an.

„Gefällt es dir nicht?“, fragte sie ängstlich.

„Du hättest mir kein schöneres Geschenk machen können“, antwortete er rau. „Wie hast du das nur so schnell fertiggekriegt?“

„Das Foto habe ich schon auf Teneriffa entwickeln lassen, gestern brauchte ich es dann nur noch zum Rahmen zu bringen.“

Shaine hatte sich Gedanken gemacht und bemüht – seinetwegen. Gerührt umfasste er ihr Gesicht und gab ihr einen innigen

Kuss, den sie vorbehaltlos erwiderte. Leider kam Daniel genau in diesem Moment aus dem Badezimmer und tapste barfuß über den Flur. Widerstrebend löste Jake die Umarmung. „Kennt Daniel das Foto?“

Sie schüttelte den Kopf, und als Daniel das Wohnzimmer betrat, hielt Jake ihm das Bild entgegen. „Das hat mir deine Mutter geschenkt, Daniel. Es wird bei mir einen Ehrenplatz erhalten.“

Daniel sah erst das Bild, dann seinen Vater an. „Der Urlaub ist zu Ende. Morgen fliegen wir wieder nach Hause“, bemerkte er nur.

„Ihr könnt jederzeit wieder hierherkommen, Weihnachten zum Beispiel.“

„Da habe ich ein Hockeyturnier.“

„Wenn wir uns wirklich sehen wollen, werden wir auch einen Termin finden“, antwortete Jake vorsichtig.

„Ich habe auf Teneriffa auch Geschenke gekauft, eins für dich und eins für Mum.“ Abrupt drehte Daniel sich um, ging in sein Zimmer und kehrte mit zwei Päckchen zurück. Das eine warf er Shaine in den Schoß, das andere Jake.

Für seine Mutter hatte er auf einem der Märkte auf Teneriffa ein Platzdeckchen mit handgeklöppelter Spitze besorgt. „Ich konnte mir leider nur eins leisten“, entschuldigte er sich. „Ich dachte, auf dem kleinen Tisch neben unserem Fernseher würde es sehr gut aussehen.“

Shaine war gerührt. „Es ist ein ausgefallenes Stück, Daniel. Klöppeln ist ebenso wie das Arbeiten mit Buntglas ein altes Kunsthandwerk, das die Zeit überlebt hat, daher gefällt mir das Deckchen ganz besonders.“

Jake wickelte eine Schnitzerei aus, einen Surfer, der sich kraftvoll gegen sein Brett stemmte und das Segel hart am Wind hielt. Wenn ich nicht aufpasse, fange ich gleich an zu weinen, dachte er und wagte endlich, was er sich die ganze Woche nicht getraut hatte: Er nahm seinen Sohn in den Arm und drückte ihn. Noch bevor der überraschte Daniel darauf reagieren konnte, hatte er ihn schon wieder losgelassen und trat einen Schritt zurück.

Den Surfer stellte er neben eine kostbare Bronzeplastik ins Bücherregal. Er wusste, welches der beiden Stücke ihm mehr bedeutete.

Umständlich räusperte er sich. „Heute Nachmittag steht das Naturhistorische Museum auf dem Programm, dann gehen wir zum Chinesen essen und anschließend zum Hockeyspiel.“

Eins wusste Jake genau: Ab dem nächsten Tag würde ihm seine Wohnung einsam und leer vorkommen.

10. KAPITEL

Es war schon Mitternacht, als Shaine am folgenden Sonntag das Geschirr spülte. Padric, Connor und Devlin waren gerade gegangen, nachdem sie sich die Urlaubsfotos angesehen hatten. Alle hatte Shaine ihnen natürlich nicht gezeigt.

Sie war selbst erschrocken gewesen, wie viele Aufnahmen sie von Jake gemacht hatte. Die lagen jetzt gut versteckt im Schrank, neben der Tragetasche mit dem Nachthemd.

Ob sie es je tragen würde?

Seit sie wieder zu Hause war, kam ihr Cranberry Cove enger denn je und ihr Leben noch einsamer vor. Sollte sie sich zwingen, zu ihrer alten Routine zurückzufinden, oder sollte sie ihr Schicksal in die Hand nehmen und etwas Neues wagen?

Am Montag war Jake schon früh auf, weil er noch seinen Koffer für eine viertägige Geschäftsreise nach Kalifornien packen musste. Er war überrascht, als das Telefon klingelte und Shaine sich meldete.

„Hast du nächstes Wochenende schon etwas vor?", fragte sie ihn, kaum dass sie ihn begrüßt hatte.

„Nein", antwortete er sofort und ohne einen Blick in seinen Terminkalender zu werfen.

„Ich fliege am Donnerstag nach Montreal, um Glas zu kaufen. Hättest du Lust, mich dort zu besuchen?"

„Sicher."

„Ich möchte mit dir ins Bett gehen, Jake." Ihre Stimme klang unnatürlich schrill.

„Dazu sage ich nicht Nein." Wie distanziert das klang! In Wahrheit war er verrückt nach ihr! „Du hast mich lange genug auf die Folter gespannt. Weißt du eigentlich, was es für mich bedeutet hat, dich ständig in deinem verführerischen grünen Bikini vor mir zu sehen und dich nicht berühren zu dürfen? Und was ist mit Daniel?"

„Der Bikini war nicht grün, sondern türkis. So genau kannst du also gar nicht hingesehen haben. Daniel weiß natürlich nichts von unserem Treffen und soll auch nichts davon erfahren. Für ihn ist es normal, dass ich zweimal im Jahr nach Montreal fliege, um meine Glasvorräte zu ergänzen. Er wohnt in der Zeit bei Devlin."

„Wann kommst du in Montreal an?"

„Donnerstag, gegen Abend. Freitag bin ich den ganzen Tag in der Glasfabrik beschäftigt, den Sonnabend habe ich für mich, und Sonntagvormittag fliege ich zurück."

Jake überlegte fieberhaft. „Ich kenne ein gemütliches Hotel in der Altstadt und könnte Freitag am späten Nachmittag bei dir sein. Ich kümmere mich um die Reservierung und rufe dich gleich wieder an."

Schnell, ehe Shaine es sich anders überlegen konnte, legte er auf. Shaine wollte mit ihm ins Bett gehen, und sechsunddreißig Stunden lang würde er sie ganz für sich allein haben! Noch ganz benommen vor Glück suchte er die Nummer des Hotels in Montreal heraus.

Vier Minuten später rief er schon wieder bei Shaine an und nannte ihr Adresse und Zimmernummer. „Du wirst Donnerstag erwartet und brauchst dich um nichts zu kümmern. Wir sehen uns dann Freitag beim Abendessen ... und Shaine – vielen Dank."

Langsam legte Shaine den Hörer auf. Sie hatte also tatsächlich die Initiative ergriffen. Oder besser gesagt Jake ermuntert, die Initiative zu ergreifen. Das Hotel war ihr ein Begriff, sie kannte es von ihren Streifzügen durch die Altstadt Montreals. Wie oft hatte sie sich gewünscht, sich dort ein Essen leisten zu können! Jetzt würde sie dort wohnen, weil sie sich auf ein romantisches Wochenende mit Jake eingelassen hatte und Geld für ihn keine Rolle spielte.

Wie würde das Experiment ausgehen? Sie war überzeugt, Jake nicht zu lieben, doch war ein solches Treffen wirklich das geeignete Mittel, den Zauber zu zerstören, den er auf sie ausübte?

Es war schon fast halb sieben, als Jake am Freitag das Hotel betrat. Das war später als geplant, doch gleich vom Flugplatz aus hatte er die Glasfabrik angerufen, um dort noch vor Feierabend etwas zu erledigen.

Zufrieden sah Jake sich im Foyer um. Mit diesem Hotel hatte er die richtige Wahl getroffen. Die Einrichtung war geschmackvoll und stilgerecht, die antiken Möbel und Teppiche waren echt, und der Service ließ keine Wünsche offen.

„Ihr Gepäck wird sofort nach oben gebracht, Monsieur", versicherte ihm der Empfangschef. „Madame wartet in der Bar auf Sie."

Jake drückte ihm ein Trinkgeld in die Hand und suchte Shaine.

Sie saß auf einem Barhocker. Im gedämpften Licht glichen ihre roten Locken züngelnden Flammen, und ihr knappes schwarzes Kleid ließ ihre schlanken Beine aufregend lang erscheinen ...

„Hallo, Shaine." Er küsste ihr die Hand. „Trink aus, und lass uns aufs Zimmer gehen. Ich kann einfach nicht mehr länger warten."

Nachdem sie sich einen letzten Schluck Rotwein auf der Zunge hatte zergehen lassen, ließ sie sich anmutig von dem hohen Stuhl gleiten. Sie war größer als gewöhnlich, und Jake wusste auch sofort, weshalb. Bewundernd betrachtete er ihre eleganten Pumps mit den Bleistiftabsätzen.

„Havarieware", vertraute sie ihm an, da sich niemand in Hörweite befand.

„Ich werde dein Geheimnis niemandem verraten. Und das Kleid?"

„Selbst genäht. Für den Stoff brauchte ich nicht viel Geld auszugeben."

Der figurbetonte Schnitt ließ die Arme frei, und der Rückenausschnitt reichte fast bis zur Taille. Jake schluckte. „Das war Geiz an der richtigen Stelle."

„Ich könnte ein Buch über dieses Thema schreiben. Wie war Kalifornien?"

„Weiß ich nicht, dein Anblick hat mein Gedächtnis außer Kraft gesetzt." Er legte die Hand auf ihren bloßen Rücken und führte sie zum Lift, der sie in das oberste Stockwerk brachte, wo Jake die einzige Suite des Hotels gebucht hatte. Als er die Tür öffnete, duftete es intensiv nach Rosen, und Shaine sah ihn von der Seite an.

„Vielen Dank für die Blumen. Schade, dass ich sie nicht mit nach Hause nehmen kann."

Er schloss hinter sich ab, warf sein Jackett über die Ledercouch und nahm die Krawatte ab. „Komm zu mir, Shaine, heute habe ich ein Verhütungsmittel dabei."

„Nicht nötig, ich war bei Doc und habe vorgesorgt." Nervosität ließ ihre Stimme ungewöhnlich hoch klingen. „Ich weiß auch nicht, weshalb ich so aufgeregt bin", gestand sie. „Schließlich ist es für uns nicht das erste Mal."

„Es hängt jedoch viel davon ab, das macht dich unsicher."

„Jake, für mich sind diese zwei Tage eine Flucht aus dem Alltag. Es ist ein romantisches Abenteuer, keine Ehe auf Probe!"

Er zuckte nur die Schultern, zog die Schuhe aus und streifte die Socken ab.

„Ich bin gleich wieder da." Sie holte die Tragetasche aus der untersten Schublade des Sekretärs und verschwand damit im Badezimmer.

Als sie wieder ins Wohnzimmer zurückkehrte, verschlug es ihm die Sprache – selbst Venus konnte nicht schöner sein. Sanft schimmernd floss ihr die champagnerfarbene Seide um Brüste und Hüften und zeichnete sanft die Konturen ihrer Schenkel nach. Die Knospen ihrer Brüste zeichneten sich unter dem feinen Material deutlich ab, und leidenschaftliches Verlangen erfüllte ihn.

„Das hast du nicht in Cranberry Cove gekauft", bemerkte er. Er wollte Zeit gewinnen, um sich wieder zu fassen.

„Nein, in New York." Unter gesenkten Wimpern sah sie ihn an. „Gefalle ich dir?"

Als Antwort trug er sie ins Schlafzimmer und legte sie auf das mit rotem Samt gepolsterte Bett. Das gedämpfte Licht, das aus dem Wohnzimmer in den Raum fiel, tauchte Shaines Gestalt in geheimnisvolles Gold. Jake setzte sich neben sie und streichelte behutsam ihre Füße.

„Bitte küss mich", bat sie leise.

„Nicht so hastig." Betont langsam stand er auf, öffnete ruhig sein Hemd und warf es auf einen Stuhl, bevor er sich wieder neben sie setzte. Stückchen für Stückchen, als hätte er alle Zeit der Welt, schob er ihr dann das Nachthemd hoch und liebkoste ihre zarte Haut.

Sehnsuchtsvoll rief sie seinen Namen und wiegte sich in den Hüften. Als er das kleine Dreieck zwischen ihren Schenkeln entblößt hatte, kniete er sich neben sie und streichelte sie, bis sie sich vor Lust wand. Ihr kleiner, wilder Schrei, als sie den Höhepunkt erreichte, klang schöner als jede Musik in seinen Ohren.

„Wie ist das geschehen?", fragte sie, als sich ihr Atem wieder beruhigt hatte. „Ich wollte doch *dich* verführen!"

Er öffnete seinen Gürtel und ließ die Hose zu Boden gleiten. „Aufgeschoben ist nicht aufgehoben."

Shaine lächelte. Sie richtete sich auf und streifte sich lasziv das Nachthemd über den Kopf. Ihre Haut schimmerte sanft wie Elfenbein, und ihr Parfum duftete betörend.

„Du bist die schönste Frau der Welt", meinte er rau, als sie ihn an den Schultern zu sich zog und seinen Kopf zwischen ihre Brüste bettete. Er hörte ihr Herz schlagen und spürte eine nie gekannte Vertrautheit.

Als er zärtlich die Lippen über ihre Brüste gleiten ließ, konnte sie sich nicht länger beherrschen. „Jetzt", bat sie. „Jake … jetzt … bitte …"

Schnell entledigte er sich seiner Unterwäsche und drückte Shaine in die Kissen. Dann schob er sich auf sie und küsste sie mit aller Leidenschaft, die er für sie empfand.

Shaines Sinne verwirrten sich. Sie wusste nur eins: Noch nie hatte sie einen Menschen so begehrt wie Jake. Sie bog sich ihm entgegen, doch mit eiserner Kontrolle hielt Jake sich immer noch zurück. Er wollte ihr so viel Freude schenken, wie er nur vermochte. Rhythmisch bewegte er sich zwischen ihren Schenkeln und brachte sie erneut zum Höhepunkt.

Dann rollte er sich auf die Seite, zog Shaine an den Hüften zu sich heran und sah ihr in die Augen.

„Es ist so schön mit dir“, sagte sie mit einer Offenheit, die ihn bezauberte. „Ich mag deinen Körper, er passt so wunderbar zu meinem.“

„Ja, wir sind füreinander geschaffen.“ Spielerisch knabberte er an ihrer Oberlippe und wickelte sich eine Locke um den Finger.

Langsam ließ Shaine die Hände über seinen Oberkörper gleiten, tastete die Rippen ab und fühlte seine Muskeln. Jakes männlicher Geruch war ihr seltsam vertraut und berauschte sie. Mein Mann, dachte sie, und ihre Augen glänzten, er ist mein Mann.

Aufreizend langsam bewegte sie die Hände weiter abwärts und folgte der Spur mit den Lippen. Da war es um Jakes Kontrolle endgültig geschehen, und stürmisch riss er Shaine an sich. „Ich kann nicht mehr warten“, stöhnte er und kam zu ihr.

Sie schlang die Beine um seine Hüften, um ihn noch inniger, noch tiefer zu spüren. Hingebungsvoll passte sie sich seinem Rhythmus an, bis sie das Gefühl hatte, eins mit ihm zu sein, und gemeinsam erreichten sie den Höhepunkt.

„Du hast mir die letzte Kraft geraubt“, meinte er, als er wieder in der Lage war, zu sprechen.

„Ehrlich?“ Sie lachte leise, stützte den Kopf auf den Ellbogen und sah Jake an. „Dabei bin ich doch ganz aus der Übung.“

„Das hat dir nicht geschadet.“ Besitzergreifend zog er sie an sich. „Shaine, selbst auf die Gefahr hin, alle deine Illusionen zu zerstören, muss ich dir etwas gestehen: Ich habe plötzlich einen Bärenhunger. Anscheinend habe ich nicht genug zu Mittag gegessen.“

„Dann können wir uns die Hand reichen. Ich möchte gern ein Schokoladenéclair mit frischen Erdbeeren.“

„Nichts anderes?“

„Oh, vielleicht noch ein Steak – oder auch zwei.“

Sie war so süß! Eine Welle der Zärtlichkeit und Fürsorge erfasste ihn und ließ sein Herz überfließen. „Du sollst alles haben, was du dir nur wünschst", antwortete er mit belegter Stimme.

Der Speisesaal mit all seiner Pracht aus Kristalllüstern, Spiegeln und Blattgold hätte sich auch im Schloss von Versailles befinden können. Shaine jedoch beeindruckte das wenig, sie bewegte sich mit einer Lässigkeit und Eleganz, als wäre sie in dieser Art von absolutem Luxus groß geworden.

„Ich genieße jede Sekunde unseres Wochenendes", gestand sie und griff zu der auf Pergament gedruckten Speisekarte. „Womit soll ich nur anfangen?", fragte sie in komischer Verzweiflung. „Ich weiß lediglich, womit ich aufhören will."

Jake stellte ihnen ein opulentes Menü zusammen, und sie aßen in aller Ruhe und mit viel Genuss. Nachdem Shaine sich das letzte Stückchen ihres Éclairs in den Mund geschoben hatte, lehnte sie sich zufrieden zurück.

„So köstlich habe ich in meinem ganzen Leben noch nicht gespeist. Wenn mein Magen es nur zuließe, würde ich am liebsten noch einmal von vorn anfangen."

Ein kleiner Klecks Sahne war auf ihrer sinnlichen Unterlippe zurückgeblieben. Jake betrachtete ihn fasziniert, als ihn die Erkenntnis mit der Plötzlichkeit und Macht eines Blitzschlags traf: Er liebte Shaine, er liebte sie, seit sie ihm im Laden ohnmächtig in die Arme gesunken war.

Oder liebte er sie nicht schon viel länger? Hatte er überhaupt jemals aufgehört, sie zu lieben? War das nicht der eigentliche Grund, weshalb ihn keine Frau wirklich hatte fesseln können, weshalb er nie eine feste Beziehung eingegangen war? Allein Shaine war es, die er wollte. Sie war die einzige Frau auf der Welt für ihn, sie war seine Seelenfreundin und Gefährtin.

„Ist etwas?", fragte sie befremdet. „Ist meine Wimperntusche verlaufen?"

Er blickte sie an, als hätte er sie noch nie zuvor gesehen. Er wollte

Shaine heiraten, täglich mit ihr zusammen sein und glückliche und schwere Zeiten mit ihr teilen. Er wollte Daniel ein echter Vater sein und noch weitere Kinder mit ihr haben.

„Hättest du gern noch ein Baby?" Die Frage war ihm über die Lippen gekommen, ohne dass er es gewollt hatte.

„Als ledige Mutter? Nein!"

„Und wenn du wieder heiraten würdest?"

„Ich und heiraten? Niemals!"

„Shaine, ich habe mich ein zweites Mal in dich verliebt – oder vielleicht ist es auch immer noch das erste Mal, ich weiß es nicht. Bitte heirate mich!"

Sie wurde blass. „Ich will nicht, dass du mich liebst, damit machen wir uns nur unglücklich!" Verzweifelt bemühte sie sich, der Situation die Dramatik zu nehmen. „Viel lieber möchte ich einen Espresso. Oder meinst du, dass ich dann die Nacht nicht schlafen kann?"

Jake ging auf ihr Spiel ein. Was sollte aus ihm werden, wenn sie seine Gefühle nicht erwiderte? Er verbarg seine Angst hinter einem ironischen Lächeln.

„Egal ob du einen Espresso trinkst oder nicht, zum Schlafen wirst du diese Nacht sowieso nicht kommen."

11. KAPITEL

Mittwochnachmittag traf die Lieferung mit dem Glas ein. Shaine nahm die Scheiben von der Palette, verglich sie mit ihrer Bestellung und schob sie dann in die Halterungen des Regals.

Glas in allen Farben, transparent und opak, hakte sie auf dem Lieferschein ab. Doch als sie *Butzenglas, Barockglas* und *Antikglas* las, stutzte sie. Das hatte sie doch gar nicht bestellt, von diesem Material konnte sie nur träumen, so kostbar war es.

Eine Notiz auf der Rückseite der Liste löste das Rätsel: Ein gewisser Jake Reilly hatte die Bestellung aufgegeben und Ware und Fracht bereits im Voraus bezahlt.

Jake hatte ihr dieses Geschenk also schon vor dem Treffen im Hotel gemacht. Shaine biss sich auf die Lippe. Wie hatte er wissen können, was sie sich wünschte? Besonders das Antikglas war der ideale Werkstoff für ein abstraktes Muster, das ihr nicht aus dem Kopf ging, seit sie die Kraterlandschaft auf dem Teide gesehen hatte.

„Hallo, Mum. Rate mal, was passiert ist!" Daniel kam aus der Schule und stürmte in die Werkstatt.

„Du hast eine Eins in Englisch?"

„Da muss ich dich leider enttäuschen. Nein, ich habe die besten Chancen, auf dem Turnier am Wochenende zum Spieler des Jahres ernannt zu werden. Der Trainer hat es mir gesagt!"

„Das ist ja eine Überraschung! Wann fahrt ihr eigentlich?"

„Freitag, gleich nach der Schule geht es los, ich komme gar nicht nach Hause." Er deutete auf das Glas, das Shaine gerade vor sich liegen hatte. „Die Farbe ist ja echt cool!"

„Ja, das ist auch schon etwas ganz Besonderes, deshalb bin ich auch so froh, dass ich diese kleine Glashütte in Montreal ausfindig gemacht habe. Ich bin gleich fertig, dann koche ich. Devlin hat uns Krabben mitgebracht."

Nach dem Essen kratzte Daniel die letzten Reste aus dem Topf. „Das schmeckt fast so gut wie die Shrimps, die wir auf Gran Canaria gegessen haben. Weißt du noch, was für eine leckere Soße es dazu gab?“

Shaine, die in Gedanken noch ganz bei dem neuen Glas war und in ihrer Fantasie schon die schönsten Muster daraus fertigte, redete unbedacht drauflos. „Ja, aber sie war längst nicht so lecker wie die zu dem Steak am Samstag …“ Erst jetzt fiel ihr auf, was für einen fatalen Fehler sie begangen hatte. „Ich meine, wie die zu dem Steak, das wir an unserem letzten Abend in New York gegessen haben.“

Entgeistert sah Daniel sie an. „Da waren wir beim Chinesen, Mum! Du hast dich also mit ihm in Montreal getroffen!“

„Ja, aber …“

„Heiratest du ihn dann also auch?“

„Nein.“

„Und warum nicht?“

„Weil ich das nicht will.“

„Aber gefragt hat er dich?“

„Ja, doch zu einer Ehe gehören zwei. Es tut mir leid, dass ich das Thema erwähnt habe.“

Daniel stieß seinen Stuhl so heftig zurück, dass er umfiel. Der unnachgiebige Blick seiner blauen Augen erinnerte Shaine unangenehm an Jake. „Mum! Es gibt überhaupt keinen Grund für dich, ihn nicht zu heiraten! Ich habe euch im Urlaub genau beobachtet, ihr beide versteht euch prima!“

„Ich soll Jake heiraten?“ Shaine war wie vor den Kopf gestoßen. Für sie kam Daniels Sinneswandel völlig überraschend.

„Die Eltern meiner Freunde sind alle verheiratet, nur du nicht – du musst immer anders sein!“ Daniel lief aus der Küche und schlug die Tür hinter sich zu.

Shaine schloss die Augen. Warum hatte sie nicht den Mund gehalten? Wie hatte sie nur so dumm sein können?

Diese Frage stellte sich Shaine in den folgenden Tagen noch öfter, denn Daniel bereitete ihr Probleme. Normalerweise ein unkomplizierter und ausgeglichener Junge, zog er sich plötzlich in sich zurück und redete kaum mehr mit ihr. Er verhielt sich so abweisend, wie sie es noch nie an ihm erlebt hatte.

Shaine ignorierte sein Benehmen, so gut sie es vermochte, atmete jedoch erleichtert auf, als er am Freitagmorgen das Haus verließ. Sein Hockeyturnier würde ihn auf andere Gedanken bringen, und wenn er am Sonntagabend zurückkam, würde er so sein wie immer.

Sie selbst gönnte sich auch etwas. Samstag zog sie sich in ihr Studio zurück und ließ Jenny den Laden allein machen. Endlich konnte sie ungestört an ihren Entwürfen arbeiten. Sie war ganz in ihre Arbeit vertieft und suchte gerade für eine Skizze die entsprechenden Glasfarben zusammen, als es an der Tür klingelte.

Shaine strich sich das Haar aus der Stirn und blickte zur Uhr. Kaum zu glauben, dass schon wieder zwei Stunden vergangen waren! Hastig stand sie auf und lief zur Tür. „Mary!", rief sie. „Wie geht es dir?"

Mary Bates war die Mutter von Art, der Daniels Freund und Torhüter der Hockeymannschaft war. Hardy Bates, Arts Vater, assistierte dem Trainer.

„Mir geht es gut." Mary lachte. „Doch wie geht es Daniel? Ich wollte mich nur erkundigen, ob er wieder auf dem Weg der Besserung ist. Die Grippe muss ihn ja ordentlich erwischt haben, sonst hätte er bestimmt nicht auf ein derart wichtiges Turnier verzichtet."

Shaine hatte das Gefühl, den Boden unter den Füßen zu verlieren. „Bitte komm herein, Mary. Daniel ist nicht mit zum Turnier gefahren?"

„Nein. Gestern hat er kurz vor der Abfahrt angerufen und sich entschuldigt … Shaine, ist Daniel etwa nicht zu Hause?"

„Nein." Sie ließ sich auf den nächsten Stuhl sinken. „Oh Mary, wo ist er nur?" Shaine war übel, und ihre Gedanken überschlugen sich. „Er muss bei seinem Vater sein! Daniel und ich haben uns am

Mittwoch gestritten. Seiner Meinung nach soll ich Jake heiraten, doch für mich ist das keine Lösung."

Shaine geriet immer mehr in Panik und konnte kaum noch zusammenhängend sprechen. „Seit gestern Morgen habe ich Daniel nicht mehr gesehen. Wo kann er nur sein? Was soll ich bloß tun?"

Mary behielt die Ruhe und blieb vernünftig. „Vielleicht hat er dir einen Brief geschrieben", überlegte sie laut. „Lass uns in sein Zimmer gehen und nachsehen."

Als die Suche erfolglos blieb, schlug Mary vor, bei Jake anzurufen. Shaines Finger zitterten so, dass sie nicht wählen konnte und Mary es für sie tun musste. Was sollte sie nur machen, wenn sie ihn nicht erreichen konnte? Viermal ging der Ruf durch, dann endlich hatte sie ihn am Telefon.

„Jake!" Erschöpft ließ sich in den nächsten Sessel fallen.

„Shaine, was ist passiert?"

„Daniel ist ausgerissen. Er hat das mit Montreal herausgefunden, und wir hatten eine heftige Auseinandersetzung. Ich glaubte, er sei gestern Morgen mit seiner Mannschaft zu einem Hockeyturnier abgereist. Erst jetzt habe ich durch Zufall erfahren, dass er sich wegen Grippe entschuldigt hat und gar nicht mitgefahren ist. Jake, wir *müssen* ihn finden!"

„Und du meinst, er will zu mir?"

„Bestimmt. Wir haben uns gestritten. Daniel will, dass ich dich heirate."

„Beruhige dich, Shaine, er wird schon keine Dummheiten machen. Ich kümmere mich sofort um die Sache. Wann hält der Überlandbus freitags in Cranberry Cove?"

„Morgens um halb zehn. Natürlich, den wird er genommen haben! Ich bin so durcheinander, dass mir das Nächstliegende nicht eingefallen ist."

„Kümmert sich jemand um dich?"

„Ja."

„Gut, dann schenk dir einen Brandy ein, und bleib in der Nähe des Telefons. Sobald ich Genaueres in Erfahrung gebracht habe, rufe ich dich sofort an."

Auf den Alkohol verzichtete sie, doch für den Tee, den Mary für sie beide bereitete, war sie dankbar. Die Zeit kroch nur so dahin, und als das Telefon zwei Stunden später endlich klingelte, stand Shaine trotz der Fürsorge ihrer Freundin kurz vor einem Nervenzusammenbruch.

„Daniel sitzt im Bus nach New York", berichtete Jake. „Der Fahrer weiß mittlerweile Bescheid und hat ein Auge auf ihn. Ich fahre jetzt zum Bahnhof und hole Daniel ab. Bevor ich dich wieder anrufe, will ich erst einmal gründlich mit ihm reden. Es kann also noch zwei, drei Stunden dauern, bis ich mich wieder bei dir melde."

Shaine ließ den Hörer fallen, legte die Stirn auf die Tischplatte und weinte hemmungslos. Nur wie aus weiter Ferne hörte sie Mary sprechen.

„Okay", sagte sie gerade. „Ich habe verstanden. Ich werde das Nötige veranlassen und dafür sorgen, dass sie gut ankommt."

Sorgsam legte Mary den Hörer auf die Gabel, umarmte Shaine und drückte sie. „Glaub mir, alles wird gut werden", prophezeite sie.

Am Busbahnhof zwängte Jake sich durch die Menschenmenge. Daniel ausfindig zu machen war nicht besonders schwierig gewesen. Nur eins war ihm nicht klar: wie es Daniel nämlich gelungen sein konnte, ohne erwachsene Begleitperson über die Grenze zu kommen. Doch auch dieses Rätsel würde er noch lösen.

Daniel stieg aus dem Bus und blickte sich unsicher um. „Daniel!" Jake ging auf ihn zu. Daniel schien eindeutig erleichtert, ihn zu sehen, und blickte ihn halb trotzig, halb ängstlich an.

Jake schloss ihn kurz in die Arme. „Hast du Gepäck dabei?"

„Nur das." Daniel deutete auf seinen prall gefüllten Rucksack.

„Wir unterhalten uns zu Hause", meinte Jake und hielt seinem Sohn die Autotür auf.

Doch zunächst hatte Daniel erst einmal Hunger. Er aß eine große Pizza, die Jake ihm aufgebacken hatte, trank einen Liter Milch dazu und verzehrte eine Banane und vier Muffins als Nachtisch.

„Darf ich jetzt Mum anrufen?“, fragte er, nachdem er endlich satt war, und sah Jake unsicher an.

„Später. Sie weiß, wo du bist.“

„Du musst sie einfach umstimmen!“, brachte Daniel sein Anliegen unvermittelt vor. „Sie hat mir von Montreal erzählt und dass du sie heiraten willst. Warum lehnt sie das ab? Es wäre doch so schön. Alle Kinder in meiner Klasse haben Eltern, die verheiratet sind!“

„Du möchtest also so sein wie alle anderen auch. Sehe ich das richtig?“, fragte Jake einfühlsam.

Daniel knackte nervös mit den Fingern. „Ich möchte einen Vater haben“, antwortete er kaum hörbar.

„Irgendeinen?“ Jake bemühte sich um einen sachlichen Ton.

„Nein, ich will dich, weil nur du mein Vater bist.“ Flehentlich sah Daniel ihn an.

Jake stand auf, zog Daniel von seinem Stuhl hoch und schloss ihn in die Arme. Als sein Sohn zu weinen anfing, musste auch er gegen die Tränen kämpfen. „Und ich will dir ein richtiger Vater sein, Daniel. Ich kann mir nichts Schöneres vorstellen.“

Daniel blickte auf und wischte sich mit dem Ärmel über das feuchte Gesicht. „Jetzt musst du nur noch Mum überzeugen.“

Jake verstrubbelte ihm zärtlich das Haar. „Sie meint, du gehörst nach Cranberry Cove, weil du da deine drei Onkel, deine Freunde und deine Hockeymannschaft hast. Woanders würdest du dich nicht wohlfühlen.“

„Das stimmt nicht mehr“, meinte Daniel nachdenklich. „Seit unserem Urlaub sehe ich das anders. Die Bucht scheint mir enger – langweiliger. Neue Freunde kann ich auch woanders finden, denn ich lasse mich nicht unterbuttern. Außerdem könnten wir doch ab und zu auf Besuch nach Cranberry Cove fahren, oder?“

„Natürlich, aber es wäre dann nicht mehr dasselbe für dich. Hockey könntest du jedenfalls auch in New York spielen. Du hast bei deiner Probestunde den besten Eindruck hinterlassen. Der Trainer hat mich hinterher angerufen und gesagt, er würde dich jederzeit in die Mannschaft aufnehmen."

„Mum würde es hier bestimmt auch viel besser gefallen. Ohne den Laden hätte sie viel mehr Zeit für ihre Kunstwerke."

„Ich werde mit deiner Mutter reden, mehr kann ich dir im Moment nicht versprechen. Sie müsste übrigens bald landen, der Jet hat sie in Deer Lake abgeholt. Ich möchte euch beiden nämlich mein eigentliches Zuhause auf Long Island zeigen."

„Noch eine Wohnung?"

„Nein, ein Haus mit einem großen Grundstück. Doch zuvor habe ich noch ein Wörtchen mit dir zu reden, Daniel. Was hast du dir eigentlich dabei gedacht, einfach auszureißen? Bist du denn ein Feigling, der vor Problemen davonläuft? Hast du denn keinerlei Skrupel, deine Mutter in Angst und Schrecken zu versetzen? Diesmal sehe ich es dir nach. Es war eine besondere Situation, und alles ist gut gegangen. Doch ein zweites Mal werde ich dir eine solche Eskapade nicht verzeihen, das darfst du mir glauben."

„Ich habe einen Brief mit Mums Unterschrift gefälscht und mit einem Amtssiegel versehen. In der Pause bin ich ins Zimmer von unserem Direx geschlichen und habe seinen Stempel benutzt. Mit diesem Schreiben durfte ich die Grenze passieren. So, jetzt weißt du alles."

Insgeheim war Jake beeindruckt, wie gut überlegt sein Sohn vorgegangen war, laut sagte er jedoch: „Das war glatter Betrug, mach so etwas nicht noch einmal, Daniel! Versprichst du mir das?"

„Ja." Er ließ den Kopf hängen. „Mum wird mich zur Schnecke machen, du wirst es erleben", prophezeite er düster.

Doch als Shaine am Flughafen aus dem Jet stieg und Daniel erblickte, lief sie auf ihn zu, nahm ihn in die Arme und drückte ihn, bis er kaum noch atmen konnte. Dann sah sie ihn an, schluckte ihre

Tränen hinunter und sagte energisch: „Du hast mich belogen und mir einen ungeheuren Schrecken eingejagt, Daniel! Solltest du das noch einmal tun, wirst du dein blaues Wunder erleben, das kann ich dir verraten!“

„Entschuldigung, Mum.“

„Deine Entschuldigung spar dir lieber für deinen Trainer auf. Hardy hat dich für die nächsten drei Spiele gesperrt.“

Daniel machte ein langes Gesicht.

„Außerdem hast du dich vor einer Auseinandersetzung gedrückt und bist einfach fortgelaufen. So verhält sich nur ein Feigling.“

„Das hat Dad auch schon gesagt.“

Dad …

Shaine brauchte Daniel nicht mehr nach dem Grund seines rebellischen Verhaltens zu fragen – er lag auf der Hand. Daniel wollte sie dazu bewegen, Jake eine tragende Rolle in seinem Leben zuzugestehen.

„Wir fahren jetzt nach Long Island, Shaine. Ich möchte euch dort mein Haus zeigen“, sagte Jake in das Schweigen hinein.

„Er hat einen silbernen Ferrari, Mum“, erklärte Daniel begeistert. „Vorhin habe ich vorn gesessen, doch jetzt überlasse ich den Platz dir.“

Shaine wusste Daniels Opfermut zu schätzen und nahm das Friedensangebot mit einem leichten Kopfnicken an.

Für Shaine war Jakes Villa auf Long Island das Traumhaus schlechthin. Vom offenen Atlantik geschützt, lag sie in einer kleinen Bucht, die ganz zu dem Privatgrundstück gehörte und einen Strand mit Bootssteg besaß. Sie war aus Naturstein gebaut, hatte ein Mansardendach, und die Rundbogenfenster, in denen sich die Abendsonne spiegelte, schienen sie, Shaine, willkommen zu heißen.

„Gefällt es dir hier?“, fragte Jake, und als sie nur benommen nickte, atmete er erleichtert auf.

„Ich habe das Anwesen erst vor drei Jahren gekauft, und im Haus muss noch viel getan werden. Seht es euch an."

Er führte Shaine und Daniel durch den Wintergarten, von dem aus man einen freien Blick auf den Atlantik hatte, zeigte ihnen die Schlafzimmer, jedes mit eigenem Balkon mit Blick auf die Bucht, und den riesigen Dachboden, der geradezu als Studio für Shaine geschaffen schien.

Jake ließ Shaine nicht aus den Augen. Sie war sprachlos vor Staunen, und das wertete er als gutes Omen. Er träumte davon, mit ihr in diesem Haus zu leben, und würde nichts unversucht lassen, diesen Wunsch in die Realität umzusetzen.

In der Küche fanden sie einen Imbiss vor, den die Haushälterin für sie vorbereitet hatte. Daniel musste schon während des Essens gähnen und ließ sich, nachdem er satt war, widerspruchslos von Jake in sein Zimmer bringen.

„Schlaf gut, mein Sohn", verabschiedete sich Jake. „Morgen geht es wieder zurück nach Cranberry Cove, du hast schon genug Schule versäumt."

Daniel boxte seinem Vater freundschaftlich in die Seite und verschwand im Badezimmer.

Als Jake wieder nach unten kam, stand Shaine im Wohnzimmer am offenen Fenster und blickte in den Garten. Er schloss sie in die Arme und drückte sie fest. „Das will ich schon tun, seit du aus dem Jet gestiegen bist", sagte er und küsste sie zärtlich.

Dann zog er sie neben sich aufs Sofa und schenkte Wein nach. Um Shaine zum Heiraten zu überreden, würde er taktisch äußerst klug vorgehen müssen.

„Daniels Verhalten sollte uns die Augen öffnen", begann er vorsichtig. „Hast du gehört, wie er jetzt *Dad* zu mir sagt? Er wünscht sich eine richtige Familie, hat er mir erklärt, ein Zuhause mit einem Vater und einer Mutter, die verheiratet sind, so wie das bei all seinen Freunden der Fall ist."

„Im Leben bekommt man nicht immer, was man sich wünscht",

antwortete sie ungerührt.

„Nein, aber in diesem Fall wäre das durchaus möglich. Du brauchst mich nur zu heiraten, Shaine. Ich kann meine Arbeit auch anders organisieren als bisher, ich muss nicht ständig durch die Welt reisen, ich hätte genauso viel Zeit für ihn wie andere Väter auch. Du könntest dir hier im Haus ein Studio einrichten, in New York müsstest du dir eins mieten, denn die Woche über würden wir dort leben. Künstlerisch würdest du von diesem Tapetenwechsel nur profitieren, das weißt du ganz genau."

„Es geht nicht um mich, es geht um Daniel. Und Daniel gehört nach Cranberry Cove."

„Auch darüber habe ich mit ihm gesprochen. Seit unserem Urlaub hat sich seine Einstellung seinem Heimatdorf gegenüber verändert. Er ist durchaus bereit, etwas Neues zu wagen."

Sie wurde blass. „Und seine Onkel? Und seine Freunde?"

„Zum einen können wir sie jederzeit besuchen, und zum anderen sind mir Padric, Connor und Devlin stets willkommen. Platz haben wir nun wirklich genug. Daniel sieht kein Problem darin, sich auch in einer neuen Umgebung durchzusetzen und Freunde zu finden. Er weiß, was er will, das hat er durch diese Eskapade bewiesen. Du kannst auf deine Erziehung wirklich stolz sein, Shaine."

„Und du glaubst, das reicht zum Heiraten? Meinst du, ich kann die Vergangenheit so einfach vergessen?" Sie fuhr sich mit der Hand über die Stirn. „Nachdem du mich verlassen hattest, war das Leben die Hölle für mich. Die ersten Tage habe ich noch auf einen Anruf von dir gewartet. Als der nicht kam, begann ich, an deiner Liebe zu zweifeln. Dann setzte meine Periode aus, und ich stellte fest, dass ich schwanger war. Ich fühlte mich von allen verlassen. Auch meiner Mutter konnte ich mich nicht anvertrauen, weil sie durch die Krebstherapie bis an ihre Grenzen belastet war."

„Hast du nie an eine Abtreibung gedacht?" Diese Frage hatte er ihr schon die ganze Zeit stellen wollen.

Entgeistert sah sie ihn an. „Es war *unser* Baby, Jake, deins und meins!“

„Du hast mich also doch geliebt“, sagte er langsam.

Sie seufzte und blickte auf ihre Hände. Auch für sie war die Stunde der Wahrheit jetzt gekommen. „Ja. Ich habe dich damals auf Ghost Island belogen, weil du sonst nicht gegangen wärst. Und ich wollte, dass du gehst, weil ich dich liebte ... Wahrscheinlich hatte ich mich schon an jenem Tag in dich verliebt, als du mich wegen Sally Hatchets Geburtstagsparty getröstet hast.“

Das waren die Worte, auf die Jake gewartet hatte. Seine Zuversicht wuchs. „Und warum hast du bisher immer das Gegenteil behauptet?“, fragte er leise.

Sie spielte mit dem Stiel ihres Weinglases. „Weil ich nicht nur dich belogen habe, Jake, sondern auch mich, anders hätte ich das Leben nicht ertragen können. Je älter Daniel wurde, desto mehr erinnerte er mich an dich – die gleichen blauen Augen, die gleichen dunklen Haare. Ich musste mir die Liebe zu dir aus dem Herzen reißen, sonst wäre ich daran zerbrochen.“

Er stand auf und blickte auf sie nieder. „Ich kann die Vergangenheit nicht rückgängig machen, Shaine, doch eins schwöre ich dir bei meinem Leben: Ich werde dich nie wieder verlassen. Nie. Heirate mich, selbst wenn du mich nicht mehr liebst.“

„Daniels Flucht hat mich wachgerüttelt“, redete sie weiter, als hätte er nicht gesprochen. „Der Schock hat mich mit meinen wahren Gefühlen in Kontakt gebracht, und im Jet hatte ich Zeit, über die Vergangenheit nachzudenken. Ich musste erkennen, dass ich mir dreizehn Jahre lang etwas vorgemacht hatte.“

Shaine umklammerte seine Hände, als wären sie ihr einziger Rettungsanker, und sah zu ihm auf. Ihre Augen wirkten unnatürlich groß und dunkel in ihrem blassen Gesicht. „Jake, ich habe nie aufgehört, dich zu lieben. Wie hätte mir das auch gelingen sollen? Du warst mein Leben und bist es noch immer. Wenn du möchtest, heirate ich dich auf der Stelle.“

Jake konnte sein Glück kaum fassen. „Du liebst mich, Shaine? Wirklich? Bist du dir auch ganz sicher?“

„Die Todesangst, die ich um Daniel ausgestanden habe, hat meinem Selbstbetrug ein Ende gemacht“, erklärte sie. Sie legte den Kopf zurück, und ihr gewohntes Temperament gewann wieder die Oberhand. „Was ist nun? Willst du mich heiraten, oder muss ich dich erst auf Knien darum bitten?“

„Shaine!“ Er zog sie zu sich hoch. „Meine geliebte Shaine! Womit habe ich dich nur verdient? Wenn es möglich wäre, würde ich dein Angebot annehmen und dich auf der Stelle heiraten. Ich liebe dich, mein Herz, ich liebe dich mehr, als Worte sagen können.“

Glücklich lächelte sie ihn an. „Umarme mich, Jake, liebe mich! Ich freue mich schon so auf unsere Ehe. Wie dumm es von mir war, mir einzubilden, ich könnte dich nicht mehr lieben. Ich glaube, ich habe aus Angst so reagiert, aus Angst, du würdest mich ein zweites Mal verlassen.“

„Es wird kein zweites Mal geben, Shaine, das schwöre ich dir. Ich gehöre dir, mit Leib und Seele, in guten wie in schlechten Zeiten.“

„Und ich gehöre nur dir.“ Sie errötete und senkte die Wimpern. „Daniel schläft nach seinem Abenteuer bestimmt tief und fest, und wir haben noch die ganze Nacht vor uns. Ein Brüderchen oder Schwesterchen wäre bestimmt gut für ihn.“

Jake lachte. „Dann lass uns daran arbeiten.“ Er nahm sie auf den Arm und trug sie überglücklich in sein Schlafzimmer, denn endlich war er am Ziel seiner Wünsche.

Er hatte den Jungen gewonnen, der sein Sohn war, und die Frau, die ihn trotz allem, was sie seinetwegen hatte erdulden müssen, immer noch liebte.

– ENDE –

Margaret Mayo

Unser Traum begann auf La Gomera

Roman

Aus dem Amerikanischen von
Robyn Peters

MIRA®

1. KAPITEL

Es wurde schon so dunkel, dass Joyce kaum noch etwas erkennen konnte. Aber sie ließ keinen Blick von dem Fremden. Keine Frau schwamm mit solcher Ausdauer und Kraft zum Strand.

Joyce lehnte sich an einen Felsen und hoffte, dass der Mann, der nun aus dem Wasser stieg, sie in der Dämmerung nicht entdecken würde. Es war ein hochgewachsener Mann mit breiten Schultern, einem muskulösen Brustkorb, flachem Leib und schmalen Hüften. Er kam jedoch direkt auf sie zu, und Joyce erstarrte. Hatte er sie doch gesehen? Sie hielt die Luft an und hoffte inbrünstig, dass er an ihr vorbeigehen würde. Warum hatte sie sich nur nicht gleich bemerkbar gemacht? Dann bräuchte sie sich jetzt nicht wie eine heimliche Beobachterin zu fühlen.

Joyce schloss die Augen, als ob sie sich dadurch unsichtbar machen könnte. Im nächsten Augenblick schrie sie aber auf, weil der Mann über ihre ausgestreckten Beine gestolpert war.

„Zum Teufel!“, schimpfte er verärgert auf Spanisch, und Joyce blickte zu ihm hoch. Sein mächtiger Körper ragte bedrohlich vor ihr auf. Bevor sie noch etwas sagen oder sich entschuldigen konnte, hatte der Mann sie schon gepackt und auf die Füße gezogen. Wie ein Fisch an der Angel kam sie sich vor.

„Lassen Sie mich los!“, rief sie wütend in seiner Sprache. Obwohl sie zappelte und um sich schlug, kam sie nicht gegen ihn an. Er war stark, sehr stark und viel größer als sie. Seine Augen glitzerten böse, und das Kinn hatte er vorgeschoben. Plötzlich ließ er sie wieder los und umfasste nur noch ihre Schultern. Als sein Blick über ihr Gesicht schweifte, spürte Joyce, wie sich der Fremde entspannte.

„Es tut mir leid, dass ich Sie offenbar erschreckt habe“, entschuldigte sie sich hastig. „Ich schaute Ihnen beim Schwimmen zu und dann …“

„Dann war es wohl zu spät, um sich bemerkbar zu machen, nicht wahr?“, beendete er den Satz. „Das kann ich verstehen.“

Es lag etwas in seiner leisen, dunklen Stimme, das Joyce erschauern ließ. Obwohl sie ihn gar nicht richtig erkennen konnte und nichts über diesen Fremden wusste, nahm sie seine Nähe überdeutlich und beunruhigend wahr. Mit großen Augen blickte sie ihn an, und plötzlich spürte sie ihren raschen Herzschlag. „Ich bin froh, dass Sie mir nicht böse sind“, brachte sie heraus. „Bitte glauben Sie mir, ich wollte Ihnen nicht nachspionieren.“

Mit seinem Finger malte er langsame Kreise auf ihre Schultern. „Das habe ich auch gar nicht vermutet. Ich kam nur her, weil ich neugierig war. Warum sind Sie denn nicht ins Wasser gegangen und mit mir geschwommen?“ Er umfasste sie.

„Ich hatte keine große Lust“, erwiderte Joyce mühsam. Sie wunderte sich, dass sie so stark auf diesen völlig fremden Mann reagierte. Wer war er? Was machte er hier an diesem Strand, der sonst nur von den Hotelgästen benutzt wurde? Sie stemmte die Hände gegen den Brustkorb des Mannes, der sie daraufhin gleich losließ und sie beruhigend anlächelte.

„Ich mache Ihnen anscheinend Angst. Das wollte ich nicht. Verzeihung. Es ist nur so, dass ich das seltsame Gefühl habe, Sie schon lange zu kennen.“ Zart fuhr er mit den Fingerspitzen über ihre fein geschwungenen Brauen, die hohen Backenknochen, die gerade Nase und den weichen Mund.

Joyce ließ es geschehen und zwang sich, stillzuhalten, obwohl jeder Nerv ihres Körpers kribbelte. Schnell wich sie seinem hypnotisierenden Blick aus und schaute auf den Horizont, an dem der volle Mond aufstieg.

War das die Erklärung für ihr seltsames Verhalten? Man sagte ja, dass viele Menschen vom Mond beeinflusst würden. Aber sie war doch eine völlig normale, gesunde Person, die durchaus nicht zu einem unvernünftigen Benehmen oder gar zur Mondsucht neigte.

Nervös befeuchtete Joyce ihre Lippen. Der Fremde beobachtete sie dabei, wie sie bemerkte. „Nun, haben Sie gewonnen?“, fragte er lächelnd.

„Gewonnen?“ Joyce runzelte die Stirn. Warum ging dieser Mann nicht endlich fort?

„Ja. Sie haben doch offensichtlich einen inneren Kampf ausgefochten.“

Widerstrebend nickte sie. „Sie fragten sich anscheinend, ob ich entweder ein sexbesessener oder einfach ein gesunder, normaler Mann sei, nicht wahr?“

„Gibt es da einen Unterschied?“, versuchte sie zu witzeln.

„Oh ja.“ Er umfasste ihr Gesicht und streichelte aufreizend ihre Lippen. „Wäre ich sexbesessen, würde ich nicht nur so dastehen. Alles, was ich möchte, ist ein Kuss.“

Schon beugte er den Kopf, und als sein Mund ihre Lippen berührte, war es wie eine Explosion. Lag es an der romantischen Umgebung oder daran, dass er ein Fremder war? Joyce wusste keine Antwort darauf. Sie hatte jedenfalls noch nie einen solchen Kuss – sanft und doch leidenschaftlich, erregend und verführerisch – wie diesen erlebt.

Es dauerte nur kurze Zeit, bis sie die Arme um den Fremden legte. Er ließ seine Zunge in ihren Mund gleiten, suchen und spielen; und Joyce, die sonst sehr zurückhaltend war, erwiderte leidenschaftlich seine Küsse. Sie hatte auf einmal das Gefühl, ihr ganzes Leben auf diesen einen Mann gewartet zu haben.

Nun strich er mit seinen Lippen über ihre Kehle und langsam tiefer. Der Mann schob dann ihre Bluse weg und küsste eine der Brüste. Doch gleich darauf zog er sich von Joyce zurück und sagte entschlossen: „So ist es falsch. Ich will dich nicht drängen, sondern viel Zeit mit dir verbringen und dich richtig kennenlernen. Lass mich schnell etwas anziehen. Dann setzen wir uns hin und reden miteinander. Du musst mir alles von dir erzählen.“

„Es tut mir leid, aber das geht nicht“, erwiderte Joyce gequält. Zum ersten Mal seit langer Zeit war sie einem Mann begegnet, für den sie sich ernsthaft interessierte. „Ich muss fort. Ich bin sowieso schon viel zu lange hier."

„Wir werden uns doch wiedersehen?", fragte er und verschwand hinter dem Felsen, an dem Joyce gelehnt hatte. Als er wiederkam, trug er enge geflickte Jeans.

„Ich weiß nicht", sagte Joyce zögernd.

„Ich bin jedenfalls morgen um dieselbe Zeit hier", bemerkte er lächelnd. „Wenn Sie nicht erscheinen, weiß ich Bescheid."

Joyce betrachtete sein gut geschnittenes Gesicht, die gerade Nase, die dichten Brauen. Und sie bemerkte, dass in seinen Augen die gleiche Leidenschaft brannte, die auch sie empfand.

Mit einem zarten Lächeln stellte Joyce sich auf die Zehenspitzen und drückte einen Kuss auf den Mund des Mannes. Dann lief sie davon, ohne sich noch einmal umzuschauen.

In ihrem Zimmer holte Joyce tief Luft und betrachtete sich im Spiegel. Ihre Augen waren groß und leuchtend. Auf einmal fand sie sich schön, obwohl sie sich bisher nur für höchstens mittelmäßig gehalten hatte. Das schulterlange kastanienbraune Haar glänzte und stand in einem schönen Kontrast zu ihren grünen Augen. Die Wangen waren gerötet, der Mund weich und leicht geöffnet. Sie sah wie ein Mädchen aus, das sich verliebt hatte. Sie war im Begriff, tiefe Liebe zu erfahren.

Was ist nur mit mir los?, fragte sie sich und fuhr sich mit der Zungenspitze über die Lippen. Der Fremde war nicht der erste Mann, der sie geküsst hatte. Natürlich hatte sie schon Bekanntschaft von anderen Männern gemacht, denn sie war immerhin schon vierundzwanzig Jahre. Wie alt mochte der Fremde sein? Joyce schätzte ihn auf Mitte dreißig. Er sah nicht wie ein Spanier aus, obwohl er Spanisch mit dem typischen Tonfall der Kanarischen Inseln sprach.

Joyce musste sich eingestehen, dass sie sich auf das morgige Wiedersehen mit dem Fremden freute. Und das war merkwürdig, weil sie alle Männer aus ihrem Leben gestrichen hatte und sich nur der Leitung des Hotels widmete. Dafür gab es einen guten Grund: Joyce war mit Heiratsanträgen direkt überschüttet worden, nachdem ihre Eltern vor sechs Jahren im englischen Fußballtoto ein Vermögen gewonnen hatten. Daraufhin hatten die Männer sie regelrecht umschwärmt. Sogar Jonathan, der Mann, den sie damals zu lieben glaubte, hatte bereits das Geld verplant, das sie einmal erben würde. Als ihre Eltern schließlich ein Hotel auf Cerillo kauften, war sie begeistert mit ihnen von England auf die Kanarischen Inseln gezogen. Aber bald musste sie verbittert und enttäuscht entdecken, dass die Männer ihr auch hier nachliefen. Sie war eben die Tochter eines reichen Hotelbesitzers.

Schon nach einem Jahr auf Cerillo starb die Mutter, und Joyce und ihr Vater spielten mit dem Gedanken, nach England zurückzukehren. Aber Mrs. Howarth hätte sich bestimmt gewünscht, dass die beiden das Hotel weiterführten. Sie wussten, wie sehr Mrs. Howarth daran gehangen hatte, und darum machten sie weiter.

Joyce ließ sich in London zur Hotelmanagerin ausbilden, während ihr Vater inzwischen mit einer Aushilfskraft das *Yurena* leitete. Doch nach ihrer Heimkehr auf die Insel übernahm praktisch Joyce das Kommando. Tony Howarth mochte nach dem frühen Tod seiner Frau das Hotel nicht mehr führen, und so musste Joyce von nun an alle wichtigen Entscheidungen treffen.

Es war ihr sehr recht, dass sie so viel Arbeit hatte, denn so konnte sie ihre Probleme mit Männern, Sex und Heirat vergessen. Das war ihr auch gelungen – bis zu diesem Abend.

„Joyce?“ Es klopfte an ihre Tür.

Sie hatte völlig vergessen, dass ihr Vater und sie jeden Abend bei einem Drink auf dem Balkon saßen und die Ereignisse des Tages besprachen. Joyce erschrak. So wie sie jetzt aussah, konnte sie ihm nicht unter die Augen kommen. Bestimmt würde er ihr einige unangenehme Fragen stellen.

„Entschuldige, Daddy!“, rief sie. „Gib mir einige Minuten Zeit. Ich wollte gerade duschen.“ Sie eilte ins Bad, stellte sich unter die Dusche und ließ das kühlende Wasser ausgiebig über ihren Körper laufen. Noch einmal erlebte sie dabei die Begegnung mit dem geheimnisvollen Fremden und merkte nicht, dass inzwischen weitere zehn Minuten vergingen.

Immer wieder stürmten dieselben Fragen auf sie ein. Wer war dieser Mann? Woher kam er? Es gab nur das *Yurena* als einziges Hotel auf dieser Insel, und er wohnte nicht im *Yurena.*

Cerillo, winzig und still, war vom Tourismus noch nicht entdeckt worden. Darum hatten die Howarths auch sofort zugegriffen, als man ihnen den Kauf des Hotels anbot. Sie waren glücklich gewesen und hatten ihren Entschluss nie bereut.

Aber irgendwie musste der Mann ja auf die Insel gekommen sein. Joyce konnte es kaum noch erwarten, ihn wiederzusehen.

Doch nun musste Joyce zu ihrem Vater. Hoffentlich merkte er ihr nicht an, wie verspannt und verkrampft sie innerlich war.

„Entschuldige, dass ich mich verspätet habe", sagte sie und setzte sich zu ihm.

Tony Howarth war hager und sprach schnell und ziemlich laut. Ständig schob er seine schwere Brille hoch. „Es ist dir doch hoffentlich nichts passiert?", erkundigte er sich besorgt und trank einen Schluck Whisky. Joyce war sonst immer sehr pünktlich. Die Führung des Hotels war ein anstrengender und zeitraubender Job, Joyce fiel diese Arbeit sehr schwer. Doch sie hatte darauf bestanden. Ihr Vater half ihr dabei nicht viel, er war über den Tod seiner Frau noch nicht hinweggekommen. Er hing nicht mehr am *Yurena* und blieb nur noch wegen seiner Tochter auf Cerillo. Sonst wäre er schon längst nach England zurückgegangen.

„Überhaupt nicht", gab Joyce vor und goss sich ihren üblichen Gin-Tonic ein. Nichts war passiert, außer dass man ihre ruhige, wohlgeordnete Welt tüchtig durcheinandergebracht hatte. Sie konnte den fremden Mann nicht aus ihren Gedanken verdrängen. „Ich habe mich nur verspätet, weil ich für meinen Spaziergang diesmal einen längeren Weg nahm." Und weil ich einen wildfremden Mann küsste, dachte sie. „Verzeihung, Daddy. Ich wollte dir keine Sorgen bereiten“, entschuldigte sie sich verlegen.

Er lächelte ein wenig bemüht. „Ich mache mir immer Sorgen, wenn sich wieder jemand verspätet. Erinnerst du dich an jenen Tag, als deine Mutter nicht rechtzeitig zurückkam? Damals machte ich mir keine Sorgen, und du weißt ja, was geschehen ist. Sie war tot, und ich hatte keine Ahnung.“ Tonys Stimme schwankte. „Joyce, ich meine, wir sollten nach England zurückgehen. Hier gibt es nur traurige Erinnerungen.“

Sie ergriff seine Hand. „Daddy, bitte nicht. Ich hoffte, du hättest das überwunden. Es ist doch schon fünf Jahre her. Und das Hotel läuft sehr gut. Mami würde sich freuen.“

„Du hast natürlich recht“, erwiderte er müde und leerte sein Glas. Doch gleich darauf goss er sich wieder einen Whisky ein. „Ich werde allmählich alt und rührselig. Du musst es mir verzeihen.“

„Du bist nicht alt!“, rief Joyce energisch. „Einundfünfzig Jahre sind wirklich kein Alter. Daddy, du solltest wieder heiraten. Mami würde nicht wollen, dass du dein Leben allein verbringst.“

„Und wer würde dir dann Gesellschaft leisten? Ich bin mit Karrierefrauen nicht so ganz einverstanden. Eine Frau sollte heiraten und Kinder bekommen. Wenn sie groß sind, ist immer noch genügend Zeit für eine Karriere. Joyce, warte nicht zu lange, sonst ist es zu spät.“

„Willst du mich etwa loswerden?“, scherzte sie. Normalerweise hätte sie auf diese Bemerkung scharf reagiert und nichts von einer Ehe wissen wollen. Aber auf einmal dachte sie anders darüber. Natürlich war es noch viel zu früh, diese Gedanken weiterzuspinnen. Vielleicht würde ja nichts aus der Sache mit dem Mann werden. Doch wer wusste das schon …

„Joyce, ich möchte nur, dass du glücklich bist. Mehr verlange ich nicht vom Leben. Und wenn ich mir die Bemerkung gestatten darf, so siehst du heute ganz besonders hübsch aus. Hast du eine andere Frisur oder ein neues Kleid?“

„Es liegt an meiner Frisur", lachte Joyce. Sie hatte das Haar hochgesteckt. Aber diese Frisur machte sie sich öfter, und ihrem Vater war das bisher nie aufgefallen. Ein Glück, dass er kein besonders guter Beobachter ist, dachte sie.

„So gefällst du mir", nickte Tony Howarth. „Diese Frisur bringt dein hübsches Gesicht zur Geltung."

Bin ich wirklich hübsch?, fragte sich Joyce. Hält mich der Fremde vielleicht auch für hübsch und attraktiv? Sie hoffte das sehr, denn dann würde er sie wiedersehen wollen und hätte nicht nur so dahergeredet. Es wäre schrecklich, wenn sie morgen an die verabredete Stelle gehen würde und vergeblich auf ihn warten müsste.

Sie vernahm wieder das Rauschen der See, und dabei wünschte sie sich, dass sie an diesem Abend nicht fortgelaufen wäre. Hatte der Mann ihre Angst bemerkt? Angst vor den Gefühlen, die sie so lange in sich verschlossen gehalten hatte und die nun durch einen einzigen Kuss wach geworden waren?

In dieser Nacht lag Joyce noch lange wach und dachte an den Fremden. Erst gegen Morgen schlief sie ein und stellte sich auch am nächsten Tag noch viele Fragen. Wer war er? Was tat er hier? Befand er sich noch auf dieser kleinen Insel? War er vielleicht mit einem der hiesigen Bewohner verwandt? Das konnte durchaus sein. Viele junge Männer hatten die Inseln verlassen und waren nach Amerika gegangen, um dort Arbeit zu finden. Sie kamen jedoch gelegentlich zu Besuchen in ihre alte Heimat zurück. Vielleicht wollte auch der Mann vom Strand seine Familie auf Cerillo wiedersehen. Nach seinen geflickten Jeans zu urteilen, hatte er in Amerika kein Vermögen erworben. Wusste er, wer sie war und dass ihrem Vater das *Yurena* gehörte? Zuerst war er bei ihrem Anblick sehr verärgert gewesen. Sein Ärger hatte sich jedoch schlagartig gelegt, als er ihr Gesicht gesehen hatte.

Joyce presste die Lippen zusammen. Hoffentlich war er nicht nur hinter ihr her, weil er sie für eine gute Partie hielt! Das Hotel lief zwar bestens, hatte aber nicht sehr viele Zimmer. Millionärin würde sie damit nicht werden. Der größte Teil des Totogewinns steckte im *Yurena,* und sie und ihr Vater waren auf den Verdienst aus dem Hotel angewiesen.

Aus tiefstem Herzen wünschte sich Joyce, dass der Mann sich nur für sie interessierte, weil er sie für attraktiv hielt. Und sie nahm sich fest vor, ihn am kommenden Abend auszufragen, um von vornherein alles klarzustellen.

Noch nie war Joyce ein Tag so unerträglich lang vorgekommen. Ungeduldig wartete sie darauf, dass das Abendessen vorüber war und die Gäste auf ihre Zimmer gingen, damit sie endlich zu ihrem gewohnten Spaziergang aufbrechen konnte.

Obwohl sie sonst nur alte und bequeme Sachen anzog, wählte sie diesmal ein besonders hübsches zartgrünes Kleid, das die Farbe ihrer Augen noch betonte. Dann tuschte sie ihre Wimpern und legte einen Hauch grünen Puder auf die Lider. Mehr brauchte sie nicht zu tun, denn ihre Wangen waren bereits leicht gerötet, und ihre Augen leuchteten in freudiger Erwartung.

Doch als sie an den Strand kam, fand sie zu ihrer großen Enttäuschung dort niemanden vor. Dabei hatte der Mann gesagt, dass er kommen würde. Sie schaute sich um, und dann sah sie ihn im Meer schwimmen. Er winkte ihr zu, und sie winkte zurück und wartete auf ihn. Mit kräftigen Zügen schwamm er ans Ufer. Joyce sah ihn lächelnd an.

„Ich bin wirklich froh, dass Sie gekommen sind", rief er und blickte ihr tief in die Augen.

„Ich möchte mehr über Sie herausfinden", erwiderte sie. „Zuerst sollten wir uns einander vorstellen, meine ich."

Er nahm ihre Hände in seine. „Was ist schon ein Name? Namen können nichts daran ändern, was wir füreinander empfinden. Aber wenn Sie darauf bestehen – ich heiße Pascual Lorenzo Gimminez." Er ließ ihre Hände wieder los und verbeugte sich spöttisch. „Und Sie sind Miss Joyce Howarth, Tochter des Eigentümers von Cerillos einzigem Hotel. Seit dem Tod Ihrer Mutter leiten Sie es praktisch ganz allein, nicht wahr?"

Große Enttäuschung stieg in Joyce auf. Also hatte sie sich nicht geirrt. Der einzige Unterschied zwischen ihm und all den anderen Männern bestand darin, dass seine Nähe sie so sehr erregen und ihren Pulsschlag beschleunigen konnte. Es schmerzte sie, dass auch er sich offenbar nur wegen ihres Vermögens für sie interessierte. Aber sie war auch froh, dass sie das bereits jetzt herausgefunden hatte und nicht erst dann, wenn es vielleicht zu spät gewesen wäre.

„Ihre Familie lebt auf Cerillo?", erkundigte sie sich kühl.

„Wie kommen Sie zu dieser Annahme?"

„Weil Sie im Hotel wohnen würden, wenn Sie nicht zu Besuch bei Verwandten oder Freunden wären."

„Und Sie glauben, dass ich von meiner Familie erfahren habe, wer Sie sind?"

Stumm nickte sie.

„Und weil ich es weiß, mögen Sie mich auf einmal nicht mehr? Warum nicht?"

Joyce wollte völlig ehrlich sein. Das war sie ihm wenigstens schuldig. „Wie Sie selbst sehen, bin ich keine hinreißende Schönheit. Die Jungen fanden mich nicht sehr interessant – jedenfalls nicht, bis meine Eltern im Toto gewonnen hatten. Von da an konnte ich mich der Verehrer kaum noch erwehren. Es waren alles Männer, die schnell und bequem reich werden wollten. Selbst hier auf der Insel stellten mir mehrere Glücksritter nach."

Pascual lächelte so gewinnend und ansteckend, dass man unwillkürlich mitlächeln musste. Dann sagte er: „Zuerst möchte ich Ihnen versichern, dass Sie durchaus nicht unattraktiv sind, Joyce. Sie könnten wahrscheinlich noch mehr aus sich machen, aber alles Wesentliche ist bereits vorhanden. Mit Ihrem rötlichen Haar und dem zarten Teint erwecken Sie bestimmt den Neid aller spanischen Señoritas. Und zweitens bin ich wirklich nicht auf Ihr Geld aus. Kommen Sie, dann werden Sie selbst sehen, warum das so ist."

Zögernd ergriff Joyce Pascuals ausgestreckte Hand und ließ sich den Strand entlang zu der Stelle führen, von wo aus man auf den kleinen Hafen von Cerillo blicken konnte. Eine herrliche weiße Jacht lag dort vor Anker.

„Gehört sie Ihnen?“, fragte Joyce verwirrt.

„Sind Sie sehr beeindruckt?“

„Ja.“ Wenn ihm dieses Schmuckstück gehörte, musste er sehr reich sein. Und sie hatte befürchtet, dass er auf ihr Geld aus war! „Machen Sie hier Urlaub?“

Er zuckte lässig mit den Schultern. „So etwas Ähnliches. Möchten Sie sich die Jacht einmal anschauen? Sie ist ein echtes Wunderwerk der Technik.“

„Das würde ich sehr gern“, erwiderte sie bedauernd. „Aber es geht nicht – jedenfalls nicht im Augenblick.“ Joyce warf einen Blick auf die Uhr. „Mein Vater erwartet mich.“

„Oh.“ Pascual sah sehr enttäuscht aus. „Haben Sie ihm denn nicht gesagt, dass Sie eine Verabredung haben?“

„Nein, denn ich war mir nicht sicher, ob Sie auch kommen würden.“

„Anscheinend kennen Sie mich noch nicht sehr gut, meine schöne Joyce.“ Sein warmer Atem streifte ihre Wange, er hatte fest ihre Taille umfasst. „Und Sie sind sehr schön!“, betonte er energisch, als er merkte, dass sie protestieren wollte. „Nicht nur sehr schön, sondern auch sehr begehrenswert.“

Joyce schloss die Augen. Ihr wurde fast schwindelig. Fand er sie wirklich schön?

„Macht sich Ihr Vater Sorgen, wenn Sie nicht rechtzeitig zurückkommen? Sie sind doch kein Kind mehr und können selbst über sich und Ihr Leben bestimmen – oder?“

„Sie verstehen mich nicht, und ich muss Ihnen wohl einiges erklären. Seit dem Tod meiner Mutter hat mein Vater ständig Angst, dass auch mir etwas passieren könnte. Ich darf mich also keine fünf Minuten verspäten.“

„Ihre Mutter ist von den Klippen gestürzt, nicht wahr?“, fragte er leise.

Joyce nickte. „Und dort lag sie dann über zwei Stunden, bis man sie endlich fand. Woher wissen Sie von dieser Sache?“ Joyce machte sich von Pascual los.

„Ein englischer Kollege von mir wohnte vor einiger Zeit in Ihrem Hotel. Er hat sich mit Ihrem Vater unterhalten und dabei die ganze traurige Geschichte erfahren. Als mein Freund hörte, dass ich Cerillo besuchen wollte, erzählte er sie mir.“

„Aber das erklärt noch nicht, weshalb Sie mich erkannten“, sagte Joyce ziemlich energisch.

„Müssen Sie ständig derart misstrauisch sein? Es gibt eine ganz einfache Erklärung: Ihr Foto ist doch in sämtlichen Hotelprospekten zu sehen.“

Sie wurde jetzt etwas ruhiger. „Entschuldigen Sie, dass ich an Ihnen zweifelte.“

„Ich nehme es Ihnen nicht übel, Joyce. Sie hatten ja gute Gründe. So, und was halten Sie jetzt davon, dass ich Ihren Vater kennenlerne?“

Sie erschrak. Das wollte sie nicht – noch nicht. „Glauben Sie nicht, dass es dafür noch ein wenig früh ist? Ich kenne Sie ja kaum. Warum erzählen Sie mir nicht ein bisschen über sich?“

„Alles zu seiner Zeit“, erwiderte er und zog sie an sich.

Joyce blickte zu ihm auf. Die Sonne spiegelte sich in seinen blauen Augen, die ganz dunkel wirkten. Sein helles zurückgekämmtes Haar glänzte in der Sonne. Joyce fühlte sich wohl und geborgen in seinen Armen. Sie lächelte weich, und er küsste sie. Erregend fuhr er mit der Zunge über ihre Lippen.

Die lang unterdrückten Gefühle drangen an die Oberfläche, und Joyce wurde von einem unglaublichen Verlangen überwältigt. Sie rang nach Luft und schlang die Arme um seinen Hals. Sie spürte ihren Herzschlag und fragte sich, was nun wohl geschehen würde.

Sie hätte es nicht für möglich gehalten, dass sie derart stark auf einen Mann reagierte, den sie kaum kannte. Am vergangenen Abend hatte sein Verhalten sie noch beunruhigt und verstört. Aber jetzt verspürte sie keine Angst und Beklommenheit mehr. Sie wusste ja, dass es ihm nicht um ihr Geld ging, sondern um sie selbst.

Seine Hände strichen über ihren Rücken und über ihr dichtes Haar, während er sie zärtlich küsste. Verzweifelt bemühte sich Joyce um Fassung. Sie kam sich wie ein junges Mädchen vor, das seine erste Liebe erlebte. Sie war aber bereits eine Frau von vierundzwanzig Jahren und wollte mehr, viel mehr als nur Küsse.

Aber sie durfte nichts überstürzen. Sie musste vorsichtig sein und sich jeden weiteren Schritt genau überlegen, damit sie nicht den falschen Weg einschlug.

„Pascual!“ Sie stemmte die Hände gegen seine Brust und wiederholte seinen Namen, der ihr so gut gefiel. „Pascual, es tut mir leid. Ich muss jetzt gehen.“

Er hielt inne und atmete tief durch. „Dein Vater … darf ich mitkommen und ihn kennenlernen?“

Was sollte sie machen? Die Bitte abzulehnen wäre sehr unhöflich gewesen. Aber sie wollte nicht, dass sich die beiden Männer schon jetzt begegneten. Nur hatte sie in diesem Augenblick anscheinend keine andere Wahl. Pascual nahm sie bereits an der Hand und lief mit ihr zum Hotel zurück.

„Ich finde, dass Cerillo die schönste der Kanarischen Inseln ist“, sagte er. „Die See und der Himmel schimmern in allen Blautönen, der Berg ist geheimnisvoll grün, und die weißen Häuser an den Hängen färben sich im Sonnenuntergang rosa. Ich kann deine Eltern verstehen, dass sie England verlassen haben und hier leben wollten. Hattest du mir nicht gesagt, dass sie im Toto gewonnen haben?“

„Ja, eine ganze Menge Geld. Es war der Hauptgewinn. Sie machten zuerst einmal Urlaub auf den Kanarischen Inseln und verliebten sich dann in sie. Aber da sie den Trubel und die Hektik mit den vielen Touristen nicht mochten, ließen sie sich schließlich auf Cerillo nieder.“

„Gibt es viele Menschen, die sich für ein ruhiges Leben interessieren?"

„Oh ja!", rief Joyce mit fester Überzeugung. „Es werden immer mehr, die nichts von lauter Discomusik halten, die Nacht für Nacht in ihren Ohren dröhnt. Wir bieten unseren Gästen auch Fahrten zu den anderen Inseln an; aber meistens sind sie froh, wenn sie wieder zurückkommen können."

„Ihr habt anscheinend genau ins Schwarze getroffen", bemerkte Pascual nachdenklich.

„Das glauben wir auch. Es war die Idee meiner Mutter. Was für ein Jammer, dass sie nicht mehr erleben konnte, wie erfolgreich wir geworden sind. Anfangs hatten wir sehr zu kämpfen. Der frühere Eigentümer hatte alles verkommen lassen. Als meine Eltern das Hotel übernahmen, ging das Geschäft schlecht. Weißt du, sie hatten ja auch keine Erfahrungen in der Führung eines Hotels. Aber ich ging zurück nach London und habe mich gründlich ausbilden lassen. Jetzt läuft alles viel besser."

„Du bist ein großartiges Mädchen", sagte er bewundernd.

Joyce nahm das Kompliment dankbar auf. Sie war sehr froh, dass sie Pascual kennengelernt hatte.

2. KAPITEL

Tony Howarth war sehr überrascht, als Joyce mit Pascual auf den Balkon kam. Zum ersten Mal hatte sie jemanden in die Privatwohnung eingeladen. „Daddy, das ist Pascual Lorenzo Gimminez“, stellte sie Pascual auf Englisch vor. Ihr Vater sprach nur wenige Worte Spanisch, wohingegen sie diese Sprache fließend beherrschte. „Pascual, das ist mein Vater, Tony Howarth.“

„Sehr erfreut, Sie kennenzulernen“, sagte Pascual und schüttelte Tony die Hand. „Ich hoffe, dass Sie mir mein Eindringen verzeihen.“

Zu Joyces Überraschung sprach er ein einwandfreies Englisch. Sie hatte angenommen, dass Spanisch seine Muttersprache wäre.

„Jeder, äh, Freund meiner Tochter ist mir willkommen. Bitte setzen Sie sich. Wohnen Sie hier? Ich kann mich nicht daran erinnern, Sie schon einmal gesehen zu haben.“

Lächelnd setzte sich Pascual in einen Sessel. „Nein, ich brauche kein Hotelzimmer. Meine Jacht liegt im Hafen.“

Tony war sichtlich beeindruckt. „Woher kommen Sie?“, erkundigte er sich neugierig.

„Mein Vater und meine Schwester leben in Las Palmas. Ich selbst ziehe viel umher.“

„Sind Sie verheiratet?“, fragte Tony sehr direkt.

Wieder lächelte Pascual. „Nein.“

Joyce hatte die Luft angehalten, als sie auf die Antwort wartete. Ihr war schon der Gedanke gekommen, dass er verheiratet sein könnte; aber sie hatte noch nicht die richtige Gelegenheit gehabt, ihn danach zu fragen.

Wie entspannt er dasaß, die langen Beine ausgestreckt, die Hände lässig hinter dem Kopf verschränkt.

„Ich freue mich, dass Sie die Inseln zu Ihrer Heimat gemacht haben, Señor Howarth. Wir Kanarier sind sehr stolz auf sie. Es ist Ihnen sicherlich bekannt, dass die Römer sie die *glücklichen Inseln* nannten. Und ich stimme dieser Bezeichnung voll und ganz zu. Ich schätze mich sehr glücklich, dass ich hier leben darf.“

„Für mich sind sie nicht sehr glücklich“, erwiderte Tony bedrückt. „Sie haben mir meine Frau genommen. Ich spiele mit dem Gedanken, nach England zurückzukehren.“

„Fang doch nicht schon wieder damit an!“, mischte sich Joyce energisch ein. „So gut wie jetzt ist es dir noch nie gegangen. Und damit meine ich nicht nur das Finanzielle. Denk doch nur einmal an das Wetter. Wo sonst hast du eine derart gleichmäßige Temperatur das ganze Jahr hindurch? Seit du hier wohnst, hattest du noch kein einziges Mal eine Bronchitis.“

Liebevoll schaute Tony seine Tochter an. „Wie wäre es, wenn du unserem Gast etwas zu trinken anbieten würdest?“

„Verzeihung“, entschuldigte sich Joyce hastig. „Was möchtest du haben, Pascual?“

Er blickte auf die Flaschen auf dem Tisch. „Whisky mit Eis, bitte.“

Damit macht er gleich einen guten Eindruck auf Daddy, schoss es Joyce durch den Kopf. Whisky war Tonys Lieblingsgetränk, und er jammerte oft darüber, dass er niemanden hatte, der mit ihm Whisky trank. Sie stand auf und holte noch ein Glas.

Schon nach kurzer Zeit unterhielten sich ihr Vater und Pascual, als würden sie sich schon ewig kennen. Joyce lehnte sich zurück und beobachtete sie – vor allem jedoch Pascual.

Er machte einen sehr gebildeten und selbstsicheren Eindruck, wirkte aber gleichzeitig zielstrebig und hartnäckig. Und ihr Vater sah so angeregt und interessiert aus wie schon lange nicht mehr. Anscheinend genoss er das Gespräch mit Pascual sehr, das bis tief in die Nacht andauerte. Dabei diskutierten sie auch viel über das Hotelgeschäft auf den Inseln. Die beiden verstanden sich so gut, dass Tony Pascual sogar für den nächsten Abend zum Dinner einlud.

Darüber freute sich Joyce. Ihr Vater hatte sich seit dem Tod seiner Frau sehr verändert, und dass er dauernd von seiner Rückkehr nach England sprach, machte Joyce große Sorgen. Jetzt war er endlich fast so wie früher. Vielleicht brauchte er nur jemanden wie Pascual, mit dem er reden konnte. Jemand, der diese Inseln liebte und ihn davon überzeugte, dass er hier besser aufgehoben war als in England.

Sie begleitete Pascual nach dem Abschied hinaus, und dort nahm er sie gleich in die Arme. „Den ganzen Abend habe ich auf diesen Augenblick gewartet", sagte er eindringlich.

„Ich auch", gab sie ohne falsche Scham zu. Es kam ihr so richtig und natürlich vor, in seinen Armen zu liegen und seinen starken Körper an ihrem zu fühlen.

„Oh Joyce", stöhnte er. Voller Leidenschaft drückte er seinen Mund auf ihre Lippen.

Mit klopfendem Herzen und großer Leidenschaft erwiderte sie Pascuals Küsse.

„Ich möchte mich nie mehr von dir trennen", sagte er heiser und presste ihren schlanken Körper fest an sich. „Komm mit auf mein Boot."

Sie legte die Hände um sein Gesicht und schaute ihm tief in die blauen Augen. Sie wusste genau, worum er sie bat. „Pascual, ich würde es liebend gern tun", entgegnete sie leise. „Aber wir kennen uns doch kaum."

„Wenn zwei Menschen so stark füreinander empfinden wie wir, spielt das doch keine Rolle."

„Ich bin mir nicht sicher, was du für mich empfindest, Pascual", flüsterte sie. Dass er sie begehrte, stand fest. Aber wollte er vielleicht nur eine kurze Affäre?

„Ich habe das Gefühl, dich schon mein ganzes Leben lang zu kennen. Du bist die Frau, auf die ich gewartet habe. Ich glaube, ich liebe dich, Joyce."

Das waren genau die Worte, die sie hören wollte. Und doch zögerte sie immer noch. „Wie kannst du dir so sicher sein, dass ich die richtige Frau bin?"

„Weil ich es fühle“, erwiderte er mit fester Stimme. Dann küsste er sie wieder und wieder, bis sie an seinen Gefühlen keinen Zweifel mehr hatte.

„Und jetzt sage endlich, dass du mitkommst“, drängte er. Er zitterte fast vor verhaltener Leidenschaft, während er Joyces Schultern und dann ihre Brüste streichelte.

„Nein, Pascual.“ Ihre Stimme klang ernst. „Natürlich möchte ich mit dir kommen. Aber ich halte es auch jetzt noch für zu früh.“

„Und dein Vater wäre davon auch nicht sehr angetan, stimmt's?“

Sie schüttelte den Kopf. „Du irrst dich gewaltig, Pascual. Ich bin alt genug, um über mich selbst zu bestimmen.“ Langsam zog sie seinen Kopf zu sich herunter und küsste ihn auf den Mund. Pascual sollte merken, dass sie die Beziehung erst noch vertiefen wollte. „Lass uns zunächst besser miteinander bekannt werden“, bat sie.

Er seufzte auf und sagte dann lächelnd: „Du hast recht, Joyce. Ich bin zu selbstsüchtig. Aber ich begehre dich so sehr. Noch nie ist mir eine Frau begegnet, die mein Leben derart schnell umkrempeln konnte.“

Genauso erging es ihr. „Es wird uns Freude machen, mehr über den anderen herauszufinden“, brachte sie zögernd heraus. „Wie lange bleibst du noch hier?“

„Einen Tag – höchstens zwei.“

Joyces Herz schien sich zu verkrampfen. So schnell wollte er wieder fort! Damit hatte sie nicht gerechnet. „Muss das sein? Ist dein Urlaub zu Ende?“, frage sie bang.

„Alle schönen Dinge gehen irgendwann einmal zu Ende“, sagte er traurig. „Uns bleibt leider nicht mehr viel Zeit füreinander.“

„Aber wir werden uns doch wiedersehen? Du wirst doch nicht einfach abreisen, und das war es dann gewesen?“ Sie wusste, dass sie das nicht ertragen könnte.

„Was glaubst du?“, fragte er lächelnd und küsste sie nochmals. Diesmal jedoch härter und fordernder. Und er hielt sie so fest umfangen, als ob er sie nie mehr loslassen wollte.

Sie spürte den kräftigen Schlag seines Herzens und klammerte sich an ihn. Er war ihr überhaupt nicht mehr fremd. Im Gegenteil, sie hatte das Gefühl, ihn schon seit einer Ewigkeit zu kennen. Als er ihr einen Augenblick zum Luftholen ließ, sagte sie leise: „Ich glaube, dass ich Sie noch sehr oft sehen werde, Señor Gimminez."

„Und damit könnten Sie recht haben, Señorita Howarth."

Noch einige Sekunden hielten sie einander fest umschlungen, küssten sich und drängten ihre Leidenschaft nicht zurück. Doch schließlich schob er sie behutsam weg. „Buenas noches, mein Liebling. Wir sehen uns morgen." Im nächsten Augenblick lief er hinaus in die dunkle Nacht.

Joyce schaute ihm nach, bis er verschwunden war. Im silbrigen Mondlicht wirkte die Landschaft wie verzaubert. Es war eine romantische Nacht. Mit einem Lächeln schlenderte Joyce langsam zum Hotel zurück.

Trotz der späten Stunde war Tony aufgeblieben, er hatte auf Joyces Rückkehr gewartet. Sie wünschte, er wäre zu Bett gegangen, denn sie wollte allein mit ihren Gedanken und Träumen sein.

„Meine kleine Joyce, wo hast du diesen Mann gefunden?", fragte Tony bei ihrem Eintritt.

„Am Strand", gestand sie verlegen. „Hast du etwas dagegen, Daddy?"

„Wenn du ihn magst, bin ich von ganzem Herzen einverstanden." Tony lächelte verschmitzt. „Ich hatte die Hoffnung schon aufgegeben und fürchtete, du würdest eine alte Jungfer werden."

„Jetzt schon, in meinem Alter?"

„Deine Mutter war neunzehn, als sie mich heiratete. Und zwanzig, als du auf die Welt kamst."

„Meine Mutter hat zum Glück dich gefunden", erwiderte Joyce ernst. „Pascual ist der erste Mann, der sich für mich und nicht für mein Geld interessiert."

Tony lachte. „Du mit deiner ewigen Angst! Aber er ist ein netter

Kerl. Hoffentlich wird etwas aus eurer Bekanntschaft. Ich wünsch es mir für dich."

Joyce zuckte mit den Achseln. „Er bleibt nur noch einen Tag."

„Siehst du ihn danach etwa nicht wieder?"

„Er sagte, dass wir uns wiedersehen. Aber darauf verlasse ich mich nicht."

„Kluges Mädchen. Hat er dir von sich erzählt?"

„Nicht mehr als dir. Daddy, wenn du nichts dagegen hast, möchte ich jetzt zu Bett. Ich bin ziemlich müde." Doch das stimmte nicht ganz. Sie wollte allein sein, um über vieles nachzudenken.

„Auch ich bin müde. Aber mir hat dieser Abend Spaß gemacht. Ich freue mich schon darauf, deinen Freund morgen wiederzusehen."

Joyce begab sich auf ihr Zimmer, duschte und schaute noch eine Weile aus dem Fenster. In der nächsten Bucht, allein auf seiner schönen Jacht, war Pascual. Was hätte sich ereignet, wenn sie seinem Wunsch gefolgt und mit ihm gegangen wäre? Hätten sie miteinander geschlafen? Würde sie jetzt noch in seiner Umarmung mit ihm im Bett liegen? Sie sehnte sich sehr nach ihm. Dachte er an sie? Quälte ihn die Leidenschaft auch so sehr wie sie? Wenn sie doch nur eine Antwort auf all diese Fragen wüsste!

In dieser Nacht schlief Joyce nur wenig und war am nächsten Tag bei ihrer Arbeit sehr zerstreut. Immer wieder hielt sie Ausschau nach Pascual. Er war so ungern von ihr weggegangen, dass er sie vor dem Abendessen bestimmt wiedersehen wollte.

Es schmerzte sie, dass er nicht kam. Hatte er etwa ein anderes Mädchen gefunden? Oder streifte er nur allein über die Insel? Ja, das konnte durchaus sein, beruhigte sich Joyce.

Sie teilte dem Koch mit, dass sie einen wichtigen Gast zum Abendessen erwarteten, und dann zog sie sich ein besonders schönes, blausilbernes ärmelloses Kleid an, das ihr Vater sehr bewunderte.

„Also wenn Pascual bis jetzt noch nicht überwältigt war, wird er es nun ganz bestimmt sein", schmunzelte Tony. „So hinreißend hast du noch nie ausgesehen."

Sie fühlte sich auch ausgesprochen gut und fand sich nach einem langen Blick in den Spiegel zum ersten Mal in ihrem Leben schön.

Als Pascual endlich erschien, nahm er Joyce einen Augenblick lang in die Arme und flüsterte ihr zu: „Du hast mir gefehlt, schrecklich gefehlt." Dann küsste er sie auf die Wange und verschlang sie förmlich mit seinen Blicken.

„Du hast mir auch gefehlt", antwortete sie, und ihre Augen leuchteten dabei.

„Ich wollte schon heute Morgen kommen; aber ich wusste ja, dass du sehr viel zu tun hast. Es ist ein schier endloser Tag für mich gewesen."

Joyce atmete erleichtert auf. Sie hätte sich ihr Misstrauen und ihre Eifersucht ersparen können. „Und was hast du so getan?"

„Das Deck geschrubbt, geschwommen und dauernd auf die Uhr geschaut."

„Das hört sich fast wie mein Tag an", sagte Joyce lächelnd. „Ich hatte Angst, dass du vielleicht gar nicht kommen würdest."

„Keine zehn Pferde hätten mich zurückhalten können", lachte Pascual.

Das Essen war ausgezeichnet, und die beiden Männer fanden immer wieder neue Themen, über die sie sich ausgiebig unterhielten. Doch an diesem Abend ging Tony zeitig zu Bett.

„Anscheinend hat er gemerkt, dass ich dich für mich haben wollte", bemerkte Pascual und zog Joyce fest an sich.

„Er ist mit dir einverstanden", flüsterte Joyce zufrieden. Pascual überschüttete sie mit leidenschaftlichen Küssen, und ihr wurde vor Glück und Verlangen fast schwindelig. Sie fühlte in ihrem Herzen, dass Pascual der Mann war, mit dem sie ihr ganzes Leben verbringen wollte. Sie liebte ihn, obwohl sie ihn doch kaum kannte. Noch nie hatte sie sich so glücklich gefühlt.

Seine Küsse bedeckten ihr Gesicht, die seidige Haut ihrer Schultern. Die Leidenschaft in Joyce wurde immer stärker. Unwillkürlich drängte sie sich noch enger an ihn.

Er legte die Hände um ihren Hals und schaute ihr tief in die Augen. „Joyce, kannst du dir den morgigen Tag freinehmen?“

Ohne nachzudenken antwortete sie: „Ja.“

„Wir fahren auf der Jacht irgendwohin, wo es nur das Meer, den Himmel und die Seevögel gibt. Ich will dich mit keinem Menschen teilen, Joyce.“

„Dann lasse ich uns einen Picknickkorb machen, und wir werden essen und faul in der Sonne liegen.“

„Um das Essen brauchst du dich nicht zu kümmern, Liebling. Ich habe genügend Vorräte an Bord und bin ein ganz guter Koch. Aber außer Essen und Sonnenbaden fällt mir noch etwas ein, das wir tun könnten.“

Joyce wusste sehr wohl, woran er dachte. Sie legte den Arm um seine Taille und schmiegte den Kopf an seine Schulter. Pascual umfasste sie ebenfalls, und so schlenderten sie am Strand entlang. Plötzlich blieb Pascual jedoch stehen und sagte leise: „Joyce, ich habe Angst.“

Angst? Pascual? Dieser starke, selbstbewusste Mann? Wovor fürchtete er sich? Fragend schaute sie zu ihm auf.

„Ich habe Angst, dich zu verlieren. Es geschah alles so schnell und ist zu schön, um wahr zu sein.“

„Du wirst mich nicht verlieren, Pascual. Ich empfinde dasselbe wie du. Eher ist es möglich, dass du deine Meinung änderst.“

„Niemals, Joyce! Ich liebe dich und will dich für immer, ganz gleich, was die Zukunft für uns bereithalten mag. Vergiss diese Worte nicht. Ich möchte, dass du dich stets an sie erinnerst.“

Es war eine seltsame Bemerkung, über die sich Joyce wunderte. Und Pascual hatte so eindringlich gesprochen.

„Ich liebe dich auch“, erwiderte sie sanft. „Nie hätte ich gedacht, dass man so schnell jemanden lieben könnte. Immer wenn mir früher einer etwas von Liebe auf den ersten Blick erzählte, habe ich mir das Lachen verkneifen müssen. Aber auf einmal fühle ich, dass es so etwas wirklich gibt.“

Er zog sie an sich und küsste sie heftig. „Ich bringe dich besser zurück“, rief er schließlich. „Sonst reiße ich dir noch das Kleid von deinem schönen Körper. Du machst mich verrückt, Joyce. Ich kann kaum noch bis morgen warten.“

Seine heftige Leidenschaft erregte und ängstigte Joyce. Sollte sie ihre Zusage zurücknehmen? Pascual war viel erfahrener als sie und erwartete vielleicht mehr von ihr, als sie ihm geben konnte. Aber sie wusste tief in ihrem Innern, dass sie mitgehen würde, und darum verdrängte sie ihre Zweifel und Besorgnis.

Am nächsten Morgen war der Himmel grau und wolkenverhangen. Aber Joyce kannte sich mit dem Wetter auf den Kanarischen Inseln aus und verließ sich darauf, dass die Sonne bald durch die Wolken brechen würde.

Tony freute sich über alle Maßen, dass sich Joyce endlich einen Tag freigenommen hatte. Er riet ihr, das Hotel zu vergessen und sich mit der Heimkehr nicht zu beeilen. „Pascual wird sich um dich kümmern. Ich brauche mir um dich keine Sorgen zu machen“, verabschiedete er sie.

Das hörte Joyce gern. Sie eilte in ihren weißen Shorts und dem dazu passenden Oberteil auf ihr Zimmer und stopfte schnell noch ein großes Badetuch, die Sonnenbrille, Sonnenschutzcreme und eine Jacke in die Tasche. Den weißen Bikini trug sie unter den anderen Sachen. Fertig!

Pascual hatte sie abholen wollen. Aber Joyce war es lieber gewesen, die kurze Strecke zum Hafen zu Fuß zu gehen. Zufrieden machte sie sich auf den Weg.

Pascual stand bereits wartend an der Reling der Jacht. Als er Joyce erblickte, sprang er an Land und lief ihr entgegen. Kurz voreinander blieben beide stehen und schauten sich in die Augen. Dann schlang Joyce die Arme um seinen Hals und bot ihm ihren Mund zum Kuss.

Zitternd umschloss er ihr Gesicht mit seinen Händen. „Meine Joyce, meine schöne, begehrenswerte Verführerin. Du ahnst ja nicht, was mir dein Kommen bedeutet."

„Ich kann es mir denken", flüsterte sie. All seine Sehnsucht und Bewunderung standen ihm ins Gesicht geschrieben. Er liebte sie und zeigte seine Gefühle auch ganz offen.

Sein Kuss war zärtlich, jedoch enttäuschend kurz. Doch das vergaß Joyce bald, als sie die Jacht betrat und er die Maschine anließ. Sie wurde von anderen Dingen abgelenkt. Was war das doch für ein herrliches Schiff! Ein Traum aus poliertem Holz und glänzendem Messing, mit jedem erdenklichen Luxus ausgestattet! Joyce musste lächeln, als sie daran dachte, dass sie ihn zuerst für arm gehalten hatte. Nein, sie brauchte wirklich nicht zu befürchten, dass er sie nur ausnutzen wollte.

Neugierig besichtigte sie die ganze Jacht, die blitzsaubere Kombüse, den eleganten, gemütlichen Salon, die vier Kabinen und die zwei Bäder. Dann stellte sie sich zu Pascual ans Ruder und schaute über die See, wobei sie sich mit ihm unterhielt. Sie sprachen über alles Mögliche – was sie mochten und was nicht, über die Inseln, das Wetter, das Essen, über alles und nichts. Die Zeit verging wie im Fluge.

Pascual warf schließlich den Anker aus, und sie legten sich aufs Oberdeck in die Sonne, die See um sich herum, den tiefblauen Himmel über sich. Dann sprangen sie über Bord, schwammen um die Wette, lachten, spielten und scherzten. Noch nie war Joyce so froh und voller Leben gewesen.

Für das Mittagessen bereitete sie einen Salat zu, während Pascual den Fisch briet, den er am Morgen gefangen hatte. Dazu gab es knuspriges Brot und spanischen Wein. Nach dem Essen sonnten sie sich wieder an Deck, und Joyce genoss jeden Augenblick. Pascual war ein guter Gesellschafter, der sie mit lustigen Geschichten unterhielt und sie zu nichts drängte. Nur ab und zu zeigte er ihr durch einen Blick oder eine Berührung, was er für sie empfand.

Irgendwann lag er still da, und Joyce glaubte schon, dass er eingeschlafen sei. Voller Liebe betrachtete sie ihn.

Doch auf einmal streichelte er sie zärtlich und umfasste eine ihrer Brüste. Überrascht schnappte Joyce nach Luft. Ihr ganzer Körper sehnte sich nach ihm. Ganz nah rückte sie jetzt an Pascual heran und kostete das erregende Gefühl aus, seine Haut an ihrer zu spüren.

Vorbei war die heitere, unbefangene Stimmung des Morgens. Pascual war sehr ernst geworden. Er schaute sie an und küsste sie. Leicht ließ er seine Finger über ihren Rücken, die sanfte Kurve ihrer Hüfte, ihr Gesicht gleiten. Sie erregten, quälten, reizten Joyce auf. Sie hielt es kaum noch aus. Wieder spürte sie ihren Pulsschlag. Sie sehnte sich unsagbar nach restloser Erfüllung. Doch Pascual ließ sich mit seinen Verführungskünsten viel Zeit.

Aber dann konnte er sich auch nicht mehr beherrschen. Er riss Joyce an sich und küsste ihren Mund mit wilder Leidenschaft. Sie lagen auf dem harten Deck, doch keiner von beiden nahm es wahr.

„Ich liebe dich", stöhnte Joyce fast verzweifelt.

„Und ich dich auch. Mehr als Worte ausdrücken können." Pascual schob das Bikinioberteil beiseite und umschloss sanft eine Brust mit seinen Lippen.

Welch süße Qual! Joyce fuhr mit ihren Fingern über seinen Rücken und durch sein dichtes Haar. Es war ihr nicht länger möglich, einen klaren Gedanken zu fassen. Sie wollte nur noch die Vereinigung mit ihm.

Doch unvermittelt hielt Pascual inne. „Joyce", keuchte er, „wir dürfen so nicht weitermachen. Es ist falsch. Ich darf dein Vertrauen zu mir nicht enttäuschen."

„Aber ich will dich, Pascual!", rief sie verzweifelt. „Ich will dich, und ich brauche dich. Du kannst mich doch jetzt nicht mehr im Stich lassen."

„Joyce, Joyce, glaube nur nicht, dass ich es nicht auch möchte. Bei keinem anderen Mädchen hätte ich gezögert. Aber du bist noch unberührt, und darum kann ich es nicht tun."

Mit großen Augen schaute sie ihn an und fragte verwundert: „Woher weißt du, dass ich noch mit keinem Mann geschlafen habe?"

Er lächelte. „Du bist so scheu und unschuldig, wenn du deine Liebe zeigst. Anfangs sind deine Reaktionen verhalten, und dann erst lässt du dich völlig unbefangen gehen. Eine erfahrene Frau hätte mir gleich sehr deutlich klargemacht, was sie von mir erwartet. Du bist anders und ganz besonders; und darum liebe ich dich."

„Ich will ehrlich zu dir sein, und darum muss ich dir gestehen, dass ich noch unberührt bin, weil ich den richtigen Mann noch nicht gefunden habe. Bis jetzt liebte ich keinen so sehr, dass ich mich ihm hingeben wollte."

„Darüber bin ich froh", sagte er und küsste sie erneut. Doch diesmal nur noch sehr sanft.

Sie spürte, wie schwer es ihm fiel, sich jetzt völlig zurückzuhalten. Er zitterte am ganzen Körper. Aber sie bewunderte seine Beherrschung und zwang sich dazu, auch ihre Gefühle zu unterdrücken. Es war noch zu früh für die letzte Erfüllung.

Langsam beruhigten sich beide. Zwar hielten sie sich noch immer eng umschlungen; doch es war eine behutsame Umarmung und nicht mehr voller Leidenschaft. Pascual strich Joyce das Haar aus der Stirn und lächelte zärtlich. Sie blickte in seine dunklen Augen und sagte leise: „Ich kenne dich erst seit sechsunddreißig Stunden, Pascual. Ist dir das bewusst?"

Er gab ihr einen Kuss auf die Nasenspitze. „Ein ganzes Leben ist das schon."

„Und ich weiß noch immer nichts über dich."

„Macht es einen Unterschied, wenn du erfährst, wo ich zur Schule ging und womit ich mein Geld verdiene?"

„Ich glaube nicht", lachte Joyce. „Ich liebe dich, weil du der bist, der du bist."

Pascual presste sie an sich. Sie spürte den unregelmäßigen Schlag seines Herzens. Er küsste sie lange und erregend, bevor er sie wieder auf die Füße zog. „Jetzt brauchen wir beide eine kalte Dusche. So wie ich mich fühle, ist es noch bei keiner Frau gewesen. Das ist die reinste Wahrheit, Joyce."

Zusammen standen sie unter dem kalten Strahl des Wassers. Es war ein ganz neues Erlebnis für Joyce; aber auch das kalte Wasser konnte ihr Verlangen nicht genügend dämpfen. Pascuals kräftigen Körper so dicht an ihrem zu spüren bereitete ihr süße Qualen. Als er endlich das Bad verließ, atmete sie erleichtert auf.

Nach einer Weile folgte sie ihm in den Salon. Pascual hatte Shorts angezogen, und Joyce begab sich in eine der Kabinen, um sich ebenfalls umzuziehen. Dann bürstete sie sich das Haar und schaute sich interessiert die wenigen persönlichen Dinge an, die in der Kabine lagen. Eine goldene Uhr, ein Tagebuch, ein Prospekt von ihrem Hotel, zwei Taschenbücher – beides Kriminalromane – und eine Kassette mit der West Side Story.

Plötzlich hörte sie Maschinengeräusche, und sie lief aufs Oberdeck. Pascual stand hoch aufgerichtet am Steuer, liebevoll sah sie ihn an. Das war ihr Mann, dieser attraktive Kanarier, der aus dem Nichts erschienen war und ihr Herz gestohlen hatte.

„Fahren wir denn schon zurück?", fragte sie überrascht. Es war noch früh am Nachmittag, und sie hatte gehofft, den ganzen Tag mit Pascual verbringen zu können.

„Natürlich nicht. Aber es ist sicherer, wenn ich meine Hände am Steuer halte", lachte er. „Komm her, und sage mir, dass du mich liebst."

Das tat sie bereitwillig und blieb bei ihm, während die stolze Jacht weiter durch die Wellen glitt.

Viel zu schnell verging der Tag. Pascual lud Joyce zum Abendessen in ein Restaurant auf Teneriffa ein, aber sie bestand darauf, auf der Jacht zu bleiben. Sie wollte diese letzten Stunden mit ihm allein verbringen.

Die Sonne verschwand, und dann war die Zeit des Abschieds gekommen. „Wann sehen wir uns wieder?", fragte Joyce, die ihre

Tränen zurückdrängen musste.

Zärtlich schaute er sie an. „In zwei bis drei Wochen. Wirst du es so lange aushalten? Ich werde dich wohl kaum anrufen können, weil sich während … während meines Urlaubs viel Arbeit angesammelt hat. Aber meine Gedanken sind bei dir. Vergiss das nicht." Seine Küsse waren leidenschaftlich, sein Blick wehmütig.

„Möchtest du dich nicht von Daddy verabschieden?", versuchte sie die Trennung noch ein wenig aufzuschieben.

„Es ist schon spät. Wahrscheinlich schläft er bereits. Gute Nacht, mein Liebling. Ich komme so schnell wie möglich zurück." Er drehte sich um und ging.

Joyce lief ins Hotel und schaute schnell noch in das Zimmer ihres Vaters. Tatsächlich schlief er bereits tief und fest. Dann legte auch sie sich ins Bett. Doch sie konnte nicht einschlafen, weil sie über alles nachdachte.

Sie liebte und wurde geliebt. Es war ein wunderbares Gefühl. Aber sie wusste nicht, wie sie die Tage bis zu Pascuals Rückkehr überstehen sollte. Warum hatte er ihr keine Adresse genannt, an die sie ihm wenigstens schreiben konnte? Und warum sprach er nicht über sich? Das nächste Mal werde ich ihn schonungslos ausfragen, nahm sie sich vor.

3. KAPITEL

Die nächsten Tage dehnten sich schier endlos; und darum nahm Joyce die unverhoffte Einladung einer ehemaligen Freundin ihrer Mutter an, nach Teneriffa mitzufahren. Marion verbrachte jedes Jahr zwei Wochen auf den Kanarischen Inseln, und sie wurde stets mit großer Freude von Joyce und ihrem Vater begrüßt. Bis jetzt hatte Joyce noch keine Zeit gehabt, sie auf ihren Ausflügen zu begleiten. Doch diesmal sehnte sie sich nach einer Ablenkung, weil sie das Warten auf Pascual kaum noch ertrug.

Marion war eine schlanke Frau von Anfang fünfzig, sah aber wesentlich jünger aus und verstand sich ausgezeichnet mit Joyce. Mit dem Bus fuhren die beiden über Teneriffa und aßen abends in einem neu erbauten Hotel. Es gehörte zu der PLG-Kette und war in kurzer Zeit so berühmt geworden, dass Joyce es unbedingt kennenlernen wollte.

Die PLG-Hotels hatten einen hervorragenden Ruf, und Joyce stellte in der Tat fest, dass das neue Hotel sehr beeindruckend war. Doch ihm fehlten die Gemütlichkeit und die familiäre Atmosphäre, die das *Yurena* seinen Gästen bot. Hier war alles erstklassig – vom Essen bis zur Bedienung –, aber man kam sich durchaus nicht wie in einer großen Familie vor.

Marion hielt sich mit ihrer Begeisterung nicht zurück. „Dies ist ein wunderbares Hotel“, sagte sie und schaute sich interessiert um. „Hast du noch nicht daran gedacht, das *Yurena* so ähnlich wie diese PLG-Hotels umzugestalten?“

„Marion!“, rief Joyce entsetzt. Ihr grauste es beim Anblick der vielen voll besetzten Tische im unruhigen Speisesaal. „Wenn Mami das gehört hätte, würde sie dich sicherlich umgehend nach England zurückschicken.“

Marion lachte. „Deiner Mutter hätte ich so etwas nie gesagt, das kannst du mir glauben. Aber um ganz ehrlich zu sein, ich finde Cerillo manchmal ein bisschen zu ruhig.“

„Das ist es überhaupt nicht. Ich möchte nirgendwo anders leben."

Erst als die beiden Frauen aufstanden, erblickte Joyce plötzlich unter den vielen Gästen ein ihr bekanntes Gesicht. Es war Pascual. Was machte er hier? Warum hatte er ihr nichts davon gesagt? Sie wäre so gern mit ihm zusammengekommen. Joyce drängte sich durch die Menschenmassen zu ihm, blieb aber plötzlich wie angewurzelt stehen. Er war nicht allein, sondern führte ein elegant gekleidetes, schlankes Mädchen hinaus zu einem wartenden Auto. Sie sah wunderschön aus und war jünger als Pascual, verhielt sich aber genauso selbstsicher wie er. Wie gelähmt beobachtete Joyce, dass das junge Mädchen Pascual liebevoll anlächelte und zärtlich seinen Arm berührte.

Eifersucht befiel Joyce. Doch dann siegte ihr gesunder Menschenverstand. Vielleicht hatte Pascual geschäftlich mit dem Mädchen zu tun, und alles war ganz harmlos. Joyce dachte daran, dass er ihr versichert hatte, sie wirklich zu lieben, und das glaubte sie ihm. Sie würde ihn einfach das nächste Mal fragen, wer das schöne braunhaarige Mädchen war. Bestimmt gab es eine völlig einleuchtende Erklärung.

Aber eine Woche später traf der Brief ein, der Joyces Hoffnung auf eine glückliche Zukunft zerstörte. Ihr Vater las ihn und sagte dann: „Wir haben ein Kaufangebot für das *Yurena* bekommen."

„Und nicht das erste", erwiderte sie gelassen. „Schreib zurück, dass sich die Leute ihr Angebot an den Hut stecken können."

Nachdenklich schaute Tony auf seine Tochter. „Ich glaube, dass wir dieses hier nicht ablehnen dürfen." Er reichte ihr den Brief, der zu ihrer Überraschung von der PLG-Hotelkette stammte. Als sie die Unterschrift unter dem unwahrscheinlich attraktiven Angebot las, wich ihr das Blut aus dem Gesicht.

Entgeistert starrte sie auf das Blatt Papier. Es dauerte einige Sekunden, bis sie die Bedeutung der drei Buchstaben voll erfasste.

Pascual Lorenzo Gimminez! Er war also der Eigentümer der PLG-Hotelkette.

Nun verstand sie auch, warum er in dem neuen Hotel auf Teneriffa gewesen war. Doch nicht nur das wurde ihr klar. Nun wusste sie, dass er sich nicht für sie, sondern für das *Yurena* interessierte. Und ganz bestimmt stand er mit dem schönen Mädchen nicht nur in einer geschäftlichen Beziehung. Nein, das war eher eine sehr persönliche Angelegenheit.

Zornig funkelten Joyces grüne Augen, und ihre Wangen glühten bei dem Gedanken, dass sie sich so rettungslos in Pascual verliebt hatte. Wie froh war sie gewesen, weil er sich so gut mit ihrem Vater verstanden hatte. Nie hätte sie gedacht, dass die beiden hinter ihrem Rücken die Sache mit dem Verkauf aushecken würden.

„Du hast also bereits mit ihm verhandelt", warf sie ihrem Vater empört vor.

Er nickte schuldbewusst. „Du weißt ja, dass ich seit dem Tod deiner Mutter immer nach England zurückwollte."

„Zu wem? Der einzige Verwandte ist Onkel Frank, und der ist arm wie eine Kirchenmaus. Er wird dich ganz schön ausnehmen. Als ihr das Geld gewonnen habt, kam er sofort zu uns. Bis dahin hatte er sich jahrelang nicht blicken lassen. Was willst du denn in England? Hier bist du viel besser aufgehoben."

„Wenn du Pascual heiratest, werden wir uns nicht sehr oft sehen", entgegnete Tony ernst.

„Den heiraten?" Joyce schnappte nach Luft. „Dieser Mann ist Luft für mich. Er hat mich nur benutzt, um das Hotel zu bekommen. Es ist ja kein Geheimnis, dass du hier nicht glücklich bist und schon seit Langem fortziehen willst. Und Pascual befürchtet nun, dass ich es dir ausreden könnte. Sag ihm, was er mit seinem Angebot machen kann!"

„Ach Joyce, ich bin überzeugt, dass du dich irrst. Es ist nichts anderes als reiner Zufall, dass er das Hotel kaufen möchte. Das hat nichts mit dir zu tun."

„Als Marion und ich auf Teneriffa waren, habe ich ihn mit einer anderen Frau gesehen. Glaubst du vielleicht noch immer, dass er etwas für mich übrig hat? Bis jetzt habe ich dir nichts davon erzählt, weil ich der Angelegenheit keine große Bedeutung beigemessen habe. Aber nun ist mir restlos klar, dass er mich nur für seine Zwecke ausgenutzt hat“, empörte sich Joyce.

„Es ist doch kein Verbrechen, wenn er sich mit einer Frau unterhält. Das Mädchen kann eine harmlose Bekannte sein. Joyce, du benimmst dich sehr unvernünftig. Ich verdiene an diesem Verkauf eine Menge Geld, und du bekommst selbstverständlich die Hälfte davon ab. Du wirst eine reiche Frau sein.“

Joyce schüttelte heftig den Kopf. „Ich will kein Geld! Ich will hierbleiben. Ich will das Hotel in Mamis Sinn weiterführen. Wenn sie wüsste, was du vorhast, würde sie dir das nie verzeihen. Schon zu ihren Lebzeiten machte man uns eine Menge Angebote, die sie immer sofort abgelehnt hat.“

„Keines war so gut wie dies hier.“

„Wenn du wirklich verkaufen willst, kann ich nichts dagegen machen“, sagte Joyce verbittert.

„Iss zuerst einmal dein Frühstück“, bat Tony leise. „Wir sprechen heute Abend noch einmal über diese Geschichte, wenn du dich ein bisschen beruhigt hast. Es muss eine große Überraschung für dich gewesen sein. Das ist mir klar. Vielleicht hätte ich dich schon früher von meinen Verhandlungen mit Pascual in Kenntnis setzen sollen.“

Joyce schaute ihren Vater zornig an. „Du wusstest genauso wie Pascual, dass ich nicht damit einverstanden sein würde. Ich begreife einfach nicht, wie du ihn ermutigen konntest.“

„Ich mag Pascual. Er ist ein feiner Kerl.“

„Hör damit auf! Ich möchte nicht mehr über ihn sprechen.“ Wütend biss Joyce in ihr Croissant und trank eine Tasse Kaffee. Dann machte sie sich an ihre gewohnte Arbeit. Aber sie konnte sich beim besten Willen nicht darauf konzentrieren. Schließlich gab sie es auf und ging am Meer entlang spazieren.

Bald wollte sie vom Strand nichts mehr wissen. Hier war sie Pascual begegnet, und alles erinnerte sie an ihn. Also stieg sie auf den Berg. Sie hatte vor, sich derart zu verausgaben, dass sie vor Müdigkeit nicht mehr denken konnte.

Flammend roter Mohn blühte am Wegesrand, rosa und weiße Rosen wuchsen an den Hängen. Aber Joyce nahm die üppige Schönheit der Natur nicht wahr.

Verbissen kletterte sie höher, ohne sich eine Pause zu gönnen, bis sie den Gipfel erreichte.

Der Berg war ein erloschener Vulkan, und Joyce blickte einen Augenblick lang in den dunklen, trostlosen Krater. So ähnlich sah es in ihrem Innern aus. Mit einem verzweifelten Seufzer setzte sie sich auf den Boden und zog die Knie bis zum Kinn hoch. Wie konnte Pascual nur so gemein sein! Hatte er tatsächlich geglaubt, dass sie dem Verkauf des Hotels zustimmen würde, wenn er in ihr Liebe zu ihm erweckte?

Nun erkannte sie auch, dass ihre Begegnung am Strand kein Zufall gewesen war.

Pascual hatte genau gewusst, dass sie dort immer spazieren ging, und dann alles darangesetzt, dass sie sich in ihn verliebte. Aber am schlimmsten war, dass sie ihm geglaubt hatte, als er ihr seine sogenannte Liebe gestand!

Stundenlang saß Joyce da, und je länger sie über alles nachdachte, desto zorniger wurde sie. Als sie endlich zum Hotel zurückkam, kochte sie förmlich vor Wut.

Mit besorgtem Gesicht eilte Tony seiner Tochter entgegen. „Wo warst du nur so lange? Ich wollte schon einen Suchtrupp nach dir ausschicken."

Normalerweise hätte sich Joyce für ihre Verspätung entschuldigt. Aber diesmal war sie auch auf ihren Vater zornig. „Hast du befürchtet, dass ich zu Pascual gehen könnte? Wenn ich gewusst hätte, wo er ist, wäre ich sofort zu ihm gerannt. Ich will diesem Mann unbedingt klarmachen, was ich von ihm halte.“ Aber leider war ihr das nicht möglich gewesen. Die PLG-Kette besaß Hotels in der ganzen Welt, und Pascual konnte wer weiß wo sein.

„Wenn du hiergeblieben wärst, hättest du mit Pascual sprechen können“, sagte Tony ruhig.

„Was!“, rief Joyce aufgebracht. „Er war hier?“

„Nein. Aber er hat angerufen. Er wollte sich vergewissern, dass ich sein Angebot erhalten habe.“

„Ach, tatsächlich?“, höhnte Joyce. „Oder wollte er nur hören, wie ich darauf reagiert habe? Hoffentlich hast du es ihm gesagt. Von wo rief er an?“

„Das weiß ich nicht. Aber er kommt nächste Woche zu uns, um sich die Antwort abzuholen.“

„Du wirst doch sicher sein Angebot ablehnen!“, rief Joyce. „Ich habe dir noch nie widersprochen, Daddy. Doch dieser Sache stimme ich niemals zu. Ich könnte es dir nicht verzeihen, wenn du das *Yurena* verkaufst. Er wird alles verändern, wird es vergrößern und es zu einem dieser riesigen unpersönlichen Kästen machen, vor denen es Mami und dir immer grauste. Nein, das darfst du nicht tun! Ich lasse es nicht zu!“

„Joyce, beruhige dich doch.“ Tony wollte sie berühren. Aber sie wich zornig zurück. „Ich habe ja noch nicht eingewilligt.“

„Aber du wirst es tun. Das weiß ich. Seit Mamis Tod willst du von hier fort. Um mich kümmerst du dich dabei überhaupt nicht“, warf sie ihrem Vater in ihrer Verbitterung vor.

„Als Pascual und ich über dieses Thema sprachen, deutete er an, dass er sehr viel für dich empfindet. Ich war überzeugt, dass ich mir um dich keine Sorgen zu machen brauchte.“

„So eine Frechheit von diesem Kerl! Er hat mich nie geliebt, sondern mich nur ausgenutzt. Wenn du ihn mit dem Mädchen auf Teneriffa gesehen hättest, wüsstest du, dass er sich nie ernsthaft für mich interessiert hat. Sie ist schön, einfach wunderschön. Mich hat er nur für seine Zwecke missbraucht. Er hat es darauf angelegt, dass ich mich in ihn verliebe, und dann kam er mit seinem tollen Angebot zu dir. So, und damit wäre alles gesagt. Ich gehe jetzt auf mein Zimmer. Falls es noch etwas Wichtiges geben sollte, musst du dich halt selbst damit beschäftigen."

Noch nie hatte Joyce so zu ihrem Vater gesprochen. Aber sie hatte auch noch keinen Grund gehabt, derart wütend auf ihn zu sein. Obwohl genau genommen das Hotel ihm gehörte, war sie die eigentliche Chefin, der er stets alle Entscheidungen überlassen hatte. Er hätte ihr unbedingt sofort sagen müssen, dass er das *Yurena* verkaufen wollte; dann bräuchte sie sich nicht so hintergangen zu fühlen.

Mit zusammengepressten Lippen saß Joyce am Fenster und starrte tief in Gedanken hinaus. Falls ihr Vater das Hotel verkaufte, erwartete er dann, dass sie mit ihm nach England zurückkehrte? Ein schrecklicher Gedanke, denn es gefiel ihr hier auf dieser ruhigen Insel. Sie konnte sich nicht vorstellen, woanders zu leben.

Aber sie hatte noch keine Zeit gehabt, sich mit jemandem näher anzufreunden. Also gab es auch niemand, der ihr helfen würde. Sie musste sich einen neuen Job auf der Insel suchen. Oder sollte sie mit ihrem Anteil aus dem Verkauf des *Yurena* ein zweites Hotel auf Cerillo eröffnen? Nein, das wäre nicht gut für die Insel.

Doch Pascual würde nicht nur den Frieden der Insel, sondern auch den Ruf des *Yurena* zerstören. Hier war es noch still, und die Gäste fühlten sich wie zu Hause. Es gab weder grelles Licht noch laute Musik, und man konnte sich richtig entspannen. Warum musste er sich ausgerechnet diese Insel und dieses Hotel in den Kopf setzen? Warum baute er nicht einfach noch einen Riesenkasten auf Gran Canaria oder Lanzarote? Dort fielen doch weitere Discos, Bars, Nachtclubs und Sportanlagen nicht mehr ins Gewicht. Aber für Cerillo waren es lauter falsche Dinge.

Joyce blieb auf ihrem Zimmer, bis der Restaurantchef sie brauchte, um mit ihr den Speiseplan für den nächsten Tag zu besprechen. Anschließend setzte sie sich mit ihrem Vater zum Abendessen hin.

Tony sah sehr unglücklich aus und sagte gleich: „Ich hätte nicht gedacht, dass du so heftig reagieren würdest, Joyce."

„Sollte ich vielleicht hocherfreut ausrufen: Wie herrlich, wir werden beide reich? Nein, Geld macht mich nicht glücklich. Ich möchte hundertmal lieber hier arbeiten, als ein dickes Bankkonto haben."

„Aber wenn es groß genug ist, hilft es einem. Ich kann mich zur Ruhe setzen und ..."

„... todunglücklich werden", beendete sie den Satz. „Du hast dich zwar seit Mamis Tod nicht mehr für das Hotel interessiert, aber ist der Verkauf die richtige Lösung? Wenn du nichts mehr damit zu tun haben willst, verkaufe das *Yurena* mir, und du bleibst hier wohnen und hast deine Ruhe. Nur gib es um Himmels willen nicht Pascual Lorenzo Gimminez, denn dann wird es auf Cerillo bald so zugehen wie auf den anderen Inseln."

„Pascual hat mir versprochen, dass dies nicht geschieht. Er ändert nichts."

„Das glaube ich nicht, denn ich habe ja das neue Hotel auf Teneriffa gesehen. Es ist leicht, alles Mögliche zu versprechen. Also verkaufe ihm nur das *Yurena*, und in ein paar Jahren wirst du zugeben müssen, dass ich recht hatte."

Tony saß eine Weile nachdenklich da, bevor er sagte: „Joyce, ich verstehe deine Bedenken. Aber wenn ich erst in England bin, soll es mich nicht mehr kümmern, was Pascual mit dem Hotel tut."

„Also hast du deine Entscheidung bereits gefällt", stieß sie verbittert aus.

Tony nickte bedrückt.

„Und was wird aus mir? Was soll ich machen? Ich werde weder ein Zuhause noch einen Job haben."

„Mit deinen Fähigkeiten und deiner Ausbildung bekommst du leicht und schnell etwas anderes. Du kannst auch nach England mit mir gehen, und wir kaufen uns ein kleines Hotel irgendwo auf dem Land, das du dann leiten kannst."

„Nein, vielen Dank“, erwiderte Joyce heftig.

„So kenne ich dich gar nicht. Es tut mir leid, dass du mit meiner Entscheidung nicht einverstanden bist; aber du musst dein Leben leben und ich meines. Es bleibt dabei, ich gehe wieder zurück nach England.“

„Entschuldige, Daddy, aber nun möchte ich nicht mehr über dieses Thema sprechen. Ich nehme deinen Entschluss hin und werde mir überlegen, was ich mache.“

Joyce stand auf, verließ das Hotel und ging spazieren. Mit traurigem Gesicht blickte ihr Tony nach.

Die kommende Woche verging unglaublich langsam für Joyce, die mit jeder Stunde zorniger wurde. Dass sich die Kluft zwischen ihr und Tony immer mehr vergrößerte, kreidete sie ebenfalls Pascual an. Noch nie hatte sie sich mit ihrem Vater gestritten, und die Entfremdung tat ihr weh. Aber sie konnte ihm nicht verzeihen, dass er sich hinter ihrem Rücken mit Pascual einig geworden war.

Jeden Tag nahm sie sich nach dem Mittagessen eine Stunde frei. Entweder sonnte sie sich auf ihrem eigenen kleinen Balkon, oder sie ruhte sich auf dem Bett in ihrem kühlen Zimmer aus, wenn es draußen zu heiß war.

An dem Tag, an dem Pascual ankam, lag Joyce in ihrem orangefarbenen Bikini im Freien auf einem Liegestuhl. Als sie die Augen öffnete, sah sie den Mann vor sich stehen, auf den sie so böse war. Lächelnd blickte er auf sie herab.

„Also hier bist du“, sagte er. „Ich habe dich schon überall gesucht. Wie geht es dir, mein Liebling? Hast du mich vermisst?“

Was für eine Unverschämtheit! Joyce sprang auf und starrte ihn zornig an. „Das kann man wohl sagen. Ich habe darauf gewartet …“

Weiter kam sie nicht, denn er nahm sie in die Arme und verschloss ihr den Mund mit einem Kuss. Es geschah so schnell, dass sie nicht mehr ausweichen konnte. Und trotz ihres Zorns verspürte sie auf einmal eine erregende Reaktion in ihrem Körper.

Sie kämpfte dagegen an und rief: „Lass mich los, du brutaler Kerl! Was treibst du für ein Spiel mit mir?"

Er trat einen Schritt zurück und sah sie verständnislos an. „Joyce?"

„Behaupte bloß nicht, dass du nicht weißt, was ich meine. Hast du im Ernst geglaubt, es würde mir nichts ausmachen? Hat dir mein Vater nicht gesagt, wie mir zumute ist?"

„Ich bin deinem Vater noch nicht begegnet, weil ich gerade erst ankam."

„Aber du hast mit ihm telefoniert. Tu nur nicht so überrascht und erstaunt. Du weißt genau, worum es geht."

Sie wandte sich ab, um ihn nicht mehr anschauen zu müssen. Zu ihrer Bestürzung fand sie ihn noch immer so unwahrscheinlich attraktiv, dass ihr Herz heftig schlug. Sie musste unbedingt weg von ihm und ihm nie mehr begegnen. Am besten wäre es, wenn sie mit ihrem Vater nach England zurückkehrte.

„Ich vermute, dass es sich um die Übernahme des Hotels handelt. Lass mich dir bitte alles erklären."

„Nein, ich werde mir deine Ausflüchte nicht mehr anhören. Was du getan hast, kann ich dir nie verzeihen. Übrigens ist mein Vater in seinem Zimmer. Ich rufe ihn an."

Sie wollte gehen; doch Pascual packte sie am Arm und sagte nachdrücklich: „Du machst einen großen Fehler, Joyce. Hör mir zu, was ich dir …"

„Nein!", unterbrach sie ihn heftig und versuchte sich loszureißen. Doch er hielt sie unerbittlich fest.

„Du kannst mir glauben, dass alles, was ich dir jetzt sagen werde, die reine Wahrheit ist, Joyce."

„Ach ja? Dass es Liebe auf den ersten Blick war?", höhnte sie. „Dass du noch keiner Frau wie mir begegnet bist? Hältst du mich wirklich für so dumm?"

„Durchaus nicht. Du bist nur sehr verletzlich und hast alles falsch verstanden."

„Oh nein, ich verstehe nur zu gut. Und du brauchst mir nichts weiter zu erklären. Damit verschwendest du nur deine Zeit. Das Hotel gehört nicht mir. Wenn mein Vater es verkauft, ist das einzig und allein seine Angelegenheit. Du hättest dich nicht um mich bemühen müssen."

„Joyce, glaubst du tatsächlich, dass ich dich nur benutzt habe? Ich liebe dich und nahm an, dass du auch mich liebst. Hast du dich in nur zwei Wochen so sehr verändert?"

Endlich gelang es ihr, sich aus seinem Griff zu befreien. „Ich habe dir vertraut, Pascual. Du warst seit langer Zeit der einzige Mann, den ich näher an mich heranließ. Aber es ging dir gar nicht um mich, sondern um das Hotel. Dieses blöde Hotel! Von mir aus kannst du es gern haben. Soll mein Vater es doch nur weggeben. Aber er wird in England nicht glücklich sein. Hier ist seine Heimat, und du versuchst sie ihm wegzunehmen!"

„Für ihn war es keine Heimat mehr, sondern nur ein Geschäft. Seit dem Tod deiner Mutter gefällt es ihm auf Cerillo nicht mehr. Er will seine eigenen vier Wände, nicht dieses große Haus, in dem ständig Fremde anwesend sind."

„Ich habe längst aufgegeben, ihn zur Vernunft zu bringen. Aber wenn es schlecht für ihn ausgeht, wirst du es bis ans Lebensende vor deinem Gewissen verantworten müssen." Joyce drehte sich um und ging hoch aufgerichtet ins Hotel zurück. Plötzlich stieß sie mit ihrem Vater zusammen.

„Ich habe laute Stimmen gehört, Joyce. Was ist denn los?", fragte Tony beunruhigt.

Pascual war ebenfalls herangekommen, und die beiden Männer begrüßten sich mit Handschlag. Joyce nutzte die günstige Gelegenheit aus, um rasch zu verschwinden. Ihr Magen schien sich zu verkrampfen, als sie hörte, wie herzlich ihr Vater mit Pascual sprach. Schmerzlich wurde ihr klar, dass Tony seine Meinung nie ändern würde und dass alle ihre Überredungskünste versagen mussten. Das *Yurena* war so gut wie verkauft.

Enttäuscht und zutiefst betroffen duschte sie und streifte ein leichtes Sommerkleid über. In den nächsten zwei Stunden saß sie an ihrem Schreibtisch und hatte keine Zeit mehr zum Nachdenken und Grübeln.

Eine Menge neuer Gäste traf ein, und Joyce musste die Anmeldungen ausfüllen, die Schlüssel verteilen und sich um tausend andere Dinge kümmern. Irgendwann fiel ihr auf, dass sie beobachtet wurde. Sie hob den Kopf. Pascuals Blick war fest auf sie gerichtet, und sie fühlte sich für kurze Zeit fast wie gelähmt. Pascuals Gesicht war verschlossen; doch Joyce wusste, dass er mit ihr sprechen und sich mit ihr aussöhnen wollte. Warum eigentlich? Er bekam doch, was er sich gewünscht hatte, und brauchte sie jetzt eigentlich nicht mehr.

Sie schluckte jedoch ihren Ärger hinunter und wandte sich wieder ihren Gästen zu. Als endlich der Letzte versorgt war, trat Pascual sofort an sie heran. „Ich möchte, dass du heute mit mir zu Abend isst", sagte er halblaut. Es klang nicht wie eine Einladung, sondern wie ein Befehl.

Kühl blickte sie ihn an. „Nein danke."

„Ich will mit dir reden."

„Ich habe doch bereits abgelehnt."

„Du begehst einen gewaltigen Fehler."

„Den hast du bereits gemacht. Ich sehe keinen Sinn mehr, unsere Bekanntschaft fortzusetzen."

„Joyce, lass uns deinen Vater und das Hotel vergessen und uns nur mit uns beiden befassen." Pascual legte die Hand auf ihren Arm.

„Warum?", fragte sie heftig. Sie wollte ihren Arm wegziehen, tat es jedoch nicht. Dieser Mann durfte nicht merken, was seine Berührung in ihr anrichtete.

„Du weißt, warum."

„Ich weiß nur, dass ich mit dir nichts mehr zu tun haben möchte", entgegnete Joyce. Zu ihrer Erleichterung kam ein Gast heran, um sie etwas zu fragen.

Als die Frau gegangen war, fügte Joyce hinzu: „Hier ist wirklich nicht der passende Ort, um ein solches Gespräch zu führen. Würdest du bitte gehen."

„Nur wenn du mir versprichst, mit mir zu Abend zu essen."

„Ich esse immer mit meinem Vater", erwiderte sie gereizt.

„Tony hat sich bereits einverstanden erklärt."

Stumm verwünschte sie ihren Vater. Aber sie merkte Pascual an, dass er erst gehen würde, wenn sie seine Einladung annahm.

„Falls ich heute mit dir ausgehe, lässt du mich dann in Ruhe?"

„Ja, wenn du später immer noch darauf bestehen solltest."

Mit einem tiefen Seufzer gab sie nach und nahm sich vor, diesen Abend keinesfalls zu genießen. Sie würde sich mit Pascuals Anwesenheit abfinden; aber das war auch alles. Was wollte er eigentlich noch von ihr? Vielleicht mit ihr schlafen, bevor er sie endgültig verließ? Nun, dann sollte er eine eindeutige Abfuhr erleben!

4. KAPITEL

Als Pascual Joyce abholte, trug er eine maßgeschneiderte weiße Hose und ein blütenweißes Hemd mit blauen Streifen. Joyce musste sich eingestehen, dass er einfach fantastisch aussah. Lächelnd küsste er ihre Hand und sagte: „Du bist wunderschön, Joyce."

Und du bist ein Lügner, dachte sie erbost. Glaubte er im Ernst, mit Schmeicheleien weiterzukommen? „Ich bin, wie ich bin", entgegnete sie kühl. „Wollen wir gehen?"

Er schob die Hand unter ihren Ellenbogen und führte sie aus dem Hotel – jedoch nicht zu einem Restaurant, sondern zum Hafen. „Hoffentlich hast du nichts gegen ein Essen an Bord einzuwenden, Joyce", bemerkte er.

„Das würde mir wohl kaum etwas nützen, denn du hast ja anscheinend schon alles fest geplant", sagte sie mit unbeteiligter Stimme.

„Ich nahm nicht an, dass es Probleme geben könnte."

Joyce versuchte, mit einem Scherz ihre innere Unruhe zu überspielen. „Von mir aus können wir auf der Jacht essen, solange du nicht erwartest, dass ich das Abendbrot zubereite."

„Es ist alles bereits fertig. Du sollst nur genießen und dich wohlfühlen."

Machte er Witze? Mit zusammengepressten Lippen stieg Joyce an Bord und folgte Pascual in den Salon. Der Tisch war schon gedeckt. Auf dem schneeweißen Linnen schimmerte silbernes Besteck, und rosafarbene und silberne Blumen und Kerzen schmückten den Tisch. Alles war sehr festlich. Aber aus welchem Grund?, fragte sich Joyce. Allmählich bereute sie, die Einladung angenommen zu haben.

„Gefällt es dir nicht?", fragte Pascual stirnrunzelnd.

„Es ist sehr … intim", antwortete Joyce. Er hatte ihr zwar versprochen, sie nach diesem Abend in Frieden zu lassen, wenn sie es wollte. Doch das hier sah ganz danach aus, als ob er es darauf anlegte, sie umzustimmen.

„Für eine schöne Frau ist das Beste gerade gut genug."

„Hör mit deinen Schmeicheleien auf!", rief Joyce, die an das Mädchen dachte, mit dem sie ihn gesehen hatte. „Ich habe kein Vertrauen mehr zu dir. Du hast es restlos zerstört. Und ich gebe dir keine zweite Chance."

Pascual lächelte verhalten. „Und ich gebe so schnell nicht auf."

„Daran zweifle ich nicht. Nur wirst du bei mir Pech haben. Ich lasse mich auf nichts ein." Sie wusste, was er vorhatte. Er wollte sie und würde alles versuchen, dass sie ihn wie früher begehrte.

„Trotzdem können wir etwas trinken."

„Höchstens einen kleinen Sherry." Joyce war vorsichtig. Es sollte ihm nicht gelingen, sie durch Alkohol gefügig zu machen. Sie brauchte einen klaren Kopf, um Pascual gewachsen zu sein.

„Ich habe etwas viel Interessanteres als Sherry", lachte er und holte eine Flasche Champagner aus dem wohlgefüllten Barfach.

Joyce, die Alkohol nicht gewöhnt war, zögerte. „Ich glaube nicht, dass wir einen Grund zum Feiern haben", wandte sie ein.

„Aber ich glaube es."

„Vielleicht hast du einen Grund", rief Joyce zornig aus. „Ich nicht. Ich kann Daddy nicht verzeihen, dass er dir das *Yurena* verkauft, und dir nicht, dass du ihn dazu überredet hast."

Pascual öffnete geschickt die Flasche, und Joyce schrie leise auf, als der Korken an die Decke flog und dann direkt vor ihren Füßen landete.

Sie hob ihn auf, und Pascual, der inzwischen ihr Glas gefüllt hatte, reichte es ihr. Dabei berührte er ihre Finger und beobachtete, wie Joyce darauf reagierte.

Es fiel ihr schwer, kühl und gelassen zu erscheinen. Die Berührung erregte sie unglaublich. Trotzdem gelang es ihr, scheinbar unbefangen ein paar Schritte zurückzugehen. Sie hielt es für angebracht, einen gewissen Abstand zwischen sich und ihm zu schaffen.

„Auf uns, Joyce", sagte Pascual weich. „Möge die Zukunft uns all das bringen, was wir uns wünschen."

Sie verspürte eine seltsame Spannung in der Atmosphäre. „Auf uns", erwiderte sie. „Nur bezweifle ich, dass sich unsere Wege jemals wieder kreuzen werden."

„Dann hat dir dein Vater anscheinend nichts mitgeteilt – oder?", erkundigte sich Pascual.

„Was sollte er mir denn mitgeteilt haben?"

„Dass du hierbleibst und weiterhin das Hotel leitest. Ja, mein Liebling, ich bin mir sicher, dass wir uns sogar noch sehr oft sehen werden."

„Was? Daddy sagte, dass ich bleibe? Ist das ein Bestandteil eures Vertrags?" Empört starrte Joyce auf Pascual. Sie konnte es nicht glauben! Ihr Vater hatte kein Recht, über sie zu bestimmen. Er wusste doch, was sie von Pascual hielt. Oder hatte Tony gehofft, sie würde sich mit Pascual aussöhnen, wenn sie bleiben konnte?

„Tony und ich sind überzeugt, dass du bestens geeignet bist, das *Yurena* für die PLG-Kette zu führen." Pascual sprach so nüchtern und sachlich, als ob es sich um die selbstverständlichste Angelegenheit der Welt handelte.

„Hat mein Vater nicht mit der Möglichkeit gerechnet, dass ich gar nicht bleiben will?"

„Er weiß, dass du nicht nach England mitgehen möchtest und dass du dir unter diesen Umständen einen anderen Job suchen müsstest. Also warum bleibst du dann nicht Geschäftsführerin im *Yurena*, wo du glücklich gewesen bist und dir Freunde gemacht hast?"

Joyce warf den Kopf in den Nacken und blickte Pascual trotzig und herausfordernd an. Sie ließ doch nicht einfach über sich bestimmen! Wenn man vorher mit dieser Idee an sie herangetreten wäre, hätte sie es sich bestimmt genau überlegt. Aber es passte ihr ganz und gar nicht, vor vollendete Tatsachen gestellt zu werden.

„Ich bin hier mit meinen Eltern glücklich gewesen, und das Hotel war mir nicht nur Geschäft, sondern mein Heim. Aber wenn es deine Firma übernimmt, wird sich alles ändern. Ich ziehe es vor, in einem neuen Unternehmen zu arbeiten, wo es keine Erinnerungen gibt."

„Mit anderen Worten: Es ist also meinetwegen." Nun wurde auch Pascual zornig, seine Augen funkelten.

„So ist es", bestätigt Joyce.

Mit einem lauten Fluch stellte er sein Glas ab. Dann griff er nach ihrem Glas und stellte es ebenfalls auf den Tisch. Er packte Joyce fest an den Händen und schaute sie eindringlich an. „Vor zwei Wochen hast du noch behauptet, mich zu lieben. Ich war fest davon überzeugt, dass du mit mir bis ans Ende der Welt gehen würdest, wenn es sein müsste. Deshalb weigere ich mich jetzt, zu glauben, dass du mich nicht mehr liebst, nur weil ich dir nichts von meinen Plänen mit dem *Yurena* sagte."

„Du wirst es glauben müssen", brachte sie mit zusammengebissenen Zähnen heraus. Es ging ja nicht nur um das Hotel. Dass er mit einer anderen Frau zusammen gewesen war, schmerzte sie noch viel mehr. Das mit dem Hotel konnte sie ihm verzeihen; nicht jedoch, hintergangen worden zu sein.

„Soll ich dir sagen, warum ich darüber schwieg? Willst du es hören?", rief er heftig.

Sie zuckte mit den Achseln.

Sein Gesichtsausdruck wurde ernst, und dann presste Pascual für einen Augenblick die Lippen zusammen. „Weil ich Geschäft und Gefühl nicht miteinander verbinden wollte. Das eine hat mit dem anderen nichts zu tun." Weiter kam er nicht, denn sie unterbrach ihn.

„Das ist doch nicht richtig! Natürlich gehört das Hotel offiziell meinem Vater, aber ich leite es, nicht er. Und es ist genauso ein Bestandteil von mir, wie … wie die Nase in meinem Gesicht."

„Ich hatte befürchtet, dass du so reagieren würdest. Aber nimm bitte zur Kenntnis, dass in meinem Geschäftsleben kein Platz für die kindischen Bedenken eines verzogenen Mädchens ist."

Joyce schnappte nach Luft. „Wie kannst du es wagen, so mit mir zu reden! Du weißt ja gar nicht, wovon du sprichst."

„Oh, das weiß ich sehr gut." Ein aufreizendes Lächeln umspielte seinen Mund. „Dein Vater liest dir doch jeden Wunsch von den Augen ab. Alles geht nur nach deinem Kopf. Tony war sich sicher, dass du gegen den Verkauf sein würdest."

„Aber doch nur in seinem Interesse!"

„Hat es gar nichts mit deinen Interessen zu tun?", fragte Pascual spöttisch.

Joyce wandte sich ab. Es stimmte, dass es meistens nach ihrem Kopf ging. Da sie das einzige Kind war, bekam sie fast alles, was sie sich wünschte. Aber sie gleich verzogen zu nennen? Nein, das gestattete sie Pascual nicht. „Ich finde, du wirst viel zu persönlich", rief sie zornig.

„Tatsächlich? Wärst du etwa einverstanden gewesen, wenn du früher von meiner Kaufabsicht erfahren hättest?"

Sie schwieg.

„Du schleppst einen entsetzlichen Minderwertigkeitskomplex mit dir herum, Joyce", fuhr er grimmig fort. „Du bist felsenfest davon überzeugt, dass sich kein Mann für dich interessieren könnte. Also blieb mir doch gar nichts anderes übrig, als nur mit deinem Vater zu verhandeln."

Joyce betrachtete Pascual. Das war nicht der Mann, in den sie sich verliebt hatte. Es war ein Fremder, hart und gewissenlos, der mit allen Mitteln kämpfte, wenn er etwas haben wollte. Er konnte von ihr aus hundertmal behaupten, dass er sich nicht wegen des Hotels an sie herangemacht hatte, sie würde es ihm nie und nimmer glauben. Auf seine gerissenen Ausreden fiel sie nicht herein.

„Du hast meine Frage noch nicht beantwortet, Joyce. Wie wäre deine Reaktion gewesen, wenn ich dir sofort mitgeteilt hätte, dass ich das Hotel kaufen wollte?"

„Ich hätte dir gesagt, dass du verschwinden solltest!"

„Genau. Verstehst du jetzt, warum ich Geschäft und Gefühl voneinander trennen wollte?“

„Du hast alles dafür getan, dass ich mich in dich verliebe“, warf sie ihm zornig vor.“

„Mir ist nicht bewusst, Gewalt angewendet zu haben“, bemerkte er verärgert.

„Nein, du hast etwas viel Raffinierteres eingesetzt – deinen Charme und Sex-Appeal. Wer weiß, wie oft du schon diese beiden Waffen für deine Geschäfte benutzt hast. Wahrscheinlich schon sehr oft.“

Pascual biss die Zähne zusammen. „Allmählich geht mir die Geduld aus, Joyce. Treib es nicht zu weit! Ich liebe dich. Bedeutet dir das denn gar nichts?“

„Liebe? Was ist schon Liebe?“, schrie Joyce und wurde fast hysterisch. Pascual behauptete, sie zu lieben, obwohl beide wussten, was für eine Lüge das war!

Er holte tief Luft. „Ja, Joyce. Liebe.“

„Du hast ja keine Ahnung, was dieses Wort bedeutet. Erinnere dich doch an den Tag, an dem wir uns begegneten. Willst du etwa bestreiten, dass du dich völlig anders benahmst, als du mich erkanntest? Zuerst warst du zornig, weil ich dich beim Schwimmen beobachtet hatte. Aber plötzlich konntest du gar nicht genug lächeln und dich entschuldigen. Also steht doch fest, dass dein Interesse nicht mir galt, sondern der Tochter des Hotelbesitzers. Ich verlange, dass du mich sofort nach Hause bringst.“ Sie war sehr zornig. Seine Behauptung, dass sie verzogen und maßlos verwöhnt sei, hatte sie noch mehr aufgebracht.

Ein seltsamer Ausdruck stand in seinem Gesicht, und im nächsten Augenblick zog er sie an sich.

Joyce war völlig überrascht. Sie wehrte sich und wollte sich losmachen, doch langsam ließ ihr Widerstand nach. Wieder spürte sie ihre Erregung.

„Joyce, meine Joyce“, flüsterte Pascual. „Warum willst du mir nicht glauben?“ Sanft drückte er ihren Kopf zurück, um ihren Hals zu küssen.

Es fiel Joyce unsagbar schwer, nicht die Arme um ihn zu legen und sich an ihn zu schmiegen. Mit dem letzten Rest an Willenskraft gelang es ihr. Doch als sein Mund in einem leidenschaftlichen Kuss ihre Lippen umschloss, stöhnte sie schmerzlich auf.

Seine Zunge glitt in ihren Mund, und Joyce schloss die Augen. Sie wollte das Gesicht des Mannes nicht sehen, auf den sie gegen ihren Willen so sehr reagierte. Es war Himmel und Hölle zugleich.

„So ist es besser“, flüsterte Pascual ihr ins Ohr. „Jetzt bist du der Joyce wieder ähnlich, in die ich mich verliebt habe.“ Heftig presste er sie an sich.

„Nein, Pascual“, kämpfte sie schwach gegen ihn an.

„Es hat keinen Sinn, dass du dich wehrst“, sagte er mit einem besitzergreifenden Lächeln. „Dein Körper spricht eine sehr deutliche Sprache. Aber vielleicht sollte ich aufhören, bevor ich meinen Appetit auf das Essen verliere und einen ganz anderen befriedige.“ Er hielt Joyce ein wenig von sich ab, und sie unterdrückte eine zornige Antwort.

Es war dumm gewesen, die Einladung anzunehmen – aber noch viel dümmer, auf die Jacht mitzukommen. Sie wusste doch von früher, dass sie Pascual nicht widerstehen konnte. Er ließ sie los und setzte sich an den Tisch, auf dem alle möglichen Vorspeisen standen – Fleischbällchen, Fischbissen und verschiedene Salate.

„Hast du keinen Hunger?“, erkundigte sich Pascual, als Joyce sich nur eine winzige Portion Tomatensalat nahm.

„Was glaubst du denn eigentlich?“, entgegnete sie ernst. „Ich wollte ja gar nicht herkommen. Ich habe keinen Appetit.“

Mit verschlossenem Gesicht saß er da und behielt seine Gedanken für sich. Doch dann ließ er sich die Vorspeisen schmecken. Joyce nippte nur am Champagner.

Als Pascual fertig war, räumte er die Reste ab und stellte eine herrliche Paella voller Krabben, Muscheln, Hühnchen, Reis, Erbsen und roten Pfefferschoten auf den Tisch. Ohne Joyce zu fragen, häufte er ein paar Löffel von der Paella auf ihren Teller.

Mit finsterem Gesicht ließ sie den Teller unberührt stehen und trank weiter von ihrem Champagner. Als das Glas leer war, füllte er es sofort wieder auf. Joyce warf einen Blick auf die Flasche und konnte kaum glauben, dass sie beide schon mehrere Gläser getrunken hatten. Kein Wunder, dass sie sich so leicht fühlte.

„Ich mache eine zweite auf", sagte Pascual. Bevor Joyce noch ablehnen konnte, sprang er bereits auf und öffnete die zweite Flasche. Aber sie nahm sich vor, keinen Tropfen Alkohol mehr anzurühren.

Nach dem Essen bestand Pascual darauf, dass sie sich zu ihm setzte. Er legte einen Arm um ihre Schultern, den anderen um ihre Taille. Joyce ließ es nicht nur geschehen, sie wünschte sich sogar seine Zärtlichkeiten.

„Ich glaube nicht, dass du aufgehört hast, mich zu lieben", lächelte Pascual. „Den ganzen Abend spürte ich, wie du auf mich reagierst. Bestimmt bist du bald wieder so wie früher."

Joyce zuckte zusammen. Was für eine Frechheit von ihm! Aber es stimmte eigentlich, was er gesagt hatte. In ihrer gegenwärtigen Verfassung würde sie ihm wahrscheinlich bald nachgeben – oder?

„Da solltest du dir nicht zu sicher sein", brachte sie heraus, nachdem sie sich wieder gefasst hatte. „Ich werde dir mit Vergnügen beweisen, wie sehr du dich irrst." Du lieber Himmel, warum hatte sie nur derart viel Champagner getrunken?

Pascuals Zunge berührte ihr Ohr. „Ich will dich", sagte er mit rauer Stimme und streichelte aufregend langsam ihre Brüste, deren Spitzen sich sofort aufrichteten. Dann umfasste er ihr Kinn und zwang sie, ihn anzusehen. „Ich bin kein Freund von kleinen Spielereien, Joyce. Du wirst mir sowieso gehören. Also mache es dir und mir nicht unnötig schwer." Er küsste sie so erotisch und erregend, dass Joyce zitterte. Aber sie wollte nicht nachgeben.

Doch nun küsste er sie lange und zärtlich. Joyce atmete schwer und unregelmäßig. Sie war machtlos. Langsam, aber sicher siegte Pascual über sie und durchbrach raffiniert ihren Widerstand. Bald würde es zu spät sein. Ein Zurück würde es dann nicht mehr geben! Wenn sie ihren Stolz bewahren wollte, musste sie Pascual sofort dazu bringen, mit seinen Verführungskünsten aufzuhören.

Aber wollte sie das? Sie spürte ihren Herzschlag. Ihr Körper verlangte nach Erfüllung und achtete nicht auf die Warnsignale, die ihr Verstand ausschickte. Joyce hatte jede Kontrolle über sich verloren.

Pascual drückte sie fest an sich. Seine Küsse wurden tiefer und leidenschaftlicher. Sie sagten ihr überdeutlich, dass er keinesfalls aufgeben würde.

Wie von selbst schlang sie ihre Arme um ihn, und ihre Finger strichen über seinen Rücken. Kein Mann hatte sie je so erregt wie Pascual. Bei keinem Mann hatte sie dieses tiefe Gefühl der Liebe erlebt. Ihr Körper sehnte sich nach ihm, wollte geben und nehmen. Zeit und Raum verloren an Bedeutung, jeder klare Gedanke war wie ausgelöscht.

„Joyce, sag mir, dass du mich liebst!", rief Pascual und blickte sie fest an.

Sie konnte seinem Blick nicht ausweichen, und der Kloß in ihrem Hals drohte sie zu ersticken. Es wäre so leicht, ihm jetzt ihre Liebe zu gestehen. Aber später, wenn sie wieder bei Sinnen war, was dann? Wäre sie dann immer noch wütend auf Pascual, weil er sie betrogen und hintergangen hatte?

Ja, das wäre ich, dachte Joyce, als das Bild des unbekannten Mädchens wieder vor ihr erschien. In ihrem Innern kämpfte sie mit widersprüchlichen Gefühlen.

„Du bist nicht fair, Pascual", flüsterte Joyce nach langer Zeit. „Jetzt, in diesem Augenblick, empfinde ich einiges für dich. Aber später würde ich es bitter bereuen, falls ich dir nun etwas Unüberlegtes sage."

„Ist es unüberlegt, zuzugeben, dass du mich liebst? Wir wissen doch beide, dass es stimmt. Joyce, was muss ich denn noch tun, damit du die Dinge wieder richtig siehst?"

„Du hättest von Anfang an ehrlich zu mir sein sollen!", rief sie heftig. „Ist dir nicht bewusst, wie tief du mich getroffen hast?"

„Ich hatte gewichtige Gründe, die ich dir auch zu erklären versuchte. Joyce, ich kann dich nicht verstehen. Du kämpfst gegen dich selbst an. Weißt du das?"

„Ach, wirklich? Komisch, ich glaubte, dass ich gegen dich ankämpfe."

Zorn flammte in seinen Augen auf. „Ich sehe, dass ich im Augenblick mir dir nicht weiterkomme. Darf ich dir eine Frage stellen?" Seine Stimme war voller Hohn. „Ist es zu viel verlangt, wenn ich dich bitte, das Hotel weiter zu leiten?"

Sie überlegte. Ihr blieb gar keine andere Wahl, denn sie brauchte diesen Job, bis sie einen anderen fand. „Nur wenn du mir versprichst, mich nicht weiter zu belästigen", sagte sie mit versteinerter Miene.

„Mir ist nicht bewusst, dich je zu etwas gezwungen zu haben."

„Und das hier? War das nichts?"

„Entschuldige mein schlechtes Gedächtnis", spottete er. „Ich glaubte tatsächlich, aufgehört zu haben, als ich deinen Widerstand bemerkte."

Schweigend erhob sie sich und ging in die Kombüse, um abzuspülen. Sie musste sich unbedingt mit etwas beschäftigen, damit sie sich beruhigte. Es hatte keinen Sinn, weiter mit ihm zu streiten. Er folgte ihr nicht und ließ sie gewähren. Als sie fertig war, sagte er: „Ich bringe dich jetzt zurück."

Ohne weiter miteinander zu sprechen, gingen Joyce und Pascual zum Hotel, und diesmal hielt er sie auch nicht an der Hand. Sie glaubte den Grund zu kennen. Da ihm das *Yurena* jetzt gehörte und er ihre Zustimmung hatte, es weiter zu leiten, brauchte er nichts mehr vorzutäuschen.

Am liebsten hätte Joyce ihre Einwilligung wieder zurückgezogen. Aber was würde sie damit erreichen? Es war kein sehr erfreulicher Gedanke, weder ein Zuhause noch einen Job zu haben. Sie musste Zeit gewinnen, bis sie eine passende Stellung mit der richtigen Bezahlung gefunden hatte.

Plötzlich wurde ihr bewusst, dass Pascual nichts von einem Gehalt erwähnt hatte. Diesen Punkt wollte sie sofort klären. Wenn sie nicht genügend verdiente, würde sie keinesfalls bleiben!

„Was mein Gehalt betrifft“, fing sie an, „so hoffe ich ...“

Er unterbrach sie barsch. „Du wirst dich nicht verschlechtern“, sagte er und nannte eine Summe, die ihre Erwartungen weit übertraf.

„Wie großzügig!“, rief sie höhnisch.

Sein Gesicht verfinsterte sich. „Die PLG-Kette ist für ihre guten Gehälter bekannt. Dadurch können wir uns die besten Angestellten leisten. Du wirst genauso behandelt wie alle anderen.“

Nun hatte sie es also gesagt bekommen. Sie war nichts anderes als eine der vielen Angestellten des Unternehmens. Die kurze Affäre, die Leidenschaft, die Liebesschwüre – aus und vorbei!

Übrig blieb nur der Schmerz. Wie Pascual sie behandelt hatte, tat Joyce unendlich weh. Aber sie würde ihre Arbeit verrichten und sich ihm gegenüber genauso benehmen wie bei jedem Chef, also höflich, respektvoll, sachlich. Von nun an wollte sie ihre Gefühle zurückdrängen und darauf hoffen, dass er sich nicht so oft im *Yurena* zeigte. Vor dem Hotel angekommen, äußerte Pascual auch nicht die Absicht, Tony zu begrüßen. Natürlich nicht. Er hatte ja alles erreicht, was er wollte, und nun hatte er keine Zeit mehr für ihren Vater. Wahrscheinlich wartete seine rassige Freundin bereits auf ihn. Eifersucht bedrückte Joyce, und sie musste sich sehr beherrschen, um sich wenigstens einigermaßen höflich von Pascual zu verabschieden.

„Du bist ja schon früh zurück“, sagte Tony, der aufgestanden war und auf sie zukam. Als er bemerkte, wie unglücklich seine Tochter war, fragte er besorgt: „Ist etwas passiert?“

„Nein, alles bestens, jedenfalls aus Pascuals Sicht. Ich habe eingewilligt, das Hotel weiter zu leiten. Aber es kann ja wohl kaum eine Überraschung für dich sein. Das hast du doch mit Pascual so ausgemacht – oder?“

Tony hörte den Ärger in ihrer Stimme. „Es tut mir leid“, entschuldigte er sich. „Es schien die beste Lösung für alle Beteiligten zu sein.“

Joyce verzog das Gesicht. „Wie konnte ich nur glauben, dass er mich liebt?“

„Also ist es zwischen euch beiden endgültig aus“, bemerkte ihr Vater traurig und nahm Joyce sanft in die Arme. „Ich finde, dass du einen großen Fehler begehst.“

„Du hast leicht reden“, sagte sie verbittert. „Dir hat er ja nicht wehgetan. Ich wünschte mir, dass ich ihn nie wiedersehen müsste.“

Tony schwieg einen Augenblick. „Leider wird sich das nicht vermeiden lassen“, bemerkte er dann leise. „Die Verträge sind unterschrieben. Ich kann nicht mehr zurück.“

„Ich hatte keine Ahnung, dass alles schon erledigt ist.“

„Ich hielt es für sinnlos, das auf die lange Bank zu schieben. Und ich habe auch schon den Flug nach England gebucht. Mittwoch verlasse ich Cerillo“, gestand Tony bedrückt.

Joyce schloss die Augen. Also nur noch einen Tag, dann war sie auf sich allein gestellt.

Von diesem Tag an ging alles sehr schnell. Kaum war Tony Howarth mit Tränen in den Augen abgeflogen, da kamen gleich die Angestellten der PLG-Kette ins Hotel. Sie entschieden rasch, dass einiges geändert werden müsste, um auch jüngere Altersgruppen anzuziehen. Das *Yurena* war ihnen zu ruhig und langweilig. Es sollte Tennisplätze, einen Segelclub, eine Discothek und Spielräume bekommen.

Als Joyce das hörte, biss sie die Zähne zusammen. Man fragte sie nicht um ihre Meinung und behandelte sie wie eine beliebige Angestellte und nicht wie die frühere Managerin oder die Tochter des ehemaligen Eigentümers.

Ein zweiter Hotelmanager erschien – ein eifriger oder besser: übereifriger junger Mann, der tausend Ideen hatte. Aber er verstand nichts von den Wünschen und Bedürfnissen der Gäste, die im *Yurena* logierten. Miguel war zwar in Joyces Alter, kam ihr jedoch wesentlich jünger und unreifer vor.

„Unsere Gäste kommen hierher, um sich zu erholen und Ruhe zu haben", sagte sie eines Tages zu ihm.

„Aber es ist doch so langweilig", klagte er. „Ich verstehe nicht, wie Sie das aushalten."

„Jeder Mensch vergnügt sich auf seine Art", bemerkte sie ungeduldig.

„Und womit vergnügen Sie sich? Ich habe noch nicht erlebt, dass Sie jemals ausgehen. Sie können mir doch nicht weismachen, dass Ihnen das hier Spaß macht."

„Mir gefällt es sehr gut, und hier ist seit einigen Jahren mein Zuhause."

„Das *Yurena* hat Ihrem Vater gehört, nicht wahr? Warum hat er es eigentlich verkauft? Und warum sind Sie trotzdem hiergeblieben?", wollte der junge Spanier neugierig wissen.

„Mein Vater wollte nach England zurück. Ich nicht. Das ist alles", entgegnete sie kühl.

„Musste er denn verkaufen? Es ist doch bestimmt nicht leicht für Sie, in einem Hotel zu arbeiten, das einmal Ihrer Familie gehört hat. Er hätte doch nach England gehen und Ihnen das Hotel überlassen können – oder?"

„Tut mir leid, Miguel, aber ich möchte nicht darüber sprechen", lautete ihre spröde Antwort.

„Verzeihen Sie mir meine Neugierde", entschuldigte sich Miguel sofort. „Ich hätte Sie nicht ausfragen dürfen. Es geht mich wirklich nichts an. Darf ich meinen Fehler wieder gutmachen, indem ich Sie zum Abendessen einlade?"

Joyce blickte in seine bekümmerten braunen Augen und erwiderte zu ihrer eigenen Überraschung: „Danke, Miguel. Ich nehme Ihre Einladung gern an.“ Seit der Abreise ihres Vaters hatte sie das Hotel noch nicht verlassen und brauchte endlich einen freien Abend.

Miguel führte sie in ein nahe gelegenes Restaurant, in dem sie von neugierigen Gästen beobachtet wurden. Joyce wusste, was die Leute vermuteten, und das belustigte sie. Wenn die wüssten, wie sehr sie sich irrten, schmunzelte sie und genoss das Zusammensein mit Miguel.

Er war ausgesprochen ritterlich und aufmerksam und hatte einen ausgeprägten Sinn für Humor. Joyce lachte immer wieder, und nun konnte sie verstehen, warum er das *Yurena* für langweilig hielt. Es war einfach nicht das Richtige für einen so lebhaften und lustigen Mann. Es wurde ein so netter Abend, dass Joyce ehrlich bedauerte, wie schnell er zu Ende ging.

Von da an kam Miguel sehr oft zu Joyce, um ihr einen guten Witz zu erzählen oder sie etwas zu fragen. Allmählich wurde Joyce bewusst, dass sie eigentlich viel auf dieser Insel vermisst hatte. Doch dafür gab sie nicht ihren Eltern, sondern nur sich selbst die Schuld. Sie hätte ja in London bleiben oder nach Paris oder Madrid ziehen können. Und nun glaubte sie auch zu wissen, warum sie Pascual derart attraktiv und unwiderstehlich gefunden hatte: Sie war von seiner herrlichen Jacht, seinem weltmännischen selbstsicheren Auftreten und seiner aufregenden Lebensart beeindruckt worden und hatte sich eine Zukunft in Luxus ausgemalt.

Wahrscheinlich wäre sie unter den gleichen Voraussetzungen von jedem anderen Mann genauso begeistert gewesen.

Und dann erschien Pascual im Hotel! Er klopfte an ihre Wohnzimmertür. Sie erwartete gerade Miguel, der inzwischen jeden Abend mit ihr verbrachte – wie einst ihr Vater. Also rief sie sofort: „Herein!“ Es traf sie jedoch wie ein Schock, als Pascual eintrat.

5. KAPITEL

Das Lächeln verschwand aus Joyces Gesicht. „Erwartest du jemand?“, fragte Pascual und betrachtete finster ihr schulterfreies, verführerisches Chiffonkleid, den grünen Lidschatten und die leuchtenden Augen.

Er trug leichte Hosen und ein pastellfarbenes Hemd. Sein Gesicht sah müde und angespannt aus. Joyce vermutete, dass er soeben erst angekommen war.

„Natürlich, sonst hätte ich mich ja nicht so gekleidet“, erwiderte sie zornig. Sie ärgerte sich maßlos darüber, wie sehr sein Anblick sie erregte.

„Ich hatte gehofft, dass du mit mir essen würdest. Morgen früh habe ich noch eine Besprechung mit einem meiner Berater, und anschließend reise ich gleich ab.“

Sie blickte ihn an. „Tut mir leid. Das konnte ich ja nicht wissen. Teile mir nächstens bitte rechtzeitig mit, wann du hier zu erscheinen gedenkst. Dann halte ich einen Termin frei.“

„Das soll wohl heißen, dass du nicht beabsichtigst, die Verabredung abzusagen. Handelt es sich um einen Mann?“

„Muss es denn ein Mann sein?“

Wieder betrachtete er ihre nackten Schultern und das geschickte Make-up. „Natürlich erwartest du einen Mann. Weiß er von mir?“

Joyces Nerven drohten zu versagen. Sie holte tief Luft. „Was gibt es da zu wissen? Dass du der Boss dieses Hotels bist? Ich nehme an, dass sich das inzwischen herumgesprochen hat“, entgegnete sie ironisch.

Pascual biss einen Augenblick die Zähne zusammen. „Nein“, rief er. „Das habe ich nicht gemeint, und du weißt es ganz genau.“

Joyce lächelte liebenswürdig. „Meinst du, ob ihm bekannt ist, dass wir einmal ineinander verliebt waren? Nein, ich glaube, das habe ich ihm noch nicht erzählt. Ich hielt es für unwichtig.“

Pascual erstarrte, und sein Blick wurde stechend. Joyce bekam plötzlich Angst. Das war die rücksichtslose Seite von Pascual, die ihm zu seinen Erfolgen verhalf.

„Also bin ich bereits Vergangenheit“, presste er schließlich heraus. „Du hast einen anderen Mann kennengelernt, der sich an deinem verführerischen Körper erfreuen darf. Wer ist er, Joyce? Ich könnte ihn umbringen!“

Sie zwang sich zu einem Lachen. „Mein lieber Pascual, bitte, werde nur nicht dramatisch. Er ist ein guter Freund, sonst nichts. Eigentlich bräuchte ich dir das gar nicht zu sagen. Wir beide hatten nur eine kurze Affäre. Aber die ist lange vorbei. Du hast keinerlei Rechte mehr auf mich.“

Eine Ader schwoll auf seiner Stirn, und er ballte die Hände zu Fäusten. „Joyce!“, brüllte er wütend.

„Ich habe lange nachgedacht“, sagte sie schnell. „Als ich dir begegnet bin, steckte ich offenbar in einer Krise. Es lief alles in eingefahrenen Gleisen. Du hast mir über diese Krise hinweggeholfen, und dafür bin ich dir dankbar. Aber ich weiß jetzt, dass es keine Liebe war.“

„Und was ist mit diesem Kerl?“ Pascuals Augen sprühten, und sein ganzer Körper war verkrampft. „Liebst du ihn?“

„Nein. Aber ich genieße seine Gesellschaft. Es macht mir Spaß, mit ihm zusammen zu sein.“

„Liebt er dich?“

„Ich glaube nicht. Wir reden nicht über solche Dinge.“

„Hat er mit dir geschlafen?“

Allmählich hatte Joyce genug. Fragen über Fragen, und wozu waren sie gut? Pascual traf sich doch auch mit einer anderen Frau, also warum kümmerte es ihn, was sie, Joyce, machte? Sie war schließlich ein freier Mensch. Er hatte sie für seine Zwecke benutzt und verloren. War ihm das denn nicht bewusst? „Ich weigere mich, deine sinnlosen Fragen weiter zu beantworten“, erwiderte sie verletzt. „Wir haben uns nichts mehr zu sagen. Bitte geh!“

Er schloss einen Moment die Augen und atmete dann tief durch. „Ich glaube, dass damit meine Frage beantwortet ist. Und nun gehe ich. Aber ich erwarte dich morgen früh, wenn die Pläne für das Hotel besprochen werden.“

„Was hätte das für einen Sinn? Inzwischen weiß ich nur zu gut, dass du den Charakter dieses Hotels zerstören willst.“

„Nichts geschieht ohne meine Zustimmung“, sagte er nachdrücklich. „Ich bestehe auf deiner Anwesenheit. Morgen früh, pünktlich um neun Uhr, Joyce.“

Noch lange, nachdem Pascual gegangen war, starrte Joyce nachdenklich vor sich hin. Wenn grundlegende Veränderungen am Hotel vorgenommen werden sollten, konnte sie nicht bleiben. Es war ein großer Fehler gewesen, dass sie sich von Pascual hatte überreden lassen, weiterzumachen. Als später Miguel zu ihr kam, saß sie immer noch grüblerisch da.

„Was ist los, Joyce?“, erkundigte er sich besorgt. „Sind Sie krank? Kann ich etwas für Sie tun?“

Wie benommen schaute sie zu ihm auf und verglich ihn unwillkürlich mit Pascual. Miguel war viel kleiner und sehr dünn. Er hatte tiefschwarzes Haar und einen lebhaften Gesichtsausdruck. Aber anziehend konnte ihn kein Mensch nennen.

Pascual hingegen strahlte unheimlichen Sex-Appeal aus. Sein helles Haar und die leuchtend blauen Augen unterschieden ihn deutlich von den meisten Spaniern. Es gab wohl keine Frau, die diesen Mann nicht genauer betrachten würde.

„Mir ist nach einem Tapetenwechsel zumute“, wandte sich Joyce an Miguel. „Was halten Sie davon, mit mir auszugehen?“

Er strahlte hocherfreut. „Mit dem größten Vergnügen.“

Natürlich fühlte Joyce, dass er sich für sie interessierte. Schon oft hatte er sie eingeladen, aber sie war nie dazu bereit gewesen. Ihr genügten die Gespräche mit ihm bei einem Drink hier im Hotel. Sie hatte ihn immer auf Abstand gehalten. Er war allerdings auch noch nie zudringlich geworden. Seine Begeisterung über ihren Vorschlag rührte sie, und sie ging mit ihm hinaus.

Als sie mit ihm das Hotel verließ, hatte sie das Gefühl, beobachtet zu werden. Pascual? Sie schaute sich um, konnte jedoch niemanden entdecken. Trotzdem blieb das unbehagliche Gefühl bestehen. Spionierte Pascual ihr etwa hinterher? Trotzig hakte sie sich bei Miguel unter und lachte ihn an.

„Nun geht es mir schon viel besser", sagte sie laut. „Vielleicht sollten wir öfter so etwas unternehmen."

Freude leuchtete in Miguels Augen auf, und Joyce merkte, dass er das für eine großartige Idee hielt.

Am nächsten Morgen wachte Joyce mit einer bösen Vorahnung auf. Es fiel ihr sehr schwer, sich zu erheben und anzuziehen. Lange lag sie da und blickte zum wolkenlosen Himmel, zu den Palmen und Fichten auf dem Berghang und zu den exotischen Blumen, die in leuchtenden Farben blühten.

Wie sehr wünschte sie sich, dass ihr Vater nicht nach England zurückgekehrt wäre! Hier auf Cerillo gab es Frieden und Sonne, weiße Strände und glasklares blaues Wasser, erfrischenden Wind, saubere Luft und Zeit, viel Zeit. Sie konnte einfach nicht glauben, dass ihrem Vater all das nicht fehlte.

Eine Minute nach neun erschien Joyce in ihrem Büro. Pascual saß an dem Schreibtisch, drei Männer ihm gegenüber. Bei Joyces Eintritt standen sie auf und warteten höflich, bis sie Platz genommen hatte. Nur Pascual blieb sitzen.

Betont schaute er auf seine Uhr. „Also können wir jetzt anfangen."

Finster starrte Joyce ihn an. Er schwieg ein paar Sekunden, weil er offensichtlich auf ihre Entschuldigung wartete. Dann wandte er sich an einen der Männer. „Jose, berichten Sie zunächst."

Jose, der Älteste der drei, erläuterte die Pläne, und Joyce wurde immer unruhiger. Der Mann schlug nicht nur vor, eine Disco und Sportplätze zu errichten, sondern auch das ganze Hotel umzubauen. Das hieß unter anderem, alle alten spanischen Möbel zu entfernen und völlig neue zu beschaffen, das Hotel zu vergrößern und ganz andere Gäste aufzunehmen.

Pascual saß mit ausdruckslosem Gesicht da und sagte kein Wort. Man merkte ihm nicht an, welcher Meinung er war. Erst als Jose seinen Vortrag beendet hatte, fragte Pascual die beiden anderen Angestellten, ob sie zu diesen Vorschlägen noch etwas hinzufügen wollten. Die Männer schüttelten jedoch den Kopf.

Pascual stützte die Ellenbogen auf den Schreibtisch und legte die Hände ineinander. „Ich stelle fest, dass Sie gründlich über alles nachgedacht haben“, sagte er. „Die Pläne sind sehr gut, ja, sogar ausgezeichnet. Lassen Sie mich Ihnen für Ihre gute Arbeit danken.“

Joyce bekam kaum noch Luft. Wie recht sie doch mit ihrem Misstrauen gehabt hatte! Nun stand fest, dass er das gemütliche Familienhotel völlig verändern und es genauso gestalten würde wie all die anderen PLG-Hotels.

Schon öffnete sie den Mund, um ihren Einwand anzubringen. Doch Pascual hob abwehrend die Hand. Er blickte noch einmal zu seinen Mitarbeitern hinüber. „Aber da wäre noch eine Sache, meine Herren. Sie haben meine Anweisungen nicht berücksichtigt. Señorita Howarth kann sich kaum noch zurückhalten.“ Aufreizend schaute er sie an. „Es war nicht meine Absicht, das *Yurena* radikal umzukrempeln. Die Howarths haben hier etwas sehr Gutes geschaffen, und ich möchte das Hotel so weiterführen. Es scheint ein großer Bedarf an einer ruhigen, entspannten Atmosphäre zu bestehen. Viele Gäste möchten einfach nur in der Sonne liegen, spazieren gehen und sich auf ihre Art vergnügen, also ohne Animateure und dauernde Programmgestaltung. Musik, ja, die sollte sein. Aber keine laute Discothek, sondern etwas Sanftes, Beruhigendes. Natürlich muss man das Hotel vergrößern. Aber es darf nichts mit viel Glas, Chrom und grellen Farben sein. Ich will den alten spanischen Stil erhalten. Joyce, was ist deine Ansicht?“

Im ersten Augenblick wusste sie nicht, wie sie auf die völlig neue Situation reagieren sollte. Bestimmt hatte Pascual die drei Männer über seine wahren Absichten im Unklaren gelassen. Und er hatte auch gewollt, dass sie selbst Höllenqualen litt, als sie anhören musste, was man mit dem *Yurena* plante. „Ich bin derselben Ansicht", sagte sie mit normaler Stimme, obwohl sie ihn am liebsten angeschrien hätte. Sie übersah sein triumphierendes Lächeln und fügte hinzu: „Wir haben im letzten Jahr viele Gäste abweisen müssen, weil wir nicht genügend Platz hatten. Darum halte ich eine Vergrößerung für angebracht. Sie müsste jedoch mit dem Altbau übereinstimmen. Außerdem wäre es gut, einen größeren Swimmingpool zu bauen. Offensichtlich ziehen unsere Gäste den Pool der See vor. Ferner brauchten wir bei stärkerer Belegung einen größeren Speisesaal und eine erweiterte Küche, die man mit neuen Geräten und Apparaten hochmodern ausstatten sollte."

Pascual nickte. „Hören Sie, meine Herren? Diese Dame versteht ihr Geschäft und weiß, wovon sie spricht."

Warum hatte er nicht von Anfang an dafür gesorgt, dass sie mit seinen Leuten zusammenarbeiten konnte? Dadurch wäre viel Zeit und Geld gespart worden. Nur mühsam unterdrückte Joyce ihren Zorn, als nun in allen Einzelheiten besprochen wurde, was alles geschehen sollte und gebraucht wurde. Bald vergaß sie jedoch ihre böse Vorahnung und den angestauten Groll, denn immer wieder wandten sich die Männer mit Fragen an sie und wollten ihre Meinung dazu hören. Und sie beteiligte sich lebhaft und interessiert an der Planung.

Aber als die Männer gegangen waren und sie mit Pascual allein war, ließ sie bewusst ihrem Ärger freien Lauf. „Warum hast du mich in dem Glauben gelassen, dass du das *Yurena* in eines dieser schrecklichen modernen Hotels umwandeln wolltest?", fragte sie schroff.

„Ich fand es ganz amüsant", sagte er lässig, und seine Mundwinkel zuckten. „Die Rache des kleinen Mannes, wie es so schön heißt. Du hattest mich verletzt, also zahlte ich es dir mit gleicher Münze heim."

„Ich hatte ja genügend Grund!", rief sie heftig.

„Und darum tröstest du dich mit Miguel." Pascuals Stimme war heftig geworden, seine Augen waren viel dunkler als sonst.

Joyce zuckte zusammen. Also hatte er ihr doch nachspioniert und gesehen, wie sie am vergangenen Abend mit Miguel ausgegangen war. Und das passt Pascual nicht, aber es geschieht ihm recht, dachte Joyce. Sie hatte ja auch gelitten, als sie ihn mit dem anderen Mädchen gesehen hatte.

„Miguel ist ein amüsanter Mann. Wir lachen viel. Eigentlich muss ich dir danken, dass du ihn hergeschickt hast."

„Er wird nicht von mir bezahlt, damit er dich unterhält. Er soll dich unterstützen, weil dein Vater nicht mehr da ist", entgegnete Pascual.

„Ich habe das Hotel schon allein geleitet, bevor Vater wegging", bemerkte Joyce grimmig.

„Dann hättest du also nichts dagegen, wenn ich Miguel versetzen würde?", fragte Pascual lauernd und so heftig, dass Joyce erschrak.

Ohne mit der Wimper zu zucken, schaute sie ihm direkt in die Augen. „Wenn wir das Hotel vergrößern, brauche ich unbedingt Hilfe. Aber du triffst natürlich die Entscheidungen."

„Wäre es dir lieber, wenn er bleiben würde?"

Joyce biss die Zähne zusammen. Pascual wollte sie unbedingt zu einem Geständnis zwingen. Vielleicht wäre es gar nicht einmal schlecht, ihm das Gefühl zu geben, dass sie sich für Miguel interessierte. Dabei empfand sie für diesen netten Mann nichts anderes als Freundschaft. Sie musste lachen, wenn sie sich ihn als ihren Liebhaber vorstellte. Seine Berührung und seine Küsse ließen sie völlig kalt. Das war bei Pascual anders. Von Anfang an hatte sie auf ihn reagiert, und so würde es wohl auch immer bleiben. Trotzdem – oder gerade deshalb – wollte sie ihm wehtun.

„Ja, das wäre mir viel lieber", behauptete sie kühn.

Pascual schlug mit der Faust auf den Tisch. Seine Augen sprühten, und sein Gesicht wurde rot vor Zorn. Unwillkürlich wich Joyce zurück. „Ich hätte nicht gedacht, dass du so schnell von einem Mann zum anderen wechseln würdest. Und ich begreife absolut nicht, was du an ihm findest. Aber leider braucht er noch viel Erfahrung im

Hotelmanagement, und ich kann ihn im Augenblick nirgendwo unterbringen. Deshalb wird er hierbleiben müssen."

Joyce lächelte so strahlend, als ob sie begeistert wäre. In Wirklichkeit interessierte es sie nicht, was mit Miguel geschah. „Ich nehme an, dass du nun gleich abreist", wandte sie sich mit ihrem strahlenden Lächeln an Pascual.

Er schwieg einen Augenblick und sagte dann spöttisch. „Es tut mir leid, dich enttäuschen zu müssen. Aber ich habe meine Pläne geändert. Ich bin urlaubsreif und wüsste keinen besseren Ort, mich zu erholen, als hier."

Verständnislos schaute Joyce ihn an. Pascual war viel zu aktiv, um einen Urlaub auf dem stillen Cerillo zu genießen. „Willst du meine Meinung dazu hören?", fragte sie mit gespielter Ruhe. „Nach ein paar Tagen hältst du es hier vor Langeweile nicht mehr aus."

„Aber nicht wenn du mir Gesellschaft leistest. Miguel kann einige Erfahrungen sammeln, wie es ist, das Hotel allein zu führen."

„Es wäre Miguel gegenüber nicht fair", wandte Joyce beklommen ein. „Er hat noch nicht genug gelernt."

„Was ihm noch fehlt, wird ihm die Praxis beibringen." Pascuals Stimme wurde lauter. „Was ist nur los mit dir? Kannst du den Gedanken nicht ertragen, von ihm getrennt zu sein? Joyce, ich glaube einfach nicht, dass du etwas für ihn empfindest. Er ist gar nicht dein Typ." Bedrohlich kam Pascual auf Joyce zu und umfasste ihre Schultern. Sie blieb einfach stehen und schaute ihn nur zornig an.

„Hast du mir nichts zu sagen?", fragte er heftig. „Wirfst du dich jedem Mann an den Hals, der dir zufällig über den Weg läuft?" Er schüttelte sie zornig. „Sage mir, dass du nur dein Spielchen mit mir getrieben hast und dass ich ein Narr gewesen bin, als ich mich in dich verliebte!"

„Du hast dich weder in mich verliebt noch mich jemals geliebt", entgegnete sie aufgebracht. „Du hast dich nur auf meine Kosten amüsiert, während du mit meinem Vater dein Geschäft abgeschlossen hast, das war alles."

Er erstarrte. „Worauf gründet sich deine Behauptung?", erkundigte sich Pascual eisig. Seine Ruhe ängstigte Joyce mehr als sein Zorn.

„Ich war ja so furchtbar dumm!", rief sie. „Anfangs glaubte ich wirklich, dass du mich liebtest." Sie riss sich los und trat einen Schritt zurück. „Aber dann sah ich dich mit einem anderen Mädchen. Sie war sehr schön, viel schöner als ich, und offensichtlich in dich sehr verliebt. Ich hatte durchaus nicht den Eindruck, dass es sich um eine flüchtige Bekanntschaft handelte."

Sein Gesicht spiegelte Verblüffung wider. „Wo soll das gewesen sein?"

„Auf Teneriffa in deinem neuen Hotel. Ich aß dort mit jemandem zu Abend. Als ich dich sah, ging ich auf dich zu. An deiner Seite war eine andere Frau. Ich empfand das wie einen Schlag ins Gesicht. Aber nun sind mir wenigstens die Augen geöffnet."

Joyce merkte, dass Pascual sich an die Sache erinnerte. Doch in diesem kritischen Augenblick kam Miguel in das Büro.

„Störe ich?", fragte er und blickte von einem zum anderen.

„Durchaus nicht", antwortete Pascual verkniffen. „Wir sind gerade fertig. Jetzt steht sie Ihnen zur Verfügung." Er eilte hinaus.

Fertig? Joyce war empört. Sie wusste ja noch nicht, was ihm dieses Mädchen bedeutete.

Miguel fühlte sich sehr unbehaglich. „Tut mir leid, dass ich im unpassenden Moment hereingeplatzt bin", entschuldigte er sich verlegen. „Haben Sie sich wegen der Pläne für das Hotel gestritten? Es geht mich ja nichts an, und er ist schließlich der Boss. Aber …"

Joyce zwang sich zu einem Lächeln. „Es hatte nichts mit dem Hotel zu tun. Miguel, ich gehe jetzt weg. Falls man mich braucht, erreicht man mich in meiner Wohnung."

Joyce sah an diesem Tag Pascual nicht wieder. Sie war froh, dass sie ihm so deutlich Bescheid gesagt hatte. Jetzt würde es bestimmt keine weiteren Szenen und Auseinandersetzungen mehr geben. Ihre

Beziehung war zu Ende. Trotzdem konnte sie ihn nicht aus ihren Gedanken verdrängen; und darum verbrachte sie eine sehr unruhige Nacht.

Sie stand früh auf und ging ziellos spazieren. Plötzlich befand sie sich am Hafen. Pascuals Jacht wiegte sich schneeweiß und stolz auf den Wellen. War er an Bord, oder hatte er die Nacht im Hotel verbracht? Hoffentlich hatte er im Hotel geschlafen, denn wenn er sich auf der Jacht befand und Joyce entdeckte, könnte er auf falsche Gedanken kommen.

Hastig drehte sich Joyce wieder um. Unwillkürlich kam ihr die andere Frau erneut in den Sinn, und das tat auch jetzt noch weh. Warum hatte er sich im Büro überhaupt nicht zu dieser Angelegenheit geäußert?

Joyce war so tief in Gedanken versunken, dass sie Pascual nicht bemerkte, der aus der Gegenrichtung auf sie zukam. So blieb sie erst stehen, als sie beinah mit ihm zusammenstieß.

„Also bist du es doch! Ich hatte dich vom Fenster aus gesehen, war mir aber nicht ganz sicher. Was machst du so früh schon hier draußen? Konntest du nicht schlafen?“, fragte er, und ein seltsamer Ausdruck spielte über sein Gesicht.

Joyce verwünschte das Durcheinander in ihren Gedanken. Sie freute sich nicht, ihn wiederzusehen, und warf den Kopf in den Nacken. „Das möchtest du wohl gern hören, nicht wahr, Pascual?“, sagte sie bissig. „Aber bilde dir nur nichts ein. Ich gehe sehr oft am frühen Morgen spazieren.“

„Du warst unten am Hafen. Hast du gehofft, mich zu sehen?“ Er beobachtete sie sehr genau, und seine Augen funkelten.

Energisch schob Joyce das Kinn vor. „Alles Nötige ist bereits gestern gesagt worden. Wenn ich diesen Weg gegangen bin, bedeutet das noch lange nicht, dass ich dich gesucht habe.“

„Nein?“, fragte er spöttisch. „Ich glaubte schon, dass du vielleicht doch noch deine Meinung geändert hättest.“

„Niemals!“, rief sie, und in der blassen frühen Morgensonne

wirkte sie besonders müde.

Auf einmal seufzte Pascual tief auf. „Ich habe ebenfalls eine schlaflose Nacht verbracht, Joyce. Und ich bin zu einem Entschluss gekommen: Ich reise ab."

„Ach, wirklich?" Joyce lächelte; aber sie wunderte sich, warum sie nicht überglücklich sein konnte. Sie hatte sich doch gewünscht, dass Pascual verschwinden würde – oder?

„Ja."

„Wann? Gleich?"

„Nicht gerade im nächsten Augenblick. Ich muss noch einiges erledigen. Musst du denn so erfreut aussehen?" Nun war sein Gesichtsausdruck wieder hart und verbittert.

„Du an meiner Stelle wärst auch froh. Was hast du denn erwartet? Dass ich dir sage, wie sehr ich es bedauere? Du benimmst dich so, wie du es für richtig hältst. Und ich hatte einfach nur das Pech, durch dein Verhalten verletzt zu werden. Es war mein Fehler, dass ich so leichtgläubig gewesen bin."

„Trinkst du wenigstens noch einen Abschiedsschluck mit mir?" Pascual sah nicht mehr verbittert und zornig, sondern nur noch traurig und gequält aus. Joyce verspürte Mitleid mit ihm.

„Also gut." Und warum auch nicht? Es konnte ihr nicht schaden, und höchstwahrscheinlich war es das letzte Mal, denn sie würde Pascual wohl kaum noch einmal begegnen.

Er nahm sie am Arm und führte sie zum Hafen zurück. Joyce verlangsamte den Schritt und runzelte die Stirn. Sie hatte damit gerechnet, dass sie zum Hotel gehen würden.

„Ich dachte mir", sagte Pascual ruhig, „dass wir auf der Jacht etwas trinken sollten. Ich muss unbedingt hin, um mir einige Akten zu holen. Du brauchst keine Angst vor mir zu haben, Joyce. Ich verspreche, dass ich dich nicht anrühre."

Joyce brachte ein scheues Lächeln zustande. Es war nicht richtig, ihm noch immer zu misstrauen. „Ich habe keine Angst vor dir. Du hast mich nur überrascht. Das ist alles."

Auf dem kurzen Weg zum Hafen schwiegen beide. Pascual ließ seine Hand auf Joyces Arm, und diese Berührung erregte sie stark. Sie konnte den herben Duft von Pascuals Rasierwasser wahrnehmen, den sie wohl nie mehr vergessen würde. Sie hatte ja so fest geglaubt, dass er der eine Mann wäre, den sie wirklich lieben könnte.

Er half ihr an Bord der Jacht, und Joyce lief ihm voraus zur Kombüse. „Hoffentlich hast du nicht an etwas Alkoholisches gedacht", sagte sie über die Schulter. „Dafür ist es wirklich noch zu früh."

„Dann also Kaffee. Ist mir auch recht. Du weißt ja, wo sich alles befindet. Stell den Wasserkessel auf. Ich bin in einer Minute wieder zurück."

Noch einmal schaute sich Joyce voller Wehmut um. Der Gedanke stimmte sie unendlich traurig, dass sie zum letzten Mal auf dieser wunderschönen Jacht war. Sie hatte einige glückliche Augenblicke hier erlebt, die bald nur noch Erinnerung sein und irgendwann verblassen würden.

Mit einem heimlichen Seufzer füllte sie den Wasserkessel. Plötzlich hörte sie das Geräusch der Schiffsmaschine. Verwundert blickte sie durch das Bullauge. Zu ihrem Schrecken stellte sie fest, dass sich die Jacht bewegte.

„Pascual! Halt an! Was machst du?", rief sie und stürmte die Treppe hinauf.

Er stand am Ruder und lachte. „Wir fahren in einen kurzen Urlaub, mein Schatz. Und vielen Dank, dass du mir so schön in die Hände gespielt hast. Das machte mir alles viel leichter, als ich erwartet hatte."

„Das darfst du nicht tun! Wie kannst du so etwas wagen! Bring mich sofort zurück!" Joyce kannte sich kaum noch vor Zorn. Ihr Blick schien Funken zu sprühen, und sie zerrte an Pascuals Händen, die um das Ruder lagen.

„Beruhige dich, Joyce. Ich habe gewiss nicht die Absicht, dir wehzutun."

„Du hast versprochen, mich nicht anzurühren."

„Das habe ich ja auch nicht getan. Und ich werde es auch nicht tun, wenn du es nicht willst."

Er sah so zufrieden mit sich aus, dass Joyce bedauerte, kein Mann zu sein. Wie gern hätte sie sich gegen ihn gewehrt. „Warum machst du das, Pascual?", fragte sie scharf. „Was versprichst du dir davon?"

„Du wirst es schon noch sehen", erwiderte er fröhlich. „Warum gehst du nicht hinunter und brühst den Kaffee auf? Ich könnte auch etwas zu essen vertragen, denn ich habe fürchterlichen Hunger."

„Mach dir selbst etwas. Ich bleibe hier", schrie Joyce und rannte von ihm weg. Fast hätte sie es geschafft, über die Reling zu springen. Aber Pascual riss sie zurück und zog sie an sich. Sie konnte sich nicht rühren.

6. KAPITEL

Hilflos und wie gelähmt lag Joyce in Pascuals Armen. Er schaute sie eindringlich an und zog sie dann mit sich zum Ruder. Mit einer Hand hielt er sie fest, mit der anderen korrigierte er den Kurs der Jacht. Jetzt begriff Joyce, dass sie keine Möglichkeit zur Flucht mehr hatte. „Versuch so etwas nicht noch einmal, Joyce“, sagte er hart. „Ich bin dann bestimmt nicht mehr so nachsichtig und nett wie jetzt.“

„Was würde mein Vater sagen, wenn er wüsste, was sich hier abspielt?“, rief Joyce wütend. „Er hielt dich für einen ausgesprochenen Gentleman.“

Ein verschmitztes Lächeln zuckte um Pascuals Mund. „Dein Vater ist nicht nur restlos einverstanden, es war sogar zum Teil seine Idee.“

Joyce stockte der Atem. Aber bevor sie noch etwas sagen konnte, sprach Pascual schon weiter. „Er ist meiner Meinung, dass du viel zu eigensinnig und widerspenstig bist. Ich habe gestern Abend mit ihm telefoniert, weil er hören wollte, wie ich von dir empfangen wurde. Und wie ich ist er – milde ausgedrückt – ziemlich beunruhigt wegen Miguel.“

„Also habt ihr gemeinsam diese üble Geschichte ausgeheckt, was?“ Joyce versuchte ohne Erfolg, sich aus Pascuals hartem Griff loszureißen. „Ihr seid verrückt – alle beide. Ich verlange, dass du mich unverzüglich zurückbringst.“

Leise lachte Pascual vor sich hin. „Sträub dich nur, so sehr du willst, meine kleine Wildkatze. Es nützt dir doch nichts. Du ermüdest dich nur.“

Joyce stampfte mit dem Fuß auf. „Ich hasse dich, Pascual! Warte nur! Dafür wirst du mir büßen. Entführung ist ein Verbrechen.“

„Du scheinst zu vergessen“, bemerkte er vergnügt, „dass auch dein Vater in diese Sache verwickelt ist. Willst du auch ihn vor Gericht bringen?“

Stumm starrte sie ihn an.

„Dein Vater lässt dir viel zu viel durchgehen, Joyce. Aber ich nicht. Wenn du dich also wie ein kleines Kind aufführen willst, werde ich dich wie ein kleines Kind behandeln." Streng schaute er sie an, und Joyce blickte zornig zurück. Plötzlich lächelte er. „Wie wäre es mit dem Kaffee?"

Joyce konnte sich kaum noch beherrschen. Dieser Mann hielt sich für furchtbar klug und gerissen, und er sah so unglaublich selbstzufrieden aus. Dagegen musste sie etwas tun. Es durfte nicht immer alles nach seinem Kopf gehen. Ihr würde schon noch etwas einfallen.

Voller Zorn brühte sie den Kaffee auf und bestrich ein paar Brötchen mit Butter. Das fertige Tablett trug sie nach oben und knallte es vor Pascual hin. „Willst du denn nicht mit mir essen?", erkundigte er sich liebenswürdig.

„Nein!", schrie sie ihn an und drehte sich um. Sie setzte sich weit entfernt aufs vordere Deck, zog die Knie bis ans Kinn und starrte vor sich hin. Wie lange wollte er sie hier noch gefangen halten? Und sie hatte ja überhaupt keine Sachen bei sich, nur das, was sie am Leib trug. Daran hatte er wohl nicht gedacht! Sie überlegte weiter. Vielleicht erstattete ja Miguel eine Vermisstenanzeige. Dann würde die Polizei das Land und die See absuchen. Dieser Gedanke machte ihr neuen Mut. Sie schlenderte zu Pascual.

„Du hältst dich wohl für sehr gescheit, nicht wahr? Aber anscheinend hast du eines außer Acht gelassen: Wenn man mich als vermisst meldet, wird man mich suchen und bestimmt schnell finden. Was für ein Märchen willst du dann der Polizei auftischen?"

„Keine Bange, Joyce. Ich hinterließ eine Nachricht für Miguel, dass du und ich ein paar Tage Urlaub machen."

„Du gemeiner Kerl!", rief Joyce schrill. Nun war sie ihm ausgeliefert. Mit beiden Händen umklammerte sie die Reling und blickte auf Cerillo, das nur noch ein kleiner Punkt am Horizont war.

„Warum setzt du dich nicht?", fragte Pascual freundlich. „In zwei Stunden erreichen wir Las Palmas, wo wir einige Sachen einkaufen werden. Bis dahin kannst du dich ein bisschen entspannen."

„In deiner Nähe? Unmöglich." Trotzdem hockte sie sich wieder auf das vordere Deck und grübelte darüber nach, ob sie vielleicht in Las Palmas fliehen könnte. Aber da sie weder Geld noch Papiere bei sich hatte, musste sie diesen Gedanken verwerfen.

Einige Zeit später kam Pascual zu ihr. „Willst du noch lange die Beleidigte spielen? Unterlass das, denn damit kommst du bei mir nicht weiter." Und unvermittelt fing er an, ihr von seinen Plänen mit dem Hotel zu erzählen. „Früher habe ich geglaubt, dass ein ruhiges kleines Hotel auf einer praktisch unbekannten, stillen Insel kein Erfolg sein könnte."

„Die Menschen sind nicht alle gleich", erwiderte sie brummig. „So ruhige Hotels wie unser *Yurena* sind jetzt sehr gefragt. Ich meine natürlich *dein Yurena*", verbesserte sie sich schnell. Es fiel ihr schwer, sich daran zu gewöhnen, dass er der neue Eigentümer war.

„Wenn du recht hast, und das stellt sich ja in den nächsten Monaten heraus, werde ich weitere Hotels dieses Stils eröffnen."

„Du willst es also nicht verändern?"

„Nein. Das hatte ich anfänglich vor. Aber du hast mich dazu gebracht, seinen Stil zu belassen."

„Hoffentlich änderst du deine Ansicht nicht – obwohl es mir eigentlich gleichgültig sein könnte. Ich bleibe ja nicht mehr lange da."

„So?", fragte er erstaunt.

„Du rechnest doch nicht etwa damit, dass ich ewig so weitermache. Wenn ich etwas anderes gefunden habe, gehe ich."

Er räusperte sich zornig. Dann sagte er: „Wir kommen bald auf Gran Canaria an. Kümmere dich darum, dass unten alles in Ordnung ist." Joyce nahm bockig das Tablett und trug es in die Kombüse zurück. Sie ging erst wieder zu Pascual hinauf, als die Jacht an der Santa-Catalina-Pier anlegte.

Gegenüber befand sich ein großes Café. „Dort werden wir etwas essen und danach einkaufen“, bemerkte Pascual. „Ich bin hungrig.“ Das war Joyce auch, und als sie in dem hübschen Raum saß, genoss sie die ausgezeichnete Gemüsesuppe, den gegrillten Tintenfisch und die Mousse au Chocolat. Während des Essens schwiegen beide, und Joyce betrachtete die vielen Gäste.

Da gab es Matrosen, die ihr Bier tranken; Touristen beim Essen; und zähe braun gebrannte Männer, die auf den Ölfeldern entlang der afrikanischen Küste arbeiteten und sich in ihrer Heimat erholten. Alle unterhielten sich angeregt, lachten und scherzten, genossen die Sonne, das Essen und die Getränke.

Joyce überlegte sich, ob sie jemanden um Hilfe bitten sollte. Vielleicht würde ihr einer der Anwesenden beistehen. Aber vielleicht auch nicht. „Wenn du fertig bist“, unterbrach Pascual ihre Überlegungen, „gehen wir in eine kleine Boutique. Dort bekommst du alles, was du für einige Tage brauchst. Und vergiss nicht, einen Hut zu besorgen. Du weißt ja, wie stark die Sonne ist.“

Die Besitzerin der Boutique schien Pascual gut zu kennen. Sie küsste ihn herzlich und fragte dann ziemlich verwundert: „Wer ist das?“ Die sehr schöne Frau von etwa vierzig Jahren ließ kein Auge von Pascual.

„Colette, das ist Joyce“, sagte er lächelnd. „Wir machen eine Kreuzfahrt um die Inseln, und sie braucht neue Ferienkleidung.“

Colette warf einen Blick auf Joyce. „Gratuliere. Das ist der erste Urlaub, den sich Pascual seit langer Zeit gönnt. Dieser Mann kennt sonst nur seine Arbeit. Sie müssen etwas ganz Besonderes sein.“

„Ja, Joyce ist einmalig, und sie hat auch schon jahrelang keinen Urlaub gehabt.“

„Wollen Sie unseren gemeinsamen Freund beeindrucken?“, erkundigte sich Colette.

„Joyce braucht mich nicht zu beeindrucken“, beantwortete Pascual die Frage. „Ich kenne sie so gut, dass ich genau weiß, was ihr steht. Also, Colette, fangen wir an.“ Er schlenderte an einer Reihe scheinbar sehr einfacher Kleider entlang, die nach Joyces Schätzung ein Vermögen kosten mussten. Er nahm einige vom Ständer herunter und reichte sie Colette. Joyce gestand sich ein, dass Pascual einen ausgezeichneten Geschmack besaß, denn die Kleider standen ihr alle hervorragend.

Anschließend begaben sie sich in eine Drogerie, wo sie noch viele nützliche Dinge einkauften. Und dann gingen sie mit all den Paketen und Päckchen zurück zum Hafen. „Jetzt kannst du den Nachmittag über in der Sonne liegen“, bemerkte Pascual.

„Warum tun wir das nicht auf Las Canteras?“, fragte Joyce. Das war der größte Strand auf Gran Canaria, und dort wimmelte es von Besuchern. Joyce hatte vor, von Pascual wegzukommen und jemanden zu bitten, sie nach Cerillo zu bringen. Dort wollte sie ihren Helfer bezahlen.

„Weil ich das für keine gute Idee halte.“ Pascual schaute sie so durchdringend an, als wüsste er genau, was sie plante.

„Und ich halte es für keine gute Idee, von dir festgehalten zu werden“, entgegnete Joyce heftig.

„Gefällt dir etwa das Gefängnis nicht? Du wirst alles bekommen, was du dir wünschst.“

„Nur meine Freiheit nicht!“, rief sie empört. „Ich kann einfach nicht glauben, dass mein Vater an dieser gemeinen Sache beteiligt sein soll.“

„Tony findet, dass wir beide ausgezeichnet zueinander passen.“

„Ach so“, schnaubte Joyce. „Er hat wohl Angst, dass ich als alte Jungfer ende. Ihm wäre jeder Mann recht. Bilde dir nur nicht ein, dass du etwas Besonderes bist.“

Der Griff um ihren Arm wurde fester. „Genau das hast du doch einmal geglaubt. Und ich nehme dir nicht ab, dass du deine Ansicht geändert hast. Du willst das nur aus Starrsinn nicht zugeben.“

Trotzig schob Joyce das Kinn vor. „Ich weigere mich, eine von vielen zu sein, Pascual.“

„Auch ich kann eigensinnig sein“, warnte er sie. „Falls es darum geht, wer seinen Kopf durchsetzt, werde ich gewinnen. Das versichere ich dir."

Sie presste die Lippen zusammen und schwieg. Niemals würde sie einem Mann nachgeben, dem sie nicht mehr traute; einem Mann, der sich nicht mit einer Frau begnügte. Oder hält er mich wirklich für so dumm?, fragte sich Joyce.

Auf der Jacht angelangt, verstaute Joyce die neuen Sachen, zog einen der Bikinis an und kletterte auf das obere Deck. Pascual war inzwischen weitergefahren und warf an einer ruhigen Stelle den Anker aus. Auf dem Boden lagen zwei Luftmatratzen, die Joyce misstrauisch in Augenschein nahm. Pascual und sie so dicht nebeneinander? Doch was blieb ihr übrig? Sie legte sich hin und schloss die Augen. Bald kam Pascual in einer weißen Badehose heran und legte sich neben Joyce nieder. Wie magisch wurde ihr Blick von seinem fantastischen Körper angezogen. Verärgert über sich selbst ergriff sie die Flasche mit dem Sonnenöl und rieb sich ein.

Als sie versuchte, sich den Rücken einzuölen, sagte Pascual plötzlich: „Lass mich dir helfen."

„Nein danke, das kann ich selbst", behauptete sie gereizt und verrenkte sich ein bisschen mehr.

„Es sieht sehr komisch aus. Du gestattest?" Er nahm ihr das Sonnenöl ab. „Leg dich auf den Bauch."

Joyce gehorchte und schloss die Augen. Doch als Pascual ihr den Bikiniträger abstreifte, empörte sie sich. „Was fällt dir ein!"

„Du bist es doch offensichtlich gewohnt, dich oben ohne zu sonnen."

„Aber nicht in deiner Gegenwart", entgegnete sie böse.

„Sei doch nicht so prüde. Ich dränge mich dir nicht auf, falls du das befürchtest. Eigentlich solltest du mich schon besser kennen."

Widerstrebend ließ sie ihn gewähren. Seine Berührung löste eine Kettenreaktion in ihr aus. Langsam glitten seine Hände über ihre Schultern und zu ihren Hüften. Verzweifelt kämpfte sie gegen den

Wunsch an, auch ihn zu berühren und seine harten Muskeln und die glatte Haut zu fühlen. Nur mühsam konnte sie das Verlangen unterdrücken, seinen Körper an ihrem zu spüren.

„Du bekommst einen Sonnenbrand, Joyce."

Pascuals leise Stimme weckte Joyce aus ihren Gedanken, und sie drehte sich mit geschlossenen Augen auf den Rücken. Es war ihr schrecklich peinlich, mit nackten Brüsten vor Pascual zu liegen. Er drückte ihr die Flasche mit dem Sonnenöl in die Hand und fragte: „Machst du das, oder soll ich dir helfen?"

„Das kann ich allein." Sie rieb sich ein und schloss die Augen. Doch sie merkte, dass er sie betrachtete. Darum konnte sie sich nicht entspannen. Zum Teufel, wie sollte sie die nächsten Tage überstehen? Wusste er nicht, was seine Nähe in ihr anrichtete? Würde das während der ganzen Reise so weitergehen?

Pascual legte sich neben sie und berührte dabei scheinbar unab sichtlich ihre Hüfte. „Erinnerst du dich daran, dass wir schon einmal so nahe beieinanderlagen?", fragte er leise.

Und ob sie sich daran erinnerte! Wie könnte sie das vergessen? Er hatte ihr das Gefühl vermittelt, etwas Besonderes zu sein. Und sie war überzeugt gewesen, ihre Beziehung könnte fester und dauerhafter werden. Was für ein Witz!

„Ja, ich erinnere mich daran", erwiderte sie beunruhigt.

„Es könnte wieder so sein wie damals."

Und er könnte wieder mit anderen Frauen herumspielen! „Nein, das glaube ich nicht", sagte sie schroff. „Zu viel ist seitdem geschehen."

„Wie die Sache mit Miguel? Das war ein großer Fehler, Joyce."

„Miguel ist nur ein guter Freund", verteidigte sie sich. „Zuverlässig und ehrlich, was ich von dir nicht behaupten kann." Zornig stand Joyce auf.

„Wohin willst du?"

„Ich habe genug. Und wenn du gestattest, werde ich jetzt duschen gehen."

Als sie aus dem Bad kam, stand Pascual bereits in der Kabine. „Verzeih, falls ich mich irre“, sagte er spöttisch. „Aber ist das hier nicht meine Kabine?“ Lässig lehnte er am Türrahmen. „Hat dir das Gespräch nicht gefallen, weil du so plötzlich weggelaufen bist? War es das Thema Miguel? Joyce, ich kann mir wirklich nicht vorstellen, dass er dein Typ ist.“

„Du weißt ja gar nicht, wer mein Typ ist“, erwiderte sie.

„Nein? Ich finde, dass gerade ich das sehr gut wissen kann.“

„Weil du dich für meinen Typ hältst, nicht wahr?“ Joyce wünschte sich sehnlich, dass er endlich gehen würde. Pascuals fast nackter Körper erregte sie.

„So ist es“, bemerkte er lässig.

„Fehlanzeige. Mein Typ Mann würde nie so etwas wie das hier aushecken. Und er würde mich nie mit einer anderen Frau hintergehen.“ Verachtung spiegelte sich in Jocyes Augen. „Nein, du bist absolut nicht mein Typ. Ich habe es nur geglaubt, bis ich den wahren Pascual Gimminez entdeckte.“

„Kennt man jemals einen anderen Menschen?“, fragte er lächelnd. „Jeder hat eine verborgene Seite, und jeder tut ab und zu etwas, das den liebsten und nächsten Menschen schockt. Du willst dich doch nur herausreden.“

„Das brauche ich nicht. Ich benehme mich, wie es mir passt, und kümmere mich nicht um andere Menschen. Aber hier geht es nicht um mich, sondern um Miguel.“

„Sei doch vernünftig! Ich will dir doch nur klarmachen, dass er nicht der richtige Mann für dich ist. Es täte mir sehr leid, wenn du dir dein Leben verderben würdest. Miguel ist noch ein Junge, der seinen Weg sucht.“

„Er ist lustig und unkompliziert!“, rief Joyce.

„Er hat keine Erfahrung.“

„Aber er ist rücksichtsvoll.“

„Er möchte nur gefallen.“

„Du glaubst wohl, dass du alles weißt?“, empörte sie sich.

„Meistens ist das der Fall.“ Pascual lächelte sehr selbstbewusst.

Joyce holte tief Luft. „Würdest du endlich gehen, damit ich mich ungestört umziehen kann?“

„Magst du dieses Gespräch nicht?“, lachte er.

„Weder das Gespräch noch den Gesprächspartner.“

„Was für ein Jammer. Nun, das Thema können wir ändern. Ich rede sowieso nicht gern über Miguel. Aber den Gesprächspartner wirst du ertragen müssen, befürchte ich.“

Voller Wut starrte sie ihn an. Er lächelte noch einmal und ging dann hinaus. Sie legte das Badetuch ab und zog rosa Unterwäsche, eine etwas dunklere Hose und ein Oberteil aus Spitze an. All die Sachen, die Pascual ausgesucht hatte, würden wohl jeden Mann erregen, und Joyce konnte nur hoffen, dass sie sich nicht dauernd ihrer Haut wehren musste.

Aber als Joyce zu Pascual kam, blickte er nur kurz von der Karte auf, die vor ihm auf dem Tisch ausgebreitet lag. „Schau sie dir an, und sage mir, wohin du morgen fahren möchtest“, wandte er sich an sie. „Nur Cerillo kannst du dir gleich aus dem Kopf schlagen.“

Sie stand so dicht neben ihm, dass sich ihre Körper fast berührten. Wieder spürte sie die starke erotische Ausstrahlung, die von ihm ausging. „Du hast doch bis jetzt alle Entscheidungen getroffen; warum sollte es auf einmal anders sein?“, fragte sie kühl.

„Weil es auch dein Urlaub ist. Willst du die ganze Zeit über so stur und widerspenstig bleiben?“

„Natürlich. Du schaffst es nicht, dass ich je wieder so wie früher für dich empfinde. Also gib es auf.“

„An deiner Stelle wäre ich mir nicht so sicher.“ Blitzschnell umfasste er Joyce und küsste sie auf den Mund.

Sie stemmte die Hände gegen seinen Brustkorb und rief: „Lass mich los! Ich hasse dich!“

„Hass und Liebe sind eng miteinander verwandt“, sagte er belustigt. „Ich glaube, was du fühlst, ist immer noch Liebe.“

„Oh nein. Ich werde dich niemals mehr lieben“, keuchte sie.

„Du bräuchtest dich nur zu entspannen. Dann würdest du merken, dass sich nichts zwischen uns geändert hat.“ Wieder küsste er sie auf den Mund, und diesmal kämpfte Joyce nicht mehr.

Sie verlor sich für kurze Zeit in den leidenschaftlichen Gefühlen, die sie für erstorben gehalten hatte. Doch endlich brachte sie heraus: „Nein, Pascual. Du bist nicht der Mann, den ich in dir sah.“

„Ich bin genauso wie früher. Und ich begehre dich mehr, als ich je eine Frau begehrt habe.“

Er küsste Joyce, und es war ein so heißer, erregender Kuss, dass sie ein unbezähmbares Verlangen in sich aufsteigen spürte. Obwohl sie erkannte, dass sie sich wehren müsste, öffnete sie bereitwillig ihren Mund unter seinen Lippen. Sie griff in sein dichtes Haar und stöhnte leise, denn sie wollte mehr, noch mehr. Genauso war es früher gewesen. Joyce verging fast vor Erregung. Erst als beide kaum noch Luft bekamen, ließen sie voneinander ab und rangen nach Atem.

Mit zitternden Händen fuhr sich Pascual durch das Haar. „Das war gut. Und ich habe es gebraucht. Oh ja, so sehr.“

Ich auch, hätte Joyce beinah gesagt. Aber sie richtete sich wieder auf, um sich nicht noch mehr zu verraten. „Glaube nur nicht, dass noch mehr folgen wird“, brachte sie heraus. Aber ihre Worte klangen nicht sehr überzeugend, und ihre Stimme war genauso schwach wie ihre Beine.

„Ich bin ein optimistischer Mensch“, meinte Pascual. „Aber zu klug, um etwas zu erzwingen. Wenn du dich beruhigt hast, würdest du dich bitte um das Abendessen kümmern? Alles, was du dazu brauchst, findest du in der Kombüse.“

Anscheinend war alles für ihn eine lustige Sache. Warum hatte sie sich nur so weit gehen lassen? Nun konnte sie ihn kaum noch davon überzeugen, dass er sie nicht interessierte!

Joyces Wangen glühten, als sie die Steaks grillte und den Salat putzte. Bald kam Pascual herunter. Er öffnete eine Flasche Wein und reichte ihr das Glas. Dann blieb er mit seinem Glas bei ihr stehen und schaute ihr zu. Das machte sie so nervös, dass sie sich nicht konzentrieren konnte und die Soße klumpig wurde. Zornig rührte sie im Topf, doch es half nichts. Sie drehte die Gasflamme kleiner, worauf die Flamme erlosch. Als sie nach dem Anzünder griff, stieß sie ihr Glas um. Es fiel hinunter und zerbrach.

„Was hast du denn?", erkundigte sich Pascual aufreizend ruhig. „Stört dich etwa meine Anwesenheit?"

„Natürlich nicht", fauchte sie und sammelte die Scherben auf. „Au!" Ein Splitter blieb in ihrem Finger stecken.

„Warte." Pascual holte den Verbandskasten und nahm die Pinzette heraus. Als er Joyces Hand ergriff, spürte sie wieder ihre Erregung. „Tu ich dir weh?" Fragend schaute er sie an.

„Ein bisschen", schwindelte sie und hoffte, dass er ihr glaubte. Doch sein belustigtes Lächeln sprach eine andere Sprache.

Während des Essens wurde es Joyce noch unbehaglicher zumute. Pascual benahm sich, als sei alles in schönster Ordnung und als befänden sie sich auf einer gemeinsam geplanten Urlaubsfahrt. Immer wieder berührte er zärtlich ihre Hand.

„Ich möchte in meine Kabine gehen", entschuldigte sie sich sofort nach dem Essen und dem Aufräumen der Kombüse. Sie befürchtete, dass sie Pascual nicht mehr lange widerstehen würde können.

„Warum? Weil du über Miguel nachdenken willst? Oder ist es eine Flucht vor mir?", fragte Pascual spöttisch.

„Beides", behauptete sie schnippisch.

„Wie schnell du dich änderst. Aber vielleicht hat das von vorhin noch nicht gereicht." Er stützte sich mit beiden Händen rechts und links von ihr an der Wand ab, sodass Joyce gefangen war. „Wollen wir nicht weitermachen, wo wir vor dem Essen aufgehört haben?"

Joyce wagte nicht, ihm in die Augen zu blicken, weil sie dann verloren wäre. Schon jetzt pochte ihr Herz rasend schnell, und das qualvolle Verlangen in ihr wurde immer stärker. Aber sie musste zugleich an all die Mädchen denken, die bestimmt genauso auf ihn reagierten – vor allem die dunkle Schöne von Teneriffa. Er hatte alles, was eine Frau anzog – Sex-Appeal, Kraft und ein blendendes Aussehen; und er glaubte, jede Frau bekommen zu können.

Ja, das musste es sein. Er war ihr böse, weil sie ihn abgewiesen hatte. Das ertrug er einfach nicht. „Ich halte es für keine gute Idee, dich in meiner Kabine zu haben", sagte sie nachdrücklich.

„Na schön. Dann lasse ich dir die Wahl. Entweder komme ich zu dir, oder du kommst zu mir aufs Oberdeck." Er stand so dicht vor ihr, dass sein Körper den ihren leicht berührte. Sein Mund strich über ihre bebenden Lippen. Es war kein richtiger Kuss. Es war eine Anreizung ihrer Sinne und bewirkte viel mehr als ein Kuss.

Joyce wich einen Schritt zurück und drückte sich an die Wand. „Ich komme nach oben aufs Deck", flüsterte sie.

Mit einem spöttischen Lächeln richtete er sich auf. „Das dachte ich mir."

Es wurde ein Abend mit unglaublicher Hochspannung. Pascual rührte Joyce weder an, noch küsste er sie. Aber er stand dicht neben ihr, als sie den Sonnenuntergang beobachteten. Und dann saß er ebenso dicht bei ihr, als sie über die Inseln, das Hotel und tausend andere Dinge sprachen. Sie war froh, dass es allmählich ganz dunkel wurde und sie ihn fast nicht mehr sehen konnte. Wie lange muss ich noch bleiben?, fragte sie sich. Wann kann ich zu Bett gehen, ohne dass er behauptet, es sei noch zu früh?

Schließlich war es Pascual, der sie aus ihren Ängsten erlöste. Er stand auf und streckte sich. „Ich glaube, es ist Zeit zum Schlafengehen. Oder möchtest du noch einen Drink?"

„Nein danke."

Er lächelte verstehend und küsste sie sanft auf die Stirn. „Gute Nacht, Joyce." Schon war er verschwunden.

Sie konnte kaum glauben, dass sie ihn so leicht losgeworden war. Aber als sie im Bett lag, gelang es ihr nicht, sofort einzuschlafen. Tausend Gedanken und Fragen fuhren durch ihr Gehirn. Wie konnte sie so heftig auf einen Mann reagieren, den sie hasste und der sie entführt hatte? Warum war sie so dumm gewesen, sich überhaupt mit ihm abzugeben? Er wollte doch nichts anderes als eine kurze Affäre. Das war ihr jetzt klar. Allein die Tatsache, dass er in seinem Alter noch nicht verheiratet war, bewies es ihr – abgesehen von allem anderen.

Als Joyce endlich einschlief, wurde sie wieder einmal von einem schrecklichen Albtraum gequält. Sie träumte von ihrer Mutter, dieser sanften, liebenswerten Frau, die von einer Klippe herabgestürzt war. Joyce hatte den zerschmetterten Körper gesehen und konnte das nie verwinden. Monatelang war sie nach diesem entsetzlichen Unglück von Albträumen verfolgt worden. Und jetzt geschah es wieder. Mit einem Schrei wachte Joyce schweißgebadet auf und sah eine dunkle Gestalt im Türrahmen.

Eine Lampe flammte auf, und Joyce schloss vor der plötzlichen Helle die Augen. Sie konnte nicht klar denken und wusste nicht, wo sie sich befand. Zitternd schlug sie die Hände vors Gesicht.

„Ist ja schon gut", drang Pascuals beruhigende Stimme an ihr Ohr. „Du hast schlecht geträumt. Das ist alles." Er setzte sich zu ihr aufs Bett.

„Meine Mutter ist tot", flüsterte sie mit geschlossenen Augen. „Sie lag so lange dort, und wir wussten es nicht. Vielleicht hätten wir sie retten können. Warum haben wir sie nicht gesucht? Wir sind an ihrem Tod schuld."

Behutsam umfasste Pascual Joyces Hände. „Nein, du hast keine Schuld an ihrem Tod", sagte er eindringlich.

Sie schien ihn nicht zu hören. „Und jetzt hat mein Vater die Insel verlassen. Wenn auch ihm etwas zustößt? Warum bin ich nicht mit ihm gegangen? Ich hätte ihn nicht alleinlassen dürfen." Sie setzte sich auf und rief: „Ich muss zu ihm!"

Pascual legte den Arm um sie. „Beruhige dich, Joyce", bat er, „du machst dir unnötige Sorgen. Dein Vater ist völlig okay."

Sie merkte selbst, dass sie sich viel zu sehr aufregte. Aber das geschah immer, wenn sie diesen Traum hatte. Die Fantasie ging mit ihr durch, und Joyce malte sich die schlimmsten Dinge aus, die geschehen konnten.

„Möchtest du etwas trinken? Heiße Milch? Cognac?“

Sie schüttelte den Kopf und schmiegte sich fester an Pascual. Irgendwie fühlte sie sich geborgener.

„Dann versuch wieder einzuschlafen. Wenn du mich brauchst, rufe mich.“ Sanft drückte er sie in die Kissen. Dann löschte er das Licht und ging hinaus. Joyce hatte keine Angst mehr, denn sie wusste, dass Pascual nicht weit war. In diesem Augenblick machte es ihr nichts mehr aus, dass er sie auf der Jacht festhielt. Mit einem Lächeln schlief sie ein.

7. KAPITEL

Irgendwann in der Nacht ergriff der Albtraum wieder Besitz von Joyce. Sie schrie auf, und schon stürzte Pascual in ihre Kabine. „Soll ich eine Weile bei dir bleiben?“, fragte er leise.

„Ja bitte“, flüsterte sie schwach. Sie war viel zu verstört, um sich über seine Nähe Gedanken zu machen.

Er nahm sie einen Augenblick in die Arme; und dann legte sie sich zurück und beobachtete ihn, wie er die Lampe ausschaltete. Gleich würde er sich auf den Bettrand setzen. Doch er zog seinen Morgenmantel aus und legte sich zur ihr ins Bett.

„Pascual!“ Joyce setzte sich kerzengerade auf. Sie hätte wissen müssen, dass er die Situation ausnutzen würde! „Was fällt dir ein?“

„Mach dir keine Sorgen. Du bist hier absolut sicher und brauchst dich nicht zu fürchten. Sei ein braves Mädchen und schlaf.“ Er drehte ihr den Rücken zu und zog die Decke höher.

Schlafen? Wie sollte ihr das gelingen, wo sie seinen nackten Körper so erregend nahe spürte? Nein, sie würde in dieser Nacht kein Auge schließen. Lange lag sie da und wagte nicht, sich zu bewegen. Sie hörte seinen Atem und malte sich aus, wie es sein könnte, wenn sie freiwillig und nicht als seine Gefangene hier wäre. Ganz klar, dann würde sie in seinen Armen liegen und sich bereitwillig von ihm lieben lassen.

Sie lernte eine neue Seite seines Charakters kennen, denn er hielt sein Wort und rührte sie nicht an. Nein, Pascual war nicht ganz so rücksichtslos. Wenn sie Hilfe brauchte, benahm er sich sehr ritterlich und anständig. Allmählich entspannte sich Joyce und schlief ein.

Sie träumte wieder; doch diesmal von Pascual. In seinen Armen lag sie am Strand. Nichts stand zwischen ihnen, und er küsste sie. Sie hörte ihn sagen: „Ich liebe dich, Joyce.“ Ach, was für ein schöner Traum! „Und ich liebe dich“, erwiderte sie.

Als sie erwachte, befand sie sich allein im Bett. Noch eine Weile lag sie da und dachte an die Ereignisse der vergangenen Nacht. Was war Pascual doch für ein ungewöhnlicher Mann! Er hatte sie tatsächlich nicht angerührt.

Langsam stand sie auf, duschte sich und zog gelbe Shorts und das passende Oberteil an, bevor sie in die Kombüse ging. Die Kaffeekanne stand auf dem Herd. Pascual war zu Joyces Erleichterung nirgendwo zu sehen. Sie setzte sich und trank eine Tasse Kaffee. Wo blieb Pascual? Wich er ihr aus? Nachdenklich stieg Joyce aufs Oberdeck. Er war weder dort noch sonst wo an Bord.

Dann eben nicht, sagte sie sich und machte es sich an Deck bequem. Die Sonne brannte vom Himmel, und Joyce schloss die Augen und schlief ein. Das Nächste, was sie hörte, war das Stampfen der Maschine.

Wohin fuhren sie? Joyce sprang auf und lief zu Pascual, der am Ruder stand.

„Aha, Dornröschen ist endlich wach", lächelte er. „Ich dachte schon, du würdest den ganzen Tag verschlafen. Wie fühlst du dich? Hattest du keinen Albtraum mehr?"

„Nein. Ich möchte dir danken, dass du heute Nacht bei mir geblieben bist. Ich habe schon lange diesen hässlichen Traum nicht mehr gehabt und weiß nicht, warum gerade jetzt wieder."

„Nichts zu danken."

Pascual sah so vergnügt und zufrieden aus, dass Joyce sich eine bange Frage stellte. Hatte sie womöglich gar nicht geträumt, dass er sie geküsst hatte? Hatte sie ihm vielleicht wirklich gesagt, dass sie ihn liebte? Verlegen wandte sie sich ab.

„Ich habe frische Brötchen besorgt. Du bist doch bestimmt genauso hungrig wie ich", sagte er unbefangen.

Sie frühstückten in der Sonne, und danach spülte Joyce das Geschirr ab, bevor sie zu Pascual hinaufging. „Möchtest du das Ruder übernehmen?", fragte er heiter.

„Ich verstehe nichts davon", erwiderte sie zögernd.

„Ich zeige dir, was du tun musst." Er erklärte ihr alles, und sie hörte aufmerksam zu. „Siehst du dort die Insel? Das ist Teneriffa. Du brauchst nur darauf zuzusteuern." Er umfasste ihre Hände, die um das Ruder lagen. Joyces Misstrauen erwachte. Hatte Pascual ihr nur das Ruder überlassen, um sie zu berühren? War in der vergangenen Nacht mehr vorgefallen, als sie wusste? Zog er daraus die falschen Schlüsse?

„Warum schaltest du nicht die automatische Steuerung ein?" Joyce rückte ein Stück weg, denn er stand so dicht bei ihr, dass er womöglich ihre Erregung und den heftigen Schlag ihres Herzens spüren konnte.

„Weil ich es nicht möchte. Was hast du? Du siehst wie ein ängstliches Kaninchen aus." Wieder spielte dieses vergnügte Lächeln um seinen Mund.

Joyce biss die Zähne zusammen und zwang sich still zu stehen, obwohl seine Hand noch immer auf der ihren lag. Dann sagte er: „So, nun weißt du so ziemlich Bescheid, denke ich. Ruf mich, falls du mich brauchst." Er ging hinunter, und sie atmete auf. Es war wirklich nicht schwer, diese herrliche Jacht zu steuern. Als sie sich Teneriffa näherten, rief Joyce wie abgemacht Pascual.

„Das hast du gut gemacht", lobte er und übernahm das Ruder.

Sie achtete darauf, dass sich ihre Hände nicht berührten. „Es war nicht schwer", bemerkte sie und legte sich am äußersten Punkt der Jacht in die Sonne. Wie lange wird dieser erzwungene Urlaub noch dauern?, fragte sie sich. Was hat Pascual nur vor? Sie kam mit ihren Gefühlen nicht zurecht. Einen Augenblick hasste sie ihn, und im nächsten glaubte sie, ihn immer noch zu lieben.

„Joyce!", rief Pascual. „Wir sollten zu Mittag essen, bevor wir in Santa Cruz anlegen."

„Ich habe keinen Hunger. Wenn du essen willst, musst du dir selbst etwas machen." Gespannt wartete sie darauf, dass er sich mit ihr streiten würde. Doch er schaltete nur die Maschine ab und warf den Anker aus. Bald stieg ihr der appetitliche Geruch einer Gemüsesuppe in die Nase, und das Wasser lief ihr im Mund zusammen. Er hatte sich also wirklich etwas selbst gekocht. Vorsichtig schlich sie hinunter.

„Wenn du auch etwas willst, es ist noch genügend da", sagte Pascual. Also hatte er sie doch bemerkt.

„Nein danke", antwortete sie abweisend.

„Das wirst du noch bereuen. Ich habe nämlich nicht vor, in ein Restaurant mit dir zu gehen."

„Keine Angst. Das musst du auch nicht. Von mir aus brauchen wir gar nicht an Land." Plötzlich kam ihr ein verlockender Gedanke. „Oder doch. Ich war noch nie auf dem Mount Teide. Den würde ich gern einmal besteigen. Können wir das tun?" Vielleicht gelang ihr die Flucht.

An seinem spöttischen Lächeln erkannte sie, dass er ihre Gedanken erraten hatte.

„Wie du willst. Nun komm schon und sei vernünftig. Nimm dir etwas Suppe."

Ungerührt aß er weiter.

Sie tat, was er sagte. Kurz darauf stand er auf. Sie legten im Hafen an, wie sie bald merkte.

Das laute Dröhnen der Automotoren und das Stimmengewirr in den verschiedensten Sprachen waren Joyce sehr angenehm. Sie genoss es, all die Menschen um sich zu sehen und zu hören. Vom Alleinsein mit Pascual hatte sie genug. Wie lange musste sie es noch ertragen? Hoffentlich war es bald vorbei!

Er mietete einen Wagen, mit dem sie aus der geschäftigen lauten Hauptstadt der Insel hinausfuhren. Die Landschaft bestand aus Bananenplantagen, Tomatenfeldern und Hügeln voller Eukalyptusbäume und Kiefern.

Joyce ließ keinen Blick von ihrer Umgebung. Jede Insel sah anders aus, und sie wollte alles sehen.

Mimosen und Jacaranda blühten neben der Straße, und in den

Gärten standen zarte Frangipani-Bäume. Je höher der Wagen den Berg hinauffuhr, desto großartiger wurde jedoch die Aussicht. Joyce konnte sich nicht sattsehen. Bald hielten sie an einem der größten Krater der Welt an und stiegen in die Drahtseilbahn, die sie innerhalb von acht Minuten über schneebedeckte Hänge weiter hinaufführte. Von der Bergstation mussten sie noch ein Stück zu Fuß auf den Gipfel klettern.

„Machst du mit?", fragte Pascual.

Die Luft war hier oben so dünn, dass Joyce nicht wusste, ob sie es schaffen würde. Trotzdem nickte sie und folgte ihm. Oben angekommen, stockte ihr der Atem. An diesem klaren Tag waren alle kanarischen Inseln deutlich sichtbar. Entzückt schrie Joyce auf, als sie unter einem Felsen ein kleines Veilchen entdeckte – die einzige Blume, die auf dem Mount Teide blühte. Tief atmete Joyce die saubere Luft ein und lächelte Pascual an. Es war schön, am Leben zu sein, und sie freute sich, dass er sie hergebracht hatte.

„Schau mal, da liegt Cerillo", sagte er.

Sie konnte es nicht erkennen. Er legte den Arm um ihre Schultern und deutete in die Ferne. „Der kleine Punkt direkt voraus, rechts neben dem größeren, ist deine Insel, Joyce."

Sehnsüchtig blickte sie hin. Bald würde Cerillo nichts anderes als nur noch Erinnerung sein. Was ein Traum für ihre Eltern und ein glückliches Heim für sie gewesen war, hatte Pascual ihr weggenommen. Das durfte sie nie vergessen.

„Was ist mit dir?", fragte er stirnrunzelnd.

„Ich dachte an meinem Vater und daran, dass uns das *Yurena* nicht mehr gehört. Du bist ja so versessen darauf."

„Tony hätte nicht verkaufen müssen. Ich habe ihn nicht dazu gezwungen", erwiderte Pascual nachdrücklich.

„Aber du machtest ihm ein so großzügiges Angebot, dass er nicht widerstehen konnte. Es ist mir leider nicht gelungen, ihn davon zu überzeugen, welchen Fehler er begeht."

„Und nun ärgerst du dich, weil du deinen Kopf nicht durchsetzen konntest, nicht wahr? Wann wirst du endlich erwachsen? Wann begreifst du, dass man auch einmal nachgeben muss? Tony ist nur deinetwegen auf Cerillo geblieben. Wenn ich das Hotel nicht gekauft hätte, wäre es über kurz oder lang ein anderer gewesen."

Joyce schwieg nachdenklich. Hatte er recht? War ihr Vater nur ihr zuliebe auf Cerillo geblieben? Hatte sie immer nur ihren Willen durchsetzen wollen?

Nun, jetzt ging es durchaus nicht nach ihrem Kopf, sondern Pascual traf alle Entscheidungen allein. Wann würde diese Reise ins Unbekannte enden? Vielleicht sollte sie ihr Verhalten ändern und so tun, als ob sie Spaß an dieser Sache hätte. Dann würde er sie womöglich nach Hause bringen. Ja, sie wollte es versuchen.

Joyce hatte geglaubt, dass Pascual schließlich zur Jacht zurückfahren würde; doch das war ein Irrtum. Er fuhr zu einem der PLG-Hotels, und Joyce schaute sich missbilligend um. Was hatte er vor? Wollte er Geschäft und Vergnügen miteinander verknüpfen oder einfach nur hier essen? Beunruhigt folgte sie ihm hinein und stellte fest, wie ehrfürchtig und aufmerksam sich die Angestellten benahmen. Es war ein typisches PLG-Hotel, viel größer und hektischer als das ruhige *Yurena* und voller junger Leute.

Vor diesem Typ Hotel hatte es ihren Eltern immer gegraust, und darum war das *Yurena* bewusst in einem ganz anderen Stil gehalten worden. Nein, hier fühlte sich Joyce durchaus nicht wohl, obgleich die meisten Gäste in ihrem Alter waren.

Pascual, der sich zur Rezeption begeben hatte, kam zurück und führte Joyce zum Fahrstuhl. Da sie den Speisesaal im Erdgeschoss gesehen hatte, blieb sie misstrauisch stehen. „Wohin gehen wir?"

„Natürlich zu meiner Suite."

„Wir bleiben hier? Warum?"

„Ja, dann können wir die Besichtigungen gleich von hier aus vornehmen. Das ist praktischer. Es sei denn, du hast schon genug gesehen."

Lässig zuckte sie die Schultern. „Wie du willst. Es ist ja dein Urlaub."

„Deiner auch. Ich möchte, dass du dich erholst und Freude hast."

„Wie kann ich das, wo du mich gefangen hältst?" Finster starrte sie in sein spöttisches Gesicht. Es war ihr völlig entfallen, dass sie sich eigentlich nett benehmen wollte.

„Indem du dich entspannst und nicht mehr an die Vergangenheit denkst. Dann wirst du bald merken, was für ein ausgezeichneter Begleiter ich bin."

„Du? Weißt du, was du bist? Ein eingebildeter, völlig unmöglicher Kerl, dem ich nie und nimmer verzeihe. Je länger du mich festhältst, desto mehr hasse ich dich."

„Arme Joyce. Was machst du doch für eine schreckliche Zeit durch. Warum kommst du nicht endlich von deinem hohen Ross herunter? Wir hatten eine sehr gute Beziehung. Ich sehe keinen Grund, der uns daran hindert, zu dieser Beziehung zurückzukehren."

„Es gibt genügend Gründe", entgegnete sie boshaft und warf einen Blick auf die vielen Gäste und Angestellten, die interessiert dem Streit lauschten. „Findest du nicht auch, dass wir hier allmählich verschwinden sollten?"

Pascual fasste Joyce am Arm und führte sie zum Lift.

„Du kommst dir wohl sehr geschickt vor, nicht wahr?", fragte Joyce nachdenklich. „Was sollen wir denn anziehen? Wir haben doch nur das, was wir auf dem Leib tragen."

„Es gibt genügend Geschäfte hier im Hotel", teilte er ihr gleichmütig mit.

Joyce schwieg. Es hatte keinen Sinn, sich mit ihm zu streiten, denn er setzte immer seinen Willen durch. Er machte genau das, was er ihr immer vorwarf. Aber bei ihm war das natürlich nach seiner Meinung eine andere Sache.

Der Lift hielt an, und Joyce folgte Pascual schlecht gelaunt zu einer Tür, die er aufstieß.

„Komm herein! Bleib nicht draußen stehen!“, rief Pascual.

Sie rührte sich nicht. „Ich werde nicht mit dir schlafen.“

„Das hatte ich gar nicht vor. Du vergisst wohl, wie gut ich dich kenne. Die Suite hat zwei Schlafzimmer. Also bist du sicher.“

Nur zögernd trat sie in den großen, luxuriös ausgestatteten Wohnraum ein. Sie traute Pascual nicht. Oder etwa sich selbst nicht?

Er öffnete eine zweite Tür. „Das ist dein Zimmer.“

Nach einem flüchtigen Blick bemerkte sie: „Sehr nett.“

Er war immer noch aufreizend fröhlich. „Möchtest du dir noch einige Dinge kaufen? Dann kannst du dich vor dem Essen noch frisch machen.“

Joyce lief wieder hinaus. Im Lift fragte sie sich, ob sie einen Fluchtversuch wagen sollte. Aber wohin ohne Geld? Und wenn sie jemandem erzählte, was Pascual ihr angetan hatte? Aber würde man ihr glauben? Er war ein sehr bekannter und hochgeachteter Mann, und man würde vermuten, dass sie sich alles ausgedacht hätte.

Niedergeschlagen ging sie zur Ladenstraße des Hotels und suchte sich ein Kleid und Schuhe für den Abend, ein Nachthemd, Unterwäsche und ein Sonnenoberteil für den nächsten Tag aus. Als sie zurückkam, konnte sie Pascual nirgends sehen. Doch sie hörte ihn nebenan in seinem Zimmer.

Erleichtert begab sie sich ins Bad, duschte ausgiebig und zog das neue Kleid an. Wie würde der Abend mit Pascual verlaufen? Was stand ihr bevor? Schweren Herzens trat sie ins Wohnzimmer.

Pascual stand am Fenster und rauchte eine Zigarre. Er drehte sich zu Joyce um und sagte lächelnd: „Ich mag dieses Kleid. Es steht dir ausgezeichnet.“

„Danke“, murmelte sie. Bestimmt würden sich im Speisesaal alle Augen auf sie und ihn richten. Also war es am besten, wenn sie nach außen hin wie gute Freunde wirkten. Sie musste zugeben, dass er in den grauen Hosen und dem blassblauen Hemd auch sehr gut aussah. Aber schnell blickte sie weg. Es ärgerte sie, dass er jedes Mal, wenn er in ihre Nähe kam, diese seltsamen Gefühle in ihr erweckte. Warum besaß er diese Macht über sie?

„Wenn du fertig bist, können wir gehen, Joyce."

„Ja, ich habe schrecklichen Hunger", nickte sie.

Wie Joyce vorausgesehen hatte, erregten sie und Pascual große Aufmerksamkeit. Es fiel ihr sehr schwer, so zu tun, als sei alles in schönster Ordnung. Doch bald vergaß sie ihre Sorgen und Befürchtungen. Das Essen war hervorragend – vor allem das Huhnchen in einer Soße aus Chili, Gewürzen und Schokolade. So gut hatte es ihr noch nie geschmeckt. Sie hielt ihren Koch vom *Yurena* schon für sehr gut, aber dieser hier war noch viel besser. Sie hielt sich mit ihrem Lob nicht zurück.

„Ich bestehe immer darauf, beste Qualität zu bieten", sagte Pascual erfreut. „Aber auch der Koch im *Yurena* ist gut. Ich werde ihn behalten."

Aber würde Carlos bleiben wollen, wenn sich der Stil des Hotels veränderte? Joyce bezweifelte es, denn ihm gefiel die ruhige Gemütlichkeit des *Yurena.*

Nach dem Essen schlug Pascual einen Spaziergang vor, den Joyce jedoch ablehnte. „Dann gehe ich halt allein", sagte Pascual lächelnd und streichelte ihre Wange. „Gute Nacht, Joyce." Er küsste sie leicht und harmlos. Es war ein Kuss, der nichts und alles bedeuten konnte.

„Gute Nacht", flüsterte Joyce. Ihr Gesicht glühte. Hastig rannte sie hinauf zur Suite, zog sich aus und warf sich aufs Bett. Nach langer Zeit hörte sie Pascual zurückkommen. Mit angehaltenem Atem wartete sie darauf, dass er bei ihr anklopfte. Doch er ging gleich in sein Zimmer, und sie wusste nicht, ob sie erleichtert oder enttäuscht sein sollte.

Von Minute zu Minute wurde sie unruhiger. Das hatte Pascual wahrscheinlich beabsichtigt. Ihr ganzer Körper brannte vor Verlangen, bis sie glaubte, verrückt zu werden. Dauernd warf sie sich im Bett hin und her und dachte an Pascual. Konnte er schlafen? Oder plagte ihn sein schlechtes Gewissen? Nein, bestimmt nicht. Das hielt sie für ausgeschlossen.

Als der Morgen heraufdämmerte, hatte Joyce Kopfschmerzen. Sie war nervös und gereizt und ertrug diesen Zustand nicht länger. Darum sprang sie aus dem Bett und klopfte an Pascuals Tür.

„Komm herein!“, rief er. Als sie eintrat, saß er aufrecht da und sah geradezu widerlich ausgeruht und fröhlich aus. Sein braun gebrannter Oberkörper war nackt, und Joyce vermutete, dass er auch sonst nichts anhatte. Sie wurde rot. Warum war sie nur hergekommen? Sie konnte nicht mehr zurück. Dazu war es zu spät.

„Was verschafft mir die Ehre?“, erkundigte er sich und ließ seinen Blick über ihren Körper schweifen, der nur von dem dünnen Nachthemd bedeckt war.

„Jedenfalls nicht das, was du denkst“, sagte sie hastig.

„Nein? Wie schade. Ich malte mir die ganze Nacht aus, wie du bei mir im Bett liegst. Und nun glaubte ich für einen Augenblick, dass sich mein Wunschtraum erfüllen würde.“

Er wirkte durchaus nicht wie jemand, der eine schlaflose Nacht verbracht hatte. Im Gegensatz zu ihr. Sie wusste, dass sie blass war und tiefe Schatten unter den Augen hatte. „Ich verlange, dass du mich nach Cerillo zurückbringst!“, befahl sie wütend.

„Jetzt?“ Er hob die Augenbrauen.

„Ja, jetzt.“

„Was ist der Grund für dieses plötzliche Ansinnen?“

„Ich halte es nicht länger aus.“

„Meine Antwort müsstest du eigentlich kennen.“

„Warum hältst du mich fest, Pascual? Warum?“

„Weil ich möchte, dass es mit uns wieder so wie früher wird, und zwar ohne den störenden Einfluss von Miguel.“

„Und wie sieht das Ende aus? Lässt du mich fallen, wenn du genug von mir hast? Ich bin nicht bereit, eine deiner Exfreundinnen zu werden. Dauernd sprichst du von Miguel. Aber was ist mit dem Mädchen, mit dem ich dich neulich sah? Ich bin überrascht, dass du dich nicht heimlich mit ihr triffst, wo du doch in ihrer Nähe bist. Oder hast du das in der vergangenen Nacht bereits getan? Lange genug warst du ja weg. Siehst du deshalb so vergnügt aus?"

„Du scheinst eifersüchtig zu sein, Liebling", lächelte er.

Wütend schrie Joyce ihn an: „Du kannst tun, was du willst, wenn du mich nur nach Cerillo zurückbringst. Falls du glaubst, dass ich meine Einstellung ändere, wirst du lange warten müssen."

„Wie ist dir jetzt, wo es einmal nicht nach deinem Kopf geht, eigentlich zumute, Joyce?", fragte er liebenswürdig.

Sie holte tief Luft und zählte bis zehn, um sich zu beruhigen. Pascual sprang aus dem Bett und berührte ihre Schulter. „Warum gibst du nicht zu, dass du nur zu mir kamst, weil du mich willst? Ich müsste blind sein, um das nicht zu erkennen."

Sie senkte den Kopf, um Pascuals nackten Körper nicht betrachten zu müssen. Doch als Pascual ihr Gesicht anhob, konnte sie das Verlangen nicht verbergen, das in ihr wieder erwacht war. Er zog sie an sich und küsste zart ihren Hals.

Joyce unternahm den Versuch, sich zu wehren; aber sie hatte keine Kraft mehr. „Nein", flüsterte sie schwach, „deshalb bin ich nicht hergekommen."

„Oh doch. Wir beide wollen es." Seine Lippen umschlossen ihren Mund, und sie fragte sich, ob Pascual vielleicht recht hatte. War das ihr unterschwelliger Wunsch gewesen? Sie hätte ja beim Frühstück verlangen können, dass sie nach Cerillo zurückfuhren.

Sie schlang die Arme um Pascual und schmiegte sich an ihn. Er hatte ihr Leben zerstört, doch das Verlangen war geblieben. Die Minuten vergingen …

Als sie sich endlich voneinander lösten, sah Joyce geschockt, wie zerfurcht Pascuals Gesicht war. Er stöhnte auf und zerriss mit zitternden Händen ihr Nachthemd bis zum Saum. Dann presste er Joyces nackten Körper an sich. Im nächsten Augenblick hob er sie auf und trug sie zum Bett. Während er ihr Gesicht mit heißen Küssen überschüttete, streichelte er ihre Brüste, bis sich die Knospen aufrichteten. Joyce glaubte, vergehen zu müssen, so süß war die Qual. Als sein Mund die harten Brustspitzen fand, stöhnte Joyce in höchster Lust auf.

Mit benommenen Augen schaute er sie an, und sie nahm sein Gesicht in beide Hände und küsste ihn. Sie wusste, dass sie aufhören sollte; doch sie konnte es nicht. Ihr Atem ging schwer und unregelmäßig, und sie legte sich zurück. Pascual streichelte ihren Leib und verstärkte auf diese Weise noch das brennende Verlangen.

Sie wusste nicht, wie lange sie die süße Tortur noch ertragen würde. Was Pascual tat, raubte ihr die Sinne und ließ sie alles vergessen. Sie nahm nur noch seine Zärtlichkeiten wahr. „Pascual", hauchte sie. „Liebe mich, bitte, liebe mich."

„Du ahnst ja nicht, wie sehr ich mir diese Worte wünschte", erwiderte er heiser.

Beim Klang seiner Stimme, die ihr ins Bewusstsein drang, erfasste Joyce auf einmal, was sie da gesagt hatte. Entsetzt riss sie die Augen auf. „Nein, nein, das will ich nicht!", rief sie verzweifelt. „Pascual, hör auf. Geh weg! Bitte, geh!"

Eine steile Falte erschien zwischen seinen dichten Brauen. In seinem Blick lag große Leidenschaft. „Verdammt", rief er. „Du kannst dich doch jetzt nicht mehr verweigern."

„Ich hätte dich früher zurückhalten müssen. Warum habe ich das nur nicht getan?" Sie zappelte unter ihm. „Lass mich los!"

„Ich werde dich besser lieben als Miguel, glaube mir."

„Es geht doch gar nicht um ihn, Pascual."

„Worum dann?"

„Weil das hier nicht recht ist. Ich will nicht eine von vielen Frauen sein."

„Eine von vielen?", wiederholte er mit schwerer Stimme. „Bist du auf all die Mädchen eifersüchtig, die ich geliebt habe?"

Das war sie, sprach es jedoch nicht aus. „Eifersucht hat nichts damit zu tun. Aber ich könnte nicht mehr mit mir leben, wenn ich zuließe, dass du mit mir schläfst. Ich habe meinen Stolz."

„Wäre das wirklich so schlimm?" Pascual richtete sich auf, und Joyce rollte sich aus dem Bett.

„Es wäre falsch", sagte sie ruhig.

„Dann eben ein andermal." Pascual lächelte zuversichtlich. „Ich werde dafür sorgen, dass es gut ist."

„Es wird kein anderes Mal geben", antwortete Joyce.

„Davon bin ich nicht überzeugt. Du hast mir deutlich genug bewiesen, wie stark du auf mich reagierst. Wollen wir wetten, dass du bis zum Ende des Urlaubs bereitwillig mit mir schläfst?"

Joyce riss die Tür auf und richtete ihren zornigen Blick auf Pascual. „Komisch, ich hätte nicht gedacht, dass du je eine Wette verlieren würdest."

8. KAPITEL

Das Frühstück wurde in Pascuals Suite serviert; aber Joyce brachte keinen Bissen hinunter. Unruhig rutschte sie auf ihrem Stuhl herum. Sie hatte sich entsetzlich ungeschickt benommen und war so schwach gewesen. Sie konnte sich nicht verzeihen, Pascual gebeten zu haben, mit ihr zu schlafen.

„Bist du denn nicht hungrig?“, fragte Pascual und biss herzhaft in ein Brötchen mit Butter und Marmelade.

Joyce schüttelte den Kopf. Doch als Pascual lächelte, weil er genau wusste, was in ihr vorging, sagte sie zornig: „Vielleicht sollte ich in den Hungerstreik treten. Dann würdest du einsehen, dass du einen aussichtslosen Kampf führst. Wenn mein Vater wüsste, was du mir antust, würde er zutiefst bereuen, dass er sich mit dir auf diese Sache eingelassen hat. Warte nur, wenn er es erfährt!“

„Was tue ich dir an?“, fragte Pascual lächelnd. Seine blauen Augen funkelten vergnügt. „Habe ich dich je misshandelt oder gedemütigt? Habe ich dich je gezwungen, etwas gegen deinen Willen zu tun?“

Joyce ließ den Kopf hängen. Wie konnte sie nur eine so dumme Bemerkung machen? „Du bringst mich dazu, ungewollt auf dich zu reagieren“, verteidigte sie sich lahm.

„Ist das so schlimm?“

„Ja, das ist es!“, rief sie. „Ich will dich nicht lieben. Ich will dich hassen. Du bist der unerträglichste Mann, den ich je kennengelernt habe.“

Er bestrich sich seelenruhig ein zweites Brötchen mit Butter und Marmelade und lächelte vor sich hin. Ihn brachte anscheinend nichts aus der Ruhe. Joyce stand auf.

„Wohin möchtest du denn gehen?“

Ihre Blicke trafen sich. Einige Sekunden konnte Joyce Pascuals Blick standhalten. Dann zuckte sie mit den Achseln. „Packen. Wir reisen doch ab – oder?“

„Wenn du gefrühstückt hast“, sagte er energisch. „Setz dich, und hör endlich auf, dich wie ein verzogenes Gör zu benehmen.“

Missmutig ließ sie sich am Tisch nieder, nahm ein Croissant aus dem Körbchen und biss zornig hinein. Pascual schaute ihr zu, und als sie aufgegessen hatte, sagte er: „Gut. Nun können wir gehen. Bestimmt fühlst du dich jetzt besser.“

Joyce verweigerte ihm eine Antwort. Hoch erhobenen Hauptes ging sie auf ihr Zimmer und knallte die Tür hinter sich zu.

Sie verließen das Hotel und besichtigten den botanischen Garten, der etwas außerhalb von Puerto de la Cruz lag. Pascual zeigte Joyce ein Baumhaus in den verzweigten Ästen eines südamerikanischen Feigenbaumes und die Abteilung mit den verschiedensten Kakteen. Anschließend besuchten sie den kleinen Zoo.

Doch Joyce konnte sich nicht so recht begeistern. Sie atmete auf, als der Tag zu Ende ging und sie wieder auf der Jacht waren. Als sie müde ins Bett fiel, gelang es ihr nicht, einzuschlafen. Die Gefühle, die sie tagsüber unterdrückt hatte, wurden wieder wach und quälten sie so sehr, dass sie es nicht länger ertrug. Sie brauchte einen Drink, etwas Starkes, das die starke Sehnsucht nach Pascual in ihr dämpfte.

Die alkoholischen Getränke standen in einem Barfach im Salon, und der Schlüssel steckte stets im Schloss. Es war stockdunkel, und Joyce tastete sich im Finstern durch den Salon. Sie wollte kein Licht einschalten, um Pascual nicht auf sich aufmerksam zu machen.

Sie fand die Flasche Gin und goss sich etwas ein. Nur ein halbes Glas, wie sie glaubte. Aber als sie die Flasche abgestellt und das Glas an den Mund gesetzt hatte, lief der Gin über den Rand. Mit einem leisen Fluch versuchte sie, das Glas auf den Tisch zu stellen. Dabei stieß sie die Flasche um, die auf den Boden fiel.

Es gab ein lautes Geräusch, und Joyce wartete mit angehaltenem Atem, ob Pascual etwas gehört hatte. Im nächsten Augenblick flammte die Beleuchtung auf, und Joyce musste wegen der plötzlichen Helle blinzeln.

„Aha, wie ich sehe, bist du also eine heimliche Trinkerin“, sagte Pascual spöttisch.

„Ich konnte nicht schlafen“, verteidigte sie sich heftig.

„Das dachte ich mir. Aber musstest du wie ein Dieb im Finstern herumschleichen? Wie viel hast du getrunken?“ Er hob das leere Glas und die halb leere Flasche hoch.

„Noch nichts. Ich bin noch nicht dazu gekommen“, erwiderte sie wütend.

„Gut. Ich schlage dir eine Tasse heiße Milch vor. Das ist besser für dich.“ Pascual stellte die Flasche ins Barfach zurück, wischte den verschütteten Gin auf und wärmte die Milch an. Die ganze Zeit pfiff er dabei fröhlich vor sich hin.

Joyce ärgerte sich maßlos über sein Verhalten. Trotzdem konnte sie den Blick nicht von ihm wenden. Er trug nur eine graue Hose, sonst nichts. Sein Haar war zerzaust. Aber er sah wieder unglaublich sexy aus. Ahnte er, dass sie sich von Stunde zu Stunde mehr nach ihm sehnte und dass sie es bereits bereute, sich ihm verweigert zu haben?

Pascual stellte eine große Tasse Milch und einen Teller mit Keksen vor Joyce auf den Tisch und setzte sich ihr gegenüber hin. „Möchtest du mir sagen, warum du nicht schlafen konntest?“, fragte er leise und schaute ihr dabei tief in die Augen.

Scheinbar lässig zuckte sie die Schultern. „Ich weiß es selbst nicht.“

„Meistens geschieht es, wenn einem zu viel im Kopf herumgeht. Worüber hast du nachgedacht?“ Gespannt beobachtete er sie.

Er wusste es genau! Er spielte mit ihr wie die Katze mit der Maus. „Ich möchte nicht darüber sprechen.“

„Dann werde ich es dir sagen, Joyce. Du bereust, dass du dich mir verweigert hast, nicht wahr?“

Joyce öffnete den Mund, um energisch zu widersprechen. Doch dann erkannte sie an Pascuals Gesicht, dass er sie nur aufzog. Er durfte nie erfahren, dass es stimmte. Noch nie hatte sie sich so leidenschaftlich nach einem Mann gesehnt. Und diese Tatsache machte ihr das Leben schwer. Sie gehörte nicht zu den Frauen, die sich auf eine kleine Affäre einließen. Für sie gab es nur alles oder nichts.

Doch allmählich wurde ihr klar, dass sie bei Pascual ihren Kopf nicht durchsetzen konnte. Er würde sie erst dann nach Cerillo zurückbringen, wenn es ihm passte, und wenn sie noch so hart gegen ihn ankämpfte. Seltsamerweise bewunderte sie ihn wegen seines starken Willens.

„Ich habe nur eines bitter bereut", erwiderte sie langsam, „dass ich mich überhaupt mit dir abgab und mich von dir beeindrucken ließ."

„Es war also nicht Liebe, was du für mich empfunden hast? Wann bist du zu dieser Erkenntnis gelangt?"

„Ach, das wusste ich eigentlich schon immer", entgegnete sie unrichtig und scheinbar gelassen.

„Und was empfindest du für Miguel wirklich? Hat er dich auch nur beeindruckt?" Pascuals Stimme war laut geworden. „Ich glaube, dass du gar nicht weißt, was du eigentlich empfindest."

„Und ich glaube, dass du kein Recht hast, mich auszufragen. Ich soll mich mit deinen Freundinnen abfinden. Aber du verlangst schon Rechenschaft von mir, wenn ich nur nett zu einem anderen Mann bin."

„Nach diesem Urlaub kannst du mit Miguel und jedem anderen Mann machen, was dir beliebt."

„Wie großzügig", höhnte Joyce.

Pascual sagte so etwas doch nur, weil er alles dafür tat, dass sie nie wieder einen anderen Mann begehrte. Sie reagierte ja bereits auf Pascual, wenn sie ihn nur anschaute.

„Aber bis zum Ende dieser Fahrt musst du dich mit mir abfinden." Er sah so selbstzufrieden aus, dass Joyce zu zerspringen fürchtete. Anscheinend machte ihm die Situation großen Spaß. Wohingegen sie dauernd gegen ihre widerstreitenden Gefühle ankämpfen musste und völlig verwirrt war.

Sie musterte seinen breiten Brustkorb mit den schwarzen Härchen, seine Hände, die eine Tasse hielten, die langen, kräftigen Finger, das energische Kinn, den breiten Mund, die gerade Nase, die Ohren. Sie schaute auf alles – nur nicht in seine Augen. Das wagte sie nicht, denn dann wäre sie verloren. Pascual war gefährlich, aufregend und ungewöhnlich sensibel. Wenn er sie wirklich liebte und nicht nur ihren Körper begehrte, gäbe es kein glücklicheres Mädchen auf Erden.

„Hast du mir nichts zu sagen, Joyce?"

„Wozu? Es geht doch alles sowieso nur nach deinem Kopf."

„Und weil du dich darüber ärgerst, greifst du zur Flasche?"

„Ich wollte ja nur schlafen können."

„Es gibt etwas Besseres als Gin oder Milch." Pascual griff nach ihren Händen, und sie ließ ihn gewähren. Er sollte nicht glauben, dass ihr seine Berührung etwas ausmachte. „Komm mit mir ins Bett. Ich garantiere dir, dass du danach wie ein Baby schläftst."

Joyces Herz hämmerte schwer. Ihr Körper verlangte nach Pascual. Aber ihr Verstand warnte sie. Pascual war ein treuloser Mann, dem sie sich nicht hingeben durfte, denn er würde sie vergessen. Und eine kurze Affäre kam für sie nicht infrage.

„Nein", weigerte sie sich. „Ich wäre nur eine von vielen."

„Du scheinst dir sehr sicher zu sein, dass es andere Frauen gegeben hat."

„Natürlich. Ich muss ja zu dieser Erkenntnis gelangen, denn du hast mir ja noch nicht gesagt, was mit dem Mädchen auf Teneriffa ist. Außerdem lebt ein Mann deines Alters und deiner Veranlagung nicht ohne Frauen."

„Wie grün deine Augen sind", bemerkte er und streichelte ihre Hand. Erregung stieg in Joyce auf, und sie wollte sich losreißen. Zu ihrer Überraschung hielt er sie nicht fest. „Dein Glas Milch ist bestimmt kalt geworden. Ich wärme es wieder auf", sagte er völlig ruhig und ging hinaus. Als er wiederkam und sie getrunken hatte, fragte er: „Wirst du jetzt schlafen können?"

„Wie ein Murmeltier", gab sie vor und entschuldigte sich nochmals, dass sie ihn gestört hatte. „Ich will es nicht wieder tun", fügte sie hinzu.

Tatsächlich hatte die heiße Milch Joyce geholfen, und sie schlief bald ein. Am nächsten Morgen schaute sie aus dem Bullauge. Wohin fuhren sie? Bestimmt nicht nach Cerillo. Pascual war entschlossen, ihren Willen zu brechen, bevor er sie zurückbrachte. Schade, dass alles so schiefgelaufen war. Unter anderen Begleitumständen hätte es ein unvergessliches Erlebnis sein können.

Nach dem Duschen trank Joyce eine Tasse Kaffee und ging zu Pascual hinauf. Er stand am Ruder und sah hellwach, ausgeruht und aufregend sexy aus.

„Buenos dias, Joyce. Wie fühlst du dich heute?"

„Gut und ausgeschlafen", schwindelte sie, obwohl noch immer tiefe Schatten unter ihren Augen lagen. „Wie spät ist es eigentlich?"

„Schon nach zehn. Ich wollte dich schon wecken. Aber dann unterließ ich es, um mich nicht noch unbeliebter zu machen."

Ihr lag schon eine scharfe Erwiderung auf der Zunge. Doch als Joyce das Funkeln in seinen Augen sah, erkannte sie, dass Pascual sie wieder einmal aufzog. „Wohin fahren wir?", erkundigte sie sich daraufhin ruhig.

„Nach Gomera, eine Insel, die dir gefallen wird. Ruhig, kein Flugfeld, wenige Hotels. Warst du schon einmal dort?"

„Nein, ich habe bisher nur von Gomera gehört. Aber es soll eine zauberhafte Insel sein."

„Das stimmt. Hoffentlich weißt du es zu würdigen, wie sehr ich mich bemühe, dir Freude zu bereiten."

„Dir ist doch genau bekannt, was ich wirklich will. Was mich betrifft, ist dieser sogenannte Urlaub eine geradezu unmögliche Angelegenheit. Ich begreife nicht, was sich mein Vater dabei dachte, als er sich damit einverstanden erklärte."

„Tony findet, dass ich genau richtig für dich bin."

„Ach?"

„Er ist der Ansicht, dass man mit dir streng sein muss und du eine starke Hand brauchst."

„In meinem Alter? Ich bin vierundzwanzig und durchaus in der Lage, eigene Entscheidungen zu treffen und mein Leben selbst zu gestalten. Wenn man sich nur nicht dauernd einmischen würde, ginge es mir viel besser."

Es zuckte um Pascuals Mund. „Wie ich bis jetzt mitbekommen habe, scheint dir die Gestaltung deines Lebens nicht so recht gelungen zu sein. Du hast versucht, deinem Vater den Verkauf des Hotels auszureden, obwohl das sein größter Wunsch war. Und du hast mir vorgeworfen, dass ich dich nur für meine Zwecke ausnutzen wollte, was absolut nicht zutrifft. Du allein hast mich interessiert, nichts anderes."

„Ich habe ja diese Erklärung bereits angenommen", erwiderte Joyce kühl.

„Aber du warst nicht fähig, selbst meine wahre Absicht zu erkennen. Nein, Joyce, du hast keine gute Menschenkenntnis. Ein weiterer Beweis dafür ist die Tatsache, dass du dich mit Miguel eingelassen hast. Er ist nicht ..."

„Wir wollen Miguel aus dem Spiel lassen", unterbrach sie Pascual zornig.

„Warum bist du nur so wütend? Aus Sehnsucht nach deinem Liebhaber?", fragte Pascual sanft. „Erträgst du meine Berührungen und meine Nähe nicht, weil du dauernd an ihn denkst?"

„Miguel würde mich jedenfalls zu nichts zwingen, was ich nicht will!"

Pascual lächelte spöttisch. „Wenn du endlich aufhören würdest, die gekränkte Unschuld zu spielen, hättest du wahrscheinlich Freude an meiner Gesellschaft."

„Ja, ungefähr so große Freude wie an der Gesellschaft eines angeschossenen Tigers", entgegnete Joyce und kehrte Pascual den Rücken zu. Sie durfte sich von diesem Mann nicht einwickeln lassen, auch wenn sie immer wieder seine starke Ausstrahlung spürte, die ihr so schwer zu schaffen machte.

Gereizt ging Joyce hinunter und spülte ihre Tasse ab. Sie wäre liebend gern noch viel länger unten geblieben, um Pascual auszuweichen. Aber da er wahrscheinlich damit rechnete, schob sie trotzig das Kinn vor und begab sich mit dem Badetuch und dem Sonnenöl nach oben. Dort legte sie sich aufs Deck.

Bald darauf schaltete Pascual die automatische Steuerung ein und kam zu Joyce. Sie hielt die Augen geschlossen. Trotzdem war sie sich so deutlich seiner Nähe bewusst, dass sie beinahe aufgestanden und weggegangen wäre. Warum ließ er sie nicht in Ruhe? Sie hatte ihm doch deutlich genug klargemacht, dass sie nichts mit ihm zu tun haben wollte.

Einige Minuten lagen sie stumm beieinander. Dann spürte Joyce seine Finger an ihrer Wange. Zart streichelte Pascual ihre Wangenknochen und das Kinn und fuhr mit den Fingerspitzen über ihre Lippen.

Mit größter Mühe verhielt Joyce sich still, doch dann drängte es sie, die Augen zu öffnen. An seinem Gesichtsausdruck erkannte sie, wie sehr er sie begehrte. Das erregte und beängstigte sie gleichzeitig. In der nächsten Sekunde umfasste er ihr Kinn, und sein Mund senkte sich auf ihre Lippen. Hastig wandte Joyce den Kopf ab.

Es wäre so leicht, sich seinen Küssen hinzugeben. Doch wenn sie ihre Selbstachtung bewahren wollte, durfte sie nie wieder auf Pascuals Zärtlichkeiten reagieren.

„Joyce?“

„Ich bin kein billiges Mädchen“, sagte sie heftig. „Also behandle mich nicht wie eines.“

„Aber du empfindest doch etwas für mich. Wirklich, Joyce, ich habe genug von deinen verrückten Spielchen.“ Er legte sich auf Joyce, riss ihr den Bikiniträger ab und umfasste ihre Brüste. Sein harter Kuss tat ihren Lippen weh.

Ihr Herzschlag beschleunigte sich, und ihr ganzer Körper drängte nach grenzenloser Erfüllung. Aber ein letzter Rest an Vernunft warnte sie davor, etwas zu tun, das sie bitter bereuen würde. Irgendwie gelang es ihr, schlaff und unbeteiligt dazuliegen und Pascuals Zärtlichkeiten über sich ergehen zu lassen.

Es dauerte lange, bis er begriff, dass er auf diese Weise nichts erreichen würde. Zum ersten Mal auf dieser Reise verlor Pascual die Beherrschung und riss sich mit einem Aufschrei von Joyce los. Sein Gesicht war verzerrt vor Zorn.

„Welche Mühe hat dich das gekostet?“, schnaubte er. „Bildest du dir etwa ein, dass ich deine wahren Gefühle nicht kenne? Wenn ich hartnäckiger gewesen wäre, hätte ich dich jetzt haben können. Das weißt du genauso wie ich. Aber ich will dich nicht auf diese Art. Ich habe große Geduld. Am Ende erreiche ich immer, was ich mir in den Kopf setze. Das darfst du mir ruhig glauben.“

Joyce wartete, bis er gegangen war. Dann setzte sie sich auf und wickelte das Badetuch um ihren Oberkörper. Zum Glück ahnte Pascual nicht, dass sie ihm in der Tat nicht mehr lange widerstanden hätte. Noch immer spürte sie das drängende Verlangen in ihrem Innern. Sie schlang die Arme um ihren Körper und bewegte sich hin und her, bis sie sich etwas beruhigt hatte. Dann legte sie sich wieder hin. Allmählich wurde sie von den sanft schaukelnden Bewegungen in den Schlaf gewiegt.

Als Joyce erwachte, hatte sie dumpfe Kopfschmerzen. Sie stand auf, um in ihre Kabine zu gehen. Pascual, der sich am Ruder befand, hatte seine gute Laune anscheinend wiedergefunden. Er lächelte Joyce zu. Offenbar gab er nicht auf, sie dazu zu bringen, ihm nachzugeben! Warum begriff er nicht, dass sie das nie tun würde? Niemals, denn sie konnte genauso hartnäckig und verbissen sein wie er.

In ihrer Kabine angekommen, kauerte sich Joyce vor das Bett und zog die Tasche vor, die darunterstand. Sie nahm zwei Kopfschmerztabletten heraus und schob die Tasche wieder unter das Bett. Plötzlich wurde ihr so schwindelig, dass sie beinah hingefallen wäre.

Sie taumelte in die Kombüse und goss sich ein Glas Wasser ein. Nachdem sie die Tabletten geschluckt hatte, ging sie in ihre Kabine zurück und legte sich ins Bett. Was war nur mit ihr los? Sie hatte das Gefühl, ziemlich krank zu sein.

Einige Minuten lag sie bewegungslos da. Die ganze Kabine schien sich wild zu drehen. Kann das daher kommen, dass ich nichts gegessen habe?, fragte sich Joyce. Oder war sie vielleicht seekrank? Nein, wohl kaum, denn das wäre ihr schon viel früher passiert und nicht erst jetzt.

Ihr war sehr heiß; aber seltsamerweise schwitzte sie nicht. Auf einmal verkrampfte sich ihr Magen, und sie musste ins Bad laufen. Im nächsten Augenblick wurde ihr schwarz vor Augen.

„Joyce! Joyce! Kannst du mich hören? Joyce, sag doch etwas!"

Mühsam öffnete sie die Augen und erkannte einen Mann, der sich über sie beugte. „Wo bin ich? Wer sind Sie?" Was machte sie auf dem Fußboden?

Zwei starke Arme hoben sie hoch und trugen sie in einen kleinen Raum. Dort wurde sie auf ein Bett gelegt. Aber warum bewegte sich alles? „Was ist los mit mir? Was ist passiert?", murmelte sie mit trockenen Lippen.

Noch immer keine befriedigende Antwort. Und dieser Mann – wer er auch sein mochte – sah sehr verärgert aus. Er verschwand, und als er wiederkam, steckte er ihr ein Fieberthermometer in den Mund und fühlte ihren Puls. War das vielleicht ein Arzt?

„Was machen Sie?" Joyce versuchte sich aufzurichten, aber es fiel ihr zu schwer. Alles fiel ihr schwer. Und ihr Kopf würde gleich platzen. „Ich muss mich übergeben", flüsterte sie. „Lassen Sie mich aufstehen."

„Ich glaube nicht, dass du es allein schaffst." Mit grimmigem Gesicht streifte ihr der Mann den Bikini ab und hob sie hoch. Er trug sie ins Bad, in dem die Wanne bereits mit kaltem Wasser gefüllt war.

Obwohl sie halb bewusstlos war, wollte Joyce sich wehren. Was sollte sie in der Wanne?

„Hör mir zu, Joyce“, rief der Mann. „Du hast einen üblen Sonnenstich und wahrscheinlich einen Hitzschlag. Ich muss schnell handeln. Zum Teufel, warum hast du so lange in der Sonne gelegen? Und dazu noch ohne Hut! Du lebst doch hier und müsstest wissen, wie stark die nordafrikanische Sonne hier ist.“

„Hier? Wo ist hier?“ Das Wasser war kalt, eiskalt. Und sie war heiß, glühend heiß. Was hatte der Mann gesagt? Sonnenstich? Was ist ein Sonnenstich?

„Wir sind auf den Kanarischen Inseln“, lautete die ungeduldige Antwort.

Auf einer Insel? Warum bewegte sie sich? Joyce lächelte kindisch. „Die Insel bewegt sich.“

Zornig fuhr Pascual auf. „Du bist auf meiner Jacht, Joyce. Die Insel bewegt sich nicht.“ Heftig massierte er ihren Körper, wobei er keinen Zentimeter ausließ. Joyce versuchte sich zu sträuben. Warum, wusste sie nicht. Aber irgendetwas sagte ihr, dass sie diesem Mann nicht trauen konnte.

Doch er war stark und hörte nicht auf, obwohl sie um sich schlug. „Warum bin ich bei Ihnen? Wer sind Sie?“, fragte sie schwach.

„Ich heiße Pascual, und du bist mit mir auf Urlaub.“

„Mein Name ist ... Joyce, sagten Sie?“

„Ja.“

„Wo wohne ich? Sind Sie mein Freund?“

„Auf Cerillo, und ich bin dein Freund. Ein sehr guter Freund. Also hör endlich auf, dich zu wehren. Das bringt nichts. Du hast nichts zu befürchten.“

„Ich will weg von hier. Ich will nicht in der Wanne liegen.“ Joyce klammerte sich am Wannenrand fest und wollte aufstehen. „Ich glaube nicht, dass Sie mein Freund sind. Sie wollen mich ertränken!“, jammerte sie. „Sie müssen verrückt sein.“

„Warte nur ab. Ich lasse dich bald heraus“, erwiderte er geduldig, weil er ihre Angst spürte. „Alles zu seiner Zeit. Zuerst muss ich das Fieber herunterdrücken. Das wird wohl nicht lange dauern."

Pascual fuhr fort, Joyce zu massieren; und sie fuhr fort, ihn zu beschimpfen und sich zu sträuben. Er beachtete sie nicht und maß immer wieder die Temperatur. Endlich war er zufrieden, zog Joyce aus der Wanne und wickelte sie in ein Badetuch. Dann brachte er sie ins Bett und beobachtete sie.

Angestrengt dachte Joyce nach, was sich ereignet hatte. Als sie sich an einiges erinnerte, fragte sie verzagt: „Habe ich wirklich so lange in der Sonne gelegen?"

„Ja."

„Warum? Ich bin doch sonst nicht so dumm."

„In letzter Zeit schon."

Joyce schüttelte vorsichtig den Kopf. „Ich bin ziemlich verwirrt, und mir ist kalt. Warum musste ich ins kalte Wasser?"

Pascual fluchte leise und maß wieder ihre Temperatur. Danach massierte er nochmals ihren ganzen Körper.

„Aufhören! Was soll das?", empörte sich Joyce.

„Verdammt! Halte still. Ich versuche doch nur, dir zu helfen. Deine Temperatur fällt immer noch, weil sich die Blutgefäße zu sehr zusammenziehen." Er nibbelte Joyce kräftig, bis sie ganz warm war. Dann deckte er sie mit mehreren Wolldecken zu und setzte sich zu ihr ans Bett. Sie schloss die Augen.

„Wie fühlst du dich jetzt?", fragte er nach einer Weile.

Joyce schaute ihn an. „Besser."

Als er wiederum ihre Temperatur gemessen hatte, nickte er zufrieden. „Ich glaube, nun besteht keine Gefahr mehr. Du hast großes Glück gehabt, Joyce. Ein Hitzschlag kann tödlich sein. Ist dir richtig warm?"

„Ja, danke", flüsterte sie.

„Versuch zu schlafen. Ich verlasse dich für kurze Zeit. Wenn du mich brauchst, ruf mich."

Zum ersten Mal seit Stunden fühlte sich Joyce sehr wohlig und warm. Ihre Glieder wurden schwer, und bald versank sie in einen tiefen Schlaf.

Als sie wieder erwachte, war es bereits dunkel. Nur die Lampe warf einen goldenen Schein auf Pascual, der am Bett saß. „Endlich", sagte er lächelnd. „Ich habe mir schon Sorgen gemacht."

„Ich bin durstig und hungrig."

„Das ist ein gutes Zeichen, Joyce. Was möchtest du essen? Hühnchenbrust, Brot, Butter? Ein Glas Milch?" Pascual schien sehr erfreut zu sein.

„Herrlich", seufzte Joyce.

In kürzester Zeit trug er alles herbei und schaute ihr beim Essen zu. Als sie fertig war, sagte er ernst: „Du hast etwas sehr Dummes getan. Bist du dir dessen bewusst, Joyce?"

„Ich muss eingeschlafen sein und merkte nicht, wie lange ich in der Sonne lag. Bin ich froh, dass du mich vor dem Schlimmsten bewahrt hast. Danke, Pascual."

„Nichts zu danken. Aber du musst schon noch ein paar Tage im Bett bleiben. Noch ist nicht alles überstanden."

„Ich fühle mich doch schon viel, viel besser!", protestierte sie.

„Du wirst erst dann aufstehen, wenn ich es dir erlaube."

Joyce verzog zwar das Gesicht, widersprach jedoch ausnahmsweise nicht. Sie würde aufstehen, wann es ihr passte, nahm sie sich vor. Doch als sie später einmal ins Bad musste, merkte sie, wie schwach sie noch war und dass Pascual recht gehabt hatte. Es blieb ihr nichts übrig, als das Bett zu hüten und zu versuchen, möglichst schnell wieder zu Kräften zu kommen.

9. KAPITEL

In der kommenden Zeit saß Pascual oft bei Joyce. Sie spielten Karten, lösten Kreuzworträtsel oder unterhielten sich. Ihr wurde immer deutlicher bewusst, wie vielschichtig dieser Mann war – sanft und grob; fürsorglich und hart; Freund und Feind zugleich. Und sie stellte außerdem fest, dass sie ihn trotz allem liebte. Obwohl er andere Frauen getroffen hatte, obwohl er sie nicht liebte, obwohl er sie hier gefangen hielt. Sie liebte ihn.

Nach einigen Tagen hielt sie es nicht mehr länger im Bett aus. Pascuals Nähe verwirrte sie mehr denn je. Wenn er aufdringlich geworden wäre, hätte sie gegen ihn ankämpfen können. Aber da er sich so nett und zurückhaltend benahm, wusste sie nicht, was sie tun sollte. Nein, diesen Zustand ertrug sie nicht mehr.

„Warum bringst du mich nicht nach Cerillo zurück?“, fragte sie am dritten Tag. „Dann könntest du dir all die Mühe sparen.“

„Welche Mühe? Ich wüsste nicht, was ich lieber täte.“ Behutsam streichelte er ihr Gesicht.

Joyce blickte ihn gereizt an. Natürlich war ihm genau bekannt, welche Reaktionen sein scheinbar harmloses Streicheln in ihr hervorrief. „Hast du dich noch nie gefragt, ob ich es mag, dass du stundenlang an meinem Bett sitzt?“

„Bis jetzt hast du dich noch nicht darüber beschwert. Aber ich glaube, du könntest nun aufstehen.“ Er legte die Hände um ihren Kopf und zog ihr Gesicht ganz nahe an seines.

Joyce holte tief Luft. Er durfte keinesfalls merken, wie sehr es sie nach ihm verlangte. Vielleicht dachte er, dass sie durch ihre Krankheit gefügiger geworden war. Es hatte kein böses Wort, keinen Streit, keinen Machtkampf mehr gegeben; nichts als eine tiefe harmonische Freundschaft. Womöglich wollte er das ausnutzen.

„Nein, Pascual!“, wehrte sie sich. Gegen wen? Gegen ihn oder sich selbst? „Nein. Weil es mir besser geht, möchtest du die Situation ausnutzen.“

„Ich sagte dir bereits, dass ich mich nie einer Frau aufdränge. Aber du sehnst dich doch genauso nach mir wie ich mich nach dir. Das spüre ich seit Tagen überdeutlich. Streite es nicht ab. Ich weiß, dass es so ist."

Seine Hand glitt über ihr Gesicht. Seine Finger berührten zart ihre weichen Lippen, die gerade kleine Nase, und schlossen dann sanft ihre Augen. Gleich darauf küsste er Joyce. Sein Mund und seine Zunge weckten derart leidenschaftliche Gefühle in ihr, dass sie zu vergehen glaubte.

Obwohl sie ihm verzweifelt gehören wollte, kämpfte sie mit aller Kraft gegen ihn an. Warum tat er ihr das an? Wusste er denn nicht, wie schwer es ihr fiel, sich nicht gehen zu lassen?

Mit einem leisen Schrei riss sie sich von Pascual los. Als sie die bittere Enttäuschung in seinen Augen sah, erschrak sie. Er sah wie ein Mann aus, der nicht mehr leben konnte. Was hatte er sich erhofft? Dass sie mit ihm schlafen würde, wenn sie sich besser fühlte? War das der wahre Grund für sein tadelloses Benehmen? Nun musste er natürlich enttäuscht sein, dass sie ihm für all seine Pflege und Aufmerksamkeit nicht dankte.

Sein Gesicht war verzerrt, und er stürmte aus der Kabine. Kurz darauf hörte Joyce die Schiffsmotoren arbeiten. Der Kampf war wieder aufgenommen worden.

Am nächsten Tag ankerte Pascual im Hafen von Gomera. Joyce, die von der Fruchtbarkeit der Insel, den unterirdischen Strömen und den üppigen grünen Tälern gehört hatte, war nicht enttäuscht. Als sie an Land kamen, sagte Pascual zu ihr: „Weißt du eigentlich, dass Kolumbus im Jahre 1492 von diesem Hafen aus die Reise begann, auf der er Amerika entdeckte? Wenn du willst, können wir die Kirche besichtigen, wo er der letzten Messe beiwohnte, bevor er in See stach."

„Von mir aus." Pascual hatte sich während der vergangenen Stunden korrekt benommen, und sie ärgerte sich, dass er auf einmal so freundlich war. „Wenn du es möchtest."

„Ich mache das doch nur deinetwegen", knurrte er.

„Dann verschwendest du nur deine Zeit. Ich habe alles restlos satt. Ist dir immer noch nicht klar geworden, dass ich mich nicht ändern werde?"

Sie wandte sich ab und schaute sich mit gespieltem Interesse um. Hoch oben auf dem Hügel lag das *Parador,* ein stattliches Hotel. Es hieß, dass es ein ungewöhnliches Gebäude in einer herrlichen Landschaft sei, und Joyce hätte es gern besichtigt. Aber allein!

„Du stellst meine Geduld wirklich auf eine harte Probe. Los, komm." Pascual packte sie am Arm. „Wir gehen ein bisschen spazieren. Hör mit deinem Theater auf. Soll das denn immer so weitergehen?"

Sie nickte verbissen und ging schweigend an seiner Seite zu der Kirche mit dem roten Ziegeldach und der schiefen Tür.

Endlich kehrten sie auf die Jacht zurück, um sich für das Abendessen umzuziehen. Anschließend fuhren sie im Taxi zum *Parador.* Es war tatsächlich ein ungewöhnlich schönes Hotel, und zum ersten Mal an diesem Tag fühlte sich Joyce wohl. Aber das dauerte nicht lange. Nachdem sie sich gesetzt hatten und einen Sherry tranken, kam ein Mädchen auf sie zu. Es war dasselbe Mädchen, mit dem Pascual auf Teneriffa zusammen gewesen war. Joyce traute ihren Augen nicht.

„Was für eine Überraschung, Pascual!", rief die schwarzhaarige Schönheit und küsste ihn auf die Stirn. Besitzergreifend lag ihre Hand auf seinem Arm, und sie schaute ihm innig in die Augen. „Was machst du denn hier?" Sie trug ein eng anliegendes weißes Kleid, das mehr enthüllte als verbarg; und sie brauchte kein Make-up, weil sie von Natur aus so unglaublich schön war.

„Ana!" Pascual war genauso erfreut über das Wiedersehen. „Was für ein Zufall!" Er drückte Ana einige Sekunden an sich und schien sich erst dann an Joyce zu erinnern.

„Joyce, dies ist Ana. Und das ist Joyce Howarth, Ana. Sie kümmert sich um das Hotel auf Cerillo."

„Buenas tardes, Joyce." Schimmernde braune Augen lächelten Joyce an. „Wie geht es Ihnen?"

„Danke, sehr gut", erwiderte Joyce steif. Sie brachte kaum ein Lächeln für das Mädchen zustande. Pascual hatte noch nicht erklärt, wer Ana war. Aber was hätte er sagen sollen? Eine Bekannte der Familie? Eine frühere Freundin? Beides hätte Joyce nicht geglaubt.

„Du leistest uns doch Gesellschaft, Ana?", fragte Pascual und bestellte gleich noch einen Sherry.

„Sehr gern." Ana setzte sich so dicht zu ihm, dass sie ihn berührte. „Du hast mir noch nicht gesagt, was du hier tust."

„Ich verschaffe Joyce einen wohlverdienten Urlaub, sozusagen die Ruhe vor dem Sturm. Habe ich dir schon von meinem neuen Hotel erzählt?"

„Oh ja, und ich brenne darauf, es zu sehen. Ich kann es kaum glauben, dass du dir etwas so völlig anderes gekauft hast."

„Joyces Vater versicherte mir, dass ein großer Bedarf an diesem Typ Hotel besteht. Ich verspreche mir viel davon, vor allem, da Joyce bleiben und es weiter leiten wird."

„Warum haben Sie es verkauft, wenn es so gut geht?", wandte sich Ana an Joyce.

„Es gehörte meinem Vater, nicht mir", stellte Joyce schroff richtig. „Pascual machte ihm ein so gutes Angebot, dass mein Vater nicht ablehnen konnte."

„Dein Vater wollte unbedingt nach England zurück, wie du weißt, Joyce. Ich brauchte ihn wirklich nicht zum Verkauf zu überreden."

„Ich vermute, dass Sie dagegen waren", bemerkte Ana lächelnd.

„Ja. Ich glaube Pascual nicht, dass er das Hotel so belässt, wie es ist. Nach ein, zwei Jahren wird es genauso sein wie alle anderen, und dann ist Cerillo zerstört." Joyce sah bedrückt aus.

„Stimmt das, Pascual?" Zärtlich umfasste Ana Pascuals Arm. „Ich würde mir gern eine eigene Meinung bilden und es selbst sehen. Nimmst du mich einmal mit?“

Pascual ergriff ihre Hand. „Natürlich. Du kannst uns gleich auf der Rückfahrt begleiten. Oder hast du schon etwas vor?“

„Nein“, lächelte das bildschöne Mädchen. „Ich lasse mich einfach treiben.“

Schweren Herzens beobachtete Joyce, wie liebevoll die beiden zueinander waren. Und es überraschte sie, dass Pascual auf einmal zurückfahren wollte. Hatte er sich erst wegen Ana dazu entschlossen?

Alle tranken ihren Sherry und studierten die Speisekarte. Plötzlich hatte Joyce eine Idee. Sollte sie die günstige Gelegenheit nutzen und sich im *Parador* nach einem Job erkundigen? Im *Yurena* wollte sie nicht mehr bleiben. Vielleicht löste sie sehr schnell ihr Problem.

Der Kellner brachte die bestellten Speisen, und während des Essens unterhielten sich Ana und Pascual sehr angeregt. Sie schienen nicht zu merken, dass Joyce kaum etwas zu sich nahm. Es war ihr unerträglich, hier zu sitzen und zuzuschauen, wie offen sich die beiden ihre Gefühle zeigten.

Nach einiger Zeit entschuldigte sich Joyce und verschwand, um den Hotelmanager aufzusuchen. Er war ein verschlossener Mann, der ihr kein Vertrauen einflößte. Aber sie hatte ja keine Wahl. Er hörte ihr aufmerksam zu und war von ihrer Ausbildung und ihrer Erfahrung im Hotelfach sehr beeindruckt.

„Im Augenblick ist leider nichts frei“, sagte er. „Aber ich benachrichtige Sie sofort, wenn ich etwas habe. Wie lange vorher müssen Sie kündigen?“

„Ich kann jeden Tag weg, da ich zurzeit keinen Vertrag habe.“ Das hatte Pascual anscheinend übersehen, was ihr nur recht war.

„Gut. Bei uns wechselt das Personal häufig. Wahrscheinlich, weil die Insel so ruhig ist. Die meisten mögen es etwas lebhafter. Vielleicht hören Sie sehr früh von mir.“

Joyce verabschiedete sich und ging zum Tisch zurück. Pascual und Ana unterhielten sich noch immer. Als er sie jedoch aufforderte, sogleich auf die Jacht mitzukommen, drehte sich Joyce das Herz um. Pascual ging entschieden zu weit! Offenbar hatte er sich damit abgefunden, dass Joyce nichts mehr mit ihm zu tun haben wollte. Aber er brauchte ihr ja nicht so deutlich zu zeigen, wie eilig es ihm mit einer Bettgefährtin war.

Joyce wurde immer wütender, und als sie auf der Jacht ankamen, lief sie gleich in ihre Kabine. Sie lauschte, ob sie etwas hörte. Doch es war still. Wahrscheinlich lagen sich die zwei schon in den Armen. Joyce zog sich aus und versuchte zu schlafen. Doch diese Nacht wurde zu einer der längsten ihres Lebens.

Am nächsten Morgen stand Joyce später als Ana und Pascual auf, die schon gefrühstückt hatten und im gemieteten Jeep auf sie warteten. Joyce trank schnell eine Tasse Kaffee und würgte ein Brötchen herunter, bevor sie zum Jeep ging. Ana, die auf dem Sitz neben Pascual saß, begrüßte sie mit einem herzlichen Lächeln. „Hoffentlich stört es Sie nicht, dass ich hier vorn Platz genommen habe. Wir wechseln uns ab, wenn es Ihnen recht ist."

Joyce zuckte die Schultern. „Von mir aus können Sie den ganzen Tag vorn sitzen."

„Oh nein, bestimmt nicht, Joyce", sagte Ana energisch.

Nachdenklich schaute Pascual Joyce an. „Du siehst müde aus. Hast du nicht gut geschlafen?"

Wusste er denn nicht, was ihr die Anwesenheit des Mädchens bedeutete? „Nicht besonders", erwiderte sie schroff.

Pascual schmunzelte und startete den Motor des Jeeps. Sie fuhren aus San Sebastian heraus und durch einen Tunnel, hinter dem sie einen herrlichen Blick auf eines der fruchtbarsten Täler der Insel hatten.

Anschließend ging es bergauf nach Agulo, das auf einer Klippe lag. Sie konnten sogar das weit entfernte Teneriffa sehen. Und die ganze Zeit unterhielten sich Ana und Pascual über Gott und die Welt. Joyce blieb praktisch vom Gespräch ausgeschlossen.

Das nächste Ziel war Valhermosa, wo der berühmte Palmhonig hergestellt wurde. Diesmal wandte sich Pascual sogar an Joyce. „Man zapft die Palme an und lässt den Saft langsam trocknen, bis er schwarz und dick ist. Der Vulkanboden gibt dem Honig seinen würzigen Geschmack." Und dann kaufte er ihr sogar noch ein Glas Honig, was Joyce sehr überraschte.

Auf einem schmalen kurvenreichen Weg setzten sie die Fahrt fort. Joyce, die inzwischen auf Anas Drängen einmal vorn Platz genommen hatte, saß wieder hinten. Das machte ihr wenig aus. Dort waren die Sitze höher, und sie konnte alles viel besser sehen. Außerdem hatte sie das Gefühl, dass Pascual Ana bei sich haben wollte.

Sie hielten öfter an, und einmal hörte Joyce erstaunt der einzigartigen Pfeifsprache zu, mit der sich noch viele Inselbewohner von Tal zu Tal verständigten. Sie hatte darüber gelesen, aber nicht erwartet, jemals *Silbo* zu vernehmen, weil diese Sprache praktisch ausgestorben sein sollte.

Ana freute sich ebenfalls sehr. „*Silbo* wurde erfunden, als es noch kein Telefon gab", erklärte sie. „So konnten sich die Bewohner auf weite Entfernungen miteinander verständigen. Jeder Pfiff hat eine bestimmte Bedeutung. Arbeiter pfeifen sich die verschiedenen Anweisungen zu, und Eltern rufen auf diese Art ihre Kinder ins Haus. Ich finde *Silbo* fabelhaft."

„Wenn du schon dabei bist, alles zu erklären, vergiss die Guanches nicht", bemerkte Pascual lächelnd.

Joyce hatte auch schon von den blonden blauäugigen Guanches gehört, die vor über zweitausend Jahren die Insel besiedelten – sie waren praktisch Höhlenbewohner, die ihre Toten wie die Ägypter einbalsamierten. Noch heute begegnete man immer wieder einem Abkömmling der Guanchen. Im Gegensatz zu den übrigen Spaniern hatten sie ganz helles Haar und so blaue Augen wie … Pascual! Joyce wäre nie der Gedanke gekommen, dass seine Vorfahren Guanchen gewesen waren.

Er sah ihren verblüfften Gesichtsausdruck und lachte. „Ja, das sind meine Ahnen."

„Und ich glaubte, dass du skandinavisches Blut hättest."

„Oh nein, ich bin ein echter Spanier und stolz darauf."

„Ich wünschte, ich hätte ebenfalls blondes Haar", bemerkte Ana versonnen.

Zärtlich lächelte er sie an. „Du bist wunderschön, und das habe ich dir schon oft genug gesagt."

„Aber ich möchte lieber so sein wie du, Pascual!", rief Ana.

Joyce war das alles sehr unangenehm. Hatten die beiden vergessen, dass sie nicht allein waren?

„So, und nun sollten wir weiter", wechselte Pascual abrupt das Thema. „Ana, jetzt sitzt du hinten. Und keine Klagen, bitte. Sonst fahre ich so scharf um die nächste Kurve, dass du hinausfällst."

Lachend streckte ihm Ana die Zunge heraus, und dann fuhren sie los. Joyce saß still da und hätte gern gewusst, wie lange sich Ana und Pascual kannten und ob ihre Liebe andauern oder so wie ihre bald enden würde.

Am Abend, als alle ziemlich müde waren, schlug Pascual vor, in Vueltas zu übernachten. Das Dorf lag auf der anderen Seite der Küste von San Sebastian. Joyce stimmte sofort zu. Sie nahmen sich Zimmer in einer kleinen Pension, und Joyce schlief sehr schnell ein.

Sie wachte erst auf, als Pascual am nächsten Morgen an ihre Tür klopfte. „Wir sind fertig. Kommst du?"

„Ja!", rief sie zurück und beeilte sich. Als sie in die Gaststube kam, frühstückten die beiden bereits. Ana konnte kaum die Augen offen halten.

„Hat dieser schreckliche Pascual Sie auch so früh geweckt?", wandte sich Ana an Joyce. „Er glaubt, weil er in aller Herrgottsfrühe aufsteht, müssten es alle anderen auch. Dabei brauchen wir Mädchen unseren Schönheitsschlaf. Hat dir das noch niemand gesagt, Pascual?"

Joyce hatte das Gefühl, dass die beiden sich sehr intim kannten. Eisige Kälte stieg in ihr auf. Was für ein Glück, dass wir heute nach

Cerillo zurückkehren, dachte sie. Sie konnte das Zusammensein mit den anderen beiden kaum ertragen.

Die Fahrt im Jeep durch die Insel führte durch schwieriges Gelände. Joyce hielt sich krampfhaft am Sitz fest, weil die Straße gefährlich nahe an einem Abgrund verlief. Ein winziger Fehler von Pascual, eine einzige Unaufmerksamkeit, und sie würden alle abstürzen und tödlich verunglücken.

Auf einem der mehreren Stopps kaufte Joyce einen handgearbeiteten Keramiktopf, der die gleiche Form wie die Guanchentöpfe im Museum von Teneriffa hatte. Irgendwie sollte sie dieser Topf an Pascual erinnern. Ana erstand eine handgewebte Decke aus der Wolle von zähen Bergschafen. Sie spottete über Pascual, weil er es ablehnte, sich ebenfalls etwas zu kaufen.

„Was soll ich mit einem Topf, einer Decke oder einem Teppich?", fragte er belustigt.

„Du könntest ja endlich sesshaft werden und dir ein schönes Haus kaufen, in das du diese Sachen bringst", sagte Ana verschmitzt.

„Du meinst, ich sollte heiraten?"

„Ja, du wirst ja nicht jünger."

Verlegen wandte Joyce sich ab. Ana machte Pascual praktisch einen unverblümten Heiratsantrag. Wusste sie denn nicht, dass Männer seines Typs sich nicht binden wollten? So naiv konnte sie wirklich nicht sein, sich Hoffnungen zu machen.

Endlich kamen sie auf die Jacht zurück. Es war ein anstrengender Tag gewesen. Als die Maschinen bereits liefen, rannte ein Bote mit einem Brief am Hafen entlang. „Señorita Howarth! Señorita Howarth!", rief er pausenlos.

Pascual winkte den Jungen heran, nahm ihm den Brief ab und reichte ihn Joyce. Sie war genauso verwundert wie er. Wer sollte ihr hierher schreiben? Von Ana und Pascual beobachtet, riss sie den Umschlag auf und las die wenigen Zeilen. Señor Calvos, der Manager des *Parador,* teilte ihr mit, dass eine der Empfangsdamen soeben gekündigt hätte. Sie, Joyce, suche wahrscheinlich etwas anderes, aber dieser Job würde bald zu etwas Besserem führen. Allerdings müsse sie so schnell wie möglich anfangen.

„Was ist es?", fragte Pascual, dem ihr Schweigen auffiel. „Ach, nichts", wich sie aus und sagte zu dem wartenden Boten: „Nur einen Moment. Ich bin gleich wieder da." Sie rannte hinunter, schrieb ihr Einverständnis auf die Rückseite des Briefes und eilte hinauf, um dem Boten den Brief zu geben.

Doch Pascual kam ihr zuvor. Er riss ihr den Brief aus der Hand und las ihn mit ausdruckslosem Gesicht. Dann sagte er zu dem Jungen: „Richte Señor Calvos aus, dass es sich die Señorita anders überlegt hat. Sie braucht keinen Job." Er drückte dem Boten eine Handvoll Münzen in die Hand.

„Was fällt dir ein!", rief Joyce empört. „Wie kannst du mir vorschreiben, was ich tun soll. Wenn ich diesen Job will, wirst du es nicht verhindern."

„Als Empfangsdame an der Rezeption? Drängt es dich so sehr weg von Cerillo?"

„Sonst würde ich diesen Job ja wohl nicht annehmen." Ihre Augen glitzerten zornig.

„Ich dachte, dass du die Insel liebst."

„Das tue ich. Aber es hat sich einiges geändert."

Lange und durchdringend schaute er sie an. „Tut mir leid, Joyce. Ich habe deinem Vater versprochen, ein Auge auf dich zu halten. Ich würde meine Pflichten verletzen, wenn ich dich diesen Job antreten ließe. Du musst mit nach Cerillo. Wir brauchen dich dort."

„Ich kann nicht mit dir arbeiten", keuchte Joyce. „Und du kannst mich nicht zum Bleiben zwingen. Weder du noch mein Vater. Dieser Job ist meine Chance. Ich werde nicht lange als Empfangsdame tätig sein. Calvos war von meinen Qualifikationen beeindruckt."

„Ich kenne Felipe Calvos. Die Qualifikationen, für die der sich interessiert, sind nicht die, von denen du sprichst."

„Du lügst", rief Joyce aufgebracht. „Er hat sich wie ein perfekter

Gentleman benommen, als wir uns kennenlernten. Im Gegensatz zu dir."

„Trotzdem erlaube ich dir nicht, diese Stelle anzunehmen. Wenn es dich glücklich macht, werde ich von Cerillo fernbleiben. Aber glaube ja nicht, dass du im *Parador* arbeiten wirst."

„Das wollen wir doch mal sehen!" Joyce wäre wahrscheinlich nicht so hartnäckig gewesen, wenn Pascual anders zu ihr gesprochen hätte. Er sollte nicht triumphieren. „Du hast mir nichts vorzuschreiben, ganz gleich was mein Vater meint. Ich bin überzeugt, dass ich auf Gomera sehr glücklich sein werde." Es war eine kühne Behauptung, weil sie das Stellenangebot eigentlich als Beleidigung empfand.

„Nein, Joyce. Spätestens nach einer Woche rufst du um Hilfe. Ich kenne Typen wie diesen Calvos zu gut. Ana, mach die Leinen los. Wir wollen weg von hier!"

Ana hatte zugeschaut und zugehört. Sie war sichtlich verstört und stand mit blassem Gesicht an der Reling. Anscheinend begriff sie nicht, was Pascual zu ihr gesprochen hatte.

„Ana!", brüllte er. „Leinen los!"

Sie war zusammengezuckt. „Du solltest nicht so zu Joyce sprechen, Pascual", sagte sie leise.

„Was geht dich das an?", schrie er.

Sie hob die zarten Schultern. „Wahrscheinlich nichts. Aber ich finde, dass sie es nicht verdient hat, angeschrien zu werden."

„Joyce weiß nicht, was gut für sie ist. Machst du jetzt die Leinen los, oder soll ich es tun?"

„Ich mache es", flüsterte Ana.

Einige Minuten später hatte die Jacht den Hafen verlassen. Joyce ging in ihre Kabine. Im Schneidersitz hockte sie sich aufs Bett und kämpfte gegen ihren inneren Aufruhr an. War Flucht das Richtige? Würde sie sich noch mehr Schwierigkeiten einhandeln? Hatte Pascual recht? Eigentlich wollte sie ja gar nicht weg von Cerillo. Doch sie musste es, weil sie dort alles auf Schritt und Tritt an Pascual erinnerte.

Joyce nahm sich vor, sofort nach ihrer Heimkehr Señor Calvos anzurufen und die Sache als Missverständnis darzustellen. Natürlich würde sie die Stelle annehmen. Sie hatte keine andere Wahl.

„Joyce?" Ana klopfte an die Tür und trat zögernd ein. „Ist alles in Ordnung?"

„Mir geht es gut." Joyce wunderte sich, warum ausgerechnet Ana sich um sie sorgte.

„Ich mag es nicht, wenn Pascual schreit." Ana setzte sich aufs Bett und sah plötzlich wie ein kleines Mädchen aus.

„Offenbar hat Sie das schon öfter verstört. Ein Freund? Jemand von der Familie?", fragte Joyce spontan.

„Mein Vater", gestand Ana leise. „Vor der Scheidung war er öfter ziemlich laut und grob."

„Nicht alle Männer sind so, Ana. Pascual würde Ihnen nie etwas antun. Er liebt Sie."

„Ja, ich weiß", flüsterte das Mädchen. „Ich habe ja auch keine Angst um mich, sondern um Sie. So zornig wie heute habe ich ihn noch nie erlebt."

„Machen Sie sich um mich keine Sorgen. Ich passe schon auf mich auf", sagte Joyce energisch. Komischerweise hatte sie Ana sehr gern.

„Pascual legt großen Wert auf Ihre Meinung, Joyce. Er lobt Sie ständig und findet Sie außergewöhnlich. Vielleicht sollten Sie Ihre Ansicht über ihn einmal überprüfen."

„Das ist kaum möglich", entgegnete Joyce. Ana wusste ja nichts von der Affäre mit Pascual. Sie glaubte an eine rein geschäftliche Beziehung.

„Warum geben Sie ihm keine Chance?" Ana stand auf.

Joyce verstand sie nicht. Warum wollte Ana sie unbedingt mit Pascual zusammenbringen? Merkwürdig … „Wenn es Ihnen nichts ausmacht, möchte ich jetzt gern allein sein. Ich muss über viele

Dinge nachdenken", sagte sie.

„Natürlich, Joyce. Ich bin immer bereit zu einem Gespräch und möchte Ihnen helfen. Bitte glauben Sie mir."

„Danke, Ana." Joyce lächelte.

Lange saß Joyce da und grübelte. Waren Minuten oder Stunden vergangen? Sie wusste es nicht. Auf einmal rief Ana, dass das Mittagessen fertig sei.

Obwohl der bloße Gedanke ans Essen Joyce anwiderte, wagte sie nicht, in der Kabine zu bleiben. Pascual würde sie todsicher holen, und das wollte sie nicht. Also ging sie in den Salon. Dort traf sie nur Ana an. Pascual hatte angeblich keinen Hunger. Auch gut, dachte sich Joyce, die auf eine neuerliche Begegnung mit ihm keinen Wert legte.

Es war schon dunkel, als die Jacht den Hafen von Cerillo erreichte. Joyce hatte es eilig, in ihre Wohnung zu kommen. Sie überließ es Pascual, sich um Ana zu kümmern. Er würde schon dafür sorgen, dass sie es sehr gemütlich hatte.

Endlich war diese qualvolle Reise zu Ende. Aufatmend duschte sich Joyce und machte sich eine Tasse heiße Schokolade zurecht. Damit setzte sie sich auf den Balkon und trank langsam Schluck für Schluck. Sie vergaß allmählich die Zeit und alles andere – nur nicht ihre aussichtslose Liebe zu Pascual. Dass er an ihrem letzten Tag ein Mädchen mitgebracht hatte, quälte Joyce sehr.

Die Sterne funkelten am Himmel, Grillen zirpten, und der Mond warf seinen silbernen Schein über die See. Doch Joyce nahm das alles nicht wahr. Die Insel hatte ihren Zauber verloren, und das war Pascuals Schuld.

Irgendwann legte sie sich ins Bett, konnte jedoch wieder einmal nicht schlafen. Allmählich war sie diesen Zustand fast schon gewohnt. Sie stand früh auf und rief gleich Señor Calvos an. „Ich möchte den Job haben. Das wusste mein … Freund nicht, als er mit dem Boten sprach", schwindelte sie.

„Ist Ihr Freund zufällig Pascual Gimminez?"

„Ja. Ändert das etwas an Ihrem Angebot?"

„Oh nein." Boshaftigkeit war in der Stimme des Mannes zu hören. „Ich wische ihm mit dem größten Vergnügen eins aus. Wir sind alte Bekannte, die sich noch nie ausstehen konnten. Wann werden Sie anfangen?"

Nun verstand Joyce die Bemerkungen Pascuals. Die beiden Männer waren verfeindet. „In etwa einer Woche", antwortete sie.

„Das ist mir zu spät. Übermorgen wird Sie ein Freund von mir abholen. Schaffen Sie es bis dahin?"

„Ich glaube schon." Joyce legte den Hörer auf. Seltsamerweise fühlte sie sich nicht sehr glücklich. Dabei kam sie doch jetzt von Pascual weg. Das hatte sie doch gewollt – oder?

Miguel freute sich sehr, Joyce wiederzusehen. Er hatte während ihrer Abwesenheit gute Arbeit geleistet und war vom *Yurena* begeistert. Eigentlich konnte ihr das egal sein. Das Hotel gehörte ihr ja nicht mehr.

Als sie das Gästebuch überprüfte, stellte sie fest, dass Ana und Pascual zwei nebeneinanderliegende Zimmer bewohnten. Wie praktisch, dachte Joyce verbittert. Die beiden waren übrigens schon fort, und zwar für den ganzen Tag, wie sie von Miguel erfuhr.

„Er zeigt ihr die Insel", sagte Miguel. „Die Frau ist sehr schön, nicht wahr? Ich bin froh, dass er eine nette Freundin gefunden hat, denn dadurch sind Sie für mich frei. Ich dachte schon, dass Sie und er ..."

„Nein", unterbrach sie Miguel. „Pascual empfindet nichts für mich." Dann machte sie sich an die Arbeit.

Als Joyce zu Bett ging, waren Pascual und Ana noch nicht zurück. Und das tat ihr entsetzlich weh.

10. KAPITEL

Am nächsten Tag packte Joyce ihre Sachen und schrieb einige Briefe. Sie musste ihrem Vater mitteilen, dass sie einen neuen Job angenommen hatte. Das würde ihn zwar nicht erfreuen, doch er konnte nichts daran ändern. Ana und Pascual waren wieder weggefahren. Joyce hoffte inbrünstig, dass die beiden auch morgen abwesend sein würden. Dann konnte sie unbemerkt von Cerillo verschwinden.

Doch am nächsten Morgen ging alles schief. Joyce, die fast die ganze Nacht wach gewesen war, hatte verschlafen. Erst sehr spät kam sie ins Büro herunter, um Miguel von ihrem Fortgang in Kenntnis zu setzen. Statt Miguel fand sie Pascual in ihrem Büro vor.

Bei seinem Anblick erwachten all die tiefen Gefühle, die Joyce so mühsam unterdrückt hatte. „Wo ist Ana?“, fragte sie, und ihre Stimme klang verbittert.

„Wahrscheinlich noch im Bett. Wir haben zwei hektische Tage hinter uns. Ana hat sich zu meiner Überraschung in diese Insel verliebt. Sie sagte sogar, dass sie nicht verstehen könne, warum du von hier weggehen wolltest.“

Joyce erschrak. Hatte Pascual erfahren, dass sie in einigen Stunden verschwunden sein würde? „Heißt das, dass sie hierbleiben möchte?“, fragte sie und fügte stumm hinzu: Mit dir!

„Bei ihr ist alles möglich. Würdest du Miguel holen? Ich will ihn sprechen. Er ist bestimmt im Restaurant.“

Mit zusammengepressten Lippen machte sich Joyce auf die Suche. Anscheinend legte Pascual keinen Wert darauf, sich mit ihr zu unterhalten. Sein Benehmen überzeugte sie, dass sie den richtigen Entschluss getroffen hatte.

Sie fand Miguel und richtete ihm aus, dass Pascual mit ihm reden wollte. Dann sagte sie: „Ich verlasse heute Cerillo und komme nicht mehr wieder. Hier ist ein Brief für Pascual. Aber geben Sie ihm den erst, wenn ich fort bin.“

„Was ist los?", fragte Miguel bestürzt.

„Ich kann nicht länger bleiben. Eigentlich erweise ich Ihnen sogar einen Gefallen, denn nun werden Sie bestimmt Manager. Pascual ist sehr mit Ihnen zufrieden."

Miguel strahlte.

„Aber halten Sie den Mund, bis ich weg bin. Ich werde um zwei Uhr abgeholt."

Als Joyce kurz vor zwei das Hotel verließ, war niemand zu sehen. Sie atmete auf und ging mit ihren beiden Koffern zum Hafen. Dort lag nur eine einzige fremde Jacht neben der von Pascual, und Joyce schaute sich nach dem Freund von Señor Calvos um. Wahrscheinlich wartet er auf der Jacht, dachte sich Joyce und stieg an Bord. „Hallo!", rief sie. „Ist jemand da?"

„Ja", sagte Pascual hinter ihr.

Überrascht wirbelte Joyce herum. Ihr Herz hämmerte wie verrückt. Pascual war der Letzte, den sie hier sehen wollte.

„Wie gut, dass ich rechtzeitig hergekommen bin. Sonst wärst du weg gewesen, ohne dass ich es gewusst hätte."

„Genau das war meine Absicht", entgegnete Joyce. „Wo ist der Mann, der mich abholen soll?"

„Der genießt einen Drink auf meiner Jacht. Willst du uns nicht Gesellschaft leisten?", bemerkte Pascual lässig.

„Nein danke. Ich warte hier", erwiderte sie grimmig.

„Joyce, merkst du denn nicht, welch großen Fehler du begehst?", fragte Pascual zornig. „Wegzulaufen ist ganz allgemein keine Lösung eines Problems. Aber in die Arme von Felipe Calvos zu rennen, ist geradezu dumm. Hat meine Warnung keinen Eindruck auf dich gemacht?"

„Warum sollte ich auf dich hören?"

„Joyce, wenn alles schiefgeht, hast du keinen Menschen, an den du dich wenden kannst."

„Wen habe ich denn jetzt?", rief sie. „Ich bin es gewohnt, auf mich allein aufzupassen."

„Kann ich dich denn wirklich nicht dazu bringen, deine Meinung zu ändern?“ Pascuals Stimme war sanfter geworden, und er fasste Joyce am Arm. „Ich weiß doch, was dir das hier bedeutet. Und es war mir ernst, als ich dir sagte, dass ich mich von Cerillo fernhalten würde. Wäre das eine Lösung?“

„Ob du bleibst oder weggehst, ist mir völlig gleichgültig. Du hast ja schon alles zerstört.“

Der Griff um ihren Arm wurde stahlhart. „Ist das dein letztes Wort, Joyce?“

Joyce nickte traurig. Es gelang ihr sogar, Pascual in die Augen zu schauen. Aber sie war froh, dass er nicht merkte, wie ihr das Herz brach.

„Dann will ich dich nicht länger aufhalten“, sagte Pascual mit einem zitternden Seufzer.

Er verschwand, und gleich darauf erschien auf dem Deck seiner Jacht ein grob aussehender, muskulöser Mann, dessen Arme über und über tätowiert waren. Er kam zu Joyce, und sein gutes Benehmen stand im krassen Widerspruch zu seinem wilden Aussehen. „Willkommen an Bord, Señorita Howarth. Ich heiße Juan und freue mich, Sie nach Gomera bringen zu dürfen.“ Er trug ihre Koffer nach unten und startete dann den Motor. Geschickt steuerte er die Jacht aus dem Hafen. Joyce versuchte, Pascual zu entdecken, konnte ihn jedoch nirgendwo sehen.

Tränen stiegen ihr in die Augen. Würde sie dem Mann, den sie liebte, jemals wiederbegegnen? Warum war ihr das Herz so schwer? Sie hatte doch selbst ihre Entscheidung getroffen und war von keinem Menschen dazu gezwungen worden.

Die Fahrt kam ihr endlos vor. Sie setzte sich, sie stand an der Reling, und sie lief hin und her. Juan beobachtete sie mit ausdruckslosem Gesicht, sagte aber nichts.

Am späten Abend erreichten sie Gomera. Joyce hatte den ganzen Tag nichts gegessen. Aber als Calvos sie zu einem Tisch für zwei in einer Ecke des Speisesaals führte, drehte sich ihr der Magen um.

„Vielen Dank, ich habe keinen Hunger. Allerdings bin ich sehr müde. Könnte ich gleich auf mein Zimmer?"

Sein Blick schweifte langsam über ihren ganzen Körper. Warum hatte sie nur Pascuals Warnung nicht beachtet? Calvos wurde ihr immer widerlicher. Aber sie war durchaus in der Lage, mit Männern seines Schlages fertig zu werden.

„Also gut", beantwortete er sichtlich verärgert ihre Frage. Joyce lief auf ihr Zimmer und packte ihre Sachen aus. Dann legte sie sich hin und schlief nach diesem anstrengenden Tag sofort ein. Sie wachte erst auf, als der Wecker schrillte.

Von da an bestand Joyces Leben aus Arbeit, Essen, Schlafen und der Abwehr Felipe Calvos' zweideutigen Angeboten, aber vor allem dem Versuch, Pascual zu vergessen. Bald fand sie heraus, dass ihre Vorgängerin gekündigt hatte, weil sie Felipes Zudringlichkeiten nicht mochte. Eine von vielen. Und sie, Joyce, war ihm freiwillig in die Arme gelaufen! Zu wem konnte sie flüchten, außer vielleicht zu ihrem Vater?

Doch noch wehrte sie sich dagegen. Er sollte wirklich ihre letzte Zuflucht sein. Irgendwann musste Felipe ja merken, dass er bei ihr nicht weiterkam.

Die Wochen vergingen. Joyce hätte der Job Spaß gemacht, wenn dieser Felipe nicht gewesen wäre. Sie brauchte keine Verantwortung zu tragen und hatte viel mehr Zeit als früher. Darum konnte sie einiges unternehmen, meistens mit einer englischen Kellnerin in Joyces Alter. Aber immer wieder dachte sie an Pascual. War Ana noch bei ihm auf Cerillo? Wie lief die Romanze zwischen den beiden? Würde auch Ana bald so unglücklich sein?

Felipe hörte nicht auf, Joyce zu bedrängen. Je zurückhaltender sie sich verhielt, desto hartnäckiger wurde er. Eines Abends, als sie Spätdienst hatte und das Hotel besonders ruhig war, rief er sie in sein Büro. Er machte die Tür hinter ihr zu, und Joyce wusste, dass sie in Schwierigkeiten steckte. Sonst blieb die Tür immer offen, damit man sehen konnte, falls Gäste etwas wollten.

„Ich kann die Rezeption nicht unbesetzt lassen", sagte Joyce ruhig. Doch schon riss er sie an sich.

„Warum wehrst du dich dauernd?" Sein heißer Atem roch nach Rum. „Du hast doch diesen Job nur angenommen, weil du mich magst. Also hör auf, dich zu sträuben."

Seine Hände waren überall an ihrem Körper, und Joyce merkte, wie erregt der Mann war. „Lassen Sie mich los!", rief sie. „Lassen Sie mich sofort los." Sie zappelte heftig, doch es nützte ihr nichts. Das erregte ihn nur noch mehr. Als sie merkte, dass sie damit nichts erreichte, blieb sie schlaff und still in seinen Armen stehen.

Das gefiel ihm ganz und gar nicht. „Los, komm schon, Joyce. Küss mich!"

„Wenn ich Sie küsse, werde ich mich übergeben", sagte sie energisch.

Er war derart überrascht, dass er sie nicht mehr so festhielt. Mit blassem Gesicht starrte er sie an.

Joyce entschlüpfte ihm und rannte zur Tür, die sie noch aufreißen konnte. Aber im nächsten Moment umfasste der Mann fest Joyces Schulter. „Du gemeines Biest", entgegnete er. „Wie kannst du es wagen, mich so zu beleidigen? Ich werde dir zeigen, wer hier …"

Er hielt inne, weil jemand an der Rezeption stand. Joyce, das Haar zerzaust, das Gesicht verkrampft, erkannte … ihren Vater.

„Daddy!" Die Tränen, die sie so lange unterdrückt hatte, strömten ihr über die Wangen. Sie warf sich ihrem Vater in die Arme. „Oh Daddy", schluchzte sie. „Bitte, bring mich nach Hause."

Bis tief in die Nacht saßen sie auf Joyces Zimmer und redeten miteinander. Tony hatte den Arm um sie gelegt, und sie sagte dann mit leisem Vorwurf in der Stimme: „Es war nicht richtig von dir, dich mit Pascual zu verbünden. Der Urlaub ist eine einzige Katastrophe gewesen."

„Das habe ich gehört. Es tut mir leid. Ich habe wirklich geglaubt, dass ihr beide füreinander geschaffen seid."

„Daddy, ich liebe Pascual, auch wenn ich ihn einmal zu hassen glaubte. Aber kennst du Ana?" Tony nickte, und Joyce fuhr fort: „Sie ist eine seiner intimen Freundinnen. Er hat sich gleichzeitig mit mir und ihr abgegeben. Doch jetzt scheine ich ihn losgeworden zu sein."

Joyce schlief irgendwann in den Armen ihres Vaters ein. Am nächsten Morgen wachte sie jedoch in ihrem Bett auf. Tony hatte im Sessel übernachtet, und sie weckte ihn. Es tat ihr leid, dass sie am vergangenen Abend die Beherrschung verloren hatte.

„Joyce, mein Liebling, wie geht es dir?", erkundigte sich Tony besorgt. „Du warst ja nach dem Erlebnis mit diesem gemeinen Kerl fix und fertig. Wie lange hast du das durchmachen müssen? Und warum bist du nicht einfach weggegangen?"

„Ich weiß nicht. Mir kam es nur darauf an, von Pascual weg zu sein. Darum habe ich wohl die Augen vor alldem verschlossen."

„Du hättest zu mir kommen können", sagte er verletzt.

„Sicher. Aber ich wollte unbedingt auf den Kanaren bleiben, die jetzt meine Heimat sind. Ich liebe diese Inseln so sehr."

„Ich auch", gab Tony leise zu. „Joyce, ich verließ England, weil mich dort nichts mehr hält. Frank ist vor Kurzem gestorben ..."

„Das tut mir leid", unterbrach sie ihn.

„Nun bist du der einzige Mensch, der mir blieb. Ich möchte mir ein Haus auf Cerillo kaufen, in der Nähe des Hotels. Dann könnten wir uns jeden Tag sehen."

„Du weißt doch, dass ich nicht mehr im *Yurena* arbeite."

„Pascual ist bereit, dich zurückzunehmen."

Sie zuckte zusammen. „Wie edel. Wer sagt denn, dass ich zurückkommen will?" Aber ihr Herz fing wieder heftig zu schlagen an.

„Du möchtest es doch, Joyce. Es muss dir ja das Herz gebrochen haben, das *Yurena* zu verlassen."

Sie nickte. „Wird Pascual auch dort sein?"

„Nein. Und nun sollten wir etwas essen und uns auf den Weg machen, Joyce. Meinst du nicht auch?“

„Gute Idee.“

Es gab keine Schwierigkeiten mit Calvos, denn Tony war so herrisch und bestimmend, dass Joyce ohne Streit mit dem ihr zustehenden Gehalt davonkam.

Die Fähre brachte sie nach Cerillo, und Joyce war so erschöpft, dass sie mit Tony gleich in ihre alte Wohnung ging und sich nach dem Abendessen müde ins Bett legte.

In den folgenden Tagen half sie ihrem Vater bei der Suche nach einem geeigneten Haus. Obwohl sie nie über Pascual sprach, merkte Tony ihr an, dass sie dauernd an ihn dachte und nicht glücklich war. Das machte ihm großen Kummer. Darum sagte er eines Abends: „Du wirst immer blasser und dünner, Joyce, und bist nur noch eine halbe Portion. Du musst mit Pascual sprechen und endgültig Klarheit schaffen. So oder so.“

„Es ist alles klar. Er liebt mich nicht, Daddy.“

„Dann trauere ihm nicht nach, sondern suche dir einen anderen Freund. Gelegenheiten bieten sich dir ja weiß Gott genug.“

„Bitte dränge mich nicht zu einer Beziehung, die ich nicht will. Kein anderer Mann bedeutet mir etwas.“

„Wie lange soll ich noch warten? Ich möchte einige Enkel, und zwar bald. Schließlich bin ich nicht mehr der Jüngste.“

Er hatte recht. Und da Miguel sich noch immer für sie interessierte, ging sie einige Male mit ihm aus. Aber er ließ sie kalt.

Wenn sie gewusst hätte, wo sich Pascual befand, hätte sie sich nun doch mit ihm in Verbindung gesetzt, um die Lage zu klären. Empfand er vielleicht noch etwas für sie? Als sie den Zustand zwischen Hoffnung und Verzweiflung nicht länger ertrug, deutete sie Tony ihren Wunsch an.

„Ich weiß, wo Pascual ist. Aber ich sollte es dir nicht verraten“, gestand ihr Vater.

„Warum nicht?“, fragte sie scharf.

„Er liebt dich, Joyce. Aber ich darf dir seinen Aufenthaltsort erst mitteilen, wenn ich mich überzeugt habe, dass auch du ihn liebst. Leider vermutet er, dass das nie der Fall sein wird. Du hast ihm sehr deutlich klargemacht, wie du denkst. Doch nun ist es Zeit!"

Joyce schloss die Augen. Ein Wunder war geschehen. Pascual liebte sie und nicht Ana. Trotzdem flüsterte sie unglücklich: „Ich wünschte, du hättest mir das nie gesagt, Daddy."

„Eben hast du noch behauptet, dass du ihn sprechen wolltest."

„Aber wenn ich plötzlich erscheine, wird er wissen, aus welchem Grund. Nein, das ist mir zu peinlich. Warum muss ich den ersten Schritt tun? Warum kommt Pascual nicht zu mir?", rief sie.

„Das hat er ohne Erfolg versucht, Joyce. Wenn du nicht zu ihm gehst, verurteilst du dich selbst zu einem unglücklichen Leben. Und das ist sehr kurz, Joyce. Greif mit beiden Händen nach deinem Glück und vergiss deinen Stolz." Tonys Stimme brach.

Joyce spürte, dass er daran dachte, wie ihm seine Frau genommen worden war. Doch dass Pascual versucht haben sollte, die Sache mit ihr zu klären, hielt sie für unglaubwürdig. Welche Märchen hatte er Daddy erzählt?, fragte sie sich. Trotzdem musste sie zu Pascual, um ein für allemal Klarheit zu schaffen. „Gib mir seine Adresse", sagte sie ruhig.

Er reichte ihr einen Zettel, auf den Joyce einen Blick warf. Gran Canaria! Dort lebte Ana! „Ist das auch Anas Adresse?", fragte Joyce verzweifelt.

„Spielt das eine Rolle?" Tony schaute sie seltsam an.

„Natürlich", antwortete sie gequält. Wenn Pascual mit Ana zusammenlebte, hatte alles keinen Sinn mehr.

„Es ist das Haus seines Vaters, der zurzeit nicht dort ist", sagte Tony mit einem verschmitzten Lächeln.

„Also gut, ich werde es mir überlegen." Joyce steckte den Zettel in die Tasche. Es dauerte zwei Tage und kostete eine Menge Selbstgespräche, bis sich Joyce endlich nach Gran Canaria begab. Als sie das Haus in der Stadt fand, klopfte ihr Herz so schmerzhaft, dass sie es kaum noch ertragen konnte. Lohnte sich diese Qual wirklich?, fragte sie sich und ging zögernd zum Eingang der vornehmen Villa. Dann drückte sie mit einem tiefen Seufzer auf den Klingelknopf. Vielleicht war Pascual ja gar nicht daheim.

Es war Ana, die die Tür öffnete, und Joyce erstarrte. Am liebsten wäre sie auf der Stelle weggelaufen. Doch Ana gab ihr keine Chance. „Joyce! Wie freue ich mich, Sie wiederzusehen. Kommen Sie herein."

Widerstrebend folgte Joyce ihr in ein elegantes großes Wohnzimmer. Für eine Flucht war es nun zu spät. Sie konnte Ana nicht begreifen. Wenn dieses Mädchen Pascual liebte, würde sie sich über das Wiedersehen mit ihr, Joyce, nicht freuen. Seltsam.

„Sie wollen bestimmt mit Pascual sprechen. Ich hole ihn." Schon lief Ana aus dem Raum.

Joyce schaute sich die Wandteppiche, die geschnitzten Figuren und die Porträts an. Plötzlich hörte sie Schritte hinter sich und drehte sich um. Beinahe hätte sie Pascual nicht erkannt. Seine Wangen waren bleich und eingefallen, die Augen umschattet. Er kam ihr wie ein Fremder vor.

„Bist du krank?", fragte Joyce besorgt und wich unwillkürlich einen Schritt zurück, weil er sie so eiskalt ansah.

„Was willst du hier?", fragte er barsch.

„Ich … ich muss mit dir sprechen."

„Wer hat dir gesagt, wo ich bin?"

„Mein Vater."

„Arbeitest du noch auf Gomera?"

„Nein."

„Das hat ja nicht lange gedauert. Was ist passiert?"

„Du hattest recht wegen Felipe Calvos. Es war nicht sehr angenehm für mich. Ich konnte nicht bleiben."

Pascuals Gesicht wurde starr. „Er hat dich doch nicht …"

„Nein", fiel sie ihm gleich ins Wort. „Aber wenn ich geblieben wäre, hätte sich bestimmt noch mehr Unerfreuliches ereignet. Dieser Mann scheint mir zu allem fähig zu sein."

„Ich hätte ihn umgebracht", flüsterte Pascual.

Als Joyce das hörte, stieg neue Hoffnung in ihr auf. „Ich lebe jetzt mit meinem Vater im Hotel. Das ist dir doch recht? Wenn er ein Haus gefunden hat, ziehe ich zu ihm."

„Hast du dich gefreut, dass er zurückkam?"

„Ja, sehr."

„Und nun stehst du ohne Job da. Willst du deinen früheren zurückhaben? Bist du deshalb hier?"

Nur weil er so müde und geschwächt aussah, unterdrückte Joyce eine hitzige Erwiderung. „Nein, Pascual, ich wollte dich wiedersehen und herausfinden, wie es mit dir und Ana steht."

„Wie du siehst, erfreut sie sich bester Gesundheit. Ich hingegen leide, weil ... Sag du mir, worunter ich leide, Joyce."

„Woher sollte ich das wissen?", fragte sie verwirrt.

„Warum hat dir Tony meine Anschrift mitgeteilt?"

„Weil er glaubte, dass ich sie erfahren sollte."

„Warum?"

Sie blickte auf ihre verkrampften Hände. Warum nur zwang Pascual sie, all dies gestehen zu müssen? „Weil ... weil ich dich sprechen wollte. Doch das tut mir schon leid, denn ich habe meine Antwort bereits bekommen."

„Bist du dir so sicher? Der Schein kann trügen. Du fragst dich, was mit mir ist? Warum Ana sich bei mir befindet?"

Unglücklich nickte Joyce.

„Ich werde es dir erklären. Aber erst wenn du mir den wahren Grund für dein Kommen sagst."

Joyce holte tief Luft. „Weil ich dich liebe, Pascual." Es fiel ihr schwer, das einzugestehen und noch schwerer, ihn anzuschauen. Warum sagte er nichts? Das Schweigen wurde ihr unerträglich. Widerstrebend hob sie den Blick.

„Sag das noch einmal, Joyce."

Sie erkannte die Hoffnung in seinen Augen und tat, wie er ihr geheißen hatte. „Es ist wahr, Pascual. Ich liebe dich und habe dich immer geliebt. Einige Zeit war ich mir dessen nicht so sicher, doch nun bin ich es."

Nun war es Pascual, der tief Luft holte. Seine Augen leuchteten. „Ich hatte Angst, dass ich das nie mehr hören würde, Joyce. Weißt du eigentlich, wie sehr ich gelitten habe?"

„Erst seit eben. Heißt das, dass ..."

„Ich liebe dich", unterbrach er sie, und seine Stimme war stark und überzeugend. „Ich liebe dich. In den vergangenen Wochen war ich todunglücklich. Ich konnte nur noch an dich denken."

Das Herz zog sich ihr zusammen. Sie hatte das alles Pascual angetan, ihm all diese Qualen verursacht. Würde er ihr jemals verzeihen können? „Oh Pascual", flüsterte sie erschüttert. „Ich hatte ja keine Ahnung."

„Komm her, Joyce", lächelte er. „Ich will dich ganz und für immer – als meine Frau. Komm in meine Arme. Ich will sehen, ob du dich noch immer so gut anfühlst wie früher."

Das Blut klopfte in ihren Adern, als sie langsam auf Pascual zuging. Direkt vor ihm blieb sie stehen. Sie schauten einander tief in die Augen, bis er sie aufstöhnend an sich riss. Er presste sie so hart an sich, dass sie befürchtete, er könnte ihr die Rippen brechen. Als sie zu ihm aufschaute, sah sie Tränen in seinen Augen.

„Ich kann noch nicht glauben, dass dies wirklich geschieht. Sage mir, dass es kein Traum ist, Joyce. Ich habe so oft von dir geträumt, dass ich befürchte, es ist wieder nur ein Traum."

„Nein, es ist die Wirklichkeit", erwiderte sie zärtlich und bot ihm ihren Mund. Sie sehnte sich so unglaublich nach Pascual.

„Nein", stöhnte er. „Wenn wir damit anfangen, werde ich mich nicht lange beherrschen können. Aber ich muss dir doch noch so vieles sagen. Ich habe dir wehgetan, Joyce, und möchte endlich alles richtigstellen."

„Geht es um Ana?", fragte sie scheu. Aber eigentlich interessierte es sie nicht mehr. Pascual liebte sie und nicht Ana.

„Setz dich", bat er. „Dort drüben, damit ich dich ansehen kann."

Joyce tat es. Er hatte ja recht. Sie durften nicht zu dicht beieinander sein, weil sie sich so nacheinander verzehrten. Wie sollten sie dann in Ruhe miteinander reden?

„Joyce, ich habe mich auf den ersten Blick in dich verliebt, als ich mir das Hotel anschaute. Dass ich es kaufen wollte, hatte nichts mit dir zu tun. Das musst du mir glauben."

„Ich glaube dir", sagte sie ernst.

„Du weißt ja nicht, wie geschockt ich war, als ich zurückkam und dich völlig verändert vorfand. Noch nie hatte ich eine Frau so sehr geliebt wie dich. Natürlich hat es andere gegeben; aber bei keiner verspürte ich den Wunsch, sie zu heiraten. Doch du warst plötzlich eiskalt, und das machte mich so elend."

„Es tut mir unendlich leid", flüsterte Joyce.

„Vielleicht musste es so sein. Wenn deine Liebe nicht groß genug wäre, säßest du jetzt nicht hier."

„Und deine?"

„Ich hätte dich bis ans Ende meines Lebens geliebt. Aber mir waren die Hände gebunden. Ich hatte alles versucht, mehr konnte ich nicht tun."

„Zum Beispiel mich entführen?"

Er lächelte entschuldigend. „Ich dachte, ich könnte dich dazu bringen, mich wieder zu lieben, wenn du allein mit mir wärst. Dass du einen starken Willen hast, wusste ich. Aber ich ahnte nicht, wie hartnäckig du sein kannst."

„Pascual, inzwischen habe ich eingesehen, wie falsch meine Art gewesen ist. In Zukunft werde ich nicht immer nur an mich denken. Aber musstest du dich mit Ana trösten? Weißt du nicht, was du mir damit angetan hast, welche Qualen ich erlitt?"

„Genau das war meine Absicht. Ich rechnete mir das Risiko aus und nahm es in Kauf. Mir war bewusst, wie eifersüchtig du auf Ana warst; und dieses Wissen hat mich davor bewahrt, verrückt zu werden. Einmal schöpfte ich neue Hoffnung. Damals, als ich bei dir im Bett lag und du auf mich reagiertest. Leider merkte ich, dass du nur geträumt hast und deine Reaktion nichts bedeutete."

Joyce zuckte zusammen. „Ich habe es auch nur für einen Traum gehalten, war mir aber nicht sicher. Ich fürchtete mich davor, dir am nächsten Morgen zu begegnen. Darum war ich froh darüber, dass du die Jacht verlassen hattest. Bist du zu Ana gegangen?"

Er nickte lächelnd. „Ich liebe Ana. Aber nicht so, wie du glaubst. Ana ist meine ... Schwester."

Joyce schnappte nach Luft. „Du Scheusal!", rief sie empört. Im nächsten Moment brach sie in lautes Lachen aus. „Du hast sie dazu veranlasst, als deine Freundin aufzutreten, nicht wahr?"

„Ja. Ana sollte im Hotel auf Gomera auf uns warten und uns heimlich beobachten. Wenn alles zwischen uns in Ordnung zu sein schien, war sie meine Schwester. Wenn nicht, sollte sie die besitzergreifende Freundin spielen. Sie willigte widerstrebend ein. Nur ging meine Rechnung nicht auf. Es wurde alles noch schlimmer. Dann gab ich deinem Vater meine Adresse und hoffte, dass die Zeit für mich arbeiten würde."

„Mein Daddy ist ein weiser Mann", lächelte Joyce, die nun alles begriff. Sie sprang auf und lief zu Pascual, der die Arme ausbreitete. Joyce setzte sich auf seinen Schoß, und sie küssten sich so zärtlich, dass sie die Zeit und ihre Umgebung vergaßen.

„Du gehörst mir", sagte Pascual nach einer Weile. „Ich gebe dich nie mehr her. Aber was ist mit Miguel?"

„Er hat mir nie etwas bedeutet und war nur Balsam auf meine verletzte Eitelkeit. Mehr nicht."

„Hat er mir dir ... geschlafen?"

„Du liebe Güte! Natürlich nicht."

Pascual atmete auf. „Wir wollen so schnell wie möglich heiraten, damit du deine Meinung nicht wieder ändern kannst."

„Das wird nie geschehen, Pascual. Sollen wir es Ana mitteilen?"

Er nickte, und beide gingen zu Ana in die Küche.

„Ihr braucht mir gar nichts zu sagen", lachte sie. „Ich kam einmal ins Zimmer; aber ihr wart sehr beschäftigt. Joyce, verzeih mir, dass ich dich hinterging. Es fiel mir sehr schwer."

Dann gab es Umarmungen und Lachen, bis Pascual sagte: „Wir sollten Tony anrufen. Er macht sich bestimmt Sorgen."

„Ach, er wird sich denken, dass alles gut geworden ist. Ich bin so froh, dass er zurückkam. Ohne ihn wären wir wohl nicht zusammen, Pascual. Hoffentlich findet er ein hübsches Haus. Ich möchte in seiner Nähe sein. Wo werden wir eigentlich wohnen, Pascual?"

„Du liebst Cerillo. Doch eigentlich ist es nicht der richtige Ort, Kinder aufzuziehen. Wie wäre es mit dem Haus hier?"

„Das gehört doch deinem Vater."

„Nicht mehr. Er ging nach Amerika. Hier haben wir alle Platz. Das Grundstück ist so groß, dass weder dein Vater noch du den Lärm der Großstadt und ihre Hektik spüren werden. Was meinst du, Joyce?"

„Ich bin begeistert." Aber sie wäre auch mit ihm nach Sibirien gezogen, wenn er es verlangt hätte.

„Und was ist mit mir?" Ana spielte die Beleidigte.

„Mit dir werden wir uns abfinden müssen, bis du den richtigen Mann findest", schmunzelte Pascual.

Joyce schaute ihn voller Liebe an. Eigentlich verdiente sie ihn nicht, denn sie hatte ihn so schlecht behandelt. Aber sie würde alles wieder gutmachen; und wenn es ihr ganzes Leben dauern sollte. „Ich liebe dich, Pascual", sagte sie leise.

Er zog sie in seine Arme. „Wollen wir auf mein Zimmer gehen? Dann kannst du mir beweisen, wie sehr du mich liebst."

Ana lachte. „Wolltet ihr nicht telefonieren? Am besten tut ihr das jetzt. Ihr habt so viel nachzuholen, dass man euch womöglich erst in ein paar Tagen wiedersieht.

„Kann schon sein", schmunzelte Pascual.

Und Joyce lächelte.

– ENDE –

Spencer / McMahon / Darcy
Liebesreise in die Karibik
Band-Nr. 15010
8,95 € (D)
ISBN-10: 3-89941-374-1
ISBN-13: 978-3-89941-374-8
448 Seiten

Reid / Graham / Marton
Liebesreise in 1001 Nacht
Band-Nr. 15011
8,95 € (D)
ISBN: 978-3-89941-375-5
432 Seiten

Mortimer / Ker / Peters
Liebesreise nach Mallorca
Band-Nr. 15008
8,95 € (D)
ISBN: 978-3-89941-368-7
400 Seiten

Mather / Reid / Graham
Liebesreise nach Griechenland
Band-Nr. 15012
8,95 € (D)
ISBN: 978-3-89941-376-2
416 Seiten

A. Devine / C. Lamb / A. Fraser
Liebesreise nach Cornwall

Band-Nr. 15007
8,95 € (D)
ISBN: 978-3-89941-367-0
448 Seiten

Miranda Lee
Liebesreise nach Australien

Band-Nr. 15009
8,95 € (D)
ISBN: 978-3-89941-371-7
432 Seiten

Helen Sebald
Das Traumschiff auf Liebesreise
nach Mexiko und zu den Seychellen

Band-Nr. 15016
8,95 € (D)
ISBN: 978-3-89941-452-3
352 Seiten

Nora Roberts
Die Frauen der Calhouns 1
Catherine
Band-Nr. 25212
6,95 € (D)
ISBN: 978-3-89941-329-8
304 Seiten

Nora Roberts
Die Frauen der Calhouns 2
Amanda
Band-Nr. 25220
6,95 € (D)
ISBN: 978-3-89941-337-3
304 Seiten

Nora Roberts
Die Frauen der Calhouns 3
Lilah
Band-Nr. 25231
6,95 € (D)
ISBN: 978-3-89941-348-9
304 Seiten

Nora Roberts
Die Frauen der Calhouns 4
Suzanna
Band-Nr. 25242
6,95 € (D)
ISBN: 978-3-89941-396-0
304 Seiten

Nora Roberts
Die Frauen der Calhouns 5
Megan
Band-Nr. 25247
6,95 € (D)
ISBN: 978-3-89941-406-6
320 Seiten

Emilie Richards
Sehnsucht nach Neuseeland
Band-Nr. 25203
6,95 € (D)
ISBN-10: 3-89941-296-6
ISBN-13: 978-3-89941-296-3
304 Seiten

Emilie Richards
Das Geheimnis des Opals
Band-Nr. 25214
6,95 € (D)
ISBN: 978-3-89941-331-1
304 Seiten

Emilie Richards
Das Paradies am
Ende der Welt
Band-Nr. 25252
6,95 € (D)
ISBN: 978-3-89941-417-2
304 Seiten